David Drake est né en 1945 en Iowa. Porté par un formidable succès populaire, il mène depuis 1979 une florissante carrière d'écrivain d'aventure, de Fantasy et de SF. *Le Seigneur des Isles* est sa plus grande série, dont voici le premier tome.

Du même auteur, chez Milady en grand format :

Le Seigneur des Isles :
1. *Le Seigneur des Isles*
2. *La Reine des démons*
3. *La Servante du Dragon*

www.milady.fr

David Drake

Le Seigneur des Isles

Le Seigneur des Isles – 1

Traduit de l'anglais (États-Unis) par Jean-Baptiste Bernet

Milady

Milady est un label des éditions Bragelonne

Titre original : *Lord of the Isles*

Illustration de couverture :
Sarry Long

ISBN : 978-2-8112-0307-8

Bragelonne – Milady
35, rue de la Bienfaisance – 75008 Paris

E-mail : info@milady.fr
Site Internet : www.milady.fr

Pour Dan Breen.
Mon premier lecteur, qui m'a prouvé à quel point deux êtres très semblables peuvent être différents.

Remerciements

Sandra Miesel m'a considérablement aidé pour les microstructures. Tom Doherty et Harriet McDougal ont également fait d'excellentes suggestions en ce qui concerne la macrostructure, respectivement au début et à la fin du processus d'écriture.

Si je n'ai pas recommencé à écrire à la main en plein milieu du roman, c'est grâce aux efforts de Mark L. Van Name et d'Allyn Vogel. Ceux qui connaissent les ordinateurs aussi intimement que Mark et Allyn trouvent mes besoins singuliers, mais ils ont déployé des efforts considérables pour me satisfaire.

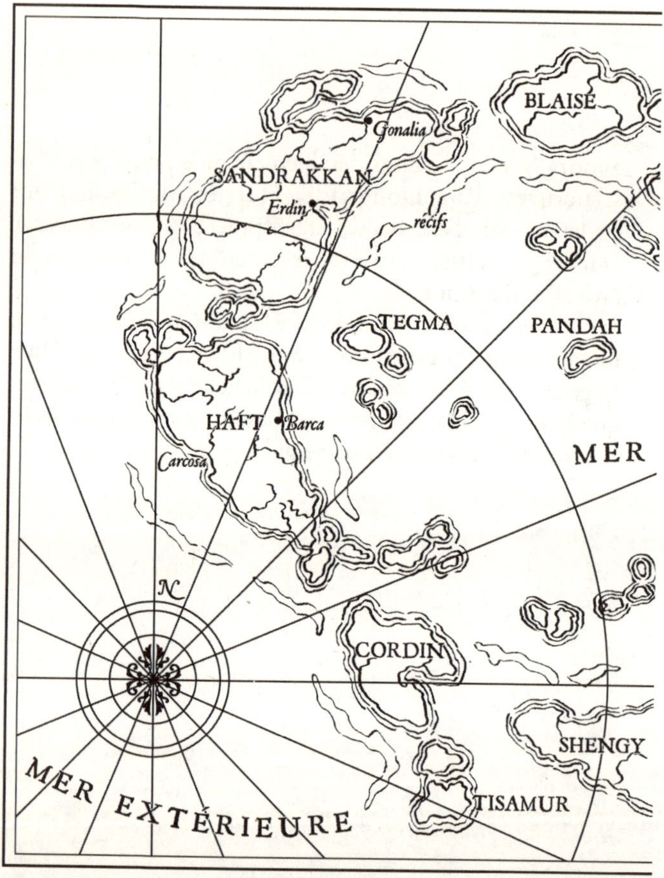
BLAISE
Gonalia
SANDRAKKAN
Erdin
recifs
TEGMA
PANDAH
HAFT
Barca
Carcosa
MER
N
CORDIN
SHENGY
TISAMUR
MER EXTÉRIEURE

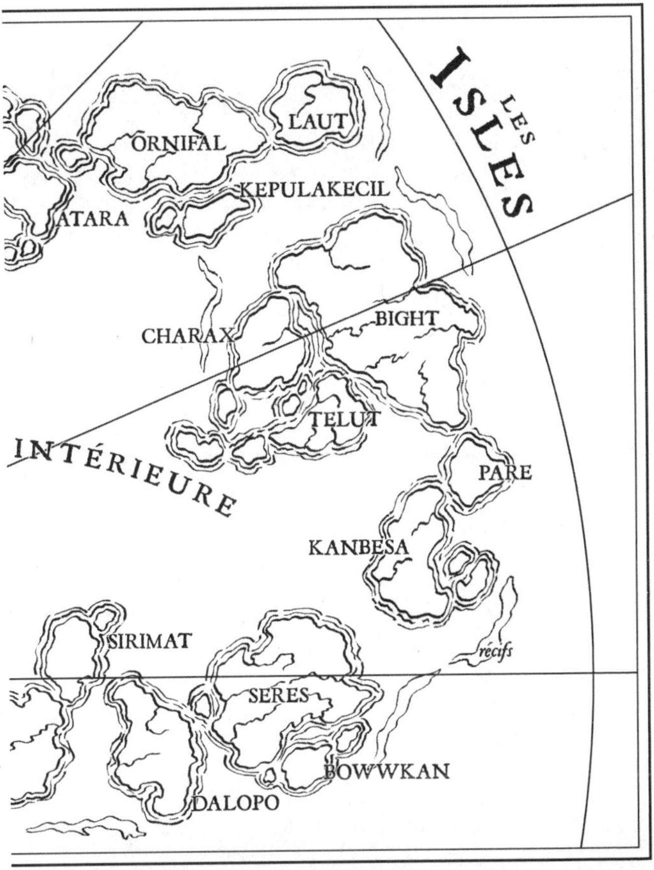
LES
ISLES
LAUT
ORNIFAL
KEPULAKECIL
ATARA
CHARAX
BIGHT
TELUT
INTÉRIEURE
PARE
KANBESA
SIRIMAT
récifs
SERES
BOWWKAN
DALOPO

Note au lecteur

J'ai emprunté tous les vers cités dans ce roman aux poètes grecs et latins. Celondre est Horace, dont j'ai emporté avec moi les *Odes* au cours de mes classes et de mon service au Viêtnam. Rigal est Homère, et le passage cité – pour moi, le plus touchant de toute la littérature – est tiré de l'*Iliade*. Etter est Hildebert de Lavardin : la poésie médiévale en latin n'est pas qu'hymnes et chansons à boire, même si je dois admettre avoir été agréablement surpris par Hildebert.

Aucune traduction ne saurait rendre justice aux œuvres originales. Celles-ci – les miennes – n'y prétendent pas.

La religion principale des Isles se fonde sur les croyances sumériennes – et dans une moindre mesure sur les pratiques sumériennes. Pour le service funèbre décrit dans ces pages, j'ai grossièrement paraphrasé des versets dédiés à la déesse Inanna.

Je crois qu'il me faut mentionner encore une chose. Les phrases magiques (*voces mysticae*) citées tout au long de ce roman sont vraies. Je ne veux pas dire qu'elles invoquent réellement des puissances magiques ; personnellement, je ne le pense pas. Cependant, de nombreux hommes et femmes croyaient au pouvoir de ces mots et les utilisaient très sérieusement pour faire le bien ou le mal.

À chacun son avis sur la question, mais je n'ai pour ma part prononcé aucune des *voces mysticae* lorsque j'écrivais *Le Seigneur des Isles*.

David Drake
Chatham County, Caroline du Nord.

Prologue

Tenoctris la magicienne s'arrêta un instant dans l'escalier en spirale pour reprendre son souffle et passer une mèche de ses cheveux gris derrière son oreille. Au-dessous d'elle la foule amassée dans la cour poussa une tonitruante acclamation : le duc de Yole et ses conseillers venaient sûrement de sortir du palais pour annoncer au peuple la victoire que la rumeur avait déjà révélée.

Six mois plus tôt, Tenoctris aurait fait partie du groupe de conseillers se tenant avec le duc sur les marches du palais. L'Homme au Manteau l'avait remplacée auprès du duc Tedry.

Tenoctris soupira et reprit son ascension. Si elle avait encore été magicienne à la cour de Yole, le peuple n'aurait pas eu de victoire à célébrer. Surtout pas une victoire pareille.

Tenoctris n'était pas une grande magicienne à proprement parler. Elle avait l'esprit d'une érudite et le cœur d'une joaillière ; les travaux à grande échelle étaient pour les autres. Elle voyait et comprenait les forces qu'il fallait déplacer ; elle n'avait tout simplement pas la puissance psychique pour les manipuler.

Et elle voyait et comprenait probablement trop bien. Tenoctris n'aurait pas pu porter un coup semblable à celui de l'Homme au Manteau. Elle comprenait en revanche que des actions de cette amplitude *devaient* avoir des conséquences autres que celles voulues par le magicien. Des conséquences que Tenoctris elle-même ne pouvait prédire.

Une meurtrière donnant sur le port éclairait le tournant suivant de l'escalier. Tenoctris s'arrêta de nouveau bien que le sommet ne soit plus qu'à un tour d'escalier. Elle n'était pas jeune, et n'avait jamais été une athlète.

C'était un jour radieux. Quand le soleil serait plus haut dans le ciel, la cour deviendrait un enfer aveuglant, mais pour l'instant les hauts murs de la citadelle maintenaient la cour à l'ombre et rafraîchissaient l'air grâce à la masse de leurs froides pierres.

Le duc Tedry était sorti pour s'adresser à son peuple car le grand hall du palais n'était pas assez vaste pour accueillir la foule ce matin-là. Tous les habitants de la ville qui s'étendait par-delà ces murs avaient tenté de se glisser à l'intérieur de la citadelle, et bien des gens arrivés de la campagne étaient venus en toute hâte lorsque la rumeur s'était répandue dans toute l'isle.

On disait que le duc Tedry avait vaincu – détruit, purement et simplement – le roi Carus et sa flotte royale. C'était la vérité. Le roi Carus – Carus qui avait écrasé des dizaines d'usurpateurs ; Carus, le plus grand roi que les Isles aient connu depuis le roi Lorcan, fondateur de la lignée – s'était noyé, et toute sa flotte avec lui. L'autre partie de la rumeur, celle qui annonçait que dans quelques mois le duc de Yole aurait affirmé sa position de nouveau roi des Isles… c'était une tout autre affaire.

Tenoctris ouvrit la trappe et se hissa sur la petite plateforme depuis laquelle elle observait d'ordinaire l'évolution des étoiles. Elle pouvait y voir l'horizon sur des kilomètres, dans toutes les directions.

Tenoctris transpirait, plus par tension nerveuse qu'à cause de son ascension. Elle sentait les forces croître, centrées désormais sur Yole elle-même. Elle ignorait ce qui allait se passer, mais son pressentiment augurait un cataclysme, comme les cheveux se dressant sur la nuque préviennent d'un coup de tonnerre imminent.

Au-dessous de Tenoctris, les chapeaux, calottes et bonnets des citoyens de Yole remplissaient la cour en une masse compacte. Le duc Tedry se tenait debout sous la profonde entrée du palais, arborant une armure argentée. Derrière lui se tenaient cinq de ses conseillers les plus proches ; au-dessous du duc, assis sur un trône noir et ouvragé que des serviteurs avaient transporté du grand hall vers le bas des marches, se trouvait la silhouette encapuchonnée du magicien de la Cour.

— Mon peuple ! tonna le duc, un homme massif dont la voix était assortie à son physique. (En complément de ses capacités naturelles d'orateur, trois arches de taille croissante entouraient la porte et formaient un porte-voix qui amplifiait ses paroles.) C'est le jour le plus important de vos vies, et de l'histoire de Yole !

Les acclamations de la foule se répercutèrent sur les murs de pierre, effrayant les mouettes perchées sur les remparts. Les oiseaux se mirent à tournoyer en poussant des cris, un accompagnement rauque à la clameur des hommes.

Tenoctris secoua la tête. Une semaine auparavant, le peuple de Yole aurait conspué son duc s'il n'avait pas craint les soldats qui quadrillaient la ville. Au moins les mouettes s'en tenaient-elles à leur opinion.

Le duc Tedry n'était pas un souverain populaire, car ses impôts et ses amendes conduisaient toutes les classes de la société aux limites de la pauvreté – et parfois au-delà. Les bateaux de guerre reposant sur des rampes de pierre tout autour du port étaient coûteux à construire, tout comme l'entretien de ces vaisseaux et de leurs équipages. Les soldats professionnels qui combattaient en mer sur les trirèmes et à terre en régiments armés représentaient une dépense encore plus importante… mais ces soldats et ces rameurs au salaire confortable assuraient le maintien du duc au pouvoir tant qu'il y avait à Yole quelque chose à taxer pour assurer leur paie.

— Ma puissance a submergé Carus, le soi-disant roi des Isles, ainsi que tous ses vaisseaux, et tous ses hommes ! dit le duc. Carus et ses troupes sont venus m'affronter. Tous ont péri devant notre terre ! Mon pouvoir les a détruits avant qu'ils aient pu frapper une seule fois !

La foule l'acclama de nouveau. Tenoctris se demanda si un seul d'entre eux comprenait ce que le duc disait. Le duc Tedry lui-même l'ignorait – Tenoctris en était certaine. Quant à l'Homme au Manteau…

L'Homme au Manteau refusait de donner son nom, mais il clamait que le siège apporté avec lui à Yole était le trône de Malkar. Qui s'asseyait sur le trône de Malkar *devenait* Malkar, l'essence du pouvoir noir qui était l'égal et l'opposé du soleil.

Tenoctris savait que le trône de l'Homme au Manteau était une réplique construite selon les descriptions des grands magiciens des temps anciens qui prétendaient l'avoir vu, ou même s'y être assis. On disait l'original plus vieux que la race humaine ; plus vieux que la vie elle-même.

Le roi Lorcan avait mis fin à des siècles de chaos quand, avec l'aide d'un magicien d'une race pré-humaine, il avait caché le trône de Malkar pour toujours. L'Homme au Manteau n'était qu'un magicien, mais pour Tenoctris son pouvoir était stupéfiant, même en ces temps où les forces prêtes à être manipulées par les adeptes étaient infiniment plus puissantes qu'elles l'avaient été pendant mille ans.

— Demain, ma flotte fera route vers l'ouest, et toutes les isles seront sous ma domination ! s'écria le duc Tedry. Jusqu'à Carcosa, la ville qui pendant des siècles a usurpé le statut de Yole comme foyer du roi des Isles !

Le peuple poussa des vivats jusqu'à s'en briser la voix.

L'Homme au Manteau avait utilisé sa baguette violette pour remuer la boue de l'un des bassins dans les jardins de Yole, usant de la magie imitative. Son sort avait fait s'affaisser les fonds marins sous la flotte que le roi Carus menait sur la mer Intérieure pour répliquer aux menaces et aux prétentions du duc de Yole. Tenoctris avait observé cette incantation du haut de sa plate-forme, comme elle regardait maintenant le duc annoncer sa victoire.

L'Homme au Manteau concentrait des forces que Tenoctris voyait comme des plans de clivage dans le cosmos ; pour le profane il s'agissait de voiles chatoyants de lumière bleue. Les nuances étaient légèrement différentes, indiquant à Tenoctris que le magicien qui l'avait supplantée ne contrôlait pas aussi parfaitement sa magie qu'il le prétendait ; mais la puissance remarquable des forces qu'il avait précipitées sur ses cibles coupait pourtant le souffle à la magicienne. Si elle ne l'avait pas vu de ses yeux, elle n'aurait jamais cru à l'existence d'un magicien aussi puissant.

— La prospérité de Carcosa viendra à Yole ! Tout mon peuple sera vêtu de soie et mangera dans des plats en or !

Être remplacée comme magicienne à la Cour ne dérangeait pas Tenoctris. Le duc l'avait gardée à son service, sans doute parce qu'il avait purement et simplement oublié son existence. Les besoins de la magicienne étaient simples : suffisamment de nourriture pour garder son frêle corps en vie et l'accès à l'ancienne bibliothèque de Yole, qui n'intéressait personne d'autre de toute façon. Elle se moquait de qui était roi, Carus ou Tedry, et elle aurait fait le peu dont elle était capable pour empêcher les troupes du roi d'écraser le duc rebelle de Yole.

Une victoire du roi Carus aurait certes semé la confusion à Yole et causé bien des morts, mais Tenoctris savait que le succès de l'Homme au Manteau était un bien plus grand danger que le feu ou les épées. Un magicien qui utilisait des pouvoirs au-delà de la compréhension humaine *ne pouvait* avoir le jugement nécessaire pour utiliser ces pouvoirs sans risque.

— Quand j'étais duc de Yole, je menais des milliers d'hommes, dit le duc Tedry. Maintenant que je suis le roi des Isles, j'aurai des centaines de milliers d'hommes ralliés à mon étendard, et les mers seront noires de mes trirèmes !

La foule l'acclama avec ferveur. Personne ne sentait donc les plans de forces bouger, avançant vers Yole au lieu de s'éloigner vers quelque fond marin ? L'Homme au Manteau tapotait légèrement le bras de son trône, mais même lui ne semblait pas avoir conscience des événements qu'il avait provoqués.

Tenoctris, elle, en avait une conscience aiguë. Elle sentit la tour trembler sous ses pieds et tourna la tête. Une secousse fit naître des vaguelettes semblables à une forêt de pointes de lances à la surface du port. Ni le duc ni ses auditeurs entassés dans la cour ne semblaient l'avoir remarquée.

— Je suis l'avenir ! s'écria le duc Tedry en levant son bras enserré de métal. Tous me suivront !

Un second choc frappa Yole tel un gigantesque marteau. Dans la ville, sous la citadelle, des tuiles rouges tombèrent des toits. Une dizaine de bâtiments s'effondrèrent en un nuage de poussière traversé d'étincelants éclats de verre.

La tour sur laquelle Tenoctris se tenait tremblait comme une branche. Des morceaux de pierre se détachèrent des murs et s'abattirent sur la foule soudain terrorisée.

Tenoctris s'agenouilla sur la plate-forme et utilisa son simple athamé de bois pour esquisser des symboles sur les planches usées par les intempéries. Elle ne pouvait rien faire pour sauver Yole. Elle ne pensait pas pouvoir se sauver elle-même, mais avec un tel nexus de force il y avait un espoir, même pour une magicienne aux capacités pratiques aussi limitées que les siennes.

Le duc Tedry tira son épée et l'agita dans les airs en signe de défi. Il poussa un cri mais ce son, comme les hurlements des milliers d'habitants amassés dans la citadelle, fut étouffé par le grondement de la terre.

— *Zoapher ton thallassosemon*, dit Tenoctris, articulant son incantation avec le calme qui caractérisait toutes ses actions.

Elle ne pouvait entendre sa propre voix, mais l'effet de ces syllabes serait cependant le même.

L'Homme au Manteau bondit de surprise, enfin conscient des conséquences de sa propre magie. Son faux trône se brisa en deux avant de s'effondrer en un tas de sable noir qui, agité par les secousses, s'écoula autour des chevilles du magicien.

La tour vacilla quand la terre – la citadelle, la ville, l'isle de Yole tout entière – s'abaissa d'une quinzaine de mètres. De lourdes ardoises glissèrent du toit nord du palais et vinrent se briser sur les pavés, bouchant le passage entre le palais et le mur extérieur de la citadelle.

L'eau venue du port s'écoulait le long des rues. La mer se dressait, blanche d'écume, sur toute la largeur de l'horizon et attendait l'afflux qui lui permettrait de balayer l'isle. La terre s'abaissa encore, aussi inexorablement qu'une pierre s'enfonce dans du goudron brûlant.

— *Eulamoe ulamoe lamoeu*, récita Tenoctris tandis que mer et terre rugissaient triomphalement.

À chaque syllabe qu'articulaient ses lèvres elle touchait de son athamé le symbole correspondant qu'elle avait tracé sur la plate-forme.

— *Amoeul moecula oeulam*...

Yole continuait à couler doucement, inéluctablement. La tour sur laquelle se tenait Tenoctris vacillait mais ne basculait pas. La mer envahit tout en un vacarme encore plus assourdissant que les secousses précédentes. Les vagues se brisèrent sur les murs de la citadelle, puis submergèrent la pierre en une pluie d'embruns auxquels les rayons du soleil donnaient l'apparence d'un arc-en-ciel.

— *Amuekarptir erchonsoi razaabua*, poursuivit Tenoctris.

Elle ne ressentait plus l'angoisse qui l'avait envahie le matin même. Les forces qui lui avaient causé cette tension psychique étaient maintenant libérées dans le plan matériel. Les murs qui divisaient le cosmos s'étaient brisés ; la pression diminuait alors même qu'elle réduisait Yole en ruine.

— *Druenphisi noinistherga*...

La mer balaya ce qui avait été la terre ferme, apportant avec elle diverses formes de vie. À peine quelques mètres sous le rebord de la tour, Tenoctris vit de grandes mâchoires aux dents coniques happer un homme en train de se noyer puis disparaître dans l'écume.

Le long aileron sur le dos du tueur ondulait de droite et de gauche, un mouvement semblable à la nage d'un serpent. Cette créature était un loup de mer, un lézard prédateur d'une espèce retournée dans l'eau. Ils étaient rares dans les Isles, et pratiquement inconnus ici, dans les territoires de l'est. La plupart du temps, les loups de mer chassaient les poissons en pleine mer, mais ils retournaient occasionnellement sur la terre ferme pour se saisir sur le rivage de quelque victime inconsciente. Ce jour-là, les loups de mer allaient faire un véritable festin.

—*Bephurorbeth!* conclut Tenoctris.

Bien que le dernier mot de cette incantation soit inaudible au sein de ce vacarme assourdissant, le cosmos lui-même vibra en accord avec les pouvoirs en mouvement. Les forces venues de milliers de directions différentes se rejoignirent en parfaite harmonie autour de Tenoctris. La tour sombra sous les rouleaux des vagues, mais la plate-forme et Tenoctris se détachèrent de ce qui restait de la structure effondrée.

Elle ne pouvait pas sauver Yole. Peut-être pourrait-elle se sauver elle-même.

Des corps et des morceaux de bois flottaient dans l'écume. Des tentacules emportèrent le châssis d'une fenêtre, puis lâchèrent l'objet immangeable et s'enroulèrent autour de l'homme aux cheveux gris qui avait été le percepteur du duc. Une gigantesque ammonite perça la surface des flots, le corps dissimulé par une coquille torsadée ayant toutes les couleurs éclatantes d'une opale de feu. Tenoctris regarda fixement l'un des grands yeux aux pupilles en fentes caché derrière une forêt de tentacules.

L'ammonite replongea, emportant le percepteur. Ses tentacules amenèrent le corps vers le bec de perroquet placé au milieu de sa tête.

Une lumière bleue aveuglante enveloppait Tenoctris. Les étoiles tournèrent autour d'elle pendant un millier d'années, effaçant sa mémoire comme on frotte une pierre ponce sur un manuscrit afin qu'une autre main y écrive.

Loin d'elle, à une distance inconcevable dans l'espace et le temps, l'océan bouillonna sur le tombeau qu'était devenue Yole.

Livre I

I

Aux premières lueurs de l'aube, elle s'aperçut qu'une nouvelle pièce était apparue sur le plateau de jeu. Elle se figea.

Ce plateau était fait d'un large bloc d'agate dont les motifs avaient jadis été choisis avec soin par le magicien qui l'avait sculpté et poli, bien avant le règne des hommes. Elle gardait l'objet à l'abri des regards, non pas derrière des barreaux ou sous clé, mais dans un plan parallèle qu'elle seule pouvait invoquer afin de méditer.

Pour un œil non averti, les pièces n'étaient que des fragments de tourmaline, précieuses mais à peine dégrossies par quelque tailleur de gemmes barbare, certes doté d'une force brute, mais dépourvu de talent. Cependant, pour un œil connaisseur, attentif… un œil de magicienne comme le sien, chaque pièce donnait à voir les différences subtiles entre les êtres vivants sur lesquels sa volonté s'exerçait. Les pions humains qu'elle déplaçait, ainsi que son adversaire invisible, affectaient ensuite les autres pièces par leurs mouvements.

Elle avait consacré un temps infini et tout son talent à étudier les pièces de tourmaline afin de perfectionner sa stratégie pour contrôler les êtres qu'elles imitaient. Il y en avait des centaines sur le plateau, et chacune avait son importance. Toute la difficulté du jeu résidait dans la capacité à identifier les quelques pièces dont dépendait la victoire. La veille, il y en avait eu quatre.

Deux d'entre elles étaient très puissantes. Elles étaient faites d'un minerai dur, vert d'eau à une extrémité et d'un rouge ayant le flamboiement du rubis à l'autre. La forme des cristaux changeait de la base au sommet, et les deux pièces étaient d'aspect différent.

C'étaient des Halfelins, fruits de l'union entre un homme et une créature, des hybrides dont seul l'aspect était humain et qui possédaient des dons dont leurs parents étaient dépourvus. Sans être des magiciens, ils pouvaient maîtriser des forces qu'aucun magicien humain, quelle que soit sa puissance, ne pouvait contrôler.

Dirigés par son adversaire, les Halfelins pourraient se révéler dangereux, mais seuls ils étaient impuissants. Si elle ne parvenait pas à les utiliser à ses fins, elle pouvait dans le pire des cas les mettre hors jeu.

Les deux autres pièces, des spirales, semblaient avoir été taillées dans le même morceau de tourmaline… ce qui n'était pas le cas, c'était tout simplement impossible. La première luisait d'un éclat brun métallique révélant un alliage de cristal et de fer, et laissait deviner des formes dérivant dans ses profondeurs. La seconde était claire comme l'eau et avait la teinte rosée des premières lueurs de l'aube.

Elle toucha les deux spirales du bout des doigts, sans pouvoir décider si elles étaient brûlantes ou glacées. Malgré tout le temps passé à examiner ces pièces, elles demeuraient par certains aspects un mystère. Il fallait qu'elle les examine séparément, car l'une des deux était la *clé*: celle qui révélerait le lieu où Lorcan d'Haft avait caché le trône de Malkar un millier d'années auparavant.

Le pouvoir du cosmos tout entier reposait dans cette pièce, et il était possible de la contrôler. Elle se déplacerait selon ses directives ou celles de son adversaire, une silhouette encapuchonnée dont elle sentait la présence mais qu'elle ne voyait jamais. Pas de troisième joueur dans le jeu !

Et pourtant…

Cette nuit-là, entre le crépuscule et l'aurore, une pointe de tourmaline bleue était venue s'ajouter aux quatre puissantes pièces. Il lui fallait comprendre ce qu'elle pouvait bien signifier, et plus encore ce qu'elle faisait *là*.

Elle recouvrit le plateau d'un carré de soie et se dirigea à grands pas vers la porte. Celle-ci n'avait pour tout verrou qu'un fil d'araignée. Cependant, si d'aventure quelqu'un avait tenté de la forcer, il ne se serait pas du tout retrouvé là où il s'y attendait – mais plutôt là où il n'aurait jamais voulu être.

Elle ouvrit la porte. Son serviteur, le visage austère, inclina la tête avec cérémonie.

— Qu'on ne me dérange sous aucun prétexte, dit-elle. (D'un signe de tête, elle désigna les plateaux recouverts disposés sur une petite table près de la porte :) Je jeûnerai, emportez ça.

— Comme vous voudrez, ma reine, répondit-il en hochant de nouveau la tête.

Elle ferma la porte puis la scella. Il était impensable que son adversaire ait placé cette nouvelle pièce…

Mais si ce n'était pas lui, alors qui ?

2

Au milieu du grenier de l'auberge familiale, Garric or-Reise se retournait dans son lit. Il rêvait d'un tourbillon.

L'eau était glacée et si dense qu'elle semblait solide. Une écume d'un blanc sale traçait des spirales semblables aux nervures sur une agate. Si Garric parvenait à garder la tête et le bras droit hors de l'eau, le reste de son corps était pris dans les remous, telle une mouche piégée dans de l'ambre.

— Au secours! cria-t-il, mais le tumulte étouffait sa voix.

La pression exercée sur sa poitrine l'empêchait de reprendre sa respiration. D'autres créatures étaient elles aussi prisonnières de la lente rotation du tourbillon. Des monstres pour la plupart.

Un loup de mer se débattait de l'autre côté du maelström. Garric avait déjà vu plusieurs fois des loups de mer faire des incursions dans les pâturages autour du hameau de Barca, mais cette bête mesurait plus de six mètres – elle était deux fois plus grande, et bien plus massive que toutes celles dont Garric avait entendu parler. La tête de l'animal à elle seule était longue comme le bras du jeune homme, et ses dents jaunes auraient pu couper un homme en deux.

Il aperçut, au-dessus de lui, une créature au corps segmenté, aplati et chitineux, plus grande qu'un bateau de pêche, et dont les nombreuses pattes s'agitaient vainement dans l'eau glaciale. Elle était armée de pinces évoquant celles d'un scorpion cauchemardesque, et ses yeux globuleux miroitaient dans la lumière blafarde.

Bien plus bas se débattait une ammonite dotée de tentacules et dont la coquille avait la taille d'une ferme. Ses yeux jaunes regardaient fixement Garric, pleins d'une rage irraisonnée ; mais elle aussi était prisonnière du maelström.

Au fond de la mer, à une distance infinie, une silhouette jetait un trait de feu violet tel un pêcheur lançant sa ligne. Elle était vêtue d'un long manteau noir, son visage était dissimulé par le capuchon. Tandis que les flammes violettes se rapprochaient de plus en plus de Garric, la sombre forme partit d'un rire si sonore qu'il en couvrait le vacarme du maelström. De plus en plus près…

Garric se réveilla, presque étouffé par un cri resté bloqué dans sa gorge. Il était entortillé dans des draps trempés de sueur, et non emprisonné par un tourbillon. Une lumière diffuse, annonciatrice de l'aube, passait par la lucarne.

— Que la Dame et le Berger me protègent, murmura Garric en attendant que son cœur reprenne un rythme normal. Que Duzi qui veille sur nos troupeaux veille également sur moi.

Il ouvrit l'œil-de-bœuf pour se rafraîchir. La vitre déformait tant l'extérieur qu'il était impossible de distinguer quoi que ce soit au travers, en dehors des variations de la lumière ; lorsque Garric regarda par la fenêtre ouverte, il aperçut une silhouette vêtue d'une robe, affalée sur un radeau qui flottait à quelques mètres du rivage.

Garric se dégagea des draps et de la fine couverture – les nuits avaient rafraîchi avec la tempête, même si le printemps tirait à sa fin. Il ne prit pas la peine d'attacher une ceinture sur la tunique qu'il portait pour dormir et, comme tout le monde à Barca, il marchait pieds nus dès que le sol avait dégelé.

Il sauta par la fenêtre et se réceptionna un peu plus bas. Il décida de ne réveiller personne, craignant d'être encore en plein rêve. Garric pensa tout d'abord que la forme dans les flots était le mystérieux pêcheur de son cauchemar. S'il y avait vraiment quelqu'un, Garric n'aurait pas besoin d'aide pour le ramener sur la terre ferme. Si son imagination lui jouait des tours, il souhaitait que personne ne le sache.

Il franchit sans problème la digue et courut sur la plage de graviers, sa tunique lui battant les jambes. Garric était grand pour ses dix-sept ans mais très mince, il n'avait pas encore sa carrure d'homme. Sa sœur Sharina était grande elle aussi, mais d'une grâce qui se mariait à merveille avec ses longues boucles blondes. Leur ami Cashel était, à l'inverse, bâti comme un chêne ; si massif qu'en dépit de sa taille proche de celle de Garric, il semblait tout de même trapu.

Les pêcheurs avaient hissé leurs barques à six rames au sommet de la digue, mais la tempête de la veille les avait projetées à bonne distance. Trois d'entre elles étaient retournées, et les deux autres s'étaient retrouvées l'une sur l'autre tels deux amoureux enlacés, celle du dessus ayant au passage fracassé les bancs de nage de l'autre.

La mer Intérieure se jetait sur la plage, accompagnée du bruit familier du ressac. Il fallait s'avancer profondément dans les terres et dépasser les premières collines, qui assourdissaient enfin ce tumulte, pour prendre la mesure de sa force. Des vaguelettes venaient se briser sur le radeau. Ce dernier ainsi que la femme qui y était allongée à plat ventre étaient aussi réels que l'eau dans laquelle Garric pataugeait jusqu'aux genoux pour les atteindre.

L'esquif s'était échoué sur un banc de coquillages et de graviers si étroit qu'on le remarquait à peine à marée basse. Garric constata avec surprise que le radeau provenait des débris d'une maison et non du pont d'un bateau comme il l'avait cru tout d'abord.

La femme gémit faiblement quand il la souleva ; au moins était-elle vivante. Elle était plus vieille que sa mère, mais la faible lumière empêchait Garric de déterminer précisément son âge. Elle était très légère, malgré sa robe en épais brocart trempée d'eau de mer.

Garric fit demi-tour et remonta laborieusement vers le rivage ; il avançait avec précaution, soucieux de ne pas renvoyer l'infortunée dans les flots. Une vague perfide tira sur le bord de sa tunique comme pour le faire tomber.

— Une naufragée ! cria-t-il à pleins poumons.

Personne ne l'entendrait tant qu'il n'aurait pas atteint l'auberge, mais un pêcheur pouvait être venu constater les dégâts de la terrible tempête qui avait sévi toute la journée et la nuit précédente.

— Préparez un lit, et de l'eau !

Garric n'avait pas la moindre idée d'où pouvait venir cette femme. Les seules isles où l'on trouvait des maisons faites de ce bois se trouvaient à plus de quatre-vingts kilomètres à l'est d'Haft. Si la tempête avait fait dériver cette embarcation de fortune, ce qui était forcément arrivé, il était incroyable que cette femme ait eu la force de se cramponner si longtemps à un morceau de bois, et ce au beau milieu du pire orage que la mer Intérieure ait connu depuis une génération.

— À l'aide ! Il y a une naufragée !

Il escalada le talus à longues et souples enjambées. Garric avait déjà tiré un mouton adulte d'une tourbière et l'avait remonté sur ses épaules. Cette vieille femme n'était rien en comparaison.

Il avait, à un moment ou à un autre, exercé à peu près tous les métiers possibles à Barca. Un jour, l'auberge appartiendrait à Garric et à Sharina : leur père, Reise, avait été très clair à ce sujet. Garric ne savait pas s'il voulait vraiment devenir aubergiste, quant à Sharina… comment savoir ce que voulait Sharina ? Lora, leur mère, la traitait de telle façon que rien sur cette terre ne semblait assez bien pour elle !

Reise ne semblait pas se soucier de ce que ses enfants feraient de l'auberge quand il disparaîtrait. Sa tâche était de leur apprendre à tenir cet établissement ; la manière dont ils mèneraient leur vie après cela ne le concernait pas.

Reise or-Laver avait toujours fait son devoir. C'était un homme instruit, venu de la capitale royale de Valles sur l'isle d'Ornifal. Il s'était rendu à Carcosa, sur leur grande isle d'Haft, pour devenir clerc à la Cour du comte Niard. Hélas, Niard et la comtesse Tera avaient péri au cours des émeutes, dix-sept ans auparavant. Reise était donc venu à Barca avec ses deux nouveau-nés et sa femme, Lora, une fille du hameau venue à Carcosa pour servir au palais du comte. Les gens de Barca traitaient encore Reise comme un étranger, mais il avait racheté l'auberge délabrée et en avait fait une affaire rentable.

Reise avait bien élevé ses enfants ; il leur avait lui-même enseigné la littérature et les mathématiques, pas seulement à lire leur nom ou à compter sur leurs doigts. Il travaillait sans se plaindre et payait ses dettes sans faire d'histoires. Tout Barca le respectait…

Mais Reise était un homme sec, plein de colère, et personne ne l'aimait vraiment. Pas même son fils.

La plupart des maisons de Barca étaient rustiques : deux ou trois pièces sous un grenier, un appentis et parfois une cuisine d'été dans la cour. Les murs étaient faits de brins d'osier entrelacés autour des poteaux, cimentés par un mélange d'argile et de mousse puis recouverts de plâtre pour les rendre étanches. Les toits étaient faits de chaume ; les cheminées étaient en pierre, en brique ou, pour les plus démunis, en une combinaison de brindilles et d'argile, au risque de favoriser de catastrophiques incendies.

L'auberge était, quant à elle, un bâtiment à un étage en brique ocre vieux de plusieurs siècles. Des glycines particulièrement épaisses grimpaient le long du mur ouest ; au mois de mai, elles laissaient pendre de lourdes grappes de fleurs violettes. La cour fermée pouvait accueillir plusieurs voitures à la fois, et les écuries adossées au mur nord comptaient assez de stalles pour vingt chevaux. Garric ne les avait jamais vues plus qu'à moitié remplies, même pendant la foire aux moutons, quand les marchands venaient se procurer de la laine et que les bergers achetaient les moutons qui ne pourraient pas hiverner, faute de fourrage.

L'autre gros bâtiment du hameau était le moulin à grain, juste à côté de l'auberge. Si cette dernière était vieille, le moulin était antique : une construction faite de pierres très ajustées, datant de l'Ancien Royaume. Des écluses permettaient de remplir le bassin à marée haute ; les vannes vidaient alors le bassin vers le déversoir et actionnaient ainsi les roues du moulin quand le meunier le souhaitait.

Les marées étaient bien plus prévisibles et contrôlables que le vent ou les cours d'eau, car elles allaient et venaient sans qu'on ait à se soucier de la sécheresse ou des caprices de l'atmosphère ; en revanche, seules les constructions les plus solides pouvaient résister aux grandes marées de printemps, quand le soleil et la lune étaient en conjonction. Depuis plus de mille ans, personne sur l'isle d'Haft n'avait entrepris de construire un moulin similaire.

— Où suis-je ? demanda la naufragée.

Sa voix était faible, cassée, et Garric ne comprit ses paroles que parce qu'il maintenait la tête de la femme pressée contre son épaule pour éviter qu'elle ballotte.

La porte de derrière s'ouvrit. Reise apparut, une branche de sapin enduite de graisse enflammée à la main pour faire un peu de lumière.

— Vous êtes dans le hameau de Barca, dit Garric. Vous serez au lit dans un instant, ma dame. Et nous allons vous donner du lait avec un œuf battu.

— Mais où se trouve Barca ? murmura la femme. Suis-je sur Yole ?

Reise ouvrit la porte en grand et s'écarta. Lora se tenait au milieu du couloir central et Sharina se penchait par-dessus la balustrade pour voir ce qui se passait.

— Yole ? demanda Garric. Qu'est-ce que c'est ?

— Yole ? répéta son père d'un ton interrogateur. Yole a sombré dans les flots il y a un millier d'années !

3

Sharina noua une large ceinture de tissu par-dessus la tunique qu'elle portait en guise de chemise de nuit.

— Sharina ! Va chercher l'ermite ! lui lança Garric en passant de biais le pas de la porte afin de ne pas cogner les jambes ballantes de sa passagère contre les montants. Cette dame a besoin d'aide !

— J'y vais ! répondit-elle.

Sa cape était à l'étage, mais la légère fraîcheur ne nécessitait pas qu'elle perde du temps. Elle courrait pendant la plus grande partie du trajet menant à la hutte de Nonnus ; il fallait cependant marcher avec précaution durant la fin du parcours, qui descendait le long du ruisseau vers sa hutte et ce, même en plein jour.

— Sharina ! Tu ne peux pas sortir à cette heure-ci ! cria sa mère. Et sûrement pas habillée comme ça !

— Prends de quoi t'éclairer ! lui dit Reise en agitant sa branche de sapin pour appuyer ses dires ; il ne pouvait la lever à l'intérieur sans mettre le feu au plafond.

Sharina ignora aussi bien Lora que Reise. Elle avait aussi peu besoin d'une torche que d'une cape… Quoiqu'elle aurait pris les deux si ses parents ne le lui avaient pas demandé. Avant que l'un d'entre eux ait pu l'arrêter, Sharina avait déjà passé la porte d'entrée et traversait la cour.

Le double portail de la cour n'avait pas été fermé depuis tant d'années que de hautes herbes avaient poussé sous chaque porte et que l'une d'entre elles pendait par sa charnière. Au-dessus de la jeune fille le croissant de lune se détachait nettement, mais le ciel était déjà trop pâle pour qu'on y distingue les étoiles.

La seule rue digne de ce nom à Barca suivait la rangée de maisons menant à la baie peu profonde. Un pont de pierre plat enjambait la retenue d'eau du moulin ; ce dernier avait été construit en même temps que la bâtisse elle-même. Pour le reste, la rue était faite de terre, de poussière ou de boue selon le climat. Après l'énorme tempête de la veille, des mares s'étaient formées dans les ornières creusées par des siècles de passage. Sharina traversa la rue détrempée avec aisance, visiblement rompue à cet exercice, et se dirigea vers l'un des plus petits chemins de la communauté.

À l'exception de la côte, Barca n'avait pas de frontières naturelles. Les maisons s'étendaient dans toutes les directions, et il était difficile pour un étranger de distinguer la limite entre le hameau proprement dit et les fermes plus écartées. Cependant, quelques étendues de pâturages et de bois reliaient plusieurs habitations, qui étaient considérées par les habitants de la région comme le hameau de Barca.

Le chemin que suivait Sharina plongeait presque immédiatement dans les bois de la communauté, là où les porcs fouissaient la terre en quête de glands et où certaines familles avaient le droit de couper du bois mort pour faire du feu. Un homme vivait dans ces bois et lui aussi appartenait, en un sens, à la communauté.

Garric avait demandé à Sharina d'aller chercher Nonnus, l'ermite, au lieu de s'y rendre lui-même. Tout le monde savait que Sharina était la seule que l'ermite traitait comme une *personne* et pas comme un événement au même titre que le printemps ou la pluie.

Avec sa chevelure d'un blond de miel et ses yeux gris, Sharina était différente de toutes les personnes qu'elle connaissait, y compris ses parents. C'était sans doute à cause de son apparence qu'elle se sentait comme une étrangère au milieu de la population locale, même si elle avait vécu toute sa vie à Barca, à l'exception de sa première semaine d'existence. Le simple fait que Nonnus l'accepte était aussi rassurant que le contact de ses draps quand elle se réveillait après un rêve de chute.

Le chemin serpentait vers la route qui menait au gué d'Hafner, mais personne n'y arrivait par les bois, hormis ceux qui venaient voir Nonnus – donc presque personne. Des ronces se balançaient de chaque côté du sentier, s'accrochant de temps à autre à la chemise de Sharina. Elle se dégageait sans ralentir car elle savait que de sa vitesse pouvait dépendre une vie.

Nonnus faisait office de guérisseur au sein de la communauté. Grand-mère Halla racontait qu'il était arrivé d'on ne savait où quelques années avant que Lora revienne à Barca avec un mari étranger et des jumeaux nouveau-nés.

— On croyait que c'était un bandit, ça oui, avait l'habitude de dire sa grand-mère, mais l'intendant de l'époque était une poule mouillée, comme Katchin aujourd'hui. Personne n'a eu assez de cran pour s'interposer quand ce bonhomme s'est trouvé un coin au bord du ruisseau. Quand le fils de Trevin or-Cessal s'est cassé la jambe – c'est le garçon qui est mort de la fièvre l'année suivante –, il a entendu ses cris perçants et il a remis l'os en place bien proprement. C'est comme ça qu'on a appris que c'était un ermite sacré. Mais l'a toujours l'air d'un bandit, si tu veux mon avis.

Même si vous n'en vouliez pas, il était fort probable qu'elle vous le donnerait de toute façon. Vous l'aurait donné, en fait – Sharina avait du mal à se rappeler que sa grand-mère était morte depuis cinq ans. Elle avait été retrouvée dans son lit, ses voisins ayant remarqué qu'il n'y avait plus de fumée qui sortait par sa cheminée.

Même Sharina avait du mal à considérer Nonnus comme un homme sacré, bien qu'il s'agenouille si souvent devant l'autel taillé par ses soins dans l'écorce d'un pin pour vénérer la Dame que le sol était devenu dur comme de la pierre. Outre la prière, Nonnus partageait son temps entre l'entretien de son jardin, la pêche et la chasse. Quand on lui demandait de l'aide, il en donnait. Il acceptait divers produits en guise de paiement, parfois une flèche de lard, mais, en réalité, il était aussi indépendant que les écureuils qui constituaient une grande part de son alimentation.

Les prêtres de la Dame et de son compagnon le Berger effectuaient un petit circuit dans la commune et ses environs chaque année pour faire une collecte. Nonnus ne marchait pas comme eux. Il bougeait comme un chien de garde, toujours alerte, précis comme les courts javelots de bois qu'il utilisait pour atteindre ses proies.

Deux bâtons étaient suspendus par une corde faite d'écorce de saule tressée à l'emplacement où le chemin vers la hutte de l'ermite se séparait de la route commune. Sharina s'arrêta un instant pour les cogner l'un contre l'autre.

— Nonnus ? appela-t-elle. Mon frère a trouvé une femme rejetée par la mer et qui aurait besoin de vous !

La dernière partie du chemin descendait le long d'une ravine puis enchaînait sur une montée escarpée. Sharina s'aida de ses mains pour ralentir sa descente, puis pour se hisser aux racines d'un immense hêtre qui poussait du côté opposé.

Si vous ne cogniez pas ces bâtons en rendant visite à Nonnus, il était tout de même là, à vous attendre. À une différence près : ceux qui n'avaient pas été assez polis pour annoncer leur arrivée découvraient l'ermite avec trois javelots dans la main gauche et un quatrième, prêt à être lancé, dans la droite. Personne à Barca ne s'était jamais vanté d'avoir approché Nonnus sans être aperçu.

L'ermite sortit de sa hutte basse avec dans les mains un panier d'osier rempli de remèdes et son bâton.

— Des os cassés, mon enfant ? demanda-t-il.

Son sourire de bienvenue semblait avoir été taillé dans une racine de bruyère.

Nonnus était plus petit que la normale – plus petit même que Sharina – et sa taille faisait le même diamètre que son torse. Ses cheveux étaient striés de gris et sa barbe davantage encore. Sharina supposait que l'ermite avait plus de quarante ans, même si rien n'indiquait un âge si avancé en dehors de ses cheveux.

Il passa le bâton dans l'anse de son panier et fit basculer le tout sur son épaule. Sa tunique, grossièrement taillée, était tissée en grosses mailles d'une laine naturellement noire et aussi rêche que du crin.

— Je ne sais pas, Nonnus, répondit une Sharina haletante, qui profitait de cette pause pour reprendre son souffle. Garric a seulement dit que c'était une naufragée.

Nonnus portait une ceinture imperméable en corde d'écorce de saule tressée, identique à celle utilisée pour maintenir ensemble les bâtons de bois. Un grand couteau – apparemment la seule chose en métal qu'il possédait – y était suspendu, glissé dans une gaine à rabat rivetée.

— Bien, tu sais où pousse ma consoude, dit-il en descendant le chemin devant elle d'un pas étrange, traînant et pourtant rapide. Tu pourras revenir et déterrer suffisamment de racines pour faire un plâtre si jamais nous en avons besoin.

Nonnus cultivait des plantes annuelles près de sa hutte. Les plantes vivaces et les légumes récoltés dans leur deuxième année – panais, navets et oignons – poussaient plus loin, sur un terrain à part. Même s'il utilisait comme seul ustensile pour cultiver son jardin un bâton pointu, la disposition des jeunes pousses était aussi régulière que l'alignement des écailles d'un poisson.

— Nonnus ? demanda Sharina, tout en courant derrière l'ermite pour se maintenir à son allure. (La vitesse de Nonnus n'était pas due à la précipitation : il ne faisait pas un seul faux mouvement, voilà tout.) Vous supposez qu'elle vient d'où ? Je veux parler de la naufragée.

— Ah ! mon enfant, répondit l'ermite d'une voix soudain distante. En ce qui concerne les autres, je ne suppose rien. Rien du tout.

Il parcourait le chemin à grandes enjambées. *Et personne ne devrait rien supposer à mon sujet*, semblaient silencieusement ajouter son dos et sa silhouette massive. Sharina se mordit la lèvre, embarrassée, et continua à le suivre.

4

Ilna os-Kenset disposa la robe de la naufragée sur le séchoir près de l'entrée du moulin pour l'exposer au soleil de l'après-midi. Des symboles brodés se détachaient sur l'étoffe ; ils rappelaient à Ilna les motifs gravés sur les vieilles pierres utilisées pour les fondations de l'auberge. Le tissu brillait d'un éclat vert quand elle le regardait d'un côté et bleu si elle changeait d'angle.

Il semblait à Ilna que les symboles eux aussi changeaient avec la lumière, mais y penser la mettait mal à l'aise. Toucher le vêtement la perturbait encore davantage, même si elle n'aurait pas su l'expliquer.

Elle ajusta légèrement le panneau d'osier pour abriter une heure de plus le tissu de la lumière directe du soleil. Il serait de toute façon temps de retourner la robe à ce moment-là. Il y avait assez de vent pour sécher un brocart, même de cette épaisseur, avant qu'Ilna rentre la robe au coucher du soleil pour la protéger de la rosée.

Des pigeons s'envolèrent dans un grand battement d'ailes de la petite maison jouxtant le moulin qu'Ilna partageait avec son frère Cashel. Ils volèrent en décrivant des cercles, puis virèrent sur l'aile pour se poser de nouveau au sommet du toit. Que pouvait-il bien se passer dans la tête d'un oiseau ? C'était déjà assez difficile de savoir ce qui se déroulait dans la tête d'un être humain. Celle d'un homme en particulier.

Celle de Garric or-Reise surtout.

Sharina avait apporté la robe dans la matinée en expliquant que Garric avait retrouvé la femme à qui elle appartenait rejetée sur le rivage, et que ce vêtement avait besoin d'être nettoyé. Le nettoyage n'était pas vraiment le problème. Ilna se rendit vite compte qu'elle n'aurait pas besoin de faire pénétrer des flocons d'avoine dans le tissu pour absorber saleté et sécrétions corporelles – qui partiraient ensuite au lavage avec les flocons. Les teintures grand teint n'avaient pas été endommagées par leur séjour dans l'eau, mais il fallait maintenant laver les résidus de sel à l'eau douce.

Si le moulin avait fonctionné grâce à un ruisseau, Ilna aurait accroché la robe à un panier d'osier dans la retenue d'eau ou le déversoir. Son oncle, Katchin le meunier, s'en serait peut-être plaint. Sa jeune femme, Fedra – une vraie souillon –, très certainement. Ilna l'aurait fait de toute façon, car c'était son droit, et que cela ne nuisait à personne – y compris à sa famille.

Mais puisque l'eau de la retenue était salée, la question ne se posait pas. Une part d'Ilna – pas celle dont elle était la plus fière, soit, mais une part d'elle, néanmoins – regrettait cette occasion d'obliger Katchin à céder. Cela la chagrinait même davantage que la perspective de transporter des seaux remplis d'eau du puits et de laver le sel à grande eau de ses gestes délicats.

Kenset or-Keldan était l'aîné des deux fils du meunier. « L'aventureux », comme le désignaient ceux qui l'avaient connu. Il avait quitté le hameau pendant une année entière. Personne ne savait où il était allé. Quand il revint de façon tout aussi inattendue, ce fut avec deux nouveau-nés vagissants, mais sans femme.

Keldan était mort pendant son absence, et Ilna connaissait assez son oncle Katchin pour savoir qu'il avait dû enrager à l'idée de diviser un héritage dont il pensait qu'il revenait à lui seul ; il l'avait néanmoins fait. La loi était très claire à ce sujet et Katchin était très à cheval sur ces choses-là.

Ceux qui avaient décrit Kenset comme aventureux dirent par la suite que le garçon revenu avec deux enfants était un homme complètement différent – plutôt l'ombre d'un homme. Kenset était parti en quête de quelque chose, mais après son retour le seul endroit où il cherchait encore, c'était au fond d'une chope de cidre. Il emprunta de l'argent à son frère sur les bénéfices du moulin ; puis il en emprunta davantage. Il ne s'intéressait à personne, surtout pas à ses enfants, et personne ne s'intéressait à lui.

Kenset mourut quand Ilna et Cashel avaient sept ans ; ce n'est pas la boisson qui le tua, mais le froid d'une nuit d'hiver alors qu'il s'était endormi, ivre mort, dans un fossé à quelques kilomètres du hameau. Il ne restait plus rien de l'héritage de Kenset à part la moitié des intérêts du moulin lui-même.

La grand-mère des enfants les éleva jusqu'à sa mort. Quand elle mourut dans son sommeil deux ans après son fils aîné, Ilna s'occupa de son frère jumeau. Cashel se consacrait à des tâches qui faisaient appel à sa force grandissante, et il gardait les moutons ; il devint le berger attitré de la plupart des fermiers du comté. Ilna tissait avec tant d'aisance et de savoir-faire qu'une dizaine de femmes du coin préféraient lui apporter la laine qu'elles avaient filée plutôt que de tisser l'étoffe elles-mêmes.

Ilna tenait également le ménage. Quand Katchin se maria enfin – ou plutôt acheta une femme –, tout Barca put constater la différence entre la propreté parfaite de la partie dans laquelle vivaient Cashel et Ilna et l'opulente saleté de l'autre moitié de la maison. Ilna en ressentait une froide fierté.

Au cours des premières années, la charité à l'égard des orphelins fut d'autant plus importante que personne n'aimait leur oncle. Ilna veilla à ce que chaque acte charitable soit payé de retour, et avec les intérêts, dès que Cashel et elle le pouvaient.

Katchin devint l'intendant responsable des intérêts du comte Lascarg dans le bourg, car il n'avait pas d'autre moyen d'obtenir le respect de ses voisins. Cette fonction n'y changea rien. Katchin le meunier était de loin l'homme le plus riche, le plus prospère de la communauté. Ses ancêtres avaient vécu à Barca depuis dix générations. Et malgré tout cela, le jour du solstice d'hiver, un ivrogne comme Sil le Bègue était salué avec plus de chaleur que Katchin.

Cashel or-Kenset devint l'homme le plus fort que bien des gens aient jamais vu. Sa sœur était si menue que, si elle dissimulait ses yeux, elle pouvait passer pour la moitié de ses dix-huit ans. Mais quand vous demandiez aux gens du coin qui était le plus *dur* du hameau, tous répondaient Ilna. Elle le savait et, parce que c'était vrai, se disait que ça n'avait pas d'importance.

Sa tante était encore en train de hurler après son fils de deux ans ; Fedra était aussi mauvaise mère que mauvaise ménagère, et elle ne perdrait jamais le poids qu'elle avait pris lorsqu'elle était enceinte. Ilna sourit froidement. Elle comprenait la revanche aussi bien que le devoir. Parfois, le meilleur moyen de rendre à quelqu'un la monnaie de sa pièce, c'était de laisser la nature s'en charger.

De l'étoffe l'attendait sur son métier à tisser, près de la porte d'entrée ; elle n'avait pas de raison de se soucier de la robe avant qu'il soit temps de la retourner et d'ajuster le panneau. Cependant, l'habit attirait son regard. Ilna caressa de nouveau le tissu avec précaution, comme si elle tentait de toucher un chat blessé.

Elle avait déjà vu de la soie, principalement celle qui ornait les habits des riches conducteurs. Il n'y avait, à sa connaissance, pas plus de deux vêtements de soie dans tout Barca, et ils étaient très fins, bien différents de cet épais brocart. Mais ce n'était pas cet aspect de la robe qui la fascinait.

Le tissu parlait à Ilna avec des images quand elle le manipulait et plus encore quand elle s'y enveloppait pour dormir. La laine était, la plupart du temps, d'une placidité qui la calmait ; Ilna avait la vivacité d'un oiseau, une personnalité fort différente de celle d'un mouton.

Et pourtant – elle n'avait porté qu'une seule fois la chemise que lui avait donnée une mère éplorée, mais n'avait jamais dit à cette femme pourquoi sa fille s'était empoisonnée ou qui aurait été le père de l'enfant. Elle avait eu d'autres visions aussi claires, aussi précises… et tout aussi impossibles à décrire que le lever du soleil à un aveugle.

Mais la robe de la naufragée était différente. Les scènes qui miroitaient dans l'esprit d'Ilna dès qu'elle touchait le tissu à motifs étaient trop brèves pour laisser des souvenirs, mais elles ne la perturbaient pas comme d'habitude.

Le problème, quand Ilna touchait ce tissu, c'est qu'elle était absolument certaine qu'il ne venait pas de ce monde.

5

Garric revint à l'auberge en début de soirée, la pelle sur l'épaule. Les étoiles étaient à peine visibles à l'est ; il était encore tôt pour cesser le travail aux champs, mais Getha avait insisté : il avait déjà fait à lui seul le travail de deux hommes et elle l'avait payé en totalité.

Getha était veuve, et son fils aîné n'avait que dix ans. Si la famille pouvait s'acquitter de la plupart des travaux de la ferme, pour dégager les fossés il fallait soulever, en faisant levier, des roches parfois grosses comme des moutons. Getha et ses enfants s'étaient efforcés de l'aider, mais Garric avait en effet fait plus que le labeur d'un seul homme.

Des poulets piaulèrent tandis que Garric traversait la cour pour se rendre aux écuries. La plupart du temps, les poules se débrouillaient seules, mais le soir Lora jetait une poignée de grains dans la cour pour apprendre à la volaille à se rendre là où elle pouvait être attrapée et tuée quand le besoin s'en faisait sentir. L'avoine que l'on répandait lorsque les chevaux étaient nourris dans les écuries avait la même utilité ; cependant, il n'y avait à ce moment-là aucun client dans l'auberge, et d'aussi loin qu'il s'en souvenait Garric n'avait jamais vu de voiture dans la cour.

Garric suspendit la pelle contre le mur. Elle était en noyer blanc mais, à son extrémité, elle était garnie d'un sabot de fer. Le jeune homme inspecta le métal en passant la main dessus. L'un des côtés était si usé que Garric sentait le bois au travers ; le sabot devrait être remis en place la prochaine fois qu'un rétameur serait de passage au hameau.

Il entendit le bruit de l'eau qui coule et sortit des écuries. Son père versait un seau dans le bassin accolé au puits, au milieu de la cour.

— Je t'ai vu rentrer, lui dit Reise. Tu t'es occupé de la veuve ?

— Oui, monsieur, répondit Garric. Elle a laissé les fossés aller trop loin, et la tempête a réduit le champ du bas en tourbière. Je pense que nous l'avons drainé à temps et que son avoine poussera sans problème.

Il plongea les bras dans l'eau jusqu'aux coudes et frotta ses mains l'une contre l'autre. Il éprouvait une saine fatigue, celle provoquée par une tâche qui avait fait travailler tous ses muscles et qu'il avait menée à son terme. Il avait même fanfaronné : tout le labeur qu'il pouvait abattre devant cette femme et ses quatre enfants… Le dernier rocher qu'il avait déplacé aurait très bien pu broyer les os de quelqu'un s'il l'avait laissé rouler du haut du fossé – ce qui avait bien failli se produire.

Reise tendit à Garric un luffa pour qu'il se frictionne. L'intérieur du végétal séché était rêche là où sa peau n'était pas calleuse.

— Sharina dit que la femme que tu as trouvée va s'en remettre, annonça Reise. J'imagine que c'est l'ermite qui lui a dit ça. Sa robe est en soie ; je ne reconnais pas la coupe, mais c'est le vêtement de la meilleure qualité que cette auberge ait jamais connu. (Il marqua une pause, puis poursuivit :) Pourquoi tu as posé cette question sur Yole, Garric ?

Garric regarda son père. Il était difficile, en décrivant Reise or-Laver, de ne pas donner l'image d'un homme très banal, et malgré tout il contrastait autant avec le reste de Barca qu'une pièce d'argenterie au milieu d'une étable. Reise faisait la même taille que la plupart de ses voisins. Il n'était pas mince, pas vraiment, mais à côté de lui les hommes de la région semblaient taillés à la serpe. Ses cheveux, avant qu'ils deviennent blancs, étaient déjà plus clairs que les leurs ; son visage n'était pas rectangulaire avec un menton prononcé, mais fin comme le museau d'un renard ; le soleil, au lieu de hâler ses joues, les faisait rosir.

Reise vivait à Barca depuis dix-sept ans, et auparavant il avait passé six ans à Carcosa, la capitale d'Haft. Les habitants continuaient à l'appeler « l'étranger d'Ornifal » quand ils parlaient entre eux.

— Parce que c'est l'endroit où elle croyait être, répondit Garric. En tout cas, c'est ce que j'ai entendu.

Reise secoua la tête, agacé.

— Si elle a dit ça, c'est qu'elle est instruite. Mais elle avait vraisemblablement perdu la raison. J'espère seulement qu'elle sera suffisamment lucide pour nous donner le nom de quelqu'un qui pourrait venir la chercher et payer pour son séjour. Ses vêtements sont peut-être chers, mais elle n'avait sur elle ni bourse ni bijoux qu'elle pourrait vendre.

Garric grimaça ; il savait pourtant que, si son père n'avait pas été ce genre d'homme, il n'aurait jamais réussi à tenir une auberge dans un lieu si isolé. Reise ne refuserait jamais d'aider un naufragé, mais il le ferait à contrecœur et ne s'en cacherait pas.

— Puis-je la voir ? demanda Garric.

— Je ne vois pas ce qui t'en empêche, répliqua Reise. Elle est chez moi, n'est-ce pas ?

Garric rentra. Dans son dos, son père murmura :

— Le toit a une dizaine de fuites à cause de cette tempête et en plus je dois m'occuper d'une folle !

Garric avait installé la naufragée sur un lit gigogne dans la salle commune. Il y avait de plus petites chambres à l'étage pour les conducteurs de bêtes et les marchands possédant quelque argent, mais Garric avait craint de la cogner dans l'escalier raide et étroit. Elle était là où il l'avait laissée : en l'absence de clients, il n'y avait pas de raison de la déplacer.

Nonnus s'agenouilla près du lit en paille de seigle tressée ; les bords en étaient relevés pour épargner aux dormeurs de tomber pendant leur sommeil. Garric entendait les voix de Lora et de Sharina en provenance de la cuisine. La lampe à huile suspendue avait été allumée afin d'ajouter à la lumière qui passait encore par les fenêtres à meneaux.

— Elle a dit qu'elle s'appelait Tenoctris, annonça l'ermite. (Il parlait lentement, comme un homme qui passe la plupart de son temps seul.) Je pense qu'elle va s'en tirer.

Garric s'accroupit. Il ne se rappelait pas avoir déjà été aussi près de l'ermite. Le visage, les bras de Nonnus étaient couverts de cicatrices, accentuées par la lumière de la lampe.

Garric entendit sa sœur qui sortait de la cuisine.

— Elle a mauvaise mine, laissa-t-il échapper.

Tenoctris porte une chemise de laine, un vieux vêtement de Lora, pensa Garric. Elle respirait faiblement, et sa peau avait une teinte grisâtre et maladive qu'il n'avait pas remarquée quand il l'avait tirée des flots.

Nonnus eut un mince sourire.

— Elle souffrait surtout de déshydratation et de coups de soleil, dit-il. Je lui ai fait boire autant de babeurre qu'elle pouvait en garder, et j'ai mis un onguent sur la peau exposée au soleil. J'ai aussi mélangé de l'extrait de laitue au babeurre pour qu'elle dorme jusqu'à demain matin.

Garric grimaça. Maintenant qu'il le savait, il reconnaissait l'odeur de la lanoline avec laquelle l'ermite avait confectionné son onguent. Pas étonnant que la peau de Tenoctris ait un aspect gluant.

— La laitue a cet effet ?

— Oh oui, répliqua Nonnus. Le jus doit bouillir jusqu'à ce qu'il devienne solide. Les coups de soleil ne sont pas dangereux, mais ils font assez mal pour te faire oublier une flèche plantée dans ta cuisse.

Garric se redressa.

— Vous voulez la déplacer à l'étage ?

Nonnus secoua la tête.

— Ton père dit qu'elle peut dormir ici cette nuit. Ta sœur va rester à son chevet. Quand elle se réveillera, elle pourra marcher sur de courtes distances. Avec l'aide de la Dame.

Garric regarda très attentivement les muscles de l'ermite. Il se sentait vraiment idiot d'avoir laissé entendre que l'homme n'aurait pas pu déplacer la naufragée s'il l'avait voulu.

— Nous avons confié ses habits à Ilna pour qu'elle rince le sel, dit Sharina. C'est un très beau tissu, Garric. L'avais-tu remarqué ?

Garric haussa les épaules. Les vêtements ne l'avaient jamais trop intéressé, mais il savait qu'Ilna, la sœur de Cashel, était la plus habile tisseuse à un jour de marche à la ronde. Elle était toute désignée pour s'occuper de quelque étoffe que ce soit.

— Combien de temps a-t-elle passé dans l'eau ? demanda-t-il à Nonnus.

— Un jour, un jour et demi, répondit l'ermite. Pas très longtemps, je pense. Sa peau est si claire que, si ça avait été plus long, elle aurait eu des cloques à cause du soleil.

— D'après Père, elle ne peut pas venir de Yole, dit Garric. Il assure que Yole a coulé il y a un millier d'années.

L'ermite sourit imperceptiblement, mais ne dit rien. Si Garric n'avait pas posé de question, il espérait tout de même une réponse.

— Nonnus, avez-vous déjà entendu parler de Yole ? le questionna Sharina.

— J'ai entendu dire que c'était une isle très loin à l'est, confia Nonnus en se relevant. Et qu'elle a sombré il y a bien longtemps, en effet. Mais je ne m'y suis jamais rendu, ainsi tout ce que j'en sais, c'est ce qu'en disent les autres.

Il fit un signe de tête à Garric, et se tourna vers Sharina ; l'expression de son visage ne changea pas, et pourtant elle se radoucit quelque peu.

— Si jamais elle se réveille au cours de la nuit, ce qui me surprendrait, redonnez-lui du babeurre – autant qu'elle en veut. Je repasserai dans la matinée.

Nonnus ajouta sur le pas de la porte – sans se retourner :
— Et je prierai pour elle, bien sûr.

6

Cashel or-Kenset sortit des bois et écouta Garric qui jouait un air de danse sur sa flûte, assis au sommet du tertre. Un des moutons qui se tenaient sur le pré verdoyant bêla à son intention.

Garric se retourna et posa sa flûte.

— Tout va bien ? lui cria-t-il.

— Oui, Bodger était partie brouter des bourgeons de cornouiller et elle s'est coincé le cou en glissant, répondit Cashel en rejoignant son ami. Je n'arrête pas de dire à Beilin qu'il ferait aussi bien d'abattre cette brebis lui-même avant que les corneilles s'en occupent le jour où je ne serai pas assez rapide, mais il dit que c'est une bonne laitière et que je ne l'ai encore jamais laissé s'étrangler.

— Et tu ne l'as pas étranglée non plus, répliqua Garric.

Il était assis contre un chêne qui procurait en été une ombre bienvenue – même si pour l'instant Garric était face au soleil. Son carquois et son arc détendu étaient appuyés contre l'arbre et un livre ouvert était posé sur le sac contenant son repas. Si Cashel savait écrire son nom et quelques mots grâce aux leçons de son ami, Garric était pour sa part un véritable érudit qui lisait de la poésie ancienne par pur plaisir.

— Je ne suis pas mort non plus, grommela Cashel. Mais je suis sûr que ça arrivera aussi, un jour.

Il remarqua trois moutons qui sortaient de l'orée du bois en courant. Sans que leur expression lui apprenne quoi ce que soit – les moutons ont tous ce même air de bêtise frénétique –, Cashel sentit intuitivement que quelque chose les avait effrayés.

Il irait vérifier pendant que Garric surveillerait le reste du troupeau qui paissait sur le pré descendant vers la mer, au sud du hameau. Cashel retrouverait à coup sûr l'une des brebis de Beilin en train de s'étrangler dans la fourche d'un arbre, incapable de se dégager.

— Si les moutons étaient aussi intelligents que les hommes, les fermiers n'auraient pas besoin d'engager un berger, dit Garric en souriant. Écoute ceci, veux-tu ?

Il ouvrit son livre à une page marquée d'une pièce d'étoffe. C'était l'un des recueils que son père avait apportés avec lui en quittant Ornifal. La reliure était en cuir noir et les pages en parchemin de bonne qualité. Si Cashel ne pouvait en lire le contenu, il admirait l'art du scribe qui avait maintenu un espacement entre les mots et les lignes si parfaitement uniforme tout au long de sa copie.

— « Les troupeaux vont des prés broutant leurs tendres pousses, lut Garric, pendant que les bergers, inclinés sur les mousses, animant de la flûte aux doux sons, de leurs vers, de leur chant réjouissent l'oreille des dieux qui d'Haft aiment l'ombre et surveillent les brebis et leurs nourrissons. »

Cashel haussa les épaules.

— J'aime bien, c'est vrai, déclara-t-il. Ce sont de jolis mots. Seulement, j'aimerais bien que ce soit aussi simple.

— C'est bien ce que je veux dire, répondit Garric en reposant le livre sur son sac. D'accord, les moutons s'engraissent en broutant l'herbe fraîche – mais toi tu t'assures qu'ils ne s'étranglent pas, ne se noient pas dans une tourbière ou ne tombent pas d'une falaise parce qu'ils sont trop stupides pour se rendre compte qu'ils ne savent pas voler. Je parie que c'était plus ou moins la même chose au temps de l'Ancien Royaume, quand Celondre a écrit cela. Père raconte que c'était un homme riche qui écrivait sur les bergers et qu'il n'était pas berger lui-même.

— Eh bien, tu joues de la flûte, dit Cashel avec un sourire mélancolique.

Il n'avait pas de talent pour la musique, et il n'avait jamais eu le loisir d'apprendre à jouer, ne serait-ce que pour son propre plaisir. Le seul instrument utile était sa corne de bœuf avec une embouchure en bois qu'il utilisait pour communiquer par signaux.

— Je suis sûr que cela contente Duzi, ajouta-t-il.

Il tapota une pierre qui lui arrivait au genou, posée sur le tertre et arborant un visage grossièrement taillé. Duzi n'était pas l'une des grandes divinités, elle n'était pas le Berger. Pourtant, les bergers avaient laissé en offrande nourriture et guirlandes devant cette statue rudimentaire depuis qu'il y avait des troupeaux sur Haft.

— Je sais que ça me contente, dit Cashel en souriant plus largement.

Il s'accroupit et posa son gourdin ferré à terre pour ramasser la flûte. Elle était faite de sept baguettes de bois creuses de la même largeur, bouchées à une extrémité avec de la cire d'abeille. Elles étaient maintenues alignées par des éclisses et de l'écorce de saule.

Le flûtiste soufflait au sommet des tuyaux et obtenait un son plein, puissant. Quand le musicien était suffisamment doué – et Garric l'était cet après-midi-là – le son de cette flûte était pour Cashel plus beau que le chant de n'importe quel oiseau.

— Et les moutons ont l'air d'apprécier, eux aussi, admit Garric. Ils ne me confondent pas avec un berger qui connaît son affaire, mais on dirait qu'ils s'éparpillent moins si je leur joue quelque chose.

Cashel surveillait le troupeau du haut du tertre, comptant les bêtes sur ses doigts : la main droite pour les unités, la main gauche pour les dizaines. Il connaissait bien ces moutons, ceux qui étaient en vue, et ceux qui étaient probablement encore dans les bois. La toison marbrée de noir, de marron et de blanc des moutons d'Haft les rendait impossibles à distinguer à distance au milieu des arbres – même pour l'œil entraîné de Cashel.

La mer grondait rageusement le long du rivage, à l'est du tertre. Les flots étaient agités, depuis la grande tempête, et Cashel avait plusieurs fois remarqué que l'eau prenait une teinte étrange au lieu du vert pâle habituel.

Quelques bêtes broutaient des joncs au bord du marais, là où le ruisseau Pattern s'écoulait vers la mer. L'eau saumâtre donnait aux moutons un goût salé que certains appréciaient avec une sauce aux algues rouges. Même un hameau comme Barca avait permis à Cashel de comprendre qu'il vivait dans un vaste monde, et que tout ce qui s'y trouvait était forcément au goût de quelqu'un.

Des corneilles babillaient et sautillaient sur le varech que la mer avait déposé en haut du rivage. Les vagues avaient rejeté des poissons morts, des algues pleines de crustacés et divers débris plus difficilement identifiables venus des quatre coins de la mer Intérieure, un véritable festin pour les nécrophages. Cashel se rappela de vérifier attentivement que les moutons n'avaient pas été piqués par des mouches. En temps normal les corneilles débarrassaient les moutons des larves pour s'en nourrir ; elles n'en auraient pas besoin tant que durerait leur festin.

Il ne voyait rien d'anormal. Et pourtant, quelque chose le tracassait.

Cashel ramassa son bâton et, les sourcils légèrement foncés, il marcha jusqu'au chêne d'où il pouvait inspecter le pré qui s'étendait vers le nord. Il dénombra tous ses protégés, du regard ou en devinant leur position, et ceux qu'il voyait coupaient l'herbe et la mâchaient avec un balancement régulier tel le souffle d'un dormeur.

Garric remarqua l'agitation de son ami. Il ne dit rien, mais coinça une extrémité de son arc avec son pied et agrippa l'autre à deux mains. Faisant appui avec son genou, Garric plia la tige de bois et accrocha sa corde de crin cirée à l'encoche supérieure : son arme était prête à l'emploi.

Fait d'une branche d'if, l'arc de Garric était très puissant même s'il ne faisait qu'un peu plus de un mètre. Maintenu sous tension trop longtemps, le bois se fendrait. Tendre la corde de son arc était la dernière chose qu'un chasseur faisait quand il voulait s'en servir.

Il n'y avait rien à viser avec cet arc ou rien sur quoi abattre le bâton de noyer blanc que Cashel portait comme s'il s'agissait d'une branchette. Rien en vue…

Garric encocha une flèche, balayant le calme paysage du regard, et surveillant Cashel du coin de l'œil. Il faisait confiance aux instincts de son ami, même si pour sa part rien ne le dérangeait.

Le marécage d'un brun sombre explosa dans un déluge d'éclaboussures semblable à une pluie de diamants. Une brebis bêla, ses pattes battant l'air. Les gouttelettes dissimulaient le loup de mer dont la mâchoire était refermée sur l'arrière-train de la brebis. Un de ses semblables sortit des roseaux et referma ses longues mâchoires sur la gorge de leur proie, lui coupant la respiration et étouffant ses cris en même temps.

— Il y en a deux autres ! cria Garric.

Il banda son arc à la façon d'Haft, en pesant sur son bras gauche au lieu de tirer sur la corde avec les doigts de la main droite.

Cashel avait déjà remarqué les deux autres formes ramassées qui déboulaient sur les vagues. La peau des loups de mer était marbrée sur le dessus de gris, de vert et de noir, tandis que leurs ventres ridés étaient blancs comme la crème fraîche. L'une des bêtes encore dans l'eau était gigantesque, au moins trois mètres de long, et lourde comme une génisse.

Cashel porta la corne recourbée à ses lèvres et souffla un signal d'alarme tonitruant en direction du hameau. Tandis que le son se répercutait sur les collines ondoyantes, il se rua vers la rive en tenant son bâton à deux mains.

... Quatre loups de mer en meute. Old Hudden a dit qu'il avait vu quatre loups de mer quand il était jeune homme, et c'était il y a au moins quarante ans, si jamais son histoire est vraie. C'est la tempête qui a dû les amener vers l'ouest, à Haft...

L'arc de Garric claqua. Une longue flèche traversa les deux épaules du loup de mer qui tenait la brebis à la gorge. L'animal allait mourir à coup sûr, mais cela pourrait prendre le reste de la journée. La seule manière de tuer ces bêtes rapidement était de briser leur colonne vertébrale ou de perforer leur boîte crânienne.

Percer leur cerveau, ou le broyer. Cashel courait vers les prédateurs qui sortaient de l'eau en se dandinant.

Les loups de mer étaient des varans qui étaient retournés vivre dans l'eau. Leur queue était aplatie comme une rame, et ils la battaient d'un côté et de l'autre d'un mouvement sinueux. Lorsqu'il nageait, un loup de mer gardait les membres le long du corps, sauf pour virer de bord à l'aide de ses pattes palmées. Cependant, leurs membres pouvaient les porter sur de courtes distances, aussi vite qu'un homme en pleine course.

Les dents des loups de mer ressemblaient à des pieux ; chez un gros spécimen, elles étaient longues comme le majeur de Cashel, parfaites pour enserrer et tuer, mais incapables de déchirer la chair. Il leur fallait emporter sous l'eau les animaux qu'ils tuaient sur terre et les secouer violemment jusqu'à arracher une bouchée. Dans l'eau, ils attrapaient des poissons ; quand ils s'aventuraient sur terre, un homme ou un enfant faisaient un aussi bon repas qu'une brebis.

Les moutons couraient en tous sens sur la plage de graviers, fuyant, complètement paniqués, la première attaque. Plusieurs d'entre eux se ruaient vers deux autres loups de mer qui venaient de s'extraire du ressac. Cashel ne cria pas, car cela n'aurait fait que conduire ces stupides animaux encore plus près de l'eau et vers une mort certaine.

L'arc claqua de nouveau ; Cashel ne vit pas où se planta la flèche. À en juger par le son, Garric lui aussi était descendu le long du tertre. Cashel savait que son ami n'avait que quelques flèches dans son carquois. Il fallait qu'il soit à moins d'une centaine de mètres s'il voulait que ses tirs soient efficaces contre des créatures si difficiles à tuer.

La brebis la plus proche vit le loup de mer de près de deux mètres se ramasser près d'elle et elle sursauta si violemment qu'elle tomba. Le reptile bondit, fouettant le sol de sa queue, projetant en tous sens gravillons et eau salée.

Cashel enfonça son bâton dans la gueule du loup de mer comme s'il était pointu et non arrondi. Sa force était telle que l'arme pénétra profondément. Les dents de l'animal lancèrent des étincelles au contact de la virole en acier. La bête continuait à serrer le bois de noyer blanc en un réflexe meurtrier, bien que l'impact l'ait tué sur le coup.

Cashel souleva son bâton et le frappa violemment contre le sol pour se débarrasser du reptile qui y était accroché. Même s'il était un des plus petits de la meute, le loup de mer pesait près de cent kilos. Cashel était encore plus lourd, et il se défit du cadavre comme s'il s'était agi d'un chaton.

Le loup de mer de trois mètres était presque sur lui, se dandinant la tête dressée, sa gueule ouverte dégageant la puanteur d'un abattoir en plein été. Cashel recula, brandissant son bâton entre lui et le monstre. Les loups de mer n'étaient pas venimeux, mais les débris de chair qui pourrissaient entre leurs crocs assuraient quiconque était mordu de souffrir de fièvre ou de septicémie si sa plaie n'était pas immédiatement nettoyée.

Il y eut un claquement, l'arc de Garric se détendit tandis que sa flèche rencontrait un os. Le trait s'était enfoncé à moitié sous l'œil gauche de l'animal avant que la hampe en jonc se brise sur du cartilage.

Le reptile tira une langue noire et fourchue, puis poussa un rugissement rappelant l'eau versée sur de la graisse brûlante. Il bondit, décollant du sol ses deux pattes avant griffues. Cashel abattit son bâton telle une massue au bout ferré, projetant la tête de son adversaire sur le côté tandis qu'une autre flèche s'enfonçait jusqu'à son empennage en plume d'oie dans la gorge de l'animal, transperçant la peau fragile.

Le loup de mer se tordit sur lui-même, les mâchoires claquant près de sa queue. Cashel leva son bâton au-dessus de sa tête, attendit le bon moment, et abattit la virole sur le dos de la créature pour briser sa colonne vertébrale entre les deux épaules.

Les pattes avant de l'animal continuaient à bouger frénétiquement, projetant des graviers, mais sa queue et son arrière-train convulsaient, obéissant aux contractions de muscles désormais livrés à eux-mêmes. Cashel recula d'un pas, tentant de reprendre son souffle. Le sang des loups de mer dégageait une odeur froide, médicinale.

Garric poussa un cri de surprise. Cashel fit volte-face, se servant de son bâton comme d'un pivot.

Les loups de mer qui avaient attaqué la brebis dans le marais se débattaient près de la dépouille de leur victime ; transpercés par les flèches de Garric, ils mouraient lentement mais sûrement. Le cinquième loup de mer, que les deux jeunes gens n'avaient pas vu, trop occupés par les deux créatures venues du rivage, devait se trouver à quelque distance de là vers la rivière du Dessin lorsque ses semblables avaient attaqué. La bête s'était précipitée, guidée par le tumulte du combat et obéissant aux instincts de son espèce pour la chasse en meute. Garric n'eut conscience d'être attaqué que lorsque des crocs se refermèrent sur son mollet droit.

Cashel cria, horrifié. Garric enfonça l'extrémité de son arc dans la gueule de la créature et écarta ses mâchoires en faisant levier, s'éclaboussant de son propre sang. Cashel fracassa le crâne de l'animal une fois, deux fois, encore et encore. Les crocs de la bête se brisèrent, projetés en tous sens par ses coups hystériques.

Garric se libéra. Il fit deux pas en titubant pour s'éloigner du loup de mer qui battait l'air de ses pattes et dit :

— Je vais bien ! Je…

Sa jambe meurtrie céda sous son poids et il s'écroula. Son visage était tout à coup devenu très pâle, trahissant son état de choc.

Cashel laissa tomber son bâton et souleva son ami dans ses bras. Il se mit à courir vers le hameau de la démarche ramassée, puissante du bœuf mené au ruisseau après une journée passée à labourer.

— Allez chercher l'ermite ! beugla Cashel, même s'il savait que personne ne pouvait encore l'entendre à cette distance. Allez chercher l'ermite pour Garric !

7

Garric distinguait deux mondes, l'un comme peint devant l'autre sur des murs de verre. Une part de lui se demandait quelle image était vraie. L'autre savait que toutes deux l'étaient.

Il était allongé sur un lit de paille dans la salle commune de l'auberge. Il voyait et entendait. Il pensait pouvoir marcher et parler s'il le voulait, mais la partie de son esprit qui prenait les décisions à l'intérieur de ces murs de verre ne voyait pas pourquoi il ferait cela, ou quoi que ce soit d'autre.

Nonnus, Tenoctris et la famille de Garric étaient tout proches. Même Lora avait l'air inquiète, elle exprimait nettement sa préoccupation en maugréant pour des choses sans importance.

Cashel était assis dans un coin, la tête dans les mains, et il ne cessait de murmurer des excuses pour ce qui était arrivé. Garric aurait dit – à raison – que c'était sa faute à lui, si seulement il avait choisi de parler. Il avait concentré toute son attention sur le monstrueux loup de mer en face de lui. Cinq loups de mer ensemble, c'était impensable…, mais quatre aussi, et les flèches qui avaient frappé les deux bêtes sorties du marécage ne les avaient peut-être pas efficacement clouées au sol. Elles auraient tout aussi bien pu attaquer de nouveau.

Ilna s'affairait autour de la salle commune, se chargeant des tâches que la famille était trop perturbée pour accomplir. Lorsque Ilna s'aperçut que Garric la regardait, elle hocha calmement la tête. Son visage demeurait impassible, mais les muscles de sa mâchoire étaient tendus.

D'autres membres de la communauté étaient venus témoigner leur sympathie, boire une chope de bière et surtout profiter de l'excitation générale. Garric était apprécié, mais cette attaque était le plus gros événement jamais advenu à Barca de mémoire d'ancêtre.

— Cinq de ces monstres ! Et une tempête comme on n'en a jamais vu ! Je te le dis Rasen, c'est un présage. Je vais en informer le comte Lascarg.

— Katchin, tu as déjà parlé de présage quand ce gros bar a sauté par-dessus le déversoir avant que tu puisses l'attraper, alors que tu as juste deux pieds gauches. Est-ce que tu as aussi parlé de ce poisson à ton ami le comte ?

Le mollet droit de Garric avait été sérieusement abîmé : toute sa jambe semblait changée en un bloc de glace. Nonnus avait nettoyé les blessures, mais, au lieu de cautériser les plaies avec du métal chauffé à blanc, il les avait recouvertes de toiles d'araignée et enduites avec un onguent.

— Vous ne devriez pas recoudre ces blessures ?

C'était la voix de Reise, effrayée et mal assurée.

— Quand la peau est percée il faut drainer les blessures, répondit calmement Nonnus. Surtout quand elles sont faites par des dents, et les morsures d'un loup de mer suppurent encore davantage que celles faites par un homme. Avec l'aide de la Dame, celles-ci ne laisseront rien de plus qu'une légère marque.

Tenoctris portait un habit différent de la veille, même s'il était lui aussi rapiécé. Sa joue droite et le dos de ses mains étaient rouge vif et luisants à cause du baume, mais elle semblait par ailleurs complètement rétablie. Sa peau, là où elle n'était pas brûlée, était d'une blancheur saisissante.

Tenoctris et Nonnus s'occupaient en même temps de Garric et tous les autres se tenaient à l'écart. La naufragée avait écrit sur une mince planche de bois, puis chanté tout en la brûlant dans l'un des braseros que Reise utilisait en hiver pour chauffer les chambres de l'étage. La fumée s'enroula autour de Garric en un cercle que les courants d'air ne semblaient pas affecter. Il y distinguait de temps à autre des mots mais leur sens s'estompait, tels des poissons entraperçus dans les abysses.

Les flammes étaient bleues, et la fumée avait une odeur cuivrée bien différente des tièdes effluves résineux du pin. Garric avait conscience que son impression d'être dissocié était en partie provoquée par les actions de Tenoctris, mais cette pensée ne le dérangeait pas.

Rien ne le dérangeait plus ; pas même de réaliser que la femme qu'il avait tirée des flots était une magicienne.

Les flammes moururent. La fumée continuait à tourner autour de Garric, mais il pensa que c'était là une illusion, tout comme les mots qu'il y lisait. Nonnus, qui était agenouillé près de la cheminée en pierre, se leva et rejoignit Tenoctris au chevet de Garric.

—Est-ce qu'il va s'en tirer ? demanda Ilna depuis la porte de la cuisine.

Garric sentit le fumet d'un ragoût cuisiné avec plus d'épices que sa mère le faisait. L'odeur était plaisante, mais la faim lui était tout aussi étrangère qu'elle l'était à un cadavre.

—Ses humeurs s'équilibrent très bien, répondit Tenoctris. C'est un jeune homme solide. Et ses plaies ont été très bien traitées.

Elle fit un signe de tête à l'attention de Nonnus ; ses cheveux gris coupés court lui faisaient comme une calotte.

—Il devrait s'en tirer avec rien de plus que quelques cicatrices.

—Avec l'aide de la Dame, répondit l'ermite, approuvant et mettant en garde tout à la fois.

—Vous avez également prié, dit Tenoctris, sa voix sautant de temps à autre, comme s'il y avait de la rouille entre les syllabes… (Garric ne parvenait pas à identifier son accent, même maintenant qu'une part de lui-même semblait comprendre tous les rouages du cosmos), quand vous vous occupiez de moi.

Nonnus haussa les épaules.

— J'espère que les grands dieux existent, dit-il. En ce qui concerne les petits esprits habitant certains lieux, j'en suis persuadé. Je prie car j'espère que les dieux m'aideront à bien agir, et parce que j'ai besoin d'espérer.

— Je m'en vais, dit Cashel. (Il se leva avec la puissance maladroite d'un attelage traînant sa charrue le long d'un champ boueux.) Il faut aller chercher nos affaires dans le pâturage : le livre de Garric, son arc et tout le reste. Beilin a rassemblé le troupeau, en tout cas c'est ce qu'il dit.

Il se dirigea vers le lit, s'agenouilla et serra la main droite de Garric entre les siennes.

— Nous dînerons ici ce soir, Cashel, lui cria Ilna depuis la cuisine.

— Comme si je pouvais manger ! murmura son frère, puis il sortit.

— Je vois des plans de forces, dit Tenoctris à l'ermite, telle une spécialiste s'adressant à une sommité dans une autre discipline. Ce dont parlent les gens – les dieux et le destin, le bien et le mal –, ce sont des choses que je n'ai jamais vues.

— Oh, j'ai vu le mal, répliqua Nonnus. (Sa voix était douce, et son sourire aussi morne qu'un ciel d'hiver.) J'ai fait le mal, ma dame.

Deux mondes flottaient autour de Garric, tous deux d'une même clarté ; il y avait d'une part sa famille, ses amis, et de l'autre ce tourbillon sous un pic de roche menaçant. Le courant du maelström était aussi lent que le mouvement des étoiles. Il tenait dans ses rets Garric et les monstres pétrifiés.

Au fond asséché de la mer, une silhouette vêtue d'un manteau lançait une ligne de feu violet pour s'emparer de l'âme de Garric.

8

—Tu as veillé ton frère toute la nuit, dit Ilna, fouillant les graviers de ses orteils.

Un petit crabe noir détala vers une autre cachette entre deux pierres usées par les vagues. C'était un naufragé arraché à une lointaine forêt d'algues, projeté ici comme Tenoctris.

—Comment l'as-tu trouvé ? poursuivit-elle.

Sharina et elle étaient sorties en annonçant qu'elles allaient inspecter les débris que la tempête avait rejetés sur la plage, afin d'y trouver peut-être le coffret plein d'argenterie de quelque marchand, ou un morceau d'ambre arraché à un arbre fossilisé enterré au loin, par-delà la mer Intérieure. En vérité, Ilna s'était éloignée pour parler avec son amie des événements qui venaient de se produire ; et c'était peut-être également le cas pour Sharina.

—Je n'ai jamais vu quelqu'un dormir si profondément, dit Sharina. (Elle comme Ilna ne quittaient pas la plage du regard.) Ça m'a fait peur, mais il respirait normalement. Il a un peu de fièvre, mais Nonnus dit qu'il n'y a pas à s'inquiéter ; il s'attendait à bien pis.

Ilna regarda son amie.

—Alors tu fais confiance à l'ermite.

Sharina croisa son regard.

—Absolument, répondit-elle sèchement.

Ilna hocha la tête et se remit à pousser les graviers du bout des orteils. Un coquillage renversé, fin comme un flocon de neige, se détachait sur les pierres sombres. Ilna le retourna, et se demanda comment ses cinq délicates épines ne s'étaient pas brisées.

Il y avait un trou aux bords déchiquetés sur la surface du coquillage ; quelque chose l'avait percé pour dévorer son occupant. Ilna grimaça et le jeta dans les vagues.

— C'était joli, protesta faiblement Sharina.

— Jusqu'à ce que tu regardes de l'autre côté, répliqua Ilna. (Elle réprima un soupir.) Et alors, c'est comme tout le reste dans cette vie.

Elles poursuivirent leur marche.

— La femme que Garric a secourue est une magicienne, dit Sharina en regardant ses pieds. Elle a lancé un sort pour Garric. Devant tout le monde.

— J'ai vu, lui répondit Ilna.

Une sensation de froid avait insidieusement envahi son cœur lorsque, depuis la cuisine, elle avait vu Tenoctris chanter tandis que de la fumée s'élevait du brasero. Elle aurait voulu dire quelque chose, mais la famille de Garric contemplait la scène comme si tout cela était aussi naturel que le lever du soleil, et l'ermite vaquait à ses occupations sans se laisser perturber. Certains visiteurs chuchotaient, choqués, mais aucun d'entre eux n'avait tenté de s'en mêler.

Pas plus qu'Ilna.

— Je pensais que les magiciens agissaient dans l'ombre, dit Sharina d'une voix misérable. Je croyais qu'ils sacrifiaient des bébés et invoquaient des choses horribles venues des Enfers. Elle a seulement brûlé un bout de petit bois et prononcé quelques mots. Je ne savais pas quoi faire, alors je n'ai rien fait. Ça avait l'air tellement innocent... Mais c'est vraiment une magicienne.

— Oui, approuva Ilna.

Elle avait pensé la même chose. Mais au fond de son être, elle avait décidé qu'elle ne ferait rien pour arrêter quelqu'un qui tentait de toute évidence d'aider Garric – même si elle avait *vraiment* pratiqué la magie du sang au beau milieu de la nuit.

— Je savais qu'elle était... quelque chose, reprit-elle. Dès que j'ai touché la robe qu'elle portait à son arrivée. Le tissu est différent de tout ce qui existe dans ce monde.

Sharina hocha la tête, absente. Elle avait compris qu'Ilna trouvait le tissu étrange, et non pas l'endroit d'où il provenait. Elle ne remit pas en question ce que disait son amie, comme elle ne doutait pas du jugement de Cashel sur le comportement des moutons.

— Nonnus n'a rien contre elle, dit Sharina après un temps. Je le lui ai demandé plus tard. Il m'a dit qu'il ne décidait pas de ce qui est bon pour les autres, mais que de toute façon Tenoctris n'irait pas là où lui-même ne se rendrait pas. Je crois que je comprends ce qu'il veut dire.

Elle ne développa pas davantage, pas plus qu'Ilna n'avait essayé d'expliquer en quoi la robe était inhabituelle.

— J'ai peur de ce qui est en train d'arriver, dit doucement Ilna.

Elle n'avait pas été certaine de pouvoir parler. Le soleil de la mi-journée inondait la plage et les vagues frémissantes, mais elle serra ses bras autour d'elle car elle était gelée.

— J'ai l'impression que tout ça m'enserre, et je ne sais pas quoi faire.

Sharina la regarda fixement en silence avec la mine impassible qui accueille généralement les révélations embarrassantes.

Quelque chose bougeait à l'est, sur la ligne d'horizon. Ilna se redressa.

— Un vaisseau, dit-elle. C'est trop gros pour un bateau de pêche.

Sharina tint ses deux mains parallèles devant ses yeux, laissant juste une fente au milieu, afin de bloquer à la fois le reflet du soleil sur l'eau et ses rayons.

— Nous devons rentrer, dit-elle d'une voix tendue. Courons.

Les deux jeunes filles se mirent à trotter, leurs tuniques leur battant les jambes. Elles s'étaient éloignées à près de un kilomètre au nord du hameau ; cela semblait bien davantage, maintenant qu'elles voulaient rentrer.

— C'est sûrement un gros marchand qui a été pris dans la tempête, dit Ilna en projetant des graviers derrière elle. Il n'accosterait pas à Barca s'il n'était pas endommagé.

— Ce n'est pas un navire marchand, répliqua Sharina.

Elle jeta un regard par-dessus son épaule, jaugeant froidement l'allure de son amie pour décider si elle devait partir en avant.

Ilna allongea le pas, consciente que, sur une étendue aussi longue, Sharina pouvait distancer n'importe quel habitant du hameau.

— C'est trop gros pour être un bateau de pêche ! haleta-t-elle.

— Il y a des dizaines de rames, alors qu'un navire marchand n'en a que quelques-unes, dit Sharina. Un marchand ne pourrait pas payer autant de rameurs et faire tout de même un profit sur ses marchandises. C'est un navire de guerre, comme dans les épopées !

9

Un crissement métallique réveilla Garric au matin – ou du moins il le croyait. Il réalisa un moment plus tard qu'il se trouvait dans la salle commune et non dans sa propre mansarde et que la lumière traversant les fenêtres du côté sud de l'auberge indiquait qu'il était midi passé.

Il tenta de se redresser et sentit ses sens se brouiller ; tout se teinta de gris avant même que sa tête ait quitté l'oreiller de crin. Il n'était même plus sûr de savoir à quel jour appartenait cette lumière.

— Quel jour sommes-nous ? tenta-t-il de dire, mais il ne croassa en réalité qu'un « aagh ! ».

L'ermite passa un bras semblable à la racine d'un chêne sous les épaules de Garric et le redressa en position à moitié assise.

— Voilà, dit-il en portant de l'autre main une bouteille de berger en bois aux lèvres de Garric. Rince ta bouche avec ça. C'est de la bière.

Il se retourna et cria en direction de la cuisine :

— Qu'on m'apporte un bol de bouillon et une petite cuiller ! Tout de suite !

Lora surgit de la cuisine tel un écureuil hors de son nid.

— Quoi ? dit-elle. Personne ne me donne d'ordres sous mon propre toit ! Et sûrement pas un reclus crasseux qui vit dans une grotte !

— J'y vais, murmura Reise qui venait d'entrer par la porte de la cour. C'est probablement le grincement des charnières qui a réveillé Garric.

Lora lui laissa tout juste la place de passer ; mari et femme n'échangeaient jamais de regards, même lorsqu'ils se frôlaient.

La bière étant dans une bouteille, Garric put en boire sans en renverser, ce qui n'aurait pas été le cas avec une chope. Il rinça avec la première gorgée les mucosités qui tapissaient ses joues et sa gorge, puis la recracha par terre avant de boire le reste.

Il fallait de toute façon changer les joncs qui recouvraient le plancher. Il avait eu l'intention d'en couper quelques-uns dans les marais mais avait décidé au dernier moment de passer la matinée à lire et à bavarder avec son ami Cashel.

— J'ai été la domestique personnelle de la comtesse Tera elle-même, lança Lora à l'attention d'un auditoire qui n'incluait pas vraiment les personnes présentes dans la pièce. Les hommes disaient que j'étais plus belle que n'importe laquelle de ces dames de haut rang !

Garric n'en doutait pas une seconde. Sa mère était une femme menue aux traits délicats. Aujourd'hui encore, sa peau était lisse et avait la teinte crémeuse de l'ivoire ancien.

— Je vous prie de m'excuser, dit l'ermite. (Il semblait sincère, même s'il ne quittait pas Garric des yeux.) Je vous ai mal parlé.

— Quelque chose vient par la mer, annonça Tenoctris.

Elle se tenait près de la fenêtre donnant sur le rivage, si calme que Garric ne l'avait pas remarquée avant qu'elle parle. Il regarda autour de lui, mais il n'y avait personne d'autre dans la pièce.

— Qu'est-ce qui vient ? demanda Lora, sa voix montant en intensité et se faisant plus dure à chaque syllabe. D'autres bêtes ? C'est ce que vous voulez dire ?

Tenoctris souleva le loquet, une solide barre de bois prévue pour résister aux vents d'est comme ceux qui s'étaient récemment abattus sur le hameau ; elle ouvrit la porte. La brise salée chassa la fumée et les souvenirs du bois qu'elle avait brûlé lors de ses incantations. Elle se dirigea vers la mer, hors du champ de vision de Garric.

Reise réapparut avec un bol de bois rempli d'un liquide fumant et une cuiller en corne qui servait d'habitude à doser les épices du ragoût.

Nonnus doutait sûrement que Garric puisse avaler des bouchées de taille normale.

— Je crois que ça va, Mère, dit Garric.

Il se sentait *vraiment* en bonne santé maintenant que son organisme avait passé l'épreuve du réveil. Ce qui était remarquable car il avait bien vu sa jambe en écartant les mâchoires ruisselantes du reptile avec son arc. Il avait vu *au travers* du trou laissé par les crocs. Garric pensa que ce que Tenoctris voulait dire quand elle parlait d'« équilibrer les humeurs » était l'une des raisons pour lesquelles il pouvait bouger.

Garric se reposa contre le bras de l'ermite pour se mettre en position agenouillée à l'aide de ses mains. Sa jambe droite, bandée, était serrée et lui faisait mal comme si elle cuisait à petit feu, mais son genou se pliait normalement et la douleur ne remontait pas dans sa cuisse.

— Garric, que fais-tu ? s'écria sa mère. Tu ne dois pas te lever, ta jambe ressemble à du jambon cru ! (Elle se retourna vers son mari et lui dit :) Reise ! Dis à ton fils de se coucher !

— Je vais *bien*, dit Garric.

Il se pencha en avant, pesant sur ses pieds dans l'intention de se lever – d'essayer en tout cas. La tête lui tourna un instant, mais sa vision ne se troubla pas et sa respiration était normale, passés les premiers instants.

— Tu es peut-être coriace, mon garçon, dit Nonnus calmement, mais les loups de mer l'étaient davantage encore et ils sont morts. N'en fais pas trop.

Garric se dressa, laissant sa jambe gauche faire tout le travail. L'ermite soutenait très légèrement de son bras les épaules de Garric : il ne l'aidait pas à se redresser mais s'assurait qu'en aucun cas il ne tomberait.

— Est-ce raisonnable ? demanda Reise à Nonnus.

Il se plaça, peut-être instinctivement, entre sa femme et Garric.

Le jeune homme répartit son poids entre ses deux jambes. Il n'avait toujours pas mal, même s'il sentait une pression partir de son mollet et battre dans tout le bas de son corps, des pulsations rapides semblables aux claquements d'un volet lors d'une tempête.

— Bien sûr que non, ce n'est pas raisonnable ! répondit Lora. Il va perdre sa jambe, voilà ce qui va se passer, et vous allez laisser ça se produire !

— S'il peut bouger, déclara Nonnus en ignorant complètement Lora, alors ce sera bon pour lui et pour sa blessure. Davantage d'hommes meurent en pourrissant dans un lit que tués par une lance. Mais je ne m'attendais pas à voir quelqu'un *ici* marcher avec des blessures pareilles.

— Il y a des hommes sur Haft, l'ermite, le coupa Reise. Et sur Ornifal aussi, si c'est ce dont vous parlez.

Nonnus hocha la tête.

— Pardon, dit-il. (Son lourd couteau niché dans son fourreau battait sa jambe alors qu'il changeait de position.) Je crains que l'orgueil soit un plus grand péché que la colère, car il s'insinue sans qu'on le remarque si facilement.

— Si quelque chose vient, annonça Garric, je veux voir ce que c'est.

Il passa la jambe droite par-dessus le bord du lit gigogne et descendit. Sa jambe blessée soutenait son poids. Il fit un autre pas ; Nonnus suivait à côté de lui.

— Je vais l'aider, dit sèchement Reise.

Il posa le bol et la cuiller sur le bord du comptoir et vint près de son fils. Lora se retourna et monta à l'étage, d'un pas raide.

Garric se dirigea vers la porte, un pas après l'autre. Il avait peur, mais il fallait qu'il sache, il le sentait.

Il fallait qu'il sache si ce que la magicienne sentait approcher était la forme vêtue d'un manteau de son cauchemar.

IO

Sharina se tenait au bord de l'eau et observait l'imposant navire manœuvrant dans les hauts-fonds. Il ressemblait plus à un édifice flottant qu'à une construction censée naviguer. Toute la communauté était venue le contempler ; tous semblaient minuscules en comparaison.

Les flancs du navire étaient écarlates ; si Katchin avait peint le châssis de ses fenêtres de la même couleur, personne dans les environs ne l'avait déjà vue appliquée sur une surface aussi grande. Chaque côté comptait plus de cinquante rames qui propulsaient la poupe arrondie du navire vers la plage pour l'accostage. Leurs pales battaient telles les nageoires d'un poisson blessé. Des sabords vides indiquaient que le bateau utilisait normalement deux fois plus de rames. La tempête avait occasionné d'autres dommages que même un regard aussi peu expérimenté que celui de Sharina pouvait constater. L'équipage avait réussi à descendre le mât et la vergue et à les arrimer sur le pont, qui s'étendait sur toute la longueur de l'axe central du navire ; cependant des lambeaux de ce qui avait été la voile pendaient aux cordages. En plusieurs endroits, des éclats de bois jaune vif tranchaient sur la couche de peinture marron qui recouvrait les rambardes du pont : les vagues en avaient arraché plusieurs morceaux. Vu de face, le bâtiment penchait sensiblement à tribord, ce qui suggérait des avaries à la coque, sous la ligne de flottaison.

L'équipage se mit à ramer à l'unisson pour amener le navire vers la plage. L'eau ruisselait des rames comme une pluie de joyaux. Les villageois demeurèrent bouche bée devant un tel spectacle.

Sharina était seule, autant que l'on puisse l'être au milieu d'une foule composée de toutes les personnes qu'elle ait jamais connues. Même Garric restait derrière l'auberge, appuyé contre le mur, mais néanmoins debout ; Reise se tenait à sa droite et Tenoctris à sa gauche. Lora était proche elle aussi, les bras croisés pour montrer que quelque chose la contrariait, et Ilna était avec eux. Elle était venue s'enquérir de la santé de Garric dès qu'elle et Sharina eurent crié la nouvelle au hameau.

Sharina se tenait à l'écart de sa famille. Elle sentit un frisson de peur et d'excitation en contemplant ce navire de guerre, quelque chose de plus physique qu'émotionnel. Elle ne pouvait l'expliquer, mais elle était sûre que cela n'avait rien à voir avec sa famille.

Elle regarda autour d'elle. Nonnus se tenait à la lisière de la foule, suffisamment en avant pour que les vagues les plus grosses montent au niveau de ses genoux. Il lui fit un signe de tête quand il croisa son regard. Elle se dirigea vers lui et, à sa grande surprise, l'ermite marcha au bord de l'eau pour la rejoindre.

À l'intérieur du navire, un tambour marquait la cadence pour les rameurs. Entre soixante et quatre-vingts hommes se tenaient sur le pont, bien trop nombreux pour travailler lorsque le bateau était en route, et pourtant Sharina ne discernait pas le moindre signe de confusion. Les simples marins ne portaient que des pagnes – et des bandeaux pour ceux dont les cheveux n'étaient pas rasés ou tondus. Nombre d'entre eux se tenaient en équilibre sur l'apostis qui supportait la plus haute des trois rangées d'avirons. Des officiers vêtus de tuniques maintenues par de larges ceintures de cuir aboyaient des ordres, mais il n'y avait nulle trace de colère dans leurs voix rauques.

Le navire toucha terre avec le grincement d'une énorme vague balayant le rivage ; toute la longueur du bateau, une trentaine de mètres, restait encore dans l'eau. Quelques marins sautèrent dans les embruns ; les officiers lancèrent des aussières par-dessus bord, puis bondirent eux aussi dans les vagues.

Les rames glissèrent dans la coque puis disparurent. De nouvelles silhouettes à demi nues venues de l'intérieur du navire firent leur apparition sur le pont, puis sautèrent par-dessus bord pour aider leurs compagnons avec les cordes.

— Voici les rameurs, dit Nonnus, haussant la voix pour être entendu au milieu de la cadence scandée par les officiers et des réponses des rameurs en plein effort. Dans l'équipage, il n'y a qu'une vingtaine d'hommes sur le pont chargés de barrer et de gréer les voiles, et c'est aux rameurs que revient la tâche de hisser le bateau sur la plage pour la nuit.

La marée était presque haute. Peu à peu, le navire gravit la plage, chaque avancée rythmée par la progression de la marée montante. Maintenant que le pont n'était plus envahi d'hommes attendant d'amener les cordes, Sharina avait une meilleure vue sur les personnages qui l'occupaient encore. Un homme barbu et grisonnant hurlait des ordres depuis la poupe arrondie : très certainement le capitaine. Il ressemblait aux officiers qui avaient bondi dans l'eau mais était plus robuste. Quelques autres marins restaient également sur le pont.

Une vingtaine de soldats en armure noire se tenaient en un bloc compact derrière la proue. L'un d'entre eux tenait à la main un étendard. Il n'y avait pas assez de vent pour que le tissu flotte et tout ce que Sharina put voir fut des inscriptions rouges sur un fond noir.

Elle se retourna pour interroger Nonnus sur ces soldats, mais sa question resta au fond de sa gorge quand elle aperçut le visage de l'ermite. Lui aussi contemplait les militaires. Il se tenait immobile, et l'expression de son visage avait la sauvagerie d'une tempête sur le point d'éclater ; pas la moindre émotion, rien d'humain.

— Nonnus ? demanda Sharina d'une toute petite voix.

Elle lui toucha le bras.

Pendant un instant, les muscles noueux de l'ermite restèrent aussi durs qu'une branche de bruyère ; puis son bras se détendit, son visage également et Nonnus dit d'une voix enjouée :

— Cette femme vêtue d'une cape rouge, à la proue, c'est une représentante de la Haute Cour, mon enfant. Barca doit être honoré de sa présence comme elle sera, j'en suis sûr, la première à le faire remarquer.

Et c'est avec presque le même ton – le « presque » qui peut différencier vie et mort – qu'il ajouta :

— Pour les envoyer ici, la Dame doit avoir un sens de l'humour bien cruel.

Le vaisseau fut bientôt complètement tiré sur la plage avec force grincements. Il était allégé des centaines d'hommes qui désormais le hissaient. De plus, les soldats avaient une meilleure force de traction maintenant qu'ils avaient la plage sous leurs pieds, leur permettant de compenser la flottabilité de plus en plus réduite du navire au fur et à mesure qu'il sortait de l'eau.

Lorsque l'équipage eut fini son travail, la poupe du bâtiment était appuyée contre la digue, près de la porte de l'auberge. Même si le navire avait été remonté aussi haut que possible sur la plage, les vagues frôlaient encore le bec de bronze qui faisait de cette proue une arme.

Quatre des marins qui se trouvaient sur le pont soulevèrent une passerelle et en poussèrent l'extrémité vers deux de leurs camarades, au sommet de la digue. Les hommes à bord arrimèrent leur bout de la passerelle à des poteaux, tandis que ceux à terre la maintenaient au sol de leurs pieds calleux.

— Ils ne veulent pas prendre le risque que madame tombe, remarqua pensivement Nonnus. Elle n'a pas dû apprécier le moins du monde ce voyage, avant même la tempête. Une trirème n'est pas un palais, quelles que soient ta puissance et ta richesse sur la terre ferme.

Sharina toucha encore son bras. L'un de ses plus anciens souvenirs était celui de l'ermite qui l'avait relevée quand elle était tombée, lui avait lavé le genou et recouvert la plaie d'un baume qui avait soulagé la douleur aussi soudainement que l'herbe se redresse une fois la tempête passée.

Nonnus était toujours réservé et savait parfaitement se dominer, aussi bien avec Sharina qu'avec tous ceux qu'il rencontrait. L'entendre plaisanter avec un humour qui avait quelque chose de félin – et sous lequel on sentait poindre une cruauté tout aussi féline – contrariait bien plus Sharina que la sombre expression de son visage un instant auparavant.

L'un des soldats leva une trompette faite d'un long cône de métal argenté et non de corne, puis souffla un appel perçant, sur deux notes. Le soldat dont le casque était surmonté d'un cimier blanc – tous les autres étaient rouges – cria un ordre.

Tout l'escadron se mit en marche et les hommes franchirent la passerelle deux par deux. Leurs bottes ferrées claquaient contre les planches, et les plaques de leurs armures cliquetaient. Chaque fois qu'ils posaient le pied gauche, les soldats frappaient leur bouclier avec la hampe de leur lance et poussaient un cri, afin de produire une froide cacophonie. Sharina sentit ses muscles se contracter en réaction à ce vacarme.

— Ce bruit, c'est pour effrayer l'ennemi quand ils attaquent, expliqua Nonnus du même ton. On m'a raconté que cela marchait avec certains.

Les marins qui se trouvaient encore à bord s'appuyaient sur le bastingage en essayant de ne pas se faire remarquer tandis que la femme suivait l'escadron sur le pont. Ses cheveux gris étaient retenus par un filet en dentelle d'argent serré par des épingles dont les diamants resplendissaient au soleil. Son visage à l'ossature délicate arborait une expression lasse et résignée.

Un jeune homme marchait près d'elle, un demi-pas en arrière pour éviter que leurs capes se touchent. Il était entièrement vêtu de noir brillant : bottes de cuir poli montant jusqu'aux genoux, tunique de soie, cape de satin. Son chapeau de feutre avait les bords relevés, trois cornes et une plume de cygne noir passée dans son ruban. Sa moustache et sa barbiche, taillées avec soin, étaient sans doute supposées rendre ses traits délicats plus sérieux ; en réalité, elles ressemblaient davantage à un maquillage peint sur le visage d'un enfant.

— Un autre représentant de la fine fleur d'Ornifal, commenta Nonnus du même ton glacial. Observe-les bien, mon enfant. Un jour, tu voudras raconter cela à tes petits-enfants.

— Nonnus, l'implora Sharina, je… je vous en prie, ne parlez pas avec cette voix. Elle…

L'ermite tressaillit comme si elle l'avait poignardé. Il s'agenouilla dans une attitude de prière, la tête baissée et les mains jointes.

— Je suis désolé, mon enfant, ajouta-t-il avant de se relever. Je me remémore ce qui fut, et oublie ce qui doit être. Avec l'aide de la Dame, je ne laisserai pas cela se reproduire.

Sharina observa le jeune homme pour dissimuler sa gêne. Il s'était arrêté à la poupe du navire pour laisser la femme descendre avant lui.

— Ce n'est qu'un enfant, murmura-t-elle.

— Je dirais dans les vingt ans, dit l'ermite d'un ton cette fois appréciateur. Les nobles ne vieillissent pas aussi vite que les humbles.

Tandis que le jeune homme traversait la passerelle, sa cape noire flottant dans la brise marine, Nonnus ajouta :

— Vingt ans, voilà un mauvais âge pour un homme. La force de faire presque tout ce qu'on désire, mais pas assez de jugement pour savoir quel prix on paiera plus tard.

— Rapprochons-nous, dit Sharina, en partie car elle ne voulait pas penser aux paroles de Nonnus.

Ils gravirent la paroi de la digue avec l'aisance que procurent l'habitude et de bonnes jambes. Le talent des maçons de l'Ancien Royaume était tel que, même après mille ans d'intempéries, il était difficile de distinguer les interstices entre chaque pierre des fissures qui les striaient.

Les soldats formaient une double rangée entre le moulin et l'auberge. Les deux nobles se tenaient près des soldats portant respectivement la trompette et la bannière et de l'officier au cimier blanc. Tous deux fronçaient les sourcils avec perplexité.

Les habitants du hameau s'étaient regroupés en cercle autour des étrangers et murmuraient entre eux, mais personne ne parla aux nouveaux venus. Ces étrangers étaient comme une apparition pour eux, un phénomène encore plus important qu'une baleine échouée sur la plage. Katchin le meunier se tenait de côté, à l'arrière de la foule, comme s'il avait l'intention de s'enfuir.

— Il doit penser que ce sont des percepteurs royaux, murmura Sharina. C'est peut-être ce qu'ils sont !

— Pas eux, mon enfant. Aucun percepteur n'a jamais mérité une escorte d'Aigles de Sang.

À bord du navire, les marins prenaient dans la cale des paquets contenant leurs possessions et les lançaient à leurs compagnons qui se trouvaient sur la plage. Quelques hommes attachaient une voile à une armature faite de rames pour se construire un abri. Les marins paraissaient joviaux comparés à la discipline formelle des soldats. Ils étaient probablement heureux d'avoir rejoint la terre sains et saufs après la tempête qui avait maltraité leur navire.

Après avoir échangé quelques mots avec la femme, l'officier cria :

— La procuratrice Asera bos-Gezaman exige nourriture et hébergement pendant la durée de son séjour dans cette communauté. Au nom de Valence le Troisième, roi des Isles !

Il gardait la tête légèrement inclinée en parlant afin que ses paroles soient entendues de tous les badauds.

— Elle exige également nourriture et hébergement pour vingt-cinq soldats de la garde royale, ainsi que de la nourriture pour deux cents marins. Immédiatement !

Le père de Sharina fit un pas en avant.

— Je m'appelle Reise or-Laver, et je suis l'aubergiste de ce hameau, dit-il à l'officier. Je peux offrir à votre maîtresse nourriture et hébergement, en aucun cas comparable cependant à ce qu'elle pourrait trouver à Carcosa ou dans la demeure de l'un de ses pairs.

— Bien sûr que non, dit Asera, s'exprimant elle-même pour la première fois. Il s'agit d'Haft, pas de la civilisation !

Reise mit un genou à terre, baissa la tête, tendit la main droite et fit un geste étrange, comme s'il brossait un objet invisible posé par terre. Sharina n'avait jamais vu son père faire une telle chose. Il se releva et dit à Asera :

— Comme le souhaitera ma dame, bien évidemment.

Asera laissa échapper un petit rire qui lissa ses traits et la rendit étonnamment séduisante.

— Des manières de la Cour sur la côte est d'Haft ? Tu me surprends, aubergiste. Entrons pour voir si ta cuisine me surprendra elle aussi.

Reise fit une autre révérence, puis se dirigea vers l'entrée de l'auberge.

— Es-tu le chef du village, quel que soit le nom que vous lui donnez ? lui demanda Asera en le suivant. (Le jeune homme la suivit, mais pas l'officier.) Ce maudit vaisseau a besoin de réparations et d'une nouvelle voile avant que nous repartions pour Carcosa…

Katchin se précipita vers eux, rassuré sur la situation.

— Je suis l'intendant du bourg ! cria-t-il tandis que les nobles pénétraient dans l'auberge.

L'officier autorisa ses hommes à rompre leur garde-à-vous. Ils se mirent à contempler le hameau. Les conversations des villageois se firent plus fortes, et les plus hardis approchèrent les étrangers pour leur poser des questions ou leur proposer leurs services.

— La tempête les a amenés ici, déclara Sharina, soulagée de pouvoir expliquer la présence du navire. Tout comme Tenoctris ou les loups de mer, j'imagine.

— Oui, mais à qui ressemblent-ils le plus ? répondit l'ermite. (Sharina eut l'air si surprise qu'il ajouta doucement :)

Il vaut parfois mieux avoir affaire aux loups de mer qu'aux nobles. Ceux qui ont « bos » ou « bor » dans leur nom croient qu'ils ne sont pas de la même espèce que les gens ordinaires… et ils ont peut-être raison.

Une rafale fit flotter la bannière. Quelques traits écarlates dessinaient une tête d'aigle stylisée sur un fond noir. Au-dessous se trouvaient des inscriptions rouges que Sharina ne parvenait pas à lire car le drapeau bougeait sans cesse.

— Les Aigles de Sang sont les gardes du corps du roi, expliqua Nonnus sans la moindre émotion. Pour qu'un détachement de tels soldats soit envoyé avec cette Asera, elle doit être d'un plus haut rang qu'une simple procuratrice venue à Haft pour s'occuper des affaires royales.

Le vent tomba. Villageois et visiteurs se mêlèrent ; certains nouveaux venus s'aventurèrent dans le village. L'ermite contemplait la scène.

— Que signifie cette inscription sur le drapeau, Nonnus ? « Tenir », je crois ?

Nonnus regarda Sharina. Ses yeux étaient aussi gris que la lumière renvoyée par une plaque de glace.

— Elle signifie « Nous avons tenu », mon enfant, dit-il d'une voix blanche. Ils étaient aux côtés du roi Valence quand il combattit le comte de Sandrakkan à la Muraille de Pierre, il y a vingt ans de ça. Quand le flanc droit des troupes du roi a cédé, les Aigles de Sang ont tenu et l'ont défendu.

L'ermite se tourna et cracha délibérément vers la mer.

— Alors le roi fit inscrire « Nous avons tenu » sur la bannière des Aigles de Sang, poursuivit-il, en mémoire de l'honneur qu'ils gagnèrent ce jour-là.

Il s'éloigna sans ajouter un mot, le lourd couteau battant son flanc. Sharina le regarda prendre le chemin de sa hutte jusqu'à ce qu'il disparaisse dans les bois. Elle eut envie de pleurer, sans savoir pourquoi.

II

— Attention, je passe ! cria Garric au beau milieu du vacarme de la cuisine.

Il passa sous l'imposte les jambes pliées – le plafond était assez haut pour le chaudron en fer qu'il portait sur l'épaule, mais pas la porte – et se dirigea vers le feu d'un pas décidé.

— Je vais l'accrocher dans l'âtre !

Daya et Tilgar, des fermières habituées à cuisiner pour un grand nombre de personnes à la période des récoltes, aidaient à préparer le repas des soldats. Garric ne pouvait voir à sa droite ni tourner la tête à cause de son fardeau, et avec tout ce monde il risquait à tout moment de trébucher sur quelqu'un. Le chaudron était imposant, et les cinquante litres d'eau qu'il contenait doublaient son poids déjà considérable.

— Garric, c'est trop lourd, je t'ai dit de le remplir avec des seaux et pas de le porter plein depuis le puits ! cria Lora.

Garric s'agenouilla avec précaution et accrocha l'anse du chaudron à la crémaillère en fer forgé que l'on faisait pivoter au-dessus de l'âtre pour y suspendre de tels récipients. Les cuisinières feraient immédiatement cuire à feu doux une quantité de soupe suffisante pour le lendemain, puis pour la durée du séjour à terre de la trirème.

La crémaillère gémit sous le poids du chaudron. Garric se redressa et fit un pas en arrière, réprimant un soupir de soulagement.

Il s'était cru capable de transporter le chaudron plein pour éviter de traverser la cuisine surpeuplée avec une palanche garnie de seaux. Il y était arrivé, mais son mollet droit le lançait et il lui semblait que les muscles de ses cuisses étaient devenus froids et flasques dès qu'ils s'étaient relâchés. Parfois, sa mère n'avait pas tort.

Sharina avait allumé une lampe car le soleil couchant n'atteignait pas le coin où elle s'était installée pour couper des légumes. Ces préparatifs se prolongeraient tard dans la nuit ; une seule torche accrochée en haut des chenets ne serait pas suffisante pour toutes les cuisinières. Tilgar poussa la porte de la hanche et apporta un panier rempli de pain frais dans la salle commune.

— Je vois que tu peux marcher, dit Reise, retenant la porte avant qu'elle se referme. Mais peux-tu ramer ?

— Si vous voulez parler, allez ailleurs ! cria Tilgar en bousculant Reise pour regagner la cuisine. Si vous voulez rester là, j'aurais bien besoin de quatre mains de plus pour pétrir la pâte.

Reise eut un faible sourire. Il conduisit Garric dans la salle commune pleine de soldats et de marins.

— Ramer ? demanda Garric.

Il rentra la tête dans les épaules afin de détendre ses muscles et se massa la clavicule à l'endroit où il avait appuyé le chaudron.

Reise ouvrit pour son fils la porte donnant sur la plage puis le suivit.

— Oui. Sur le canot que Tarban utilise pour mouiller ses filets. Tu es partant ?

— Oui, Père.

Il ne savait pas quoi ajouter. Dans ses bons moments, Reise n'était pas quelqu'un d'extraverti ; même sa colère était froide. Mais Garric n'avait jamais vu son père de cette humeur.

— Bien, répondit Reise, car si c'était moi nous finirions sûrement à l'eau, tu le sais bien. Un autre des talents dont je n'ai pas été doté. Nous n'irons pas loin, je voudrais juste dépasser l'endroit où les vagues se forment.

Des feux illuminaient la nuit d'un bout à l'autre de la plage : les marins cuisinaient la nourriture qu'ils avaient achetée au village. La trirème paraissait toujours aussi immense, mais Garric avait compris qu'elle ne pouvait contenir plus d'un jour ou deux de rations pour un si grand nombre d'hommes. S'ils étaient en mer depuis la tempête, leur faim était amplement justifiée.

L'équipage de la trirème prit la décision implicite de camper sur la plage plutôt qu'au-dessus de la digue. À moins d'une autre tempête, la marée ne monterait pas aussi haut à cette période du cycle lunaire. S'ils s'étaient installés à l'écart, les marins ne manquaient pas de visiteurs pour autant – des femmes, pour la plupart.

Près de l'un des plus gros feux, un homme avec une oreille arrachée et l'autre ornée d'un anneau en or dansait. Il évoluait sur la musique d'un instrument à cordes, taillé dans un fanon de baleine, dont jouait l'un de ses compagnons. De temps à autre, les marins réunis autour du feu poussaient un cri, et le danseur exécutait un saut périlleux arrière.

Le sourire et la boucle d'oreille de l'homme brillaient dans la lumière du feu. Les jeunes filles du village – et Garric aperçut au moins une femme plus âgée – acclamaient ces prouesses, émerveillées.

Les hommes du bourg observaient la scène à distance, certains d'entre eux arborant de tristes mines. Il y avait eu une ou deux rixes plus tôt dans la journée, mais les marins étaient trop nombreux pour que les villageois fassent vraiment des difficultés. Tant que le navire resterait à Barca, les femmes choisiraient elles-mêmes où elles passeraient leur temps, et ce qu'elles en feraient. Plus tard il y aurait sans nul doute bien des cris dans les foyers et parfois même de la violence ; mais comment demander à ces jeunes filles de faire comme si de rien n'était quand un tel prodige arrivait ainsi sur leur plage ?

Le canot était dressé contre la digue juste sous la maison de Tarban, assez loin sur la plage. Garric détacha l'amarre de la boucle enfoncée entre deux pierres afin d'assurer la petite embarcation contre le vent et des marées particulièrement hautes.

L'amarre était effilochée : Tarban était chanceux, la tempête n'avait pas emporté son canot, ne lui laissant que sa boucle et un bout de corde.

Garric mit le bateau à l'endroit et le saisit par le banc de nage avant.

— Est-ce que je dois porter l'autre bout ? demanda Reise.

— Prenez juste les rames, lui répondit Garric en lui faisant un signe de tête.

Il entreprit de traîner le canot vers la mer. Il n'y avait ni port digne de ce nom ni plage de sable, de ce côté d'Haft. Les bateaux des environs étaient équipés de virures le long de la quille, qui faisaient office de patins lorsqu'ils glissaient sur les galets. Quand elles étaient trop usées par le gravier de la plage, il était possible de les remplacer.

Les hommes nés dans le bourg étaient stupéfaits par la maladresse de Reise. Il se montrait volontaire, n'était pas faible, en tout cas pour un homme de la ville, mais il était effectivement fréquent qu'il fasse chavirer son embarcation en ramant, qu'il harnache de travers un cheval ou même qu'il renverse un seau qu'il tentait de porter. Et même quand tout se passait bien, Reise se crispait, craignant de rater quelque chose. Garric en avait conclu que cette peur d'être maladroit expliquait en grande partie la colère qui brûlait dans les yeux de son père.

Les vagues léchaient les chevilles de Garric, puis se retiraient. La marée avait changé une heure plus tôt. Garric s'avança vers la vague suivante et y poussa le bateau.

— Montez à l'avant, vite ! dit-il pour presser son père.

Reise courut le long du canot et réussit à monter en roulant par-dessus le plat-bord sans s'accrocher sur le tolet ; il parvint même, chose étonnante, à ne pas lâcher les rames. Garric aida le canot, désormais à flot, à négocier la vague suivante, puis il passa par-dessus l'arrière de l'embarcation et s'assit à son tour. Il se pencha vers son père, lui prit les rames, et fit avancer le canot à grandes poussées au milieu des vagues.

Les dizaines de feux clignotant sur la plage constituaient un étrange spectacle. De temps à autre on apercevait un ou plusieurs danseurs cabriolant devant les flammes. La digue renvoyait de joyeuses exclamations.

— Il y aura bientôt autant de pièces de monnaie à Barca qu'à l'époque des trajets entre nord et sud, quand l'auberge a été construite, annonça Reise. Mais nous serons à court de provisions le mois prochain, jusqu'au moment de la récolte. Difficile de manger de l'argent. (Il poursuivit, d'un ton froidement amusé :) La procuratrice m'a annoncé qu'ils ne s'étaient pas approvisionnés auprès d'un banquier de ce côté de l'isle, et qu'elle me paierait avec des titres provisoires – des mandats royaux que je pourrai échanger auprès du chancelier d'Ornifal contre des pièces. Je lui ai répondu – très poliment, bien entendu – que j'espérais qu'elle aimait avoir du ragoût de choux à tous les repas et qu'elle n'avait rien contre le fait de dormir dans les écuries.

— Mais s'ils n'avaient pas vraiment d'argent ? demanda Garric, jetant des regards par-dessus son épaule tout en ramant.

Reise grogna.

— Oh ! ils ont de l'or. Le leur et pas celui du roi, peut-être. Des nobles de leur espèce ne voyagent pas sans argent. Échanger de l'or sans aller à Carcosa est déjà suffisamment compliqué. Quant à Ornifal, me montrer à Valles me coûterait la vie, même s'il me plairait de m'y rendre.

Garric cligna des yeux et sentit son visage se contracter. Il se concentra sur son effort. Il savait que son père venait d'Ornifal et avait passé sa jeunesse à Valles, la capitale royale de l'isle. Cependant, Reise n'avait jamais parlé de cette époque, ni à Garric ni à personne d'autre.

— Nous sommes suffisamment éloignés. Tourne-toi et regarde-moi, Garric.

Garric rentra les rames et passa les jambes de l'autre côté du banc de nage sur lequel il était assis. Le canot montait et descendait doucement, mais ils avaient dépassé les remous et le ciel désert étouffait jusqu'au bruissement des vagues sur la grève. La lune était dans son deuxième quartier. Elle se reflétait sur l'eau, sans pour autant éclairer autre chose qu'une traînée d'écume de temps à autre.

— Vu la situation actuelle, il me faut venir ici pour avoir un peu d'intimité quand je veux te parler, lança Reise. (Il ne dit pas « quand nous voulons parler », ce qui aurait d'ailleurs surpris Garric.) Tout ce qui est arrivé ces derniers jours est peut-être dû au hasard ; ou bien tout dans la vie l'est aussi. Pourtant…

Il se frotta le front des deux mains. Il y avait chez Reise une finesse, une délicatesse qui évoquait à Garric un pinson. Un petit oiseau parfaitement formé, au plumage lisse et au tempérament colérique.

Reise releva la tête.

— Je suis un raté, mon garçon. D'ailleurs, tu le sais bien. Je me demande parfois à quoi aurait ressemblé ma vie si je n'avais pas été si faible. (Il poussa un petit grognement amer.) Il aurait peut-être mieux valu que je ne sois jamais né.

— Père ? Je… Personne ne vous pense faible.

Il écarta les bras afin de plaquer les rames contre les plats-bords tandis que le bateau se balançait dans la houle. Il avait quelque chose sur quoi se concentrer pour ne pas écouter, écouter *vraiment* ce que disait son père.

Reise eut un sourire aussi faible que la lumière de la lune sur ses joues sans rides.

— Tu veux dire que l'on ne me roule pas quand je fais des affaires ? Ce n'est pas de ça que je parle. Je n'ai jamais pu dire non à une femme. C'est la raison pour laquelle j'ai dû quitter Valles, la même chose pour Carcosa. (Son sourire s'amincit encore et se fit froid comme la bise.) Et, bien sûr, je suis marié à Lora. Ça aussi.

— Père, vous avez quitté Carcosa pendant les troubles, ce n'est pas de la faiblesse.

Garric regardait fixement la bourse attachée à la ceinture de son père et non son visage. Dans une tentative désespérée pour changer de sujet, il poursuivit :

— Je n'ai jamais compris ce qui a provoqué les troubles, et pourquoi le comte et la comtesse ont été tués.

Reise éclata de rire ; il semblait véritablement amusé.

— Eh bien, mon garçon, j'étais à l'époque le secrétaire personnel de la comtesse Tera et je ne saurais pourtant pas te répondre. Les émeutes ont commencé après une querelle pour savoir laquelle de la statue de la Dame ou celle du Berger devait ouvrir la grande procession du solstice d'été. Lascarg était commandant de la garde au moment de ces événements. Il s'est autoproclamé comte quand les choses se sont apaisées ; d'aucuns pensent qu'il serait derrière tout ça. (Reise haussa les épaules.) Il est vrai que la garde ne fit pas grand-chose avant que la foule fasse irruption dans le palais, mais j'ai toujours pensé que, lorsque les choses tournent mal, l'incompétence est une explication plus vraisemblable que la trahison. On ne sait même pas pourquoi Niard et Tera ont été tués. Elle n'était plus qu'à quelques heures de l'accouchement, sa mort peut aussi bien avoir une cause naturelle.

— Père, je ne savais pas que vous aviez été le secrétaire de la comtesse, dit Garric.

Il se concentra sur la légère rotation du canot dans les remous.

— « Été », voilà le mot le plus important, mon garçon, répondit froidement son père. À Valles j'ai *été* à la suite de dame Belkala bos-Surman, le « meilleur ami », comme ils le disaient, du père du roi actuel. Maintenant, ce que je suis, c'est l'aubergiste de Barca, marié à une femme à la langue acérée comme une scie.

— Père, ne parlez pas ainsi ! protesta Garric. (Sa voix monta d'un ton. La colère libéra son esprit du désespoir creux qui l'avait envahi en écoutant son père évoquer sa vie avec la froideur d'un boucher dépeçant un cochon.) Vous êtes un homme qui a voyagé, qui a vu tant de choses ! Personne dans ce bourg ne peut en dire autant. Quand je serai un vieil homme, ici, à Barca, je raconterai à mes petits-enfants que *mon* père n'était pas un paysan rustaud comme tous les gens qu'ils connaissent.

— Non ! coupa Reise. (Garric entendit pour la première fois dans la voix de son père la détermination farouche de l'homme qui avait fait d'une auberge en ruine une affaire prospère.) Non, tu ne diras pas cela, mon garçon, parce que, quoi que j'aie pu faire, je ne t'ai pas appris à être un imbécile ! (Il saisit le poignet droit de Garric et tourna sa main, la paume vers le ciel.) Regarde ça. Tu as lu les épopées. Au temps de la splendeur des Isles, il y a mille ans, quand le mot « royauté » signifiait quelque chose, ces rois étaient des hommes d'Haft ! Des mains comme les tiennes portaient le sceptre – et l'épée, si besoin était. Ne renie jamais ton héritage !

Garric se passa la langue sur les lèvres. Quelques notes de flûte lui parvinrent de la plage, déformées par le vent. On aurait presque dit le chant d'un oiseau.

— Je suis désolé, Père. Je suis désolé. Mais ne dites pas que vous êtes un raté, parce que c'est faux.

Reise pressa légèrement le poignet de Garric, puis il le lâcha et se rassit sur son banc.

— Nous ne saurons jamais ce qui aurait pu se passer, dit-il pensivement, d'une voix plus douce. Mais bien des hommes auraient fait un moins bon travail que moi, c'est vrai. Y compris apprendre à un enfant à être un homme. (Il éclata de rire à la stupéfaction de Garric, et ajouta :) Et qui sait ? Barca a peut-être plus besoin d'un aubergiste que Valence le Second d'un intendant en chef, ce qui aurait pu arriver.

Garric se racla la gorge.

— Ah ? Nous dérivons un peu. Dois-je nous ramener vers le large, ou bien…

Ou bien rentrer et mettre un terme à cette embarrassante discussion ? pensa-t-il sans dire un mot.

— Dans un instant, répondit sèchement son père, comme un homme qui prenait ses décisions sans que son fils s'en mêle – l'homme que Garric avait connu toute sa vie.

Reise ouvrit sa bourse et y prit un petit étui en peau de chamois qu'il tendit à Garric.

— Prends, c'est pour toi. Je me moque de ce que tu en feras, porte-le ou pas, ça ne regarde que toi. (Il se frotta le front, puis croisa de nouveau le regard de Garric.) Je me suis toujours efforcé de faire mon devoir, ajouta-t-il doucement. Toujours.

L'étui était lourd compte tenu de sa taille. Garric en défit les cordons et décida de glisser les doigts à l'intérieur plutôt que d'en secouer le contenu dans sa paume, ce qu'il aurait fait sur la terre ferme avec plus de lumière. Il sentait le regard de son père sur lui tandis qu'il sortait de l'étui une pièce attachée à un cordon de soie.

Garric leva l'objet pour mieux l'observer à la lueur de la lune. Aussi large que son pouce au niveau de l'articulation, il était plus petit qu'une pièce de bronze, à peu près les seules que l'on trouvait à Barca. Une des faces semblait lisse, et sur l'autre Garric devinait un visage et une inscription en Écriture Ancienne. Pour mieux la distinguer il aurait fallu la lumière du soleil, qui n'aurait peut-être même pas suffi.

La pièce n'était guère plus qu'un reflet dans la nuit, mais Garric comprit soudain ce que signifiait son poids. Il la serra dans ses deux mains, horrifié à l'idée de la laisser tomber, et s'écria :

— Père ! C'est de l'or !

— Oui, répondit Reise en hochant sèchement la tête.

Il n'en dit pas davantage.

— Mais pourquoi me la donnez-vous ?

Le métal était froid dans ses mains, et le cordon, souple et lisse, semblait vivant.

— Parce qu'elle t'appartient, mon fils. Tu es en droit de la porter. C'est tout ce qui importe. Maintenant, ramène-nous avant que Tarban m'accuse de lui avoir volé son bateau et que Katchin, cet imbécile envieux, me demande de payer.

Pendant un instant, Garric ne bougea pas.

— L'avez-vous portée, Père ? demanda-t-il.

Une vague frappa le flanc du canot qui était face au large : cette fois ils dérivaient vraiment vers le ressac.

— Ce n'était pas à moi de la porter. Je devais seulement la garder et te la donner le temps venu. Fais-en ce que tu veux.

Garric leva le cordon de soie et le passa autour de son cou. Il glissa la pièce sous sa tunique.

— Oui, monsieur.

Il regagna son banc et saisit les rames.

Il fit tourner le canot en quelques petits coups de sa rame gauche. Quelque chose d'immense était en train de s'agiter. Garric ne savait pas ce que c'était, ni ce qu'on attendait de lui.

Mais, grâce à cette pièce qui battait contre sa poitrine tandis qu'il ramait, ce n'était pas de la peur que Garric ressentait mais un mélange de joie sauvage et d'impatience.

12

Ilna tira la corde qui faisait office de loquet, ouvrit la porte de l'épaule et entra dans la pièce principale de sa partie de la maison. Cashel n'avait pas encore rapporté la paille qu'il collectait chez les voisins, elle laissa donc tomber les édredons sur le sol de pierre.

— Dites, la princesse est de retour, et plus jolie que jamais! s'exclama l'un des soldats assis autour de la table de la cuisine.

Deux hommes s'étaient levés quand elle était entrée, mais aucun d'entre eux n'était venu l'aider.

Elle ferma la porte d'un coup de pied et lança :

— Qu'est-ce que vous faites, quand vous n'avez pas de village à occuper ? À moins que vous restiez au palais la plupart du temps ?

Quinze des Aigles de Sang étaient logés dans la salle commune de l'auberge. Les dix autres s'étaient installés dans la maison attenante au moulin, le seul autre grand bâtiment du hameau : cinq chez Ilna, et cinq chez Fedra.

Les Aigles de Sang s'étaient vantés de leur rang et de leur importance à Valles ; d'après leurs dires, en protégeant le palais ils côtoyaient la haute noblesse. Cela dit, ils étaient arrivés à Barca avec les vêtements qu'ils avaient sur le dos, et rien d'autre. L'équipage du bateau avait ses propres couvertures, mais si la plage avait été déserte, ces fiers soldats auraient dormi avec des feuilles mortes en guise d'édredon.

— Ouais, toutes nos affaires étaient sur les autres bateaux, dit le plus jeune des soldats. (C'était un grand jeune homme aux cheveux clairs, dans les vingt-cinq ans, et dont l'un des ancêtres avait sûrement dû appartenir à l'une des grandes maisons d'Ornifal – probablement sans passer par les liens du mariage.) J'ai perdu des vêtements de cour qui valaient assez pour acheter ce trou tout entier.

Il fit un geste de la main dédaigneux englobant tout Barca.

— On n'est pas censés parler de ça, Ningir, rétorqua le soldat assis dans un coin de la pièce, les jambes croisées.

Il nettoyait l'étui incrusté de pierres de sa dague à l'aide d'un morceau de cuir souple et d'un style. Il avait le double de l'âge de Ningir et arborait de nombreuses cicatrices, un front dégarni et d'épais sourcils.

— La ferme, Mesilim, lui lança un troisième soldat. Tu te prends pour qui ?

Il lança un regard à Ilna et poursuivit d'un ton qu'il souhaitait manifestement aguicheur :

— On est partis à trois navires. Nous étions tous avec la procuratrice, mais nos affaires étaient sur les deux autres. Il y a diablement peu de place sur une trirème, juste un pont et l'odeur de ces singes là-dessous qui se brisent le dos à force de ramer.

— Zabar…, prévint Mesilim, en fronçant des sourcils déjà prononcés.

— Oh, la ferme ! s'écria Ningir. (Il lança un coup de pied vers la jambe du soldat plus âgé ; leurs bottes ferrées s'entrechoquèrent.) Si t'as quelque chose à dire, t'as qu'à sortir et trouver quelqu'un que ça intéresse, pigé ?

Les soldats étaient répartis d'une manière telle que les cinq hébergés dans cette partie de la maison étaient tous des sans-grade. Ceux ayant quelque autorité avaient jeté leur dévolu sur l'auberge ou le luxueux logement de Katchin.

Ilna sourit en se penchant pour contrôler la cuisson du ragoût qui mijotait pour le dîner du lendemain. Les pensionnaires de l'auberge seraient bien nourris, mais les hommes qui se trouvaient de l'autre côté de la cloison avaient sans doute déjà appris à redouter la cuisine de Fedra.

Ils pourraient se considérer chanceux s'ils n'avaient pas à affronter poux et punaises.

Ilna se releva.

— Vous avez été séparés pendant la tempête, c'est ça ? demanda-t-elle.

Elle n'était pas une pipelette comme la plus grande partie des villageois – il y avait assez à faire les jours de tempête, fréquents sur cette côte en hiver –, mais l'arrivée de ce navire était un événement unique. De mémoire d'homme, il n'y avait jamais eu autant d'étrangers à Barca.

— Séparés ? s'exclama un quatrième soldat. (Il fit le geste de se trancher la gorge.) Ouais, on peut dire ça. Séparés par mille mètres d'eau, ou quelle que soit la profondeur de la mer Intérieure là ou la tempête nous est tombée dessus.

— Ah, Eshkol..., murmura Mesilim.

Il rentra la tête dans les épaules, réprimant sa colère, et fit mine de ne plus rien entendre. Mesilim était un vieux soldat capable d'exécuter les ordres courants avec détermination, mais il était de toute évidence trop stupide pour monter en grade. Ses compagnons, plus jeunes et plus malins, ignoraient son point de vue même quand il avait probablement raison.

— C'était infernal, dit Ningir. (Il secoua la tête.) Je veux dire que cette tempête était tout droit sortie des Enfers.

Quelques minutes auparavant, Ningir bavardait et fanfaronnait auprès d'une jolie fille en espérant qu'elle se révélerait mieux disposée que ce qu'elle laissait paraître. Les souvenirs de la tempête avaient radicalement changé son humeur.

— C'était comme si quelqu'un avait tiré un rideau depuis la mer, ajouta Zabar d'un ton assombri par ces souvenirs. D'un noir d'encre. De toute ma vie, je n'avais jamais rien vu de semblable.

— Les marins non plus, dit Ningir. Pas le moindre vent, et nous avancions avec seulement une rangée de rames.

— Les trois bateaux étaient si proches qu'on pouvait parler en criant de l'un à l'autre, précisa le cinquième soldat. (Il gardait les mains croisées sur la table, et ne les quittait pas des yeux.) Un jour agréable, il faisait juste un peu trop chaud au soleil.

—Et ça nous est tombé droit dessus, noir comme le cœur d'une femme, poursuivit Zabar. Je regardais même pas dans cette direction. Il y avait des loups de mer qui nageaient le long du navire, et c'était eux que j'observais. Et puis d'un coup il a fait sombre et j'ai regardé par-dessus mon épaule, comme ça. Alors le vent nous a frappés.

En contemplant ces hommes, Ilna s'étonna de pouvoir conserver un visage impassible. Certains d'entre eux étaient sans aucun doute plus braves que d'autres, mais pour appartenir à cette unité d'élite, aucun n'était lâche.

La tempête les avait terrifiés. Tous.

—Quand j'étais un gamin, un gros tas de neige m'est tombé dessus, raconta Mesilim. (Il continuait à frotter les motifs sur son fourreau, une nielle noire incrustée sur un fond en argent.) C'était pareil. Le vent pressait aussi fort sur ma poitrine.

—Les marins hurlaient, dit un soldat. On s'en rendait compte seulement parce que leurs bouches s'ouvraient. On n'entendait rien. La pluie tombait si fort qu'on aurait dit des gravillons.

—Même si la voile était ramenée, le mât s'est quand même tordu, poursuivit Ningir. Les rameurs nous ont fait avancer droit sur la tempête, et c'est ce qui nous a sauvés. Ce sont peut-être des singes, mais si on s'était retrouvés de biais, on aurait été envoyés par le fond le temps de faire… (il claqua des doigts) ça.

—Meder le magicien dit que c'est lui qui nous a sauvés, dit Eshkol.

Il frottait la lame de son épée, mais sans l'astiquer vraiment.

—Meder, un magicien ? s'exclama Zabar. Moi je dirais que c'est rien de plus que le mignon de la procuratrice.

Eshkol secoua la tête.

—Crois-le ou non : Meder n'est peut-être qu'un gamin, mais sa famille possède huit mille hectares du comté du

Nord-Gainstup. Quoi qu'il en soit, pas besoin pour lui de vendre ses charmes à une vieille dame.

— Comment prétend-il avoir sauvé le navire ? demanda Ilna. Qu'est-ce qu'il a fait ?

Ilna prêtait une grande attention à la conversation quand le sujet de la magie était abordé. Comme un couteau qui s'agiterait dans sa main, irrésistiblement attiré par un aimant. Peut-être réagissait-elle ainsi à cause de ce qu'elle avait ressenti en touchant la robe de la naufragée. Le contact de la soie avait éveillé quelque chose en elle.

— La procuratrice et lui étaient sous un taud qui s'est envolé dès la première bourrasque, expliqua le soldat. Meder s'est accroupi derrière le mât pour se protéger du gros du vent et a marqué quelque chose sur le pont avec un couteau en cuivre. Je crois qu'il chantait, aussi.

— J'ai regardé le bois le lendemain, enchaîna Ningir. Il y avait bien des marques, mais c'étaient pas des vrais mots.

— Ce sont pas des mots pour les hommes, mais pour les dieux ! répondit brusquement le cinquième et dernier soldat. Ou plutôt pour les démons, si c'est vraiment un magicien.

Ilna pensa à Meder. Lui, un magicien ? Personne ne ressemblait moins à un magicien que Tenoctris dans sa chemise de laine toute rapiécée. Ses incantations avaient pourtant permis de sauver la jambe de Garric, voire sa vie.

— Tout ce que je sais, insista Eshkol, c'est que le bateau sur notre droite s'est brisé comme une coquille d'œuf, et qu'il est arrivé la même chose à celui sur notre gauche. Il n'en est rien resté, que de l'écume, j'ai même vu un bras essayer de s'agripper à quelque chose. Mais on s'en est tirés, et pendant tout ce temps Meder était assis à chanter.

— Est-ce que vous aussi vous avez trouvé que tout avait l'air *rouge* pendant la tempête ? demanda Ningir. Enfin, pas vraiment rouge, mais rosé ?

— C'est vrai, dit le cinquième soldat. Comme si on était coincés dans un bloc de quartz rose. J'ai fermé les yeux, mais pas moyen de s'abriter de cette lumière.

— Il n'y a rien eu de tel, dit Zabar. (Il regarda ses compagnons, de plus en plus consterné en réalisant qu'ils avaient vraiment vu que la lumière changeait.) Je n'ai pas quitté le pont. Il n'y avait que des éclairs, et ils n'étaient pas rouges.

— C'est le magicien qui a fait ça, lança Mesilim toujours assis par terre. (Tout le monde le regarda ; le vieux soldat cligna des yeux, puis poursuivit :) Il y a eu de la lumière une fois que le premier navire a coulé, et davantage encore quand le second l'a suivi. C'est un magicien, et c'était de la magie, comme à la Muraille de Pierre, sauf que cette fois elle était de notre côté.

Dans un froid silence, Ilna contempla les soldats l'un après l'autre. Zabar frissonna puis lui demanda finalement :

— Dites, ma jolie, qu'est-ce qu'il faut faire pour avoir à boire, par ici ?

— Ouais, s'exclama Eshkol en glissant son épée dans son fourreau avec un claquement. On pourrait avoir du vin ?

— Il y a du vin à l'auberge si vous êtes prêts à payer, répondit Ilna. (Elle était, elle aussi, soulagée par ce changement d'atmosphère, même si une part d'elle qu'elle ne reconnaissait pas regrettait d'abandonner cette évocation de la magie.) J'ignore son prix. Il y a encore de la bière à sept pièces de cuivre le seau, ce qui vaut une demi-pièce d'argent d'Ornifal. Que souhaitez-vous que je vous apporte ?

Eshkol se releva.

— Je préfère aller inspecter la cave moi-même. Je pense pas que cette jolie demoiselle ferait la différence entre un blanc des Collines Bleues et de la piquette.

— Rapporte des bouteilles de quelque chose de rouge et de fort, Eshkol, demanda Ningir. Pas un de tes machins recherchés qui font pas plus d'effet que de l'eau.

— Je veux de la bière, dit Mesilim. (Il accrocha méthodiquement l'étui de sa dague à sa ceinture en se levant, puis le serra.) Je vais chercher de la bière.

Ilna ouvrit la porte.

— Pourquoi le roi vous a-t-il envoyés à Haft ? Depuis que je suis née, aucun envoyé du roi n'est jamais venu dans ce bourg.

— Oh, c'est à cause de la tempête, répondit Zabar en lui tenant la porte ouverte dans un accès de galanterie plein d'espoir. Nous nous dirigions vers le Passage de Carcosa sur la côte extérieure, mais nous avons dérivé vers le sud-est, et par chance nous avons trouvé la terre.

Le groupe formé par Ilna et trois des soldats marchait dans la nuit. Des lumières luisaient à la fenêtre de l'auberge à seulement quelques mètres d'eux. Les étoiles brillaient d'un éclat froid dans un ciel parfaitement dégagé.

— Mais pourquoi Haft ? Je sais bien que Valence est roi de toutes les Isles – en tout cas il en a le titre –, mais Ornifal est très loin, même sans tempête.

— Oui, ah…, hésita Zabar, soudain réservé.

— Oh, c'est à cause de l'héritier du comte, coupa Mesilim. (Il avait oublié les ordres, ou bien décidé qu'ils n'avaient plus d'importance puisque ses compagnons parlaient de toute façon.) Je parle de l'ancien comte. Le roi Valence a appris que le comte et la comtesse avaient eu un enfant juste avant d'être tués. La comtesse Tera était issue de l'ancienne lignée d'Haft, ce qui veut dire que l'enfant appartient à une lignée royale qui remonte au roi Carus !

13

Sharina apporta le carré d'agneau dans ce qui était désormais la salle à manger privée où sa mère servait Asera et Meder. Cette pièce tenait lieu d'espace de rangement, sauf pendant la foire aux moutons, mais les couvertures et la vaisselle de secours venaient de trouver leur utilité. Wainer, le commandant des Aigles de Sang, dînait avec ses hommes dans la salle commune.

— Il doit bien y avoir quelqu'un, dans cette commune, qui monte à cheval ! dit Asera à Lora d'un ton ulcéré. Je n'exige pas que mon escorte soit à cheval, mais vous ne pouvez pas demander à Meder et à moi-même de marcher jusqu'à Carcosa !

— Je vous en prie, ma dame, répondit Lora avec agitation. (Elle fit une révérence, son regard ne croisant jamais ceux des nobles.) Seuls les conducteurs et les marchands viennent ici à cheval. Nous labourons avec des bœufs et si nous devons nous rendre quelque part, c'est avec nos jambes, en effet.

Sharina posa le plat sur le buffet, disposant le couteau, l'affiloir et la fourchette qu'elle avait tenus jusque-là dans sa main droite en plus du plateau. D'habitude, Sharina tenait le bar tandis que son père se chargeait des clients qui dînaient en privé. Il avait cependant décidé d'intervertir leurs rôles après avoir vu les soldats affluer dans la salle commune en quête de quelque chose à boire. Garric aidait Reise et allait à la demande chercher dans la cave des fûts de bière et de cidre.

On ne s'attendait pas que des nobles d'Ornifal viennent ici – par la mer, la terre ou les airs, pensa Sharina. La présence de ces illustres visiteurs la remplissait d'excitation, et elle savait que dans des années elle raconterait encore comment elle, Sharina os-Reise, les avait servis de ses propres mains. Elle se comportait cependant comme son père le faisait : « *Traite bien les nobles car c'est ton devoir ; accepte leur argent ; mais n'en fais pas des dieux, et ne fais pas de toi un chien.* » Lora était dans tous ses états, fière d'être en contact avec ces éminents personnages mais terrifiée à l'idée de ne pas savoir les satisfaire.

— Quel endroit barbare, dit Asera en secouant la tête. J'imagine que nous devrons finalement nous rendre à Carcosa par la mer.

La pièce était éclairée par une dizaine de bougies, ce qui avait nécessité tous les chandeliers de l'auberge, ainsi que quelques-uns empruntés à Katchin. En échange, il aurait droit à une rencontre formelle avec les nobles après le dîner. La moitié des bougies étaient en suif et non en cire d'abeille ; à voir comment Meder louchait sur ses dernières bouchées de flet, il ne semblait pas aussi impressionné par l'éclairage que l'auraient été les gens du coin.

Sharina passa la lame du couteau sur l'affiloir afin de l'aiguiser. Elle saisit la fourchette, vaguement consciente que Meder s'était retourné et la regardait fixement. Elle entreprit de détacher des côtes les morceaux tendres.

— Asera, regardez ! Regardez-la !

Lora débarrassa les assiettes de poisson et les reposa à grand bruit sur un coin du buffet. Elle était sans doute très nerveuse : ses gestes étaient d'ordinaire habiles et silencieux.

Sharina ne quitta délibérément pas sa tâche des yeux. Si ses joues s'empourpraient lentement, c'était autant par colère que par gêne. De quel droit parlaient-ils d'elle comme d'un cheval ?

— Jeune fille ? l'interpella Asera. Oui vous, avec le couteau, au nom de la Dame ! Tournez-vous et regardez-moi.

— C'est ma fille, ma dame, dit Lora en faisant de nouveau une révérence. (Elle portait une robe de lin empesé bleue et verte, un habit que Sharina n'avait vu jusqu'à présent que rangé dans un coffre. La robe bouffait quand Lora s'inclinait, lui donnant l'air d'un paon en parade.) Sharina os-Reise. Sharina, fais une révérence pour ce seigneur et cette dame.

Sharina posa ses ustensiles et s'inclina, tentant de ne pas laisser paraître le dégoût que le comportement de Lora lui inspirait. Elle n'avait jamais appris à faire correctement une révérence malgré les efforts de sa mère pour le lui enseigner quand elle était enfant. Si elle s'y essayait aujourd'hui, elle aurait l'air d'une idiote.

— D'où viens-tu, jeune fille ? lui demanda Meder.

Il s'était changé pour la soirée et portait un pourpoint de velours rouge. Sa chevelure fauve retombait sur ses épaules, créant un contraste que Sharina aurait trouvé séduisant si le visage du jeune homme n'avait pas été si pâle, si crispé.

— C'est ma *fille*, Votre Seigneurie, répéta Lora, supposant que les deux nobles n'avaient pas entendu la première fois.

— Nous prends-tu pour des imbéciles, femme ? répondit froidement Meder.

Il se leva d'un bond, renversant sa chaise avec une telle violence qu'elle s'abattit sur le sol avec fracas. Le mobilier de l'auberge était entièrement issu de l'artisanat local, plus solide que plaisant au regard.

— Regardez-la ! s'écria-t-il.

Il se pencha vers Sharina, pouce et index tendus, avec manifestement l'intention de saisir le menton de la jeune fille afin d'inspecter son profil. Elle fit un pas en arrière, envahie par une sensation de froid. Elle effleura la poignée du couteau à découper et retira brusquement sa main, horrifiée par la vision apparue dans son esprit.

— Meder, mit en garde la procuratrice. (Elle se leva également, saisissant sur la table un chandelier en étain.) Si elle est…

Le jeune homme se figea, recula d'un pas, et s'agenouilla devant Sharina, à la grande surprise de cette dernière.

— Je vous demande pardon, ma dame. Dans mon exaltation, j'ai agi de manière inacceptable. Cela ne se reproduira plus.

— Ce que mon compagnon veut dire… Sharina, c'est ça ? intervint Asera, c'est que vous ne ressemblez ni à cette femme de chambre, ni à votre père. Vous êtes grande, vous avez… (elle approcha la chandelle du visage de Sharina)… les yeux gris. Et vos cheveux sont plus fins que ceux de quiconque dans ce village.

— En fait, vous ressemblez à une noble d'Ornifal, dit Meder avec une délectation contrôlée. Une noble d'Ornifal, exactement comme feu le comte Niard. Je vous le demande une nouvelle fois : d'où venez-vous ?

— D'ici ! Je suis née ici !

Lora lui posa une main sur l'épaule pour la calmer. Puis, d'une voix remplie de plus de dignité que tout ce qu'elle avait fait depuis l'arrivée des visiteurs, elle dit :

— Mes enfants sont nés à Carcosa, Votre Seigneurie, Reise et moi-même servions au palais de cette ville. Mais nous avons vécu dans ce hameau depuis leur naissance, à l'exception des quelques jours qu'a duré le voyage.

— Quand est-elle née ? demanda Asera. (Elle se tenait immobile, mais la tension qui émanait de son corps évoquait pour Sharina un chat sur le point de bondir.) Il y a dix-sept ans, cinq mois et trois jours, femme ?

— Ou peut-être quatre, précisa Meder en fronçant très légèrement les sourcils. Si c'est une fille et non un garçon, peut-être quatre jours. Le soleil était dans sa phase descendante.

— Cela pourrait être à ce moment-là, dit lentement Lora. Mais Sharina est ma fille.

Asera fusilla son compagnon de voyage du regard.

— Vous avez déclaré que la tempête n'était pas d'origine naturelle. Aurait-elle visé à nous amener ici, et non à nous tuer ?

— Sans ma magie…, protesta Meder avec véhémence. (Il cligna des yeux, considérant un possible lien entre la tempête et la présence de Sharina à cet endroit précis.) Je pensais qu'elle était hostile. J'ai usé de toute ma puissance et elle a pourtant failli nous engloutir. Si je n'avais pas été sur ce navire, il n'aurait pas résisté.

— Mais vous étiez à bord, répondit Asera.

Elle reposa le chandelier sur la table et enleva une goutte de cire séchée sur le dos de sa main d'une pichenette. Meder et elle se comportaient comme si, dans la chambre, il n'y avait eu qu'eux deux et quelques meubles.

— Et sans cette tempête qui nous a emportés au sud du Passage, poursuivit-elle, nous serions à Carcosa en train de chercher quelque chose qui ne s'y trouve pas.

Meder et la procuratrice reprirent leur examen de Sharina. Lora s'interposa par instinct de protection ou pour réclamer sa propriété. Asera fit une grimace qui pouvait aussi bien annoncer une mine hostile qu'un rictus ; Lora se déroba.

— Pouvez-vous vous en assurer ? demanda Asera à son compagnon.

Elle ne quittait pas Sharina des yeux.

— Bien sûr, répondit Meder, irrité par une question dont la réponse lui semblait si évidente. Les outils dont j'ai besoin sont dans ma chambre. C'est là que nous procéderons au rituel.

Les deux nobles étaient logés dans les quartiers des parents de Sharina : la procuratrice dans la chambre de Reise, et Meder à l'étage, dans la partie de la suite où dormait normalement Lora. Sharina et sa mère étaient provisoirement relogées dans la mansarde de la partie de l'auberge réservée aux femmes, tandis que Reise récupérait la chambre de son fils et que ce dernier couchait dans les écuries.

Asera opina du chef.

— Dans ce cas suivez-moi, mon enfant, dit-elle à Sharina d'une voix presque amicale, un peu comme si elle parlait à son chien préféré.

Elle accompagna ses paroles d'un geste et se dirigea vers la porte.

— Attendez ! s'écria Sharina.

Tous la regardèrent. Lora lui toucha la main.

— Attendez, répéta plus calmement Sharina ; sa voix ne tremblait pas. Qu'allez-vous faire ?

— Faire ? dit Asera. Nous allons déterminer si le comte et la comtesse d'Haft étaient vos vrais parents, mon enfant.

— Et si c'est le cas, ajouta Meder en accompagnant du bras Sharina vers la porte, alors la vie qui vous attend sera plus somptueuse que quiconque dans ce pâturage minable l'a jamais rêvé !

14

Garric accrocha sa lampe à huile sur l'essieu appuyé contre la porte des écuries, les roues posées juste à côté. Un cerclage de fer s'était détaché l'hiver dernier et le forgeron n'était pas venu au hameau depuis pour le remplacer.

— Voulez-vous encore de la lumière ? demanda-t-il à Tenoctris qui se faisait un lit de paille à l'autre bout des écuries.

— Non, je… (elle reprit d'un ton surpris :) C'est étrange, tu…

Les deux battants de la porte étaient rabattus contre le mur de brique : elle était assez large pour laisser passer un attelage de chevaux. L'ermite s'arrêta pourtant à l'extérieur et frappa le panneau de bois de la main gauche : un grand « toc-toc-toc » évoquant quelque énorme pic-vert appelant l'un de ses semblables.

— Puis-je entrer ? demanda-t-il.

Sa voix était rauque, rouillée.

— Bien sûr, répondit Garric.

Une dizaine de marins sortirent de l'auberge, les échos de leurs rires emplirent la cour. Certains se mirent à chanter des chansons de marins, plusieurs en même temps, hélas.

— Oh, il y a de la place pour dormir, si vous ne voulez pas rentrer dans la nuit.

Nonnus eut un léger sourire.

— Je te remercie pour ton offre, mais pour moi la nuit est plus une amie qu'autre chose. Et puis ce soir les étoiles nous éclairent.

Il entra dans les écuries, laissant retomber ses mains qu'il avait gardées tendues jusqu'à présent, comme le comprit alors Garric, pour montrer qu'il ne portait pas d'arme.

— J'étais venu voir l'état de vos blessures à tous deux. Avez-vous besoin d'onguent, ma dame ?

Tenoctris observa le dessus de ses mains, puis les tourna vers la lumière pour l'ermite :

— C'est seulement un peu sensible, dit-elle.

Nonnus s'approcha et appuya doucement deux doigts sur la joue de Tenoctris.

— Douloureux ?

— Non. Un peu sensible, comme je vous l'ai dit. Je me rends compte que sans votre aide je souffrirais énormément.

— Vous avez plus œuvré que moi pour votre guérison, dit Nonnus avec le même petit sourire.

— Je n'en aurais pas été capable si la douleur m'avait fait perdre la tête, n'est-ce pas ?

L'ermite se tourna vers Garric :

— Et toi, mon garçon ? Voyons un peu cette jambe.

Garric se tourna et appuya son pied droit contre le mur des écuries, à hauteur de taille, pour montrer que son muscle avait retrouvé sa souplesse et que les plaies cicatrisaient bien. L'ermite rapprocha la lampe : la chair enflée autour de la morsure était rosée, ni rouge ni ridée. Nonnus pressa le bord de ce qui avait été un trou traversant sa jambe et Garric ressentit une brûlure localisée, alors qu'il s'attendait à l'équivalent d'un coup de lance barbelée à l'aine.

Pour cacher sa grimace, Garric fanfaronna :

— J'ai accompli mes tâches habituelles. Je pourrais vous porter à travers la cour si vous le souhaitiez.

— Et pourquoi donc souhaiterais-je quelque chose d'aussi stupide ? demanda l'ermite, quelque peu amusé. Tu n'as pas à me prouver quel homme courageux tu fais. Ni à moi ni à personne d'autre.

— Il lui faudra des années pour apprendre ça... Si jamais il l'apprend un jour, intervint Tenoctris.

Nonnus éclata de rire, chose que Garric ne l'avait jamais vu faire. Il donna une claque sur le genou du jeune homme d'une main qui ressemblait davantage à une pelle en bois.

— Tu es en train de guérir, mais je te garantis que dans dix ou vingt ans tu sentiras tout ce que tu fais subir à ton corps en ce moment.

Il se tourna vers Tenoctris et ajouta :

— Ça non plus, il ne le croira pas.

— Monsieur ? demanda Garric en baissant la jambe et en posant le pied à plat. (Écouter des personnes plus âgées parler de lui comme s'il était un nuage intéressant l'embarrassait.) Peut-on vous payer d'une façon ou d'une autre ? Vous avez au moins sauvé ma jambe, et j'en suis conscient.

— Les gens d'ici ne m'ont pas chassé quand je me suis installé dans ces bois, ce que d'autres auraient fait. Je n'ai besoin de rien de plus. (Et encore ce sourire, apparu puis envolé comme un arc-en-ciel.) Rien de matériel en tout cas. Si je peux réparer quelques os ou guérir une ou deux fièvres, c'est bien peu, en compensation de ce que cette communauté m'a donné. (Il fit un signe de tête en direction de Tenoctris et ajouta :) Et puis c'est grâce à elle si tu peux déjà remarcher. Je n'ai jamais nié que la magie existait. La guérison en est un usage bien plus avisé que tous ceux que j'ai connus jusqu'à présent.

— Vous venez de l'isle de Pewle, n'est-ce pas ? demanda Tenoctris. On y chassait le phoque de mon temps.

Nonnus opina du chef.

— On y chassait également le phoque de mon temps, dit-il d'une voix atone, et j'espère que c'est toujours le cas. C'est une vie honnête.

— Le jeune homme qui accompagne la procuratrice est un magicien, annonça Tenoctris sans aucune transition. (Elle regardait Garric pour l'inclure dans la conversation, mais sollicitait en réalité le point de vue de l'ermite.) Il est puissant et ignore tout des forces qu'il manipule.

— Comment le savez-vous ? demanda Nonnus avec la curiosité d'un artisan pour une spécialité différente de la sienne. A-t-il employé la magie ici ?

— Comment savez-vous quand un phoque va sortir sa tête ? Comment Garric sait-il dans quel sens l'arbre qu'il est en train de couper va tomber ? Le pouvoir suit Meder comme la chevelure d'une comète qui éclairerait la moitié de la voûte céleste.

— Alors il sait que vous êtes une magicienne vous aussi ? demanda Garric. Lui en avez-vous parlé ?

Un marin vint errer dans la cour, accompagné par deux villageois. Il racontait d'une voix sonore et empâtée :

— Et sur cette isle, ils portaient rien d'autre que des colliers en os. Ils m'ont fait roi, et c'est rien de le dire, tout ça parce que j'avais récupéré un miroir en argent sur l'épave.

Il y eut une pause marquée par les gargouillis d'une bouteille et les murmures respectueux des villageois. Les voix s'éloignèrent.

Garric s'écarta de la porte des écuries, attirant ses compagnons à lui. La lampe suspendue découragerait ceux qui chercheraient un endroit à l'écart, pas encore assez saouls ou désespérés pour s'exposer aux regards de toute la communauté.

Nonnus s'accroupit, les hanches appuyées contre les briques qui surmontaient l'un des montants de la porte. Ces derniers, ainsi que le madrier qu'ils soutenaient, étaient en vieux noyer tellement noirci par les années qu'il fallait toucher le bois pour en distinguer la fibre.

— Si jamais Meder bor-Mederman pense quelque chose de moi, il doit s'imaginer que je suis la sœur célibataire de quelque villageois, dit Tenoctris. (Son sourire rappelait à Garric celui de Nonnus quand il s'adressait autant au passé qu'à ses interlocuteurs.) Il ne voit pas vraiment les forces qu'il emploie, et encore moins que je les attire moi aussi. Et, bien sûr, selon ses critères, je ne suis pas une magicienne.

— Ma dame…, commença Garric.

Il ne savait pas comment se comporter avec Tenoctris. C'était une naufragée sans le sou, avec des manières et des goûts aussi simples que ceux d'un berger d'Haft, parfaitement disposée à dormir dans les écuries quand l'auberge était remplie de clients. Mais elle était également plus instruite que Reise lui-même, une noble, une dame de la Cour au même titre que les deux visiteurs venus de Valles – et une magicienne qui plus est. Tous ces éléments lui étaient inconnus, et la manière dont ils s'agençaient intriguait autant Garric qu'une rivière qui coulerait vers le haut.

— … Pour être venue de si loin, hésita-t-il, vous… vous devez être très puissante. Tout ce qu'a fait ce gamin (Meder avait quelques années de plus que Garric, mais ce n'était qu'un freluquet), c'est d'éviter de couler sous la tempête. Il y a ici des pêcheurs qui peuvent en faire autant.

Nonnus sourit largement.

— Tu parles comme un berger, mon garçon. Cette tempête aurait envoyé par le fond tous les bateaux de pêche de Pewle. Quand tu n'aimes pas quelqu'un, ne te laisse pas aveugler jusqu'à en oublier qui il est et ce qu'il peut faire.

Garric cligna des yeux comme s'il venait de recevoir un coup. Il était habitué à exposer ses opinions à des gens qui ne l'écoutaient pas vraiment ou ne réfléchissaient pas à ses paroles : Cashel, Sharina, les autres villageois. Il fut choqué que, au lieu d'approuver et d'ajouter un commentaire tout aussi creux, quelqu'un trouve la faille dans son discours.

— Euh… désolé, dit-il.

— Je n'ai vu qu'une seule fois auparavant un magicien aussi puissant, dit Tenoctris. (Elle entortilla une mèche de ses cheveux gris qu'elle rabattit sur le côté pour regarder ses interlocuteurs du coin de l'œil.) Assez puissant pour faire sombrer Yole comme une pierre dans un bief. Je ne serais pas étonnée que Meder finisse par faire de même. Il est pratiquement certain qu'il attirera quelque chose qu'il ne devrait en aucun cas déranger.

— Les gens de la Cour vivent dans un monde différent, ma dame, dit doucement Nonnus. (Tout comme Tenoctris, il parlait d'un autre temps et du présent tout à la fois.) Ils ne comprennent pas le monde dans lequel vivent les gens simples, un monde où la vie est si fragile. Il est préférable que ces deux univers n'entrent pas en contact.

— Tout ce que je souhaitais, c'était ma bibliothèque et pouvoir étudier de quelle manière les forces se touchent. En user ne m'intéressait pas. Je n'étais de toute façon pas très douée. (Elle adressa à Garric un sourire contrit et ajouta :) Je n'aurais jamais pu invoquer les forces que j'ai utilisées pour venir ici. Et « ici », c'est là où les vagues ont choisi de me conduire – je ne contrôlais rien, je ne pouvais pas même le prédire. Tout était dû au hasard.

— Ou au destin, rectifia Nonnus. Lui aussi souriait ; mais si l'ermite ne se montrait pas hostile envers Tenoctris, il était évident qu'il n'était pas d'accord avec les hypothèses de la magicienne.

— Ou encore à la volonté de la Dame, conclut-il.

La lumière de la lampe vacilla tandis qu'elle brûlait ses dernières réserves d'huile. Garric devrait aller en chercher d'autre s'il voulait qu'elle reste allumée.

— Je vais rentrer, dit Nonnus. Je voulais m'assurer que vous vous remettiez bien tous les deux.

— Vous êtes sûr que vous ne voulez pas dormir dans les écuries ? demanda Garric. Je peux au moins vous trouver une torche.

— J'apprécie ta gentillesse, répéta l'ermite en secouant la tête.

La lumière diminua pour n'être plus qu'une faible lueur autour de la mèche, puis vacilla encore quelques secondes.

— Garric, quand je te regarde je vois deux personnes, déclara Tenoctris. (Elle haussa la voix pour être également entendue de l'ermite :) Hier pourtant, ce n'était pas le cas.

— Je ne vois pas ce que vous voulez dire. Il n'y a que moi.

Tous deux regardaient Garric. Tenoctris semblait pensive, mais l'ermite affichait comme à son habitude un calme détachement.

— Te sens-tu différent ? demanda-t-il.

— Je ne… Tout est en train de changer, avec le bateau, les loups de mer… et vous, ma dame, dit-il en adressant un signe de tête à la magicienne.

Elle avait quelque chose d'insolite, sa délicatesse tout aristocratique vêtue d'un habit usé jusqu'à la corde. Sa robe de soie aurait toutefois été fort déplacée à Barca, tout particulièrement sur une naufragée dormant dans des écuries.

— Je ne sais pas comment je me sens, conclut-il, même s'il avait conscience qu'une silhouette musculeuse se tenait *quelque part*, voyait par ses yeux et riait aux éclats.

— Je suppose que c'est valable pour chacun de nous, répondit Tenoctris.

Elle ne semblait pas préoccupée, seulement curieuse.

La lampe s'éteignit pour de bon. L'ermite partit sous le clair de lune, ses pas ne faisant pas le moindre bruit. Il y eut un bruissement quand Tenoctris s'installa dans le lit de paille qu'elle s'était fait, laissant Garric seul avec ses pensées.

Pas tout à fait seul, cependant.

15

— Nous aurons sûrement besoin de plus de lumière ? demanda une Lora dans tous ses états. (Elle accrocha sa bougie sur l'applique, sur la porte d'une pièce qui était d'habitude sa chambre.) Je vais aller chercher…

— Silence, femme ! la coupa Asera. Mieux encore : sors, et ne reviens pas à moins que je t'appelle.

Au lieu d'obéir, Lora recula vers la lucarne, le visage figé. Sharina posa le chandelier en bois sur la table à trois pieds. Le reste de l'ameublement était composé d'un lit, de deux coffres à vêtements et d'une chaise ronde faite d'un tronc de pin dont la partie supérieure avait été creusée. Elle regarda sa mère avec surprise : jusqu'ici elle avait pensé que, si la procuratrice avait demandé à sa mère de sauter par la fenêtre, celle-ci l'aurait fait.

— Non, non, enlevez cela ! dit Meder d'un ton que la distraction rendait très brusque. (Il posa une boîte plate d'une trentaine de centimètres et cerclée de fer sur la chaise.) J'ai besoin du dessus de cette table pour écrire l'invocation.

Il s'agenouilla et inséra une clé à quatre crans de longueurs différentes alignés par rapport à la tige. Il l'actionna d'un quart de tour en murmurant quelques mots.

Sharina ôta le chandelier de la table. Il lui semblait que la boîte rougeoyait légèrement, comme si elle renvoyait la lumière d'un feu.

— Approchez cela, ordonna Meder en soulevant le couvercle. L'intérieur de la boîte était divisé en petits compartiments contenant des objets soigneusement isolés les uns des autres. Un couteau de cuivre rouge avec de complexes inscriptions en Écriture Ancienne sur la poignée était accroché à l'intérieur du couvercle.

Le jeune magicien s'empara de l'ustensile. Lorsqu'il se retourna et vit Sharina se pencher vers lui avec le chandelier, il lui lança :

— Non, pas vous. J'ai besoin de vous pour l'invocation ! Donnez-le à l'une des deux autres.

Asera ouvrit la bouche pour protester – elle n'était pas ravie d'être associée à une servante de l'arrière-pays – mais elle la referma sans avoir dit un mot. Il était clair que, lorsque Meder était absorbé par sa tâche, il ne prêtait aucune attention aux distinctions sociales.

Sharina fit un signe à l'adresse de sa mère et s'écarta tandis que Lora prenait sa place, chandelier à la main.

Meder prit un morceau de craie d'apparence ordinaire, le disposa sur la table et referma la boîte. Il se raidit et observa Sharina. Le jeune homme lui semblait plus grand que dans la salle à manger.

— Je vais piquer votre doigt avec la pointe de cet athamé et mettre une goutte de votre sang sur la craie, dit-il brusquement en agitant le couteau de cuivre pour illustrer ses propos. Il n'est pas nécessaire d'écrire toute la phrase avec du sang ; l'attraction est largement suffisante pour notre objectif. Et je vais prendre une mèche de vos cheveux.

Sharina lança un regard à sa mère. Le visage impassible de Lora n'exprimait rien. Autant demander de l'aide à la table.

— Très bien, dit Sharina en tendant la main gauche.

Elle se demanda ce que Meder ferait si jamais elle refusait de coopérer. À en juger par le ton de sa voix, cette éventualité ne lui avait même pas traversé l'esprit.

La peau de Meder était étonnamment chaude. Il leva la tête et la regarda dans les yeux, semblant la considérer comme un être humain et non un accessoire pour la première fois depuis qu'il avait évoqué ce rite avec la procuratrice.

— Ne bougez pas, dit-il en retrouvant son comportement habituel.

Il piqua la partie charnue du pouce de Sharina avec la pointe de son couteau. Elle ressentit une brûlure qu'elle trouva différente de celle qu'elle ressentait quand elle se piquait le doigt avec une aiguille.

Une goutte de sang pointa de la petite blessure comme un champignon sortant de terre après la pluie. Meder échangea l'athamé contre le morceau de craie qu'il frotta sur le sang. Il se retourna et écrivit sur le plateau de la table avec des gestes rapides et décidés. La phrase qu'il inscrivait n'avait ni ponctuation ni espaces entre les mots ; elle était en Écriture Ancienne, comme les symboles sur la poignée de l'athamé.

Dans la salle commune, des hommes parlaient fort : peut-être une dispute, à moins qu'ils soient seulement d'excellente humeur. Sharina se sentait isolée de ce qui se passait en bas, séparée par davantage que l'épais plancher de noyer. Un mur glacial se dressait peu à peu entre elle et tout ce qu'elle avait connu jusqu'à présent.

Meder gratta avec l'athamé le sang qui restait sur la craie et reposa celle-ci.

— Voilà, dit-il en se rapprochant de Sharina. Maintenant, je m'occupe de vos cheveux.

Il lui fallut s'y prendre à plusieurs reprises et tirer la chevelure de Sharina avant de parvenir à couper quelques mèches. Si le couteau était aiguisé, un cheveu est très résistant, et ceux de Sharina émoussèrent rapidement le cuivre.

Meder posa la mèche d'un blond de miel au centre de la petite table, au milieu des inscriptions à la craie.

— Que personne ne parle, ordonna-t-il. (En touchant le bois du bout de l'athamé, il murmura :) *Huessemigadon iao ao baubo eeaeie…*

Ce qui ressemblait pour Sharina aux coassements des grenouilles en été ou aux bêlements des moutons parqués dans leur enclos.

— *Sopesan kanthara ereschitigal sankiste...*

Meder déplaçait la pointe de son couteau à chaque syllabe. Il tournait autour de la table afin de ne pas avoir à tendre le bras par-dessus le plateau pour toucher chaque symbole.

— *Akourbore kodere dropide...*

La cloison qui séparait Sharina du reste du monde s'épaississait à chaque instant. Une brume rouge flottait autour de la table ; lorsqu'elle clignait des yeux, ce halo s'estompait un instant, puis elle reprenait peu à peu conscience de son existence.

— *Tartarouche anoch anoch !* s'écria Meder.

Il frappa de son athamé la mèche de cheveux de Sharina.

Des flammes rouges s'élevèrent de la pointe de cuivre. Ce feu sans chaleur monta jusqu'au plafond, puis rétrécit et forma l'image d'une tête : celle d'un homme aux traits aristocratiques, portant les cheveux longs et une barbiche soigneusement taillée. L'image tourna sur elle-même ; non comme l'aurait fait un homme, mais plutôt un buste posé sur une table tournante.

Lora porta la main à sa bouche et se mordit le poing pour ne pas hurler. La chandelle qu'elle tenait de l'autre main tremblait comme une feuille prise dans la tourmente.

L'image disparut en un éclair. Les bougies qui avaient été jusque-là éclipsées par cette lueur rouge furent de nouveau la seule source de lumière de la pièce. Meder s'effondra sur la chaise, sans prêter attention à la boîte sertie de fer qui y était posée. Toute couleur avait déserté son visage.

— Voici ton père, jeune fille, dit Asera avec satisfaction. Ce n'est pas cet aubergiste.

Sharina fit volte-face et ouvrit le coffre derrière elle, dans un coin de la pièce. Elle plongea la main au travers des multiples couches de vêtements pour y prendre une boîte en bronze ovale – cet objet qu'elle avait vu pour la première fois lorsqu'elle jouait, petite, et que sa mère se trouvait au rez-de-chaussée de l'auberge. Lora poussa un gémissement, mais ne fit rien pour l'arrêter.

À l'intérieur de l'objet se trouvait un morceau de satin violet, au milieu duquel était abrité un médaillon en ivoire avec une charnière en or. Sharina l'ouvrit et, tenant le bijou dans la paume de sa main, elle montra à sa mère les portraits en miniature d'un jeune couple.

— C'est lui, n'est-ce pas ? Je suis leur fille, pas la vôtre ?

Le visage du médaillon et celui que Meder avait invoqué appartenaient à une seule et même personne. Au-dessus du portrait se trouvait la légende : « Niard, Comte par la grâce de la Dame ». Au-dessus du visage plus dur et plus sombre de la femme, on lisait : « Tera, Comtesse par la grâce du Berger ».

Asera se frotta les mains avec satisfaction.

— Nous avons trouvé l'héritière que nous cherchions. Jeune fille, vous venez avec nous à Valles !

Meder, assis sur la chaise, leva des yeux épuisés :

— C'est ta destinée, Sharina.

16

Garric rêvait.

Un homme marchait vers lui dans un décor qui semblait changer à chacun de ses pas. Ce fut tout d'abord une prairie, puis l'instant d'après l'homme marchait au milieu d'un récif de corail, se baissant pour en éviter les branches. La lumière filtrée par l'eau donnait aux couleurs vives du récif des teintes pastel – tout cela n'affectait en rien la démarche de l'homme.

— Qui êtes-vous ? demanda Garric, acteur de son propre rêve, même si une part de lui connaissait déjà la réponse.

Sa propre voix semblait très distante.

L'homme était un quadragénaire d'apparence juvénile, aux bras et aux cuisses musclés. Il portait des bottes qui lui arrivaient jusqu'à mi-mollet et une somptueuse tunique bleue. La peau que ses habits laissaient apercevoir était aussi bronzée que celle d'un berger d'Haft.

L'homme fit signe à Garric ; ses lèvres bougeaient, mais Garric n'entendait pas ses paroles. L'homme marchait maintenant dans une forêt. Lorsqu'il passait sous un rayon de lumière, ce dernier révélait l'éclat flamboyant de sa tunique et des ornements qu'il portait.

Il sourit largement : ses traits indiquaient une propension à rire fort et souvent, le rire que Garric avait entendu résonner dans son esprit toute la soirée et toute la nuit.

Garric serra dans sa main la pièce qu'il portait autour du cou. Le métal était chaud et lisse dans son poing, ce n'était pas un rêve.

Vêtu de façon plus grossière, l'homme aurait pu passer pour un habitant de Barca, même s'il était plus grand que la moyenne, et que sa carrure ne serait pas passée inaperçue. Il ressemblait à une version plus âgée et vêtue d'habits chatoyants de Garric or-Reise. Ses boucles sombres étaient maintenues par un simple diadème en or.

— *Qui êtes-vous ?* répéta Garric.

Son cri se perdit dans un vide insondable. Le Garric de ce rêve flottait dans le néant, séparé de tout par l'éternité.

— Je suis Carus, le roi des Isles, mon garçon ! lança l'homme d'une voix affaiblie par la distance. (Il marchait maintenant au milieu d'un marécage – ses pieds étaient chaussés de bottes de cuir du même bleu brillant que sa tunique.) Tu me connais.

Garric détailla l'homme : il avait l'impression de se regarder dans un miroir qui ne déformerait pas les images mais le temps lui-même.

— Mais vous êtes mort ! cria-t-il.

— Le suis-je, mon garçon ? répondit Carus.

Son rire résonna tel un orage dans le lointain. Du sable s'envola d'une dune et vint tourbillonner autour de lui, brillant sur sa peau couverte de sueur comme autant de joyaux.

— *Le suis-je ?*

La silhouette du roi ne changeait pas de taille, mais sa voix se faisait de plus en plus forte à chaque pas qu'il faisait vers Garric. Il affichait la détermination fatiguée de l'homme qui vient de loin, et doit aller plus loin encore – jusqu'au bout du chemin – avant de se reposer.

— Je t'aiderai à devenir roi des Isles, mon garçon, et tu m'amèneras jusqu'au duc Tedry de Yole, avec qui j'ai un compte à régler.

Garric observa cette silhouette qui gravissait une côte parsemée de pierres, sous une pluie battante. Les pins se courbaient sous la tempête et Carus avançait avec la régularité d'un balancier, recroquevillé sur lui-même pour se protéger de la tourmente.

— Yole a coulé il y a un millier d'années ! hurla Garric. Le roi Carus est mort !

Carus rejeta la tête en arrière et rit à gorge déployée, avec l'enthousiasme de celui qui trouve son bonheur dès qu'il le peut, que ce soit devant un coucher de soleil ou sur un champ de bataille.

Garric se mit soudain à tournoyer, l'acteur de son propre rêve rejoignant le jeune homme endormi dans les écuries de son père, entortillé dans une fine couverture et serrant dans son poing la pièce qu'il portait autour du cou.

17

L'oiseau moqueur perché sur le cornouiller continua à chanter même lorsque Sharina entrechoqua les bouts de bois, à moins de trois mètres de lui. C'était une matinée douce, lumineuse, et les bourgeons du cornouiller avaient éclos, entourant l'oiseau de blanc.

Le temps avait allégé l'humeur de Sharina, même s'il ne pouvait rien faire pour diminuer sa confusion. Elle descendit en bondissant la pente menant à la hutte de l'ermite et appela :

— Nonnus ! C'est moi. J'ai besoin de votre aide.

L'ermite se trouvait au bord du ruisseau, et lissait le tronc coupé d'un jeune frêne qu'il maintenait à l'horizontale entre deux tréteaux. Le sol comme les roseaux bordant le ruisseau étaient parsemés de copeaux. Le ruisseau ne faisait pas plus d'une quinzaine de centimètres de profondeur, à l'exception du bassin que Nonnus avait creusé et pavé de pierres de couleur – ainsi l'ermite pouvait-il aisément s'y baigner et y plonger sa marmite.

— J'espère que ce n'est pas à cause de ta santé, mon enfant ? dit-il en essuyant son couteau sur le bord de sa tunique noire.

Il gratifia Sharina de ce rude sourire qu'elle avait déjà vu plus que quiconque à Barca.

— Non, sûrement pas en galopant ainsi.

Nonnus examina la lame de son couteau d'un œil critique, l'inclinant d'un côté, puis de l'autre pour qu'il prenne la lumière du soleil. Il le remit dans son étui, satisfait.

Tous les paysans d'Haft avaient un couteau sur eux, pour divers usages : couper de la corde, sortir une pierre coincée dans le sabot d'un mouton, faire une marque sur un bâton de taille... la multitude de tâches qu'impliquait la vie dans une communauté rurale. Les couteaux des paysans étaient pour la plupart l'œuvre d'un forgeron des environs, façonnés à partir d'un morceau de fer forgé : leurs manches étaient en os, en corne ou en bois, et rivetés à la soie. Les lames mesuraient habituellement entre quinze et vingt centimètres, et leur extrémité était arrondie. Ils étaient aiguisés au besoin sur la pierre la plus proche.

Le couteau de l'ermite était unique, quoique tout aussi efficace comme outil. Sa lame était en métal poli, mesurait une trentaine de centimètres, et était épaisse sur toute sa longueur comme le petit doigt d'une femme. La lame était gracieusement courbée, avec un arrondi près de la pointe pour projeter le poids vers l'extérieur.

Ce couteau lui servait à peu près à tout, qu'il s'agisse de dépouiller le gibier ou de se lancer dans des travaux pour lesquels les gens des environs auraient choisi une hache, une serpette ou une vastringue. La lame était suffisamment solide pour ne pas plier lors de travaux difficiles, mais assez tranchante pour tailler la barbe et les cheveux de l'ermite. Sharina l'avait parfois observé lorsqu'il taillait du bois avec ce couteau en un mouvement fluide et mécanique qui faisait voler des copeaux jusqu'à l'autre côté du ruisseau.

— Non, ce n'est pas ma santé.

Elle sauta, s'accrocha à une branche, et par jeu se hissa à la force des bras – puis elle se laissa retomber.

— Nonnus, ils – Asera et Meder – veulent que j'aille à Ornifal. Je voudrais que vous m'accompagniez parce que j'ai confiance en vous. Et que vous avez déjà vu des villes.

Nonnus sourit légèrement.

— Ma réponse est oui. Mais je ne suis pas un homme de la ville, Sharina. Ton père en est un. C'est lui qui devrait t'accompagner, ou bien ta mère.

Il se dirigea vers le ruisseau et en sortit un seau en écorce cousu avec des tendons d'animaux et recouvert d'une couche de gomme pour le rendre étanche. Il était rempli de bière de bouleau – l'ermite laissait ce seau plongé dans le ruisseau, gardant ainsi sa bière fraîche même pendant les jours les plus chauds de l'été. Deux coupes en écorce étaient suspendues à la poignée du récipient. Il les y plongea et tendit à Sharina la coupe blanche – celle qui lui était d'habitude réservée.

— Si Reise ou Lora m'accompagnent, ce sera pour leurs propres raisons, dit Sharina à l'intérieur de sa coupe. J'ai besoin de quelqu'un qui se soucie de moi d'abord.

Nonnus se tourna et contempla sa hutte et son jardin.

— Haft a été bonne avec moi. Je suis venu ici car c'était le plus loin où je pouvais aller sans tomber du bord du monde…

Une fois encore il regarda Sharina fixement et la gratifia d'un sourire éclatant comme les rayons du soleil se reflétant sur un iceberg.

— … Ce que je n'étais pas encore prêt à faire. Mon dernier séjour sur Ornifal remonte à bien longtemps.

Sharina leva les yeux pour regarder l'ermite, puis les baissa de nouveau. Sa bouche fut agitée d'un tic nerveux.

— Nonnus ? Reise et Lora ne sont pas mes parents. Je suis la fille du comte Niard et de la comtesse Tera.

Nonnus renifla, légèrement amusé.

— Tu dois être bien sage pour savoir avec tant de certitude qui sont tes parents. Cette question ne m'a jamais paru si simple à résoudre, ni très utile.

— Il n'y a pas le moindre doute. (Une part d'elle était agacée que l'ermite prenne ses révélations tellement à la légère.) Meder a accompli un rite d'invocation. C'est un magicien.

— Et un très puissant, d'après ce que Tenoctris m'a dit, mais je ne miserais pas ma vie sur ce que dit ou fait un magicien.

S'il avait commencé sa phrase sur un ton pensif, sa voix se brisa sur les derniers mots. Le visage de l'ermite devint dur comme du bois.

— Je ne sais rien sur les magiciens, Nonnus. Mais je crois que tout cela était réel.

Nonnus raccrocha sa coupe sur le seau avec la lenteur d'un homme qui exerce un grand contrôle sur lui-même, puis détourna délibérément le regard.

— Oh ! je ne doute pas que ce garçon soit vraiment un magicien. Les gens comme lui croient qu'ils font tourner le monde avec leurs sorts, mais ils ont tort !

Sharina tenait sa coupe à deux mains, mais elle ne buvait plus. Elle craignait que le moindre de ses mouvements assombrisse encore plus l'étrange humeur de l'ermite, alors elle se tint aussi immobile que cette image de la Dame gravée sur un tronc d'arbre.

— Le comte de Sandrakkan avait des magiciens postés sur les murs de son camp quand il a affronté le roi Valence à la Muraille de Pierre, raconta Nonnus. (Sa voix n'était plus qu'un grognement qui aurait tout aussi bien pu venir d'une bête ou du souffle d'un blizzard.) Les magiciens sacrifièrent des poulets et des moutons alors que les armées avançaient, ils leur tranchèrent la gorge et laissèrent le sang couler le long des murs. Ils chantaient aussi. Alors la terre s'est mise à trembler. (Nonnus lança un regard à la représentation de la Dame et sourit légèrement. Se tournant vers Sharina, il reprit :)

» Leur sort fit se tordre le sol comme un tissu en plein vent. Rien de grave ! Des vagues de trente mètres s'abattent bien sur l'isle de Pewle à chaque tempête ! Mais les réservistes d'Ornifal qui se trouvaient sur la droite ont paniqué, et les cavaliers de Sandrakkan ont profité de cette brèche pour encercler le roi Valence.

Il s'efforçait de parler normalement, mais l'émotion rendait sa langue épaisse, brouillait ses mots. Il regarda Sharina. Elle savait qu'il lui fallait dire quelque chose, alors elle demanda :

— Mais les Aigles de Sang ont tenu, c'est ça ?

— Oh oui, ils ont *tenu*, croassa-t-il d'une voix faible, désespérée, un son qu'elle n'avait jamais entendu sortir d'une gorge humaine.

Sharina tendit la main vers l'ermite, comme si elle s'apprêtait à toucher un tissu d'une inimaginable délicatesse. Il ne prit pas sa main mais lui sourit. Il saisit son bâton, appuyé jusque-là contre un arbre, près de l'endroit où il travaillait.

— Ces nobles veulent t'emmener à Valles, dit-il sur le ton de la conversation. Toi, veux-tu y aller ?

Son bâton de houx était garni aux deux extrémités de viroles métalliques. Nonnus les observa avec soin, puis reposa le bâton par terre, l'une des extrémités appuyée sur une pierre plate.

— Meder me dit que c'est ma destinée, répondit Sharina, gênée. (À Barca, les gens n'avaient pas de destinée, seulement une vie.) Et puis je crois qu'ils ne me laisseront pas refuser. Ils ont ces soldats, vous savez...

— Oui, c'est vrai, dit Nonnus d'un ton qu'elle ne parvenait pas à interpréter. Mais je t'ai demandé ce que, toi, tu voulais.

Il appuya l'extrémité d'un piquet de bois sur le rivet qui maintenait la virole en place et frappa d'un coup sec le piquet avec le manche de son couteau. La tête du rivet sortit d'un demi-centimètre de l'autre côté. Nonnus le sortit à mains nues : il avait assez de force dans les doigts pour redresser de gros hameçons.

— Je crois que je veux y aller. J'ai peur parce que je n'ai jamais quitté le bourg, mais je veux y aller.

Au lieu de répondre, l'ermite ôta la virole du bâton, puis se dirigea vers sa hutte, la pièce de métal à la main. Il revint avec un petit paquet de lin huilé que Sharina voyait pour la première fois.

— Ils..., hésita-t-elle. Ils apprêtent le navire aujourd'hui et partiront demain matin.

Nonnus s'accroupit et défit le paquet bien en évidence pour que Sharina en voie le contenu. À l'intérieur se trouvait un fer de lance avec deux larges bords, et deux plus étroits. La pointe était affûtée comme une aiguille.

Il ajusta le fer de lance au bout de son bâton, et regarda Sharina.

— J'ignore tout en ce qui concerne la destinée, mon enfant. Mais j'en connais beaucoup sur la mort, et je ferai tout ce qui sera en mon pouvoir pour la tenir loin de toi.

Il sourit avec bonté. Il avait toujours été bon, que ce soit avec elle ou les autres villageois. Mais elle savait différencier bonté et faiblesse.

— Rentre chez toi, mon enfant. Je serai là quand le navire s'apprêtera à partir.

18

— Bonjour, ma dame, dit Ilna en rejoignant Garric et la naufragée près de l'enclos réservé à la tonte des bêtes. J'ai toujours votre robe, vous savez. Les teintes sont d'excellente qualité, pour avoir résisté à l'eau salée et au soleil de telle façon.

Tenoctris leva les yeux : elle montrait du doigt des symboles à Garric et en discutait avec lui ou lui en expliquait la signification. Lui aussi se retourna et adressa un sourire à Ilna.

L'enclos au nord du hameau était une structure haute d'un peu plus de un mètre, construite avec des pierres et divers débris de bâtiments, certains d'entre eux très anciens. La pierre qu'observait Tenoctris était une ardoise de moins de trois centimètres d'épaisseur. Ses bords étaient équarris, et on y avait gravé les caractères cursifs de ce qu'Ilna connaissait sous le nom d'Écriture Ancienne.

Elle ne savait pas lire l'Écriture Ancienne, ni les caractères plus carrés de l'écriture moderne qui en était dérivée. Au cours de son enfance, elle n'avait pu se permettre des luxes tels que l'instruction.

— Il semble qu'une robe en soie ne me sera pas d'une grande utilité, n'est-ce pas ? plaisanta Tenoctris. (Elle sourit à Ilna puis à Garric.) Crois-tu que le comte d'Haft voudrait d'une magicienne de Cour ? Une magicienne de Cour pas très puissante, je le crains.

Garric sembla gêné : Tenoctris aurait tout aussi bien pu lui demander à quoi ressemblait l'autre côté du monde.

—Je ne sais pas, ma dame. Mon père le sait peut-être, il dit qu'il a connu Lascarg avant qu'il devienne comte.

Ilna se moquait de ce qui pouvait arriver à la robe. C'était un vêtement unique et sans doute de grande valeur, mais elle ne pouvait s'empêcher de trouver son contact dérangeant. L'habit était la seule excuse qu'elle avait trouvée pour rejoindre Garric. Elle ne l'avait pratiquement pas vu depuis que l'arrivée du bateau lui avait apporté la lucrative tâche de nourrir et de loger cinq soldats.

Tenoctris avait probablement remarqué que sa question avait mis Garric mal à l'aise, car elle dit :

—Garric me montrait des pierres taillées réutilisées pour des constructions actuelles. Celle-ci était une pierre tombale.

Elle repassa le doigt sur les écritures qui ornaient le bord de la pierre.

—De votre époque ? demanda Ilna.

Elle avait entendu dire que la naufragée venait d'un passé lointain, mais elle voulait que cette femme le lui confirme elle-même.

—Bien plus récente que ça ! Elle n'est pas beaucoup plus vieille que l'auberge. L'Écriture Ancienne a dû être utilisée pour des usages formels telles les inscriptions sur les pierres tombales longtemps après qu'elle eut cessé d'être l'écriture usuelle.

—Comment pouvez-vous dire ça ? (Ilna plissa les yeux, réfléchissant à cette erreur de raisonnement.) Si vous veniez réellement du passé, les dates sur ces pierres ne signifieraient rien pour vous.

En touchant la robe, Ilna avait senti que la naufragée venait d'incroyablement loin, mais elle préférait se dire que ce pressentiment était insensé. Ce genre de chose n'appartenait pas au monde tel qu'Ilna le concevait.

—Là, juste au bord, on lit une prière adressée au Berger pour qu'il protège l'âme du défunt. (Tenoctris fit un sourire d'assentiment.) Il y a peut-être une date sur le côté qu'on ne peut pas voir. J'évaluais l'âge de la pierre grâce aux forces qui l'ont imprégnée quand elle a été placée sur une tombe.

— Ah… (Ilna rougit terriblement.) Ma dame, excusez-moi.

— C'était une bonne question, répondit Tenoctris sans la moindre trace de sarcasme ou de remontrance.

Elle lança un regard à Garric, et porta son attention sur la main droite du jeune homme qui pressait quelque chose contre sa poitrine à travers sa tunique.

— Garric, que portes-tu autour du cou ? C'est la raison pour laquelle tu es… différent, je dirais… C'est bien ça ?

Garric fit passer le cordon de soie par-dessus sa tête ; le tissu était du bleu pâle d'un ciel d'hiver. Il tendit le disque doré qui y était suspendu à Tenoctris. C'était la première fois qu'Ilna voyait ce pendentif.

— C'est une pièce que mon père m'a donnée hier, dit-il d'un air contrit. (S'il avait touché l'objet, c'était, consciemment ou pas, pour attirer l'attention de la magicienne.) Il ne veut rien m'en dire, seulement que c'est à moi.

Tenoctris posa la pièce dans le creux de sa main, le pouce serrant le cordon de soie pour observer les deux faces de l'objet sans qu'il glisse. Il y avait sur l'une le portrait usé d'un homme et sur l'autre ce qui semblait être une inscription, bien qu'Ilna n'en soit pas sûre.

— Ceci, en revanche, est de mon époque. Ce n'est pas une pièce percée : c'est un médaillon. Elle a été moulée avec ce trou au centre, pour y passer un cordon. (Elle le rendit à Garric.) C'est un médaillon représentant Carus. Il a été frappé le jour où Carus a été couronné roi des Isles. (Tenoctris secoua la tête, légèrement amusée, et poursuivit :) Vous savez, je me rappelle bien des choses, mais tout est mélangé, un peu comme une grande fresque dont des morceaux entiers se seraient détachés. Quand je lis de l'Écriture Ancienne, ou que je touche des objets venant de mon époque, certaines images me reviennent, mais c'est encore confus.

— Tenoctris ? demanda prudemment Garric. Avez-vous vu le roi Carus en personne ?

Tenoctris secoua la tête ; le moindre de ses mouvements était léger, précis. Ilna comprit que cette femme devait souvent passer inaperçue dans un groupe, ce qui était une grande erreur. Tenoctris n'était peut-être pas quelqu'un de tapageur, mais son esprit était assez tranchant pour couper du verre.

— Je n'étais jamais venue sur l'isle d'Haft avant aujourd'hui. (Elle sourit et ajouta :) J'imagine que, si la flotte royale n'avait pas sombré, j'aurais pu le rencontrer sur Yole.

Deux tamias se poursuivaient sur le muret en couinant furieusement. Lorsqu'ils remarquèrent les trois humains ils se figèrent, les contemplèrent en silence puis retournèrent à toute allure d'où ils venaient.

— Avez-vous déjà vu un homme vêtu d'un grand manteau noir qui lui dissimule tout le visage, même les yeux ? demanda Garric en regardant ses pieds. Je ne sais pas comment le décrire autrement parce que…

Tenoctris tendit doucement la main et toucha le menton de Garric pour que celui-ci la regarde dans les yeux.

— Où as-tu rencontré l'Homme au Manteau ? demanda-t-elle d'une voix douce, étonnée.

— Ce n'était pas réel, répondit-il.

Il repassa le médaillon autour de son cou, une bonne excuse pour ne pas avoir à soutenir le regard de Tenoctris. Tout cela le mettait mal à l'aise, de la même façon que le contact de la robe avait perturbé Ilna.

— Ce n'était qu'un rêve.

— Un rêve, peut-être (Tenoctris laissa retomber sa main), mais crois-le, il était bien réel.

Elle secoua de nouveau la tête, comme pour remettre en place ses souvenirs éparpillés.

— Je ne sais pas qui il était réellement ni d'où il venait, mais c'était le magicien le plus puissant que j'aie jamais rencontré. Il prétendait être Malkar, mais c'était un mensonge.

— Il prétendait être le mal ? s'écria Ilna, stupéfaite.

Malkar servait à effrayer les enfants, ce n'était pas un dieu comme la Dame ou son compagnon le Berger, ni même comme la Sœur, qui régnait sur les Enfers. Personne ne vénérait Malkar ; ç'aurait été comme vénérer une fosse à purin.

— Malkar n'est pas… (Tenoctris observa successivement Ilna et Garric, tâchant d'évaluer comment ils réagiraient à ce qu'elle était sur le point de leur dire. Elle hocha la tête et dit :) Bon, laissez-moi formuler ça autrement.

Avant de poursuivre, Tenoctris s'assit sur le muret. Il lui fallut se dresser sur ses orteils car l'enclos était un peu trop haut pour elle. Les habitants du bourg utilisaient cet enclos pour la tonte de printemps et à l'automne, lors de la foire aux moutons. À cette occasion, des acheteurs venus de Carcosa, ou de plus loin encore, faisaient le déplacement.

— Pour un magicien, le soleil est une source ultime de pouvoir et Malkar en est une autre. Mais personne ne peut atteindre une telle source. Les forces avec lesquelles un magicien œuvre ne sont pas pures, tout comme l'eau que vous buvez n'est pas pure.

— Vous dites que Malkar n'est pas mauvais ? demanda Garric en fronçant les sourcils, une expression qu'Ilna n'avait pas souvent vue sur son visage.

Parce qu'il arborait la plupart du temps un sourire juvénile, il était facile d'oublier à quel point Garric or-Reise était grand et fort.

— Vous servez Malkar ? ajouta-t-il.

— Non, répliqua Tenoctris en tapotant le mur pour appuyer sa réponse.

Elle était assise sur un bloc de calcaire rectangulaire, une pierre de taille qui avait autrefois appartenu à un temple.

— Personne ne *sert* Malkar. Quant à ces forces que j'emploie et qui proviennent en grande partie de Malkar… je ne bois pas non plus de l'eau salée. Il y a plusieurs degrés.

Ilna tourna la tête pour contempler les vagues qui dansaient sous le soleil. Près de la berge l'eau était très sombre, presque violette, mais au large, aussi loin que portait le regard, la mer Intérieure prenait la teinte vert translucide du jade. Cette eau était bien plus belle que le liquide incolore tiré du puits. Mais bien sûr, personne ne pouvait boire de l'eau de mer…

— L'Homme au Manteau était très puissant. Assez pour faire baisser le fond de la mer juste au-dessous de la flotte de Carus. Assez pour faire couler Yole aussi, involontairement cette fois-ci… Très surprenant, aucun magicien ne l'aurait cru possible avant que cela se produise. Mais les forces avec lesquelles l'Homme au Manteau œuvrait, avec lesquelles tous les magiciens œuvrent, avaient augmenté au centuple en moins d'un an. Il y avait là plus qu'une influence humaine.

— Est-ce Malkar qui a provoqué cela? demanda Ilna.

Quand elle parlait de magie, Ilna sentait tout à la fois une chaleur l'envahir et la tête lui tourner. C'était comme nager au milieu d'un océan chatoyant, magnifique.

Tenoctris secoua la tête, frustrée de son incapacité à s'expliquer.

— Ce serait comme demander à l'hiver s'il souhaite vraiment être froid… Il y a des cycles, et des forces. Ils agissent, que nous les comprenions ou pas. Malkar grandit et rapetisse. Mais ils ne…

Elle s'interrompit, et observa les deux jeunes gens, éclairés par un soleil radieux.

— Je ne crois pas que le soleil ou Malkar aient une volonté propre. Mais comment le saurais-je?

Elle leur sourit avec gentillesse. Tenoctris n'était pas vraiment belle et ne l'avait probablement jamais été, même dans sa jeunesse, mais son visage très séduisant évoquait un vélin d'une grande finesse.

— Ce que je sais, c'est que les forces montent en puissance comme elles le firent de mon temps; ces mêmes forces qui ont fait sombrer Yole et m'ont amenée ici. C'est peut-être une coïncidence.

Garric fit une grimace. Il toucha du doigt le médaillon, prit conscience de son geste et secoua la tête, contrit.

— Je ne sais que penser, dit-il. Et j'imagine que je n'ai pas à y penser, d'ailleurs. Barca ne changera pas beaucoup, quoi qu'il arrive.

Ilna jeta un regard à Garric et comprit à sa mâchoire crispée qu'il mentait. Ses pommettes semblaient dures comme du chêne.

— Je me rappelle que, vers la fin, l'Homme au Manteau s'assit sur le trône noir. Il prétendit qu'il s'agissait du trône de Malkar, littéralement le siège du pouvoir. Il a pourtant volé en éclats au premier choc.

— Mais Malkar est réel ? demanda Ilna, le visage impassible et l'esprit empli d'une force aussi froide que les profondeurs des océans.

Tenoctris lui lança un long regard qui se fit de plus en plus appréciateur au fur et à mesure que les secondes de silence passaient.

— Oh oui ! Malkar est réel au même titre que le soleil, et il est tout aussi éternel. J'ai bien peur que l'Homme au Manteau fasse lui aussi partie du présent, si Garric le voit dans ses rêves.

Ilna fut prise d'un frisson, comme si un nuage venait de masquer le soleil. Pourtant, le ciel était jusqu'à l'horizon d'un bleu éclatant et, juste au-dessous, la mer d'un vert d'émeraude semblait danser.

19

Des centaines de personnes se tenaient sur la plage ou la digue, plus que pour la plus grosse foire aux moutons que Barca ait connue. Si la trirème était arrivée par surprise, sa mise à l'eau était planifiée, et le bourg tout entier était venu y assister.

Sharina ne s'était jamais sentie si seule.

— Je m'excuse du peu de place que vous aurez pour vos effets sur ce navire, babillait joyeusement Meder, mais aucun des vêtements de ce trou perdu n'était digne de vous. Lorsque nous arriverons à Valles, le roi vous habillera comme la grande dame que vous êtes.

Les marins transportaient les dernières marchandises sur la passerelle, puis dans les entrailles du navire. L'un d'eux embarqua, comme l'avait demandé Asera, une panière en osier contenant la couverture de Sharina et une robe de rechange. C'était une belle journée ensoleillée, mais Sharina serra sa cape autour d'elle : elle avait froid.

— Vous avez de la chance que l'on vous ait trouvée à temps, poursuivit Meder. Les agents de la reine sont eux aussi à votre recherche, vous savez. Ils vous auraient tuée sans hésiter s'ils vous avaient découverte les premiers.

Sharina avait évité Meder depuis l'invocation, mais maintenant qu'ils se retrouvaient tous deux sur le navire, elle n'avait plus le choix. C'était un beau jeune homme, riche, noble et un puissant magicien qui plus est. Il la mettait pourtant mal à l'aise.

— Pourquoi la reine voudrait-elle me tuer ? demanda-t-elle en fronçant les sourcils.

Cet avertissement l'avait intriguée plus qu'effrayée. De telles choses n'avaient simplement pas leur place dans son monde.

— Pourquoi voudrait-on me tuer, d'ailleurs ?

Asera était assise non loin sur un tabouret pliant. Elle écrivait avec un style sur une tablette de cire posée sur une planche de bois. Les nobles fonctionnaires étaient ordinairement entourés de servants, y compris de secrétaires. Ces derniers voyageaient sans doute sur les autres trirèmes, celles que la mer avait englouties.

Pas un des amis de Sharina ne vint la voir. Même sa famille se tenait à quelques pas. Lora pleurait, Reise était de marbre, Garric se tenait très droit, les mains dans le dos. Les sourires qu'il lui adressait quand elle le regardait étaient contraints. C'était comme si elle était déjà morte.

— Oh ! la reine est maléfique, profondément maléfique, Sharina, lui expliqua Meder, surpris. J'imagine qu'en ayant grandi ici vous n'en avez pas vu autant que nous à Ornifal. Il n'y a rien qu'elle ou ses sbires ne feraient pour détruire l'ancienne lignée royale d'Haft. Elle n'est pas d'Ornifal, vous savez. Elle aussi est une magicienne, elle a envoûté le roi afin qu'il l'épouse.

— À Barca, nous n'entendons parler ni de la reine ni du roi, répondit Sharina, quelque peu irritée.

Meder croyait-il que le monde entier vivait dans son univers factice fait de politique et de tricherie ? Peut-être. Sûrement, même.

— Tout ce que nous voyons de Carcosa, ce sont les percepteurs des impôts. Et une fois par an, les prêtres viennent présenter leurs images et faire la collecte au nom de la Dame et du Berger.

La plus grande partie de l'équipage s'était regroupée près de la poupe et s'apprêtait à pousser la trirème dans les flots. Les vagues leur léchaient déjà les chevilles : la marée était haute.

Quelques rameurs étaient montés à bord pour maintenir le navire quand il serait à flot.

Les Aigles de Sang formaient un cercle rutilant autour des deux nobles et de Sharina. Leurs noires silhouettes expliquaient en partie pourquoi aucun villageois ne s'approchait d'elle, même s'ils auraient sans doute pu passer, s'ils l'avaient souhaité.

— Croyez-moi, la reine n'hésiterait devant rien pour vous éliminer. Elle sait que vous apporteriez la légitimité au roi Valence. Tous s'allieront à lui, sauf les plus dépravés.

Sharina ne faisait pas confiance à Meder. Elle ne pensait pas qu'il lui mentait – le magicien semblait l'apprécier et même la respecter. Pourtant sa vision du monde était si différente de la sienne que ses opinions l'étaient aussi sûrement.

— Je ne vois pas en quoi ma présence à Valles légitimerait le roi. Que suis-je censée faire ?

— Pardon ?

Pendant un instant, il sembla surpris ; puis son visage se ferma, par peur ou par gêne. En se reculant, il ajouta :

— Bien sûr, je ne suis que l'agent du roi. Ce qu'il… ce que ses projets…

La procuratrice lança un regard sévère par-dessus sa tablette.

— Meder, ton devoir est de t'acquitter des tâches que je te confie. Jacasser comme une pie n'en fait pas partie. Comprends-tu ?

Le visage du jeune noble fut assombri par la colère.

— Comment osez-vous…

Il ravala ses mots quand il vit *vraiment* le regard qu'Asera lui lançait. Wainer, le commandant des soldats, donna une tape sur l'épaule des trois hommes qui se trouvaient près de lui. Les soldats se retournèrent et surveillèrent les villageois qui étaient présents à l'intérieur de leur cercle. Meder était certes un noble, mais c'était la procuratrice que les Aigles de Sang protégeaient de toute menace.

Meder grimaça puis s'agenouilla.

— Veuillez m'excuser, dit-il avec sincérité. Vous avez bien sûr raison.

C'était un homme jeune, sans doute trop jeune pour le pouvoir qu'il possédait, mais quelqu'un d'honnête derrière son arrogance.

Le capitaine de la trirème quitta la passerelle et se dirigea vers eux. Il s'arrêta à quelques centimètres des soldats en formation.

— Ma dame ? La marée est haute. Il faut que nous partions avant qu'elle descende de nouveau, ou nous devrons rester ici jusqu'à la nuit.

— Très bien, Lichnau. (Elle referma les battants en cuir de sa tablette et se leva.) Suivez-moi, jeune fille.

Elle se dirigea vers la passerelle.

Un soldat prit le bras du capitaine Lichnau et lui murmura quelques mots. Le capitaine sembla stupéfait et furieux, mais il saisit tout de même le tabouret qu'Asera avait laissé et la suivit. Les soldats lui emboîtèrent le pas.

Sharina se précipita vers Garric, l'enlaça et il lui tapota maladroitement le dos. Ils s'étaient entendus comme un frère et une sœur – mal – mais maintenant qu'elle partait, la perspective de ne pas le voir au prochain dîner lui brisait le cœur.

— Rappelle-toi, tu es tout ce que les gens de Valles verront de Barca, petite sœur. Rends-nous fiers de toi.

Garric recula. Reise lui tendit la main ; elle la prit, puis s'approcha et l'enlaça lui aussi.

— Portez-vous bien, Père.

Le sourire de Reise était froid, presque invisible – comme l'étaient tous ses sourires.

— Porte-toi bien, Sharina. Je t'aiderai dans la mesure du possible.

— Suivez-moi, jeune fille ! répéta Asera depuis la passerelle.

Meder se tenait près d'elle et se tordait les mains, réticent à séparer Sharina de sa famille.

— Mère ?

Les yeux de Lora étaient remplis de larmes.

— Oh, pas la peine de prétendre que je suis ta mère ! Je t'ai traitée comme ma propre fille, mais maintenant que tu pars pour le palais du roi, tu n'as qu'à me laisser derrière toi. Je ne suis que la servante, après tout.

Sharina ouvrit la bouche pour protester, puis la referma. La seule façon de satisfaire Lora serait de l'emmener à Valles. Sharina ne le souhaitait pas, même si Asera aurait sans doute été d'accord.

Elle serra le bras de Lora et lui dit :

— Portez-vous bien, Mère.

Elle se retourna vers la passerelle. Dans son dos, Lora pleurait, au bord de la crise de nerfs. Son comportement s'appuyait relativement peu sur la réalité, comme c'est souvent le cas lorsqu'on se laisse submerger par ses émotions.

La foule qui se tenait près de la passerelle s'écarta, laissant la place à Nonnus. L'ermite tenait sa lance sur l'épaule ; un baluchon rempli d'effets personnels pendait à son extrémité. Il portait également son grand couteau attaché à la ceinture.

Deux soldats s'avancèrent épaule contre épaule pour lui bloquer la route. Nonnus s'arrêta à quelques centimètres d'eux. Sharina remarqua que la posture de l'ermite avait changé, sans qu'elle puisse dire en quoi – son instinct lui lançait de grands cris alarmés.

— Il est avec moi ! s'écria-t-elle en descendant quelques marches vers l'ermite. Vous devez le laisser monter.

La procuratrice était déjà sur le navire.

— Ne soyez pas stupide ! cria-t-elle depuis la poupe.

Les soldats se raidirent. Nonnus eut un léger sourire ; l'un des deux soldats toucha la garde de son épée, puis retira sa main.

— Nonnus vient avec nous, ou je reste ici ! menaça Sharina d'une voix dure comme l'acier. Je suis sérieuse ! Personne ici ne peut me rattraper quand je cours.

— Je la connais depuis plus longtemps que vous, ma dame, intervint Nonnus, parvenant sans peine à se faire entendre par-dessus le tumulte de la foule. À votre place, je la croirais.

Asera agrippa le bastingage des deux mains. C'était une pièce qui avait été remplacée récemment, le soleil et le sel n'avaient pas encore donné une teinte gris-blanc au bois.

— Très bien, montez ! Maintenant !

Agrippant l'ermite par la manche, Sharina gravit la passerelle au pas de course. Meder et les deux Aigles de Sang, les derniers passagers du navire encore à terre, fermèrent la marche.

— Quel étrange accoutrement ! dit le sorcier derrière elle. D'où viens-tu, paysan ?

Nonnus répondit :

— De bien des endroits, mon ami. Et si vous êtes chanceux, vous n'aurez pas à les visiter.

Livre II

I

Cashel se tenait à distance des autres spectateurs, à l'endroit où l'extrémité sud de la digue cédait la place à l'herbe et aux roches éparses typiques de la région. Il observa l'équipage de la trirème mettre le navire à l'eau, puis il se mit à pleurer.

Tous les passagers se trouvaient désormais à bord. L'équipage bloqua le mât sur des cales fixées à la quille, au-dessous du pont et des bancs destinés aux rameurs. Ils n'avaient en revanche pas encore installé les vergues. Les marins avaient cousu ensemble toutes les pièces de toile qu'ils avaient pu trouver à Barca pour remplacer la voile lacérée par la tempête. Une trirème ne pouvait utiliser sa grand-voile que par beau temps car le gréement était délicat à installer, et pouvait tout à fait faire chavirer le navire si une bourrasque le frappait par le travers. Quand une tempête menaçait, une petite voile triangulaire était hissée à l'avant du navire pour aider les rameurs.

Garric marchait au sommet de la digue en direction de Cashel. Quand ce dernier le vit, Garric le salua de la main et lui adressa un large sourire.

Cashel lui rendit son salut et s'essuya les yeux d'un geste de l'avant-bras. Il ne souhaitait pas avoir de compagnie : c'était bien pour ça qu'il était venu là ! Mais il ne pouvait pas demander à Garric de partir sans se ridiculiser encore davantage.

Le capitaine du vaisseau hurla « Prêt ! » d'une voix qui, le temps que le vent du large l'apporte à Cashel, ressemblait presque au chant d'un oiseau. Les marins qui se trouvaient dans l'eau, près d'une centaine, s'arc-boutèrent contre la coque et l'apostis qui portait les deux rangs de rames supérieurs.

Le tambour, assis à la poupe, se mit à marquer le temps sur un rondin de bois creux. Le son d'une peau de tambour en cuir n'aurait pas porté jusqu'aux entrailles du navire. Les marins crièrent en cadence tandis qu'ils poussaient le vaisseau dans les flots. La mer les enveloppait d'écume et arrivait jusqu'aux genoux de ceux qui étaient le plus en avant.

— Ces trois derniers jours ont été très déstabilisants, lui confia Garric dès qu'il fut à portée de voix. Comme si tout cela était arrivé à quelqu'un d'autre.

— J'aurais aimé que ce soit le cas, répondit Cashel.

Ses yeux se remplirent de nouveau de larmes. Il ne pouvait s'en empêcher.

Les officiers restaient sur le rivage, derrière leurs hommes, et leur hurlaient des directives tandis que les vagues grimpaient et refluaient sur la plage. La marée n'était plus tout à fait haute, mais mettre le navire à flot ne semblait pas créer de difficultés. La proue était déjà libre, et l'arrière du navire tanguait chaque fois que les hommes sur le rivage lui imprimaient une poussée. La coque du navire était noircie par le goudron employé pour la rendre étanche.

Garric, debout juste à côté de Cashel, se retourna pour contempler le bateau. Cashel s'essuya rapidement les yeux, mais il savait qu'ils ne resteraient pas longtemps secs.

Trente rames sortirent de la coque de chaque côté du vaisseau ; elles restèrent dressées, immobiles pendant un instant. Un officier se pencha à la proue, guettant la houle qui pourrait soulever le navire et le rejeter en travers sur le rivage. Cashel n'était pas un marin, mais quiconque vivait en bord de mer savait respecter son imprévisible puissance.

Le soleil matinal éclairait la surface vermillon de la coque : le vaisseau était un trait de feu sur l'océan. L'œil peint à la proue du navire semblait cligner chaque fois qu'une vague se brisait dessus. Garric avait sûrement remarqué la même chose, car il dit :

— Le capitaine m'a dit que cet œil ne sert pas au bateau à trouver son chemin, comme je le croyais. Il est là pour effrayer les monstres marins.

Une dizaine de rames supplémentaires jaillirent de la partie arrière de la coque : la trirème était maintenant à flot. Les rames à l'avant du vaisseau frappèrent l'eau, le maintenant en position pendant que les hommes encore à terre se hissaient sur le navire en s'agrippant aux ouvertures prévues pour les rames situées près de la poupe. Le tambour changea de rythme.

Les deux nobles et leur escorte se regroupèrent devant le mât pour éviter de se trouver en travers du chemin de l'équipage de pont et des rameurs qui montaient de chaque côté du navire. Au beau milieu se trouvait une grande jeune femme blonde enveloppée dans une cape d'hiver.

— Au revoir Sharina ! cria Garric en agitant les bras au-dessus de sa tête. Porte-toi bien ! Porte-toi bien ! (Il se retourna vers Cashel et lui dit :) Je n'arrive pas à me faire à l'idée que Sharina s'en va. Tout cela arrive dans un autre monde.

Cashel ne cacha plus ses larmes. Il s'agenouilla lentement comme un bœuf blessé en plein cœur, appuyé sur son bâton.

— Cashel ? s'exclama Garric. *Cashel ?*

— Laisse-moi tranquille, d'accord ? cria-t-il. (Les sanglots réduisaient sa voix à un pleurnichement :) Oh, Duzi ! je l'aime tant. Je l'aime tant.

— Tu es amoureux de Sharina ?

Même dans son état, Cashel percevait l'incrédulité dans la voix de son ami. Puis Garric ajouta, sur un autre ton :

— Cashel, est-ce qu'elle le sait ?

— Non, personne ne le sait.

Il se sentait déjà mieux. Avouer la vérité semblait avoir purgé son âme du poison de la souffrance.

— Même ma sœur n'en sait rien.

Il n'en était pas certain. Ilna semblait parfois lire ses pensées avant même qu'elles prennent forme.

Il se releva ; les larmes l'aveuglaient encore, mais il ne pleurait plus. Il s'essuya les yeux, et cette fois ils restèrent secs.

Garric, gêné, ne le regardait pas en face.

— Je vais bien, murmura Cashel en réponse à la sollicitude de son ami.

C'était probablement le cas. Il sentait dans son cœur un grand vide, là où ses émotions se trouvaient avant d'être balayées par les larmes.

Le navire était déjà au large ; les rames qui se mouvaient en cadence lui conféraient l'allure d'un gigantesque mille-pattes. Seuls deux des rangs étaient utilisés : la tempête avait sûrement brisé une grande partie des rames, et rien à Barca n'avait pu les remplacer.

— Je ne savais pas que l'on pouvait éprouver cela…, commença Garric.

Il remuait les lèvres en silence tandis qu'il cherchait à exprimer sa pensée, puis il choisit de ne rien dire.

— Comme dans tes poèmes, c'est ça ? répondit Cashel avec amertume. C'est peut-être ça le problème. Je t'ai laissé me lire tes poèmes. L'amour n'a pas sa place ici. Il n'a pas sa place chez des gens comme moi.

Barca était une trop petite communauté pour que les enfants grandissent en ignorant ce qui se passe entre hommes et femmes. Lorsqu'un couple se querellait, tous entendaient leurs cris. Les femmes se griffaient, les hommes assommaient leurs rivaux à coups de gourdin au beau milieu de cours boueuses.

Mais les voisins se querellaient pour des clôtures, des moutons disparus. Cette colère était naturelle. La sensation de vide qu'éprouvait Cashel lorsqu'il pensait à l'absence de Sharina était comme la lèpre, une affliction accablante dont il ne pouvait se défaire.

— Tu sais, Cashel, elle reviendra, assura Garric, sa gaieté crispée ne dissimulant en rien son mensonge. Je me suis senti moi aussi très bizarre ces derniers temps. Je pensais que c'était dû au poison du loup de mer…

Il tapota doucement sa cuisse droite. Les plaies s'étaient déjà refermées, mais les cicatrices mettraient du temps à disparaître.

— Mais tu sais, je me demande s'il n'y a pas une fièvre qui traîne en ce moment, que toi aussi tu aurais attrapée.

— Elle ne reviendra jamais, répondit Cashel, catégorique.

Il ne se sentait plus triste, seulement vide.

— Et moi aussi je pars, Garric. Je ne peux pas rester ici. Je me rappellerai pour le restant de mes jours qu'elle vivait là, et n'y est plus.

— Tu pars ? Mais pour aller où ? Écoute, je ne vois pas pourquoi Sharina ne reviendrait pas. Les événements de ces derniers jours nous ont un peu perturbés, c'est tout. Tout va redevenir comme avant.

— Je ne sais pas où j'irai, ni quand, dit Cashel d'une voix accablée, mais je ne resterai pas longtemps ici.

Il adressa un sourire forcé à son ami.

— Et maintenant, je vais retrouver les moutons. Je n'aurais pas dû les laisser, mais il fallait que je vienne voir.

Garric ouvrit la bouche.

— Non, dit sèchement Cashel. Je ne veux pas de compagnie. Pas aujourd'hui.

Il se dirigea vers le pâturage voisin où des brebis arpentaient lentement l'herbe verdoyante. Au sommet de la côte, il s'arrêta un instant pour jeter un dernier regard par-dessus son épaule.

Le navire avait parcouru la moitié du chemin vers l'horizon. Il était désormais impossible de discerner les silhouettes sur le pont, mais il distinguait la tache bleue de la cape de Sharina.

2

— Trois degrés au nord ! cria le jeune officier de grande taille qui se tenait à côté de Sharina.

Le bandeau qu'il portait dans ses cheveux blonds et le bord de son pagne de lin étaient du même rouge vif, lui donnant l'air d'un gentilhomme d'une grande élégance, comparé aux autres marins avec leurs boucles d'oreilles et leurs tatouages.

— C'est tout ce qu'il faudrait pour pouvoir sortir la grand-voile et que les rameurs puissent se reposer ! dit-il.

Dès le départ, l'équipage avait dressé un rouf en bois laqué juste devant les gouvernails, et deux autres de chaque côté de la coque. Ils avaient également installé le siège du capitaine juste au-dessous du surplomb de la poupe. Ces abris protégeaient Asera et Meder du soleil et des embruns, mais en cas de mauvais temps il fallait les démonter au plus vite pour éviter qu'ils soient abattus par le vent.

Sharina s'y sentait à l'étroit. De toute façon, par un temps pareil elle préférait être à l'air libre, elle refusa donc lorsque le magicien lui proposa de les rejoindre.

Malgré sa taille, il y avait très peu de place sur la trirème. Les Aigles de Sang étaient pour la plupart regroupés près du coffre aux armes, devant le mât. Il y avait plus de place sur les porte-nages, mais ces hommes n'étaient pas des marins, et la proximité de la mer les mettait mal à l'aise. Les porte-nages étaient recouverts de planches, mais n'avaient pas de bastingage.

— Nous avons un équipage complet, Kizuta, répondit le capitaine Lichnau. Ce n'est pas un petit coup de rame qui va épuiser nos hommes. Cela va même les maintenir en condition. Et trois degrés plus au nord, c'est se rapprocher de Tegma bien plus que je le voudrais. Allez donc vérifier que les pièces cousues sur la petite voile tiennent bon.

Sharina se trouvait presque entre les deux officiers : ils l'ignoraient et considéraient que les passagers n'étaient pas leur problème. Le statut des marins sur Ornifal devait être bien bas, aux yeux des officiels du roi tout du moins.

Et que dire du statut des paysans d'Haft ? *Puisse le Berger attendre à mon côté. Puisse la Dame me prendre par la main. Je suis si seule…*

Nonnus était monté sur la partie recourbée de la proue et se tenait dos à la mer, mi-debout, mi-allongé. Il agrippait du pied droit le bastingage, son autre jambe pliée sous son genou droit et la tête posée sur ses doigts croisés tandis qu'il contemplait le pont du navire en face de lui. Quand il surprit le regard de Sharina, il lui fit un petit signe de tête et sourit légèrement.

Malgré le temps dégagé, la proue de la trirème claquait avec force sur les flots chaque fois qu'elle descendait une vague, en raison du lourd rostre de bois. L'écume montait à plusieurs mètres, aspergeant l'ermite. L'eau étincelait sur ses membres velus et détrempait sa tunique. L'épaisse laine noire conservait pourtant le même aspect.

Ces conditions n'avaient aucun effet sur Nonnus. Il était hors du passage, et pouvait voir tout ce qui se passait sur le pont.

Sharina se dirigea vers lui. Les dieux pouvaient aussi bien être à son côté ou non. En ce qui concernait Nonnus, il n'y avait pas le moindre doute.

La querelle entre les officiers prit fin lorsque Lichnau dit :

— Très bien, hisse le foc. Mais je ne me fie même pas à ça après ce qui nous est tombé dessus en allant vers l'est.

Kizuta se dirigea au pas de course vers le porte-nage tribord et se mit à crier des ordres à l'équipage de pont. Nonnus se redressa d'un coup de reins et se dirigea vers Sharina. Des marins portant un tissu enroulé – le foc en question – exécutèrent avec lui une gracieuse pirouette tandis qu'ils le croisaient au beau milieu du groupe des Aigles de Sang.

Entre autres bagages, les casques et les plastrons des militaires obstruaient le passage entre les bancs de nage qui se trouvaient au-dessous. Les quelques effets personnels que possédaient les rameurs étaient rangés sous leurs bancs ou utilisés comme coussins. Les Aigles de Sang portaient le pourpoint et la calotte de cuir souple qui rembourraient habituellement leur armure. Sec, le cuir peut protéger d'un coup d'épée ; détrempé par les vagues ou une tempête, il se ramollit et se révèle être une protection aussi efficace qu'une armure en fromage.

Les Aigles de Sang avaient rangé leurs armes dans un coffre : la seule menace possible serait le mauvais temps. Le navire était tellement exigu que les chances étaient grandes de laisser tomber sa lance par-dessus bord ou de blesser un compagnon. Les épées et les dagues pouvaient cogner contre le bastingage et les équipements, ce qui endommagerait les fourreaux finement ouvragés, et leurs lames en acier composées en grande partie de carbone rouilleraient à coup sûr dans cet air saturé de sel.

Les soldats étaient assis sur le coffre ou se tenaient à côté car c'était la seule partie du vaisseau avec laquelle ils avaient un lien. Un des jeunes hommes observa Nonnus et lui lança :

— Dis, c'est un sacré couteau que tu as là, vieil homme. Il t'entraînerait tout au fond de la mer si tu passais par-dessus bord. Tu veux le ranger là-dedans ?

Il frappa du talon le coffre aux armes qui se trouvait derrière lui.

— Alors je dois faire attention à ne pas passer par-dessus bord, répondit doucement l'ermite.

Il avait déposé son javelot dans le coffre une fois monté sur la trirème, mais Sharina ne se rappelait pas avoir déjà vu l'ermite sans son couteau, sauf quand il priait.

Elle vint promptement auprès de l'ermite avant de réaliser qu'elle aurait dû attendre un peu. En voyant une jolie jeune fille au bras du vieil homme, le regard du soldat se durcit. Les autres Aigles de Sang observaient la scène ; quoi que leur camarade ait eu en tête, ils n'avaient de toute évidence aucune envie de s'en mêler.

— Ouais, un vieux bonhomme comme toi pourrait très bien passer par-dessus bord s'il commençait à se frotter à des plus forts que lui. Ce couteau est un peu trop gros pour se raser, alors pourquoi tu le ranges pas tout de suite ? Mieux : pourquoi tu le jettes pas *lui* par-dessus bord ?

Le visage de l'ermite ne trahissait pas plus d'émotion qu'une pierre.

— Excusez-moi si je vous ai offensé, monsieur.

Sa tête ne bougeait presque pas, mais ses yeux roulaient très vite d'un côté puis de l'autre. Des soldats se trouvaient derrière et devant lui.

— Ningir ! Qu'est-ce que tu fabriques, bon sang ? s'écria Wainer en surgissant au milieu de ses hommes, le visage empourpré par la colère.

Il s'était tenu jusqu'alors à côté de l'un des roufs et parlait à la procuratrice.

— Eh bien, je…

— Écoute-moi bien, jeune crétin. Je n'ai jamais vu une épée réussir là où un couteau de Pewle a échoué ; en une occasion, j'ai pu voir ces mêmes couteaux accomplir des choses dont des fines lames étaient incapables. Tu vas descendre, et ne remonte pas avant d'avoir fait un inventaire écrit de tout l'équipement à bord.

— Mais je n'ai rien pour écrire !

L'officier lui frappa la poitrine d'un index gros comme un manche à balai.

— Enlève ton pourpoint, et écris dessus ! Ou bien reste là-dessous jusqu'à ce que tu pourrisses et que des champignons te recouvrent, ça m'est égal. Je ne veux plus te voir sur ce pont !

Ces cris firent reculer Sharina comme un mouton fuit les lames pendant la tonte. Nonnus restait quant à lui immobile tel un chêne. Il ne la retenait pas, mais son corps faisait office de soutien.

Ningir, le visage blême, fit volte-face et se dirigea vers l'escalier, à la poupe du navire. Tous les autres Aigles de Sang s'étaient redressés, et ceux qui étaient assis sur le coffre se tenaient maintenant debout. Pendant un instant, personne ne dit mot.

— Maudit imbécile, lâcha Wainer.

Il ressemblait presque à Nonnus en prononçant ces paroles – presque, mais pas tout à fait.

— Merci, monsieur, lui dit Nonnus, d'une voix étrangement rauque. Pour que vous arriviez à ce moment-là, la Dame devait être auprès de moi.

Wainer renifla.

— Je parie que la Dame était plutôt du côté de Ningir.

Il regarda à tour de rôle Nonnus et Sharina et fronça les sourcils quand ses yeux revinrent sur l'ermite.

— J'étais à la Muraille de Pierre.

Nonnus acquiesça calmement, mais Sharina sentit son corps se raidir, comme lorsque Ningir l'avait défié.

— Vous êtes assez âgé pour cela.

— Vous aussi, rétorqua Wainer, regardant l'ermite sans cligner des yeux.

— Je suis assez âgé pour vivre dans une hutte au fond des bois, monsieur. Aussi loin du monde que possible sans le quitter.

Il adressa à Wainer un sourire en coin.

— Je vous remercie de votre intervention, monsieur, dit-il.

Il s'inclina, et poussa doucement Sharina en direction de la proue.

Les marins avaient gréé le foc au gui, et il se gonflait à bâbord. Une mâchoire de requin rouge était esquissée sur le tissu : un signe d'identification, ou une vantardise de militaire.

— Nonnus, pourquoi a-t-il parlé de la Muraille de Pierre ? demanda Sharina d'une toute petite voix.

— D'autres te le diront, mon enfant. Pas moi.

Il se mit à contempler la mer. Sharina resta à côté de lui, ignorant les embruns. Ils gardèrent le silence jusqu'à ce que le soleil approche de l'horizon. Alors l'ermite se retourna et s'écria :

— Terre à tribord !

3

Installée sur la terrasse du moulin, Ilna faisait aller et venir la navette de son métier à tisser avec la régularité de l'eau qui s'écoule. Elle abaissait une ou plusieurs pédales, lançait la navette dans un sens, puis dans l'autre. Tous les six fils, elle levait la barre pour resserrer la trame.

La bordure de son ouvrage représentait des diamants gris et blancs entourant une surface noire sur laquelle elle avait reproduit en blanc les constellations qu'elle voyait depuis Barca. La lune, dans son dernier quartier, était presque pleine et ses cratères bien visibles. Seule sa partie inférieure était encore masquée.

Les fils de laine étaient de couleur naturelle. Des teintures auraient paru ternes comparées à l'éclat de la nature – les oiseaux, les fleurs, jusqu'aux riches nuances du soleil se levant et se couchant – et leur couleur n'aurait pas survécu au soleil et aux lavages. Ilna méprisait les teintes artificielles, elle utilisait uniquement les différentes toisons des moutons d'Haft.

En cet après-midi ensoleillé, le dessin prenait forme avec une telle précision qu'Ilna semblait, pour un regard extérieur, tout entière à son travail. En réalité, lorsqu'elle tissait, Ilna n'employait que ses membres et la partie animale de son cerveau. Son esprit était concentré sur la vie alentour. Ainsi fut-elle la première habitante de Barca à apercevoir les étrangers qui cheminaient sur la route de Carcosa.

Quatre hommes d'apparence peu commode ouvraient la marche. Ils étaient armés d'épées et portaient des plastrons faits de plusieurs couches de lin, rigidifiés avec de la colle et cloutés pour davantage de protection. Deux d'entre eux conduisaient des mules chargées.

L'homme qui les suivait montait une superbe jument baie. Il portait un pourpoint violet, des bas de soie noire, et sa fine épée était manifestement une arme de parade comparée à celles de ses gardes. Il était rondelet mais pas gros, et avait probablement à peine quarante ans. Ilna avait du mal à deviner l'âge de ceux qui avaient assez d'argent pour repousser les attaques du temps.

Derrière lui, une femme – une jeune fille plutôt – chevauchait un hongre de couleur crème qui semblait, par rapport à elle, bien plus grand que la jument de l'homme. Elle portait une chasuble marron qui était sans doute son habit de voyage ; Ilna savait qu'il n'y avait pas un vêtement d'une telle qualité dans tout le bourg, à l'exception de la robe de Tenoctris.

Un voile d'une grande finesse était accroché à la large coiffe de la jeune fille, si fin qu'il accentuait ses traits au lieu de les dissimuler. Sa chevelure était d'un noir de jais, et c'était la plus belle femme qu'Ilna ait jamais vue.

Deux autres gardes fermaient la marche, et l'un comme l'autre jetaient régulièrement un coup d'œil par-dessus leur épaule, alertes comme des cerfs broutant en pleine forêt.

Ilna ajusta les fils qu'elle venait de tisser et se leva. Les étrangers se dirigeaient vers l'auberge. Des chiens se mirent à aboyer, et la jument poussa un hennissement, alertant tout le monde aux alentours de l'événement. Ilna se précipita vers l'auberge et entra par la porte de derrière en s'écriant :

— Reise ! Vous avez de riches clients qui arrivent !

Lora sortit de la cuisine, les yeux rougis par les larmes. Elle pleurait davantage son orgueil bafoué que sa fille, même si, pour autant qu'Ilna s'en souvienne, elle avait toujours préféré Sharina et ignoré Garric. C'était une raison suffisante pour qu'Ilna méprise cette femme, sans parler des airs qu'elle se donnait et de sa façon mesquine et outrancière de se plaindre d'à peu près tout sauf de sa fille.

La fille du comte et de la comtesse. À cause de cette révélation, l'attitude de Lora était désormais conforme au reste de sa personnalité, et Ilna l'en méprisait d'autant plus.

— Le bateau est revenu ? demanda Lora.

— Non, répondit sèchement Ilna en ressortant.

Reise posa le seau qu'il venait de remplir au puits et les étrangers firent leur entrée dans la cour.

L'homme à cheval menait le cortège, maintenant qu'ils étaient en sécurité dans le hameau.

— Puis-je vous aider, monsieur ? Je m'appelle Reise or-Laver, et je tiens cette auberge.

— Mon nom est Benlo or-Willet, répondit l'homme.

Sa voix était mélodieuse, mais un léger grasseyement trahissait le fait qu'il n'était pas né sur Haft.

— J'ai besoin de chambres individuelles pour ma fille Liane et moi-même ainsi que de lits pour mes six serviteurs, poursuivit-il.

— Certainement, monsieur. Savez-vous combien de temps vous comptez rester, que je prévoie les réserves de nourriture ?

Benlo descendit de cheval et grimaça quand il mit pied à terre ; il y avait une couche de poussière et de sueur autour de la selle du cheval. Les gardes semblaient épuisés : il s'agissait pourtant d'hommes solides en parfaite condition physique. La jeune fille était trop bien élevée pour que son visage trahisse quoi que ce soit, mais les coins de sa bouche et ses paupières étaient tirés, laissant deviner une fatigue considérable. Ilna se demanda combien de kilomètres ils avaient bien pu parcourir depuis leur dernière halte.

— Je ne saurais vous dire, monsieur, répondit Benlo avec décontraction. Je dirais plusieurs jours, mais tout dépend de la rapidité avec laquelle je conclurai mes affaires. Je suis un conducteur de bêtes et j'ai un bateau dans le port de Carcosa que je veux charger avec des moutons d'Haft.

Un des gardes s'était emparé de la bride de sa jument, un autre aidait Liane à descendre de cheval, quoiqu'elle semble parfaitement capable d'y arriver toute seule. Deux hommes détachaient les bâts des mules. Garric venait d'arriver de la rue et menait les chevaux aux écuries.

La plupart des hommes du hameau étaient aux champs, ainsi que quelques femmes – mais celles qui étaient chez elles à filer ou à cuisiner vinrent flâner autour de l'auberge pour apercevoir les étrangers. Il y avait cependant moins d'excitation et de bavardages qu'il y en aurait eu si cet événement s'était produit une semaine plus tôt. L'arrivée d'un conducteur de moutons hors saison passait inaperçue, après le départ de la trirème le matin même.

— Nous ne vendons pas de moutons à cette période de l'année, monsieur, intervint Katchin qui était arrivé dans la cour en trottinant.

Il avait mis une tunique propre bordée de satin, mais ses pieds étaient recouverts de farine et il tentait sans succès de fermer la boucle quelque peu complexe de sa ceinture.

— Je suis Katchin or-Keldan, l'intendant du comte. Je surveillerai les transactions que vous ferez, pour m'assurer du bien-être au long terme de ce bourg.

Benlo se retourna. Avec une douceur condescendante plus cinglante qu'une rebuffade, il répondit :

— Merci, intendant. Je suis persuadé que vos devoirs et mes désirs n'entreront pas en conflit. J'ai un client sur Sandrakkan qui souhaite améliorer la qualité de son troupeau en le croisant avec des moutons d'Haft. Il compte profiter de la période calme de l'année pour habituer les moutons à leurs nouveaux pâturages, voilà pourquoi je viens au printemps, et non pour les abattages d'automne.

Il balaya du regard la cour maintenant pleine de curieux. Garric arrivait à peine des écuries, et il saisit les brides des deux mules tout juste déchargées. Le conducteur le jaugea du regard ; le visage d'Ilna se contracta en signe d'hostilité, bien que Benlo n'ait observé Garric qu'un bref instant. Rien d'étonnant: Garric était un jeune homme dont la stature et le maintien attiraient l'attention.

— Et j'engagerai un jeune homme des environs pour mener le troupeau à Carcosa, ajouta Benlo comme s'il venait d'y penser. Mais pour l'instant, Reise, mettez quelques poulets sur le feu et faites chauffer de l'eau afin que ma fille et moi fassions un brin de toilette.

Il se donna une tape sur le postérieur afin de montrer à quel point le voyage l'avait fait souffrir.

— Et après cela, votre intendant et moi-même parlerons affaires.

Benlo et sa fille entrèrent dans l'auberge à la suite de Reise portant le seau qu'il venait de remplir.

— Lora, il nous faut une paire de poulets ! cria-t-il.

— Je m'en occupe, Reise, lui répondit Ilna.

Sans Sharina, l'auberge manquait de personnel ; Reise la payait, et les deux parties s'y retrouvaient.

Liane accorda un long regard aux villageois, puis considéra qu'ils ne méritaient pas plus d'attention. Elle s'avança dans l'auberge sans regarder autour d'elle, et sans que son visage laisse transparaître la moindre expression.

Ilna avait vu des statues de la Dame montrer davantage d'empathie – mais jamais de statues aussi belles que la jeune femme glaciale qui venait d'arriver à Barca.

4

Cette isle n'avait pas de nom. À marée haute, un œil distrait aurait pu la confondre avec les remous – ce que fit Sharina, même une fois que Nonnus la lui eut montrée du doigt. La récente tempête avait balayé la plus grande partie de la végétation et il ne restait plus guère que quelques touffes d'herbe accrochées à des monticules et le tronc d'un cocotier arraché sur le rivage. Les marins avaient commencé à le découper pour faire un feu.

La plage était recouverte de sable et à l'est se trouvaient des coraux que les courants avaient érodés, leur donnant la forme d'énormes champignons. C'étaient ces mêmes courants qui, déposant peu à peu divers résidus, avaient formé la plage sur laquelle reposait la trirème.

— Je n'avais jamais quitté la terre si longtemps, dit Sharina.

Elle enfouit ses orteils dans le sable, tout à la volupté de sentir sous ses pieds un sol qui ne tanguait pas. Elle se mit à tournoyer, les bras tendus :

— Et avoir de nouveau autant d'espace !

Nonnus sourit.

— On est si serré dans un bateau pewle que tu peux le renverser et le remettre droit sans en tomber. Ce navire-là me donne l'impression de naviguer dans un temple.

— Sharina ! appela Meder.

Un groupe de marins avait remonté le rouf sur la plage en se servant du sable pour en maintenir les côtés en lieu et place des ridoirs qui le fixaient ordinairement sur le pont. Asera et le magicien observaient la scène et un marin se tenait non loin avec deux poulets vivants à la main.

— Venez avec nous. Je vais invoquer un vent favorable pour demain. Vous pouvez m'aider.

Sharina interrogea Nonnus du regard. L'ermite haussa imperceptiblement les épaules, assez pour que personne ne le remarque, sauf elle.

— J'arrive, dit Sharina.

Elle se dirigea vers les deux nobles.

Les Aigles de Sang étaient descendus du navire avec leur couchage, une collection hétéroclite d'édredons et de couvertures qu'ils avaient achetés lors de leur escale à Barca à des prix dont les villageois parleraient encore dans plusieurs années. Wainer s'employait à organiser un campement près du rouf. La plupart des soldats paraissaient heureux d'être sur la terre ferme, même si quelques vétérans semblaient aussi blasés par la vie à bord que l'étaient les marins.

— Nous accomplirons le rite à l'intérieur, annonça Meder du ton sec et enthousiaste qu'il employait quand il évoquait sa magie. Je préfère que ces rustres inexpérimentés n'y assistent pas. Il y a toujours un risque que l'un d'entre eux tente de répéter l'incantation et que quelque chose se produise. Un risque peu probable, bien sûr.

— Que voulez-vous que je fasse ?

Meder la mettait mal à l'aise – sans parler d'Asera qui semblait l'évaluer comme un fermier décidant quel animal il va abattre avant un hiver difficile. Cependant, Sharina avait été élevée pour aider et accomplir des tâches. Si le magicien lui demandait quelque chose, elle le ferait, tout comme elle avait récuré les jarres ou dressé les tables de l'auberge.

— Nous allons maintenant trancher la gorge de l'un de ces oiseaux, puis je vais tracer le cercle avec son sang, expliqua Meder. Ensuite…

— Faut-il que ce soit dans cet abri ? demanda Asera, acerbe. J'avais l'intention de dormir ici ce soir.

— Nous demanderons aux hommes de le déplacer une fois que nous en aurons terminé. Le sang ne souillera que le sable. Voulez-vous que quelque imbécile invoque accidentellement la foudre ?

Asera fit une grimace mais haussa cependant les épaules en signe d'agrément.

— Maintenant, Sharina, reprit Meder, quand je vous le dirai, je veux que vous tranchiez la gorge du…

— Non, coupa Sharina.

— … deuxième ois…

Le magicien s'interrompit.

— Qu'avez-vous dit ? demanda-t-il.

— Non. Je ne ferai pas ça. Demandez à quelqu'un d'autre de vous aider.

— Jeune fille, vous avez sûrement déjà tué un poulet ? intervint Asera, stupéfaite.

La lumière du soleil couchant accentuait les rides de son visage.

— Des centaines, répondit Sharina, impassible, sans doute plus. Mais c'était pour les manger : je n'aime pas la magie, et je n'y prendrai pas part.

Elle se retourna et s'éloigna, tremblant de tout son corps.

— Je ne comprends pas ! lui cria Meder.

Sharina non plus ne comprenait pas. Elle avait vécu trop près des poulets pour ressentir la moindre affection à leur égard. C'étaient des animaux belliqueux, stupides et exigeants : la meilleure chose chez eux, c'était le goût qu'ils avaient une fois rôtis. Elle avait bien souvent brisé le cou d'une paire de poulets semblables à ceux que le marin tenait avant d'étriper puis de préparer les volatiles pour qu'ils soient déplumés, le tout en moins d'une minute.

Mais rien que l'idée de trancher la gorge de ces oiseaux uniquement pour faire couler leur sang lui donnait la chair de poule et lui retournait l'estomac. Même la perspective de remonter sur le bateau le lendemain en sachant ce qui avait provoqué ce vent lui déplaisait.

Sharina regarda autour d'elle. Elle se trouvait au beau milieu des Aigles de Sang. Ningir tendit la main vers elle, mais Wainer, sans rien dire, fit signe au soldat de reculer.

Nonnus était aux aguets, mais il ne surveillait Sharina que du coin de l'œil. Elle jeta un regard par-dessus son épaule et vit Asera et le magicien rentrer dans l'abri tandis que le marin tenant les poulets attendait pour les suivre. L'ermite se détendit un peu.

Sharina sentit monter un accès de rage. Était-elle une enfant qu'il fallait protéger d'un garçon chétif qu'elle aurait très bien pu briser sur son genou ?

Elle savait que sa réaction était injustifiée, qu'elle rejetait le dégoût indéfini que lui procurait la magie du sang de Meder. Pourtant, sa colère était bien réelle. Elle fusilla du regard Nonnus, puis se tourna vers l'Aigle de Sang et lui dit d'une voix nette :

— Vous vous appelez Wainer, c'est bien ça ? J'ai quelques questions à vous poser en privé.

Un des soldats pouffa, puis dissimula sa réaction en toussant quand il vit le regard que Wainer lui lança. Le commandant reprit une expression neutre puis dit :

— Si vous me le permettez, mademoiselle, je suggère que nous allions sous le vent : nous pourrons parler et nous serons visibles de tous, pour éviter les malentendus.

Sharina approuva et se dirigea à vive allure vers le bord du campement largement étendu. En regardant par-dessus son épaule elle vit que Nonnus l'observait, le visage impassible. Il ne la suivit pas.

— Ici fera l'affaire, mademoiselle.

Wainer se tourna afin qu'ils soient tous les deux de profil par rapport au camp, puis fit un pas vers les terres. Contrairement à Sharina, le soldat portait des bottes et il ne voulait pas les tremper dans l'eau.

— Que me voulez-vous ?

— Vous avez parlé de la Muraille de Pierre. (Sa colère s'était évanouie, peu à peu remplacée par le doute. Elle poursuivit :) Je sais qu'il s'agit de la bataille au cours de laquelle le roi Valence a vaincu le comte de Sandrakkan, il y a vingt ans. Mais ce n'est pas ce dont vous parliez quand vous avez questionné Nonnus. De *quoi* parliez-vous ?

— Hum..., lui avez-vous posé la question ?

— Je vous la pose à vous. Si vous souhaitez que ce soit la procuratrice qui vous l'ordonne, je peux m'arranger.

Wainer regarda directement l'ermite qui se tenait à une quinzaine de mètres. Nonnus lui fit un signe de tête, mais il ne montrait pas plus d'émotion que les récifs de corail qui se dressaient au milieu des flots.

— Très bien, ma dame, car vous avez, j'imagine, le droit de savoir. Cependant je tiens à dire que, si je suis vivant aujourd'hui et que je peux vous en parler – et si Valence occupe le trône aujourd'hui et non un usurpateur de Sandrakkan –, c'est grâce à ce que les mercenaires pewles ont fait ce jour-là.

Il ôta sa calotte de cuir et s'essuya le front avec un mouchoir, bien que la soirée ne soit pas particulièrement chaude.

— En fait, poursuivit-il en jetant un regard sur les vagues de la mer Intérieure, le comte disposait d'unités de cavalerie. Pour notre part, nous n'aurions pu transporter des chevaux par bateau sur plus de trois cents kilomètres – et, de toute façon, Ornifal n'est pas une isle où l'on élève beaucoup de chevaux : l'isle est bien trop vallonnée. L'infanterie de Sandrakkan ne valait pas grand-chose, mais ils possédaient de bons cavaliers et il nous fallait les affronter pour réprimer la rébellion.

Ils virent quelque chose jaillir hors de l'eau au niveau des hauts-fonds : un poisson, peut-être même un phoque. Les phoques étaient plutôt rares dans ces eaux tempérées, mais on les trouvait par dizaines de milliers aux alentours des isles rocheuses de la mer Extérieure, au nord du grand archipel.

— Alors Valence… ou plutôt ses généraux : il n'était alors qu'un enfant, tout juste couronné. Ses généraux engagèrent des mercenaires pewles pour défendre le flanc droit contre la cavalerie de Sandrakkan. Comme ils ne portaient pas d'armure, ils pouvaient bondir dans tous les sens comme des lapins, armés de leurs javelots et de ces grands couteaux. Quand la cavalerie chargerait, ils étaient supposés courir au milieu de l'escadron et trancher les jarrets des chevaux pour créer une belle confusion. Nous, on pensait que c'était une vraie mission-suicide, mais eux ne semblaient pas trouver ça plus risqué que de poursuivre des phoques l'hiver, en pleine tempête.

Wainer se racla la gorge et cracha dans la mer. Sharina observa la silhouette accroupie de l'ermite. Voir un cavalier en armure vous charger devait être un spectacle terrifiant… mais si vous étiez assez rapide et courageux pour éviter le coup maladroit du cavalier, puis trancher le paturon de sa monture avec un couteau que Sharina savait capable de débiter des rondins…

Si vous le pouviez, vous étiez capable de stopper n'importe quel cavalier. Une centaine d'hommes comme Nonnus pouvait faire d'une charge du meilleur régiment de cavalerie une pagaille sanglante.

— Je vois, dit Sharina – ce qui était le cas.

— Mais ça ne s'est pas passé ainsi. Les rebelles avaient un très grand campement, deux fois plus gros que le nôtre, même si leur armée n'était pas plus importante. N'oubliez pas qu'ils étaient chez eux, et que les soldats avaient fait venir leurs serviteurs – et pour beaucoup d'entre eux leur femme, voire toute leur famille. Tout cela demande de la place. Ils ont entouré tout le campement de murs, comme nous l'avions fait… sauf que le comte avait également amené des magiciens. Quand les deux armées se sont retrouvées face à face sur la plaine entre les deux campements, ces magiciens se sont postés sur les murs et ont commencé les sacrifices, tout comme ce jeune homme en ce moment…

Wainer montra du pouce le rouf qui se trouvait derrière lui mais il ne tourna pas la tête.

— Et ils ont provoqué un tremblement de terre. Les réservistes ont rompu les rangs, les cavaliers de Sandrakkan nous ont chargés par le centre alors que nous entourions le roi, et personne n'a prêté attention à ces quelques chasseurs de phoques qui se retrouvaient tout seuls.

— Les Pewles ont attaqué la cavalerie par-derrière ? avança Sharina.

Elle avait lu les épopées ; elle pouvait parler d'attaque par le flanc et d'embuscades même si elle n'avait jamais vu de soldats avant que les Aigles de Sang arrivent à Barca.

Wainer secoua la tête.

— Ça n'aurait pas aidé. Il n'y avait pas assez d'hommes de Pewle pour leur barrer la route. Ce n'est pas comme disperser une charge, vous savez. Non, ils ont escaladé les murs du campement rebelle comme des chèvres sur une colline. Les serviteurs censés défendre les murs ne furent pas d'une grande aide quand ils aperçurent l'éclat des couteaux pewles.

— Ils ont tué les magiciens.

Wainer haussa les épaules. Son visage ressemblait à quelque sinistre masque mortuaire.

— J'imagine que c'est ce qu'ils ont fait..., mais ça n'aurait rien changé non plus. Les magiciens avaient déjà fait leur travail. Non, mademoiselle, les hommes de Pewle traînèrent les femmes et les enfants au sommet des murs où s'étaient tenus les magiciens. Ensuite, ils leur tranchèrent la gorge et jetèrent les corps sur les moutons et les poulets qui venaient d'être sacrifiés.

— Oh... je vois.

Elle fixa son regard sur la mer pour ne pas avoir à regarder ni le soldat ni surtout Nonnus, avant que son visage ne trahisse plus ses émotions.

— Alors les rebelles ont rompu leurs rangs, ils sont revenus vers le camp en courant pour sauver leurs familles. Et nous étions là pour les prendre à revers. Ce n'était plus une bataille mais une vraie boucherie, nous avons tué et tué encore jusqu'à ce que nos bras nous fassent mal.

— Je vous remercie de m'avoir raconté ça.

— Il fallait qu'ils le fassent, ma dame.

Wainer se frotta les yeux avec le poing comme pour effacer le souvenir de ce qu'il avait vu vingt ans plus tôt.

— Nous serions tous morts, sans les Pewles, et le roi Valence serait mort avec nous. Nous avons tenu, mais ce sont eux qui ont gagné la bataille.

Le vieux soldat secoua la tête de frustration, les lèvres serrées.

— Il y a une chose que je ne peux oublier, poursuivit-il dans un murmure rauque. J'ai prié la Dame, mais cette scène me revient chaque fois que je vois des cheveux blonds comme les vôtres. Il y avait cette fillette, elle n'avait pas trois ans, aussi blonde qu'on peut l'être. Un Pewle l'a soulevée par les cheveux et lui a tranché la gorge d'un seul coup de son grand couteau. Du sang a jailli, et il a agité cette tête en éclatant de rire tandis que le petit corps venait s'écraser sur la pile de cadavres juste en dessous. Je ne peux pas oublier ce rire.

— Je crois que, maintenant, il ne rit plus, dit Sharina.

Elle se retourna et marcha vers Nonnus, son protecteur.

5

Les femmes qui affluaient dans la salle commune vêtues de leurs plus beaux atours ne buvaient pas, et rares étaient les hommes qui avaient décidé de braver cet océan de jupons, de tabliers décorés et de châles en dentelle pour acheter une chope de bière à Garric, qui attendait derrière le bar. Il n'avait jamais connu de soirée avec tant de monde, et si peu de clients. Même les six gardes étaient sortis une fois leur dîner terminé.

Tilusina, la femme de Revan, éclata d'un rire affecté et tapota la table avec son éventail. Sa fille Khila singea son hilarité – pour un résultat que Garric jugea encore plus strident – et agita l'index : la famille ne possédait qu'un seul éventail, sans doute un cadeau de mariage. Il était en bronze, et frappé d'un motif représentant le palais du comte, à Carcosa.

Liane descendit. Elle avait échangé sa tunique marron contre une bleue à la coupe similaire, mais avec un col en satin.

Les femmes se turent ; celles qui étaient assises se levèrent, et celles déjà debout se redressèrent. Le bruissement des multiples couches de tissus amidonnés évoquait le tumulte d'un poulailler.

Liane sursauta comme si quelque assaillant venait de surgir de derrière un rideau. Elle avait le visage de celle qui vient d'avaler un aliment terriblement acide. Les villageoises se remirent immédiatement à parler, conversant ostensiblement les unes avec les autres, même si évidemment aucune d'entre elles n'écoutait ce que lui disait sa voisine. Elles agitaient diadèmes, bagues et épingles à cheveux afin que le verre et le métal attirent à la fois la lumière et l'attention de cette inconnue.

Liane était la première femme habillée à la mode que Barca ait connue de mémoire d'homme. Asera était une noble, ce qui effrayait assez les villageoises pour qu'elles refrènent les manifestations auxquelles Liane avait droit. De plus, l'accoutrement de la procuratrice tenait davantage de l'uniforme officiel : une robe de soie beige à la coupe fonctionnelle, tombant des épaules aux chevilles, et serrée à la taille par une large ceinture.

Liane était le genre de femme auquel les villageoises imaginaient qu'elles auraient pu ressembler – si elles avaient été jeunes, belles, et plus riches que tous les habitants du bourg réunis.

— Garçon ? appela Liane.

Elle avait haussé la voix pour être entendue au milieu des bavardages futiles des villageoises, mais ces dernières se turent à l'instant où elle ouvrit la bouche. Sa voix résonna dans le silence tel le cri d'un chasseur appelant ses chiens.

La jeune fille en sembla choquée. Elle rougit, puis reprit d'une voix normale :

— Je lis dans ma chambre, et il me faut d'autres chandelles. En cire cette fois, si vous en avez à disposition.

— Je suis navré, mademoiselle, répondit Garric avec gêne. En temps normal nous en aurions, mais toutes les bougies en cire du hameau ont été brûlées ces deux derniers jours : une procuratrice royale qui séjournait ici. J'ai bien peur qu'il vous faille choisir entre des lampes ou des bougies de suif.

— Soit, ce dont vous disposez, dit Liane, résignée.

Elle gardait les yeux rivés sur Garric pour ne pas croiser le regard des villageoises qui guettaient fébrilement le moindre prétexte pour lui adresser la parole.

Les chandelles étaient entreposées dans un placard sous l'escalier. Garric contourna Liane pour les atteindre et il sentit son regard sur lui durant toute la manœuvre.

— Que lisez-vous, mademoiselle ? demanda-t-il, la tête dans le placard.

— De la poésie, répliqua-t-elle sèchement d'un ton soudain ennuyé. Un poète ancien nommé Rigal, si cela vous évoque quelque chose.

Garric trouva les chandelles. Il en prit six. Les mèches n'avaient pas été coupées et les chandelles étaient accrochées par paires, comme lors de leur fabrication.

Il se retourna vers Liane, sourit, et récita :

— « Ma Dame, et votre Berger, faites que mon fils s'illustre comme moi parmi les hommes de Sandrakkan, qu'il soit plein de force et qu'il règne puissamment sur les Isles ! Qu'on dise un jour : "Celui-ci est plus brave que son père !" »

Le visage de la jeune fille fut transfiguré en un clin d'œil.

— Vous connaissez Rigal ? Vous le citez ! Ô Dame, vous avez entendu mes prières !

Les villageoises se rapprochèrent toutes à la fois et se remirent à parler. Liane monta une marche ; Garric, stupéfait autant qu'horrifié, vint s'interposer entre son hôte et le groupe de femmes. Celles qui étaient au fond de la pièce poussaient le premier rang, qui menaçait à chaque instant de piétiner les orteils de Garric. De toute évidence, à l'instant où la jeune fille avait remarqué une personne du coin, elle était devenue la proie de toutes les autres.

— Arrêtez ! cria Garric. Que Duzi voie les imbéciles que vous êtes ! C'est ce que vous voulez qu'une étrangère pense de nous ?

Reise sortit de la cuisine. Ses bras étaient mouillés jusqu'aux coudes, il venait sûrement de se laver après avoir installé la paille pour les chevaux et les mules.

— Que se passe-t-il ici ? demanda-t-il sèchement à son fils.

— Aubergiste ? dit Liane d'une voix froide, guindée. Puis-je demander à votre serviteur de m'apporter une lanterne sur la plage ? Je vous paierai pour le travail qu'il n'accomplira pas ici, bien sûr. Et je peux vous assurer que nous resterons dans la lumière. Je n'ai aucune envie d'enfreindre les convenances rurales.

—Je m'occupe de ces clients, Garric, lui dit Reise. (Il lança un regard à cette profusion d'accoutrements voyants.) S'il y en a. (Il poursuivit à l'intention de Liane :) Si mon fils Garric choisit de vous accompagner, mademoiselle, j'en serai content. Mais ce n'est pas le genre de situation dans laquelle je donne des ordres à l'un ou l'autre de mes enfants.

Il s'inclina.

—J'en serais honoré, dit Garric.

Il avait réussi, de justesse, à ne pas bafouiller.

—Oh, Père ! Son… euh… père est encore au moulin avec Katchin. Pouvez-vous lui dire où nous sommes s'il vient à rentrer ?

Reise opina sèchement du chef. À sa grande surprise, Garric eut l'impression que son père avait presque souri.

Liane gravit les marches. Les femmes quittèrent la salle commune sous le regard dédaigneux de Reise. Certaines se parlaient bruyamment, d'autres marchaient la tête baissée. Toutes étaient gênées, et elles exprimaient leurs émotions de diverses manières.

Garric comprit que l'idée de s'habiller pour impressionner cette étrangère cultivée était un phénomène de groupe, pas une décision individuelle. Le comportement d'un groupe d'humains, à l'instar des animaux, était souvent bien pire que celui d'un individu isolé. Les villageoises s'étaient ridiculisées et elles s'en étaient rendu compte quand quelqu'un les avait obligées à se regarder en face.

Au moins personne n'était mort, ce qui a tendance à se produire quand une foule se met une idée en tête.

Garric remarqua également qu'Ilna, la seule jeune fille du hameau à pouvoir rivaliser avec l'étrangère en termes de beauté et d'élégance, n'était pas présente. Ilna os-Kenset n'était pas du genre à suivre qui que ce soit, encore moins une bande d'idiotes.

Liane revint avec dans les mains une lanterne dont les parois étaient en verre, non pas en corne ou en mica, et une courte cape de laine rouge.

— Aurai-je besoin de cela ? demanda-t-elle à Garric en agitant la cape.

Il haussa les épaules.

— Prenez-la, je la porterai si vous trouvez qu'il fait trop chaud.

Il ne savait pas comment Liane réagirait à la brise qui soufflait sur la plage de galets. Garric attendait cette occasion de se rafraîchir après une soirée passée dans la salle commune remplie de villageoises aux aguets.

Garric ouvrit le couvercle en cuivre rainuré de la lanterne. Il apprécia la taille de cette dernière et coupa une chandelle à la bonne longueur avec le couteau qu'il portait à la ceinture, dans un étui en lamelles de bois entourées de cuir. Il planta le morceau de chandelle sur les trois pointes du support puis l'alluma avec une bûchette prise dans l'âtre.

Reise lui adressa un signe de tête tout en remplissant un seau de bière pour que Gilzani le rapporte à son mari. Garric ne parvenait pas à déchiffrer l'expression de son père ; pour une fois cependant son visage ne semblait pas dissimuler de la colère – mais plutôt de la tristesse… Peut-être de la tristesse.

Garric ouvrit la porte qui donnait sur la digue, s'inclina et suivit Liane la lanterne à la main. Il offrit son bras à la jeune fille et descendit en premier la pente à quarante-cinq degrés de la digue pour lui épargner de glisser, ou pour qu'elle s'agrippe à lui si cela se produisait tout de même.

— Ah, enfin ! s'écria Liane.

Elle enleva sa cape et la fit tournoyer au-dessus de sa tête dès que ses pieds touchèrent la plage.

— Ces femmes m'étouffaient littéralement. Comment pouvez-vous les supporter, Garric ?

— Eh bien, elles ne sont pas tout le temps ainsi, répondit Garric, gêné. Et il n'est pas question de les supporter, ma dame. Je suis l'un d'entre eux, vous savez.

— Je t'appelle Garric, appelle-moi Liane, c'est d'accord ?

— Oui, Liane.

Il sourit. Le ton qu'elle employait, Garric le connaissait depuis des années. Tout comme Reise, Liane ne s'attendait pas que ses ordres soient discutés.

Ils remontèrent lentement la plage. Garric tenait la lanterne à hauteur de sa taille, entre Liane et lui. La lumière jaunâtre qu'elle produisait éclairait le sol devant leurs pas, mais leur visage restait plongé dans l'obscurité – sauf quand un filet d'air faisait vaciller la flamme de la lanterne. Liane avait aux pieds de solides sandales qui crissaient sur les galets. Quand elle était descendue chercher des bougies, elle portait des mules pailletées. Garric était stupéfait qu'elle se soit changée si vite.

— Alors, as-tu lu d'autres poètes, Garric ?

— Oh oui…, répondit doucement Garric.

Il était extrêmement fier de pouvoir impressionner une jeune fille aussi belle que Liane.

— Vardan, Kostradin… la plupart des Anciens, en fait. Celondre, Hithum, Maremi le Baron…

Liane pouffa.

— Il nous était interdit de lire Maremi à l'école pour jeunes filles de dame Gudea. Bien sûr, dans chaque chambre du dortoir, on en possédait un exemplaire. Si nous avions lu Rigal aussi consciencieusement, je pourrais moi aussi t'en réciter un passage.

— Je ne connais que ces lignes, répondit Garric avec une modestie feinte.

Être capable de citer de mémoire *quoi que ce soit* de Rigal le remplissait de joie.

— Celondre est vraiment mon préféré, continua-t-il, car il… eh bien, il écrit sur ce que la vie d'un berger devrait être. Ce qu'elle était peut-être pendant l'âge d'or, avant Malkar.

Ils marchaient lentement mais venaient pourtant de dépasser le bout de la digue. Il n'y avait plus que quelques maisons à ce niveau, et aucun de leurs occupants ne disposait d'un éclairage artificiel. La lanterne était le seul signe de vie humaine.

— Où as-tu été élevé, Garric ? Carcosa ? Je suis surprise qu'il y ait un si bon professeur dans cette ville. Elle m'a semblé tout aussi champêtre que ce hameau.

— C'est mon père qui nous a tout enseigné, à ma sœur et à moi.

Il avait apporté des chandelles supplémentaires, mais il lui fallait allumer la bougie de rechange avant que celle qui était en train de brûler s'éteigne – sous peine d'avoir à rentrer dans l'obscurité.

— Il est né sur l'isle d'Ornifal. Venez-vous aussi d'Ornifal, mad…

Elle lui donna une tape sur le bras.

— Pardon, Liane, s'excusa-t-il. Je crois qu'il nous faut faire demi-tour, si tu n'y vois pas d'inconvénient.

— Je viens de Sandrakkan. J'ai étudié à Valles, sur Ornifal. L'école de dame Gudea, comme je te l'ai dit.

Elle tourna les talons. Quand Garric passa derrière elle pour que la lanterne qu'il tenait à la main gauche se trouve entre eux deux, elle lui saisit le poignet. Elle ne le lâcha que lorsqu'ils marchèrent d'un pas égal.

— Les femmes de Carcosa s'habillent comme celles de Valles il y a dix ans. Tout le monde me regardait comme si j'étais la Dame venue les sauver. Je ne pouvais aller nulle part sans qu'on me pose des questions sur ma robe, qu'on me demande d'en dessiner un croquis pour la copier… Les regards que je croisais étaient remplis de colère. J'avais l'impression d'être en cage ! Et puis…

— Alors pourquoi es-tu venue ? Si la mode est tout ce qui t'importe, Valles me semble être le meilleur endroit.

Ces gens étaient ses semblables. Il s'agissait peut-être de fermiers perdus tout au bout du monde et, pour une jeune fille comme Liane, leurs tentatives pour bien s'habiller étaient grotesques. Mais est-ce que Garric était allé à Valles pour insulter ses habitants sous prétexte qu'ils ne savaient pas tondre les moutons ?

Un moment après, Garric entendit Liane pleurer, le visage enfoui dans les mains.

— Mademoiselle ? Liane… je ne voulais pas…

Garric ne savait absolument pas quoi dire. Il était aussi choqué que lorsque le loup de mer l'avait attaqué.

— Ça va, répondit Liane. (Elle s'arrêta et souffla dans un mouchoir qu'elle venait de sortir de sa manche.) Arrêtons-nous ici un instant. Je ne veux pas retourner dans la lumière avec d'horribles yeux rouges.

— Je ne pense pas que tu pourrais paraître horrible, même si tu te frottais le visage avec de la suie, dit Garric, incroyablement soulagé que Liane se soit reprise. En tout cas, pas aux yeux de qui que ce soit dans ce bourg.

Il leva la lanterne pour désigner la plage, devant eux.

— Un immense navire de guerre se trouvait ici ce matin même, et il n'a pas impressionné les gens d'ici autant que toi.

— Les femmes, tu veux dire.

— Non, Liane, pas seulement les femmes, dit Garric en riant. Certainement pas.

Ils se remirent en marche.

— Je ne sais pas pourquoi je suis ici, Garric. Des soldats m'ont fait quitter l'école il y a huit mois. Ils ne m'ont rien dit. Ils m'ont emmenée dans un couvent de la Dame à Valles. On ne m'a pas fait… de mal. Mais je ne pouvais quitter ma chambre sans qu'une Fille m'accompagne, et personne ne me parlait. Quelques semaines plus tard, mon père est venu me chercher et m'a annoncé que désormais je voyagerais avec lui.

— Je… je suis désolé de t'avoir parlé comme ça.

— J'ai tellement peur, murmura la jeune fille. Je ne reconnais plus mon père, et je ne comprends pas ce qui se passe. Je me sens si seule !

Garric ouvrit la bouche, puis la referma sans avoir dit un mot. Il aurait voulu dire à quel point lui aussi s'était senti seul depuis les événements de la semaine passée.

Mais il sentait le poids du médaillon contre sa poitrine, et quelque part au fin fond de son esprit Carus riait.

6

— Je peux emporter les draps que vous vouliez laver, lança Ilna à Lora depuis la porte de la cuisine. Je vous les rapporterai demain soir si le temps ne change pas.

Lora était assise près de la saillie en pierre sur laquelle elle venait de pétrir et de mettre le pain à lever. Elle posa brusquement les yeux sur Ilna.

— Je ne t'attendais plus, dit-elle avec agressivité. (Elle avait les yeux rouges et les traits bouffis par les larmes.) Je pensais que tu avais oublié.

— Quand j'ai un travail à faire, je ne l'oublie pas, répondit Ilna avec une froide répugnance. Voulez-vous, oui ou non, que je fasse cette lessive ?

Lora se leva de son tabouret et s'employa à modeler le pain. Elle avait trop laissé lever les pâtons, et ils étaient retombés en tas informes. Ces pains, faits avec de la farine de froment, seraient pourtant en sortant du four aussi durs que les galettes de seigle qu'on utilisait en guise d'assiette.

— Vas-y, prends-les. Je n'ai pas d'autre choix que de te payer, maintenant que Sharina est partie.

— J'attendais que cette *horde* quitte la chambre commune avant de venir.

Le panier à linge était une grande manne d'osier posée près de la porte de la cour, proche tout à la fois du puits et du chaudron dans lequel le linge était bouilli, quand la lessive était faite dans l'auberge même.

— Je ne voulais pas qu'on me prenne pour l'une d'entre elles. Vouloir impressionner une femme d'Ornifal ! s'exclama Ilna.

— Ce sont des nobles, tu sais, murmura Lora en pétrissant rageusement la pâte. Benlo prétend que son nom est « or-Willet », mais le nom qu'il portait à la naissance commence par « bor », que la Dame m'abandonne si je me trompe.

— Où est passée…

Elle étendit un drap par terre, et entreprit de déposer le reste du linge en son centre. Sa mauvaise humeur valait bien celle de Lora, même si la raison en était différente.

— … cette femme bien habillée ?

— Dehors, je crois, répondit Lora sans grand intérêt. Sur la plage, avec Garric.

Ilna chancela – pourtant c'était exactement ce qu'elle avait redouté dès que son regard s'était posé sur cette étrange jeune fille vêtue avec luxe. Ilna connaissait la mode de Valles. Les marchands avec qui elle traitait se chargeaient de la renseigner lorsqu'ils commandaient ses tissus, pour ensuite les récupérer lors de leur prochain passage à Barca.

— Sur la plage ? répéta-t-elle froidement. Cela ne me surprend guère. Ces grandes dames sont toutes les mêmes.

— J'ai traité Sharina comme ma propre fille ! s'écria Lora.

Elle serra la pâte dans ses poings. Pendant un instant, elle ne bougea pas, comme si elle était sur le point d'éclater de nouveau en sanglots.

— Mieux même que si elle avait été mon propre enfant, car je savais qu'elle était réellement noble ! Et que fait-elle ? Elle me rejette une fois son dû obtenu !

Ilna replia les coins du drap sur le reste du linge et fit un double nœud.

— Oui, dit-elle à Lora en lui adressant un regard aussi brûlant que les braises qui rougeoyaient sous le four. Vous avez toujours mieux traité Sharina que votre propre progéniture.

Elle chargea le linge sur son épaule, un ballot plus gros qu'elle. Les soldats avaient sali le moindre drap de l'auberge.

Lorsqu'elle atteignit la porte, elle se retourna. Lora n'avait pas bougé.

Dans un accès de colère, Ilna lança :

— Vous savez, il n'y a pas plus grande idiote dans ce bourg tout entier que la mère de Garric, incapable de voir les mérites de son propre fils ! (Et en trébuchant dans les ténèbres avec son paquet de linge, elle ajouta à voix basse :) Et cette catin d'Ornifal ne l'aura pas !

7

C'était une journée magnifique et la trirème avançait, grand-voile déployée, grâce à un vent arrière. La proue traçait un grand V en écume, et les gouvernails deux autres V de taille plus réduite, laissant derrière le navire des entrelacs d'une remarquable complexité.

Le navire traînait également dans son sillage quatre loups de mer. Trois d'entre eux nageaient à bâbord. Leurs mouvements étaient tellement synchrones qu'ils semblaient être un seul et même animal. Le quatrième, à tribord, était un véritable monstre de trois mètres, près d'une tonne de muscles noueux, avec des crocs aussi longs qu'une main humaine.

— Je n'aime pas ça, dit le capitaine Lichnau. Regardez ces lézards. Exactement comme le matin où la tempête nous est tombée dessus, pas vrai ? Je crois qu'on devrait mettre le cap sur Sandrakkan.

Sharina et Nonnus étaient accroupis chacun de leur côté à la poupe du navire, derrière le siège du capitaine et les timoniers qui se tenaient à l'extrémité des porte-nages. Les Aigles de Sang avaient établi leur territoire sur la partie du pont en amont du mât. Il aurait été délicat de se mêler à eux, même si Sharina ne craignait ni pour sa sécurité ni pour celle de l'ermite. Les Aigles de Sang étaient des soldats disciplinés, et surveillés qui plus est par leur commandant et par les nobles qu'ils protégeaient.

— Nous ne pouvons nous rendre à Sandrakkan, répondit Asera, catégorique.

Les deux nobles et Kizuta, le commandant en second, avaient rejoint Lichnau et tenaient une conférence que tous pouvaient entendre, tant l'espace de la trirème était réduit. Une demi-douzaine de marins se tenaient près de leurs commandants.

— Au mieux, continua-t-elle, le comte est hostile au roi Valence et nous jouera un mauvais tour dès qu'il le pourra. Dans le pire des cas, il est du côté des agents de la reine.

Seule une rangée de rameurs était en service et leurs rames n'étaient pas sorties. Ces hommes n'étaient là qu'en cas d'urgence, mais avec un vent si favorable, ils ne pouvaient pas faire avancer le navire plus rapidement qu'il le faisait déjà.

Les rameurs qui avaient quartier libre étaient assis le long des porte-nages de chaque côté du bateau – à cause des loups de mer tout proches, ils s'abstenaient de tremper leurs orteils dans l'eau étincelante. Quelques-uns laissaient traîner des lignes de pêche, mais la plupart se contentaient de profiter du soleil et de discuter – essentiellement de la chance qu'ils avaient de ne pas être obligés de s'écorcher les mains sur ces rames rendues rugueuses par le sel.

— Nous pourrions atteindre Kish en milieu d'après-midi si le vent se maintient, protesta Kizuta. Atteindre les aiguilles de Sandrakkan ne nous ferait pas gagner plus de une heure ; de plus, nous perdrions un peu de ce vent.

— Le vent ne changera pas, intervint Meder bor-Mederman.

Il jeta un regard au-delà du groupe et son expression changea lorsqu'il aperçut Sharina.

Elle se détourna et fit mine d'observer l'énorme loup de mer. Son dos ondulait gracieusement, fendant à peine l'eau. La peau entre les épines dorsales de l'animal était translucide, teintée de rouge et de violet par les vaisseaux sanguins qui l'irriguaient. Même un monstre peut être d'une grande beauté considéré d'un certain point de vue. Elle eut un frisson et lança un regard à Nonnus. L'ermite lui répondit par un petit sourire, comme s'il savait à quoi elle pensait. C'était peut-être le cas…

— Je n'ai pas besoin qu'on m'aide à mesurer les distances, Kizuta, lâcha Lichnau. Ce n'est pas la distance qui m'inquiète.

Le capitaine portait un mouchoir noué sur la tête, pour protéger son crâne chauve. Il leva la main et vérifia les nœuds afin de gagner quelques secondes face à ses opposants.

— Ce qui m'inquiète, c'est là où notre route nous emmène, poursuivit-il. À Tegma. Et je me fiche des problèmes d'ordre politique que vous pouvez avoir avec le comte de Sandrakkan, ce sera toujours mieux que de déchirer notre coque contre ces récifs au beau milieu d'une tempête.

Il désigna le trio de loups de mer qui nageaient avec aisance dans le sillage de la trirème.

— Et si vous pensez que ces lézards sont dangereux, attendez de voir ce qui attend les épaves là-bas.

— Je n'attends pas de tempête, marin, dit froidement Meder.

— Monsieur, avec tout le respect que je vous dois, vous ne vous attendiez pas à la première ! Si nous avions été aussi près des récifs que cette route nous y emmène, nous aurions servi de nourriture aux lézards !

Meder leva la main pour frapper le capitaine. Asera arrêta son geste d'un regard glacial et d'une tape du doigt. Elle dévisagea ensuite Lichnau avec un regard assez semblable à celui des reptiles qui suivaient le navire.

— Surveille ton langage, roturier, siffla-t-elle (chacune de ses syllabes avait le tranchant d'un rasoir), ou c'est toi qui serviras de nourriture à ces lézards, et tout de suite.

Lichnau s'agenouilla et colla son front sur le pont.

— Ma dame, gémit-il, mon devoir est de vous ramener sains et saufs à Valles. Veuillez m'excuser si, dans mon zèle, je me suis montré grossier.

En entendant cela, Sharina grimaça de dégoût. Elle ne savait pas qui avait raison, mais voir un honnête homme humilié de la sorte pour avoir donné son opinion à un noble la scandalisait. La vie en société sur Haft avait toujours été plus égalitaire que dans le reste de l'archipel. À Barca, la question d'être bien ou mal né ne se posait pas, car les nobles ne visitaient tout simplement pas la région.

— Les loups de mer se reproduisent sur les récifs de Tegma, expliqua Nonnus.

Il tentait de faire oublier à Sharina l'humiliation du capitaine toujours prostré.

— On en trouve parfois à des milliers de kilomètres, mais c'est plutôt rare. Il n'y a que sur ces récifs qu'ils pondent leurs œufs.

Sharina opina tandis que ce nom lui revenait.

— Je croyais que Tegma se trouvait au loin, dans la mer Extérieure, c'est là que Rigal la situe dans *Les Voyages du duc Lachish*.

— J'ignore où se trouvait Tegma quand ton duc Lachish l'a visitée, répondit Nonnus. (Son ton était trop précis pour qu'il s'agisse d'un sarcasme.) Quand je suis passé par là, Tegma était à quatre-vingts kilomètres de Sandrakkan en suivant le courant. Ce fut une isle autrefois, mais elle a été engloutie en même temps que Yole. Ce n'est plus désormais qu'un cercle de récifs serrés comme une vierge qui…

L'ermite s'interrompit, puis éclata d'un rire amer.

— Mon enfant, maintenant que je me retrouve au milieu des hommes, je reprends les habitudes de celui que j'étais autrefois. Je vous demande de me pardonner et je prie humblement la Dame pour qu'elle en fasse autant si…

Il traça du doigt un motif sur le pont. Il ne laissa pas la moindre marque sur les planches, mais Sharina avait suivi son geste : Nonnus avait dessiné les contours de la Dame.

Il leva les yeux vers Sharina.

— … S'il arrive des choses que je ne souhaite pas, conclut-il.

— Puisse le Berger veiller sur nous, ajouta Sharina, mal à l'aise.

Les dieux principaux ne jouaient pas un grand rôle dans la vie des habitants de Barca, même si la plupart des maisons possédaient un petit autel consacré à la Dame et à son compagnon et si les bergers faisaient des offrandes à Duzi sur le coteau.

En étant si proche de l'ermite, elle se rendait compte qu'il ne vouait pas un culte par foi. Sa croyance était un besoin, l'espoir désespéré qu'il y avait quelque part quelque chose de plus grand que le monde dans lequel il vivait.

— Quand l'eau est claire dans le lagon, dit doucement Nonnus, on peut distinguer le sommet de bâtiments qui datent de l'époque où Tegma était une isle. Des formes grises, carrées, avec des nuances roses quand le soleil les éclaire correctement. Ils sont maintenant à près d'une centaine de mètres de profondeur.

La discussion des commandants était terminée. Sharina avait échappé à la fin de leur échange, et le vaisseau continuait sa route sans changer de cap. Meder avait entendu les paroles de Nonnus, et il s'approcha.

— J'ai depuis longtemps l'intention de visiter Tegma, dit le magicien, les yeux légèrement plissés. Je veux parler des récifs. J'ai entendu dire qu'il était impossible de les traverser pour atteindre le lagon. Comment y es-tu arrivé, vieil homme ?

Nonnus regarda Meder avec le même air sérieux et calme qu'il avait lorsqu'il observait la mer.

— C'était il y a bien longtemps, lorsque j'étais encore un jeune chasseur de phoques. (Il haussa les épaules.) Tegma a peut-être changé depuis.

— Tegma ne change pas. (Le visage du magicien hésitait entre colère et intérêt.) Tegma est un nexus de pouvoir ancien.

— Tegma a sombré de la même façon que Yole ? demanda Sharina pour distraire Meder.

On ne pouvait obliger Nonnus à communiquer plus qu'il le souhaitait, et il était probable que les réponses évasives de l'ermite mettraient Meder dans une colère noire.

— Peut-être de la même façon, lui répondit-il. (Sa voix était adoucie par la joie de voir Sharina s'intéresser à son savoir.) Mais plus tôt, infiniment plus tôt, Sharina. Tegma a sombré des milliers d'années avant Yole, peut-être même mille fois plus que ça.

Il dévisagea de nouveau l'ermite et répéta :

— Comment as-tu atteint le lagon, vieil homme ?

— Un bateau pewle peut aller presque partout. (Nonnus croisa le regard du jeune homme, sans afficher d'expression particulière.) « Il traverse une prairie sur la rosée du matin », comme on le dit. C'est une plaisanterie, mais j'ai profité d'une grande marée et il y avait assez d'eau entre les récifs pour que je puisse traverser l'atoll.

Il secoua la tête en souriant tristement.

— J'étais jeune, alors.

Meder tapotait la paume de sa main gauche de deux doigts tandis qu'il réfléchissait. Son regard revint sur Nonnus.

— Nous discuterons de cela…, commença-t-il.

Nonnus se leva d'un bond et montra l'horizon.

— Baissez la grand-voile ! rugit-il d'une voix qui aurait pu briser des rochers. Rameurs, à vos postes !

— Quoi ? cria le capitaine Lichnau. Mais qui…

Tout le monde sur le pont regarda dans la direction qu'indiquait l'ermite.

Jusqu'à l'horizon, la mer Intérieure était verte et aussi calme qu'un bassin un après-midi d'été. Mais l'horizon lui-même était une muraille de nuages noirs déchirée par les éclairs et qui fonçait vers le navire à la vitesse d'un cheval au galop.

— Baissez la grand-voile ! hurla Lichnau tandis que le vent qui les avait portés mourait et que la première rafale s'abattait sur le flanc de la trirème.

8

Cashel s'éveilla, toussant et haletant comme s'il avait été plongé au fond de l'océan en plein hiver. Sa peau était glacée et, quand il se redressa sur son matelas de paille, ce fut comme si des lanières de métal qui lui auraient enserré le torse se relâchaient.

La cuisine de la maison attenante au moulin était silencieuse – trop silencieuse, même pour cette heure de la nuit. Pas le moindre chant de criquet ni le roucoulement d'une colombe. Il n'y avait pas un souffle du vent qui d'ordinaire soufflait sur le hameau. Par la fenêtre située au-dessus du four, Cashel vit que le ciel avait une lueur bleue qui n'était pas due aux étoiles.

Il se leva et prit son bâton derrière la porte. Ilna dormait dans l'une des deux chambres de l'étage, mais Cashel préférait le rez-de-chaussée : il ne risquait pas de trébucher si on l'appelait pour une urgence au beau milieu de la nuit. Il sortit ; le ciel semblait être un voile bleu qui dissimulait toutes les étoiles sauf les plus brillantes.

Il n'avait jamais connu un tel calme. Rien ne bougeait.

Guidé par son instinct, Cashel se dirigea vers la façade de la maison accolée au moulin. Il pensait être silencieux mais Tenoctris, cachée par la roue en bois de cyprès du moulin, se retourna et lui fit signe de la rejoindre. Il vint se poster à son côté en veillant à ne pas heurter avec son bâton les aubes de la roue.

— Ne l'alerte pas, chuchota Tenoctris en articulant exagérément les mots pour compenser la quasi-absence de son. Je veux savoir ce qui l'intéresse.

Cashel lança un regard de l'autre côté de la roue. Le déversoir qui amenait l'eau à la roue depuis la retenue était à sec depuis que les meules ne tournaient plus. Benlo or-Willet, le conducteur, était agenouillé dans le canal. Son chant était le premier vrai son que Cashel entendait depuis son réveil.

Les vieilles pierres autour de Benlo luisaient d'un éclat bleu semblable à celui du ciel, mais plus intense. Le conducteur avait à la main un couteau dont il frappait la lame sur le sol, traçant ainsi un cercle autour d'un petit objet. Chaque fois que la pointe du couteau touchait une pierre, elle lançait sans bruit une grande étincelle bleue.

— C'est un sort d'identification, souffla Tenoctris à l'oreille de Cashel. Il dispose d'un objet – un cheveu, un os, quoi que ce soit – et invoque son émanation pour que celle-ci le mène à l'être correspondant.

— Mais c'est de la magie ! répondit Cashel en tentant d'imiter la technique de Tenoctris pour parler sans utiliser sa voix.

— Oui. Benlo est un magicien très puissant.

Un brouillard bleu s'éleva de l'objet sur lequel le conducteur était penché. Il continua à frapper la pierre de son couteau. Les éclairs de lumière se faisaient de plus en plus vifs, illuminant le brouillard bleu comme la foudre se découpe sur les nuages d'un orage en été.

— Ce sort peut être utilisé sur une pièce, pour retrouver une bourse – mais je ne crois pas que ce soit le cas ici.

Le brouillard s'épaissit au-dessus de l'objet, puis forma la silhouette d'un homme. Cashel ne parvenait pas à distinguer son visage car la lumière provenait de l'émanation elle-même. Il n'y avait aucune des ombres qui d'ordinaire dessinent les traits d'un individu.

L'émanation s'éleva du sol et se mit à flotter de profil à la vitesse d'un homme marchant lentement. Ses pieds traversèrent le muret du déversoir, tandis que le conducteur s'y hissait avec difficulté. Ce dernier sembla quelque peu empêtré jusqu'à ce qu'il pense à passer le couteau dans sa ceinture. Il n'avait pas d'étui pour cette arme.

— Il s'agit de son athamé, expliqua Tenoctris.

Elle gardait la main levée, mais Cashel n'avait pas besoin d'un tel avertissement pour ne pas bouger. Il chassait le petit gibier et savait bien que patience et immobilité étaient les clés de la réussite.

— Il l'a forgé lui-même, ça ne me surprend pas… avec du fer. Deux sorciers aussi puissants qui visitent ce village, ça m'étonnerait qu'il s'agisse d'une coïncidence.

Les membres de l'émanation ne bougeaient pas ; elle se déplaçait comme les statues de la Dame et du Berger sur les chariots que les prêtres de Carcosa tiraient au milieu du village, lors de la Procession de la Dîme. Benlo suivait, quelques pas en arrière. Ses lèvres bougeaient, comme s'il continuait à chanter, mais ses paroles étaient inaudibles. Tous deux dépassèrent le moulin et disparurent du champ de vision de Cashel.

Tenoctris gardait la main levée.

— Pourquoi tout est-il si calme ? demanda Cashel.

L'odeur de la mer était encore plus forte que d'habitude : un mélange de sel, d'algues séchées et d'un léger parfum de mort que l'âcreté de l'iode distinguait de la puanteur d'une carcasse sur la terre ferme.

— Il a jeté un sort de silence sur le village avant de commencer son enchantement. La plupart des gens des environs ne se réveilleront qu'une fois ce sort levé. Mais pour un magicien, même une piètre magicienne comme moi, ce sort a l'effet d'une alarme.

Elle baissa la main et conduisit Cashel avec mille précautions le long du moulin, jusqu'à un coin où ils purent de nouveau observer Benlo et la chose qu'il avait invoquée. Les pierres du déversoir avaient perdu leur lueur. Une traînée bleuâtre s'estompant peu à peu marquait la progression de l'émanation, tel le sillon de bave laissé par une limace.

Cashel sentait des picotements sur sa peau – comme s'il avait passé la journée en mer et qu'il avait été brûlé à la fois par le soleil et la lumière renvoyée par la surface de l'eau. Son bâton lui semblait léger comme un brin de paille. Cashel s'imagina que, s'il le lâchait, le bout de bois se mettrait à flotter dans la nuit.

—Je me suis réveillé, moi aussi, et *je ne suis pas un magicien.*

—Oui, tu t'es réveillé toi aussi.

L'émanation s'arrêta devant l'auberge, se tourna et passa en flottant le portail ouvert. Le conducteur la suivit et disparut dans la cour.

Tenoctris s'avança, mais Cashel lui toucha la main et la conduisit vers le côté de la cour.

L'hiver précédent, Garric avait arraché le lierre du mur de deux mètres cinquante et il avait enlevé les briques que les radicelles s'étaient employées à déchausser pendant des générations. Les briques étaient soigneusement empilées. Elles n'attendaient plus qu'Anan, qui devait brûler de la chaux dans son four à poteries afin de faire du mortier. Cashel indiqua à Tenoctris l'un des trous béants dans le mur puis il se posta en face d'une autre ouverture, plus haute. Ils avaient une vue parfaite sur la cour, les écuries et le mur intérieur de l'auberge.

L'émanation se tenait immobile au milieu de la cour, près du puits. Elle tourna sur elle-même et tendit le bras vers les écuries. L'une des deux portes du bâtiment était entrebâillée. Garric sortit des écuries ; son visage était vide de toute expression et il marchait comme un somnambule.

Cashel se raidit, mais Tenoctris lui toucha les lèvres.

—Il n'est pas en danger, chuchota-t-elle.

La porte de l'auberge s'ouvrit avec la violence d'un coup de tonnerre. Garric tituba et poussa un cri. L'émanation s'évanouit dans le brouillard qui l'environnait ; elle vint se mêler à la chair de Garric, et disparut.

Une créature à forme humaine sortit de l'auberge. Elle tenait un sabre d'abordage souillé de sang, ou peut-être de rouille. Les bruits de la nuit avaient repris, et il flottait dans l'air les odeurs mêlées de la mort et de l'océan.

Cashel poussa un cri. Il s'agrippa au sommet du mur de la main gauche et bondit en s'appuyant sur son bâton. Il resta un instant suspendu, ses pieds nus cherchant l'appui du trou au travers duquel il observait la scène quelques secondes auparavant.

Quand la lueur bleue disparut, Benlo chancela comme un ivrogne marchant en plein soleil. La créature s'avançait vers Garric, le sabre levé, prêt à frapper. Les étoiles et la lune récemment levée étaient de nouveau visibles dans le ciel nocturne.

Cashel trouva un appui, puis il bondit et s'affala tout à la fois au sommet du mur. Garric entra dans les écuries à reculons, tandis que deux des gardes de Benlo sortaient de l'auberge, l'épée à la main. Le pâle visage de Liane apparut à une fenêtre de l'étage.

Cashel atterrit lourdement dans la cour, mais sur ses deux pieds.

— Tuez cette chose ! hurla-t-il aux gardes, conscient qu'il n'atteindrait pas les écuries à temps.

Garric en ressortit en portant un essieu que Cashel lui-même aurait trouvé fort lourd.

— Pour Haft, pour les Isles ! rugit-il d'une voix qui se répercuta sur les murs de la cour.

Garric et la créature s'avancèrent l'un vers l'autre, puis tous deux balancèrent leurs armes.

L'essieu en chêne balaya le sabre et écrasa la créature avec un bruit de succion et d'os broyés. La poignée du sabre vola en direction de l'auberge tandis que la lame s'élevait dans les airs et venait se planter dans la terre aux pieds de Cashel.

Garric se tourna légèrement, sembla sourire, puis s'écroula face contre terre à côté de la créature qu'il venait de tuer.

9

La cale de la trirème était humide, sombre et sentait mauvais. Il passait davantage de pluie que de lumière par les aérations situées entre le pont et les porte-nages.

Le vaisseau manqua de chavirer, pris dans le creux des vagues en furie qui accompagnaient la tempête. Sharina avait obéi à Nonnus et suivi les rameurs dans les entrailles du bateau. La plupart d'entre eux tentaient encore de rejoindre leur banc. Lorsque la trirème avait été surprise par une mer particulièrement déchaînée, plusieurs hommes n'avaient pu tenir leur rame, qui battait l'air comme un gourdin. Les marchandises stockées à fond de cale volaient en tous sens et venaient importuner les hommes attentifs à ne pas laisser filer leur rame.

L'équipage tentait de manœuvrer le navire pour éviter qu'il se retrouve face au vent – sa proue ne pouvait pas être exposée à de telles bourrasques. Les hommes du côté bâbord ramaient normalement, tandis que ceux à tribord souquaient à l'envers. Sharina ne savait pas comment les officiers parvenaient à communiquer leurs ordres. Au milieu du vacarme de la tempête, elle entendait à peine le tambour qui marquait la cadence juste à côté d'elle.

Elle serra sa cape autour d'elle et fit de son mieux pour ne pas être piétinée. Asera se tenait plus en avant sur l'étroite coursive. La plupart des Aigles de Sang étaient avec elle, au risque de l'écraser par maladresse lorsque le bateau tanguait.

À cause de ce chaos, il fallut plusieurs minutes à Sharina avant de s'apercevoir que Nonnus ne l'avait pas suivie dans les entrailles du navire. Elle leva les yeux : dans la confusion générale, l'écoutille avait été fermée, mais pas bloquée. L'un des deux battants était ouvert, laissant entrevoir les embruns et le ciel d'un noir d'encre.

Sharina se leva et enjamba un soldat qui hurlait, prostré en position fœtale. Elle s'accrocha à l'échelle d'une main et tenta de soulever l'autre battant de l'épaule. Une vague balaya le pont, suffoquant Sharina au passage.

Elle ne lâcha pas l'échelle. Cette déferlante passée, elle ouvrit complètement l'écoutille. Avant que la vague suivante s'abatte sur la poupe du navire, elle gagna le pont, s'agrippa à deux mains au bastingage et tenta de percer les ténèbres du regard.

Les marins rampaient sur le pont, tentant désespérément de se cramponner d'une main tout en continuant à s'occuper du bateau de l'autre. La voile et la vergue étaient entassées en vrac au milieu du pont, mais le mât lui-même courbait dangereusement.

Il n'y avait pas eu assez de temps pour démonter le rouf, et le vent en avait arraché le toit et les côtés. Les deux panneaux qui restaient formaient un V inversé sous lequel Meder se protégeait des bourrasques.

Le magicien était environné d'une lueur rose. Il avait à la main son athamé de cuivre et ses lèvres bougeaient, prononçant des incantations que le vent rendait inaudibles. Une demi-douzaine d'Aigles de Sang se tenaient près de lui pour le protéger, à moins qu'ils aient été réticents à l'idée de s'enfoncer dans les entrailles d'un bateau qu'ils étaient sûrs de voir chavirer sous peu.

Nonnus était assis à la proue du navire, les pieds de chaque côté des solides cloisons : il avait de l'eau jusqu'à la taille. Il s'affairait, la lame de son couteau renvoyant le froid scintillement des éclairs. Sharina s'avança vers lui en s'accroupissant, pressée contre le bastingage tandis qu'elle progressait pas à pas.

Le vent soufflait avec tant de force qu'il lui semblait être ensevelie sous une tonne de sable ; son hurlement lui engourdissait les oreilles. Une section du bastingage fixée à Barca au moyen de chevilles vacillait dangereusement. Sharina attendit une légère accalmie, et dépassa aussi vite qu'elle le put la section fragilisée.

Elle n'aurait pas su dire à quoi s'affairait l'ermite et cela lui importait peu. Elle savait seulement que, à ce moment précis, elle ne voulait pas mourir en compagnie d'inconnus.

Nonnus leva les yeux et la vit s'approcher. Il commença à se redresser mais elle cria et lui fit signe de rester assis. Il se tint sur le qui-vive sans toutefois quitter la relative protection de la cloison, sauf pour se pencher en avant et tirer Sharina jusqu'à lui d'une poigne d'acier.

— Nonnus ! cria-t-elle. Le bateau va-t-il couler ?

Elle n'avait pas peur. Malgré sa question, Sharina était intimement persuadée qu'ils couleraient et qu'elle était sur le point de mourir. Elle était trempée, gelée, et sursautait chaque fois qu'un éclair zébrait le ciel, précédant le fracas du tonnerre. Pourtant la mort ne lui faisait pas peur, ce n'était qu'un élément de plus, tout comme ces nuages difformes au-dessus d'eux, tellement noirs et épais qu'ils ressemblaient à une plage de graviers.

— Je ne peux pas sauver ce bateau ! dit Nonnus.

L'ermite avait rangé son couteau et utilisait des cordages pour attacher ensemble des morceaux de mât et former ainsi un triangle.

— Mais je pense pouvoir te sauver, mon enfant ! J'en ai donné ma parole.

L'ermite avait découpé le mât du foc en trois morceaux qu'il attacha ensemble. Il prit ensuite le foc plié en tas sur lequel il était assis jusque-là pour éviter qu'il se gonfle et entreprit de le déplier.

— Vous fabriquez un radeau ! s'écria Sharina.

Elle saisit un des coins de la toile pour qu'elle ne claque pas au vent le temps que Nonnus soit prêt à l'attacher à son armature.

— Un flotteur, plutôt.

Ses mains travaillaient avec la précision d'une araignée enveloppant sa proie dans la soie. Ni le vent ni le cordage raidi par le sel ne faisaient hésiter les doigts de l'ermite ou l'obligeaient à s'y reprendre à deux fois.

— Je suis en train de nouer des boucles auxquelles nous nous cramponnerons tandis que le flotteur supportera notre poids.

— Et les loups de mer ? laissa échapper Sharina.

Elle souhaitait ne pas avoir prononcé ces paroles. Les reptiles aux mâchoires garnies de crocs lui étaient immédiatement venus à l'esprit. Elle n'avait pourtant aucunement l'intention de se plaindre des efforts de l'homme qui faisait tout ce qui était humainement possible pour la sauver.

— Crue, leur chair a un goût de méduse et son goût est à peine meilleur lorsqu'elle est cuite. Mais jusqu'à ce que nous trouvions un endroit où faire du feu, il nous faudra faire avec.

L'ermite avait parlé sans quitter des yeux son ouvrage – il sembla à Sharina qu'il souriait.

Sharina éclata de rire avant qu'une bourrasque lui fasse avaler une grande rasade d'eau salée, la contraignant à s'arrêter. Il était sérieux. Douter de l'ermite revenait à douter de l'existence du ciel : il était là, tout simplement, de jour ou de nuit, tempête ou pas.

Elle lança un regard vers le pont du navire : les porte-nages étaient submergés l'un après l'autre. Un marin attrapa le capitaine Lichnau par l'épaule et lui désigna le bastingage tribord du bateau. Lichnau cria quelque chose que Sharina ne parvint pas à entendre. Le capitaine et deux hommes qui se trouvaient près de lui avancèrent avec difficulté vers le mât qui ne cessait de ployer.

— Je voulais que tu sois à l'abri là-dessous le plus longtemps possible. (L'ermite restait concentré sur son travail.) Cela dit, je suis content que tu sois remontée. Nous dérivons plus vite que je le pensais. Le courant a dû changer en même temps que le vent.

Sharina tenait cordages et toile mais elle n'essayait pas d'aider à la construction du flotteur. L'ermite savait ce qu'il faisait, pas elle. Son intervention ne serait qu'une perte de temps, or ils n'en avaient pas beaucoup.

— Nous dérivons vers quoi ? demanda-t-elle, faisant barrage au vent pour que Nonnus puisse retourner l'armature en bois.

— Regarde à tribord, dit-il. (Il accompagna ses paroles d'un mouvement de tête, sans la tourner pour autant.) Ça fait quelques minutes que je les entends.

Sharina plissa les yeux. Le vent lui rabattait les cheveux sur le visage comme un millier de fouets. Ni ses tresses ni son chignon n'avaient survécu à de telles rafales.

Une ligne blanche séparait le noir du ciel de la mer, noire elle aussi.

— Les récifs de Tegma, annonça Nonnus tout en nouant, tirant, puis nouant de nouveau.

Un officier se leva pour empoigner une corde. Le vent s'engouffra dans sa tunique et le souleva dans les airs alors qu'il agitait bras et jambes.

Ses pieds ne touchèrent même pas le bastingage quand il vola par-dessus. La mer l'engloutit sans faire la moindre bulle.

Lichnaü et ses hommes attaquaient le mât à la hache : ce dernier prenait le vent et accélérait la dérive de la trirème. Les récifs étaient signalés par une ligne d'écume si proche que Sharina pouvait entendre le grondement des vagues qui se brisaient par-dessus le hurlement du vent.

La boule de lumière rouge qui entourait le rouf se mit à grandir, atteignant le mât et les marins qui se trouvaient autour. Elle passa du magenta au rose clair des nuages au crépuscule.

Le mât se fendit dans le sens de la hauteur, se tordant contre le vent. Un éclat de bois jaillit, pointu comme une dague, et éventra le capitaine Lichnau dans un jet de sang.

La lumière enveloppa le bateau tout entier, rouge comme un rubis. Sharina sentit ses cheveux se dresser sur sa tête. Elle voulut crier, mais sa gorge semblait en marbre.

La trirème s'éleva dans un fracas plus tonitruant que la terre s'ouvrant en deux. Les rames battaient l'air, la quille elle-même ne touchait plus l'eau. Entourés de flammes rouges, le navire et tous ses passagers survolèrent les récifs et atterrirent à grand bruit de l'autre côté. Des trombes d'eau s'élevèrent à une dizaine de mètres de hauteur, mais le navire remonta sans encombre du creux qu'il avait formé en s'abattant ainsi sur l'eau.

Une brume grise emplissait l'air. Sharina se remit debout : il n'y avait plus de vent, et le bruit de la tempête s'éteignait peu à peu.

Le navire s'échoua doucement sur une légère pente. Sur le rivage, une jungle luxuriante environnait des constructions cyclopéennes.

L'isle de Tegma venait de sortir des flots.

10

Garric nagea vers les lumières qui scintillaient à la surface de cette eau d'un noir d'encre. Il entendait le rugissement des vagues. Ses bras et ses jambes étaient glacés, mais il se força à les bouger jusqu'à ce que…

— Il revient à lui ! s'écria Cashel. Reculez, laissez-lui de la place !

Garric avait déjà les yeux ouverts. Ceux-ci virent soudain le monde dans lequel son corps était allongé par terre, dans la cour de l'auberge, la tête appuyée sur les genoux de Cashel. Une foule l'entourait, certaines personnes tenant à la main des lanternes ou des chandelles à mèche de jonc. C'étaient donc les lumières qu'il avait aperçues dans son rêve…

— Que s'est-il passé ? demanda-t-il. Je me suis évanoui ?

Tout son corps était douloureux, et il avait l'impression que les paumes de ses mains avaient été piétinées par un cheval. Il les replia pour les observer. Les épais cals ne s'étaient pas fendus, mais sa peau portait encore les marques de l'objet, quel qu'il soit, qu'il avait serré de toutes ses forces un instant auparavant.

Tenoctris s'agenouilla à côté de lui et posa deux doigts de sa main gauche sur la gorge de Garric. Il se rendit compte que la magicienne venait de se taire, et il supposa qu'elle avait murmuré quelque sort.

— Garric, tu as été attaqué par une liche, lui dit-elle. Tu l'as tuée avec un rondin de bois.

— L'essieu qui se trouvait dans les écuries, rectifia machinalement Cashel. Tu le balançais au-dessus de ta tête.

— Quelle liche ?

Avait-il vraiment soulevé cet essieu à lui seul ? D'accord, c'était pour cela que les muscles de son épaule lui donnaient l'impression d'avoir été changés en chair à saucisse.

— Et qu'est-ce qu'une liche, d'abord ?

Son père et le conducteur étaient accroupis entre Garric et quelque chose gisant à terre. Reise se releva, le visage sombre. Il donna une tape sur l'épaule de Benlo et lui dit :

— Laissons le garçon voir ça. Il sait peut-être de quoi il s'agit.

Garric s'assit avec précaution. Il n'avait pas le vertige, mais il lui semblait par instants voir double : deux mondes différents, au travers des mêmes yeux.

— Je vais bien, dit-il, plus pour s'en convaincre lui-même que pour Cashel.

Reise avait à la main une torche de sapin enduite de suif, il la tenait assez près pour que la douce lumière jaunâtre permette à Garric de distinguer précisément le cadavre.

C'était un humain. Le squelette était humain, en tout cas. L'essieu, posé non loin, lui avait fracassé le crâne et brisé la clavicule gauche, plus quelques côtes. Si Garric parvenait à évaluer ainsi les dégâts, c'est parce que la chair entourant les os était gélatineuse et translucide, quand elle n'était pas transparente comme de l'eau.

— Je ne m'en souviens pas, dit Garric.

Il ferma les yeux et pressa délicatement les doigts sur ses tempes. Il ne savait pas de quoi il se souvenait. Il ne savait même plus vraiment qui il était.

— Je dormais dans les écuries, commenca-t-il, les yeux toujours fermés. Je rêvais que le roi Carus me demandait de me lever. Il me désignait du doigt. Je suis sorti des écuries...

Il ouvrit les yeux puis contempla le cercle composé d'amis et d'inconnus. Les six gardes de Benlo se tenaient proches de lui, les épées tirées ; ils semblaient nerveux, mal à l'aise.

— Et c'est tout ce dont je me souviens !

Il se leva en titubant et examina la créature que, d'après eux, il avait tuée.

— Je n'ai jamais vu cette chose auparavant. Je n'ai jamais rien vu de semblable, je ne sais pas ce que c'est.

— C'est une liche, répéta Tenoctris. Le squelette et l'âme d'un noyé, enveloppés par un limon puisé au plus profond des océans. L'œuvre d'un très puissant magicien.

— Quel magicien ? demanda Benlo. Où ?

Il semblait désorienté, préoccupé. Garric se demanda si le marchand lui aussi percevait plusieurs mondes dans son esprit.

— Je me disais que vous le sauriez peut-être, maître Benlo, lança Cashel.

Au son de sa voix, les gardes du conducteur se raidirent. Garric était tellement habitué à la nature paisible de son ami qu'il en oubliait à quel point un homme gigantesque armé d'un lourd bâton devait impressionner ceux qui ne le connaissaient pas.

Et les gardes avaient bien sûr raison. Le berger était certes doux avec son troupeau, mais l'homme qui avait pulvérisé les crânes de trois loups de mer en l'espace de quelques secondes n'était pas doux en toutes circonstances.

— Non, je n'en ai pas la moindre idée, répondit Benlo.

Sa réponse était convaincante, essentiellement grâce au ton de frustration incrédule de sa voix. Il était trop préoccupé pour que la colère manifeste de Cashel l'effraie.

Liane vint se placer au premier rang. Elle observa à tour de rôle Garric et son père, doublement inquiète. Ilna vint très délibérément se placer devant elle et fit un signe de tête à Garric quand elle croisa son regard.

Garric contempla l'essieu. Il le poussa du pied, déplaçant à peine la lourde pièce de chêne.

— J'ai soulevé ça ?

— Comme une plume, confirma Cashel. Et c'est une bonne chose, parce que cette créature te fonçait dessus avec une épée.

— Je ne m'en souviens pas.

La chair commençait déjà à se détacher du squelette de la liche. Une odeur de pourriture et d'océan flottait dans l'air.

— Je ne m'en souviens vraiment pas.

En revanche, une part de Garric se rappelait le poids d'une longue épée à la poignée en acier dans sa main et un combat contre une troupe de liches très semblables à celle qu'il avait tuée cette nuit.

II

Une fine pluie tombait, et Sharina n'avait jamais connu un air aussi saturé d'humidité, même en plein mois d'août ; le soleil était réduit à une tache rouge sur l'horizon. De gigantesques fougères poussaient sur la moindre parcelle de sol, et des plantes grimpantes aux grandes feuilles s'étendaient le long des constructions en pierre.

Deux rangées d'hommes pénétrèrent dans la forêt, tirant chacune une corde afin de hisser le navire sur la plage. Un détachement d'Aigles de Sang ouvrait la marche, toutes armes dehors, sur le qui-vive. Les marins quant à eux semblaient calmes, voire enjoués. Les hommes plaisantaient avec leurs camarades qui tiraient l'autre corde. Sharina se dit qu'ils étaient sans doute heureux d'être vivants. Elle l'était indéniablement.

— *Ta mère t'aidera pas aujourd'hui, ho…*, beugla l'un des officiers, les pouces passés dans sa ceinture de cuir.

— *Hisse !* rugirent en réponse les rameurs.

Ils étaient encore une centaine malgré le nombre de ceux que la tempête avait tués ou blessés. Ils se penchèrent en avant et firent avancer la trirème d'un pas de plus le long de la rampe, grâce aux cordages attachés à la proue du bateau.

Les marins pouvaient se détendre un peu, leur tâche était pour l'instant accomplie : ils avaient fait accoster le navire sans dommages. Pour les soldats qui protégeaient la procuratrice, le travail venait de commencer.

— *Ton père t'aidera pas aujourd'hui, ho… hisse !*

— Elle a été construite pour les navires de guerre, n'est-ce pas ? demanda Sharina à Nonnus qui se tenait à côté d'elle.

La rampe de pierre faisait près de cent mètres de largeur, assez pour accueillir une dizaine de trirèmes. Elle permettait aux navires d'être hissés hors de l'eau pour être entreposés ou réparés. Il y avait plusieurs constructions similaires sur toute la longueur de la baie.

— C'est un vrai port, ajouta-t-elle, et pas une simple plage sur laquelle les gens hissent leur bateau pour la nuit.

— C'est un vrai port, acquiesça Nonnus sans la moindre émotion. Il n'y a rien d'aussi bien à Valles. Rien de tel.

Il était sur le qui-vive comme tous les soldats, mais, dans son cas, c'était la vigilance du chasseur et non celle de la proie.

Il enfonça l'orteil dans le sol en pente. Une couverture d'humus recouvrait un gneiss gris-rose rendu luisant par l'érosion.

Toutes les structures que Sharina apercevait – des abris, des bollards pour attacher les bateaux une fois hissés à terre, la rampe elle-même – étaient faites du même matériau, cette pierre dense, extrêmement dure.

— *Ta sœur t'aidera pas aujourd'hui, ho… hisse!*

— Je me disais que, comme cette isle était sortie de la mer, il y aurait de la boue partout, dit Sharina en espérant que sa voix ne trahissait pas sa nervosité. Mais en réalité, c'est une litière comme on en trouve dans les bois, chez nous.

Il n'y avait rien ici d'aussi effrayant que ce qu'elle avait vécu pendant la tempête. Mais, au cours de cette tempête, elle avait abandonné tout espoir. Espérer était dangereux : qui espère a quelque chose à perdre.

— Je m'attendais moi aussi à trouver de la boue, répondit l'ermite, imperturbable. Les arbres non plus n'ont pas poussé sous l'eau. L'isle n'est pas simplement remontée du fond de la mer.

Une salamandre nichée au milieu d'une plante dont les feuilles pointues formaient une coupe poussa un glapissement à l'adresse de ces intrus. La peau grise de l'animal était rayée d'indigo et de bleu, et la langue qu'elle tirait était elle aussi bleue. Sharina n'avait jamais vu un tel animal auparavant, mais le reptile mesurait à peine une trentaine de centimètres ; ce n'était certainement pas une menace.

— *Ton frère t'aidera pas aujourd'hui, ho… hisse !*

Kizuta, désormais capitaine de la trirème, se tenait à la poupe du bateau d'où il dirigeait les opérations.

— C'est assez haut ! cria-t-il. Doublez les nœuds, je crois pas que ce temps va durer !

Sharina s'éloigna lentement du navire. Elle savait que l'ermite la suivrait.

— Vous pensez que nous nous retrouvons ici à cause de Meder, n'est-ce pas ? demanda-t-elle à voix basse.

Elle n'avait pas l'intention de beaucoup s'éloigner, mais souhaitait que Nonnus puisse dire ce qu'il pensait sans être entendu.

Comme la majeure partie de l'équipage et des passagers, Asera était descendue à terre. Elle se tenait sous l'un des abris ouverts, les bras serrés autour d'elle en signe de nervosité. Wainer était à côté, épée à la main, et s'efforçait de regarder dans toutes les directions à la fois. Neuf Aigles de Sang armés de lances et transpirant dans leurs armures faisaient rempart entre la jungle et la procuratrice.

La brume estompait les contours de tout ce qui se trouvait à plus de quinze mètres. L'humus recouvrait toutes les surfaces, et les constructions verticales étaient toutes de la même couleur gris-rose.

Nonnus jeta un regard vers la trirème enveloppée de brouillard. Meder était toujours à bord, à l'avant du navire, accroupi derrière un paravent pour cacher ce qu'il faisait. Il avait allumé un feu dans une petite cruche ; de temps à autre, une bouffée de fumée colorée s'élevait vers les nuages.

— Je l'ignore, répondit-il. Je ne pense pas que Meder ait provoqué cette tempête. Il est possible qu'il n'ait rien à voir non plus avec Tegma.

L'isle montait en pente depuis la rive, mais il était difficile d'en déterminer l'inclinaison avec précision à cause du brouillard et de l'épaisse végétation. Des chemins pavés de gneiss partaient du port et s'enfonçaient dans la forêt. Ils étaient délimités par de bas rebords plutôt que par des rambardes.

Maintenant qu'ils avaient tiré le navire à terre, la plupart des marins étaient libres d'explorer l'isle. La sombre litière porta bientôt l'empreinte de leurs pas, et leurs voix résonnaient au milieu des arbres, mêlées aux bruits de la faune.

Pas le moindre signe de vie de ceux qui avaient construit ces remarquables structures.

— Je ne crois pas que Meder sache s'il est ou non responsable de tout cela, dit Sharina.

Avant de se forcer à prononcer ces paroles, Sharina n'avait pas eu complètement conscience de sa peur.

— Je ne crois pas qu'il comprenne tout ce qu'il fait, continua-t-elle. Je crois même qu'il n'en comprend pas la moitié.

— Tenoctris disait la même chose. J'aimerais qu'elle soit ici en ce moment. Cela dit, il y a bien des choses que j'aimerais.

Il s'assit en tailleur au sommet de la rampe, son javelot dans la main droite. Il enfonça un index dans la litière avec l'application d'un chirurgien opérant un blessé. Un ver s'enfuit, terrorisé, et s'enfonça de nouveau dans l'humus à la vitesse de l'éclair. Le sous-sol, quelques centimètres à peine sous la surface, était composé d'une argile épaisse et jaunâtre.

Les marins déblayaient les abris longs et peu profonds. Les constructions n'avaient pas de murs en façade, mais des piliers carrés supportant des toits si bas que la majorité des hommes devaient baisser la tête pour éviter de se cogner. Les hommes s'y abritèrent cependant de la pluie, car il n'y avait pas le moindre vent pour pousser les gouttes vers l'intérieur.

Un autre groupe de marins transportait à terre les hommes trop sérieusement blessés pour marcher. Il y avait également quelques morts, des rameurs qui avaient eu le crâne fracassé ou avaient été éventrés par leurs rames pendant la tempête.

Des marins équipés de pioches les traînaient dans la forêt. L'argile serait difficile à creuser : une couche d'humus serait probablement suffisante pour recouvrir les corps. Si la trirème n'avait pas été à terre, les loups de mer se seraient chargés des funérailles.

— Allons voir ces arbres, dit Nonnus.

En lançant un regard sur le côté pour s'assurer que Sharina le suivait, il se dirigea vers un bosquet d'arbres plus jeunes. Si elles avaient une structure articulée semblable à celle des herbes, l'intérieur de ces plantes était constitué d'une substance pulpeuse et solide – comme put le constater Sharina lorsque l'ermite abattit un arbre d'une quinzaine de centimètres de large en deux coups de son couteau.

La pluie s'était arrêtée, interrompue tout du moins. Un groupe de marins revint de la forêt en transportant la dépouille d'une salamandre grosse comme un renard qu'ils avaient tuée avec un couteau à gaine. Une partie d'entre eux fendit une branche trouvée par terre pour prélever en son centre la partie plus sèche du bois ; d'autres taillèrent en pointe un arbuste pour en faire une broche.

La faune locale était facile à attraper et, pour les marins comme pour Sharina, parfaitement comestible. Elle se demanda s'il en serait de même pour Asera et le jeune magicien.

Nonnus longea sur dix mètres le tronc de l'arbre qu'il venait d'abattre pour s'arrêter à l'endroit où il se divisait en une dizaine de branches noueuses, puis en coupa le sommet. Il contempla le reste du bosquet à la recherche d'une branche identique.

— Wainer ! cria un soldat sorti de la forêt en courant. Il dérapa en tentant de s'arrêter. (L'un de ses semblables, qui protégeait Asera, le retint.) Nous avons trouvé une cité ! Une cité tout entière au sommet de cette colline, et elle est déserte !

Wainer et Asera s'approchèrent de l'homme. Tous trois parlaient avec animation, mais trop doucement pour que Sharina apprenne quoi que ce soit de là où elle se trouvait.

— Nonnus (elle baissa la voix, même s'il n'y avait personne près d'eux), que va-t-il se passer ?

Il haussa les épaules et lui adressa un demi-sourire.

— La raison pour laquelle nous avons été conduits en ce lieu ne me plairait sûrement pas. Mais mieux vaut être ici qu'au fond de la mer Intérieure ou dans le ventre d'un lézard. Mieux vaut être vivants que morts.

L'ermite entailla le tronc d'un autre arbre et le fit tomber d'un puissant coup d'épaule.

— Voilà qui devrait faire l'affaire pour les balanciers. Allons maintenant voir si nous pouvons emprunter une hache. Il nous faudra abattre un arbre assez gros pour faire la coque de notre pirogue.

12

Cashel marchait en canard dans le déversoir et en scrutait attentivement le fond plat pour ne rien manquer d'inhabituel. Les pierres étaient rendues glissantes par les résidus que l'eau de mer avait laissés. Quand le moulin était en activité, elle s'écoulait avec force le long du déversoir – ce qui n'avait pas été le cas depuis plusieurs jours. Le soleil n'était pas encore assez haut dans le ciel pour éclairer complètement les parois du chenal, mais il y avait suffisamment de lumière pour y voir. Pour voir quoi ? C'était bien le problème.

—Je crois que c'était par là, lança Tenoctris, debout à côté de la roue du moulin – l'endroit où elle et Cashel s'étaient cachés afin d'observer le conducteur.

Il était au bon endroit : il voyait les petites entailles que la dague de Benlo avait laissées dans la pierre. Le conducteur avait-il ramassé l'objet d'où l'émanation était sortie ? Ni lui ni Tenoctris ne l'avaient vu se pencher, mais la seule chose qu'il y avait ici…

—J'ai trouvé un galet ! s'écria Cashel. Pourrait-il avoir utilisé un galet, ma dame ?

—Oui ! C'est tout à fait possible.

Cashel se hissa hors du déversoir et marcha vers la magicienne. Benlo remarquerait-il que Tenoctris et lui rôdaient autour de la scène de son invocation ? Cela n'inquiétait pas Cashel outre mesure. Malgré le déni du conducteur et les doutes de Tenoctris, Cashel était persuadé que Benlo était pour quelque chose dans l'attaque dont Garric avait été la cible. Si Benlo venait à causer des ennuis, Cashel l'attendrait de pied ferme.

Des sternes rasaient les flots puis s'élevaient dans les airs avec de petits poissons dans leur bec. Leur mouvement attirait le regard de Cashel qui le tournait à contrecœur vers l'océan. C'était dans cette direction que Sharina était partie, et au fond de son cœur il était sûr qu'elle ne reviendrait jamais.

Tenoctris lui prit le galet et le leva vers le soleil pour l'examiner en détail.

— Du marbre. Y a-t-il du marbre dans les environs, Cashel ?

Il secoua la tête.

— Je pensais que c'était un éclat de quartz venu de la plage.

À y regarder de plus près, ce qu'il avait pris pour une marque d'érosion sur une face du galet était en réalité un motif, taillé dans la pierre. Celle-ci n'était pas plus large que son pouce.

— Je ne peux pas faire la même chose que Benlo, dit Tenoctris, observant l'objet d'un œil critique. Je pense en revanche être assez puissante pour apprendre d'où cela provient.

Elle s'assit les jambes croisées, au lieu de s'accroupir comme l'aurait fait un villageois. Elle arracha un brin de l'herbe grossière qui poussait entre la maison du moulin et le déversoir.

— Mon athamé, dit-elle en souriant à Cashel, son brin d'herbe à la main. Les outils qu'utilisent Meder et Benlo concentrent à merveille le pouvoir, mais ce pouvoir ne provient pas d'une seule source. Il est nettement préférable d'utiliser un objet neutre. Nettement plus sûr, en tout cas.

Cashel s'accroupit à son côté, opinant du chef. La magie était certes un mystère pour lui, mais il comprenait les forces comme quiconque ayant déjà travaillé avec ses mains. Si on utilisait une longue barre pour multiplier la force, il fallait faire très attention à ce sur quoi on faisait levier. C'était d'autant plus vrai lorsque vous étiez fort comme Cashel or-Kenset.

Tenoctris posa le galet par terre, fronça les sourcils, puis le tourna, face taillée sur le dessus. Elle dessina un cercle dans les airs avec son brin d'herbe.

La fillette de Mitir les épiait depuis l'arrière-cour de sa maison ; elle laissa tomber le grain avec lequel elle nourrissait les poules de sa famille et rentra chez elle. Être à la vue de tous les villageois au sud du moulin mettait Cashel quelque peu mal à l'aise. Pourtant, Tenoctris se moquait manifestement qu'on la regarde ou pas quand elle pratiquait la magie.

Si seulement plus de gens – ne serait-ce que les magiciens – faisaient leurs affaires au grand jour, pensa Cashel, *le monde serait un endroit bien plus honnête.*

—*Miuchthan salaam athiaskirtho*, murmura Tenoctris.

Elle frappait légèrement le sol de son brin d'herbe, un coup pour chaque syllabe prononcée.

—*Dabathaa zaas ouach kol...*

Un mouvement attira l'attention de Cashel. Il aperçut, stupéfait, la ravissante fille de Benlo qui les observait, postée près de la maison du moulin.

—*Semisilam bachaxichuch!* s'écria Tenoctris en touchant le galet du bout de son brin d'herbe.

—Excusez-moi, dit la jeune fille – Liane – gênée. Je ne voulais pas vous interrompre pendant...

La forme rougeâtre d'un bâtiment s'éleva du galet, comme l'un de ces poissons-globes qui gonflent en un éclair. Les murs de cet édifice fantomatique étaient à angles droits, et surmontés d'un dôme ramassé. La seule ouverture était une porte d'entrée en voûte. Les moulures aux coins de l'édifice étaient incrustées de pierres sur lesquelles était taillé un motif identique à celui du galet.

—Mais c'est..., commença Liane.

De la magie, répondit mentalement Cashel.

— … le tombeau de la comtesse Tera, à Carcosa ! poursuivit Liane. Quelle merveilleuse illusion, ma dame !

— Oui, certains me prennent parfois pour une magicienne, répondit Tenoctris, pince-sans-rire. Ceux qui n'en ont jamais vu d'authentiques, bien sûr.

L'image disparut. Cashel se rendit compte qu'il ne savait pas quelle était sa taille. Sans doute celle d'un vrai bâtiment ; pourtant Tenoctris et lui n'étaient qu'à un mètre l'un de l'autre et ils n'étaient pas en contact avec l'image. Cette forme rougeâtre n'avait-elle existé que dans son imagination ?

— Comment avez-vous pu reconnaître ce tombeau, mademoiselle ? demanda Tenoctris.

La magicienne contempla le brin d'herbe, apparemment perplexe de le trouver dans sa main, puis le laissa tomber sur le morceau de marbre.

Liane plissa légèrement les yeux en observant attentivement Tenoctris. Même assise par terre et vêtue d'une tunique rapiécée, les traits fins de la vieille femme la distinguaient du commun des villageois.

— Mon père s'y est intéressé, répondit enfin la jeune fille. Sans doute parce qu'il ressemble à notre tombeau familial, à Erdin. Il l'a visité plusieurs fois lorsque nous étions à Carcosa.

Cashel se leva. Liane était certes une très jolie fille, même s'il ne comprenait pas tout le tapage que les villageoises faisaient à son sujet. Elle avait la chevelure d'un noir de jais et la peau très pâle de son père, qu'elle protégeait ce jour-là avec un chapeau de lin à large bord. Son visage était triangulaire et non ovale, et sa fine ossature était assurément héritée de sa mère.

— Votre père est un magicien, dit-il d'une voix blanche. Est-ce lui qui a tiré cette créature de la mer pour qu'elle attaque mon ami ?

Son attitude n'avait rien de menaçant, mais, qu'il le veuille ou non, il se dressait devant la jeune fille comme un bœuf devant un chaton.

Liane cligna plusieurs fois des yeux, choquée, mais elle ne broncha pas.

— Mon père est un homme bien, dit-elle d'une voix assurée. Il a dit qu'il n'avait pas fait venir cette liche. Il n'a jamais menti, ni à moi ni à personne d'autre.

Tenoctris se releva. Liane se pencha et l'aida, mue par un réflexe que n'avaient pas altéré la colère et la peur qu'elle ressentait probablement.

Au fond de son être, Cashel avait envie de rentrer sous terre. C'était une gentille fille, quoi que son père ait fait. Pourtant…

— Tenoctris dit elle aussi que je me trompe, mademoiselle. Je suis désolé. Cependant, votre père est un magicien, j'ai pu l'observer ici même, la nuit dernière.

Liane déglutit, puis ferma les yeux. Quand elle les rouvrit, son regard se porta vers la mer, l'horizon.

— Quand j'étais petite fille, ma nourrice venait me poser sur les genoux de ma mère, et mon père chantait pour nous. Des chansons superbes, des chansons d'amour de tous les pays qu'il avait visités au cours de ses voyages.

Elle lança un regard empli de colère à Cashel. Elle était au bord des larmes.

— C'est un homme bien ! s'écria-t-elle avec violence.

Elle fit volte-face et repartit à grands pas vers le coin de la petite maison. À l'intérieur, la femme de Katchin hurlait après son nourrisson, qui lui-même hurlait à l'intention du monde entier.

— Je n'aurais pas dû dire ça, murmura Cashel.

Il sentit son visage s'empourprer de honte en repensant à ce que sa colère latente lui avait fait dire.

— Tu es un honnête homme. J'ai toujours pensé qu'un honnête homme peut dire tout ce qu'il juge nécessaire. De plus…

Elle lui sourit. Si Liane était un chaton, Tenoctris était un oiseau, un moineau aux yeux brillants.

— … j'ai trouvé ses réponses très intéressantes. Si j'arrive à rassembler assez d'éléments, je saurai si c'est la chance qui m'a amenée ici à ce moment précis ou bien quelque chose d'autre. L'ermite s'en amuserait beaucoup.

— Ma dame, demanda-t-il d'une voix rauque, est-ce que Benlo est un magicien aussi puissant que vous ?

Tenoctris rit et lui tapota la main.

— Cashel, je suis loin d'être une puissante magicienne. J'ai lu, et j'observe, ce sont deux choses importantes. Mais mon talent est comparable à celui d'un tailleur de pierres qui sait où frapper pour couper une pierre le long de son plan de clivage. Si tu cherches du pouvoir à l'état brut, Benlo pourrait broyer des diamants s'il savait utiliser sa puissance.

Cashel ouvrit ses grandes, puissantes mains.

— À quoi peut bien servir un diamant broyé ?

Tenoctris éclata de rire de nouveau.

— Maître Cashel, vous seriez surpris de découvrir à quel point sont rares les personnes qui le comprennent. L'Homme au Manteau n'était assurément pas l'un d'eux.

Elle regarda vers le large, son visage adoptant peu à peu une expression de calme détermination.

— Une question demeure : pourquoi l'Homme au Manteau m'a-t-il envoyée *ici* ? Bien, peut-être l'apprendrons-nous aussi.

13

— Doucement ma belle, doucement…, murmura Garric à la jument du conducteur.

Tous deux se tenaient près de l'abreuvoir accolé au puits. Elle agita tout de même la tête. Ce n'était pas une tentative sérieuse pour s'enfuir, mais, si la bride échappait à Garric, la jument sortirait par le portail en un clin d'œil.

Elle était fougueuse et prompte à ruer s'il tentait de la nourrir ou de la faire boire en compagnie des autres bêtes. Il s'agissait sans nul doute du plus beau cheval que Garric ait jamais vu, et pourtant, s'il avait dû choisir une monture, le jeune homme aurait préféré le hongre de Liane. Il aurait même préféré l'une des mules, malgré leurs dos inconfortables.

— Bon après-midi, maître Garric, lui lança Benlo en sortant de la salle commune.

Ses gardes étaient restés à l'intérieur, Garric vit sa mère qui les servait.

— Elle a son petit caractère, pas vrai ? Elle s'appelle Ange Flamboyant.

— Je ne suis pas habitué à elle, dit Garric en caressant la jument derrière l'oreille de sa main libre. Bois un peu, Ange, tu sais que tu as soif.

Pour une raison ou pour une autre – elle s'était sans doute lassée de faire des difficultés –, la jument baissa la tête vers l'abreuvoir et se mit à boire à grand bruit. Garric lui flatta l'encolure en montant et en descendant le long de la colonne vertébrale.

— Au contraire, Garric, elle se comporte mieux avec vous qu'avec tous ceux qui l'ont approchée. Vous avez un don avec les animaux, n'est-ce pas ?

Garric était content d'avoir une excuse pour éviter le regard de Benlo. Le conducteur essayait de se montrer amical, mais ses propos avaient comme une *rondeur* qui mettait Garric mal à l'aise. Cela lui rappelait le sous-prêtre qui menait la Procession de la Dîme dans tout le bourg. Cet homme parlait toujours de son affection sincère pour le hameau, mais Garric avait l'impression que l'un de ses aides lui chuchotait « Barca » à l'oreille juste avant qu'il parle, sans quoi il aurait écorché le nom.

— Tout le monde sur Haft a l'habitude de s'occuper des animaux, monsieur – dans ce bourg en tout cas, marmonna Garric en gardant les yeux braqués sur la mouche qui voletait près du flanc d'Ange Flamboyant.

— Vous savez que j'achète des moutons pour les emmener à Sandrakkan. J'aurais besoin d'un jeune homme capable pour mener le troupeau au port de Carcosa où attend mon bateau. Qu'en pensez-vous, Garric ? Je vous paierais une pièce d'argent d'Haft pour chaque journée de voyage. À Carcosa, c'est le salaire d'un homme expérimenté.

— Monsieur, je vous remercie, mais non, répondit Garric.

Il sentit sa gorge se serrer. La jument leva la tête de l'abreuvoir ; Garric pesa de tout son poids sur le crâne de l'animal et la força à tourner vers la gauche pour qu'elle vienne se placer entre lui et son propriétaire. Le cheval hennit de surprise en réaction à ce traitement plus brutal que celui auquel Garric l'avait habitué jusque-là.

— Mon ami Cashel le berger fera ce travail bien mieux que moi. De plus, un tel salaire les aiderait grandement, lui et sa sœur.

Garric se dirigea vers les écuries avec vivacité, tenant la bride près de la gorge de la jument. Il tira sèchement dessus quand elle fit mine de rester en arrière. Elle se plaignit une fois de plus, sans pour autant résister. En dépit de la force de Garric, une jument d'une demi-tonne l'emporterait toujours si elle le souhaitait sur un être humain de quatre-vingts kilos.

Deux pêcheurs avaient enveloppé la liche dans une vieille toile et l'avaient laissé couler par deux cents mètres de fond, mais l'essieu était toujours là où Garric l'avait lâché au petit matin. Pendant qu'il faisait contourner cet obstacle à la jument, Benlo le rattrapa.

— Écoutez, mon garçon, dit le marchand d'un ton autoritaire, votre ami est peut-être un très bon berger, mais c'est vous que je veux engager, pas lui. Je vous ai fait une offre généreuse, c'est le moins qu'on puisse dire ; toutefois si un peu plus de...

— Écoutez, étranger ! l'interrompit Garric.

Peut-être était-ce la vue de l'essieu ou l'extrême confusion dans laquelle sa vie était plongée ces derniers jours qui firent monter en lui une rage semblable à celle qu'il ressentait lorsqu'il brandissait son épée.

— Je ne sais pas d'où vous venez, de Carcosa, d'Erdin ou du fond des mers, et ça m'est égal ! Mais ici, à Barca, on ne vole pas le gagne-pain d'un autre ! Si vous voulez un berger, engagez Cashel.

Les gardes de Benlo firent irruption dans la cour en toute hâte. Garric voyait la scène à travers deux paires d'yeux : il lâcha la bride et se pencha pour s'emparer de l'essieu. La jument recula, mais ne s'enfuit pas.

— Retournez à l'intérieur ! cria le conducteur. Rald, faites immédiatement rentrer ces hommes !

Le chef des gardes, un homme massif aux yeux gris acier, se retourna et posa les mains sur la poitrine des hommes les plus proches de lui.

— Vous avez entendu le patron, dit-il d'une voix forte, tendue. Venez, tout va bien. Allons finir notre bière.

Garric haussa les épaules puis se redressa. Il était de nouveau seul à occuper son esprit : cette présence hilare qui avait évalué les six gardes pour les terrasser d'un seul coup d'essieu était repartie d'où elle était venue pour observer et attendre.

— Viens, Ange, dit Garric d'une voix enrouée. On va te trouver de l'avoine.

— Nous nous parlerons plus tard, lança le conducteur avec une bonne humeur contrainte.

Il entra dans l'auberge et ferma la porte derrière lui.

Garric installa la jument dans sa stalle. En temps normal, il serait resté pour donner des carottes aux deux chevaux, mais après sa discussion avec Benlo il tremblait de fatigue. Il quitta les écuries, soulagé qu'il n'y ait personne dans la cour pour l'apercevoir, et sortit dans la rue.

Tout était en train de changer. Il s'était mis en colère pour dissimuler sa peur.

Une pièce d'argent par jour était une offre plus que généreuse : c'était exceptionnel. Les gens du bourg ne voyaient des pièces d'argent que lors de la foire aux moutons. Même à cette occasion la plupart des transactions se faisaient avec des pièces de cuivre.

Benlo cherchait autre chose qu'un garçon qui presse son troupeau jusqu'à Carcosa. Garric n'avait pas peur de lui, mais son offre était une preuve supplémentaire que tout son univers changeait autour de lui, ce qui, en revanche, lui faisait terriblement peur.

— Je veux que tout redevienne comme avant, murmura Garric.

Il savait que cela n'arriverait pas, que les choses ne revenaient jamais telles qu'elles étaient. Les poules ne retournent pas dans les œufs, le soleil ne va pas d'ouest en est. Mais il ne souhaitait pas abandonner l'espoir que tout se stabilise, même s'il savait que cet espoir était illusoire.

Il marchait le long du chemin, la tête baissée et le dos voûté. Des villageois le regardaient passer, mais ils ne lui parlèrent pas – ou bien il ne les entendit pas.

Il fallait qu'il réfléchisse. Il avait presque atteint le grand enclos au nord du hameau lorsqu'il s'aperçut que Tenoctris s'y trouvait déjà, observant sa venue.

— Je m'en allais, lui lança-t-elle. Je viens parfois ici pour réfléchir.

Garric ferma les yeux et frissonna, les bras serrés contre sa poitrine. Il s'approcha de l'enclos et dit :

— Ma dame, puis-je vous parler ? Je ne sais pas à qui m'adresser. Je ne comprends *plus rien.*

— À ce qu'on dit, c'est le premier pas vers la sagesse. (Tenoctris changea légèrement sa position pour s'asseoir plus confortablement.) Je n'ai appris qu'aujourd'hui que c'est toi qui m'as tirée de l'eau. J'aurais dû te remercier plus tôt.

Garric passa une de ses longues jambes par-dessus le mur et s'y assit à califourchon, face à la magicienne. Les ombres s'allongeaient et, au large, les nuages prenaient peu à peu une teinte rosée.

— Si je n'avais pas été là, un pêcheur l'aurait fait. (Il sourit.) Cela dit, vous pouvez toujours me remercier d'avoir un père qui propose de meilleurs logements aux naufragés que la hutte de Tarban.

— La charpente de votre auberge provient des membrures de navires, dit Tenoctris, l'air rêveur. Le bois est plein d'histoires du passé, un passé qui aurait dû être mon futur. Je n'ai pas ma place dans ce monde… du moins je ne l'ai pas encore trouvée.

Garric hocha la tête avec conviction.

— Moi non plus, je n'y ai pas ma place. Ou bien c'est ce monde… Benlo a tenté de m'engager pour amener son troupeau à Carcosa, mais ce n'est pas vraiment ce qu'il veut. Et Sharina qui part ainsi… Ma dame, que se passe-t-il ? Je ne veux pas que les choses changent !

— Le problème, lui répondit lentement Tenoctris, le regard tourné vers la mer, c'est qu'elles vont changer. J'aimais la vie d'il y a mille ans, et je crois que la plupart des gens pensaient la même chose – même s'ils auraient sans doute souhaité posséder un cochon, ou que le collecteur des impôts soit un peu moins cupide. Mais l'Homme au Manteau en voulait davantage, et il fit sombrer le royaume des Isles dans la guerre et la famine pour plusieurs siècles.

Elle gratifia Garric d'un curieux sourire.

— De telles époques font des épopées intéressantes, mais ce ne sont pas des temps où il fait bon vivre. Maintenant que les Isles se rapprochent peu à peu d'une situation de paix, Malkar se met à croître et les changements surviennent de nouveau.

— Je croyais que vous aviez dit que l'Homme au Manteau s'était noyé, intervint Garric en pressant ses mains l'une contre l'autre. Qu'il était mort.

— Malkar n'est pas mort. Et l'Homme au Manteau vit encore, dans tes rêves tout du moins.

Garric se redressa.

— Pensez-vous que la destinée vous a conduite à Haft pour que vous combattiez Malkar ?

Sa voix s'était faite plus dure qu'un instant auparavant : plus la moindre trace d'apitoiement ou de doute.

— La destinée est peut-être un mythe, lui répondit Tenoctris d'une voix plus ferme elle aussi. Les pouvoirs, eux, ne le sont pas, et ils augmentent tout comme ils le firent à mon époque. Je peux les voir, Garric, exactement comme toi tu vois les nuages devenir noirs avant une tempête.

Elle lui fit un rapide sourire pour lui montrer qu'elle n'était pas en colère, du moins pas contre lui.

— Et en ce qui concerne Malkar… Malkar ne se combat pas, de la même manière qu'on n'attaque pas le soleil. Cependant, le soleil peut disparaître un moment et l'influence de Malkar peut être réduite.

Tenoctris secoua la tête et força un petit rire contrit.

— Je doute que l'influence de Malkar puisse être bloquée par une pauvre femme comme moi, mais j'imagine que je vais quand même essayer.

Garric se pencha et prit avec délicatesse les mains de la vieille femme dans les siennes. C'était comme de tenir un moineau…

— Ma dame, que dois-je faire ? Dois-je partir avec Benlo ? Et ne me dites pas que la décision me revient : je vous demande votre aide !

Elle hocha la tête une fois, puis deux pour montrer qu'elle réfléchissait à la question et n'était pas en train de l'éluder en silence. Elle dégagea une de ses mains, tapota doucement le bras de Garric. Elle posa ensuite les deux mains sur ses genoux et se redressa.

— Si tu te tenais dans le déversoir alors que le moulin tourne, dit-elle enfin, l'eau te balaierait de toute façon, même si tu te débattais de toutes tes forces. Il vaut mieux que tu nages dans le sens du courant, comme ça tu maîtriseras au moins un petit peu ton mouvement.

Garric hocha la tête.

— Toi et le roi Carus, vous êtes connectés, au moins grâce à ce médaillon, et je pense aussi par le sang. Benlo t'a identifié grâce à la lignée royale d'Haft. Si tu restes ici, tu attireras d'autres créatures. À toi, ta famille, tes amis.

— La liche…

— La liche. Et d'autres créatures qu'il vaut mieux ne jamais voir. J'aimerais te dire que tout cela est faux.

— Dire à un fermier que sa grange n'est pas en feu, ce n'est pas de la bonté si elle est en train de brûler.

Il sourit largement. La situation était plutôt comique, vue sous un certain angle. Il avait ri quand Sil, ivre mort, hurlait que des araignées invisibles lui grimpaient sur le visage. Si Garric racontait aux villageois ce qu'il avait en tête en ce moment, Sil lui-même se joindrait aux moqueries et lui ferait payer des années de méchanceté involontaire.

— Je ne pense pas que Benlo veuille te nuire, reprit Tenoctris en fronçant les sourcils, mais ce n'est certainement pas ton ami. Il a besoin de toi pour ses propres raisons – le genre de raisons qui conduisent une femme dans la cour pour y attraper un poulet avant le dîner.

— Viendriez-vous avec moi, ma dame ? À Carcosa – ou quelle que soit la destination qu'il a en tête ?

— Oui.

Garric se releva. La colline était encore éclairée, mais le hameau était plongé dans une quasi-obscurité.

— Je crois que je vais aller voir si l'offre de Benlo tient toujours. Puis-je vous raccompagner à l'auberge ?

— Je vais rester ici un moment. (Elle sourit elle aussi.) Je suis venue observer l'alignement d'une constellation qui ne sera pas visible avant deux heures. Je t'ai menti, au cas où tu aurais voulu rester seul.

Garric descendit le chemin en sifflotant. C'était certes davantage par bravade que par gaieté, mais il n'avait pas peur. Sous une averse, vous vous mouillez et il n'y a pas lieu de pleurnicher. Garric ignorait tout de ce qui l'attendait, mais c'est ainsi qu'il se comporterait.

Des bougies luisaient derrière les fenêtres des maisons les plus riches. Pour Garric, ce chemin était aussi sûr et familier à la nuit tombée qu'il l'était en plein jour. Il sifflait toujours quand il traversa la cour et entra dans la salle commune – Reise y avait relayé son épouse au bar.

Les hommes des environs, revenus des champs, y buvaient ensemble avant de retrouver leur famille. Ils se contentèrent de lancer un bref coup d'œil à Garric : il était un élément établi, familier, de leur univers.

Benlo se leva de la table à laquelle il était assis avec ses gardes et l'interpella :

— Maître Garric ? J'ai parlé à votre ami Cashel et il a accepté de conduire mes moutons jusqu'à Carcosa.

— Ah ? s'écria Garric, surpris.

Il était tellement persuadé que le conducteur s'intéressait à lui, Garric or-Reise, et qu'il ne cherchait pas réellement un berger pour son troupeau.

— C'est une très bonne chose, dit-il. Il n'y a pas mieux que Cashel dans le bourg tout entier pour s'occuper des moutons.

— Laissez-moi vous verser un peu de l'excellente bière de votre famille, poursuivit Benlo en attrapant deux chopes et un pichet en cuir sur la table à tréteaux.

Il indiqua à Garric d'un mouvement de la tête le petit box dans un coin de la pièce. L'un des gardes se leva pour aller chercher un autre pichet de bière.

— J'apprécie la sollicitude dont vous faites preuve à l'égard de votre ami, dit Benlo en remplissant les chopes. Mais voyez-vous, je cherche tout de même une aide supplémentaire. Un homme capable de conduire des moutons, de parler poésie avec ma fille – et accessoirement de se battre comme un démon si le besoin s'en fait sentir. Vous avez impressionné Rald, ce matin. N'est-ce pas, Rald ?

Le chef des gardes lança à Garric un regard vide de toute expression.

— Oui, monsieur, répondit Rald. Oui, c'est vrai.

Garric but quelques gorgées de sa chope de bois. Le goudron qui rendait le pichet étanche donnait un arrière-goût de fumée à la bière : une saveur agréable, si vous y étiez habitué.

Le sourire de Benlo était de plus en plus crispé.

— Et bien évidemment, pour le même salaire que je vous avais proposé.

— J'ai décidé que je ne pouvais pas toujours fuir le changement. Je serai heureux d'accepter votre offre.

Reise tourna légèrement la tête et lança un regard à son fils, mais ni l'un ni l'autre ne dirent un mot.

— Merveilleux ! Merveilleux ! s'écria Benlo avec enthousiasme. Le troupeau est déjà constitué, nous partirons demain matin si cela vous convient.

Depuis quand les conducteurs demandent-ils la permission à leurs bergers ?

À haute voix, Garric répondit :

— Je pense que Cashel vous conseillera de ne pas partir avant midi. Il faut que la première journée soit courte pour que le troupeau se fasse à l'idée de voyager.

— Alors midi, dit le conducteur. (Les muscles de sa mâchoire se crispèrent légèrement.) Nous pourrons apprendre à nous connaître un peu mieux, puisque nous allons avancer au train du troupeau.

— À ce sujet, il y a cette naufragée, Tenoctris, qui séjourne à l'auberge le temps de recouvrer ses forces. Elle viendra elle aussi à Carcosa. Je prends en charge ses dépenses.

— La vieille femme ? (Benlo haussa les épaules.) Si vous le souhaitez. Je pensais qu'elle n'était pas en état de voyager, mais ce n'est pas mon problème.

Garric finit sa chope et se leva.

— Je vais dans les écuries m'acquitter de ma tâche. (Il croisa le regard de son père debout derrière le bar et ajouta :) Et je crois avoir des bagages à faire.

Garric sortit de la salle commune en sifflant de nouveau.

14

« Ploc! ploc! ploc! »

La pluie avait cessé pour l'instant, mais des gouttes continuaient à tomber depuis les plus hautes branches. Dans les profondeurs de la forêt, une salamandre poussa un grognement. Pour émettre un son de cette puissance, elle devait être plus grosse qu'un homme.

Sharina avait récupéré un couteau dans les effets personnels d'un marin tué pendant la tempête. Elle appuya lentement la lame entre deux pierres. La pointe ne s'enfonça qu'à peine. Si elle la poussait davantage, elle ne ferait que la briser.

—Nonnus ? Il n'y pas de mortier entre les pierres, mais elles sont pourtant plus serrées que celles des murs du moulin de Barca, cette bâtisse de l'Ancien Royaume. Vous avez vu ça ?

—Assez pour savoir que tu as raison. Cela dit, je n'ai jamais été un bon maçon. Je ne peux pas juger de la qualité de ce travail.

Nonnus avait allumé un feu qui se consumait lentement au fond d'une longue cavité creusée le long d'un tronc d'arbre de soixante-quinze centimètres de diamètre. À vrai dire, ce serait son diamètre quand l'ermite et elle auraient fini d'en racler l'écorce. Sharina utilisait une hachette de la trirème, et Nonnus son couteau.

Un arbre géant, quatre fois plus gros que celui-ci, avait renversé ce tronc en s'effondrant, leur épargnant la tâche de l'abattre. Façonner la proue et la poupe serait une lourde tâche, un travail de bûcheron, et Sharina ne serait pas d'une grande aide. L'ermite ne semblait pas s'en préoccuper.

La haute végétation étouffait les voix haut perchées des hommes qui s'interpellaient les uns les autres, même si occasionnellement un mot ou des bribes de phrases parvenaient aux oreilles de Sharina. L'équipage tout entier avait disparu sur la colline pour découvrir la cité abandonnée. Nonnus s'était contenté de dire :

— J'aurai le temps d'aller voir une ville quand j'aurai fini cette pirogue.

Sharina aurait pu y aller, avec ou sans son protecteur. Elle avait cependant demandé à Nonnus de l'accompagner dans ce voyage parce qu'elle se fiait davantage au jugement et à l'expérience de l'ermite qu'au sien : ce n'était pas le moment de le remettre en question. Elle resta avec lui et l'aida, bien qu'elle n'ait pas assez d'endurance pour travailler comme Nonnus sans faire de temps à autre une pause pour explorer les environs.

— Ce que je voulais dire... Nonnus, je ne crois pas que toutes ces choses aient été construites par des hommes. Enfin, des hommes ordinaires. Croyez-vous que cette isle était peuplée de magiciens ?

Nonnus se redressa puis s'étira en éclatant d'un rire joyeux qui aurait stupéfait tous les habitants de Barca habitués à l'austérité de l'ermite.

— Je ne suis pas non plus expert en magie, mon enfant. Et en ce qui concerne ce que des hommes ordinaires peuvent faire..., si je m'en fie à mon expérience, ils peuvent accomplir tout ce dont un magicien est capable. Cela prend peut-être plus de temps, et ils procèdent de façon différente..., mais nous pouvons absolument tout faire.

Il grimpa sur le tronc pour observer le feu, s'assurant qu'il ne brûlait pas trop près des bords tandis qu'il creusait peu à peu le cœur de l'arbre. Sur Haft, de telles pièces de bois étaient bien trop précieuses pour que Sharina considère le feu comme un outil adéquat – mais l'ermite, rompu à la vie dans des contrées nettement moins peuplées, avait tout de suite opté pour cette solution.

Un feu lent alimenté par de la mousse humide et des éclats d'écorce vidait le trop-plein aussi rapidement qu'un homme robuste muni d'une herminette. Ce feu ne mourait jamais et il avait œuvré tout au long de la nuit. Une structure faite de brindilles soutenait un abri de grandes feuilles afin que la pluie ne tombe pas directement dans le creux. Les éclaboussures et l'atmosphère saturée d'humidité empêchaient le feu de s'enflammer.

Sharina et l'ermite n'avaient pas évoqué ensemble la raison pour laquelle ils construisaient une pirogue. Ils n'en avaient pas eu besoin.

Les vagues grondaient par-delà le voile du brouillard. Les récifs étaient lointains – et peut-être pas seulement du point de vue de la distance – mais ils n'avaient pas disparu. La trirème ne pourrait les franchir sans la combinaison d'une tempête surnaturelle et d'une magie semblable à celle qui, Sharina en était consciente, avait coûté la vie au capitaine.

Sharina suspectait Meder d'avoir *sacrifié* cet homme. Elle préférait se noyer plutôt que de participer à une autre tentative pour franchir les récifs de cette manière.

— Y aura-t-il une voile ? demanda-t-elle. Ils ne vont sans doute pas nous laisser prendre de la toile sur la trirème, mais je peux coudre ensemble les capes des victimes. J'aimerais qu'Ilna…

Elle se tut. L'ermite avait imperceptiblement changé de position et il ramassa le javelot qu'il gardait toujours à portée de main depuis qu'ils avaient touché terre. Il le fit pivoter, la pointe vers le bas : dès qu'il ramènerait son bras, le projectile serait paré.

— Nonnus ? hasarda Sharina.

Le couteau toujours à la main, elle se précipita vers le tronc, derrière l'ermite, pour ramasser sa hachette. Un couteau émoussé ne pouvait être considéré comme une arme s'il y avait mieux à disposition.

Six Aigles de Sang sortirent en file de la forêt, suivis par Meder bor-Mederman. Les soldats bavardaient entre eux. Ils étaient en sueur et semblaient très las, quoique deux vétérans balafrés se soient raidis en apercevant la posture de l'ermite.

— Bonjour Meder, lança Sharina d'une voix forte. J'espère que nous ne vous gênerons pas, quelle que soit la raison qui vous ramène vers ce navire ?

— La procuratrice a décrété que vous deviez rester avec elle à chaque instant, mademoiselle, répondit Meder. Vous devez venir avec nous dans cette ville, nous y resterons tant que nous ne comprendrons pas mieux la situation. (Il lança à Nonnus un regard qu'il aurait voulu dédaigneux mais qui n'exprimait qu'une franche hostilité.) Votre serviteur peut vous accompagner ou rester ici, comme il vous plaira.

Meder semblait à la fois maussade et de mauvaise humeur. Ses vêtements de velours noir étaient détrempés. Même la fine tunique de Sharina était alourdie par l'eau dont elle était imprégnée. Ce climat humide était pour elle aussi nouveau que déplaisant.

Mais Meder n'était pas uniquement préoccupé par le climat. Sharina était flattée – comme n'importe quelle femme à sa place – qu'un jeune homme de haut rang la trouve si séduisante. Mais Meder lui-même, la manière dont son esprit fonctionnait, les décisions qu'il prenait sans hésiter, tout cela la répugnait. Un froid mépris était la réponse naturelle de Sharina, mais aussi le meilleur moyen qu'elle ait trouvé pour le tenir à distance.

C'était une question dont elle ne souhaitait pas discuter avec Nonnus – dont elle ne souhaitait *vraiment pas* discuter avec Nonnus.

— Je n'ai pas choisi de venir, lança-t-elle avec force.

Meder serra le poing droit. Les soldats qui jusque-là bavardaient ou se grattaient se turent soudain, attendant la suite des événements.

—Oh, il n'y aura plus grand-chose à faire ici dans les heures qui viennent, annonça l'ermite d'une voix calme, sonore.

Il appuya ostensiblement le manche de la lance sur son épaule, comme s'il s'agissait d'un simple bâton. Il longea le tronc, vérifiant l'état du feu.

—Non, tout est en ordre.

Il se retourna vers Meder et sourit, une preuve de bonne volonté plus que de bonne humeur.

—C'est un bon moment pour aller découvrir de nouvelles choses, monsieur, dit l'ermite.

Meder se renfrogna, tel un terrassier incapable d'écraser ou de chasser une mouche exaspérante.

—Oui, très bien, dit-il. Tout ce que souhaitera Mlle Sharina.

Il offrit son bras à la jeune fille. Elle passa devant lui avec dédain et entreprit de gravir le chemin de pierre.

—Je pense que tu peux maintenant ranger ce couteau, mon enfant, lui dit Nonnus derrière elle.

Sharina rougit et glissa le couteau dans son étui.

—Je n'y pensais plus. Je suis habituée à ces couteaux de cuisine qu'on garde à la main tant qu'on ne les pose pas.

Le chemin, bien que sinueux, se révéla escarpé : il s'élevait de un mètre pour trois parcourus. Il était assez large pour que six hommes puissent y marcher de front, pourtant Meder ne rattrapa pas Sharina et Nonnus avant un moment. Les semelles plates des bottes du magicien glissaient sur l'humus. Marcher pieds nus était même préférable aux bottes ferrées des soldats : le sol spongieux était trop tendre et les clous de leurs semelles arrachaient des plaques d'humus à chaque pas.

En certains endroits les empreintes des hommes avaient mis au jour la surface originelle du chemin : du gneiss lisse comme un miroir. Sharina en observa les bords délimités par des blocs de six mètres de long.

—Nonnus ! Certains de ces blocs de pierre doivent peser des tonnes.

— C'est le cas. Mais je n'ai jamais vu un bloc de pierre qui ne puisse être soulevé par quatre hommes sur un terrain plat. Des hommes ordinaires.

Sharina crut déceler dans la voix de l'ermite l'empreinte d'un léger sourire, maintenant qu'elle avait relancé leur discussion.

— Cette isle est un nexus de pouvoir, dit Meder, presque pour lui-même. (Il s'essuya le visage avec la manche de son habit.) Un magicien pourrait accomplir de grandes choses ici. Des choses incroyables.

Sharina comprit que la mauvaise humeur et la nervosité de Meder avaient d'autres causes que ce qu'elle avait cru de prime abord. Quel que soit le secret derrière la construction des édifices de Tegma, le surgissement à la surface de l'isle était signe d'une grande magie. Cela ne pouvait qu'affecter un autre magicien.

Les cris des marins leur parvinrent, proches mais invisibles au milieu de cette végétation. Ils chassaient quelque bête assez grosse pour qu'ils organisent une battue.

Il y avait des vers et des insectes sur l'isle, et les salamandres se nourrissaient des deux. Sharina n'avait vu ni mammifères ni serpents, pas même des oiseaux, bien qu'elle ait cru tout d'abord en apercevoir : certains insectes avaient des ailes longues comme son avant-bras. Ils émettaient un bourdonnement grave et profond en traversant la forêt.

Sharina entendit des roseaux craquer et aperçut à la limite de son champ de vision une forme de grande taille s'enfuir en rampant. La forêt était si dense que Sharina ne distinguait rien au-delà des quelques mètres entre chaque virage.

Les Aigles de Sang haletaient et échangeaient quelques jurons. Leurs lances étaient autant un fardeau qu'un appui quand ils glissaient, mais casques et armures pesaient lourd, et sous cet attirail la chaleur devait être insoutenable. En continuant malgré tout à porter leur équipement, les soldats faisaient honneur à leur sens de la discipline. Mais, pensa

Sharina, cela montrait également à quel point cette discipline militaire pouvait parfois être stupide.

Nonnus maintenait son javelot appuyé sur l'épaule, la pointe vers l'avant : il gardait la main serrée autour de l'arme, prêt à la lancer. Peut-être, contrairement à Sharina, pensait-il que les craintes qu'avaient les soldats de rencontrer des ennemis réels étaient fondées.

L'ermite fit un geste de la main gauche, et Sharina leva les yeux. Cette route sinueuse était si raide qu'elle regardait d'instinct là où elle posait les pieds et ne prêtait pas attention aux alentours.

Chacun des bâtiments qui se dressaient sur la crête juste en face d'elle était à lui seul plus gros que tout Barca réuni. Des murs et de hautes passerelles reliaient entre eux ces étincelants édifices, formant un ensemble aussi complexe et enchevêtré que les galeries d'une fourmilière. Les rayons du soleil, empourprés par la brume, obscurcissaient la pierre rose et lui donnaient une teinte rouge sang. Les marins déambulaient sur les remparts ou entraient dans ces bâtiments par les fenêtres en s'interpellant les uns les autres, la voix emplie d'un émerveillement tout enfantin.

Le chemin menait à une porte de six mètres de haut : une ouverture trapézoïdale dont l'imposte mesurait la moitié du linteau qu'il surmontait. Sharina plissa les yeux : la conception de cette porte était tout à fait pratique, mais elle s'attendait à trouver une arche. En s'approchant, elle remarqua que les très nombreuses fenêtres des bâtiments suivaient le même principe : des ouvertures qui s'étrécissaient vers le sommet.

— La procuratrice se trouve dans la citadelle, annonça Meder. (Il avait une lueur fébrile dans le regard et ses mains étaient agitées de soubresauts, comme s'il tentait de saisir un objet invisible de tous.) Je parle du bâtiment le plus haut. À droite.

Nonnus s'agenouilla et passa sa main libre sur le montant de l'immense porte. Des orifices y étaient percés, comme pour accueillir des gonds dont il ne restait pas la moindre trace – et pas davantage de portail. La pierre ne portait même pas l'empreinte de l'érosion.

Les voix des soldats et le cliquètement de leurs bottes ferrées résonnaient dans les bâtiments. L'édifice qu'avait indiqué le sorcier était si haut que Sharina ne savait pas si elle en voyait le sommet, ou seulement la partie qui n'était pas dissimulée par le brouillard.

— Seigneur Meder ! tonna la voix puissante de Wainer.

Le militaire se tenait sur un balcon à vingt mètres au-dessus de la cour, du côté opposé à la porte. Asera était à son côté, laissant le soldat s'acquitter de la basse besogne et hurler les ordres.

— La procuratrice vous demande de la rejoindre immédiatement !

L'entrée de la citadelle était petite, et si basse que Sharina se courba pour la franchir, même si elle aurait sans doute pu passer sous l'imposte avec quelques centimètres de marge. En parcourant le passage de près de cinq mètres de long, pris entre des murs de pierre lisse, elle eut l'impression d'être dans un tunnel. Ce bâtiment pouvait très certainement être employé comme une citadelle défensive, que ce soit ou non le but de ceux qui jadis l'avaient construit.

Deux marins traversaient au petit trot la gigantesque salle aux angles étranges. Ils appelaient un troisième homme qui devait se trouver quelque part dans les ténèbres. Sharina savait que plus de deux cents hommes déambulaient au sein de ce bâtiment ou dans les environs, et pourtant elle avait l'impression de nager seule dans un océan désert.

Un soldat chuchota quelques mots à Meder. Il se retourna, la mine renfrognée.

— Très bien, vous pouvez disposer, répondit-il avec brusquerie.

— C'est que, voyez-vous monsieur, il nous faut surveiller nos propres rations, dit le militaire, l'air misérable.

Les soldats firent volte-face et quittèrent la pièce en commençant à ôter leurs armures. Les plastrons de cuir qu'ils portaient sous le métal étaient trempés de sueur.

Une dizaine de portes trapézoïdales débouchaient sur le hall, cependant les fenêtres à chaque extrémité de la pièce étaient étroites, et placées juste sous le haut plafond. L'accès aux étages supérieurs se faisait par une rampe hélicoïdale soutenue par des piliers. L'un des soldats – qui n'était pas Wainer – leur fit un signe depuis l'ouverture située à la jonction entre la rampe et le plafond à caissons.

— Pourquoi n'ont-ils pas construit un escalier ? demanda Sharina alors que tous trois entamaient l'ascension de la rampe.

Cette dernière était encore plus raide que la route pavée, qui avait déjà fait souffrir ses tibias.

— Pour des raisons esthétiques, mademoiselle, dit Meder d'un ton condescendant. Les bâtisseurs de ces vastes structures se sont sûrement employés à accorder leurs travaux aux forces concentrées en ce lieu. C'est quelque chose qui ne peut être pleinement apprécié que par un adepte des arts.

Par un magicien comme lui, traduisit Sharina avec une moue de dégoût.

— Ou il pouvait, bien entendu, s'agir de serpents, lança Nonnus en gardant une expression impassible, qui utilisaient les arts dont ils étaient tellement adeptes à la place des mains qui leur manquaient.

Meder cligna des yeux, refusant de croire que ce vieux paysan noueux le raillait. Sharina ricana, malgré la main qu'elle avait plaquée sur sa bouche pour étouffer le son. Le visage du magicien perdit toute couleur, à l'exception d'une tache vermillon sur chacune de ses joues.

Il y avait une porte ménagée sous chaque mur de la pièce hexagonale au sommet de la rampe. Le soldat qui leur avait fait signe s'écarta. Par une des portes ils virent Asera qui lançait un regard par-dessus son épaule et qui les interpella.

— Oui, venez par ici. Dites-moi quoi faire avec ça.

Wainer et elle se tenaient sur un long balcon surplombant l'autre versant de la crête. Il faisait soixante-quinze centimètres de profondeur et avait en guise de rambarde un petit rebord semblable à ceux encadrant la route qui remontait depuis la plage. Sharina se sentait mal à l'aise bien qu'il n'y ait pas eu le moindre souffle de vent depuis que la trirème avait accosté sur Tegma.

Une vallée plongée dans la brume s'étendait de ce côté de la colline. Depuis la base de la citadelle jaillissait une source fumante, sulfureuse. Elle s'écoulait le long de la pente rocheuse en écumant. Aucune végétation ne poussait à près de deux mètres autour d'elle, mais des minéraux précipités coloraient ses bords de rouge et d'orange. Un courant d'air ascendant créé par l'eau bouillonnante chassait la brume au-dessus du torrent.

— Je vois à des kilomètres ! s'écria Sharina, émerveillée – bien qu'il n'y ait pas grand-chose à voir de plus qu'une forêt similaire à celle qui recouvrait le versant de la colline descendant vers la plage.

— Ces bâtiments pourraient être ceux que j'ai aperçus au fond du lagon de Tegma, dit calmement Nonnus. Pourtant, les récifs s'étaient formés autour d'une petite isle, pas de…

Il désigna de la pointe de son javelot le paysage à perte de vue, que l'air surchauffé faisait onduler.

— Savez-vous quoi que ce soit, Meder ? demanda abruptement Asera. Savez-vous en quel endroit vous nous avez réellement amenés ?

La procuratrice et Wainer étaient tous les deux nerveux, mais pour des raisons différentes. Le soldat se souciait de ce qui pouvait rôder dans un vaste labyrinthe de pierre – une question sans réponse, mais relativement limitée. La procuratrice, quant à elle, avait toujours en tête la mission qui l'avait conduite à Haft. Alors qu'elle tentait de prévoir un futur particulièrement complexe, leur arrivée sur Tegma avait semé la plus complète confusion.

En supposant qu'il s'agissait bien de Tegma.

— Je n'ai amené…, commença Meder avant d'entrevoir la lueur dans le regard d'Asera et d'interrompre sa protestation.

Il avait bien sûr raison : la tempête n'était pas son œuvre. La procuratrice était cependant suffisamment effrayée et furieuse pour réagir violemment si l'un de ses semblables lui tenait tête dans la situation présente.

— Ma dame, reprit-il, Tegma est plus ancienne que n'importe quel écrit que nous ayons pu conserver. Certains ont avancé qu'elle était plus ancienne que l'Homme lui-même.

Asera fronça les sourcils.

— C'est absurde, dit-elle en tapotant du doigt le mur derrière elle. Ces bâtiments prouvent bien que ce que vous dites est absurde.

— Malgré ces bâtiments, ma dame, répondit le magicien, même s'il hocha la tête comme pour acquiescer. Mais comme je l'ai dit, ce ne sont que des conjectures puisque jusqu'à aujourd'hui il était impossible d'atteindre ne serait-ce que le lagon recouvrant cette isle engloutie.

Nonnus tendit le cou pour apercevoir le haut du mur à pic. Il eut un léger sourire. Un autre balcon saillait au-dessus d'eux, quinze mètres plus loin. Sharina, ayant observé le bâtiment de l'extérieur, savait que la citadelle avait d'autres structures encore plus hautes emboîtées sur sa base massive.

— Je vais étudier cette question grâce à mes arts, déclara Meder.

— Vous allez trouver comment nous sortir de là ! lâcha Asera.

— Oui, oui, bien sûr…, approuva Meder, mais il me faut tout d'abord découvrir où les magiciens de la reine nous ont amenés. Je vous assure que mes talents…

Des bottes claquèrent contre le sol de l'antichambre.

— Wainer ! appela un soldat. Dame Asera, regardez ce qu'on a trouvé par terre, dans les étages ! Regardez !

Deux Aigles de Sang s'arrêtèrent sur le pas de la porte qui débouchait sur l'étroit balcon et jetèrent de pleines poignées de bijoux vers leurs supérieurs. Des torques trop raides pour un cou, des tubes faits de plaques cannelées plus étroits qu'un torse mais trop longs pour les membres d'un humain, même de grande taille, des bracelets que Sharina ne pouvait imaginer sur une forme humaine, quelle qu'elle soit…

Et tous ces bijoux étaient en or. Un or si pur qu'il avait survécu à des âges qui avaient tout dévoré sauf les pierres de Tegma.

— Les marins en ont trouvé partout, ma dame, dit un Aigle de Sang.

Le soldat qui surveillait la porte s'agitait derrière ses deux camarades, essayant d'apercevoir le trésor.

— J'imagine qu'ils n'avaient aucune intention d'en parler. Eh bien, Ningir et moi, on leur a appris la discipline.

Meder souleva un torque pour qu'il capte mieux la lumière rouge du soleil. Il le tourna, observant soigneusement les motifs de chaque côté. S'il s'agissait de caractères et non de symboles décoratifs, c'était un type d'écriture que Sharina n'avait jamais vu auparavant.

— C'est exactement ce dont j'ai besoin ! s'écria le magicien. Nous apporterons cela au navire – nous gagnerons du temps, plutôt que d'aller chercher mes outils. Nous apprendrons *exactement* ce qui se passe ici, car les anciens habitants *vont nous le dire* !

Le torque toujours à la main, Meder franchit la porte si rapidement que les soldats eurent à peine le temps de s'écarter. Il sembla les remarquer pour la première fois, et leur dit :

— Vous trois, il me faut des animaux, autant que vous pourrez en attraper. Et ne les tuez pas tout de suite !

Sharina l'avait déjà remarqué : quand Meder était immergé dans ce qu'il appelait son « art », il ignorait complètement la procuratrice, ou ne voyait en elle qu'une paire de bras supplémentaire pour suivre ses directives. Asera semblait ulcérée, mais sa colère fit rapidement place à un intérêt rempli d'espoir.

— Venez, jeune fille, dit-elle à Sharina. S'il y a un moyen de quitter cet endroit, je veux le savoir le plus vite possible. Wainer (elle tourna la tête vers le soldat), je veux au moins six hommes. Rejoignez-nous immédiatement au navire une fois que vous les aurez rassemblés.

Le chef du détachement opina du chef. Il quitta le balcon d'un pas rapide.

— Il est également temps pour nous d'aller jeter un coup d'œil sur notre feu, murmura Nonnus alors que tous descendaient la rampe conduisant au hall principal.

Sharina se dit qu'il semblait légèrement amusé. Elle avait confiance : l'ermite et elle quitteraient l'isle de Tegma, quoi qu'il puisse arriver aux autres passagers de la trirème.

15

Les moutons qui paissaient déjà dans l'enclos de pierre produisirent un murmure doux et chaleureux qui parvint à Garric alors que celui-ci approchait avec le reste du troupeau : une douzaine des brebis de Beilin. Bodger, la brebis laitière aux oreilles blanches, s'écarta du troupeau dès qu'elle vit que Garric relâchait son attention.

Il serra les lèvres et tendit le bras par-dessus les dos de trois bêtes plus dociles pour donner un coup sec à la brebis du bout de son arc détendu. Garric et Cashel n'avaient pas de houlettes. Les attaques de loups de mer étaient rares, mais quiconque s'occupait de moutons dans les environs de Barca devait y être préparé. L'arc et le bâton de Cashel pouvaient être plantés ou servir de leviers et ainsi permettre d'accomplir les tâches nécessaires à un berger, et ces armes étaient toujours à portée de main quand un lézard surgissait de l'eau par surprise.

Cashel attendait à l'intérieur de l'enclos, près du portail, avec dans les mains une coupelle et un sac. Il éclata d'un rire qui en disait long, puis cria :

— Bodger ! Reviens par ici !

La brebis, qui avait ignoré la réprimande de Garric, rejoignit immédiatement le reste du troupeau. Tous les moutons franchirent l'étroit portail. Pour chaque animal qui entrait, Cashel laissait tomber une des fèves du sac dans la coupelle.

— Il y en a douze, comme prévu, annonça Garric.

— Bien. J'avais peur qu'il garde Bodger finalement. J'ai dû l'entendre des milliers de fois dire : « J'ai jamais eu une laitière pareille, mon gars. » Laissons un pauvre homme de Sandrakkan se soucier de savoir si elle se brisera le cou ou se noiera.

Il poursuivit son décompte, une fève pour chaque mouton, comme si son ami n'avait rien dit. Cashel était ainsi : il finissait chaque travail comme il l'avait commencé, sans raccourci, sans erreur. Il donnait parfois à Garric envie de hurler de frustration, mais nul besoin de se soucier que le travail soit bien fait – en fin de compte.

Garric remit avec douceur une jeune brebis dans le droit chemin alors que cette dernière, incapable de rentrer dans l'enclos, s'apprêtait à vagabonder.

— Non, dit-il. Tu as finalement convaincu Beilin ; à moins que ce soit le prix que Benlo lui a proposé.

Le dernier mouton passa le portail. Cashel posa la coupelle à terre et vida le sac dans la paume de sa main, tandis que Garric enfonçait les trois barres de bois dans les encoches creusées à cet effet pour fermer le portail. Les moutons de Beilin étaient les derniers des cinquante que le conducteur avait achetés.

— Tu sais, dit Garric, la ferme de Beilin est sur le chemin de Carcosa. Nous aurions pu les prendre en passant demain, et ainsi gagner plus de deux kilomètres.

Cashel secoua la tête.

— Je veux que les moutons s'habituent dès le début à l'idée de se déplacer en troupeau. Ces bêtes mettent du temps à s'adapter aux changements.

Il fourra la demi-douzaine de fèves restantes dans sa bouche et mâcha avec une paisible satisfaction. Demain matin, puis à chaque halte du voyage, Cashel compterait les fèves en les versant dans la coupelle encore et encore.

Garric éclata de rire.

— Bien, je suis ton assistant ! Je fais ce que tu m'ordonnes, maître.

Cashel lui lança un regard, mais ce n'est qu'après avoir fini de mâcher puis dégluti qu'il dit :

— Garric, je me réjouis de ta compagnie, mais ta venue m'inquiète toujours. Je ne fais pas confiance à ce Benlo. C'est un magicien.

— Alors tu es en sécurité, et pas moi ? Je ne comprends pas très bien.

Cashel secoua la tête.

— C'est toi qu'il veut. Nous l'avons vu, Tenoctris et moi, invoquer une émanation pour te trouver, *toi*. Juste avant que la liche t'attaque. Te l'a-t-elle dit ?

— J'imaginais quelque chose d'assez semblable, admit Garric.

Penser qu'il était important pour un riche étranger le mettait mal à l'aise ; en parler à un ami, beaucoup moins.

— Je lui ai demandé de nous accompagner parce qu'elle saura mieux que moi si quelque chose doit nous… tu sais… nous inquiéter, dit-il.

— Quoi qu'il en soit, je veux partir d'ici, alors j'accepterais cette occasion de suivre Benlo même s'il était un loup de mer marchant sur ses pattes arrière. À cause de Sharina.

— Bien, dit Garric en regardant au loin vers la mer. Si c'est ce que tu veux…

Des forces inconnues avaient plongé la vie de Garric en pleine confusion. Il passa le doigt sur son mollet, à l'endroit où le loup de mer l'avait mordu : le tiraillement qu'il éprouvait était un peu plus fort qu'une courbature après une journée de travail. La trirème, Benlo, et aussi Tenoctris… – même s'il appréciait autant l'arrivée de la naufragée que celle d'une bonne pluie de printemps.

Mais tout l'univers de Cashel s'effondrait lui aussi, et dans son cas c'était son propre esprit le responsable. Comment pouvait-on se soucier autant d'une fille ? Bien sûr, Sharina lui manquait à lui aussi, mais choisir d'abandonner toute une vie bien installée à cause d'elle… Enfin, la décision de Cashel ne regardait que lui.

— Je me demande ce qu'aurait fait Benlo si tu avais refusé de venir, demanda Cashel.

Garric hocha la tête, soulagé à la fois de changer de sujet et d'aborder une question qui l'intriguait.

— Je ne vois pas ce qu'il aurait pu faire, répondit-il, prudent. D'accord, il a ses gardes, mais il y a trop d'hommes dans le bourg pour que cela fasse une différence. Nous ne laisserions pas l'un d'entre nous être emporté comme un cochon chez le boucher.

— Mais c'est un magicien. Ça ne signifie pas grand-chose pour toi, tu étais endormi, mais assister à tout cela m'a donné la chair de poule. Je pense que tu ne devrais pas compter pouvoir te défaire de Benlo une fois que tu seras parti avec lui. Toi et moi, nous sommes forts, mais ce ne sont pas ses gardes qui m'inquiètent.

Garric opina du chef, feignant d'observer les nuages qui flottaient parallèlement à la côte à une dizaine de kilomètres au large.

— Bon, dit-il, si nous rentrions ?

— Je passe la nuit ici. J'ai ma houppelande et mon dîner. Il faut que les moutons s'habituent à ce que je fasse moi aussi partie du troupeau.

Garric frappa doucement du poing l'épaule de son ami, puis le regarda avec un sourire ironique.

— Il n'y a pas que les moutons que les nouvelles idées perturbent, dit-il. Mais j'imagine que j'apprendrai.

Il descendit la colline vers le hameau, sifflotant une gigue que lui avait apprise l'un des marins.

16

— Ha… hé ! cria Nonnus, debout sur les bords de la pirogue, pesant de tout son poids sur sa jambe droite.

Il abattit son herminette tout en scandant la seconde syllabe, faisant voler un nuage de copeaux – certains carbonisés, d'autres d'un blanc rosâtre de bois intact.

— Ha… ho !

Il abattit de nouveau l'herminette, en répartissant son poids sur ses deux jambes.

— Ha… hi !

La troisième coupe d'herminette, parallèle aux deux premières, finit de déterminer la largeur de l'intérieur de la pirogue. Sharina savait que, si elle vérifiait le travail de l'ermite, il lui serait impossible de voir l'endroit où les coups d'herminette se recoupaient : ils avaient tous la même profondeur. L'ermite s'avança de quelques centimètres, puis se pencha pour reprendre son labeur.

Ils avaient emprunté l'herminette dans les outils de charpenterie de la trirème. Les soldats auraient pu empêcher Nonnus de la prendre – parce que être trempés les exaspérait et qu'il est plus facile pour un militaire de dire « non » que « oui ». Cependant, ils ne pouvaient empêcher Sharina d'emprunter l'herminette sans impliquer Asera dans la discussion, et ils auraient sans doute fait les frais du tempérament tout aussi difficile de la procuratrice. Quand Sharina avait tenté sa chance, tous sur la trirème l'avaient traitée comme une noble.

Tous sauf Nonnus. Nonnus la traitait comme une amie.

La pluie avait de nouveau cessé ; à l'ouest, le soleil était bas. Asera sortit de l'abri où elle s'était blottie, le visage fermé par une frustration strictement maîtrisée. Les activités de Meder dans l'abri adjacent n'avaient pour l'instant produit que de la fumée, des chants murmurés et des odeurs inattendues. Il semblait parfois à Sharina que l'air était aussi glacial qu'à l'intérieur d'un tombeau et, l'instant d'après, elle respirait des parfums qui ne devaient rien à la forêt dépourvue de fleurs de Tegma.

Cela mis à part, aucun résultat. Le magicien n'avait même pas commencé à massacrer les salamandres que les gardes avaient réunies dans un sac confectionné avec la tunique d'un défunt.

Sharina avait poursuivi son travail pendant qu'il pleuvait, raclant l'écorce du tronc qui deviendrait le mât de la pirogue. Elle ne trouvait pas cette pluie chaude particulièrement gênante, du moins comparée à l'humidité ambiante.

Nonnus se moquait lui aussi du climat, il égalisait le fond et les côtés de la cavité que son feu avait creusée dans le tronc. En utilisant uniquement le feu, il aurait couru le risque que les flammes profitent d'une fente dans la trame du bois pour creuser un trou au fond du rondin.

Il était difficile d'imaginer le climat affectant Nonnus de quelque façon que ce soit. Et en ce qui concernait Sharina, eh bien ! elle avait été élevée pour tenir l'auberge d'un village. Son confort personnel n'avait jamais été une priorité pour Reise s'il y avait un travail à accomplir.

Six des Aigles de Sang se tenaient non loin, debout ou assis, et échangeaient de vagues propos. Ils s'ennuyaient et leur obligation de monter la garde – ou du moins d'en avoir l'air – les forçait à rester sous la pluie et à garder leurs armures. Même Wainer semblait de mauvaise humeur. Sharina avait compris depuis quelque temps déjà que, contrairement à ce que les épopées laissent croire, la vie d'un soldat était principalement une combinaison d'ennui et d'inconfort.

Asera lança un regard en direction de Meder, mais elle ne s'approcha pas de l'abri dans lequel le magicien œuvrait. Cette fois-ci, il ne s'était pas soucié de se dissimuler : il avait besoin de lumière, et les Aigles de Sang évitaient consciencieusement de regarder ce qui se passait.

La procuratrice s'approcha de Sharina par-derrière alors que cette dernière retirait les aspérités du bois, utilisant la hachette comme un rabot.

— Que faites-vous ? demanda Asera.

La frustration donnait de l'aigreur à sa voix et elle se tenait – sans doute délibérément – plus près que n'importe quel ouvrier l'aurait souhaité.

— Ha… hé ! lança Nonnus en abattant son herminette.

Il avait légèrement haussé la voix pour bien montrer qu'il évoluait dans un monde différent de celui des nobles.

— Ha… ho !

— De quoi passer le temps, répondit Sharina.

Elle s'interrompit, puis s'étira. Si elle continuait à travailler alors qu'Asera était si près, elle allait s'énerver et commettre une erreur. Elle risquait de se planter une écharde dans la main, voire de s'entailler avec la hachette – quoique sa lame ne soit pas suffisamment affûtée pour occasionner de sérieux dégâts quand, comme maintenant, elle serrait l'outil avec force.

— Nous construisons un bateau, conclut-elle.

Asera renifla.

— Vous perdez votre temps, oui, murmura-t-elle.

Elle était furieuse à cause de la situation et, dans une moindre mesure, de l'incapacité du magicien à arranger les choses. Railler le ciel lui donnerait l'air d'une imbécile, et railler Meder serait vain. En prenant pour cible Sharina et l'ermite, elle ne risquait rien.

Pour Sharina, l'expérience n'était pas nouvelle : sa mère reportait sa colère de la même façon, quoique, la plupart du temps, ses violents accès de rage soient dirigés contre Reise et non contre ses enfants.

— Vite ! s'écria Meder avant qu'il finisse par sortir la tête de l'abri. Apportez-moi les animaux. Maintenant ! Que la Sœur vous emporte tous ! Voulez-vous que je recommence tout ?

Les soldats se redressèrent, et le visage d'Asera s'adoucit pour afficher un vif intérêt. Elle se dirigea à vive allure vers le magicien, trottinant presque. Elle attrapa au passage Wainer qui portait le sac agité de convulsions pour qu'il la suive.

Meder chantait et faisait de grands gestes, son athamé à la main. Il avait tracé un cercle sur le sol autour du torque. Lorsqu'il fit un signe de tête, Wainer ouvrit le ventre d'une salamandre afin que le sang et les organes de l'animal se répandent sur le métal. Le visage du soldat resta aussi marmoréen que les pierres qui l'entouraient.

Asera tenait entre ses mains une salamandre de petite taille à la peau mouchetée d'orange. Elle fit une moue de dégoût en touchant la peau visqueuse de l'animal. Quand Meder fit un autre signe de tête, elle laissa tomber la créature dans un bol posé sur un lit de charbon où le magicien faisait déjà brûler des poudres. En entendant le sifflement et les cris désespérés de l'animal, Sharina plissa le nez.

L'air autour de Meder craquait avec autant de force qu'une branche qui se brise. Une brume rouge s'éleva du torque, se dilata et se fit de plus en plus dense. Wainer sortit si rapidement de l'abri qu'il se cogna la tête en se redressant. La procuratrice recula de quelques pas, mais son regard restait rivé sur la masse rouge et mouvante.

— Nonnus, appela Sharina à voix basse.

L'ermite avait déjà posé l'herminette. Il sauta à terre tandis que Sharina venait se poster près de lui. Il saisit le javelot d'un geste instinctif de la main droite.

La brume se figea en une forme de la taille d'un homme, puis s'assombrit tel un morceau de fer refroidissant une fois sorti de l'âtre d'un forgeron. Une silhouette commença à se dessiner : des membres, une tête triangulaire… Une représentation vaporeuse du torque entourait son cou.

L'apparition était dotée de six membres et non de quatre. Deux des membres supérieurs se terminaient par ce qui semblait être les lames articulées de deux épées, ou deux fléaux dentelés. Les deux autres étaient tendus, et semblaient capables de manipuler des objets à l'aide de cils semblables à des doigts. Les membres inférieurs étaient des pattes chitineuses, semblables à celles des insectes.

À part le fait qu'elle se tenait debout, la créature n'avait rien d'humain.

— Les Archaïs ! s'écria Meder, fou de joie. (Il se précipita hors de l'abri, en battant des mains.) Les habitants de Tegma étaient ceux que le *Manuscrit* de Cassarion nomme les Archaïs !

Les Aigles de Sang s'étaient retournés pour observer la scène ; Asera et Meder firent un pas de côté pour regarder l'image immobile sous un autre angle. Le froncement de sourcils intrigué de la procuratrice contrastait avec le sourire du magicien.

— Comment allez-vous…, commença Asera.

L'image se dilata. Pendant un instant, la brume conserva sa forme, puis elle éclata telle une bulle de savon. La lueur rosâtre continuait à s'étendre, en s'éclaircissant très légèrement. La frontière entre ce halo et l'air tout autour était visible.

— Passe derrière moi, mon enfant, grogna Nonnus d'une voix gutturale, poussant Sharina en arrière avec la hampe de son javelot.

Il tira le couteau pewle de son étui et brandit la lame verticalement entre eux et le halo qui s'approchait peu à peu.

La brume dépassa la lame, puis eux deux sans en être affectée. Sharina ne sentit rien à son contact. La couleur rosâtre était moins marquée une fois qu'on se trouvait à l'intérieur.

— Qu'est-ce que c'était ? demanda sèchement Asera. (Elle se pinça les joues pour voir si la brume y avait laissé quelque dépôt.) Vous ne m'aviez pas dit que ça allait me toucher !

Wainer avait tiré son épée, et il regardait dans toutes les directions à la fois.

— Ce n'est rien, répondit Meder d'un ton plein de dédain. Afin d'obtenir les informations dont nous avons besoin…

Quelque chose s'agita dans l'abri sous lequel le magicien avait œuvré. Sharina crut tout d'abord qu'une salamandre s'était échappée du sac.

— … il me faudra répéter l'incantation…

Une forme surgit du sol de pierre de l'abri, comme si la poussière redevenait ce qu'elle avait été autrefois, avant de se désagréger. Il ne s'agissait pas d'une image, mais de la forme concrète d'une créature vivante.

— … Mais cette fois j'irai plus vite car…

Le sol de la plage tout entière se mit à trembler ; le chemin également. Le halo continuait à se propager à la vitesse d'un homme qui marche. Après son passage, l'antique poussière prenait vie.

— Regardez ! s'écria Sharina en désignant l'abri.

Tous regardèrent dans la direction qu'elle indiquait.

Une créature, la version mordorée, chitineuse et bien réelle de l'image que Meder avait fait apparaître, se dressa sur ses pattes arrière. Asera hurla et fit un bond en arrière, trébuchant presque ; l'Archaï balança l'une de ses lames dans sa direction. Wainer se fendit et plongea son épée d'une vingtaine de centimètres dans le thorax de la créature.

L'Archaï s'effondra, battant l'air de ses membres. L'une des pattes supérieures griffa l'avant-bras de Wainer. Lorsque celui-ci retira la lame de son épée, elle dégoulinait d'un sang violet. Le sol s'agita soudain comme le contenu d'une marmite sur le point de bouillir. Il y avait sûrement eu des centaines, des milliers même d'Archaïs se pressant sur le port lorsque Tegma avait tragiquement cessé d'exister. Les Aigles de Sang faisaient voler leurs lances en tous sens, mais autant tenter de frapper des flammes.

— Cours vers la ville ! cria Nonnus, comme toujours le premier à réagir devant un danger soudain. Essaie de devancer ce sort !

Il s'adressait à Sharina, mais quand tous deux se précipitèrent sur le chemin, ils étaient suivis de près par les autres, Meder compris. Seuls les ordres que Wainer hurlait à ses hommes empêchaient ces derniers de piétiner les nobles dans leur panique. La bravoure face à l'ennemi était une chose ; cette mystérieuse menace avait touché l'instinct de ces hommes, submergeant momentanément leur fierté. Rappelés à leur devoir, ils formèrent une arrière-garde.

Des Archaïs se trouvaient également le long du chemin lorsque Tegma avait disparu, quoique les formes à six pattes que Sharina évitait en courant sur l'humus soient légèrement moins développées que les créatures qui se dressaient derrière elle. Cela s'expliquait par les quelques secondes qu'il avait fallu au sort pour atteindre ce point.

Sharina dérapa dans le premier virage serré. Nonnus poussa un grognement anxieux, incapable de la rattraper, avec une arme dans chaque main. Elle n'avait nul besoin d'aide : elle reprit son équilibre en balançant sa hachette pour faire contrepoids et en posant très légèrement sa main libre sur le sol.

Un Archaï voûté se tenait devant elle, presque entièrement formé. Il commença à se redresser, et Sharina bondit par-dessus la créature puis continua à courir.

— Doit-on couper directement ? cria-t-elle.

— Nous ne connaissons pas le terrain ! Il suffirait d'une ravine au mauvais endroit…

Des Archaïs continuaient à prendre forme sur toute la longueur du chemin. Sharina entendit derrière elle le fracas du métal puis un cri. Elle continua à courir.

17

Lorsque Garric entra dans la salle commune, il y trouva son père, debout derrière le comptoir, qui transférait les comptes des clients inscrits sur des tablettes vers une feuille de papier faite de chiffons de lin. La fenêtre du côté ouest dispensait encore assez de lumière pour qu'il puisse lire les inscriptions en relief sur les tablettes, et les affaires du soir n'avaient pas encore commencé.

Seules les notes de plus d'une pièce d'argent étaient portées sur le papier, mais Garric avait conscience que la note pour Benlo, sa fille, ses gardes et ses animaux dépasserait très largement cette somme. La semaine passée avait été la plus profitable que le bourg ait jamais connue, et tout particulièrement l'auberge.

Reise tourna la tête quand la porte s'ouvrit. Il lança à Garric un regard interrogateur.

—Ah, Père! commença le jeune homme, je me disais que… eh bien, il y aurait beaucoup à faire demain matin. Il me faut dire au revoir ce soir, pendant que tout est… euh… calme.

Reise acquiesça.

—Tu as toujours fait preuve de prévoyance, en plus de tes autres qualités, bien entendu.

Il regarda la plume d'oie qu'il tenait à la main et en essuya la pointe entre son pouce et son index pour que l'encre ne la bouche pas en séchant; puis il revint à Garric et poursuivit:

—Ni toi ni moi ne savons de quoi demain sera fait. Considéré ainsi, demain n'est pas différent des autres jours. Je m'attends que tu reviennes avec une bonne quantité de pièces d'argent, et riche des expériences qu'un jeune homme avec des pièces dans sa bourse peut connaître dans une grande ville.

Reise eut un demi-sourire, à peine plus qu'un tic.

— J'aimerais que tu sois prudent, mais je ne suis pas un imbécile, et tu n'es pas un vieillard comme ton père. Amuse-toi, mais ne te laisse pas dépasser.

— Oh ! je devrais être revenu dans dix jours. Je prendrai sans doute immédiatement le chemin du retour, mais, à moins que Tenoctris reste à Carcosa, j'avancerai à son train.

Il jeta un regard à la feuille de comptes. L'écriture de Reise était la meilleure qui soit : chaque lettre avait la clarté des caractères d'un livre, mais sans les embellissements, les fioritures qui obscurcissaient le sens au nom de la beauté. À Barca, Garric écrivait aussi bien que n'importe qui, mais il savait qu'il n'égalerait jamais le style élégant de son père.

— Oui, comme je le dis souvent, le futur sera ce qu'il choisira d'être... (Il posa la plume au bord du comptoir, s'étira les mains puis reprit :) ... Et je n'ai aucun doute sur ta capacité à prendre soin de toi... Je ne me fais également aucune illusion sur ma capacité à prendre soin de quoi que ce soit, particulièrement un être humain. Malgré tout, tu auras peut-être à un moment besoin d'une aide que je serai capable de t'apporter. Je t'aiderai autant que je le pourrai.

Reise se tourna délibérément, prit la plume dans une main et inclina de l'autre une tablette afin de mieux l'exposer à la lumière. Il trempa de nouveau sa plume dans le pot rempli d'encre obtenue grâce aux galles d'un chêne.

— Ah ! merci..., répondit Garric, s'adressant au dos de son père. Je pense, vous savez... que je serai de retour dans dix jours.

Il se dirigea vers l'escalier, songeant aux vêtements qu'il emporterait. Lora apparut à la porte de la cuisine et lui dit :

— Garric ? Tu peux venir ? J'aurais un mot à te dire.

Garric sentit ses intestins se contracter. Son père ne leva pas le nez de ses comptes.

—Oui, Mère.

Lora lui tint la porte, puis la referma derrière lui. Ils étaient seuls dans la cuisine : Lora pouvait cuisiner pour Benlo et son entourage sans avoir besoin d'une aide extérieure.

Garric s'arrêta au milieu de la pièce et croisa les mains dans le dos, ne sachant pas quoi en faire.

Lora se posta devant lui ; elle ressemblait à une poupée aigrie et colérique.

—Je t'ai toujours aimé, Garric. Aucune mère n'a plus aimé son enfant !

Son ton âpre et sur la défensive prouvait qu'au fond de son cœur Lora savait aussi bien que Garric qu'elle mentait. Si jamais sa mère s'était souciée de quelqu'un d'autre que d'elle-même, c'était de Sharina.

La porte menant à la cour s'ouvrit, et Ilna entra dans la cuisine.

—Je viens prendre le..., commença-t-elle.

—Ça peut attendre ! cria Lora. C'est sans doute parce que tu n'as pas de mère que personne ne t'a appris à frapper avant d'entrer ? J'ai une conversation avec mon fils !

Garric avait tourné la tête quand la porte s'était ouverte à côté de lui. Il vit le visage d'Ilna se figer en une expression qui aurait pu fendre la pierre. Lora était le genre de personne qui dit ce qui lui chante quand elle est en colère. Elle semblait croire que tout le monde oubliait ses paroles, puisque c'était son cas. Cependant Ilna, et tout particulièrement sa colère, était d'un tout autre genre.

La jeune fille hocha la tête avec une froide politesse, sortit de la cuisine à reculons et ferma la porte derrière elle. Elle ne la claqua pas. La fureur d'Ilna n'était ni violente ni passagère.

—Tu penses que ta mère est une vieille imbécile qui n'a rien d'utile à te dire, continua Lora d'une voix très différente de celle qu'elle avait utilisée jusque-là. D'accord, je suis vieille. Je n'ai pas besoin que tu me le dises, j'ai un miroir pour cela. Mais je sais des choses sur les femmes, mon garçon – et sur les hommes aussi –, même après avoir passé des années enterrée dans ce trou.

Garric constata, et ce n'était pas la première fois, que sa mère n'était pas une imbécile. Elle n'aurait pas pu faire autant de mal si elle avait été stupide.

— Mère, murmura Garric (il regardait fixement les taches d'humidité sur le plâtre du mur, juste derrière elle), je reviens dans dix jours. Deux semaines tout au plus. Je ne fais que conduire des moutons à Carcosa.

Lora renifla.

— Comme si tu allais vouloir revenir après avoir découvert une ville. Qui doté d'un peu de bon sens le ferait ? Et puis cette fille, Liane, a des vues sur toi.

— Mère ! s'exclama Garric.

Il était sur le point d'aller se cacher sous la table tant il était gêné.

— Eh bien, c'est de ça que je veux te parler, mon garçon. Rappelle-toi bien une chose : c'est toi qui commandes, avec cette fille ou avec n'importe quelle autre. Ne laisse pas leurs airs, leur beauté ou leurs vêtements t'impressionner. Ne pleurniche pas, ne les supplie pas. Laisse-les comprendre qu'il leur faut venir à toi.

Elle détailla froidement Garric des pieds à la tête d'un œil critique – à la manière dont il observait l'allure d'un mouton. Il aurait souhaité s'enfoncer dans les dalles de pierre. Elle fit un signe de tête approbateur.

— Elles viendront. N'aie crainte, mon garçon, elles viendront par troupeaux entiers.

— Je ne veux pas des troupeaux de femmes ! Mère, je ne fais que conduire des moutons à Carcosa ! Et de toute façon…

Sa propre voix baissa jusqu'à n'être plus qu'un chuchotement rauque.

— … Liane est une dame de bonne famille. Elle ne s'intéresserait pas à moi.

Lora secoua la tête, tout à la fois incrédule et méprisante.

— Voilà que j'ai élevé un parangon, le genre d'homme dont rêvent toutes les jeunes filles bien et que seulement une sur mille trouvera.

Elle s'approcha de Garric et lui fit lever la tête en lui tenant le menton entre pouce et index pour l'obliger à la regarder dans les yeux.

— Écoute-moi bien, mon garçon. N'oublie jamais ceci : cette dame est une femme avant tout.

Il était étrange d'entendre Lora employer ce ton autoritaire, si différent de la vantardise outrancière qui était l'un de ses signes distinctifs au même titre que sa coiffure soignée.

Elle posa la main sur le loquet de la porte débouchant sur la salle commune, mais sans quitter son fils des yeux.

— Je ne te dis pas comment t'y prendre avec cette Liane, ou toutes les autres jeunes filles de bonne famille que tu rencontreras. Mais que ce soit toi qui imposes tes conditions, ou tu ne seras qu'un idiot.

Elle ouvrit la porte et fit un signe à Garric, comme pour le congédier.

— Un idiot comme ton père, ajouta-t-elle.

18

Le dernier virage avant la cité archaïe contournait un affleurement de roche accore, trop dure pour que les fougères ou les prêles géantes s'y enracinent. En l'absence de végétation, Sharina put apercevoir les antiques bâtiments alors que le halo du sortilège englobait la pierre rose.

Dans les bosquets à droite du chemin, un homme poussa un cri rauque, terrifié. Des Archaïs s'étaient probablement réfugiés dans la forêt pour s'abriter du cataclysme qui s'abattait sur leur isle. Des marins en quête de nourriture se découvraient les proies de ces monstres incroyables et de leurs membres tranchants comme des épées.

Sharina avait cru – elle avait espéré, prié – que le sortilège incontrôlable s'arrêterait aux portes de la cité, qu'une fois Nonnus et elle à l'intérieur, les murs seraient un rempart contre les créatures chitineuses qui les avaient construits. Meder était effectivement, comme il s'en était vanté, un puissant magicien. L'imbécile !

— J'aurais dû prendre mon coffre ! gémit Meder, le souffle court. Je peux nous sauver, mais il me faut mes outils !

— Imbécile ! s'écria Asera. Vous nous avez tués ! Tués !

Il semblait à Sharina que ses cuisses étaient faites de plomb fondu. Elle était restée debout et avait travaillé toute la journée. Gravir à deux reprises cette colline – la deuxième fois, en courant – lui aurait demandé un effort même sans avoir aidé Nonnus.

L'ermite avait plus de force dans la partie supérieure de son corps que bien des hommes deux fois plus grands que lui, mais ces muscles s'étaient développés en pagayant à bord d'une frêle embarcation en pleine mer Extérieure. Ses jambes étaient certes robustes, mais elles n'étaient pas faites pour courir. Sharina, en l'agrippant par le biceps, lui avait épargné par deux fois de tomber en glissant, et elle lui communiquait un peu de sa vitalité juvénile.

Mais pour elle aussi cette course était difficile. Si difficile qu'elle n'osait pas penser à un possible échec.

Lorsqu'elle atteignit le coude du chemin, Sharina lança un regard par-dessus son épaule. Elle n'avait pas eu l'intention de regarder en arrière, mais un besoin instinctif de prendre connaissance du pire avait guidé ses yeux. Les deux nobles suivaient à six mètres. Asera s'était défaite de sa robe beige et courait vêtue d'un habit de soie blanche que les rayons du soleil faisaient paraître rouge. Meder tenait son athamé d'une main, et agitait l'autre sur le côté pour garder l'équilibre, comme s'il tentait de nager dans l'air humide.

Quatre des Aigles de Sang gravissaient avec difficulté la pente derrière les deux nobles et se retournaient fréquemment pour combattre dans des tentatives désespérées afin d'assurer l'arrière-garde. Wainer tenait une lance vraisemblablement prélevée sur l'un de ses hommes tombés au combat. La lame de l'arme et le capuchon de métal placé à son autre extrémité étaient tous deux enduits de sang violet.

Derrière eux, les Archaïs remplissaient le chemin en une longue procession ininterrompue. Quelques-uns arrivaient par la forêt afin de rabattre les humains en fuite. Deux des monstres à six membres sortirent des arbres à petits pas saccadés pour s'interposer entre les soldats et les nobles, alors que Wainer et ses troupes étaient concentrés sur les Archaïs derrière eux.

— Wainer ! s'écria Sharina.

Elle trébucha et mit un genou à terre.

— Viens ! lui intima Nonnus d'une voix semblable au déferlement des vagues. Mêle-toi de tes affaires !

Les hommes qui se trouvaient dans la cité archaïe ou aux alentours restèrent bouche bée en voyant ce qui remontait en courant le long du chemin du port. Des cris retentirent faiblement à l'intérieur de la cité, indiquant que les créatures y revenaient déjà à la vie. Un grand nombre des marins était armé de lances en bois afin de tuer les salamandres, et tous avaient des couteaux. Ils pourraient prendre au moins un bâtiment afin de le défendre avant que les Archaïs à l'intérieur de la cité recouvrent leur pleine et terrible vitalité…

Sharina et Nonnus franchirent le dernier virage. Le chemin de gneiss était en ligne droite sur la trentaine de mètres les séparant de l'imposante porte de la cité.

Trois Archaïs sortirent de la forêt juste devant eux, leurs membres tranchants dressés, telles des mantes religieuses prêtes à bondir.

Sharina, parce qu'elle avait pris le virage par l'intérieur, avait une demi-longueur d'avance sur l'ermite. Elle n'eut pas à réfléchir : elle allongea le pas et abattit sa hachette en un grand mouvement, comme si elle coupait du petit bois.

La lame était émoussée, mais la force de la jeune fille, alliée à la rage du désespoir, lui permit d'enfoncer la hachette dans le crâne de la créature jusqu'à l'orbite. Du sang violet jaillit. Il avait une odeur acide.

Sharina, emportée par son élan, percuta la créature qu'elle venait de tuer. Son poitrail segmenté n'était pas complètement rigide, on aurait dit du cuir bouilli. Les membres de l'Archaï furent agités de spasmes : les cils lui tenant lieu de doigts battirent l'air telles les ailes d'un papillon, tandis que ses lames ratissaient le dos de Sharina. L'Archaï bascula sur le côté de la route, arrachant presque la hachette plantée dans son crâne des mains de Sharina.

Nonnus frappa un Archaï de son javelot, à la jonction entre le cou et le torse de la créature. La chitine s'étoila là où l'acier avait pénétré. L'ermite utilisa les barbillons du javelot pour projeter la créature sur le côté telle une grenouille embrochée, et se servit du corps agité de soubresauts pour parer l'attaque du troisième Archaï.

L'ermite tenait son couteau pewle dans la main gauche. Il l'abattit sur le poitrail de la troisième créature, y laissant une plaie profonde d'une dizaine de centimètres. La robuste chitine se déchira comme de la gaze au passage de la lame.

Nonnus bondit par-dessus les deux corps agités de convulsions, dégageant le fer de sa lance dans le même gracieux mouvement. Sharina et lui poursuivirent leur course, la main droite de la jeune fille posée sur son épaule.

Le liquide froid qu'elle sentait couler le long de son dos n'était pas de la sueur : c'était du sang.

19

Ilna sortit de la maison qui jouxtait le moulin en portant deux ballots de taille moyenne, suspendus à un court bâton de bois qu'elle tint en équilibre sur son épaule pour verrouiller la porte. Porte et loquet avaient peut-être mille ans de moins que les pierres du bâtiment, mais ils étaient eux aussi d'une grande robustesse.

Katchin le meunier se tenait dans la rue devant l'auberge et conversait avec Benlo. Liane os-Benlo était avec eux, tournant le dos aux deux hommes. Elle levait la tête comme pour observer les cirrus flottant vers le nord, signifiant de manière silencieuse que toute tentative de lui adresser la parole serait considérée comme une fâcheuse intrusion.

Deux des gardes de Benlo se trouvaient à leurs côtés. S'ils n'étaient pas à proprement parler détendus, rien dans leur attitude ne suggérait qu'ils pressentaient quelque danger. Leurs quatre camarades étaient dans la cour en compagnie de Reise, ajustant les charges et les selles des bêtes.

Quelques villageois se tenaient non loin pour observer la scène, mais les divers événements de la semaine passée avaient blasé la plupart des habitants de Barca, tant et si bien qu'un conducteur quittant le bourg avec un troupeau n'était plus une raison suffisante pour que les gens du coin délaissent leurs occupations. Kirruri remarqua qu'Ilna verrouillait sa porte et elle donna un coup de coude à son voisin. Tous deux chuchotèrent, surveillant la jeune fille du coin de l'œil.

Les hommes ne prêtèrent pas attention à Ilna tandis qu'elle marchait vers eux. Katchin était en train d'expliquer ses plans pour faire de Barca un port qui rivaliserait avec Carcosa. C'était une idée complètement absurde, même s'il trouvait un commanditaire aux moyens illimités : les tempêtes qui balayaient la mer Intérieure venaient presque exclusivement de l'est. Il était donc impossible d'entrer dans les ports de la côte est qui offraient un abri par mauvais temps.

Benlo semblait écouter, impassible. Il était manifestement préoccupé par des questions qui n'avaient rien à voir avec Katchin. C'est du moins ce que se dit Ilna. Et, si elle avait le moindre talent pour interpréter l'expression d'un homme, Benlo devait ruminer de bien sombres pensées.

Cashel et Garric faisaient descendre les moutons depuis l'enclos en une lente procession. La queue du troupeau ainsi qu'un Garric hâtant avec douceur les brebis plaintives étaient toujours visibles sur la colline. Cashel et la tête du troupeau n'avaient pas encore passé le coude à la frontière nord du hameau.

— Bien le bonjour, oncle Katchin ! s'écria Ilna, suffisamment fort pour interrompre le monologue égocentrique du meunier. Puisque vous êtes le membre le plus proche de ma famille à rester dans ce hameau, je vous confie ceci.

Elle lui tendit une clé à quatre crans. Quand Katchin la regarda, les yeux écarquillés, elle lui prit la main, la tourna paume vers le ciel, et y déposa la clé.

— En cas d'urgence, bien sûr, poursuivit-elle sans le quitter des yeux. Je ne tiens pas à ce que mes biens ou ceux de mon frère soient mis sens dessus dessous en notre absence.

— Mais de quoi parles-tu donc, jeune fille ? s'exclama Katchin, de plus en plus stupéfait. Où peux-tu donc aller ? Tu n'as jamais quitté le bourg et, même si tu le voulais, tu n'en as pas les moyens !

Ilna défit le coin de l'un des ballots. Sous le lin apparaissait un pan de laine noire, blanche et grise ornée de délicats motifs.

— J'emporte la tenture que je viens d'achever, pour la vendre à Carcosa. J'en obtiendrai là-bas trois fois plus que ce qu'un revendeur de passage à Barca m'en offrirait.

Elle regarda vers le nord. Le troupeau n'était pas encore en vue, mais elle entendait Cashel s'adresser aux bêtes, les conditionnant pour qu'ils obéissent à sa voix une fois sur la route.

— Je n'ai jamais pu le faire car il fallait que je reste au foyer, pour prendre soin de mon frère.

Elle avait baissé la voix après avoir attiré l'attention de tout le monde, pourtant chacune de ses syllabes résonnait tel un coup de marteau. Elle lança un regard à Liane, et poursuivit :

— Les garçons n'ont pas le moindre bon sens. Pas le moindre.

Liane se tourna et fit face à Ilna, la jaugeant froidement du regard. Elle haussa imperceptiblement un sourcil, mais ne dit rien.

— Nous vivons des temps troublés, dit Benlo en fronçant les sourcils. (Il prit un ton mielleux.) Je ne pense pas qu'une jolie jeune fille comme vous doive choisir ce moment pour quitter son village pour la première fois.

— Je sais que les temps sont troublés, répondit Ilna.

Tous à Barca savaient que son froid dédain était sa réaction habituelle lorsqu'elle était traitée avec condescendance par un homme. Elle poursuivit :

— J'ai vu la liche de mes yeux, vous vous en souvenez. Mais j'ai le sentiment que les problèmes s'envoleront aussi soudainement que les étrangers qui les ont amenés ici.

Katchin gémit de honte, quoiqu'il ait déjà entendu bien pis sortir de la bouche de sa nièce, et pour moins que cela d'après lui.

Benlo rougit.

— Je n'ai rien à voir avec la liche, dit-il d'une voix rauque. (Il se retourna comme pour regarder vers le sommet de la rue.) Est-ce que ces garçons sont déjà là avec les moutons ?

— Si vous souhaitez voyager avec nous jusqu'à Carcosa, vous êtes la bienvenue, mademoiselle, dit Liane contre toute attente. Vous serez en sécurité en notre compagnie. Mais avez-vous pensé à la manière dont vous reviendrez ici, dans votre petit foyer ?

Les deux jeunes femmes se dévisagèrent.

— C'est très aimable de votre part de vous en inquiéter, mademoiselle, répliqua Ilna. Je vous assure que quelqu'un qui, comme moi, a grandi sans vos privilèges doit penser à tous les aspects de son propre bien-être – et de celui de ses amis qui sont privés de tout bon sens.

Ilna sourit. Elle visualisa mentalement Liane attachée sur une broche par tout un ensemble de nœuds compliqués, criant alors qu'elle tournait au-dessus d'un feu de bois.

20

L'unique porte de la citadelle était gardée par les dix-sept Aigles de Sang survivants. Armures et armes plus efficaces expliquaient pourquoi plus de soldats que de marins avaient survécu au chaos qui avait suivi l'apparition des Archaïs. Les hommes avaient tenté de barricader l'entrée avec le seul matériau à portée de main à l'intérieur du bâtiment : les corps des Archaïs morts, pour la plupart en tout cas.

Sharina s'efforça de ne pas tressaillir tandis que Nonnus appliquait de l'onguent sur ses plaies. Le produit était froid, huileux – une sorte de graisse, pensa-t-elle, différente de la lanoline employée dans les contrées où l'on élevait des moutons. Il contenait cependant un principe astringent qui la brûlait avant de se répandre dans ses muscles avec une douce tiédeur.

La barricade n'avait pas fonctionné. De nouvelles vagues traînaient les cadavres de leurs semblables dans la cour puis attaquaient et mouraient à leur tour. Petit à petit les épées s'émoussaient, les hampes des lances se brisaient et parfois le bras tranchant d'un Archaï touchait l'un des Aigles de Sang, profitant d'une faiblesse de son armure. Même quand ils n'étaient pas blessés, tuer les fatiguait.

— Je ne vous ai pas vu prendre votre coffret de médecines, Nonnus, dit Sharina en partie pour éviter de penser aux bruits de combat près de la porte d'entrée.

De massacre, plutôt. Les soldats grognaient, juraient ; l'acier crissait en pénétrant dans la chitine, et tintait à l'occasion quand un homme retirait prestement la lame de son épée. Les

Archaïs poussaient un soupir sonore en mourant, un son haut perché qui donnait des frissons à Sharina.

— Je suis un chasseur de phoques, mon enfant, répondit l'ermite, un sourire dans la voix. Sur un petit bateau, tu attaches sur toi tout ce dont tu as besoin. Un homme entraîné peut renverser son embarcation et la remettre d'aplomb en deux coups de pagaie, mais il ne peut empêcher ce qui était posé dans le bateau de couler au fond de la mer.

Les Archaïs continuaient à déferler. Les marins, sous les ordres de Kizuta, tentaient de déplacer l'autel de pierre pour bloquer l'entrée. Même s'ils réussissaient, Sharina ne voyait pas leur répit durer bien longtemps.

— Nonnus, combien de temps pensez-vous que nous puissions tenir ?

— Je ne serais pas étonné que nous résistions un bon bout de temps, mon enfant.

L'ermite passa la main au travers de la déchirure de sa tunique, à la recherche de blessures sous l'omoplate droite de la jeune fille. Une lame dentelée l'avait touchée à cet endroit, une plaie profonde comparée aux autres estafilades.

— Tout particulièrement si nous parvenons à bloquer cette porte.

Les marins avaient abandonné leur projet de déplacer l'autel tout entier. Ils tentaient maintenant d'en renverser le sommet en faisant levier avec leurs fragiles lances de bois. La dalle de pierre mesurait quinze centimètres d'épaisseur et pesait sûrement plusieurs tonnes. Elle formerait un rempart idéal.

— Mais nous n'avons rien à manger ni à boire ! s'exclama Sharina, consciente que la colère et peut-être même la peur rendaient son ton plus cassant.

Les marins poussèrent des cris de joie quand le crissement de la pierre contre la pierre emplit la salle : la dalle bougeait. Un Aigle de Sang hurla une imprécation et revint en titubant de l'entrée, serrant des deux mains sa cuisse ouverte jusqu'à l'os.

— Ça va faire mal un moment, dit l'ermite.

Il pinça entre le pouce et l'index la chair enflée à la base de la plaie pour en élargir l'ouverture et de son autre index il fit pénétrer l'onguent à l'intérieur de la blessure.

Il poursuivit judicieusement :

— L'eau ne sera pas un problème, avec toute cette pluie. Nous pourrons la recueillir dans les plus hauts étages de ce bâtiment. Nous en imprégnerons des tissus, puis nous les essorerons, si jamais nous ne trouvons pas le moyen de détourner les gouttières.

— Ne la faites pas tomber ! s'écria Asera en s'approchant des hommes affairés autour de l'autel. (Sa voix était forte, mais elle se frottait les mains l'une contre l'autre avec nervosité.) Elle doit être intacte pour nous être d'une quelconque utilité ! Mettez quelque chose dessous pour amortir le choc.

— Alors nous mourrons de faim, c'est ça, dit Sharina, d'une voix trop atone pour qu'il s'agisse vraiment d'une question.

C'était grâce à l'adrénaline qu'elle avait couru et combattu pour atteindre la citadelle. Quand cette hormone cessa d'être acheminée par son sang, elle ne laissa derrière elle que cendres et désespoir.

Elle savait que ce n'était pas la vraie Sharina qui parlait, mais seulement une ombre qui redeviendrait dès le lendemain une personne à part entière. Pour l'instant, elle ne pouvait rien faire pour changer une humeur qui lui répugnait profondément.

— J'ai déjà mangé du homard, dit Nonnus avec calme. Je mangerai de ces insectes si c'est là notre seule nourriture.

Elle opina du chef.

— Mon enfant ?

Elle leva la tête pour regarder l'ermite dans les yeux.

— Avant de mourir de faim et de te laisser sans protecteur, je mangerai de l'homme. Que la Dame me pardonne, je le ferai. Et toi aussi.

Elle força un sourire qui se fit de plus en plus sincère au fur et à mesure que les coins de sa bouche se relevaient.

—J'ai l'impression que nous ne serons pas de sitôt à court de homard, dit-elle.

Un marin poussa soudain un hurlement de terreur. D'autres hommes crièrent. Un Archaï était en train de sortir de l'intérieur de l'autel par l'ouverture laissée par la dalle. Les marins qui s'employaient à déplacer la lourde pierre s'enfuirent en trébuchant, incapables de faire face à un événement si inattendu.

L'autel était aussi un tombeau. Le sortilège incontrôlable du magicien avait également ramené à la vie le corps qui y était enterré.

Wainer fit volte-face, vigilant face à cette nouvelle menace, même si son attention était grandement accaparée par les attaques principales. L'Archaï se tint en équilibre au bord de sa tombe tel un oiseau de proie, puis bondit en direction de la procuratrice, les membres antérieurs tendus, prêts à lacérer.

Le javelot de Nonnus frappa la créature en plein élan, pénétrant à la base du cou et dépassant d'une dizaine de centimètres par-derrière. La force de l'impact modifia la position de l'Archaï : ce fut l'abdomen de la créature qui percuta Asera et la jeta à terre et non son thorax et ses pattes qui battaient l'air.

Sharina n'avait pas vu l'ermite bouger. Elle cligna des yeux. Elle venait de se rendre compte que les doigts de l'ermite n'étaient plus en contact avec sa peau, soignant ses blessures. Elle saisit sa hachette et se leva.

Kizuta, Wainer et deux autres Aigles de Sang se précipitèrent vers Asera. Nonnus était déjà auprès de la procuratrice, et poussait la créature sur le côté, la soulevant à l'aide de son javelot. D'un coup sec il dégagea l'arme, maintenant souillée de violet. À aucun moment l'ermite ne se retrouva à portée des lames chitineuses de la créature.

Meder vit Sharina se lever.

—Oh ! mademoiselle, vous êtes blessée ! s'exclama-t-il.

Il tenait l'athamé de cuivre comme s'il en avait oublié l'existence. Elle recula d'un pas quand le jeune sorcier se précipita vers elle, craignant qu'il la blesse avec son arme.

— Je vais bien, marmonna-t-elle.

Elle leva la hachette pour en examiner la lame. Il lui faudrait l'aiguiser pour s'en servir comme arme, mais elle n'était pas sûre de trouver une surface suffisamment abrasive dans la citadelle. Le gneiss à grain fin était bien trop lisse pour cet usage.

— Regardez, mademoiselle, mon art peut vous guérir, dit Meder. Sans quoi vous aurez des cicatrices !

Il posa la main sur l'épaule de la jeune fille et tenta de la faire pivoter pour mieux examiner ses blessures. Elle se dégagea avec colère.

— Meder ! lui cria Asera, se levant sans prendre la main que lui tendait Wainer. Que faites-vous ? Tout cela est votre faute et vous restez les bras ballants ?

— Il faut que je…, commença Meder en tournant la tête.

— Laissez-moi, le coupa Sharina. Je vais bien.

— Je…

Nonnus vint s'interposer entre Sharina et Meder. Il saisit délibérément un pan de la tunique du magicien, et essuya avec le velours le sang violet souillant la pointe de son javelot.

Ses yeux ne quittèrent pas ceux de Meder pendant toute l'opération. Le magicien recula puis se tourna vers la procuratrice.

— Mon art nous a sauvés de la tempête. Des deux tempêtes. Veuillez m'excuser pour cette… situation, mais mon art est la seule chose qui puisse nous sauver à présent.

— Nonnus, il faut que j'aiguise ma hachette, souffla Sharina d'une toute petite voix.

Les hommes de Kizuta se débattaient de nouveau avec la dalle, et les Aigles de Sang étaient repartis défendre l'entrée.

L'ermite hocha la tête.

— Une fois que nous en aurons fini avec tes plaies. Les rebords de l'autel que la dalle recouvrait devraient faire l'affaire, sinon nous trouverons mieux.

Sharina se mit à genoux puis se courba afin que l'ermite voie son dos. Les blessures qu'il n'avait pas encore soignées diffusaient une douleur chaude, sourde, très différente du picotement provoqué par l'onguent.

— Je vais sur la plus haute tour user de mon art ! lança Meder.

Sa voix semblait haut perchée comparée à la cacophonie métallique de la mort.

Sharina ne tourna pas la tête.

— Tu auras des cicatrices, mon enfant, lui dit Nonnus en touchant ses plaies avec délicatesse.

— Aussi grosses que les vôtres ?

L'ermite éclata de rire.

— Lève le bras, dit-il avant d'ajouter : pas avec ces blessures-là, en tout cas. Mais nous ne sommes pas encore partis de Tegma, pas vrai ?

Tous deux se mirent à rire. Autour d'eux, la mort cliquetait et grognait.

21

Garric appuya son arc contre le chêne vert séculaire, et regarda le pré qui descendait vers la mer. La marée était basse. Corbeaux et oiseaux de rivage patrouillaient au-dessus des marécages tandis que les goélands tournoyaient dans le ciel.

Aujourd'hui, il n'y avait pas de loups de mer dans le ressac. L'eau scintillait, tel du jade, calme, verte, innocente. Garric avait du mal à croire qu'il avait manqué de mourir sur une étendue de gravier que même les oiseaux avaient désertée aujourd'hui.

Un bécasseau fit quelques bonds, prit son envol et décrivit une gracieuse courbe en poussant un cri strident. Garric se tourna et tordit le cou, essayant de voir la piste qui partait à l'ouest vers Carcosa. Même le sommet de la colline n'était pas assez haut pour cela. Bon, il repasserait ici avec le troupeau dans moins d'une heure.

Pour Benlo, l'affaire que Garric avait à régler avant son départ était liée à une personne : un parent, une amoureuse à qui le jeune homme disait au revoir. Cela lui était égal tant que Garric les rejoignait avant la première halte, à six kilomètres à l'ouest du hameau. Cashel pouvait se charger seul du troupeau – Garric lui-même en aurait été capable. Les moutons n'avaient pas besoin de deux garçons pour les mener.

Garric fit le tour de l'arbre puis s'accroupit. Le fond de son carquois traînait par terre, et son couvercle décoré de broderies lui rentrait dans les côtes. D'ordinaire, il ne le portait pas à la ceinture, et il n'avait pas l'habitude d'en tenir compte lorsqu'il se déplaçait.

Il rejeta le carquois sur le côté. Benlo avait annoncé qu'il leur donnerait des épées similaires à celles que portaient ses gardes. L'idée était excitante, mais Garric ne voyait pas comment, en pratique, une telle arme serait plus qu'un fardeau.

Il était bon archer. Personne à Barca ne portait d'épée, et Garric n'était pas assez stupide pour croire qu'agiter vaguement un morceau d'acier mettrait un ennemi à terre. Même découper un rôti demandait expérience et savoir-faire.

Cashel n'avait pas demandé à Garric où il allait : son ami lui avait seulement dit que le troupeau ne serait pas un problème. Cashel posait rarement des questions, et fournissait encore moins de réponses. Il était facile, pour qui ne le connaissait pas, de conclure qu'il était simple, inoffensif.

Une brebis se mit à bêler non loin, en réponse à quelque stimulus connu d'elle seule. Peut-être était-elle seulement heureuse que le printemps soit enfin là. Martan et Sanduri, deux garçons vivant dans la partie ouest du bourg, surveilleraient les moutons restants pendant l'absence de Cashel et de Garric. Au moins, Sanduri avait, lui, du talent pour ce travail.

Ilna n'avait pas demandé à Garric où il allait, mais elle l'avait suivi des yeux quand il avait laissé le troupeau devant l'auberge et avait pris le chemin vers le sud, en direction de la grande prairie. Garric se demanda pour quelle raison elle les accompagnait à Carcosa. Rien de ce que faisait Ilna n'était vraiment surprenant car sa vision du monde était de toute évidence très différente de celle de toutes les autres personnes que connaissait Garric. Tout comme son frère, Ilna gardait ses pensées pour elle – mais personne n'en concluait jamais qu'elle était simple ou inoffensive.

Garric tira de sa ceinture sa flûte de berger et s'agenouilla devant la petite pierre de taille. À cette heure de la journée le visage taillé dans la pierre était plongé dans l'ombre, impossible à distinguer au milieu du lichen gris-vert.

— Duzi, dit Garric, tu es un petit dieu et peut-être ne peux-tu aider personne en dehors du bourg. Mais je suis un paysan, le fils d'un aubergiste, un homme de peu. Je quitte le seul endroit que je connaisse, et des choses que je ne comprends pas sont en train d'arriver. Duzi, je te serais reconnaissant pour la moindre aide que tu pourrais m'apporter dans les jours à venir.

Il posa sa flûte contre la pierre, dans la position où un berger la tiendrait avant de la porter à sa bouche pour jouer. Garric se releva, et sentit les larmes monter. Il ne savait pas réellement pourquoi il avait envie de pleurer. Pour lui, supposait-il.

Il essuya ses yeux avec colère.

— Garde bien le troupeau, Duzi, murmura-t-il. Martan et Sanduri sont jeunes, mais ils apprendront, si tu veilles sur eux.

Garric repartit en direction de la route, suivant un chemin qui lui permettrait de retrouver les moutons à un demi-kilomètre du village. Il était inutile de repasser par le bourg, sous les regards de ceux avec qui il avait grandi.

Un moment plus tard, Garric resserra la corde de son arc autour de ses épaules pour avoir les mains libres. Il cueillit des pâquerettes et les tressa ensemble tout en marchant. Un chapelet pouvait peut-être amuser Liane. Il ferait mieux de confectionner *deux* chapelets, un pour chaque jeune fille…

Garric traversa le vert pâturage en sifflotant.

Livre III

I

Cashel se réveilla en sursaut dans les écuries de la ferme de Dashen. Le jeune homme ne parvint pas à identifier au milieu du bourdonnement nocturne le son qui l'avait tiré de son sommeil. Il se leva en silence, attentif à ne pas déranger Garric endormi sur la paille non loin de lui ou Ilna et Tenoctris dans le grenier. Son bâton à la main, il franchit la porte coulissante entrouverte pour se retrouver dans la cour.

La ferme de Dashen était une exploitation à part entière, mais comme elle était située sur la route de Carcosa, le propriétaire et sa famille mettaient à la disposition des voyageurs des logements rudimentaires. Les écuries pouvaient accueillir dix chevaux nourris avec le foin et l'avoine cultivés dans les champs de Dashen. L'enclos était assez grand pour accueillir deux gros troupeaux en même temps ; il y avait une salle commune de l'autre côté du passage couvert, dans laquelle plus d'une dizaine d'hommes pouvaient boire de la bière maison, manger les produits de Dashen et dormir sur des lits de paille.

Cette nuit-là, Dashen et sa famille partageaient la salle commune avec les gardes de Benlo. Le conducteur occupait la chambre du maître des lieux et de son épouse, et Liane celle des quatre filles du fermier. Garric aurait pu obtenir une place dans la salle commune, mais il avait dit préférer les écuries.

Quant à Cashel, même s'il y avait eu une place disponible, il aurait de toute façon couché soit dans les écuries, soit dans l'enclos avec le troupeau. S'occuper des moutons était son devoir, et il ne se laisserait pas distraire par le bruit d'êtres humains serrés les uns contre les autres.

Il n'y avait pas un souffle de vent. La température à l'extérieur était nettement plus fraîche que dans les écuries réchauffées par les chevaux, les mules et les humains, ce qui n'empêchait pas les grenouilles de coasser à pleins poumons. Cashel reconnut à leur cri trois petites grenouilles toutes proches ; à près de un kilomètre, en contrebas, une grenouille taureau poussait des grognements, clamant ses attentes amoureuses.

Les insectes eux aussi étaient de sortie. Des chauves-souris voletaient, baignées par le clair de lune. Cashel entendait de temps à autre leurs cris perçants.

Il se demanda si les grenouilles et les chauves-souris des terres lointaines étaient semblables à celles de ce bourg. Il avait décidé de quitter ceux avec lesquels il avait vécu sa vie entière ; pour la première fois, il se demanda s'il abandonnerait sa propre vie. Les étoiles seraient-elles les mêmes ? Errerait-il d'isle en isle comme une branche tombée à la mer sans n'avoir plus jamais de foyer ?

Cashel serra son bâton à deux mains et réprima un gémissement. Il ne savait pas de quoi le futur serait fait, et ce n'était pas un problème. Il avait décidé de quitter Barca, et c'est ce qu'il ferait. Il se dirigea vers l'enclos sans faire plus de bruit que la brume se formant au-dessus d'un étang.

Ilna avait travaillé pour payer ses dépenses. Dashen n'avait pas besoin d'aide pour s'occuper de ces voyageurs arrivés hors saison, mais le fermier ne put refuser quand Ilna lui proposa de laver ses marmites en échange d'un bol de ragoût, de porridge le lendemain matin et d'un peu de paille sur laquelle dormir dans les écuries. Ses filles l'auraient mis au pilori s'il leur avait laissé ces corvées.

De plus, si près de Barca, tous connaissaient Ilna. Leurs marmites seraient aussi propres que le jour où elles étaient sorties du four du potier.

Une chouette poussa un cri. Le son semblait venu de nulle part, même pour des oreilles aussi entraînées que celles de Cashel. Quelques nuages dérivaient sous les rayons de la lune, trop épars pour mériter le nom de cumulus. Des nuages, des morceaux de bois portés par les flots… parcourant le monde sans foyer, sans amis…

Les moutons étaient agités, mais pas vraiment effrayés. Cashel crut un moment qu'ils étaient seulement nerveux à cause de ce nouvel environnement et de l'absence de leurs compagnons habituels. Ils se rassemblaient près du côté droit de l'enclos ; ceux à l'arrière du troupeau ne cessaient de regarder l'autre côté.

Sûrement une belette – un prédateur trop petit pour être une réelle menace, mais qui inquiétait néanmoins les moutons les plus timides.

Cashel l'aperçut : un renard gris, à l'extérieur de l'enclos, qui grattait et geignait, tentant visiblement d'escalader l'un des poteaux. Cashel se mit à la recherche d'un caillou à la lumière des étoiles. Il en trouva un à sa convenance, se redressa, son projectile dans la main droite, et contourna l'enclos en silence. Crier effraierait le renard, mais réveillerait en même temps toute la maisonnée. C'était inutile.

La propriété de Dashen comprenait une grande surface de terres boisées, mais peu de champs parsemés de pierres, comparée aux terres plus à l'est, proches de la côte. Son enclos était fait de poteaux verticaux qui soutenaient des barrières constituées de troncs d'arbres coupés. Les moutons vivant dans les régions vallonnées savaient sauter : les barrières mesuraient en conséquence un mètre cinquante, et les poteaux montaient plus haut encore.

Le renard tentait désespérément d'atteindre le trou d'un merle bleu, près du sommet d'un poteau. Il s'agissait d'une renarde aux tétines pleines de lait, chassant pour nourrir ses petits restés au terrier ; Cashel était tout de même étonné de son extrême détermination à atteindre un nid d'oiseau. Les renards gris grimpent aux arbres, mais ses griffes glissaient sur la surface écorcée du poteau. Elle n'avait pas encore compris qu'elle pouvait utiliser les troncs de la barrière en guise d'échelle.

Cashel longea l'enclos et s'arrêta à six mètres de l'animal. Il visa, puis jeta le caillou en passant le bras par-dessus la tête en un lancer aussi droit que s'il avait tiré avec une fronde. Il toucha l'arrière-train de la renarde.

L'animal glapit et tourna sur lui-même en plein vol, claquant des mâchoires en un réflexe terrifié. La queue battante, elle se précipita vers les ténèbres ventre à terre tel un chat en fuite.

Cashel s'essuya la paume de la main sur sa tunique avec un sourire. *Si les renards peuvent jurer, je dois maintenant porter bien des noms d'oiseaux.* Il s'approcha du poteau pour voir de plus près ce que convoitait la renarde.

Il aurait facilement pu tuer l'animal au lieu de le laisser filer avec rien de plus qu'une douleur cuisante et une humiliation certaine. Il aurait pu tirer un bon prix de sa fourrure, mais les moutons n'auraient pas apprécié l'odeur du pelage de l'animal en train de sécher pendant le reste du voyage.

De plus – et ça, il n'oserait jamais le confier à sa sœur –, il s'agissait d'une renarde en période d'allaitement. Qu'elle trouve de quoi nourrir ses petits, mais pas là où elle troublait le sommeil du troupeau de Cashel.

Il se pencha vers le trou dans le bois, se demandant s'il pourrait entendre des oiseaux à l'intérieur. Il était trop tôt pour que les œufs aient déjà éclos.

Une femme d'une dizaine de centimètres et complètement nue sortit la tête, regarda aux alentours puis entreprit de descendre du poteau.

Par réflexe, Cashel la prit dans sa main d'un geste brusque. Il ne pouvait en croire ses yeux. Il la sentait qui se débattait comme un oiseau revenant à lui après s'être assommé contre son propre reflet.

Il leva la main et écarta les doigts pour laisser passer la lumière de la lune. Il tenait une fille nue dans sa main !

— Par le Berger ! s'exclama Cashel. Qu'es-tu au juste ?

— Tu peux me voir ! s'écria la jeune fille, émerveillée.

2

Le tonnerre gronda. Le bruit ne semblait pas provenir des sombres nuages qui surplombaient en permanence Tegma, mais de la haute tour au sommet de laquelle Meder était monté. La voix du magicien résonnait le long des remparts du haut desquels Sharina observait les Archaïs qui se préparaient à attaquer la citadelle.

— Ils sont comme des fourmis, dit-elle à Nonnus, notant avec satisfaction qu'elle pouvait prononcer cette phrase sans que sa voix flanche.

L'ermite regarda par-dessus le chaperon de pierre. Contrairement aux murs défensifs construits par des humains, ceux-ci étaient dépourvus de meurtrières.

— Mon enfant, si tu regardes des fourmis avec attention, tu verras qu'elles ne sont pas très organisées. Certainement pas aussi bien qu'eux.

La dalle de pierre avait contenu les assauts spontanés contre l'entrée de la citadelle. Quelques marins restaient en faction pour s'assurer que les Archaïs ne déplaceraient pas l'énorme bloc, mais quinze centimètres de pierre permettaient d'éviter une confrontation directe.

Les Archaïs se rassemblaient en bataillons dans les cours qui entouraient la citadelle. Des ouvriers sortis de la forêt se dirigeaient vers la cité, transportant d'immenses troncs d'arbres.

Les arbres étaient assez grands pour atteindre les niveaux supérieurs de la citadelle – jusqu'à la plate-forme sur laquelle Meder exerçait son art. La masse mordorée des Archaïs en position d'attente constituait les troupes d'assaut qui escaladeraient les troncs : la rude écorce permettrait à leurs membres recourbés de s'agripper.

— Vois-tu ? dit Nonnus. Ils ont construit cette cité de la même façon. Nul besoin de magie pour déplacer de lourds matériaux. Seulement de beaucoup de bras et d'une bonne coordination.

Le tonnerre gronda. Sharina leva la tête vers la tour, et dit avec amertume :

— Croyez-vous qu'il essaie de faire tomber la foudre sur ces insectes ?

Nonnus haussa les épaules.

— D'ordinaire, le tonnerre frappe d'abord le point le plus élevé.

Sharina sourit malgré elle.

— Vous pensez que nous aurons cette chance ?

L'ermite éclata de rire, mais retrouva très vite sa gravité.

— Le problème n'est pas que Meder ne sache pas ce qu'il fait. Après tout, c'est notre cas à tous. Nous ne pouvons qu'espérer et prier. Non, le problème de Meder, c'est qu'il ne réalise pas à quel point il en sait peu. Et il est très puissant.

Sharina et Nonnus se trouvaient au troisième niveau de la citadelle et seule la tour les dominait. La plupart des humains ayant survécu ne s'étaient pas donné la peine de monter aussi haut : les Archaïs n'avaient pas d'armes de jet, et jusqu'à ce qu'ils donnent l'assaut, les hommes étaient en sécurité dans le hall sans fenêtres du rez-de-chaussée.

Plus personne ne serait en sécurité une fois l'assaut lancé.

— Veux-tu bien garder ceci pour moi, mon enfant ? demanda Nonnus. (Il tendit son javelot à Sharina, puis défit le double nœud qui maintenait l'étui du couteau pewle à sa ceinture.) Les choses devraient être calmes pour un moment encore.

— Je… Oui, bien sûr.

Le javelot était plus lourd qu'elle l'aurait pensé. Il était parfaitement équilibré, ce qui signifiait que le bout devait être imperceptiblement plus épais pour compenser le poids de la pointe d'acier. Sharina tenait le javelot d'une main et le couteau de l'autre, en même temps que sa hachette.

— *Abonicticis eristhemia phalasti*..., gronda la voix de Meder.

Des mots compris seulement des magiciens et des démons. Et probablement pas de tous les magiciens qui les utilisaient.

Sharina grimaça. Nonnus s'était rendu dans un des coins de la bâtisse. Il traça un dessin sur la pierre avec un morceau de charbon. Sharina regarda ostensiblement par-dessus les remparts, pour ne pas avoir l'air d'espionner son protecteur – son ami.

La citadelle aurait pu accueillir dix fois plus d'hommes sans que l'on s'y bouscule, mais en l'absence de portes ou de quoi faire une barricade, il était impossible de bénéficier d'une véritable intimité. Tout ce qui n'était pas en or ou en pierre avait été réduit en poussière ou moins encore pendant les siècles que Tegma avait passés sous les mers. Équipage et passagers de la trirème n'avaient rien pour se défendre ou pour construire quoi que ce soit, à l'exception de l'autel et des quelques biens qu'ils avaient pris avec eux en fuyant la soudaine attaque des Archaïs.

Sur les remparts de la citadelle, un marin armé d'un couteau et un Archaï aux membres tranchants étaient plus ou moins à égalité ; mais les Archaïs étaient des milliers, et il n'y avait que quelques marins. La poignée de soldats en armure ne changerait pas radicalement l'issue du combat.

Sharina entendit un murmure, et jeta par réflexe un regard dans la direction d'où provenait le son. Nonnus priait devant une esquisse de la Dame. Sharina tourna la tête, gênée.

Asera fit son arrivée sur les remparts, suivie par un soldat qui n'était pas Wainer. Le bras droit du militaire était maintenu contre sa poitrine avec des lanières découpées dans sa propre tunique. Sous le hâle, son teint était cireux.

La procuratrice lança un regard en direction de la tour, puis elle aperçut Sharina seule à quelques mètres d'elle, et vint dans sa direction. Lorsqu'elle était arrivée, Asera serrait ses mains l'une contre l'autre, mais elle se redressa et prit un air autoritaire en s'approchant de la jeune fille.

— A-t-il fait quelques progrès ? demanda-t-elle, impérieuse, en faisant un signe de tête en direction de la tour.

Comme pour lui répondre, un éclair furieux déchira le ciel.

— Je ne sais pas, répondit sèchement Sharina. Ça ne m'intéresse pas.

— Vous voulez dire que sauver votre vie ne vous intéresse pas ? Vous savez que nous n'avons pas d'autre espoir – grâce à ce que cet imbécile a accompli en premier lieu. Maudits soient ces magiciens !

— Sauver ma vie de cette manière ne m'intéresse pas.

La procuratrice était trop nerveuse pour prêter attention à autre chose qu'à ses préoccupations du moment.

— Il nous a sauvés de la tempête, murmura-t-elle. Il faut seulement qu'il trouve la bonne formule. (Elle remarqua Nonnus et demanda :) Que fait-il ?

Elle se dirigea vers l'ermite accroupi. Sharina avait les mains pleines et ne pouvait donc saisir le bras de la procuratrice. Elle vint se poster devant Asera et la bloqua de l'épaule. Cet accès de rage lui fit du bien, après ces heures d'angoisse diffuse passées à observer les préparatifs des Archaïs pour attaquer la citadelle.

Le soldat poussa un cri de surprise et tenta d'intervenir. Il bouscula Asera et cette dernière se dégagea avec colère.

— Imbécile ! siffla-t-elle à l'adresse de l'infortuné.

— Mon ami est en train de prier, dit Sharina d'une voix rauque, gênée par la façon dont elle avait réagi.

Qu'aurait dit son père si elle s'était comportée ainsi avec un client de l'auberge ?

— Laissez-le prier tranquille, ajouta-t-elle.

— Soit, il est possible que la prière nous sauve, répondit Asera, frustrée. J'en doute, mais il est un peu tard pour compter sur la magie.

Nonnus se trouva soudain à côté de Sharina. Il lui prit le couteau pewle.

— À dire vrai, expliqua-t-il d'une voix aussi légère que le contact de ses doigts, je ne priais pas pour obtenir la victoire. J'aime à penser que combattre est l'affaire des hommes, pas de la Dame.

Il tenait le couteau par son étui d'une main et l'attachait à sa ceinture de l'autre. Il lui aurait été plus facile de faire les nœuds à deux mains, mais il lui aurait alors fallu plus de temps pour tirer son couteau en cas d'urgence.

— Je priais la Dame pour que l'âme de ceux que j'ai tués trouve en Elle la paix, ajouta Nonnus en terminant ses nœuds.

Une fois les mains libres, il reprit son javelot à Sharina.

— Tués ? répéta la procuratrice. Qui avez-vous donc tué ? Je n'ai vu que des insectes !

Nonnus haussa les épaules.

— Soit, des insectes. Que j'ai bel et bien tués.

Wainer et sept de ses soldats franchirent la porte. Les Aigles de Sang semblaient épuisés ; seuls trois d'entre eux avaient encore leur lance en plus de leur épée. Ils avaient nettoyé le sang sur leur armure, mais leur tunique et leur pourpoint de cuir souple étaient rigidifiés par la substance violette.

— Mais ce ne sont pas des humains ! s'écria Asera.

Nonnus eut un léger sourire.

— Peut-être. S'ils ne sont pas humains, il est peut-être préférable que, moi, je prie pour leur repos, plutôt qu'un homme sacré.

— Ma dame ? dit Wainer d'un ton qui alliait tout à la fois hésitation et impatience. Les bestioles commencent à attaquer. Si vous venez avec nous dans une des pièces à l'intérieur, nous pourrons vous y protéger.

Sharina toucha le bras de l'ermite, et jeta un regard par-dessus les remparts. Des groupes d'Archaïs dressaient la demi-douzaine de troncs gigantesques qu'elle parvenait à distinguer. Il y en avait sans nul doute bien plus, tout autour de la citadelle.

Les créatures travaillaient sans le moindre mécanisme, utilisant l'inclinaison des bâtiments qui se trouvaient dans la cour tandis que des centaines de membres articulés soulevaient les troncs vers chaque nouveau palier où une centaine d'autres les attendaient. Toutes les surfaces que voyait Sharina étaient recouvertes par ces corps mordorés et chitineux.

Une fois que les Archaïs auraient mis les troncs à la verticale, ils les feraient basculer sur la citadelle. Il n'y avait pas assez d'humains pour renverser une seule de ces passerelles avant que la masse de soldats l'escalade ; et il y aurait une vingtaine d'assauts simultanés.

— Nonnus, vous êtes un homme, murmura Sharina à l'oreille de l'ermite. Aucun homme sacré n'est meilleur que vous.

— Mademoiselle Sharina ! appela Meder.

En plissant les yeux, Sharina parvint tout juste à distinguer à travers le brouillard la forme du magicien penché par-dessus la balustrade de la plate-forme la surplombant.

— Madame Asera ! Montez ! J'ai réussi ! Je vais réussir !

La procuratrice accueillit la nouvelle d'un air appréciateur.

— Venez, jeune fille, dit-elle sèchement en attrapant Sharina par la manche de sa tunique.

— Je ne…, commença Sharina.

Nonnus la toucha entre les épaules, une pression des doigts à peine plus forte que celle d'un papillon venu se poser pour boire une goutte de sueur. L'ermite arborait un sourire inexpressif, mais son regard restait rivé sur les neuf soldats armés.

— Oui, d'accord, nous venons, dit Sharina.

De sa main libre, celle qui ne tenait pas sa hachette, elle chercha l'ermite. Serrant fermement le bras de Nonnus, elle suivit Asera vers la rampe qui montait en spirale vers le sommet de la tour.

3

— Duzi, aide-moi ! s'exclama Cashel. (Il ouvrit en grand la main.) Pardonnez-moi, ma dame !

La fille minuscule s'accrocha au pouce de Cashel pour ne pas être projetée au sol par accident. Elle éclata d'un rire joyeux.

— Oh, je suis heureuse d'avoir de nouveau de la compagnie ! dit-elle, se balançant au pouce du jeune homme comme une acrobate. Ça fait tellement, tellement longtemps !

Elle se propulsa dans les airs en un saut périlleux qui la ramena dans la paume de Cashel. Il fallut au jeune homme réprimer le réflexe qui lui faisait fermer la main lorsqu'il attrapait quelque chose.

— Je m'appelle Mellie, dit-elle.

Elle avait une mélodieuse voix de soprano, qui à défaut d'être forte n'avait rien du glapissement de chauve-souris auquel il se serait attendu venant d'une si petite personne. Elle lui adressa un grand sourire.

— Comment t'appelles-tu ?

— Oh ! je m'appelle Cashel or-Kenset. Euh, ma dame ? Vous êtes une pixie ?

Elle fit un signe de tête affirmatif tout en observant son épaule d'un œil critique. Elle enleva d'un geste de la main le fil d'une toile d'araignée, un souvenir du nid de merle bleu. Elle était vraiment très jolie ; très belle, à dire vrai, si vous passiez outre le fait qu'elle n'était pas plus grande que le majeur de Cashel.

— C'est exact, dit-elle nonchalamment.

Elle passa les mains dans ses cheveux rouges – pas le roux orange des cheveux humains, mais un rouge profond, plus proche de la tulipe que d'une flamme.

— Mais les pixies, ce ne sont que des légendes, objecta Cashel. Enfin, ils ne sont pas réels. C'est ce que je croyais.

Mellie se releva et grimpa le long du bras de Cashel avec la rapidité et l'aisance d'un écureuil. On aurait dit qu'elle ne pesait presque rien. Elle semblait même plus légère que ce que sa taille pouvait laisser supposer.

— Eh bien, nous ne sommes pas très nombreux. Je me demande si toi-même tu n'as pas du sang de pixie.

Cashel éclata de rire.

— Oh ! ma dame…, dit-il.

— Mellie ! le corrigea-t-elle sèchement. Toi, c'est Cashel, et moi, c'est Mellie.

— Mellie, concéda-t-il.

Il ne pouvait la regarder quand elle était, comme maintenant, assise sur son épaule. Il était ainsi plus facile d'avoir une conversation car il n'était pas distrait par ces deux pensées troublantes : *cette fille ne mesure que quinze centimètres !* et *cette fille est complètement nue !*

— Avec notre différence de taille, dit-il, je ne vois pas trop comment nous pourrions être apparentés.

Les pixies comprenaient-elles le mode de reproduction des humains ? Cashel se sentit rougir à la simple idée d'expliquer cela à quelqu'un qui avait *au moins* l'apparence d'une jolie jeune fille.

Le rire argenté, cristallin de Mellie s'éleva dans la nuit.

— Oh ! Cashel, un homme avec des pouvoirs comme les tiens en sait forcément plus !

Cashel sentit qu'elle touchait le lobe de son oreille. Elle se tenait debout, le contact de son corps contre son cou lui procurait une douce chaleur.

— Nous allons et venons tout le temps dans ton plan, dit-elle. (Le ton de sa voix tranchait volontairement avec le sens de ses propos, comme s'ils n'avaient pas vraiment d'importance.) Ce plan est tellement passionnant – si différent du nôtre.

Elle fit de nouveau entendre son rire, mais la bonne humeur contagieuse qui l'habitait un instant auparavant avait disparu.

— Cela dit, après un millier d'années, « passionnant » n'est plus vraiment le mot que j'emploierais pour le décrire. Surtout ces derniers temps, maintenant que je suis seule.

Cashel leva la main. Elle sauta dans sa paume sans se hâter. Il amena Mellie en face de lui, pour croiser son regard assombri.

— Tu as mille ans ? demanda-t-il, abasourdi.

— Bien plus que ça, Cashel.

Elle semblait avoir dix-huit ans – *vraisemblablement* dix-huit ans.

— Nous ne vieillissons pas, tu sais. Mais dans ce plan-ci, nous pouvons mourir. Nous pouvons être tués, plus exactement. C'est ce qui a fini par arriver à tous ceux que je connaissais, tous ceux d'entre nous qui vivaient sur Haft en tout cas.

Les moutons s'étaient calmés ; la présence de Cashel, le doux son de sa voix avaient sûrement fait autant pour rassurer les bêtes que la fuite du renard. Il regarda vers le ciel, réalisant avec anxiété que les chouettes effraies qui d'ordinaire se nourrissaient de sauterelles pourraient très bien faire de la minuscule jeune femme leur repas.

— Pourquoi ne rentres-tu pas chez toi ? demanda-t-il. Tu as dit que tu le pouvais.

— Cette renarde se montrait très insistante, dit Mellie, répondant davantage aux pensées de Cashel qu'à ses paroles. Merci – mais elle va bien, j'espère ?

— J'ai blessé son orgueil, rien de plus, dit-il en haussant les épaules. Je suis sûr qu'elle aurait de toute façon renoncé très vite et serait allée voir ailleurs.

Il n'en croyait pas un mot, même si l'enclos était en noyer blanc, et que la renarde ne l'aurait pas aisément rongé.

— Merci tout de même, dit Mellie en lui tapotant la paume de sa minuscule main. (Sans changer d'expression, elle poursuivit :) J'ai dit que nous pouvions aller et venir. Il y a mille ans de ça, quand les isles ont sombré et que le royaume s'est éteint, les passages se sont… (elle haussa ses parfaites petites épaules)… vous diriez « emmêlés ». Les passages sont encore là, et peut-être conduisent-ils toujours à mon plan, mais ils traversent pour cela des lieux que je ne peux pénétrer.

— Yole a sombré, dit Cashel, se remémorant l'histoire de Tenoctris.

Devrait-il parler de Mellie à la magicienne ?

La pixie hocha la tête.

— Yole était l'un de ces passages, approuva-t-elle, avant de poursuivre. La plupart des gens ne nous voient pas, mais les animaux le peuvent. Cette renarde était vraiment très insistante. J'ai pensé : *eh bien, c'est peut-être la fin*. Et au lieu de ça…

Elle gratifia Cashel d'un sourire resplendissant, un véritable sourire de pixie.

— … j'ai rencontré un ami !

Cashel s'éclaircit la voix. Il souhaitait poser Mellie sur le poteau, ou bien par terre, quelque part où il ne risquerait pas de la lâcher.

— Tu sais, dit-il, tu devrais avoir une épée… quelque chose qui te serve d'arme. Tu pourrais porter une épine ?

Elle lui tapota de nouveau la paume.

— Nous n'utilisons pas d'armes, dit-elle simplement. Et en ce qui concerne les épées…, il nous est impossible de toucher de l'acier.

— Ah ! répondit seulement Cashel, gêné.

S'il avait refusé l'épée que lui proposait Benlo, c'était parce qu'il ne voyait pas quel usage il pourrait en faire. Son bâton était pour lui une meilleure arme. Si le conducteur lui avait présenté une grosse hache, Cashel l'aurait prise. Il s'était souvent servi d'une hache, et un brigand ne devait pas être plus difficile à abattre qu'un chêne.

— Bien, reprit-il, il faut que je me lève tôt…

Les premières lueurs de l'aube étaient proches.

— … et j'imagine que tu as, toi aussi, des choses à faire.

Que pouvaient bien faire les pixies ? Est-ce qu'ils mangeaient et dormaient, au moins ?

— Veux-tu que je te dépose quelque part en particulier ? ajouta-t-il.

Le visage de Mellie s'assombrit.

— Cashel ? Je suis très seule. Seule depuis une centaine d'années, si je fais exception des animaux qui… qui sont des animaux. Si ça ne te dérange pas trop, est-ce que je pourrai voyager avec toi, sur ton épaule ? Je ne te causerai pas d'ennuis. Tes amis ne me verront pas.

— Oh…, dit Cashel.

Un instant auparavant, son futur n'était qu'une suite de volets au travers desquels rien ne filtrait. Désormais les volets étaient grands ouverts, et Cashel voyait la lumière, à défaut d'images vraiment nettes.

— Mellie, je serais très heureux que tu m'accompagnes. Je sais ce que c'est qu'être seul.

4

La plate-forme au sommet de la tour était ovale plutôt que ronde et mesurait plus de deux mètres de long. Sharina y avait une vue sur les préparatifs des insectes encore meilleure que sur les remparts, quinze mètres en contrebas.

Préparatifs qui étaient d'ailleurs achevés. Elle observait l'assaut des Archaïs.

— Plus vite ! Plus vite ! criait Meder. Nous avons très peu de temps ! Entrez dans le cercle immédiatement ! Entrez-y entièrement !

Il avait tracé le cercle en question dans le gneiss. Sharina supposait qu'il avait utilisé l'athamé pour cela – cependant le trait creusé au sol luisait d'un éclat rougeoyant, comme si la pierre elle-même était en feu. Il englobait la plus grande partie de la plate-forme, et un double rang de symboles, rougeoyants eux aussi, entourait l'extérieur du cercle.

Meder était accroupi à l'intérieur, le sac agité de soubresauts posé à côté de lui. Un sang clair éclaboussait déjà la pierre, et le corps évidé d'une salamandre gisait sur le rebord de la plate-forme. Ses mâchoires grandes ouvertes laissaient apparaître les membranes blanchâtres à l'intérieur de sa gueule.

Sharina sentit son diaphragme se contracter. Elle entreprit de faire demi-tour et Nonnus appuya une nouvelle fois entre ses épaules.

— Vite ! cria le magicien.

Les immenses mâts s'étaient dressés depuis la cour et les bâtiments adjacents comme une forêt apparue en un instant. Ils vacillaient dans l'air absolument immobile de la cité tandis que des centaines d'Archaïs, avec la précision inconsciente d'un banc de poissons, les poussaient à l'aide de leurs membres et de longs poteaux pour les faire basculer contre la citadelle.

Une brume chaude estompait les silhouettes des ouvriers, donnant à ces individus l'aspect d'une force de la nature aussi certaine et inexorable que les vagues balayant le rivage. Les troupes d'assaut se massaient en rangs serrés, prêtes à prendre la relève des ouvriers.

Sharina entra dans le cercle, veillant à ne pas marcher sur le trait le délimitant ou sur les symboles en Écriture Ancienne qui l'entouraient. Le sang de la salamandre était poisseux lorsqu'elle marcha dessus pieds nus, mais elle était une fille de la campagne : le sang ne la gênait pas.

En revanche, ce que ce sang représentait la gênait énormément.

— Toi, dit Meder, en pointant son athamé sur l'ermite. Nonnus. Viens par ici et ouvre ce lézard quand je te le demanderai. Presse-le pour que tout le sang coule au centre du cercle.

Sharina n'avait jamais été certaine que Meder connaissait le nom de l'ermite. L'air autour de la plate-forme avait une teinte menaçante qui n'était pas exactement une couleur. Sharina transpirait abondamment après avoir gravi la tour, mais son cœur était gelé.

Les troncs s'abattirent sur la citadelle avec une lenteur insoutenable. Les ouvriers disposaient des cales sous la base de chacun des troncs à mesure que ceux-ci basculaient. Les mâts vacillèrent tous en même temps vers l'intérieur.

Comment les Archaïs communiquaient-ils ? Sharina ne les avait pas entendus émettre le moindre son, à l'exception du soupir aigu qu'ils poussaient en mourant.

Il y avait de la place pour quatre hommes, à l'intérieur du cercle ; si tous s'agenouillaient comme le faisait le magicien, leurs genoux se toucheraient. La frontière incandescente du cercle était un avertissement, telles les rayures noires et jaunes d'une guêpe, et Sharina avait le pressentiment que se trouver en dehors de ce cercle serait encore plus dangereux.

—Non, monsieur. Je ne m'adonne pas à la magie et tout particulièrement à ce type de magie.

Nonnus tourna le dos à Meder et observa le tronc qui avait été hissé sur le toit d'un bâtiment à deux étages, au nord de la citadelle. À en juger par sa taille et la distance à laquelle il se trouvait, il pouvait atteindre la plate-forme sur laquelle les quatre humains se tenaient ; comme il semblait être encore à la verticale, Sharina comprit qu'il basculerait droit sur elle.

—Sauvage ignorant ! hurla le magicien. L'athamé me sert de baguette ! Vous *devez* le faire si nous voulons survivre !

—Nonnus, redescendons, dit froidement Sharina. Je pense que nous pourrons trouver un endroit plus facile à défendre.

—Que la Sœur vous emporte tous les deux ! leur lança Asera. Donnez-moi ce maudit animal, Meder. Si je m'en sors vivante, je veillerai à ne plus jamais avoir affaire à un magicien !

Tout en parlant, la procuratrice fouilla dans l'étui en soie noire recouvert d'une enveloppe de bronze ouvragée qui contenait son nécessaire d'écriture. Elle en sortit un couteau à courte lame d'acier, destiné d'ordinaire à tailler les plumes d'oie.

Les mâts basculèrent tous à la fois telles les plumes sur l'aile d'un oiseau – des actions individuelles, toutes en parfaite harmonie. Nonnus recula très légèrement et posa une main sur le poignet de Sharina pour la calmer.

Meder plongea la main dans le sac et en tira le dernier animal qu'il contenait : une salamandre noire à la queue aplatie pour faciliter ses déplacements dans l'eau ; les yeux placés à l'extrémité des cornes surmontaient son crâne en forme de croissant. L'animal se débattait faiblement : sa peau était conçue pour être immergée en permanence : même dans l'air humide de Tegma, la salamandre était déshydratée.

Meder se pencha sur ses symboles ; Asera s'empara de l'objet du sacrifice avec une moue dégoûtée, l'enserrant juste au-dessous des pattes antérieures. Aucun des deux nobles ne pouvait voir les troncs d'arbres en train de tomber.

Une dizaine de mâts s'abattirent simultanément, frappant la pierre telles de colossales baguettes de tambour dans un bruit de tonnerre ; les pierres de la citadelle furent pressées avec violence les unes contre les autres. Sharina tressaillit ; Asera poussa un cri de surprise et lâcha son couteau. Meder bougeait les lèvres, entonnant un sort étouffé par le chaos alentour.

L'organisation des Archaïs était si précise que la dizaine de troncs restants s'abattit une demi-seconde plus tard. Le mât dirigé vers la plate-forme en faisait partie. Copeaux et éclats de bois volaient en tous sens, tel le sable dans une tempête. Le tronc d'arbre de un mètre de large s'effondra assez fort sur la rambarde pour se déformer visiblement avant de rebondir. Le fracas était tel qu'un cri échappa à Sharina, mais Nonnus empêcha d'un geste la jeune fille de tituber hors du cercle et peut-être de tomber de la plate-forme.

Nonnus se campa sur ses deux jambes ; pendant une seconde, il avait sans doute songé à se jeter de tout son poids contre l'extrémité du tronc avant qu'il bascule définitivement sur le chaperon de la plate-forme. Sharina le retint. En dépit de la force de l'ermite, et même s'il agissait avec la coordination parfaite dont elle le savait capable, la masse colossale du tronc l'aurait écrasé comme un insecte.

L'ermite se détendit. Le tronc frappa de nouveau le chaperon, se ploya, et s'immobilisa enfin. Il ne dépassait que de soixante centimètres sur la plate-forme, mais cela suffisait. Son extrémité, découpée avec une grande netteté, semblait être l'œuvre d'un bûcheron expérimenté équipé d'une large hache et disposant d'un temps infini. Pourtant, Sharina avait pu constater que les Archaïs n'avaient utilisé comme outils que leurs pattes antérieures.

— Maintenant, femme ! Maintenant ! vociféra Meder. Versez le sang maintenant ou il sera trop tard !

Les guerriers archaïs grimpaient déjà le long du tronc. Ils se mouvaient comme une tache jaune se répandant sur l'écorce brune et rugueuse.

— *Ikoub-ia ai bolchoseth iorbeth...*

Asera saisit en tremblant son petit couteau. Elle semblait ébranlée. Copeaux et éclats de bois recouvraient le dos de sa tunique, s'accrochaient à ses cheveux. Elle brandit la salamandre et approcha la lame de son abdomen.

Meder n'avait pas bougé d'un centimètre, même lorsque le gigantesque tronc d'arbre s'était abattu tout près de sa tête, faisant trembler jusqu'aux fondations de la tour. Cette totale absence de peur indiquait son extrême concentration. Même Nonnus, lors de l'impact, avait ouvert grand la bouche comme pour pousser un cri sourd.

— *Neuthi iao iae...*

La salamandre se contorsionna pour s'écarter de la lame. La procuratrice, hébétée par la peur et la force de l'impact, taillada sauvagement le ventre de l'animal. Elle ouvrit la petite créature dont les organes se répandirent sur le sol, mais se coupa l'intérieur du pouce au passage. Le sang clair de l'amphibien mêlé à quelques gouttes écarlates éclaboussèrent la pierre.

— *Io sphe io io...*

Les guerriers chitineux n'étaient qu'à mi-chemin de la plate-forme, mais ceux qui avaient lancé leurs mâts contre les remparts plus bas avaient déjà entamé le combat contre les quelques défenseurs humains. Une masse fauve d'Archaïs déferlait sur la pierre de la citadelle, leurs membres tranchants dressés.

— *Abraoth !* cria Meder.

Une lueur rouge s'éleva du sang répandu par terre, telle une colonne de fumée. La pierre semblait bouillonner, bien que Sharina puisse voir que sa surface lisse, sous cette lumière mouvante, demeurait intacte.

Les Archaïs marchaient le long des troncs plus qu'ils les escaladaient. Leurs pieds se terminaient par des crochets qui s'enfonçaient tels des crampons dans l'écorce. Le premier soldat archaï ne se trouvait plus qu'à six mètres au-dessous d'eux. Nonnus leva son javelot – afin de frapper et non pour le lancer.

Le tourbillon de lumière continuait à s'élever, mais restait à l'état d'étroite spirale, contrairement à la bulle sans cesse croissante qui avait englobé Tegma et ramené ses habitants à la vie. Le tourbillon de lumière, à son sommet, changeait les nuages surmontant le brouillard en une masse rougeoyante.

— J'ai besoin de plus de sang ! hurla le magicien. Pressez-la ! Pressez-la !

Il retourna le sac, apportant ainsi la preuve de ce que les plis immobiles du tissu avaient déjà mis en évidence : Meder avait sacrifié tous les animaux. Lorsqu'il tenta d'attraper le cadavre ramolli de la salamandre posé sur la balustrade, il le fit tomber dans le vide sous le coup de la précipitation. Il avait de toute façon déjà complètement vidé l'animal.

Le premier Archaï posa le pied sur la balustrade. Nonnus enfonça son javelot dans la partie supérieure de son torse. La créature attrapa l'arme de ses deux membres intermédiaires et tenta de la lui arracher.

Sharina se pencha en avant et donna un coup de hachette, frappant ce qui aurait été chez un humain l'emplacement de la cheville. L'Archaï bascula et tomba du tronc. La gravité l'obligea à lâcher le javelot, et la pointe de l'arme sortit de son thorax, y laissant une plaie béante.

— Ne sortez pas du cercle ! s'écria Meder, rempli d'une terreur désespérée.

Le deuxième guerrier archaï visa la tête de Sharina, mais Nonnus para le coup avec son javelot, épargnant ainsi la jeune fille. Elle donna un coup de hachette d'un revers du bras, faute de temps pour lever l'arme et l'abattre normalement. L'abdomen de l'animal laissa échapper un bruit sourd semblable à celui d'une bûche de bois. Un coup donné de haut en bas par le couteau pewle l'ouvrit dans un jet de sang violet. L'Archaï fut pris d'une convulsion qui tordit son corps vers l'arrière et ouvrit davantage sa blessure.

Asera était tombée à genoux, couvrant son visage des deux mains. Meder lui arracha la salamandre morte et la tordit telle une serviette. La spirale couleur de rubis ne cessait de s'élever ; elle tournait sur elle-même plus vite qu'auparavant, mais n'était toujours qu'une mince traînée au milieu des nuages.

Six marins combattirent un temps sur les remparts juste au-dessous de la plate-forme avant que le flot des Archaïs les submerge. Les membres antérieurs des guerriers se dressaient puis s'abattaient, déchiquetant leurs victimes. Un sang écarlate jaillit jusqu'à six mètres de hauteur.

— Reviens !

Nonnus prit Sharina par la taille de la main qui tenait déjà son grand couteau et la ramena en arrière alors qu'elle levait le bras pour frapper l'Archaï suivant. La créature se ramassa pour bondir au milieu du groupe d'humains.

La colonne tourbillonnante de fumée rouge créée par Meder remplit tout le cercle magique. La lumière évoquait l'âtre d'un fourneau, mais sans la moindre chaleur. Tous les sons cessèrent soudain, même les cris des hommes mourant sous l'assaut des Archaïs.

Aussi soudainement que tombe un rideau, l'intérieur du cercle devint limpide et sans lumière. La lueur rougeoyante tourbillonnait maintenant à l'extérieur, enveloppant tout aux alentours à la vitesse d'un feu de broussailles.

L'Archaï le plus proche se ratatina et se tordit pour ressembler à une représentation dessinée au charbon. Les créatures qui le suivaient de près agitèrent leurs membres en tous sens ou tentèrent de sauter sur les côtés alors que la lueur rouge comme les flammes avançait vers eux. Son contact était aussi mortel que l'est une bougie pour un papillon de nuit.

D'abominables cris humains résonnèrent à l'intérieur de la citadelle. La lueur ne détruisait pas uniquement les Archaïs qu'elle engloutissait.

Le tronc d'arbre demeurait intact, mais les blattes et autres insectes qui arpentaient les crevasses du bois noircirent et moururent de la même manière que les Archaïs. Le sort du magicien ne touchait que les êtres vivants, mais *tous* étaient touchés.

Tués. À l'exception des quatre humains réfugiés à l'intérieur du cercle magique.

La lumière s'écoula telle de la lave en fusion, atteignit les limites de la cité et poursuivit son avancée sans que rien puisse l'arrêter. Malgré la brume, Sharina put suivre la progression du sort le long de la pierre puis dans la forêt comme si elle contemplait un miroir de rubis.

Toutes les créatures qu'elle voyait mouraient. Absolument toutes.

Cette malédiction incandescente pâlit puis finit par disparaître. Sharina en conserva des vestiges dans son esprit, tout particulièrement quand elle fermait les yeux. Vers l'ouest, le soleil approchait de l'horizon.

Tegma était silencieuse comme une tombe.

Meder était affalé sur le cadavre de l'amphibien sacrifié. Son visage avait la pâleur de l'ivoire, mais son souffle agitait la couche d'écorce réduite en poudre qui recouvrait la pierre.

La procuratrice frotta l'une contre l'autre ses mains poisseuses et sanglantes, comme pour les laver. Elle n'agissait sans doute pas consciemment. Ses lèvres bougeaient en une prière silencieuse, appelant peut-être les dieux qu'elle était trop sophistiquée pour accepter.

Sharina lança un regard au magicien. Une part d'elle souhaitait sauter de la plate-forme et se précipiter vers une mort saine sur les pierres en contrebas. Une autre brûlait d'enfoncer sa hachette dans le crâne de Meder avant de se jeter dans l'oubli.

Le visage de l'ermite ne trahissait pas la moindre émotion. Il essuya la lame de son couteau sur sa tunique de laine noire, puis le remit dans son étui.

— Il nous sera plus facile de terminer la pirogue désormais, dit-il, car nous pourrons prendre ce dont nous avons besoin sur la trirème.

5

L'auberge du *Gué de Gravier*, au bord de la rivière Stroma, se trouvait à trente kilomètres de la périphérie de Carcosa – deux jours de route pour un troupeau de moutons. Dans la salle commune, l'enveloppe corporelle de Garric dormait en compagnie d'un certain nombre d'autres hommes : les gardes de Benlo, des charretiers apportant diverses denrées, des jeunes gens venus tenter leur chance en ville.

Il y avait toujours du passage aussi près de la cité. L'aubergiste faisait un chiffre d'affaires que Reise aurait envié, quoique ce dernier n'aurait jamais toléré qu'une paille aussi sale recouvre le sol de *son* auberge.

Dans son rêve, Garric observait le roi Carus qui escaladait la pente escarpée menant au château de Ladéra, un beau jour de printemps. Cinquante hommes le suivaient, utilisant les doigts et les orteils de trois de leurs membres pour s'accrocher tandis que le quatrième cherchait une nouvelle prise, aussi lentement qu'un serpent suit un mulot.

— Il nous était impossible de porter une armure, ou même un casque, dit Carus.

Garric et lui étaient assis sur une balustrade, mais la structure sur laquelle elle était fixée devenait indistincte à la limite de son champ de vision. Le paysage, le château, et les hommes emplis d'un espoir désespéré qui grimpaient le long de ses murs, tout cela existait à une époque et dans un lieu différents.

— Si quelqu'un nous avait repérés du haut des murs, ils auraient pu nous balayer en jetant des graviers depuis les remparts.

Carus partit d'un grand rire plein d'une gaieté exubérante.

— À l'époque, je n'avais que quelques années de plus que toi, mon garçon, dit-il. Je venais de monter sur le trône, et j'étais trop jeune pour me rendre compte des risques encourus. Mais j'avais raison : il fallait que cela soit fait, ou le royaume serait tombé en pièces à ce moment-là, et non vingt ans plus tard, après que nous eûmes fait route vers Yole...

Alors qu'il continuait à parler, la voix du roi se fit plus grave ; elle se teinta non de tristesse, mais d'une dure colère. Si le ton de sa voix semblait plus doux, il évoquait cependant à Garric un arc tendu au maximum.

Sur la mer que surplombaient le port de Ladéra et son château à l'ouest de la ville se déployait une flotte comptant plus d'une centaine de galères, leurs proues dirigées vers la côte. Leurs rames bougeaient paresseusement, juste assez pour éviter que les navires soient entraînés par le reflux. Les rostres de bronze plongeaient puis jaillissaient hors de l'eau. Sur les ponts des navires les soldats apprêtaient des catapultes.

— À cause du poids ? demanda Garric.

Il gravissait les rochers escarpés sur la côte au nord de Barca chaque année à la saison de la ponte, et ce depuis ses douze ans ; il en redescendait avec entre les dents un panier rempli d'œufs de guillemot verts au goût acide. Observer ces soldats en pleine ascension lui donnait mal au bout des doigts. Au moins, ils n'étaient pas trempés par les embruns, contrairement à leurs compagnons qui attendaient en contrebas, sur un petit bateau.

— À cause du bruit, répondit Carus d'une voix de nouveau douce et enjouée. Un seul cliquètement de métal contre la pierre, et le comte Rint de Ladéra serait devenu le roi des Isles

– du moins jusqu'au moment où l'un parmi la cinquantaine d'autres usurpateurs l'aurait occis.

Des gardes se trouvaient sur les remparts, même sur la face sud du château, mais tous observaient la mer et la flotte menaçante. Carus, ses cheveux bruns retenus par un serre-tête en or, portait sa longue épée dans un fourreau attaché dans son dos pour éviter qu'elle l'encombre jusqu'au moment où il en aurait besoin.

Une catapulte installée sur les remparts du château tira, ses bras de bois claquant à grand bruit sur les butées, tandis qu'un projectile gros comme une tête humaine s'envolait vers les navires en décrivant un arc plat. La pierre plongea dans les flots, entre les avirons de la quinquérème que sa proue dorée désignait comme le vaisseau royal. Une eau irisée s'éleva plus haut que les mâts du vaisseau.

— N'aurait-il pas été plus sûr d'attaquer à la nuit tombée ? demanda Garric.

Le jeune roi était à moins de un mètre du rebord d'une tour sur laquelle deux gardes ladérans tendaient le cou pour apercevoir la flotte, de l'autre côté du château.

Le Carus plus âgé secoua la tête.

— Il fallait que ce soit en plein jour, pour qu'ils observent les navires. Ils n'auraient jamais imaginé que j'avais accosté la nuit précédente avec cinquante hommes et que je m'étais glissé vers les broussailles à l'arrière du château dans la pénombre.

Le jeune roi atterrit sur les remparts grâce à un saut qu'un acrobate lui aurait envié. Les gardes se retournèrent. La longue épée était dans la main de Carus, qui frappa de droite et de gauche, deux coups rapides comme l'éclair. D'autres hommes arrivèrent en masse sur les remparts, submergeant la poignée de gardes qui surveillaient cette partie moins exposée du château avant qu'ils puissent donner l'alarme.

— Et avec ton aide, mon garçon, annonça Carus d'une voix semblable au soleil rayonnant sur la lame d'une épée, je vais enfin régler mes affaires avec le duc de Yole.

— Sire, il est mort, protesta Garric. Mort il y a un millier d'années.

Carus secoua de nouveau la tête, le regard rivé sur les soldats qui couraient afin d'achever la prise du château de Ladéra. Les gardes abandonnaient déjà les remparts, jetant armures et épées pour se rendre en tant que civils désarmés.

— Toutes les époques ne font qu'une, mon garçon. Plus tôt, plus tard, cela ne change rien.

Les soldats poussaient des cris en envahissant le château. Les cris se firent plus forts.

— Nous sommes attaqués ! Nous sommes attaqués ! s'écria un homme.

On trébucha sur Garric, assoupi dans l'obscurité. Il se leva d'un bond au milieu de l'auberge du *Gué de Gravier*, parfaitement réveillé, mais clignant encore des yeux à cause de la vive lumière qui avait éclairé son rêve, un instant auparavant.

— Nous sommes attaqués ! répéta l'homme.

C'était Cashel.

Garric chercha à tâtons les armes posées le long de son lit de paille tressée. L'arc serait inutile dans la nuit. Il saisit la poignée de l'épée que le conducteur lui avait confiée et se précipita vers la porte en même temps que les gardes de Benlo.

Au moment où Garric tira l'épée de son fourreau, il sentit la présence hilare du roi Carus se fondre en lui.

6

Cashel s'était éveillé d'un sommeil sans rêves avec des picotements sur la peau. L'odeur chaude, douceâtre, du troupeau emplissait la nuit ; pourtant les moutons allaient et venaient, bien réveillés eux aussi, et Cashel perçut une très légère odeur étrangère.

Il avait dormi sous une charrette stationnée près de l'enclos. Le charretier avait été ravi de sa présence car elle lui épargnait la corvée de rester près de sa cargaison de poteries au cours d'une nuit pendant laquelle il pleuvrait probablement. De parfaits inconnus faisaient, à raison, confiance à Cashel or-Kenset de la même manière qu'ils faisaient confiance au soleil pour que celui-ci se lève à l'est, ou à la terre pour qu'elle ne s'ouvre pas sous leurs pieds.

— Cashel ? lui dit Mellie à l'oreille. Quelqu'un utilise ses pouvoirs tout près d'ici. Je ne crois pas que ses intentions soient bonnes.

L'un des bœufs du charretier poussa un meuglement nerveux depuis l'enclos à bétail adjacent. L'auberge du *Gué de Gravier* disposait de parcs séparés pour les moutons et le bétail, et d'un autre enclos destiné aux chevaux juste à côté, car il y avait parfois plus de chevaux et de bêtes de somme que les écuries pouvaient en accueillir.

Il était dangereux de mettre des chevaux et des bœufs ne se connaissant pas dans le même enclos. Un cheval fougueux pouvait ruer ou mordre son voisin sous le coup de l'énervement, mais un bœuf disposait de ses cornes, et d'un certain tempérament caché sous une apparente placidité. Il n'était pas rare qu'un bœuf soit victorieux dans une rixe provoquée par un cheval. Il valait mieux tenir les deux espèces à l'écart l'une de l'autre.

Cashel sortit de sous la charrette en roulant sur lui-même, laissant sa longue houppelande de voyage à l'endroit où il avait dormi. Il resserra sa ceinture autour de sa tunique, puis scruta la nuit, bâton à la main.

Ce n'était pas la pluie que sentait Cashel, ni la rivière Stroma. Il y avait dans l'air une odeur salée complètement déplacée aussi loin des côtes. Il y avait aussi une odeur de putréfaction, de choses mortes depuis longtemps.

— Ça se rapproche, prévint Mellie.

Elle n'avait pas l'air effrayé, seulement alerte, comme un écureuil observant du haut d'un tronc un chien en maraude.

L'auberge était encore plus ancienne que celle de Barca. Depuis plusieurs siècles un pont enjambait la rivière, construit sur des piles qui l'élevaient au-dessus du niveau de la rivière, même par temps de crue. Le nom de l'auberge n'avait cependant pas changé.

Les butées du pont actuel dataient de l'Ancien Royaume, des vestiges ayant survécu à la chute des travées qu'elles soutenaient à l'origine et à celle de leur civilisation. On avait réutilisé pour construire les dépendances de l'auberge des pierres de taille issues des riches villas de jadis.

Rien d'anormal. Son bâton bien en main, Cashel contourna l'enclos puis se dirigea vers la rivière. L'eau gargouillait contre un mur de soutènement déjà ancien au temps de la chute de l'Ancien Royaume ; l'odeur de sel et de mort se fit plus forte.

— Cashel ! cria Mellie.

Des silhouettes surgirent de derrière le mur de soutènement avec une soudaineté qui avait quelque chose de mécanique. La lumière des étoiles miroitait sur du métal rouillé, des chairs visqueuses et luisantes.

Des liches, semblables à celle que Garric avait tuée à Barca dans la cour de l'auberge. Cette fois, elles étaient nombreuses ;

Cashel n'était même pas certain de toutes les distinguer avec cette faible lumière. L'une d'elles portait un bouclier sur lequel de longues algues étaient collées.

— Nous sommes attaqués ! cria Cashel. Nous sommes attaqués !

Sa première pensée fut pour la pixie sur son épaule, mais il n'osa pas prendre le temps de la mettre en lieu sûr. Il avança, usant de son bâton comme d'une lance. La virole de fer brisa tous les os du bras d'une liche, du coude au poignet.

La créature laissa tomber son épée rouillée, puis la ramassa de l'autre main. Elle revint à l'assaut comme si de rien n'était ; des lambeaux de chair gélatineuse et des éclats d'os se détachaient pourtant de son bras déchiqueté.

— Nous sommes attaqués ! hurla Cashel, reculant en toute hâte.

La plupart des liches l'ignorèrent et se dirigèrent vers l'auberge, mais il se retrouva néanmoins face à trois de ces monstres.

Il fit tournoyer son bâton au-dessus de lui ; lorsqu'une liche visa le ventre de Cashel de sa lance, la virole de son bâton dévia sa trajectoire ; Cashel abattit l'autre extrémité de son arme sur le crâne de la créature et le fracassa. Cette liche-*là* s'effondra pour n'être plus qu'une masse dégoulinante, et ne se releva pas. Les deux autres s'avancèrent, monstrueuses et menaçantes ; elles s'écartaient légèrement afin de l'encercler.

Le premier des gardes de Benlo à émerger de l'auberge pourfendit à deux reprises la liche lui faisant face sous le porche de pierre, puis s'effondra lorsqu'un autre monstre le frappa d'une hache au large tranchant. L'épée du garde resta enfoncée dans la poitrine de la liche qu'il avait touchée sans l'abattre.

Cashel bloqua une attaque de la liche qu'il avait estropiée. La lame de son épée était corrodée et des bernacles étaient même collées sur le métal. Le coup de la créature fut pourtant suffisamment violent pour arracher des éclats au dur bâton de noyer blanc.

D'autres gardes sortirent de l'auberge en poussant des cris rauques pour exprimer leur effarement. Les armes s'entrechoquaient et lançaient des étincelles rouges tandis que les hommes faisaient front contre l'offensive des liches.

Cashel poussa un grognement quand il heurta de son talon le mur de l'enclos. Il avait reculé autant qu'il lui était possible.

Il supposa que Mellie s'en sortirait. Elle avait vécu un millier d'années sans lui, après tout.

7

Ilna sentit la chaleur l'envelopper délicatement. Elle frissonna de plaisir sous cette étreinte.

— Je me rapproche, susurrèrent les ténèbres. Je serai bientôt avec toi.

Elle ne pouvait pas voir son visage – ne savait pas s'il avait un visage –, mais elle savait qu'il se souciait d'elle plus que personne d'autre. Il s'assurerait qu'elle deviendrait ce qu'elle *méritait* d'être.

Le cri de Cashel déchira son rêve tel un pic de glace tombant du haut d'une tour. Ilna se redressa d'un bond dans le lit qu'elle occupait dans le grenier, au milieu des écuries. Si elle n'avait pas compris ses mots, elle sut que le frère sur qui elle avait veillé toute sa vie était en danger.

— Nous sommes attaqués ! hurla de nouveau Cashel.

L'acier heurta l'acier en un fracas retentissant.

Tenoctris descendait déjà l'échelle du grenier ; elle s'était réveillée avant que Cashel crie. Tout comme Ilna, la magicienne avait sûrement entendu quelque chose dans son sommeil.

Au lieu d'attendre que Tenoctris atteigne le bas de l'échelle, Ilna s'agrippa au rebord et resta suspendue dans le vide. Ses pieds battirent l'air un instant, puis elle se laissa tomber, certaine de ne trouver qu'un sol de terre bien tassée en retombant.

— Nous sommes attaqués !

Une chute de un mètre dans l'obscurité importait peu. Cashel était en danger.

La dizaine de stalles que comptaient les écuries étaient, pour la plupart, occupées par des chevaux ou des mules. Une jument poussa un hennissement nerveux et rua contre son box. Le palefrenier s'efforçait de la calmer, mais toutes les bêtes se mirent bientôt à protester bruyamment.

D'autres cris s'élevèrent de la cour, puis le fracas des armes. Ilna avait mis longtemps à se lever, abandonnée à son plaisir imaginaire. En y repensant, elle ne parvenait pas à se rappeler la moindre image de son rêve. Tout cela, ce paradis somptueux qui l'avait enveloppée, avait comme un arrière-goût de viande faisandée.

Un homme poussa un cri d'une voix qui se fit de plus en plus aiguë avant de se briser avec la soudaineté du verre volant en éclats. Ilna fit coulisser la porte des écuries. Elle chercha une arme des yeux à la lumière toute relative du ciel. Tenoctris passa à côté d'elle en courant.

Ilna savait qu'il y avait quelque part dans les écuries des râteaux et des fourches, mais elle n'avait pas le temps de chercher. Elle aperçut, accroché sur le montant de la porte, un simple licou – une corde en paille de seigle épissée à une extrémité pour former une boucle, et dont l'autre formait un nœud coulant. Elle s'en saisit et sortit dans la cour.

Tenoctris s'assit à un coin des écuries et cueillit dans la fente d'une pierre soutenant le bâtiment un long brin d'herbe. Devant l'auberge elle-même une dizaine d'hommes et de liches s'affrontaient en une masse confuse. Cashel n'en faisait pas partie : Ilna aurait tout de suite distingué sa stature massive.

Et personne non plus de la taille de Garric dans cette mêlée ; des corps gisaient cependant sur les pierres, sur le point d'être piétinés par les combattants.

Garric surgit de l'auberge, une épée dans une main et le haut tabouret du portier dans l'autre.

— Pour Haft ! Pour les Isles ! beugla-t-il comme un taureau défiant le monde entier.

Une liche tenta de le frapper ; Garric para avec le siège du tabouret et enfonça son arme dans l'orbite de la créature en une contre-attaque rapide comme l'éclair avant de fracasser le crâne d'un autre monstre d'un revers du tabouret.

Cashel était de l'autre côté de la cour et affrontait deux liches, le dos contre un mur de pierre.

— POUR HAFT ! POUR LES ISLES !

Le sang d'Ilna était froid comme une tempête en plein hiver. Elle parcourut en courant les quinze mètres qui la séparaient de l'endroit où son frère se défendait.

Les liches se déplaçaient comme si elles étaient les membres d'une seule et même entité : l'une reculait tandis que l'autre frappait, puis elles inversaient les rôles dès que Cashel se concentrait sur la menace imminente. Son bâton tournoyait devant lui tel un bouclier mouvant, virevoltant avec la régularité et l'assurance de la navette sur le métier à tisser d'Ilna.

Les poignets de Cashel se croisaient et se recroisaient, le lourd bâton passant d'une main à l'autre. Même lui finirait par se fatiguer, mais pour l'instant le mouvement circulaire était aussi solide et régulier que l'eau s'écoulant le long de la rivière Stroma. Les liches préparaient leurs attaques et feintaient, mais sans parvenir à percer sa garde.

Ilna vint se placer derrière l'une des créatures, évalua la distance, puis lança la boucle du licou quand la créature se balança. La corde passa autour du crâne chauve et luisant. Ilna tira de toutes ses forces comme si elle tenait un bélier récalcitrant par le licou.

La liche fut brusquement tirée en arrière. Un homme aurait été étouffé, mais la créature se débattit et tenta avec son épée rouillée de trancher le licou. Ilna fit trois pas en courant pour mettre la liche à terre ; le licou était trop court pour qu'elle avance davantage les mains sur la corde.

Cashel fit tournoyer horizontalement son bâton et broya les côtes de la liche restante du même mouvement circulaire qui le protégeait depuis plusieurs minutes. La créature s'effondra tel un oiseau aux ailes déchirées : son bras armé frappait encore, mais il avait du mal à rester debout.

L'autre créature visa les chevilles d'Ilna. La jeune fille sauta sans laisser échapper le licou. Cashel fit un bond en avant et abattit le bout ferré de son bâton comme un batteur son fléau. Des chairs gélatineuses et des fragments d'os volèrent dans toutes les directions.

— Ilna ? haleta Cashel, il t'a blessée ?

De l'autre côté de la cour, Garric riait tel un joyeux démon. Ilna se retourna : toutes les liches étaient à terre. Gardes et voyageurs se trouvaient de chaque côté de la cour, ébahis, mais Garric se tenait seul au milieu du carnage.

Le robuste tabouret dans sa main gauche avait été tailladé, mis en pièces ; il n'en restait plus guère qu'un pied et quelques fragments du siège. L'épée de Garric était tordue tel un ruban flottant au vent.

— Pour Haft ! Pour les Isles ! cria Garric.

Il envoya son épée informe tournoyer dans les airs puis la rattrapa par la poignée quand elle retomba. Le jeune homme s'effondra alors la tête la première contre la pile de cadavres, liches et humains confondus, comme si l'épée en virevoltant avait coupé les fils qui le maintenaient debout.

Ilna se précipita vers lui en courant, mais Liane, la superbe fille du conducteur, sortit de l'auberge et atteignit Garric avant elle.

8

— Il bouge ! s'écria Meder en se penchant sur l'aussière qu'ils tentaient tous les quatre de tirer le long de la pente.

Nonnus avait passé l'une des extrémités du cordage dans les trois trous d'une poulie qui reliait le mât de la pirogue au rostre de la trirème.

— Est-ce qu'il bouge ? demanda le magicien.

— Tirez ! répondit l'ermite.

La coque de la pirogue gémit lorsque l'embarcation se mit à descendre la rampe de pierre. Le bateau fut débarrassé des huiles qui recouvraient le dessous détrempé de sa coque en frottant contre le robuste gneiss.

— Il a bougé ! répéta Meder.

Sharina tituba en avant puis reprit la cadence lorsque l'inertie commença à agir en leur faveur, et non plus contre eux. Elle était juste derrière Asera. Nonnus était le plus proche du radeau, et Sharina la plus proche du rivage. Les nobles se trouvaient entre eux deux. Ni Asera ni le magicien n'avaient été d'une grande aide pour tirer le radeau, mais Sharina ne les aurait jamais laissés à l'écart, et ce même si Nonnus l'avait voulu. Le principe qui dicte une action importe parfois plus que l'action elle-même.

Il importe *toujours* plus que l'action elle-même.

Ils n'avaient que grossièrement formé le rondin. Nonnus s'était montré particulièrement méprisant envers son propre travail, mais son intention avait été, dès le départ, de construire la pirogue la plus simple possible : deux balanciers pour assurer une bonne stabilité et un mât qui accueillerait une voile découpée dans celles de la trirème. Une excellente finition aurait amélioré l'esthétique du navire, lui aurait permis de mieux naviguer et l'aurait rendu plus confortable pour son équipage ; mais davantage de travail aurait signifié aussi davantage de temps.

Les rescapés souhaitaient quitter Tegma et son silence de mort aussi rapidement que c'était humainement possible.

La pirogue avança à vive allure.

— Sharina ! Monte à bord, et libère le bateau ! lui cria Nonnus.

Sharina lâcha la corde et sauta avec légèreté dans l'embarcation quand celle-ci glissa à son niveau. Ils ne disposaient pas d'une main-d'œuvre suffisante pour lancer le bateau grâce à la force brute, et Nonnus avait monté la poulie et le palan ensemble pour compenser cette déficience. Le point le plus en avant dans la mer dont ils disposaient pour attacher les cordages était la proue de la trirème. Bien qu'une grande partie de ce vaisseau soit à terre, les quelques mètres se trouvant encore dans l'eau étaient suffisants pour permettre de mettre la pirogue à flot et ce malgré l'excès de poids de celle-ci.

— Tirez comme un homme ! cria Nonnus.

Meder avait sûrement lâché la corde en même temps que Sharina.

La pirogue entra dans l'eau avec force éclaboussures ; la large proue plongea, puis le bateau partit de biais. Les trois rescapés sur le rivage devaient continuer à tirer jusqu'à ce que la pirogue soit entièrement à flot afin de s'épargner d'innombrables efforts supplémentaires.

Sharina enjamba la voile et vint se placer devant le mât. Les cordages se terminaient par une boucle attachée à une autre boucle, elle-même fixée au mât grâce à un essieu de bois aussi large que sa cuisse. Enlever l'essieu était la seule chose à faire pour libérer la pirogue, mais ce ne serait possible que lorsque l'embarcation flotterait librement et n'exercerait plus de tension sur les cordages.

— Prête ! s'écria Sharina.

La pirogue ballotta et commença à virer à tribord alors que les cordages la tiraient vers bâbord. Nonnus tenait l'extrémité du balancier gauche et, en soulevant puis en tirant, il entreprit de rectifier le cap du bateau. Les deux nobles tenaient toujours les cordages, tirant avec effort mais visiblement sans comprendre ce qu'ils faisaient.

Ils avaient mis leurs provisions sous des filets au fond de la pirogue avant de tenter cette mise à flot. Il y avait des réserves de blé à bord de la trirème : à peine une bouchée pour les centaines d'hommes de l'équipage, mais une semaine de nourriture pour les quatre rescapés ayant survécu à l'attaque des Archaïs et à la magie de Meder. Ils disposaient également d'une cruche remplie d'huile, de plusieurs bottes de racines et d'eau en grande quantité – quatre tonneaux goudronnés, autant que Nonnus estimait la pirogue capable d'en transporter.

Ils n'avaient pas de viande, mais l'ermite se savait en mesure d'attraper des poissons avec des boulettes de pâte. Les corps des créatures tuées pendant l'affrontement pourrissaient rapidement dans la chaleur humide, et plus la moindre vie animale ne subsistait sur l'isle.

— Libère le bateau ! cria Nonnus. Vous deux, à bord !

Sharina donna un coup de son talon droit dans l'essieu. La pièce de bois bougea, mais pas suffisamment : les cordages avaient probablement gonflé depuis que Nonnus les avait noués, à moins que ce soit le bois lui-même.

La pirogue tangua lorsque Nonnus s'y hissa en prenant appui sur la poupe, aussi gracile qu'un poisson bondissant hors de l'eau. Sharina prit la hachette à sa ceinture et frappa le bois du dos de la lame. L'essieu tomba et les cordages glissèrent sur le côté, emportés par leur propre poids.

Tout en appelant à l'aide, les nobles coururent dans l'eau calme et s'accrochèrent à la poupe de l'embarcation. L'ermite les ignora et s'apprêta à hisser la voile. Sharina se saisit d'une perche taillée dans une des rames et pesa de tout son poids dessus, éloignant la pirogue de la rampe. Ils avaient appareillé au changement de marée, mais l'eau dans le port était si calme que le courant descendant ne leur était pas d'une grande aide.

Nonnus lui fit signe. Sharina enjamba l'espar et marcha à reculons le long du bord droit du bateau, sa perche à la main, poussant la pirogue vers la mer sans avoir à changer d'orientation par rapport au rivage. Lorsqu'elle atteignit l'arrière du bateau, elle posa la perche et se pencha pour hisser à bord Asera puis Meder, les tirant hors de l'eau d'un mouvement souple et ferme.

Même si Sharina gardait un visage de marbre, elle n'avait que du mépris pour l'inaptitude des deux nobles à accomplir les tâches les plus simples. Tous deux étaient en bonne santé et Meder au moins était relativement musclé. Elle repensa à sa mère flattant ces deux personnages à Barca… et à son propre émerveillement lorsque des gens de si haut rang l'avaient remarquée, elle.

Le mât de la pirogue était le beaupré de la trirème ; l'espar sur lequel Nonnus dressait la voile avait été l'une des longues rames utilisées sur le rang supérieur de la galère. Quant au mât de la trirème, coupé proprement en deux, il constituait désormais les deux balanciers, reliés à la pirogue par les manches de deux autres rames.

Recycler les pièces du navire de guerre avait été plus facile que façonner la végétation de Tegma, et le bois séché était préférable de toute manière. La coque était la seule partie de la nouvelle embarcation qui ne provenait pas de la trirème.

Au fond de la pirogue, Meder haletait.

— Regardez mes mains ! souffla-t-il. (Les brûlures causées par les cordes étaient plus graves que Sharina l'aurait cru, pour le peu d'aide que le magicien avait apporté.) J'aurais pu nous mettre à la mer sans tous ces efforts et sans se tremper, en usant de mon art !

— Non, répondit Nonnus tout en nouant la balancine de la voile à une bitte placée à la base du mât. Je ne vous aurais pas laissé faire.

Il marcha vers la poupe avec la délicatesse d'un goéland se posant sur une vague.

— Faites-moi de la place, ordonna-t-il, mais restez de l'autre côté du mât.

Nonnus se saisit de l'une des deux pagaies ; Sharina tenait déjà l'autre. Tous deux se mirent à ramer pour faire avancer la pirogue. Asera et Meder se réfugièrent près du mât et conversèrent à voix basse.

La voile pendait, et l'air était si immobile que Sharina ne sentait pas le moindre souffle de vent sur sa peau moite. La brume enveloppait déjà les côtes de Tegma, et il lui sembla que le bruit des vagues se brisant sur les récifs augmentait.

Elle lança un regard par-dessus son épaule. Nonnus lui sourit, satisfait. Les coups qu'il donnait avec cette rame de fortune semblaient si légers que seul le sillage laissé par sa pale indiquait à quel point ils étaient puissants.

Le brouillard se fit plus léger. Une brise souffla, semblable à une lame de verre glacée. Sharina savait pourtant que, sur Haft, elle se serait délectée d'une telle douceur. Les jours passés dans cette lourde chaleur avaient complètement déréglé la température de son corps.

Ils avaient franchi une frontière invisible séparant deux mondes. Celui dans lequel existait Tegma sortie des flots était derrière eux. Le vent glacé venait du monde dans lequel Sharina était née, le monde réel.

Les brisants grondaient, hurlant une furieuse mise en garde. Le brouillard s'éclaircissait de plus en plus. Sharina distinguait maintenant l'écume qui se rassemblait autour de coraux semblables aux dents d'un morse, capables de réduire les coquillages les plus robustes à l'état de sable, ou pis encore. Quelques plantes basses ondulaient sur les rochers, leurs teintes sombres tranchant avec le blanc menaçant de l'écume. Il était tout aussi dangereux de quitter les récifs que d'y pénétrer depuis le large.

Nonnus glissa sa pagaie sous les mailles d'un filet d'arrimage. Il donna deux tours supplémentaires au côté gauche de la voile pour ajuster son orientation par rapport au vent ; la proue de l'embarcation tourna légèrement. Comparée aux bateaux de pêche d'Haft, la pirogue était fort peu maniable ; cependant, Nonnus n'aurait jamais envisagé ce moyen de s'échapper sans penser réussir.

Le soleil était tout juste levé ; une heure auparavant, il était midi sur Tegma, et la lumière du soleil rougeoyait à travers la brume. Ici, les mouettes tournoyaient et poussaient des cris. Une créature de grande taille se glissa dans l'eau depuis les récifs, invisible à l'exception des éclaboussures qu'elle avait provoquées.

Les récifs formaient une ligne incurvée et massive qui écumait, prêts à recevoir la pirogue. Un autre loup de mer plongea dans l'eau pour attendre.

Si je regardais maintenant au fond du lagon, verrais-je des bâtiments engloutis depuis des milliers d'années ?

Mais les embruns rendaient l'eau grise, et elle devenait opaque quelques centimètres à peine au-dessous de la surface.

Nonnus inclina le gouvernail. Il détendit la voile de tribord et fit quelques tours de cordage de plus autour de la bitte placée à gauche. Le bateau continuait à se balancer paresseusement, tandis que les vagues sifflaient de plus en plus fort au fur et à mesure qu'ils approchaient. Meder et Asera regardèrent dans toutes les directions, de plus en plus nerveux ; Meder se mit à fouiller sous le filet retenant quelques provisions et le coffre contenant son matériel de magie.

Sharina les observait d'un œil froid, mais son propre cœur était glacé. Elle avait contemplé les débris d'épaves rejetés sur la grève de Barca, de solides madriers fracassés, griffés avant d'être recrachés par les récifs d'un lointain océan.

Les récifs de Tegma.

— Là ! s'écria l'ermite.

Prenant la barre entre ses dents, il relâcha la voile de bâbord et tendit les cordages de tribord. La pirogue changea de direction, ramenant la proue vers les récifs. Il y avait un espace entre deux récifs, mais l'eau s'y engouffrant rejaillissait très haut avant de venir s'assécher sur les rochers.

Le vent se fit plus frais. La pirogue prit de la vitesse, se précipitant vers les brisants avec un enthousiasme suicidaire. Si le vent soufflait dans leur dos, les embruns projetés par les vagues aspergeaient le visage de Sharina.

— Quand je vous le dirai, tonna Nonnus pour être entendu au milieu du martèlement des vagues, venez vers moi en courant. Maintenant ! Courez !

Les deux nobles étaient déjà debout, terrorisés par les rochers arrivant à toute allure. Meder n'était pas parvenu à tirer son coffre du filet. Asera et lui piétinèrent les provisions.

Nonnus bondit sur la traverse, se cramponnant au garant qui retenait l'espar, en équilibre au-dessus de l'eau. Sharina plongea vers la poupe, à l'emplacement que l'ermite venait de quitter. Le gouvernail tremblait sans que personne lui prête la moindre attention.

La proue se dressa lorsque les passagers portèrent leur poids sur l'arrière du bateau. Nonnus relâcha le garant, faisant tomber la voile – l'espar cogna contre les plats-bords avec un bruit mat. La robuste coque de la pirogue heurta l'écueil, frottant contre le corail. Si la voile avait été hissée, le choc aurait brisé le mât à sa base.

La pirogue s'arrêta à mi-chemin, au milieu du récif.

— Vers l'avant ! cria l'ermite. À la proue si vous voulez sauver vos vies !

Sharina bondit par-dessus les nobles, deux obstacles de plus sur son chemin. Nonnus était déjà en train de hisser de nouveau la voile. Sharina enjamba l'espar. Asera et Meder, même s'ils réagirent plus rapidement que prévu, durent attendre que la voile trempée leur laisse la voie libre.

Sharina grimpa sur la proue et se raccrocha à l'étai avant. Tout autour d'elle, les embruns montaient très haut. Les deux nobles se hissèrent avec peine à ses côtés. Ils se recroquevillèrent et se tinrent à la fois aux cordages et au plat-bord.

La pirogue s'inclina très légèrement, puis repartit. Le mât et le centre de force de la voile se trouvaient en amont de la partie du bateau prise dans les récifs.

La pirogue glissa sur la pleine mer. L'épais bateau constitué d'une seule pièce de bois était certes éraflé, mais il avait résisté à son éprouvant passage au milieu des récifs comme aucun navire construit de façon traditionnelle n'aurait pu le faire.

Sharina entendit derrière elle les vagues rugir de frustration.

9

— Qui a fait ça ? demanda Garric d'une voix ferme. (Il percevait dans sa propre voix l'écho de celle du roi Carus, s'exprimant d'un ton auquel on obéirait.) Qui a lancé ces liches contre nous, Benlo ?

Le conducteur était assis sur une auge renversée, juste à côté des écuries, et il faisait entrer puis sortir le bout de sa ceinture de sa boucle afin de s'occuper les mains. Garric se dressait devant lui, et Cashel derrière ; le jeune homme ressemblait davantage à de menaçants nuages qu'à un être humain.

La cour de l'auberge était illuminée par les torches, les lanternes et quelques bougies toutes disposées à couler dans le vent. Les badauds se penchaient sur les liches mortes pour s'assurer que leurs yeux ne les trompaient pas, puis se redressaient en poussant des cris d'horreur et de dégoût. Un garde blessé gémissait ; les hommes parlaient avec des voix nerveuses et haut perchées de ce qui venait d'arriver, et de ce qui aurait pu arriver.

— Je ne sais pas, répondit Benlo.

Sa voix hésitait entre la colère et une authentique inquiétude. Il regarda derrière Garric, pour évaluer rapidement la situation.

— Vos gardes préfèrent connaître la vérité que nous empêcher de vous la soutirer, gronda Garric d'une voix basse, menaçante. Je parle de ceux qui ont survécu.

Cashel grogna. Garric n'avait jamais vu son ami aussi furieux. Immédiatement après s'être assuré qu'Ilna et Garric étaient sains et saufs, Cashel avait assis Benlo ici, hors du passage. Lorsque le conducteur avait tenté de protester, Cashel l'avait soulevé de terre à la force du bras qui ne tenait pas son bâton.

— Pourquoi étiez-vous à la recherche de Garric ? demanda Tenoctris.

Elle était assise en tailleur en face du conducteur, un brin d'herbe à la main, comme une enfant jouant dans la terre. Si Garric regardait du coin de l'œil de la bonne façon, il apercevait de légères traînées bleues laissées dans l'air par le brin d'herbe.

— Je ne peux pas répondre à cette question, dit Benlo. (Sa voix se fit plus dure.) Non, *je ne peux pas*. Tout ce que je sais, c'est qu'il m'a été demandé de suivre une certaine piste et de ramener ce que je trouverais au bout, si je le pouvais. Je n'ai enfreint aucune loi. Je n'ai fait de mal à personne, et *ne veux* faire de mal à personne.

Il désigna d'un geste impérieux de la main, index et majeur tendus, la route qui allait vers Barca.

— Retournez dans vos pâturages, mon garçon, si c'est ce que vous souhaitez. Mais je n'ai pas conduit les liches jusqu'à vous, et ce n'est pas en me faisant quoi que ce soit qu'elles vous laisseront en paix. Je n'aurais même pas su comment les appeler si votre amie (il désigna Tenoctris d'un signe de tête) ne me l'avait pas dit.

Bien que son enveloppe corporelle ait fauché les liches comme du blé mûr, Garric se rappelait le combat comme s'il en avait été spectateur. Il s'était déplacé prestement et avait frappé avec une aisance fatale, même si une part de lui avait conscience que le type de l'épée et la répartition de son poids en faisaient une lame de rang inférieur à celle qu'il aurait choisie. Le tabouret avait été tout à la fois une arme et un bouclier ; il avait déjà combattu des liches auparavant et avait frappé celles-ci d'un bras ou l'autre en visant le crâne, sans le moindre faux mouvement.

Il avait reçu une blessure, une estafilade au mollet droit, infligée par une liche qu'un garde de Benlo avait mise à terre sans la tuer. Garric se rappelait avoir frappé du talon ; à sa grande surprise, c'était son pied nu qui avait écrasé les ossements recouverts d'une substance gélatineuse, et non une botte cloutée. Il avait abattu son arme sans même regarder sa cible. Son épée avait crissé contre les petits os de la cavité nasale, puis l'espace vide qui aurait, chez un être vivant, accueilli un cerveau.

Sans rien sentir d'autre qu'un très léger décalage, Garric avait entrepris de se charger de toutes les liches encore debout. Il avait tout vu, se souvenait de tout ; mais ce n'était pas Garric or-Reise qui avait combattu. Il n'avait jamais tenu une épée dans sa main avant que Benlo lui en confie une.

Il toucha sa tunique à l'endroit où était suspendu le médaillon du roi Carus.

— Qui vous a envoyé pour me trouver ? demanda-t-il.

Benlo secoua la tête. Il s'était détendu, désormais conscient que ces jeunes gens ne lui feraient pas de mal sans raison valable, et visiblement certain qu'ils n'en trouveraient aucune.

— Je ne sais pas, dit-il.

Il regarda de nouveau derrière Garric, cette fois en direction de sa fille. Liane était isolée mais à portée de voix. Elle regardait son père, le visage de marbre.

Benlo grimaça de gêne, mais poursuivit :

— Un banquier d'Erdin m'a donné une somme d'argent accompagnée d'instructions : je devais suivre une piste bien spécifique. Le banquier ne savait bien évidemment pas ce que j'allais trouver au bout de cette piste, et je doute que son mandant – je n'ai pas la moindre idée de qui il s'agit – le sache. On m'en aurait alors dit davantage.

Tandis que Tenoctris murmurait un sort, Liane avait pansé l'estafilade sur la jambe de Garric. Elle lui avait confié qu'à Valles ses professeurs appartenaient à un ordre désavoué des Filles de la Dame. Elles avaient enseigné à leurs élèves comment soigner, en plus des cours de maintien et de littérature. Une fois bandé, le mollet de Garric le lançait, mais il s'en rendait à peine compte s'il ne portait pas son poids sur cette jambe.

— Quel genre de piste ? gronda Cashel.

Il ramassa une poignée de paille et entreprit d'essuyer toute la matière qui était collée sur son bâton. Garric savait que Cashel avait donné l'alarme, mais il n'avait aucun souvenir de ce que son ami avait fait pendant la bataille.

Ilna se tenait derrière Garric, les yeux fixés non pas sur le conducteur, mais sur sa fille. Elle tenait à la main un licou en corde, passant l'extrémité dans la boucle en mesurant du regard la gorge de Liane.

— C'est un…, commença Benlo. (Il agita les mains, comme s'il tentait de former des mots avec l'air.) C'est en rapport avec une forme d'art. Je ne peux vous l'expliquer car vous n'avez pas assez de connaissances pour comprendre.

— Vous ne pouvez l'expliquer, intervint Tenoctris d'un ton plus tranchant dont Garric n'aurait pas cru la vieille femme capable, parce que vous êtes trop ignorant pour comprendre les forces sur lesquelles vous agissez.

— Quoi ? s'exclama Benlo.

Cashel fit pression sur son épaule pour qu'il reste assis.

Tenoctris se retourna pour regarder Garric en souriant légèrement. Sa façon de parler l'avait peut-être surprise elle-même.

— Cet homme n'est certainement pas responsable de l'attaque des liches et il dit la vérité. Il accomplit une tâche pour quelqu'un qu'il ne connaît pas, et affronte des adversaires qu'il ne connaît pas non plus. (Tenoctris jeta un regard froid à Benlo, et ajouta :) Pour simplifier, c'est un imbécile.

Elle posa une main à terre pour se relever. Garric s'approcha pour l'aider mais s'immobilisa lorsque la douleur remonta le long des muscles de son dos et de sa poitrine. La bataille n'avait pas été plus exigeante pour son corps que les travaux des champs qu'il avait accomplis tout au long de son ancienne vie, mais le combat faisait travailler ses muscles d'une façon différente. Ils avaient ressenti ces efforts et le lui faisaient savoir.

Liane se pencha vers Tenoctris et soutint la vieille femme lorsqu'elle se mit debout avec raideur. Le visage de la jeune fille ne trahissait toujours pas la moindre émotion.

Benlo lança un regard mauvais et demanda :

— Vous m'avez dit qu'elle était une naufragée, mais qui est-ce vraiment ? Pourquoi pas votre vieille tante ?

— Tenoctris est une naufragée, répondit Garric. Et, plus important, c'est quelqu'un en qui j'ai confiance.

Il ne savait que penser de Benlo. Cet homme semblait être exactement ce qu'il avait annoncé à Barca : un conducteur accomplissant une mission pour un commanditaire basé sur Sandrakkan. Benlo avait caché le fait que Garric était son réel objectif, et non un troupeau de moutons. Mais il avait bien payé pour le troupeau, et bien payé pour la présence de Garric.

Liane s'écarta de Tenoctris. Elle regarda Garric, et pour la première fois son regard semblait inquiet.

— Liane ? appela le conducteur.

Il se leva et tendit les bras en direction de sa fille. Elle s'éloigna comme si elle n'avait pas vu son geste. Cashel grogna mais ne rassit pas le conducteur sur l'auge, comme Garric s'y attendait.

— Écoutez…, dit Benlo.

Il fouilla dans sa manche à la recherche d'un mouchoir qui ne s'y trouvait pas. L'assaut soudain l'avait tiré du lit vêtu d'une chemise de nuit plissée. Contrairement à sa fille, il ne s'était pas saisi d'une cape avant de se précipiter à l'extérieur.

— … J'ignore ce qui se passe, je l'admets, poursuivit-il. Je n'aime pas plus que vous ces attaques. Quand nous arriverons à Carcosa, il me sera possible d'apprendre de quoi il s'agit. Je le découvrirai, je vous le promets.

Tenoctris observa Benlo, impassible. Garric se frotta le front à deux mains. Il avait des fourmis dans les doigts, des courbatures, et presque des crampes après avoir serré ses armes pendant le combat. Il avait martelé de son épée jusqu'à ce qu'elle devienne une barre d'acier tordue guère plus aiguisée que le soc d'une charrue ; quant au tabouret de noyer, il était en morceaux.

Il ne savait que penser. Il ne savait rien du tout.

Tenoctris se mit à questionner Benlo. Ses paroles devinrent indistinctes jusqu'à se muer en bourdonnement dans l'esprit épuisé de Garric.

— Je retourne me coucher, dit-il. J'ai besoin de sommeil si je veux être capable de marcher demain matin.

Garric se traîna vers l'auberge. Il était si épuisé après cette bataille qu'il se savait capable de dormir malgré tout ce qui était arrivé.

Et il savait que, dans ses rêves, il aurait de la compagnie.

10

— Toi aussi, tu devrais aller dormir, dit Mellie.

Elle était sur le genou de Cashel, allongée sur le dos, et le regardait, l'air soucieux et les mains croisées derrière la tête.

— Ça va aller. Le troupeau est encore nerveux. Ils se calmeront plus vite s'ils savent que je suis éveillé, que je les surveille.

Cashel s'assit sur la flèche d'attelage de la charrette, face à l'enclos. Il passa la main le long de son bâton. Il avait prélevé sur le troupeau une poignée de laine riche en lanoline qu'il avait saupoudrée d'une pincée de sel. Il utilisait maintenant ce tampon légèrement abrasif pour lisser les ébréchures et les échardes dues au combat.

Une fois à Carcosa – à moins qu'il trouve un rétameur lors de la prochaine étape – il ferait remplacer les viroles du bâton. La première arborait une profonde entaille, reçue lorsque Cashel avait frappé avec force l'épée et le bras de la liche qui l'attaquait ; la seconde s'était complètement déformée lorsqu'elle était entrée en contact pour la première fois avec le crâne de la créature qui s'en était prise à Ilna. Un seul coup donné par Cashel de toutes ses forces aurait suffi. Quand il avait frappé la liche pour la sixième fois, il n'avait fait guère plus que remuer de la poussière, les os de la créature étant déjà complètement pulvérisés.

— Tu devrais quand même dormir, dit la pixie. Je te préviendrai en cas de danger, tu sais.

Cashel sourit. Cela ne durait que depuis quelques jours, mais il s'était déjà habitué à parler avec une jolie jeune femme nue et pas plus grande que son doigt.

— Ça va aller, répéta-t-il. J'ai moi aussi besoin de me calmer, et il y a du travail à faire sur ce bâton.

L'une des entailles dans le bois était assez profonde, mais Cashel était sûr qu'il pourrait la polir et lui donner l'aspect d'un léger défaut du bois. Il ne pouvait s'imaginer remplacer ce bâton. Il avait neuf ans le jour où il avait reçu la branche parfaite, toute droite, en guise de salaire pour avoir abattu le noyer blanc de Taron, son propriétaire. Cashel avait fait sécher le bois lui-même, il l'avait façonné et l'avait poli pour obtenir cet aspect lisse comme la cire. Seules les viroles étaient l'œuvre d'étrangers, et elles avaient déjà été remplacées trois fois depuis qu'il possédait ce bâton.

Mellie tendit une jambe élancée vers le ciel, puis regarda dans la même direction, vers le nord. Elle éclata de rire.

— Benlo est fort, n'est-ce pas ? dit-elle.

Cashel fronça les sourcils, mais continua cependant à frotter le bois avec des mouvements amples, réguliers.

— Benlo ? Je n'aurais pas dit ça, non.

Rald, le chef des gardes, était bâti comme une souche de noyer et semblait tout aussi robuste. Sarhad, l'un des gardes, avait peut-être même été plus fort encore, mais une liche lui avait donné un coup de hache qui l'avait ouvert de l'épaule à la poitrine. Mais Benlo…

Mellie rit de nouveau, et se mit debout en exécutant un saut périlleux arrière.

— Pas fort comparé à toi, bêta ! Mais vraiment fort.

Mellie regarda en direction de l'auberge. Un coup de vent fit voler sa chevelure éclatante ; elle était tellement *réelle*, Cashel n'arrivait pas à croire qu'il soit le seul à la voir.

— Ce sont des hommes comme Benlo qui ont emmêlé le passage menant de ce plan au mien.

Elle ne mettait pas particulièrement d'émotion dans ses propos ; cela dit, elle avait employé le même ton pour évoquer la possibilité que la renarde aurait pu creuser la clôture et la dévorer.

Cashel médita les paroles de Mellie. Par « fort », elle voulait dire un puissant magicien. Il n'en doutait pas : il avait vu Benlo invoquer l'émanation qui avait désigné Garric.

— Cette fois ils l'ouvriront peut-être, dit-il, souhaitant se montrer de bonne compagnie.

Mellie plissa le nez et lui tira la langue.

— Si tu fais tomber un œuf par terre, il se casse, dit-elle acerbe. Si tu le fais tomber de nouveau, est-ce que les morceaux se remettent ensemble ?

— D'habitude, je réfléchis avant de parler. (Ce n'était qu'à moitié vrai : en vérité, il réfléchissait généralement au lieu de parler.) Excuse-moi, Mellie.

Elle se mit en équilibre sur les mains, fit un ciseau avec les jambes et leva une main, ne reposant plus que sur l'autre. Lors des festivités du solstice d'hiver, certains hommes du bourg dansaient et exécutaient des cabrioles, des cornes de bélier incurvées attachées à leurs pieds. Garric était plutôt doué. Cependant, Cashel n'avait jamais rien vu de semblable aux acrobaties de cette pixie.

— J'ouvrirais ce passage si je le pouvais, Mellie, dit-il, mal à l'aise.

Il tint son bâton à bout de bras et le fit tourner lentement, le clair de lune lui révélant quels endroits il lui faudrait polir davantage.

Un bâton était une arme dynamique : ni pointe ni lame pour l'aider à manier l'arme. Il fallait que le bois glisse comme du verre sous les mains de Cashel ; il ne pouvait laisser ses paumes accrocher sur une surface rugueuse quand les vies de Garric ou d'Ilna en dépendaient.

Les leurs, et peut-être maintenant celle de Mellie.

— Cashel ? demanda la pixie qui était de nouveau sur le dos et l'observait. Où vas-tu aller, une fois à Carcosa ? Comptes-tu rester avec Benlo ?

— Non, pas avec lui. Et je ne retournerai pas non plus à Barca.

Il frotta le noyer blanc avec une autre poignée de laine, sans y avoir ajouté de sel cette fois-ci. Il espérait n'avoir jamais à remplacer ce bâton. C'était plus qu'un outil : le seul véritable lien que Cashel garderait avec ce qui avait représenté son existence tout entière.

— Loin, c'est tout ce que je veux, poursuivit-il.

Il songea à mentionner Sharina, et y renonça. Il était facile de parler avec Mellie – c'était la première fois que Cashel ressentait cela avec une autre personne ; bien sûr, la pixie n'était pas une personne –, mais il ne savait pas vraiment quoi dire.

— Y a-t-il quelque part où tu souhaiterais aller ? demanda-t-il.

— Depuis que je suis dans votre plan et que le passage s'est refermé, j'ai principalement vu des chats et des renards. Je n'ai jamais voyagé en mer, à cause des rats. Voyager avec un ami comme toi, ce serait tout nouveau. Ou en tout cas quelque chose que je n'ai pas connu depuis un millier d'années.

— Je ferai de mon mieux pour te protéger, Mellie.

Il se remit à polir son bâton. Il fallait qu'il glisse comme du verre…

II

Les haies bordant ce tronçon de route laissaient échapper les pépiements des oiseaux qui protestaient ainsi contre l'intrusion d'insectes voraces soulevés par les pas des voyageurs. Tout au bout du troupeau, Cashel criait :

— Viens Ginger, tu as avalé tout ce que tu pouvais digérer. Tss tss tss !

Liane se tourna vers Ilna et lui dit :

— Votre frère semble d'excellente humeur ce matin, mademoiselle.

Elle était amicale ; c'était toujours le cas quand elle parlait à Ilna. Au fond de son cœur, la jeune fille sentait que Liane se moquait en secret d'elle car elle était moins belle, moins riche, moins bien éduquée. Ilna savait aussi que personne ne voyait le sarcasme dissimulé par le sourire de la jeune fille. Elle aurait l'air d'une idiote si elle y réagissait ouvertement.

— Oui, n'est-ce pas ? dit Ilna en souriant aussi. C'est une très belle journée, et il peut se sentir seulement heureux d'être en vie après les événements de la nuit dernière. Et toi, Garric ?

Garric marchait à côté du hongre que Tenoctris chevauchait ce jour-là à la place de Liane. Benlo avait d'abord protesté, mais le regard froid de sa fille l'avait réduit au silence. Tenoctris elle aussi avait refusé ; Liane avait tout simplement dit qu'elle avait besoin d'exercice, et que la vieille femme avait besoin de repos. Il aurait été très aisé, même pour Ilna, de ne voir que l'apparente gentillesse de Liane et de laisser échapper le fait qu'elle était en réalité une garce calculatrice.

— Heureux ? Je ne sais pas, répondit Garric avec un grand sourire, regardant les jeunes filles par-dessus son épaule.

Il était hors de question que Garric conduise le troupeau ce matin-là. Il était même stupéfiant qu'il puisse marcher tout seul.

— Je suis sûr d'être en vie parce que les morts ne souffrent pas autant.

Il trébucha et dut se rattraper à l'étrier de Tenoctris ; il s'appuya sur son arc, qu'il tenait, démonté, de la main gauche.

— Voyez ? ajouta-t-il, feignant à moitié le désespoir. Je suis un invalide. Rejoignez-nous donc, que nous puissions parler.

La route reliant la rivière Stroma à Carcosa était pavée, quoique mille ans de passage aient creusé des ornières dans la pierre, où l'on s'enfonçait jusqu'à la cheville. Le cortège de Benlo partageait la route avec un grand nombre d'autres voyageurs : piétons, cavaliers et bêtes de somme – et même quelques véhicules à roues, ce qui aurait été impensable sur les étroites routes plus à l'est. Ilna vit une voiture pour la première fois de sa vie. Ses fenêtres étaient masquées, et les quatre chevaux noirs qui la tiraient arboraient des plumes qui oscillaient sur leur harnais de tête.

Benlo était en tête, accompagné des quatre gardes ayant survécu, et qui se rassemblaient près de lui. Liane gardait ostensiblement Garric et Tenoctris entre son père et elle. Ilna crut tout d'abord qu'il s'agissait d'un stratagème pour marcher près de Garric, mais Liane était restée quelques pas en arrière du jeune homme pendant toute la première heure du voyage.

Ilna était à côté de Liane mais restait néanmoins vigilante.

Cashel conduisait le troupeau en queue, sifflant et appelant chaque mouton par son nom. Il semblait en effet d'excellente humeur, plus heureux qu'Ilna se souvenait de l'avoir jamais vu au bourg. Peut-être était-il juste content de voir le monde au-delà de Barca, sans parler de son salaire – elle savait cependant que son frère ne partageait pas ses préoccupations pécuniaires. Cashel avait Ilna pour s'occuper de lui, et il ne lui était pas nécessaire de se soucier de ses finances.

— Eh bien, venez ! répéta Garric. Je pourrais avoir besoin que vous me portiez toutes les deux pour le reste du voyage.

Liane interrogea Ilna du regard, qui réprima une moue renfrognée.

— Oui, nous arrivons, dit-elle.

Liane allongea légèrement le pas et vint se placer à la droite de Tenoctris, mettant le hongre entre Garric et elle.

— Tu tiens bon ? demanda Garric quand Ilna arriva à sa hauteur.

Il changea son arc d'épaule pour que l'arme ne constitue pas une barrière symbolique entre eux.

Ilna avait connu Garric toute sa vie : elle remarquait sa grimace chaque fois qu'il posait le pied droit, et que la peau était tirée autour de ses pommettes hautes et saillantes. Et Garric était pourtant presque d'aussi bonne humeur que Cashel. La bataille de la nuit dernière l'avait tellement exténué qu'elle avait craint qu'il lui faille des jours pour récupérer.

— J'espère bien être capable de marcher à l'allure d'une brebis toute ma vie, dit Ilna. Laver des draps demande plus d'efforts, et c'est aussi plus exaltant.

Garric rit avec gaieté. Son rire était plus fort ces derniers temps. Le jeune homme avait gagné en assurance. Il avait apparemment décidé qu'il n'y avait rien de honteux à se montrer joyeux et que, si les gens avaient un problème avec ça, tant pis pour eux.

— Je venais de dire à Tenoctris que les poètes anciens n'ont rien écrit sur le trajet des moutons vers le marché, et rien non plus sur la tonte. Il n'est question que de s'asseoir sous un chêne vert et de regarder les agneaux gambader au milieu des fleurs. N'est-ce pas, Liane ?

Il n'était plus tout à fait le garçon avec qui Ilna avait grandi. Garric avait toujours été intelligent, amical et aussi travailleur que n'importe qui à Barca. Désormais, il était également courageux. Il n'avait certainement hérité cela ni de son père ni de sa mère, chez qui ce qui s'en rapprochait le plus était une aigreur pleine de fierté.

— Effectivement, j'avais l'impression que la vie de berger impliquait davantage de sources cristallines et de joutes chantées que j'en ai vu à Haft, concéda Liane. (Elle changea délibérément de sujet :) dame Tenoctris, veuillez m'excuser de vous avoir prise pour une conjuratrice l'autre jour. Puis-je vous demander comment vous êtes devenue une so…

Elle marqua un temps, craignant visiblement que Tenoctris prenne le terme « sorcière » comme une insulte. Ilna se demanda si la jeune fille rougissait : le cheval et sa cavalière la dissimulaient à ses yeux.

— … comment vous avez étudié l'art ? termina Liane, également peu convaincue par le terme « magicienne ».

On lui avait sans doute expliqué qui était réellement Tenoctris.

Et ce « on » était très certainement Garric, pendant qu'Ilna travaillait pour payer son séjour à l'auberge parce qu'elle n'avait pas un père riche pour subvenir à ses besoins.

Liane avait baissé la voix pour poser cette question, bien que son père et ses gardes aient à ce moment-là beaucoup d'avance sur eux. Ils avançaient plus vite que le troupeau, et il leur fallait s'arrêter tous les quarts d'heure pour attendre. Garric était habitué à avancer à l'allure des moutons, et il retenait ceux qui marchaient avec lui.

Tenoctris n'était pas très à l'aise à cheval : elle tenait les rênes d'une main et se cramponnait de l'autre au pommeau de la selle.

— Il y a bien peu d'art dans la pratique de la magie à votre époque, dit-elle avec un sombre sourire. De mon temps aussi, je suppose.

Elle tourna la tête vers Garric et Ilna pour les inclure dans la conversation, puis revint vers Liane et continua :

— J'avais un talent pour visualiser les forces, Liane. Ma famille avait un titre, mais très peu d'argent ; j'étais la troisième fille, et mon père aurait appuyé n'importe laquelle de mes décisions qui ne lui demandait pas de rassembler une dot. J'ai étudié à l'université de Notisson, puis j'ai ensuite occupé des emplois un peu partout dans les Isles, dans les familles possédant les meilleures bibliothèques. Je me suis en fin de compte retrouvée sur Yole ; peut-être une coïncidence.

— Mais avez-vous appris grâce à un magicien ? demanda Garric. C'est-à-dire, avez-vous été en apprentissage ?

— Il y avait à Notisson – la cité, pas l'université – une guérisseuse d'un grand pouvoir, nommée Kaeri. J'ai beaucoup appris d'elle, d'une certaine façon, mais…

Elle fronça les sourcils, hésitant visiblement sur le discours à tenir.

— Ne vous méprenez pas, Kaeri se consacrait au soleil. Tout ce qu'elle voulait c'était aider les autres. Pourtant, la regarder m'effrayait car elle ne comprenait pas le moins du monde les forces sur lesquelles elle agissait. Elle était pratiquement illettrée, mais ce n'était pas le problème. Le vrai problème, c'était sa propre puissance. (Elle laissa échapper un petit rire ironique.) Je n'ai pas ce genre d'ennuis, je peux vous l'assurer.

— Et est-ce que le… l'Homme au Manteau… (il s'interrompit pour déglutir, et regarda le sol à ses pieds)… était pareil ? demanda Garric.

— Était-il illettré ? Non, pas du tout, dit Tenoctris d'une voix ferme. Selon moi, il venait d'une famille semblable à la mienne et appartenait à la petite ou à la grande noblesse. Je ne saurais le dire avec certitude car, pour être honnête, je n'ai pratiquement pas été en contact avec lui. Quel que soit son parcours, nous n'avions rien en commun.

Elle tourna la tête pour regarder Liane, et non pas Garric, ce qui surprit Ilna.

— L'autre différence entre l'Homme au Manteau et mon amie Kaeri est qu'il se consacrait entièrement à Malkar.

— Au mal, dit Liane d'une voix claire, impassible. Il se consacrait au mal.

— En termes humains, concéda Tenoctris. Il a même prétendu être Malkar. Un mensonge flagrant qui prouva qu'il n'était pas seulement un idiot se dévouant aux ténèbres, mais un idiot tout court. Il était cependant un magicien extrêmement puissant, et c'est cela qui le rendait vraiment dangereux, plus que l'orientation qu'il avait choisie pour son pouvoir. Il a détruit le monde dans lequel nous vivions tous deux, par erreur et non pas volontairement.

Elle adressa aux jeunes gens un sourire mélancolique.

— Je pensais qu'il s'était également détruit, Garric, jusqu'à ce que tu me parles de tes rêves.

— Je n'ai plus fait ce rêve depuis que, vous savez… mon père m'a donné ce porte-bonheur.

— Eh bien ! ils sont plus nombreux à avoir survécu à mon époque qu'on le penserait. Des êtres d'un grand pouvoir… (elle secoua la tête, avec encore ce léger sourire) et moi, par pur hasard je suppose.

Le visage de la vieille magicienne changea d'expression, se fit encore plus songeur que d'ordinaire. Tenoctris, même au summum de l'agitation, dégageait une aura de calme et de détachement. Ilna s'émerveillait de cet esprit si différent du sien, dans lequel la colère bouillonnait sous une couche de glace – même si pour un œil extérieur les deux femmes semblaient avoir des comportements très semblables.

Tenoctris regarda fixement Benlo et ses gardes qui les attendaient quinze mètres plus loin.

— Les forces augmentent puis diminuent, mais la connaissance requiert les mêmes efforts à tout âge, dit-elle d'une voix légèrement plus calme. Mon amie de Notisson était très puissante. L'Homme au Manteau était très puissant. Quant à votre père, Liane, j'ai bien peur qu'il le soit également. Et que son pouvoir soit tout aussi ingérable.

12

Le vent venu du sud-est était violent et leur était complètement opposé. Nonnus avait ramené la voile, et pourtant chaque bourrasque poussait un peu plus la haute pirogue vers la mer Extérieure.

Sharina cousait des œillets sur les bandes de ris de la voile ; Nonnus découpait minutieusement la perche qu'elle avait utilisée pour pousser le navire, confectionnant des cargues pour raidir la toile. Ces aménagements n'amélioreraient que très légèrement l'aptitude de l'embarcation à prendre le vent mais, au moins, ils avaient quelque chose à faire, au lieu de se morfondre.

Asera se tenait à la proue du navire, la mine sombre. Meder était adossé au mât, face à la proue, son coffre ouvert sur les genoux. De temps à autre, il regardait derrière lui ; Sharina évitait son regard.

Asera se leva.

— Ce vent ne change pas ! s'exclama-t-elle. Il est d'origine magique, n'est-ce pas ? Meder, vous ne pouvez rien faire ?

— Non, car ce paysan m'en empêche ! répondit Meder, irrité.

Il ne leva pas les yeux de l'objet qu'il tenait entre ses doigts et qui ressemblait pour Sharina à un petit miroir de magnétite polie.

— Il n'y a rien de magique à rencontrer un vent de sud-est dans la mer Extérieure à cette période de l'année, dit calmement Nonnus. Et pas besoin de magie pour revenir où nous le souhaitons. Un vent du nord soufflera très probablement dans une ou plusieurs semaines. Nous avons assez de provisions pour l'attendre, et nous attraperons du poisson sous peu.

L'ermite n'avait ni départoir de charpentier ni maillet pour découper les cargues. Il avait taillé une paire de cales dans ce qui avait autrefois été la rame, ouvert le bois d'un coup de son couteau, et il utilisait le dos de la lame pour enfoncer les cales dans le manche. Il se tenait immobile et faisait avancer la rame d'une main tout en frappant de l'autre avec la précision d'un joaillier. Le tangage du bateau dans des remous causés par le vent affectait si peu l'ermite que celui-ci semblait être une partie intégrante de la coque.

— Un vent du nord ? répéta la procuratrice, écœurée. Vous voulez dire une tempête ? Grands dieux ! Pourquoi ai-je été assez stupide pour me porter volontaire pour cette mission ? J'aurais tout aussi bien fait de m'ouvrir les veines et de mourir dans mon propre lit à Valles !

— Une tempête, approuva doucement Nonnus, qui nous permettra de regagner la mer Intérieure ou d'accoster sur l'une des isles du nord. Je ne suis pas fier de la fabrication de ce rafiot, mais il est robuste et ne se briserait pas dans une tempête – même pire que celles que j'ai connues dans cette mer.

Sharina arrêta un instant de coudre l'œillet qui donnerait à la voile son point d'écoute, et ajusterait ainsi sa bordure. Un poisson qui avait sauté hors de l'eau venait d'attirer son attention. Ce qu'elle avait d'abord cru être une grosse vague grise qui se dressait derrière eux agita soudain la queue, puis replongea.

— C'est très bien, une pirogue, continua pensivement l'ermite. (Il ne s'adressait plus à Asera ; peut-être ne s'adressait-il plus à personne.) Une pirogue avec des coques jumelles naviguera aussi bien qu'un bateau construit de plusieurs pièces de bois – et se comportera mieux dans une tempête. Mais je n'ai pas pris le temps de faire correctement le travail.

— Combien de temps cela aurait-il pris, Nonnus ? demanda Sharina en regardant son ami.

Il sourit.

— C'est bien ça, mon enfant, acquiesça-t-il. Je dirais une année, pour la construire correctement, pour bien aligner les coques.

— Je n'aurais pas voulu passer une année sur Tegma, Nonnus, dit-elle en élevant la voix pour que les deux nobles l'entendent distinctement. Même si celui qui nous y a amenés, quel qu'il soit, nous y avait autorisés.

Nonnus s'assit à la poupe, sur la transversale qui fixait les balanciers à la coque. Son regard était dirigé vers l'horizon, mais Sharina n'était pas sûre que son ami regarde quoi que ce soit dans le monde actuel.

— Oh ! nous allons très bien nous en tirer, dame Asera, dit-il. La mer est plus vaste que n'importe quel homme, ou que n'importe quel bateau. C'est la première chose que vous apprenez, sur l'isle de Pewle. Un jeune sur un canot qui va trop au nord en cette saison a toutes les chances de ne plus s'arrêter, entraîné par les vents jusqu'aux caps de Glace. Mais nous avons de bonnes réserves de provisions, et nous profiterons de la tempête.

Sharina ficha son aiguille dans la voile et se leva. Elle s'était confectionné une ceinture de cuir et une bandoulière et y accrochait sa hachette, son nécessaire de couture, sa dague – une arme en bon acier dans un étui de cuivre niellé, ayant appartenu à l'un des Aigles de Sang avant que tous les êtres vivants de Tegma meurent – et une poche contenant du pain et une bouteille d'eau. Tout cela l'encombrait, mais elle avait suivi le conseil de l'ermite à la lettre : tant qu'elle serait à bord de la pirogue, elle garderait sur elle tout ce qui était vital.

Elle fit un pas en avant, s'efforçant de ne pas chanceler, et vint s'asseoir sur la barre à côté de Nonnus. Il lui adressa un petit sourire et dit :

— Quand j'étais enfant, si jeune que je n'avais pas encore fabriqué mon premier canot, j'ai volé celui de mon frère. Je ne devais pas avoir plus de sept ans, sept saisons à chasser le phoque, sept saisons de faim, comme on dit sur notre isle. Il faisait le même temps qu'aujourd'hui.

Une rafale fit tanguer la pirogue, plongeant profondément le balancier gauche dans l'eau tandis que le droit émergeait brièvement, ruisselant de gouttelettes semblables à une pluie de diamants. L'écume s'éleva des vagues, s'abattant en pluie sur la coque et ses passagers. Asera fulmina, et Meder ferma son coffre rempli d'ingrédients et de divers instruments.

— Il m'a entraîné vers le nord pendant trois jours, continua Nonnus. Je n'avais pas de nourriture, seulement une bouteille d'eau. Un banc de méduses était emporté par le même courant : des tigres de mer, les grosses avec des poches d'air orange et noir. Leurs tentacules faisaient neuf mètres de long, et les toucher, c'était comme être fouetté par un démon. Elles cognaient sur mon canot jour et nuit. Je les sentais appuyer de l'autre côté de la coque quand j'étais couché contre la fine couche de bois.

Il rit, un son froid qui semblait provenir de la gorge d'un goéland – mais qui n'aurait pas dû être émis par un homme. Sharina posa une main sur son épaule.

— Et puis le temps a changé, dit Nonnus en s'adressant au monde entier. Il m'a fait remonter en une nuit ce que j'avais parcouru en trois jours, et ce fut un vrai plaisir de recevoir la correction de mon frère ; j'avais été si près de ne plus en prendre… Mais parfois, je pense à un autre garçon, dans un autre… monde, j'imagine qu'il a dérivé vers le nord jusqu'à geler dans la glace, sept ans et rien sur la conscience à part le vol du canot de son frère.

— Il n'aurait jamais permis à une jeune fille d'échapper à Tegma.

Nonnus rit de nouveau, mais cette fois le son était humain.

— Non, c'est vrai, mon enfant. Et le vent va tourner, parce que le vent tourne toujours.

— Je peux faire tourner le vent ! dit Meder en regardant par-dessus son épaule, son coffre serré contre lui.

Nonnus se releva.

— Vous le pouvez, monsieur, je n'en doute pas une seconde, dit-il aimablement (il continua à enfoncer ses cales dans la rame pour la fendre en deux dans le sens de la longueur), mais si vous vous y essayez sur le bateau que mon amie et moi avons fabriqué, je vous jetterai à la mer. Les poissons ont des critères moins stricts et votre présence ne les dérangera pas.

Meder cligna des yeux, abasourdi. Sharina dévisagea le jeune magicien. Elle était toujours assise près de l'ermite, mais ne le touchait plus.

Sharina était du côté de Nonnus ; cela ne faisait aucun doute. Mais, au plus profond de son cœur, elle sentait le vent, et pensait aux caps de Glace, à ses longs cheveux blonds pris dans la glace.

13

Les arches centrales de l'aqueduc s'étaient effondrées de nombreuses années auparavant. Leurs briques avaient été réutilisées pour les fondations des maisons et des granges que Garric apercevait tout le long de la route depuis qu'ils s'étaient arrêtés à la mi-journée pour que les moutons ruminent leur herbe. Seuls restaient les piliers au cœur de ciment, dressés au milieu des champs d'orge tels des géants d'un autre âge.

— Nos ancêtres faisaient venir l'eau depuis les sources de la Stroma grâce à des canalisations qui parcouraient plus d'une centaine de kilomètres, expliqua Garric. Tu imagines, Liane ? Une ville qui a besoin de tellement d'eau qu'il lui faut aller si loin pour la chercher ?

— Erdin a son aqueduc, dit Liane, mais c'est parce que l'eau y est saumâtre, et pas parce que nous en manquons. Dans le sud de l'isle – notre isle, Sandrakkan –, toutes les lourdes marchandises sont transportées sur les canaux.

Ils se tenaient au bout du quai du lac Talpin. Les moutons étaient dans leur enclos. Les bateaux de pêche qui apporteraient le dîner des voyageurs installés à l'*Auberge du Lac* n'étaient pas encore rentrés, bien que les ombres sur l'eau aient commencé à s'allonger.

Liane embrassa les environs du regard. Le paysage plat et la surface lisse du lac offraient un point de vue très étendu, auquel Garric n'était pas habitué. La mer elle-même semblait être une suite de collines et de vallées qui, malgré leurs mouvements incessants, n'en semblaient pas moins réelles.

— Cet endroit me rappelle Erdin, dit-elle. Quand j'étais enfant.

Ilna était dans les cuisines ; Tenoctris se promenait au bord du lac, et Cashel était assis avec le troupeau – par choix, les moutons n'ayant pas besoin de sa présence en ce moment. Benlo était allé marcher seul ; ses gardes étaient restés boire dans la salle commune, la mine morose. Garric n'avait pas particulièrement envie de savoir ce que tramait le conducteur.

À un autre moment, Garric serait probablement resté avec Tenoctris pour en apprendre davantage sur ces anciennes constructions qu'elle avait peut-être connues toutes neuves, ou encore avec Cashel : ils auraient parlé de leurs expériences communes, ou de rien en particulier. Mais Liane lui avait lancé un regard, et sans qu'elle lui ait vraiment demandé de l'accompagner sur le quai, les signaux qu'elle lui avait adressés étaient assez clairs.

Plus d'une centaine de personnes pouvaient les apercevoir : l'*Auberge du Lac* brassait une nombreuse clientèle et, à cette distance de Carcosa, nombreux étaient les voyageurs qui décidaient de continuer jusqu'à la ville avant la tombée de la nuit, ou en tout cas peu après. Personne ne voyait d'un œil désapprobateur un jeune homme et une jolie jeune femme ensemble, même s'ils se tenaient à distance de tous.

— Le bosquet de Tappa se trouvait de ce côté de l'eau, dit Liane. (Il y avait de la tension dans sa voix ; elle serrait les deux mains autour du pilier en bois, le quai n'ayant pas de balustrade.) Il n'y a plus un seul arbre désormais. Je pense que le sol était trop humide pour qu'ils y poussent, à part des cyprès.

— Vraiment ? s'exclama Garric. J'ai toujours cru que Tappa était un mythe ! La terrible déesse à laquelle les prêtresses vierges sacrifiaient chaque année un voyageur à la première pleine lune, jusqu'à ce que le héros Talamis… euh… mette fin à cette pratique.

— Je ne jurerais pas que Tappa était réelle, dit Liane en souriant légèrement, et Talamis non plus. Même pour un demi-dieu, ses exploits sont... impressionnants. Mais il y avait bien ici un bosquet et un culte. Cette partie-là est vraie.

D'après le mythe, Talamis avait mis enceintes les cinquante prêtresses au cours de la même nuit, faisant passer le culte de Tappa du sacrifice sanglant à celui de la maternité – culte qui avait survécu jusqu'à la chute de l'Ancien Royaume. Les historiens ayant étudié le règne de Carus avaient écrit sur ce site ; il n'y avait pas de raison de douter de son existence réelle. Cependant, Garric n'avait jamais associé Tappa et son bosquet près d'un lac avec le lac de Talpin, à l'est de Carcosa.

— La campagne est sûrement devenue très marécageuse, en un millier d'années, dit-il. C'est une très longue période. Je me demande si Tenoctris sait quelque chose sur ce bosquet.

— Mon père, oui, répondit Liane en regardant le lac, figée comme une statue. Il est à sa recherche en ce moment.

Elle se tourna et fit face à Garric, arborant une sombre expression, comme si elle le défiait de répondre. Il s'éclaircit la voix.

— Oh ! je suppose que, sur les lieux d'un ancien temple, on trouve beaucoup de ce que Tenoctris appelle les « forces ».

— Tu veux parler d'un lieu où se déroulaient des sacrifices humains, n'est-ce pas ? demanda Liane d'un ton de défi.

— Non, répondit calmement Garric. Je continue à penser que toute la partie sur les sacrifices humains n'est qu'une légende.

Deux hivers auparavant, il avait trouvé Gizir sanglotant et hurlant dans les étables de l'auberge. C'était la nuit où Laya avait annoncé ses fiançailles avec un riche veuf du nom d'Hakkardi, dont la ferme se trouvait à un kilomètre au nord du hameau. Gizir était saoul, et il tira son couteau quand Garric marcha vers lui en toute innocence.

Tout comme Gizir alors, Liane était sur le point d'exploser. Garric ne s'en faisait pas pour lui-même. Mais il ne voulait pas blesser une personne qu'il appréciait et avec qui il avait sympathisé.

Liane recouvrait le sommet du pilier des deux mains. Elle y posa sa joue et se mit à pleurer à chaudes larmes.

Garric avait craint que Liane se mette à hurler ou tente de griffer son visage, dirigeant sa colère vers lui – le genre de comportement que la compagnie de sa mère lui avait, à tort, appris à attendre des femmes en général. Les larmes de Liane le prirent complètement par surprise. Il cligna des yeux, puis se tourna pour ne pas avoir à regarder directement la jeune fille.

Liane tendit la main, lui prit le poignet et le serra.

— Puisse le Berger me pardonner, Garric, souffla-t-elle entre deux reniflements. Je pensais que c'était ce qu'il faisait. Je le pense toujours. Cherchant les anciens lieux de mort pour pratiquer sa magie !

Elle se redressa et lui tourna le dos. Elle prit dans sa manche un mouchoir pour s'essuyer les yeux, puis se moucher. Garric ne quitta pas du regard les bateaux sur le lac ; les pêcheurs revenaient vers le quai, avançant au rythme des coups de rames d'hommes jeunes et épuisés.

— Je ne connais plus vraiment mon père, dit Liane d'une voix qui ne tremblait plus que très légèrement. C'était un homme si extraordinaire. Les meilleurs moments de mon enfance, je les ai passés à écouter les chansons d'amour qu'il avait apprises à tous les vents de la mer Intérieure lors de ses voyages, et qu'il rapportait à Mère et à moi.

Elle jeta un regard à Garric et força littéralement un sourire en soulevant les coins de sa bouche, pincés entre pouce et index. La grimace les fit tous deux éclater de rire.

Liane poursuivit d'une voix moins tendue :

— Le nom de notre famille est bor-Benlimar. Je suis désolée de t'avoir menti.

Garric haussa les épaules.

— Tu ne m'as pas menti. Si tu ne souhaites pas qu'on sache que tu es noble, c'est ton affaire. De toute manière, ma mère me l'avait dit. Elle… euh… prête une grande attention à ce genre de choses. Elle a servi au palais de Carcosa.

Liane hocha la tête, mais elle prêtait clairement plus d'attention à ce qu'elle allait dire qu'à ce qu'elle entendait. Elle posa de nouveau les mains sur le pilier et garda les yeux baissés en confiant :

— Tout a changé à la mort de ma mère, il y a cinq ans. Ils étaient très amoureux et quand elle est morte il n'a…

Elle leva les yeux vers Garric.

— … il ne l'a pas accepté, ajouta-t-elle avec froideur. Je sais que c'est stupide : comment *ne pas* accepter que quelqu'un soit mort ? Mais il a tout tenté pour la ramener. Il avait toujours été un magicien, mais son art était moins important pour lui que ma mère. Après sa mort, il se dévoua à la magie, et à des sorts qu'il n'avait jamais pris en considération jusque-là.

Garric désigna d'un signe de tête le bateau de pêche qui se rapprochait, ses tolets crissant.

— Ah ! peut-être devrions-nous rentrer ?

— Nous allons marcher au bord du lac, ordonna Liane, redevenue un bref instant une noble autoritaire s'adressant à un roturier. Il fait encore assez jour.

Ils quittèrent tous deux le quai, les mules de la jeune fille claquant sur les planches, tandis que Garric, pieds nus, marchait en silence.

— J'étais à l'école de dame Gudea, à Valles, dit Liane d'une voix sans émotion. Je ne sais ce qui s'est passé. Des hommes armés sont allés voir la directrice. Ils m'ont tirée du dortoir, et conduite dans un cloître. On ne m'a rien dit, si ce n'est que je devais rester là, et qu'il ne m'arriverait rien si je me tenais tranquille.

Liane se remit à renifler. Elle porta le mouchoir à son nez. Garric regarda alentour, mais le crépuscule était trop avancé pour que quiconque à distance puisse voir que la jeune fille pleurait. Le chemin bordant le lac avait été pavé avec des pierres venues de l'aqueduc, mais il y avait bien longtemps de cela. Certaines d'entre elles étaient de travers et venaient se placer entre deux grandes flaques d'eau boueuse.

— Ils m'ont gardée là-bas une semaine, continua Liane en ignorant ce hasardeux chemin. Puis mon père est arrivé. Il ne m'a jamais dit ce qui s'était passé, seulement que nous ne possédions plus rien, à part le tombeau de famille à Erdin. C'est le lieu où ma mère est enterrée. Tout s'arrangerait bientôt, selon lui : il fallait qu'il règle une affaire avec quelqu'un, et nous retrouverions tout. Si ce n'est qu'il s'appelait désormais Benlo or-Willet et que je voyagerais avec lui jusqu'à ce qu'il trouve ce qu'on l'avait envoyé chercher. C'était il y a huit mois.

Garric plaça la main de la jeune fille au creux de son coude et lui fit faire demi-tour. Il faisait vraiment trop sombre pour continuer. Il avait douloureusement conscience que, si Liane et lui finissaient par tomber tous les deux dans le lac, il lui faudrait l'expliquer à Benlo mais aussi à Ilna.

— Nous sommes tout d'abord restés à Valles, dit Liane, apparemment oublieuse de tout ce qui n'était pas cette histoire qu'elle confiait pour la première fois à quelqu'un. Nous avons séjourné dans plusieurs auberges. Je suis restée cachée dans ma chambre la plupart du temps, de peur de rencontrer d'autres jeunes filles de mon école. J'avais l'impression d'avoir la lèpre. Mon père fouillait les palais, les tombeaux… Il allait presque partout où il le souhaitait, mais toujours en secret, à la nuit tombée, et vêtu d'un grand manteau, le capuchon relevé.

— Il semble être… riche.

Garric changea de direction afin d'éviter le pêcheur qui quittait le quai, deux paniers d'osier remplis de poissons suspendus à une palanche posée sur ses épaules. Une femme l'appela depuis la porte arrière de l'auberge.

Dans l'obscurité, Liane opina du chef.

— Père ne s'est jamais trop soucié de l'argent. Bien sûr, nous en avons beaucoup. Depuis qu'il est venu me sortir de l'école, il porte en permanence une ceinture de pièces d'or et transporte un coffre rempli d'or dans nos bagages. Je croyais que c'était pour cela qu'il avait engagé ces gardes, mais je n'en suis plus aussi sûre. Pas depuis ce qui s'est produit... dans ton auberge, puis la nuit dernière. Avec ces liches.

— Ce n'était pas lui. Même Tenoctris le dit.

Garric n'ajouta pas – il n'en avait pas besoin – « et pourtant Tenoctris n'aime pas du tout ton père ».

— Il n'a pas provoqué ces attaques, mais quelqu'un tente de stopper mon père. Quelqu'un qui ne reculera devant rien.

Il faisait très sombre. La seule lumière provenait des fenêtres de la cuisine et de la cour de l'auberge, où des hommes éclairés par des torches de joncs terminaient leurs travaux de la journée. Le sol aux pieds de Garric était noir comme du charbon. Il savait que le chemin conduisant à l'auberge était dégagé, mais c'était bien la seule chose dont il soit sûr. Il resta où il était, et posa sa main sur celle de Liane.

— Alors sans prévenir il a affrété un bateau et nous avons navigué jusqu'à Carcosa. C'était pour moi comme de tomber du bout du monde. Comparée à Erdin ou à Valles, Carcosa est une ménagerie de bouffons vêtus de vieux vêtements et de singes incultes. J'étais si seule. Je souhaitais *mourir*, Garric, mourir.

— Ensuite tu es arrivée à Barca, et ce fut encore pis, murmura Garric.

Il pouvait compatir. Sa propre vie avait été suffisamment bouleversée pour comprendre ce que la jeune fille devait ressentir.

— Non, dit Liane en riant, ce ne fut pas pis, parce que les habitants de Barca ne se prennent pas pour des nobles quand ils n'en sont pas, et qu'il y a un vrai savoir à Barca.

Garric rit à son tour.

— Barca compte de nombreux érudits, dit-il. J'en suis persuadé.

Le claquement des tranchoirs de bois qu'on posait sur les tables à tréteaux indiquait que le repas du soir serait servi dans la salle commune. Soit, s'il manquait le ragoût, il mangerait du pain et du fromage, comme il le faisait souvent.

Liane renifla.

— Tu crois ? dit-elle, avant d'ajouter : ton père est un homme remarquable.

— Tu crois ? dit Garric, imitant involontairement la jeune fille. Il ne serait sans doute pas d'accord avec toi.

Garric n'était pas sûr de ce qu'il pensait. Il lui était difficile de considérer Reise comme une personne à part entière, et non comme un fait de l'existence, à l'instar de l'auberge ou d'une tempête hivernale.

— Je ne connais plus mon père, répéta Liane. (Son visage était plongé dans l'obscurité, mais sa voix trahissait le tremblement de ses lèvres.) Comme s'il était devenu une autre personne en changeant de nom… mais ce n'est pas ça, je le sais. Ce changement est survenu quand ma mère est morte. Avant que je puisse me cacher à l'école, et prétendre que j'ignorais ce que faisait mon père.

— Je pense que nous devrions rentrer, maintenant, dit Garric, mal à l'aise.

— Il a dû faire quelque chose de terrible pour tout perdre à l'exception de sa vie, continua Liane en résistant à la délicate pression que Garric exerçait sur sa main. Je me demande ce qui a pu lui sauver la vie… et quel en fut le prix.

Un engoulevent se mit à pousser des cris, usant d'un ancien pilier de béton comme d'une table d'harmonie pour amplifier le son. Après une série de dix, l'oiseau s'interrompit.

— Oui, nous devrions rentrer, dit sèchement Liane.

Elle marcha en direction de l'auberge, serrant fermement le bras de Garric.

14

À quelque distance de Carcosa, Ilna s'était étonnée de voir des maisons perchées au sommet de falaises à pic. En approchant, elle comprit qu'il s'agissait non pas de falaises, mais des murs de l'ancienne cité, sur laquelle des habitants avaient construit leurs maisons, puisqu'il était maintenant inutile de défendre la ville provinciale qu'était devenue Carcosa.

Ilna sentit sa confiance en elle vaciller. Elle avait imaginé Carcosa comme une version à grande échelle de Barca, semblable en tout point, excepté la taille. En vérité, une cité ressemblait autant à un hameau qu'un homme à une grenouille.

Ilna se sentait à vrai dire tout à fait comme une grenouille, en apercevant ces murs majestueux.

— « Nul ne saurait t'égaler, Carcosa ! » déclama Garric avec force. « Nul ne saurait aujourd'hui construire des murs semblables aux fragments qui demeurent, ni reconstruire ce qui est tombé. » (Il ajouta en riant :) Tu vois, Liane, il y a des érudits à Carcosa !

Liane marchait au côté de Tenoctris qui chevauchait le hongre, deux pas devant Ilna. Elle se retourna et répondit :

— Tu veux dire qu'il y en a eu un au siècle dernier, et n'oublie pas qu'il s'agissait d'un exilé de Sandrakkan. Et puis… « Quelle heureuse ville si elle se défaisait de ses habitants, ou ses habitants de leur duperie ! »

Tous deux éclatèrent de rire. Ilna sentit son cœur se figer.

Elle ne comprenait pas de quoi ils parlaient, ni en quoi c'était drôle. Elle avait vécu près de Garric or-Reise toute sa vie, et voilà qu'il plaisantait avec une étrangère qu'il venait de rencontrer, comme si Ilna n'existait pas.

En raison du trafic, le troupeau était cantonné au côté droit de la route. Ilna n'avait jamais vu autant de monde au même endroit auparavant. Piétons, cavaliers, quelques charrettes… et plus remarquable, plus dangereux aussi, d'énormes chariots de marchandises tirés par des attelages d'une douzaine de bœufs ou de six chevaux. Les chariots avançaient à leur propre allure, et leurs roues cerclées de fer écrasaient tout ce qui se trouvait entre elles et les pierres de la route.

Certains de ces chariots repartaient vides de la ville et avançaient avec fracas le long de la route, sans que leurs conducteurs se soucient de ce qui passait sur leur chemin ; d'autres transportaient les rebuts des ateliers de tannage et les déchets pour fertiliser les champs. Un hameau est une dure école, et personne n'aurait dit d'Ilna qu'elle était aisément dégoûtée. Malgré tout, elle se demandait si le risque d'être écrasée par un chariot vide était plus redoutable que la puanteur de ceux remplis des détritus de la ville.

Les gardes de Benlo dégageaient le passage pour le troupeau, un droit de priorité que les autres conducteurs devaient envier. Cashel se tenait à l'arrière, et constituait un rempart tout aussi solide contre les cavaliers qui auraient songé, dans leur hâte, à passer au milieu des bêtes. Garric assurait la cohésion du troupeau et facilitait son passage dans les endroits plus étroits où les bâtiments empiétaient sur la voie, ou encore là où la route s'était effondrée après un millier d'années sans entretien.

Garric lança un regard à Ilna. Il recouvra quelque peu son sérieux, et dit :

— Il s'agit d'un poète du siècle dernier, Etter bor-Lavarman, un prêtre du Berger d'Erdin. Il a eu quelques problèmes dans son isle…

— Des problèmes impliquant une femme de la Cour, intervint Liane d'un ton prude, quoique Fille Rothi ne nous l'ait pas exactement dit dans ces termes.

Elle pouffa. Le sourire revint flotter sur les lèvres de Garric et le froid dans le cœur d'Ilna.

— Bref, reprit Garric, Etter est venu vivre quelques années à Carcosa. La ville lui a fait forte impression, son histoire en tout cas. Les gens, en revanche, l'ont laissé indifférent. Liane et moi, nous échangions des citations tirées des poèmes d'Etter.

— Je vois, répondit Ilna en passant le bâton sur lequel ses bagages étaient accrochés de l'épaule droite à la gauche.

Elle voyait, ça oui. Elle pouvait autant se mesurer à cette jeune fille riche et intelligente que Barca pouvait se comparer à Carcosa. Mais Ilna n'avait jamais abandonné, et elle n'allait pas commencer maintenant.

Au pied des murs baignés de brume de la cité se trouvait un relais équipé de parcs à bestiaux et d'un grand enclos pour les chevaux d'attelage. Un troupeau de bétail occupait déjà l'un des parcs de pierre ; l'autre accueillait quelques moutons aux pattes courtes et à la toison blanche, aussi étranges pour Ilna que s'ils avaient deux têtes.

Benlo se retourna sur sa selle et fit un geste de la main.

— Conduis-les dans cet enclos, Garric. J'engagerai un berger de la ville une fois à l'auberge.

Il fit agenouiller sa jument près d'une barre d'attache à laquelle une dizaine de chevaux étaient déjà retenus. Benlo ne se donna pas la peine d'attacher l'animal : il descendit, et laissa l'un des gardes s'en charger pendant qu'il entrait, accompagné des trois autres gardes, dans le bâtiment sans étage et tout en longueur du relais.

Garric fit se retourner le sonnailler, un bélier au sale caractère. Ilna dépassa le bélier au pas de course et leva les trois barres constituant le portail de l'enclos en adressant à Liane un regard glacial. *La poésie n'est pas la seule chose dont ait besoin l'épouse d'un homme de la campagne, pas vrai, petite fille riche ?*

Garric gratifia Ilna d'un sourire reconnaissant. Il entreprit de compter les moutons dans l'enclos à haute voix plutôt qu'avec des fèves, ce que Cashel, qui poussait le troupeau vers l'avant, aurait eu à faire.

L'épouse d'un homme de la campagne… mais Garric le resterait-il ? Il n'était pas fait pour rester à Barca, alors qu'Ilna était faite pour Barca, et pour nul autre endroit.

Les seuls pensionnaires de l'auberge étaient des voyageurs qui, ayant fait tout le chemin au milieu d'une terrible tempête, n'avaient pas le courage d'aller arpenter les étroites rues de la ville dans l'obscurité. La vente de bière et de cidre compensait le peu de clients, tout particulièrement lors d'une chaude journée ensoleillée comme celle-ci.

De vin aussi, supposa Ilna. Elle se rappela que les soldats qu'elle avait hébergés buvaient du vin. Ils venaient de Valles, tout comme la fille du conducteur…

Benlo ressortit presque immédiatement de l'auberge, flanqué d'un jeune homme malingre qui n'avait pas plus de vingt ans. Il portait une large ceinture jaune et un foulard d'un jaune plus clair sur la tête. Il arborait également une moustache rousse et un semblant de quelque chose qu'il devait imaginer être une barbe.

Le jeune homme salua bas le conducteur, puis se dirigea vers l'enclos, l'air fier de lui. Il s'arrêta à la hauteur d'Ilna et désigna le troupeau du pouce.

— De belles horreurs, pas vrai ? Eh ! pas étonnant, quand on sait qu'ils sortent d'un trou perdu.

Ilna pensa d'abord à se détourner de lui. Finalement, elle lui demanda :

— Qu'est-ce qui ne va pas chez ces moutons ? À part cinq jours de voyage, bien sûr.

Le jeune homme renifla.

— Premièrement, tout en jambes et pas de viande. Et regarde-moi cette laine ! Que des couleurs différentes. Comment veux-tu teindre ça ? Cette cochonnerie n'est bonne qu'à rembourrer des oreillers.

Sa tunique était d'un vert terne, mais la teinture avait viré au gris à certains endroits. Sans doute le résultat d'une laine mal préparée, mais, de toute façon, Ilna n'avait jamais fait confiance aux couleurs artificielles. Avec ses deux nuances de jaune et ses chaussures de deux rouges légèrement différents, le jeune homme ressemblait pour Ilna à un acteur en costume.

— Bien, il est temps pour moi de prendre la relève de ces bouseux, dit le jeune homme en bâillant avec ostentation. Sérieusement, je crois que les moutons sont généralement plus futés que les paysans qui les amènent ici.

Il se tourna vers Ilna comme s'il venait de prendre conscience de sa présence.

— Tu sais, t'es pas vilaine. Si tu veux visiter la ville avec un vrai gentilhomme…

Il prit le menton d'Ilna entre le pouce et l'index, lui tournant la tête pour apprécier son profil, avant de la remettre en place.

— Je pourrais prendre sur mon temps pour arranger ça.

Ilna lui sourit chaleureusement.

— J'ai tordu le cou à des poulets qui me plaisaient plus que toi, espèce de fouine.

Elle repoussa sa main d'un coup accompagné d'un « crac », le son d'une branche qui se brise.

— Quoi ? s'écria le jeune homme.

Il leva la main pour la frapper.

Garric appuya le bout de son arc sur la gorge du jeune homme.

— Un petit conseil, mon gars, dit-il, audible jusqu'à l'auberge malgré le bruit de la circulation. Dame Ilna n'a besoin ni de son ami ni de son frère pour se charger d'une larve comme toi. Pourtant, nous sommes tout de même là, vois-tu ?

Cashel posa une main sur l'épaule d'Ilna. De l'autre, il tenait son bâton.

Garric souriait, pas Cashel. Il était difficile de savoir quel visage le jeune homme trouvait le plus terrifiant.

— Je voulais pas lui manquer de respect, messieurs.

— C'est une bonne chose, répondit Garric. (La dernière brebis entra dans l'enclos. Il lui tapota le flanc et s'écria :) Cinquante !

Garric offrit son bras à Ilna, et tous deux se dirigèrent vers Tenoctris et Liane, tandis que Cashel remettait en place les barres du portail.

15

— Autrefois, les portes étaient peintes en rouge vif, dit Mellie depuis l'épaule de Cashel. Quand il y avait encore des portes. Et à l'intérieur de toutes ces niches, là-haut, se trouvaient des statues du roi Itaku et des membres de sa famille.

Cashel leva les yeux. Les trois portes monumentales étaient taillées dans un grès couleur de rouille différent de tout ce que l'on trouvait sur la côte est d'Haft. Cashel se dit que ces pierres devaient être communes dans la région ; même les anciens n'auraient pu en apporter autant depuis les autres isles…

Ou bien… La ville avait-elle été construite grâce à la magie ?

— Est-ce que toutes ces pierres viennent d'ici ? demanda-t-il.

Ses compagnons étaient trop subjugués par la ville dans laquelle ils entraient à la suite de Benlo et de ses gardes pour s'étonner que Cashel parle tout seul. Si jamais ils l'avaient remarqué.

— Pour la plupart, oui, répondit calmement Mellie. (Du coin de l'œil, Cashel vit qu'elle était assise, les jambes croisées, et peignait sa chevelure flamboyante avec les piquants d'une petite graine.) Le meilleur marbre pour les constructions provient des collines, au sud. Ils l'ont apporté sur des barges, le long de la rivière Stroma, puis des côtes, et l'ont déposé dans le port.

Les battants des portes avaient disparu depuis longtemps, ainsi que la plupart des ornements qui embellissaient jadis l'imposante construction. Deux piliers d'une pierre jaune et brune encadraient une niche au troisième niveau, et au sommet de l'édifice se trouvait, abritée sous une pergola, la statue d'une femme aux habits flottant dans le vent. Elle était peut-être censée représenter la Dame, mais un millénaire avait effacé ses traits.

Les rues étaient pleines de gens vêtus d'habits colorés, parlant fort, en permanence, et avec des voix criardes. Cashel avait l'impression de se tenir sous un arbre peuplé de merles caquetant avec colère tous en même temps.

Cashel ne pouvait faire quelques mètres sans qu'un habitant de la ville tire la manche de sa tunique et lui fasse une offre. Il ne leur prêtait pas la moindre attention, si ce n'est lorsqu'il faisait passer son bâton d'une main à l'autre d'un air menaçant. Colporteurs et autres vendeurs ambulants passaient leur chemin, sans importuner ses compagnons de route.

Garric marchait au côté de Tenoctris, toujours sur le hongre et juste derrière Benlo. Ilna et Liane avançaient derrière le jeune homme. Liane, très distinguée, ne constituait pas une cible pour les citadins qui s'enrichissaient aux dépens des campagnards ; Ilna, quant à elle, jetait des regards féroces dignes d'une chatte protégeant ses petits. Cashel avait conscience que quiconque tenterait d'attraper sa sœur par le bras aurait de la chance s'il gardait ses deux mains, et ces filous semblaient l'avoir compris eux aussi.

Cashel fermait seul la marche : les rues étaient étroites, et il prenait beaucoup de place. Il portait autour du cou une bourse en peau de chamois au bout d'un épais cordon, contenant son salaire en pièces d'or. Même si un brigand parvenait à trancher le cordon, la bourse tomberait dans la tunique de Cashel, et serait retenue par sa ceinture. Il faudrait plus que des doigts prestes pour le voler, et personne, en apercevant *ce gaillard-là,* ne songerait à user de la force.

Quand ils auraient atteint l'auberge de Benlo et que le conducteur leur aurait payé leur dernier jour de salaire, Cashel serait seul pour toujours, sans la moindre compagnie. Il tourna la tête et sourit à son épaule.

— Toi exceptée, dit-il à haute voix.

— Moi exceptée, approuva joyeusement Mellie, comme si elle savait de quoi il parlait.

Elle désigna le flanc de coteau à leur droite. Un haut mur de briques donnait sur la rue, nu à l'exception de simples pilastres disposés à intervalles réguliers pour en briser la monotonie. À son sommet, Cashel aperçut, disposés le long de la pente, des arbres soigneusement entretenus et des pavillons aux toits fantaisistes.

— Ici se trouvaient autrefois les palais du roi des Isles et de ses ministres en chef, expliqua Mellie. Les bâtiments se sont écroulés depuis, et un riche habitant a transformé ce terrain en jardin. Les humains changent aussi vite que les nuages. (Elle fit entendre un petit rire.) Bien sûr, avant les rois, lorsque Carcosa était un village de pêcheurs, toute cette colline était couverte de noyers noirs. J'aimais y taquiner les écureuils lors de mes visites. Je leur tirais la queue et partais me cacher sous une branche avant qu'ils aient le temps de se retourner.

Un chemin surmonté d'un toit recouvert de tuiles descendait en zigzaguant des hauteurs de la colline vers les jardins proprement dits. Cashel songea à l'âge que devait réellement avoir son amie.

— Oui, je vois ça. Un gros noyer tout là-haut qui laisse rouler ses fruits jusqu'à prendre toute la colline. Ces arbres-là empoisonnent les autres plantes. Il y a des gens comme ça, aussi.

Un maréchal-ferrant avait placé sa forge entre deux tavernes ouvertes sur la rue. L'odeur du fer chaud et celle, sulfureuse, du charbon emplissaient l'air. Un apprenti faisait tourner une roue à cheville afin d'actionner les soufflets, et toute la rue résonnait des coups de marteau assenés par son maître. Les chevaux qui attendaient d'être ferrés bloquaient à moitié le passage ; un charretier transportant trois énormes barriques remplies de bière menaça en hurlant de leur rouler dessus si on ne les déplaçait pas.

Les gardes de Benlo maintinrent les chevaux contre le mur le temps que l'entourage de leur employeur puisse passer. Cashel effleura les animaux sans grande affection. Il avait toujours pensé que les chevaux étaient trop inconstants et exigeaient une alimentation à base d'avoine beaucoup trop chère, quand les bœufs se contentaient d'herbe et de fourrage ordinaire. Soit, les chevaux étaient plus rapides ; mais la rapidité n'était pas une qualité dont Cashel se préoccupait outre mesure.

— Tu sais…, dit-il, le noyer est un joli bois, je te l'accorde. Mais je préférerai toujours une bonne branche de chêne.

Mellie se mit à rire si fort que Cashel leva la main de peur qu'elle roule de son épaule, emportée par les soubresauts que lui imprimaient ses trilles cristallins.

— Quel est le problème ? demanda Cashel, tentant de dissimuler perplexité et vexation. Tu n'aimes pas le chêne ?

La pixie se leva et tapota le lobe de son oreille pour le rassurer.

— J'aime beaucoup le chêne, Cashel. Je riais car tu as cru nécessaire de me dire que, toi, tu l'aimais.

La rue que tous suivaient rejoignit ce que Cashel supposait être une « place », un lieu *gigantesque* – sûrement aussi grand que toutes les maisons et toutes les cours de Barca réunies. La surface n'en était pas régulière : des monticules de gravats et de pierres taillées dépassaient du sol en plusieurs endroits, vestiges de l'Ancien Royaume. Cependant, l'espace était tel que le groupe n'était pas obligé d'avancer en ligne, pressé par la circulation – et ce pour la première fois depuis que les voyageurs étaient entrés dans Carcosa.

Garric se retourna et dit quelques mots à Liane ; la jeune fille s'adressa à son père, entre requête et revendication. Le groupe se rassembla près d'un bloc qui avait autrefois été une imposte de fin calcaire. Les coins en étaient désormais cassés, et le motif stylisé de feuilles de vigne n'était plus qu'une ombre sur la pierre.

Garric contemplait la place, l'air ébahi.

— Tout cela est nouveau, dit-il avec stupéfaction.

Les bâtiments alentour ne semblaient pas nouveaux à Cashel, mais ils étaient d'un genre qu'il n'avait jamais vu auparavant – même durant son tortueux périple le long des rues de Carcosa. Ils avaient, pour la plupart, trois étages. Leur rez-de-chaussée était dépourvu de fenêtres. Des feuillages dépassaient par-dessus de hauts parapets, indiquant la présence de jardins sur les toits.

De robustes portes se dressaient au fond d'étroites entrées. Des gardes en livrée étaient postés devant chacune de ces maisons, des hommes massifs en demi-armure, très semblables aux gardes de Benlo.

— Ces maisons sont-elles récentes ? murmura Cashel à Mellie.

Selon lui, ces bâtiments semblaient au moins aussi vieux que l'auberge de Reise.

La pixie se mit en équilibre sur la pointe d'un de ses pieds et leva l'autre jambe verticalement. Cashel en conclut que les acrobaties étaient pour Mellie l'équivalent d'un haussement d'épaules.

— Elles n'étaient pas là lors de ma dernière venue à Carcosa, mais c'était il y a au moins deux siècles. Peut-être davantage.

Benlo éperonna impatiemment sa jument. Le groupe se mit à faire le tour de la place, ils étaient assez proches les uns des autres pour continuer à parler tout en marchant.

Liane désigna le bâtiment le plus proche.

— Ce sont les maisons des nobles, expliqua-t-elle. Carcosa a connu des troubles encore plus importants que ceux de Valles. Elles sont construites ainsi pour que la foule ne puisse pas les piller si une émeute éclate après le sacrifice du milieu de semaine.

Benlo leur fit quitter la place en prenant l'une des dizaines de rues qui en partaient. Il s'agissait d'un large boulevard avec une séparation en son milieu. De chaque côté se succédaient les boutiques de marchands de tissus et de couturiers. Cashel vit une lueur d'intérêt s'allumer dans le regard de sa sœur, lui donnant l'air d'un renard à l'affût.

— Après le sacrifice ? répéta Garric. Mais pourquoi ?

— En règle générale, à Carcosa, les nobles et leurs serviteurs vénèrent la Dame, dit Liane, et les travailleurs vénèrent le Berger. C'est aussi le cas à Valles, mais à Erdin, c'est le contraire. Si quelqu'un souhaite provoquer des troubles, il lui suffit d'ameuter les gens quand ils se rassemblent dans les temples pour les sacrifices.

— Est-ce vrai ? demanda Cashel à Mellie.

Garric et Ilna semblaient aussi choqués que lui.

— Oh oui ! approuva la pixie en exécutant une pirouette. Ils se battent parfois entre eux, mais la plupart du temps la foule va ravager un quartier dans lequel vivent ses adversaires. C'est très amusant à regarder.

— C'est mal ! s'écria Cashel si fort que tous l'entendirent. (Garric et Ilna approuvèrent ; Liane resta grave.) Se battre au nom de la Dame et du Berger !

— Les forces montent en puissance comme elles le firent en mon temps, et c'en est une manifestation, dit Tenoctris. Rien à voir avec les dieux ou les religions, bien entendu. Seulement des tensions dynamiques trop extrêmes pour rester en parfaite harmonie.

— C'est mal ! répéta farouchement Cashel.

— Nonnus serait certainement d'accord avec toi, répondit la vieille femme en tournant la tête pour le regarder, et en termes humains tu as sûrement raison.

Elle sourit légèrement et tristement avant d'ajouter :

— Seulement je ne pense pas que le cosmos pense en termes humains, Cashel.

16

Tout en traversant Carcosa, Garric remarqua qu'ils passaient devant plusieurs auberges qui logeaient des voyageurs venus des bourgs à l'est d'Haft. *Le Bœuf Rouge* se trouvant au nord de Carcosa, la plupart des clients venaient sûrement des terres plates au nord de l'isle.

Les gens du nord élevaient plus de bétail que de moutons ; c'étaient également, selon les critères de Barca, des rustres. L'enseigne de l'auberge était un crâne de bœuf peint en rouge et posé sur un poteau. Sur les cornes, la plus grande partie de la peinture s'était écaillée. Garric tenta d'imaginer son père accrocher un crâne de mouton sur le portail de son auberge ; il secoua la tête de dégoût à cette pensée.

Carcosa n'était pas ce à quoi Garric s'attendait. Il savait que ses amis ne ressentaient pas la même chose que lui, mais il trouvait Carcosa beaucoup moins impressionnante que ce qu'il avait imaginé. Il se rappelait dans ses rêves chevaucher au milieu d'une métropole de marbre, de fontaines, d'arches triomphales, de bâtiments aux nombreux piliers dans lesquels le gouvernement des Isles au complet traitait ses affaires.

Au fond de l'esprit de Garric, le roi Carus observait, plus grave qu'il l'avait jamais été depuis son arrivée dans les rêves d'un jeune homme dont il avait chassé les cauchemars. Depuis que Garric portait le médaillon, le roi n'avait cessé de se rapprocher de lui au travers des plans qui les séparaient. Parfois, même éveillé, il semblait à Garric entendre la voix du roi Carus, et les souvenirs du monarque flottaient juste au-dessus de ceux du jeune homme.

Les nouveaux bâtiments de Carcosa proliféraient tels des champignons sur la souche d'un orme tombé à terre, recouvrant tout sans jamais égaler la densité, la magnificence des constructions originelles. La ville avait tout au plus un certain éclat barbare, du genre qui convenait à une petite ville de province sans prétention de grandeur.

Mais qui avait connu la grandeur pouvait la connaître encore.

Benlo mit pied à terre devant l'auberge. Le domestique qui prit les rênes de sa jument s'adressa à lui obséquieusement, comme s'il le connaissait ; le conducteur avait sûrement déjà séjourné au *Bœuf Rouge* lors de ses passages à Carcosa.

L'endroit était certes vaste et bien tenu, mais Garric n'aurait pas choisi cette auberge. Le toit était recouvert de tuiles en terre cuite ; Garric en déduisit que le chaume n'était pas un matériau pratique en pleine ville. Ni ça ni le crâne de bœuf ne suffisaient à expliquer le malaise de Garric… Son trouble était pourtant bien réel.

Il leva la tête pour s'adresser à Tenoctris et vit que le regard de la vieille femme était rivé non pas sur l'auberge, mais sur le mur d'enceinte de l'autre côté de la rue.

— Qu'est-ce ? demanda Garric.

De son niveau, il ne pouvait voir par-dessus les murs que les toits de pierre de petits bâtiments ; Tenoctris, du haut de sa monture, avait un meilleur aperçu.

— C'est un cimetière. Un très ancien cimetière – qui l'était déjà à mon époque, bien que les tombes aient été réutilisées.

Elle descendit de cheval avec raideur, s'appuyant sur l'épaule de Garric et utilisant sa main comme marchepied. Monter était plus aisé que marcher, mais elle n'avait jamais cultivé ni l'un ni l'autre de ces talents.

Un serviteur de l'auberge emmena en un éclair le hongre dans les écuries. Benlo marcha vers le petit groupe des habitants de Barca avec un grand sourire que Garric savait forcé, voire feint.

— Eh bien ! jeunes gens, je me suis arrangé pour que nous restions tous ici quelques jours.

Il fit un signe de tête en direction de Tenoctris, puis d'Ilna. Son sourire se tordit légèrement.

— Les femmes aussi, ajouta-t-il. Je vous ai promis que je… j'obtiendrais des informations une fois en ville, et je me dois de vous loger à mes frais.

Garric ouvrit la bouche pour parler. Avant qu'il ait prononcé le moindre mot, Tenoctris lança :

— Merci de votre offre, mais je pense que nous allons la refuser. Le voisinage ne me plaît pas beaucoup.

Elle désigna de la tête le cimetière.

Le visage de Benlo fut gagné par une noire fureur.

— Êtes-vous l'une de ces vieilles folles effrayées par la mort ? Autant vous y faire, ma dame, car elle viendra assez rapidement vous chercher !

— Je n'ai pas peur de la mort, dit Tenoctris avec simplicité. Je crains juste pour les vivants.

Elle s'inclina puis recula, attendant la décision de ses compagnons.

— Maître Benlo, dit Cashel en plantant son bâton dans le sol. Si vous me payez mon dernier jour de salaire, je souhaite partir moi aussi.

Il tira la bourse de sous sa tunique et pencha la tête, comme s'il écoutait quelqu'un. Tenoctris lança un regard de côté à l'immense jeune homme, puis fronça les sourcils.

— Oui, très bien, répondit Benlo.

Il était manifestement irrité par ce refus, bien qu'il ne se soit jamais soucié de Cashel tant que ce dernier n'influençait pas les actions de Garric.

— Rald ! (Le chef des gardes avait la charge de la bourse contenant les pièces de cuivre et d'argent.) Donne-lui une pièce d'argent.

— En ce qui me concerne, intervint Ilna (chez n'importe qui d'autre, la sécheresse de son ton serait passée pour de la colère, mais Garric la connaissait suffisamment bien pour savoir qu'il s'agissait là de son attitude habituelle), nous ne vous devons rien, et je ne vous demande pas la charité. Je trouverai moi-même où loger.

Tous les regards se tournèrent vers Garric.

— Monsieur, dit-il au conducteur, merci mais j'irai avec mes amis. Je…

— Tu ne peux pas fuir, mon garçon ! s'écria Benlo.

Liane rougit. Son père insultait encore davantage Garric en s'adressant à lui comme s'il était un animal récalcitrant et non un humain ayant le droit de penser par lui-même.

— Que tu sois un lâche, ça m'est égal ! Je suis ta seule chance de survie !

Garric assista deux fois à la scène, avec ses propres yeux, mais également à travers un regard qui teintait tout d'un rouge vif, frémissant. Il se tenait immobile, craignant ce qui pourrait se produire s'il bougeait.

— Je suis désolé que vous me pensiez lâche, monsieur.

Sa voix tremblait, mais c'était Garric or-Reise qui parlait, et non celui dont la rage ferait jaillir le sang aussi haut que le toit de l'auberge.

Liane vint s'interposer entre Garric et son père. Son regard croisa celui du jeune homme et ne le quitta pas.

La fureur retenue qu'éprouvait Garric se retourna contre lui, l'emplissant du tremblement fiévreux des hormones prêtes à être brûlées. Il avait envie de vomir et n'était pas sûr que ses jambes le porteraient plus longtemps. Il tourna le dos à ses compagnons, appuya avec force sur ses tempes, puis leur fit face de nouveau.

Cashel et Tenoctris l'observaient avec inquiétude, mais Ilna regardait fixement le conducteur. Elle avait dénoué la corde qu'elle portait autour de la ceinture, et en serrait chaque extrémité tout en évaluant le tour de cou de Benlo.

—Quoi qu'il en soit, reprit Garric, ignorant volontairement sa gorge qui se serra à plusieurs reprises, je choisis de ne pas rester dans les environs. Pas parce que je crains les morts, maître Benlo. Ni les vivants (il entendit que sa propre voix tremblait), si jamais nous en arrivons là.

Garric pressa de nouveau ses tempes, tentant de contenir un nouvel accès de rage dans son crâne. Il ouvrit les yeux. Il détestait ne pas être lui-même ; cependant, pour les gardes de Benlo, il était un homme, et plus un enfant. Il voyait que ces guerriers craignaient que rien ne puisse sauver leur employeur si Garric, cet homme dangereux, décidait de le terrasser.

Si le conducteur, pour sa part, ne voyait pas le danger, ce n'était pas le cas de sa fille.

—Garric..., dit Liane.

—Oui, dit le jeune homme, se parlant à lui-même comme à une tout autre personne, puis se fondant en lui-même pour être de nouveau seul dans son corps ; le spasme était passé. Oui.

Il leva les yeux vers Benlo.

—Monsieur, je viendrai vous voir quand j'aurai trouvé un logement qui me satisfera. Je repasserai de toute façon avant de quitter Carcosa. Bonne journée !

Garric s'éloigna – pour aller nulle part en particulier, juste loin. Ses amis lui emboîtèrent le pas ; Tenoctris trottina pour rester à sa hauteur jusqu'à ce que Garric la remarque et, gêné, ralentisse.

Il lui sembla voir du coin de l'œil Liane qui essayait de le suivre. Son père lui attrapa le bras.

—Garric ? grommela Cashel quand ils tournèrent au premier coin de rue.

Garric jeta un regard autour de lui et se rendit compte, vaguement amusé, qu'il savait où ils se trouvaient. Les bâtiments étaient pour la plupart différents, ou réduits à l'état de piles de gravats sur lesquels les arbres poussaient désormais..., mais les imposants piliers du temple de la Concorde des Isles se dressaient encore, même si le toit et la plus grande partie de l'entablement s'étaient effondrés bien longtemps auparavant. Le port se trouvait à près de un kilomètre au sud ; le palais d'été – à quoi pouvait-il bien ressembler maintenant ? – à près de un kilomètre au nord en suivant ce boulevard.

— Je suis désolé de m'être comporté ainsi, murmura Garric.

— Bah ! renifla Ilna. Désolé de quoi ?

— Garric, répéta Cashel, et toi aussi Ilna. Vous avez été bons avec moi, et vous me manquerez, mais je vais partir.

Il fit demi-tour. Garric lui attrapa le bras.

— Cashel, attends ! dit-il. Pour aller où ?

Cashel secoua la tête.

— Je ne sais pas. Garric, je serais bien parti dès qu'il m'a payé, mais je ne voulais pas avoir l'air de te laisser tomber. Tu n'avais pas besoin de moi, je t'ai bien vu te battre contre les liches ; mais je ne voulais pas que les autres comprennent mal.

Il baissa le bras, sans tirer, mais rompant néanmoins le contact. Garric comprit que son ami était l'une des rares personnes qui ne voyaient pas la nécessité de parler quand les paroles ne pouvaient pas changer les choses.

Et il était manifeste qu'aucune parole ne changerait la décision de Cashel or-Kenset d'aller de son côté.

— Tu vas t'en sortir ? demanda brusquement Ilna.

Cashel lui sourit lentement.

— Oui, je le crois. (Il fronça les sourcils, préoccupé.) Oh ! j'ai de l'argent. Combien en veux-tu ? Tout ?

Ilna secoua la tête.

— Ça va aller, mon frère. Je… m'occuper de toi va me manquer.

Elle se retourna et enfouit son visage dans ses mains.

Garric déglutit et serra la main de Cashel ; il avait l'impression d'être une vigne entourant un chêne.

— Bonne chance, mon ami, dit-il. Tu vas me manquer.

Cashel sourit, hocha la tête, puis s'éloigna. Le bout de son bâton resta visible longtemps après que la foule eut englouti son imposante silhouette.

— Raphik, le marchand de Valles qui achète mes étoffes, dit Ilna avec calme, m'a confié que, lorsqu'il était à Carcosa, il dormait au *Repos du Capitaine*, près du port. La plupart des clients sont officiers sur des navires. Raphik dit que c'est une auberge tranquille, propre et pas chère.

Elle sourit avec une douceur inhabituelle.

— En fait, il l'a comparée à l'auberge de ton père.

Garric ne réagit pas. Il essayait d'assimiler tout ce qui s'était produit quelques instants plus tôt : le départ de Cashel, même si son ami avait seulement fait ce qu'il avait annoncé à Barca ; et le fait qu'il avait manqué de perdre l'esprit dans un accès de rage meurtrière... ce qui était bien pis.

L'expression d'Ilna se durcit lorsqu'elle vit que Garric ne réagissait pas à ses propos aimables.

— Bien sûr, dit-elle avec une nonchalance glaciale, tu as probablement déjà décidé de retourner au *Bœuf Rouge* pour rester avec tes si distingués nouveaux amis.

— Non, dit Garric, reprenant conscience qu'il avait de la compagnie. Je suis désolé, Ilna. Je me sentais... Un grand nombre de choses est arrivé. Le port est par là, tout droit, indiqua-t-il. Euh ! je crois.

Il se mit à marcher tranquillement afin que Tenoctris puisse le suivre sans forcer l'allure. La circulation n'était pas aussi dense qu'autour de la place, mais il marchait néanmoins devant les deux femmes, et légèrement sur leur gauche afin que ce soit son épaule qui percute les éventuels piétons trop pressés pour faire attention.

— Je pense pouvoir trouver du travail au *Repos du Capitaine* comme je l'ai fait au cours du voyage, annonça Ilna d'une voix apaisée. Demain, peut-être, j'essaierai de vendre mes étoffes.

— Dame Tenoctris ? demanda Garric. Est-ce à cause des liches que vous souhaitiez vous éloigner du cimetière ?

Dans cette partie de la rue étaient rassemblés les marchands ambulants d'articles de cuisine – et leurs marmites et leurs chaudrons de bronze, de cuivre, ou d'étain blanchâtre, un pâle équivalent de l'argent. Garric fut choqué de voir autant d'ustensiles en métal au même endroit. À Barca, la plupart des ustensiles de cuisine étaient en bois ou en fer forgé, et les autres métaux servaient d'ordinaire à rafistoler les entailles faites dans les assiettes, les plats ou les ustensiles en bois.

— Ce n'est pas la présence de squelettes qui contrôle l'apparition des liches, dit-elle, c'est la mer elle-même. Je ne crois pas qu'une liche puisse atteindre *Le Bœuf Rouge* – l'auberge est trop éloignée de tout point d'eau – et encore moins y être invoquée.

Elle s'éclaircit la voix, consciente de donner un cours plus que de vraiment répondre à la question de Garric.

— Garric, je m'inquiète davantage des sorts que – j'en suis sûre – Benlo lancera pour savoir qui agit contre lui. Il y a un grand pouvoir rassemblé dans ces tombes, mais il ne s'agit pas d'une seule force pure. Des fils de forces sont noués de telle façon que je ne peux les séparer et que Benlo ne peut même pas les voir. J'ai peur qu'il fasse quelque chose de très dangereux et je ne peux même pas prédire quoi.

Garric songea à Liane. Il forma mentalement une question, la chassa de son esprit avant de la formuler. Le comportement d'Ilna l'avait déjà mis mal à l'aise, et il ne pouvait pas enlever une fille à son père sans qu'elle ait demandé de l'aide.

— Aurions-nous dû le prévenir ? demanda-t-il à voix haute.

— Il n'aurait pas écouté, répondit Tenoctris. De plus, Benlo est très puissant. J'aimerais beaucoup connaître la réponse, si jamais il l'obtient. La force qui agit contre Benlo est certainement aussi dirigée contre toi, Garric. Et je pense qu'elle n'appartient pas à ce que tu considères comme « bon ».

— Croyez-vous que Benlo va accidentellement sombrer dans le mal, à cause de sa magie ?

Le rabatteur d'une boutique d'articles de cuisine situé à un coin de rue vint se poster devant lui. Garric s'arrêta poliment, surpris : personne à Barca ne se serait montré si hardi. Ilna avança droit sur lui, l'extrémité de son bâton dirigée vers le visage de l'homme, qui glapit et battit en retraite d'un bond.

— Ce n'est pas si simple, Garric, soupira Tenoctris. Pas aussi simple que le bien et le mal, il n'y a pas que deux choix. Pense à la complexité des êtres vivants. Y a-t-il un être humain dont tu comprennes parfaitement la personnalité ?

Garric pensa à Ilna, à Cashel… et à lui-même.

— Non. Loin de là.

Tenoctris hocha la tête.

— Lorsqu'un homme meurt et qu'il est enterré, les forces remplissent l'espace que son âme – ou quel que soit le mot que tu emploies pour décrire la part d'un humain qui n'est pas son corps – l'espace que son âme occupait. Comme le quartz remplace le bois d'un arbre mort, qui devient de l'agate. En tout point différent, il a pourtant toujours l'aspect d'un tronc d'arbre.

— C'est vrai ? s'écria Garric. Les arbres se transforment en pierre ?

— Je n'arrive jamais à m'en tenir à ce que je tente d'expliquer, dit Tenoctris avec un sourire contrit. Sans doute l'une des raisons pour lesquelles je n'ai jamais beaucoup expliqué. (Son sourire se figea.) L'autre raison, c'est que je ne comprends pas grand-chose… Ce qui est préférable, j'imagine, à croire que je comprends tout, comme le fait Benlo.

Elle se tapota les lèvres du doigt.

— Benlo voit les tombes comme un nexus de grand pouvoir. Ce qu'elles sont. En revanche, il croit qu'il n'y a qu'un seul fil de force. Il y en a en fait des milliers entremêlés, et agir sur un seul d'entre eux pourrait avoir des conséquences que même lui, avec tous ses pouvoirs, ne pourra contrôler.

Ilna hocha la tête. Elle semblait parfaitement comprendre Tenoctris. Garric songea au soin avec lequel Ilna choisissait ses fils avant de tisser : chaque nuance était évaluée avant qu'elle l'incorpore à son ouvrage. Oh oui, Ilna comprenait.

— Ton ami Cashel a su éviter *Le Bœuf Rouge* sans que je le lui dise. Je suppose qu'il a reconnu ces forces, et a choisi de les éviter car il ne veut pas utiliser ce talent qu'il possède indéniablement. Mais j'ai d'abord cru qu'il y avait plus que cela.

— Un talent ? s'exclama Garric.

— Oui. J'ai été surprise que même Benlo soit incapable de le voir, mais son talent à lui est d'une tout autre sorte. Et, bien sûr, c'est un ignorant.

Garric observa Ilna du coin de l'œil. Elle ne dit rien.

— Je ne crois pas que Cashel serait resté avec nous de toute façon, dit Garric à voix haute. Il a été vraiment peiné par le départ de Sharina. Il m'avait confié vouloir partir tout seul. Pourtant, je ne l'ai pas cru jusqu'à ce qu'il le fasse.

Il secoua la tête, essayant de comprendre une situation dont même les éléments épars étaient, à ses yeux, dépourvus de sens.

— Je n'arrive pas à comprendre… C'est-à-dire, Sharina est une fille très bien, bien sûr. Mais comment peut-on se mettre dans un état pareil parce qu'une fille s'en va ? *Je ne comprends pas.*

— Non, lâcha Ilna. Le contraire m'aurait étonnée.

À la surprise totale de Garric, la jeune fille le dépassa et continua à avancer dans la rue en courant presque.

— Ilna ? appela-t-il.

Il lança un regard à Tenoctris : son visage ne trahissait pas la moindre expression.

L'auberge qui leur faisait face avait en guise d'enseigne un rocking-chair suspendu au-dessus de la rue. Les mots « LE REPOS DU CAPITAINE » étaient peints en lettres dorées sur ses larges bascules. Ilna, à six mètres devant eux, la dépassa.

— Ilna ! cria Garric, se rappelant soudain que son amie ne savait pas lire. Ilna ! C'est notre auberge !

Elle s'arrêta et fit demi-tour pour entrer dans l'auberge ; il avait craint qu'elle continue à marcher. En y repensant, il aurait dû savoir à quel point son frère devait lui manquer. Il était pratiquement persuadé d'avoir aperçu des larmes briller sur les joues d'Ilna quand la jeune fille s'était retournée.

17

Sharina n'avait jamais connu personne qui dorme aussi profondément que Nonnus, et pourtant son travail à l'auberge lui avait donné l'occasion de voir plus d'hommes endormis que la majorité des jeunes filles bien élevées. L'ermite en plaisantait : « Je dors comme un phoque », avait-il dit, et c'était la vérité. Le danger le réveillerait, mais pas l'eau froide qui frappait la proue de la pirogue.

La lune ne s'était pas encore levée ; lorsqu'elle le ferait, elle serait dans son dernier quartier. Quelques étoiles perçaient parfois entre les colonnes de fins stratus, mais elles n'éclairaient guère.

La mer, saturée de plancton phosphorescent, était un désert luisant sous le sombre ciel. Sharina regarda vers le nord et ne vit rien d'autre que des collines mouvantes, plus vastes que tout ce qu'elle avait jamais vu à Barca. Rien que de l'eau, jusqu'aux caps de Glace.

Sharina serra sa cape autour d'elle. Elle aurait voulu ne plus frissonner. Le vent contraire, changeant, n'était pas si froid ; chez elle, à terre, elle n'aurait même pas pris la peine de se couvrir.

Un poisson surgit hors de l'eau. Sharina aperçut davantage un mouvement qu'une forme : une silhouette se découpant sur l'eau incandescente, des éclaboussures, puis pendant un instant une tache sombre tandis que les minuscules nageurs aux nombreuses pattes regagnaient l'endroit d'où ils avaient été dérangés.

Ligne et hameçon avaient déjà pris plusieurs poissons. Nonnus avait raison : il n'y avait pas le moindre risque que les quatre naufragés meurent de faim, peu importe le temps qu'ils dériveraient.

À l'exception des brèves incursions des poissons à la surface, la pirogue était isolée au milieu d'une mer plus vaste que Sharina l'avait jamais rêvée lorsque, du haut des collines au nord de Barca, elle en contemplait un plaisant aperçu. Dans son sommeil, l'ermite soupira doucement.

La voile, enroulée autour de l'espar démonté, était posée en travers des plats-bords. Quand les passagers étaient recroquevillés au fond de la coque, la toile délimitait une frontière entre la proue et la poupe. Meder était en poste au gouvernail, et avec lui Asera. Quand Nonnus ou Sharina étaient de garde, les deux nobles allaient à l'avant. Chaque groupe répondait à la présence de l'autre par de brefs signes de tête ; ils évoluaient en marge, sans avoir de contacts, comme s'ils s'étaient trouvés dans deux bâtiments différents.

Nonnus n'avait pas hissé la voile depuis que la pirogue avait franchi les récifs de Tegma, offrant à ses passagers la liberté et l'air pur, glacial, de la nature. Rien de plus naturel que la mort, de plus pur que les caps de Glace.

Si Sharina tendait l'oreille, elle entendait le bourdonnement de la voix de Meder entre deux rafales venues du sud-est. Une lumière rougeâtre, malsaine, flottait au-dessus de la poupe du bateau et teintait les flots alentour.

Sharina se tourna vers l'avant et se concentra sur l'horizon, au nord. Elle aurait voulu dormir ; elle aurait voulu bien des choses.

Mais la mer était si vaste…

18

— Dis, Cashel, tu n'as pas senti comme ces vieilles tombes nous attiraient ? lança Mellie. (Elle serra les bras autour d'elle et frissonna de manière mélodramatique, mais le sourire qu'elle adressa au jeune homme était toujours aussi radieux.) Ouh ! Comme si elles essayaient de nous engloutir !

— J'ai eu la chair de poule, dit Cashel. J'ai pensé être resté trop longtemps au soleil. Est-ce que tu crois que le soleil est plus fort de ce côté de l'isle ? L'air semble plus sec, en tout cas.

Il flâna le long d'une rue étroite dans laquelle les marchands étaient spécialisés dans les articles de gros cuir : harnais et sellerie pour les bêtes de trait, gilets et tabliers pour les travailleurs. Chaque porte, même pour une simple échoppe, était équipée de charnières et de loquets de corde. Les propriétaires étaient assis devant leurs magasins, prêts à aider un éventuel client, à tirer sur la manche d'un passant… prêts également à se défendre contre un voleur aux doigts agiles.

Quelques-uns de ces marchands tentèrent d'arrêter Cashel ; il les ignora. Ce n'était pas volontaire, mais il était fasciné par ces quantités de marchandises similaires, toutes réunies au même endroit. Il supposa que les articles de qualité supérieure – les gants et les sandales des gens aisés, le cuir suédé finement ouvragé pour retenir les cheveux des dames de bonne famille – se trouvaient dans une autre rue, voire un autre quartier. Il poursuivit son chemin tel un bœuf avançant lentement au milieu des herbes hautes, que leur contact laissait de marbre.

La pixie éclata de rire.

— J'avais oublié à quel point tu es fort ! Bon, ce n'était pas un coup de soleil, mais plutôt ce vilain fouillis de forces près des tombes. En mille ans, je n'avais jamais rien vu de tel. Les chemins qui conduisaient à mon plan se sont emmêlés de la même manière.

— De toute façon, je ne voulais pas rester là-bas. En plus, si je voulais tout laisser derrière moi, il fallait que je parte.

Il marchait en tenant son bâton verticalement tout contre lui. De temps en temps, le bois raclait contre une enseigne ou un étage qui avançait sur la rue, mais Cashel parvenait à le tenir hors du passage autant que possible. Marcher dans Carcosa, c'était comme se tailler un chemin dans les fourrés à la suite d'une brebis quand celle-ci, guidée par son appétit pour les baies, s'était emprisonnée dans les ronces.

— J'ai pensé à passer par une ouverture comme celle-ci, dit Mellie en joignant les mains ; elle contempla ensuite ses doigts, les bras tendus, paumes vers l'extérieur. Bien sûr, je ne la traverserais pas réellement, j'entrerais juste dedans. Je pourrais ne jamais retrouver mon chemin, et il y a maintenant trop de choses qui attendent de l'autre côté. À vrai dire, je crois que je préfère tomber sur un chat.

Elle exécuta avec rapidité un saut périlleux, puis sauta sur les mains.

— Ou sur un renard ! ajouta-t-elle en adressant un grand sourire à Cashel, la tête à l'envers.

La nonchalance de Mellie vis-à-vis de sa propre mort mettait Cashel mal à l'aise. Elle n'était pas inconsciente, mais ne semblait pas non plus s'en soucier. Au moins, maintenant, elle l'avait, lui.

La rue devant eux était presque complètement bloquée par un imposant chariot. Un groupe d'hommes musculeux en déchargeaient des corbeilles fermées et les acheminaient en faisant la chaîne vers un chantier où des blocs de pierre étaient déjà empilés.

Un architecte vêtu d'une robe rayée observait leur travail en fronçant les sourcils et en tapotant un grand compas en bois, l'emblème de sa fonction. Deux gardiens de la cité, reconnaissables à leur tunique orange et aux crécelles dont ils disposaient pour appeler à l'aide, hurlaient des mises en garde. Les ouvriers grognaient et les ignoraient complètement.

Cashel éternua.

— De la chaux vive, dit-il.

Les maçons s'apprêtaient à faire du ciment.

Cashel leva la tête pour observer le petit bout de ciel visible entre les bâtiments qui se dressaient de chaque côté de la rue. Il y avait trop de nuages pour affirmer qu'il ne pleuvrait pas, ce qui éteindrait la chaux dans les corbeilles, avant qu'elle puisse être mélangée. Les gens de la ville prenaient des risques parce qu'ils étaient toujours pressés. Cashel trouvait que la plupart des gens l'étaient toujours plus que la prudence l'exigeait.

— Pour obtenir cette chaux, ils ont brûlé les piliers d'un temple qui avait plus de mille ans, dit Mellie. (Elle se remit debout d'une pirouette.) Vois-tu comme elle irradie de pouvoir ?

Elle émit un petit rire.

— Je me demande quel genre de bâtiment ils vont construire. Je parie qu'ils auront des surprises !

Cashel observa les ouvriers un peu plus longtemps. Il pourrait probablement travailler avec eux s'il le souhaitait ; ces hommes étaient forts, mais il était capable de soulever autant que deux d'entre eux réunis. Cela dit, il avait des pièces dans sa bourse, plus qu'il en avait jamais rêvé. Et puis…

— Ce n'est pas bien de se servir d'un temple pour faire du ciment, murmura-t-il.

Il supposait que le temple était en ruine, comme tant de choses à Carcosa. Peu importe, ce n'était tout de même pas bien.

Mellie bascula en arrière, touchant ses talons du bout des doigts.

—Les hommes construisent, les hommes démolissent... Tes semblables vivent très vite.

Cashel céda le passage à deux hommes arrivant d'en face, qui transportaient un bard, puis à une femme avec une grande panière à linge venant de l'autre côté. Il y avait assez d'espace pour se glisser sous le chariot du maçon, mais un peu de chaux vive s'écoulait entre les planches du fond. Seul, Cashel aurait choisi cet itinéraire, mais pas avec la pixie sur son épaule.

Trois hommes vêtus de tuniques teintes tentèrent de suivre la femme à la panière. Ils crièrent à Cashel d'attendre. Il les ignora, et ils lui cédèrent le passage.

—Nous nous rapprochons du port, dit Mellie.

Elle tira la langue, se mit les pouces dans les oreilles et agita les doigts à l'attention d'un chat couché sur un tas d'habits de travail. Le chat ne se leva pas, mais il suivit des yeux Cashel et sa passagère tout le long de la rue.

—Il y avait ici des marchands qui vendaient du corail, de l'ambre et l'ivoire des fanons de baleines. Mais c'était il y a un millier d'années.

Cashel lui-même aurait pu deviner qu'ils se trouvaient dans le quartier du port. Les devantures de la plupart des magasins étaient ouvertes sur la rue, et ils vendaient le genre de vêtements grossièrement taillés que l'équipage de la trirème portait.

À mi-chemin du pâté de maisons se trouvait un commerce plus important, équipé d'une grille extérieure garnie de gros barreaux et d'une grille intérieure aux fines mailles d'acier pour le protéger des voleurs à la sauvette. Les marchandises exposées étaient un mélange de bijoux en or et d'écharpes en soie de couleurs vives – là encore, des articles pour les marins, mais à exhiber une fois à terre. Une partie de la marchandise n'était pas neuve : le propriétaire faisait aussi sûrement office de prêteur sur gages.

Quelqu'un effleura le dos de Cashel en prononçant un murmure qu'il prit pour des excuses. Il tourna la tête et aperçut deux hommes élancés, à la peau sombre et vêtus de robes marron. Il entra dans une échoppe dans laquelle se vendaient bonnets et tricots de laine ; la propriétaire, une vieille femme assise sur un tabouret en train de tricoter, leva à peine les yeux pour l'accueillir.

Les deux hommes – Cashel supposa qu'il s'agissait d'hommes, bien que leurs cheveux attachés en chignon et leurs longues robes ne donnent aucune indication précise sur leur sexe – le dépassèrent en courant presque. Leurs visages étaient impassibles mais tendus. Ils étaient suivis de près par plus d'une dizaine de jeunes citadins d'apparence peu commode.

— Des Sérians, dit Mellie. Ils vivent sur la côte d'une isle, très loin, au sud-ouest. Un autre peuple vit dans les Hautes-Terres.

Alors que Cashel observait la scène en plissant les yeux, l'une des brutes s'écria :

— Va adorer tes démons ailleurs, pourriture !

Puis il lança une pierre qui rebondit sur l'épaule d'un des Sérians. Ce dernier tituba, puis allongea le pas. Son compagnon et lui obliquèrent vers le magasin d'objets tape-à-l'œil. Le propriétaire bedonnant ferma la grille de sa porte et resta posté derrière, un rictus aux lèvres.

La bande passa devant Cashel et vint former un demi-cercle autour des étrangers pris au piège. Dans toute la rue, les commerçants fermèrent leurs volets. La vieille femme continua à tricoter, impassible.

Une brute attrapa l'ourlet de la robe d'un des étrangers et tira dessus. Le tissu brilla dans la lumière : un délicat brocart, Ilna serait intéressée...

Cashel grimaça.

— Mellie, descends de là, il va y avoir du grabuge.

Il tapota l'épaule de la brute la plus proche et lui demanda :

— Que se passe-t-il, monsieur ?

Le jeune homme, tatouage sur la joue et muscles noueux, se retourna et siffla :

— J'ai l'air d'un oracle, bouseux ? Va retrouver tes moutons avant de découvrir quelque chose qui te plaira pas !

Il se retourna. Cashel l'obligea à lui faire face de la main qui ne tenait pas son bâton.

— À Barca, nous répondons poliment aux questions des étrangers.

— Hé les gars ! En voilà un autre ! hurla le voyou en plongeant la main dans sa manche pour en sortir un couteau, comme Cashel l'avait prévu.

Cashel le frappa au visage de la main qui tenait son bâton, un coup rapide qui aurait sonné un cheval de trait. Le frêle voyou fut projeté au milieu de ses compagnons, laissant à Cashel l'espace qu'il lui fallait. Les étages des maisons avançaient au-dessus de la rue. Le berger pivota et fit tourner son bâton comme une meule en avançant en crabe vers ses agresseurs.

L'avant-bras d'un des hommes se brisa en un craquement sonore ; il hurla, et son gourdin lui tomba des mains. Un autre s'écroula lorsque le bâton lui érafla le crâne et lui cassa l'épaule ; à son réveil il ne remercierait pas son assaillant, mais le coup l'aurait tué si Cashel n'avait pas volontairement dévié la rotation de son arme.

L'une des brutes lança son couteau à l'aveuglette et s'enfuit, bousculant ses camarades encore ignorants de ce qui se passait. Le magasin de biens précieux était doté d'une enseigne en bois suspendue à un poteau qui avançait à l'horizontale sur la rue. Cashel ne pouvait pas se tenir au-dessous en faisant tourner son bâton, il évalua donc la distance et frappa le poteau à sa base. Le noyer blanc chaussé de fer rencontra le bois de pin en un grand claquement qui précipita la lourde enseigne sur ce qu'il restait de la bande.

Les voyous qui en étaient encore capables s'enfuirent en courant, laissant diverses armes dans leur sillage. L'un des hommes saignait abondamment à cause d'une profonde entaille à la cuisse qui ne devait rien à Cashel.

Le son des crécelles se fit entendre à chaque extrémité de la rue ; Cashel remarqua toutefois qu'aucun gardien de la ville n'était intervenu avant que le dernier des voyous ait disparu à un coin de rue. Il lança un regard tout autour de lui, haletant tel un cheval à bout de souffle.

Quatre hommes étaient à terre, deux d'entre eux poussaient des gémissements et un troisième, dont le teint rappelait la couleur jaunâtre de la laine pure, tentait de reprendre son souffle. Cashel se rappelait vaguement lui avoir donné un coup de pied au creux de l'estomac ; les cals entretenus par une vie entière passée à marcher sur un sol rocailleux avaient fait un meilleur ouvrage que n'importe quelle botte cloutée.

— Oh, tu étais grandiose ! s'écria Mellie depuis son épaule, battant des mains de joie ; elle avait ignoré son ordre de descendre. Bien sûr, je savais que tu le serais.

Les gardiens vêtus d'orange s'approchèrent avec précaution. Les deux officiers avaient une cinquantaine bien entamée. L'un d'eux s'empara d'une matraque, sa seule arme, mais son collègue eut davantage de bon sens. Cashel songea qu'il pourrait très bien s'enfuir, mais qu'il n'en ferait rien. Il avait fait ce qu'il avait fait, il en assumerait les conséquences.

Les Sérians sortirent de l'échoppe qui s'était révélée être un piège plus qu'un refuge. L'un d'eux s'inclina devant les gardiens et dit :

— Veuillez m'excuser, messieurs, mais je ne crois pas qu'il y ait ici quoi quc cc soit vous concernant.

— Quand je voudrai entendre l'avis d'une pourriture comme…, commença l'un des gardiens, puis son regard se riva sur le poing tendu du Sérian. Ah ?

Le Sérian tourna son poing paume vers le haut, et ouvrit la main. Deux pièces d'argent étincelaient contre sa peau brune.

L'autre gardien dit, d'un air soucieux – *soucieux de perdre un pot-de-vin*, pensa Cashel :

— Écoutez, il y a eu des dégâts… Eux, c'est pas le problème… (il poussa du pied un des voyous qui gémissait), mais…

— J'ai tout vu, intervint soudain la vieille femme qui jusque-là tricotait. L'enseigne est tombée à cause de la plus grosse tornade que j'aie jamais vue.

Elle adressa aux deux gardiens un large sourire édenté.

— Si j'étais vous, mes chers, je prendrais mes pièces et je partirais avant de tomber sur une autre de ces tempêtes.

Cashel avait retrouvé son souffle, ou presque. Il ramassa l'enseigne et l'apporta près de la porte du petit magasin. Le marchand bedonnant l'observait de derrière sa grille mais ne souriait plus.

Cashel appuya l'enseigne contre le mur de la boutique.

— Avez-vous un problème avec ce qui s'est passé ici ? demanda-t-il de son ton habituel, lent et posé.

Le marchand observa le bâton de Cashel. Un filet de sang provenant du cuir chevelu de l'un des hommes coulait le long de la hampe, sur le point d'atteindre la main de Cashel. Au lieu de répondre, l'homme claqua la lourde porte qui se trouvait derrière sa grille.

Le premier gardien haussa les épaules.

— Ça peut arriver, un accident, dit-il.

Il prit les pièces dans la main du Sérian et en lança une à son compagnon. Tous deux repartirent dans la direction d'où ils étaient venus.

Les Sérians conversaient à voix basse. Leurs têtes se touchaient presque, mais leurs regards à tous deux ne quittaient pas Cashel. Ce dernier retourna vers l'étal des tricots et dit :

— Ma dame ? Je vous remercie. Si je peux faire quoi que ce soit…

Il ne savait pas s'il devait lui donner de l'argent, ou autre chose.

La vieille femme se mit à glousser.

— Oh ! si j'avais trente ans de moins, mon gars, y a quelque chose que tu pourrais très bien faire pour moi. Aujourd'hui, je me contenterai de t'avoir vu bouger.

Elle regarda derrière lui, en direction des Sérians, qui attendaient désormais, les mains jointes, que Cashel ait fini. Les mains de la femme continuaient à tricoter, régulières comme l'eau d'un torrent.

— Et puis, ajouta-t-elle d'une voix plus douce, j'ai vécu avec un Sérian, il y a tant d'années que j'ai arrêté de les compter. Il adorait peut-être les démons, mais il m'a jamais battue – et je pourrais pas dire la même chose de certains gentilshommes d'Haft qui ont jamais manqué un sacrifice de milieu de semaine. Va-t'en maintenant, avant que je décide que je suis finalement pas trop vieille pour toi !

Cashel fit demi-tour pour se retrouver face aux Sérians. Ils lui adressèrent un signe de tête ; l'un des deux hommes désigna le bout de la rue et dit :

— Monsieur, pourrions-nous vous parler dans un autre lieu, s'il vous plaît ? Il y a de ce côté un genre de parc.

Les volets des échoppes s'ouvraient peu à peu. L'un des voyous semblait sur le point de se lever, même si Cashel doutait qu'il puisse être une menace pour quiconque pendant quelque temps.

— Très bien, messieurs, répondit Cashel.

Il marcha entre les Sérians jusqu'à arriver, quelques rues plus loin, à une place pavée au centre de laquelle se trouvait une fontaine alimentée par des canalisations. Elle fournissait l'eau aux rues alentour. Un joueur de trompette en marbre qui levait son instrument se dressait au milieu du bassin ; l'eau s'écoulait du pavillon. Voir le ciel était un soulagement, après cet enchaînement de rues étroites.

— Mon nom est Frasa, dit le premier Sérian en s'inclinant.

Cashel n'aurait pas su différencier les deux hommes avec certitude. Leurs visages ressemblaient à deux masques identiques taillés dans une pièce d'acajou.

— Et je m'appelle Jen, ajouta le second en s'inclinant à son tour. Nous aimerions vous engager, monsieur. Nous vous paierons davantage que votre actuel employeur.

— Ah, répondit Cashel, sans savoir s'il devait s'incliner lui aussi. Je m'appelle Cashel or-Kenset. Oh, et je suis un berger.

— Un berger ! s'exclama Mellie depuis son épaule en éclatant de rire.

— Nous sommes des marchands, maître Cashel, dit Frasa. Nous avons un bateau de marchandises ici, à Carcosa. Vous avez pu remarquer que les passions se déchaînent à l'encontre des pratiquants de notre religion. Peut-être les partagez-vous ?

— Je n'avais jamais rencontré de Sérian auparavant, répondit Cashel, gêné. Si vous voulez vénérer des démons, j'imagine que ce sont vos affaires.

Jen cligna des yeux, puis éclata de rire sous le coup de la stupéfaction – la première manifestation d'émotion que Cashel surprenait chez les deux hommes.

— Nous ne considérons pas que nous vénérons des démons, maître Cashel, répondit Frasa. Mais comme vous le soulignez, ce n'est pas la question. Nous aurions en quelque sorte besoin d'un berger, un homme solide qui pourrait nous conduire à travers les périls de cette ville hostile jusqu'à ce que nous ayons vendu la cargaison de notre navire.

— Notre foi nous interdit de faire du mal à un autre être humain, intervint Jen. Cependant, ce que fait un homme à notre service se règle entre ses dieux et lui, et nous payons bien. Des hommes venus des Hautes-Terres intérieures de Seres protègent nos navires contre les pirates, mais il serait problématique qu'ils nous suivent en ville.

— Ce sont des cannibales et ils liment leurs dents, expliqua Mellie en caressant le lobe de l'oreille droite de Cashel.

Certains d'entre eux peuvent nous voir, moi et mes semblables. Ils nous mangent, aussi.

Cashel se rendit compte qu'en écoutant trois personnes à la fois il n'en comprenait aucune. Il entendait leurs mots, mais n'arrivait pas à les relier dans son esprit à quoi que ce soit de réel.

— Écoutez, dit-il, c'est de gardes que vous avez besoin. Moi je suis juste…

Il contempla derrière lui la rue remplie de marchands de vêtements, quelque peu honteux.

— Écoutez, répéta-t-il, je ne veux pas que vous pensiez que je fais ça souvent. J'ai seulement, eh bien…

Il se devait d'intervenir, tout comme il devait empêcher des loups de mer de décimer le troupeau d'un autre berger. Il ne pouvait l'expliquer. Chez lui, bien sûr, il n'aurait pas eu à se justifier, car tout le monde aurait agi de même.

Pour des moutons en tout cas. Pas nécessairement pour des étrangers aux visages immobiles comme le bois.

— Bien sûr, nous pourrions engager des hommes dont la violence est la profession, dit Frasa. Quoique… Cela ne serait sans doute pas si facile, car le comte Lascarg a rendu responsables de tous les troubles sociaux ceux qui vénèrent les démons et il en a fait des boucs émissaires. Dans tous les cas, nous préférerions traiter avec un homme dont la préoccupation première est la justice, plus que l'argent. Cependant, nous vous paierions bien – disons trois pièces d'Haft par jour ?

— Quatre, coupa Jen d'un ton résolu. Deux hommes ne pourraient accomplir ce à quoi nous avons eu le privilège d'assister il y a un instant. Et bien entendu, monsieur, nous vous paierons pour aujourd'hui, quelle que soit votre décision concernant votre éventuel emploi.

Cashel s'efforça d'imaginer une telle somme en comptant sur ses doigts. Ilna serait ravie…

Ilna n'en saurait rien. Il ne reverrait peut-être plus jamais sa sœur.

Il pencha la tête pour voir Mellie. La pixie se mit sur la pointe des pieds et joignit les mains au-dessus de sa tête comme pour plonger depuis l'épaule de Cashel.

— Oh, ne t'en fais pas pour moi, dit-elle avec un sourire radieux.

Elle était trop parfaitement belle pour être réelle et, bien sûr, elle n'était pas *réelle* dans le sens humain du terme.

— Les Hauts-Terriens ne me dérangent pas. Les rats sont bien pires, et là où il y a des hommes des Hautes-Terres, il n'y a pas de rats…

Elle se mit en équilibre sur les mains, plaçant ses doigts à l'emplacement précis où se trouvaient ses pieds un instant auparavant.

— À moins que les Hauts-Terriens soient *très bien* nourris.

Les Sérians attendaient. Cashel haussa les épaules et dit :

— Bon, j'imagine qu'on peut essayer pendant quelque temps.

Il tendit la main pour conclure leur marché. Jen et Frasa préférèrent s'incliner, et Frasa tira une bourse bien remplie de sa robe.

Le joueur de trompette soufflait joyeusement des cascades étincelantes.

19

À la nuit tombée, Carcosa se transformait en un dédale enfumé et menaçant. Garric avait loué une lanterne au *Repos du Capitaine*. En revanche, il n'avait pas pris la peine de s'adjoindre les services d'un guide qui les aurait conduits, Tenoctris et lui, au *Bœuf Rouge* : il possédait un bon sens de l'orientation et les souvenirs du roi Carus. Chuchotements et cliquetis divers entendus dans les rues étroites qui croisaient leur chemin l'amenèrent à s'interroger : *une troisième personne n'aurait peut-être pas été une précaution inutile.*

— Mais, si nous avions engagé quelqu'un, il nous aurait peut-être conduits tout droit à une bande de brigands, dit-il tout haut.

— Je pense qu'avec toi nous sommes en sécurité, répondit Tenoctris, avant d'ajouter : avec l'aide de ton médaillon, si nous rencontrons quelqu'un d'assez inconscient pour t'attaquer. *Il* est avec toi, n'est-ce pas ?

— En quelque sorte, murmura Garric.

Il ne souhaitait pas songer à ce que la présence grandissante de Carus pouvait signifier.

Garric avait refusé de porter une épée depuis la nuit près de la rivière Stroma : il n'aimait pas la façon dont sa personnalité changeait quand il posait la main sur la poignée d'une de ces armes. La lanterne était suspendue au bout d'une tige de fer de un mètre de long pour que l'on puisse la tenir en face de soi. Elle pouvait en un clin d'œil se transformer en une arme tout à fait valable.

Mais Garric préférait ne pas y penser non plus.

Un homme et une femme se disputaient sous une porte cochère. L'homme était saoul, mais la femme assez sobre pour s'interrompre jusqu'à ce que la lueur jaunâtre de la lanterne ait disparu. Une troisième silhouette, celle d'un autre homme, observait la scène de l'autre côté de la rue ; il attendait lui aussi, mais en tapotant la paume de sa main avec un gourdin.

Même si ce n'étaient pas ses affaires, Garric se sentit tout de même mal à l'aise. Et pourtant, il n'avait pas idée de ce dont il s'agissait. L'homme saoul serait assommé, probablement volé, ou même tué. Mais si la femme n'avait pas un tel protecteur, que pourrait-il lui arriver, à la merci d'un homme ivre ? Garric commençait à comprendre pourquoi Tenoctris mettait « bien » et « mal » entre guillemets. Mais il restait persuadé qu'une société dans laquelle la violence était le principal moyen de résoudre les querelles était mauvaise.

— Le monde visible subit une pression quand, dans d'autres plans, les forces s'intensifient, dit calmement Tenoctris.

Elle avait décrit son talent comme une disposition à discerner les choses. Cela impliquait la structure même des personnalités de ceux qui l'entouraient.

— Les villes sont toujours pires que les villages, poursuivit-elle, car dans l'anonymat les gens sont capables de choses qu'ils n'oseraient pas faire devant leurs voisins ; mais j'imagine qu'à Carcosa la situation a empiré ces dernières années.

Ils tournèrent à un coin de rue.

— Voilà *Le Bœuf Rouge*, annonça Garric, soulagé.

Une lampe était suspendue au-dessus de la porte de l'auberge, avec un grand réservoir d'huile et des parois d'un verre plus transparent que n'importe quelle fenêtre de Barca. En entrant à l'intérieur, Garric se rendit compte que l'homme massif appuyé contre le mur, près de la porte, n'était autre que Rald, le chef des gardes du conducteur. Il était en tenue de combat et semblait inquiet.

— Monsieur ? demanda Garric. Dame Tenoctris et moi-même avons tenu parole et sommes venus parler à votre maître. Est-il…

Il fit un signe de tête en direction de l'auberge. La salle commune était immense et très agitée. Le fils de Reise nota d'un œil professionnel qu'ici le sol était couvert de sciure et non de joncs.

Rald secoua la tête et dit :

— Maître Benlo est sorti à la tombée de la nuit. Je ne suis pas sûr de savoir où, mais ça ne m'étonnerait pas qu'il se soit rendu à l'endroit habituel – de l'autre côté de la rue, dans le cimetière.

Il désigna l'endroit sans bouger autre chose que les yeux. Sous la lumière oblique de la lampe, Garric aperçut sur le casque du garde une balafre que Rald avait presque entièrement effacée en polissant le métal : un vestige de la bataille de Stroma.

— Il s'y est rendu toutes les nuits pendant lesquelles nous sommes restés dans cette auberge, sauf qu'il n'avait jamais emmené sa fille avec lui auparavant. Il…

— Il a emmené Liane ? demanda Garric.

— Cette fois-ci, oui. Et il a été très clair : les gars et moi, on ne devait pas venir avec lui. Mais tu sais, fiston, je crois vraiment que quelqu'un devrait aller voir ce qui se passe là-bas.

— Et quelqu'un va y aller, lança Tenoctris.

Elle commença à traverser la rue.

— Fiston, attends ! cria Rald. Prends ça.

Garric se retourna. Le garde lui tendit son épée et son ceinturon. Garric prit l'arme et remercia le garde d'un hochement de tête. Il attacha la ceinture tout en traversant la rue au côté de Tenoctris.

Un portail pour entrer dans le cimetière se trouvait à une centaine de mètres en contrebas, mais, quand Garric hésita, la vieille femme tapota le mur juste en face du *Bœuf Rouge* et dit :

— Soulève-moi. Ils ne sont pas loin d'ici.

Garric ne comprenait pas comment elle pouvait le savoir, mais là n'était pas la question. Il appuya sa lanterne contre le mur et employa ses deux mains pour soulever Tenoctris afin de l'asseoir sur le chaperon du mur, à un mètre cinquante du sol. Ses mains faisaient presque le tour de la taille extrêmement menue de la magicienne.

Tenoctris balança les jambes de l'autre côté du mur, comme si elle envisageait de sauter. L'idée ne semblait pas prudente à Garric, qui se hissa et atterrit de l'autre côté, puis déposa la vieille femme à terre aussi doucement qu'il l'avait soulevée.

La lanterne était toujours de l'autre côté. Garric se pencha pour la ramasser.

— Laisse-la, lança Tenoctris, laissant transparaître un esprit de décision que sa personnalité dissimulait la plupart du temps. Nous n'en avons pas besoin pour l'instant. C'est par là.

Le cimetière était un véritable village de tombeaux hauts comme des huttes de berger. Ils alternaient avec des centaines de cavités dallées de pierres d'une trentaine de centimètres de large, un peu plus en longueur. Certaines avaient encore leurs couvercles, sur lesquels était grossièrement gravé un arbre de vie. Toutes étaient vides. Des cyprès plantés en guise d'ornement avaient grandi démesurément entre les édifices humains.

Grâce à ses lectures, Garric savait que les cavités accueillaient jadis les ossements des pauvres, une coutume qui n'avait pas survécu à la chute de l'Ancien Royaume. Les familles déplaçaient les os dans ces ossuaires individuels une fois les chairs des défunts décomposées après un an passé dans l'immense tombeau au centre du cimetière. Le dôme de ce dernier s'était depuis longtemps écroulé, et ses murs étaient envahis par le lierre et le chèvrefeuille.

Nombreuses étaient les tombes encore utilisées par les riches et les puissants de Carcosa. Leurs murs avaient été nettoyés, les dalles de leurs toits remplacées si nécessaire, et de nouvelles armoiries gravées sur leurs portes pour remplacer celles de leurs occupants originaux.

Tenoctris ouvrait la voie et circulait entre les tombeaux et par-dessus les cavités, véritables pièges pour les chevilles placés au milieu des dernières demeures de défunts plus illustres. Garric se fiait à la lueur d'un ciel embrasé par les lumières de la ville et aux premiers rayons de lune pour la suivre ; cependant la vieille femme se déplaçait plus vite que lui et avec une assurance qui lui épargnait le genre de faux pas que multipliait le jeune homme. *Elle doit avoir des yeux de chat.*

Il avait peur pour Liane, peur pour lui également. Il n'avait pas la moindre idée de ce qu'ils trouveraient. À en croire les propos de Tenoctris quelques instants plus tôt, elle-même n'en était pas sûre.

— Que la Sœur t'emporte ! siffla Garric en mettant le pied dans un trou dissimulé par les ombres : il aurait très bien pu se tordre le genou et être estropié à vie.

Dès qu'il les eut prononcés, il regretta ses mots : ce n'était ni le lieu ni le moment d'appeler la reine des Enfers.

Une cloche d'acier retentit au cœur de la cité ; Garric ne sut dire si elle annonçait quelque calamité, ou si elle marquait ainsi chaque nuit la relève de la garde. Il venait de Barca.

Mais pour l'instant il était ici, et il suivait une vieille femme qui disait avoir à cœur le bien du cosmos.

Tenoctris leva la main en signe d'avertissement. Ils s'arrêtèrent à trois mètres de deux tombeaux construits pour se faire face. L'un des deux était en basalte noir, l'autre en granit fin et si clair qu'il en paraissait blanc à la lumière de la lune. Un chemin alternant pavés sombres et clairs reliait les deux entrées entourées de piliers. Des couronnes d'if et de houx déposées sur le tombeau clair indiquaient qu'un enterrement y avait eu lieu récemment.

— Les hommes d'aujourd'hui, même les magiciens, croient que les tombeaux sont vides parce que les corps se sont décomposés, chuchota Tenoctris avec dédain. S'ils voyaient ce que je vois, ils trouveraient mieux à faire que de mettre leurs morts à l'endroit où des êtres tellement plus importants reposent. Autant jeter ses enfants aux loups de mer!

Garric massa son tibia éraflé sans dire un mot. Une brise vint murmurer au milieu des cyprès; certains d'entre eux étaient si vieux, si énormes que leurs racines avaient démoli les voûtes qu'ils devaient embellir.

Tenoctris arracha une branchette à un buis derrière elle.

— Là, dit-elle en désignant le tombeau de basalte de sa baguette de fortune.

La pierre noire n'était guère plus qu'une silhouette dans la faible lumière, et c'est peut-être la raison pour laquelle Garric aperçut un éclat bleu, vacillant – pas une lueur à proprement parler, plutôt l'ombre d'une lueur – à travers l'œil-de-bœuf placé sous l'angle du toit et tout autour de la porte rouillée. Cette dernière était légèrement entrebâillée.

Garric gagna le tombeau en trois enjambées et poussa contre la poignée verticale de l'entrée. La lourde porte ploya en grinçant mais ne s'ouvrit pas: elle était bloquée. Garric entendit Benlo chanter des paroles indistinctes, tandis que Liane, de sa voix plus haute, plus claire, appelait:

— *Phanoibikux petriade kratarnade...*

— Arrêtez! s'écria Tenoctris. Ce sort va...

Une lueur rouge, silencieuse, traversa le basalte telle la lumière du soleil pénétrant la peau. Le cimetière tout entier fut momentanément éclairé par une vive clarté. Benlo hurla, une note haut perchée qui s'acheva en gargouillis.

— Liane! cria Garric avant de se ruer de tout son poids et de toutes ses forces sur la porte.

La cale qui la maintenait fermée céda et fut projetée dans le tombeau en contrebas.

Des niches étaient alignées tout le long des murs. Elles avaient autrefois accueilli les cendres de nobles qui avaient été incinérés; elles étaient désormais vides, à l'exception de la poussière et d'une seule chandelle noire qui éclairait les symboles tracés par terre, trois marches plus bas que le niveau du sol.

Benlo bor-Benlimar gisait au centre d'une étoile à sept branches autour de laquelle étaient inscrits des mots en Écriture Ancienne. Il avait été éventré d'un seul coup, donné vers le haut ; son sang palpitait sur les pierres, sous lui.

La silhouette de Liane se découpait en négatif devant une porte d'intense lumière rouge, au beau milieu de la voûte. Ses mains étaient levées, comme pour repousser une atrocité invisible. La jeune fille semblait être davantage un portrait flottant dans les airs qu'un être de chair et de sang. Les cheveux et les vêtements de Liane étaient écarlates, et la peau habituellement si pâle de son visage et de ses mains paraissait d'un noir luisant comme de l'obsidienne.

— Garric ! hurla la jeune fille.

La lumière clignota, et Liane disparut. Les bras de Garric se refermèrent sur le vide.

Tenoctris observa Benlo : son sang traçait un mot en Écriture Ancienne.

— Strasedon ! s'écria-t-elle. Quel imbécile ! Il a invoqué Strasedon !

Le filet de sang forma une simple flaque, et commença à coaguler sous la lumière de la chandelle noire. La mort emplit le caveau, accompagnée par l'habituelle puanteur d'abattoir.

20

— Le port Nord était autrefois réservé à la flotte seule, expliqua Mellie. Il est complètement artificiel, tu sais. J'ai pu y voir trois cents trirèmes ornées de banderoles, leurs voiles rayées toutes hissées.

Elle passa en revue les bâtiments du côté de la rue le plus proche du port, et ajouta :

— Mais que tout a changé ! C'est tellement amusant de vous observer, vous les humains !

— La fabrique que nous avons louée est juste là, dit Frasa en faisant un signe de tête. Elle appartient à un consortium sérian, même si lors de précédents voyages nous avons parfois utilisé la fabrique d'Ardukh quand un navire occupait déjà la nôtre.

Les Sérians gardaient d'ordinaire les mains enfouies dans leurs manches. Ils communiquaient davantage grâce aux expressions du visage, et encore, bien moins que les gens avec qui Cashel avait grandi. Ce n'était pas un problème pour lui, qui avait passé la plus grande partie de sa vie à interpréter le langage corporel encore plus subtil des moutons.

Cashel n'était pas sûr de comprendre ce que les Sérians entendaient par « fabrique ». Le bâtiment en question se trouvait au milieu d'une vingtaine de constructions identiques : un étage en façade, un rez-de-chaussée qui se prolongeait vers l'arrière, des murs entourant le côté et l'arrière, et un mur d'enceinte allant du bâtiment jusqu'à la mer. Ils étaient construits en pierre, dotés de robustes portes à deux battants et de fenêtres réduites à l'état de simples fentes, quand fenêtres il y avait. La fabrique des Sérians était l'un des bâtiments à la façade parfaitement vierge, à l'exception d'une porte garnie de bandes de métal.

Un groupe d'hommes de haute taille à la peau brune et portant des pagnes lavaient des ordures souillant la façade de la fabrique. Cashel aperçut des mouchetures, haut sur le mur : des marques laissées par les impacts de pavés, le résultat inoffensif d'intentions qui l'étaient beaucoup moins.

Jen et Frasa se dirigèrent d'un pas vif vers la porte du bâtiment en baissant la tête pour éviter de croiser le regard des badauds. Cashel marchait à leurs côtés, mais il regardait dans toutes les directions comme il l'aurait fait en conduisant un troupeau à travers une passe dangereuse.

Les rues près du port Nord étaient de véritables coupe-gorge dont les habitations étaient aussi petites que des huttes de campagne, dépourvues de fenêtres elles aussi et moins propres. Dans la rue, des vauriens observaient les employés des Sérians, mais quoique les gens du coin soient hostiles, ils étaient apparemment plus prudents que Cashel l'avait cru.

— Des Hauts-Terriens, dit Mellie, désignant quelque chose en tendant la jambe droite tout en restant en équilibre sur les orteils de son autre pied.

Assis en tailleur en face du bâtiment se trouvaient quatre hommes très différents des travailleurs qui peinaient avec docilité. Ces hommes assis ne faisaient pas plus d'un mètre cinquante et étaient légèrement bâtis. Leur peau avait la couleur blanc-jaune d'un parchemin préparé avec soin, leurs longs cheveux raides étaient noirs, sans laisser apparaître aucun reflet, et ce même en plein soleil. Ils bavardaient joyeusement entre eux et se passaient un morceau de viande séchée dont chacun à tour de rôle prenait une bouchée.

Les dents de devant des Hauts-Terriens étaient limées jusqu'à ressembler à des crocs triangulaires. Ils avaient, posés sur leurs genoux, de petits arcs dont les flèches en os étaient trempées dans une gomme noire certainement empoisonnée. Cashel était pratiquement sûr que les colliers que chaque homme portait étaient faits à partir d'oreilles humaines séchées.

Les portes de la fabrique s'ouvrirent d'elles-mêmes. L'un des Hauts-Terriens plissa les yeux, puis montra du doigt l'épaule droite de Cashel et appela avec enthousiasme ses compagnons. Cashel le regarda fixement, et frappa le sol de son bâton qui fit des étincelles contre le pavé.

Les Hauts-Terriens éclatèrent de rire en échangeant de grandes tapes dans leurs dos. L'homme qui tenait à la main le morceau de viande le leva en direction de Cashel pour que ce dernier puisse le prendre s'il le souhaitait.

Cashel sourit largement et secoua la tête en dépassant le petit groupe. Mellie, hilare, lui enlaça le cou.

Deux Sérians refermèrent la porte derrière lui ; un troisième la verrouilla en y glissant une barre transversale. Ces serviteurs portaient des robes dont la coupe et la couleur étaient semblables à celles portées par Jen et Frasa, mais elles étaient tissées dans une étoffe grossière que Cashel ne reconnaissait pas. Il aurait aimé en envoyer un échantillon à sa sœur – il lui fallait cesser de penser ainsi, ou il ne parviendrait jamais à se défaire des souvenirs qu'il avait de Sharina.

Et puis Ilna était ici, à Carcosa. Elle était probablement en train d'apprendre tout un tas de choses.

Dans une niche à côté de la porte se trouvait la statue grandeur nature d'une déesse vêtue d'étoffes safran, aussi belles et délicates que la figurine elle-même. Elle était encadrée de deux démons hideux avec des têtes de chiens, l'un rouge et l'autre bleu. Bien que les démons soient debout, leurs membres supérieurs ne se terminaient pas par des mains, mais par des pattes griffues. Ils étaient exagérément masculins.

Jen et Frasa s'agenouillèrent devant la déesse. Ils inclinèrent la tête et posèrent leurs mains à plat sur le sol en murmurant à l'unisson dans un langage inconnu. Tandis qu'ils se relevaient, Cashel leur demanda :

— Messieurs ? Dois-je faire de même ?

Les Sérians le regardèrent avec surprise.

— Vous n'adorez sûrement pas notre Déesse de Miséricorde, n'est-ce pas ? demanda Frasa.

— Eh bien, je pensais que vous voudriez peut-être que je le fasse, dit Cashel de plus en plus embarrassé.

Il ne savait comment se comporter à Carcosa… à moins bien entendu qu'on l'attaque. Dans ce cas-là, les règles étaient plus ou moins partout les mêmes.

— Je ne vois vraiment pas pourquoi, dit Frasa. Quel intérêt y aurait-il à obliger quelqu'un à *adorer* ?

Il se dirigea vers l'escalier, de l'autre côté de la pièce. Jen invita Cashel à le suivre d'un signe de tête, puis lui emboîta le pas.

— Bien sûr, il n'y aurait aucun problème si vous souhaitiez remercier la déesse. Simplement, votre décision ne nous regarde en rien.

Un Sérian vêtu de façon modeste entama la descente des marches avec dans les mains de fines tablettes faites de bambous attachés ensemble. Les feuilles claquaient les unes contre les autres au rythme de ses pas. Il aperçut Frasa et remonta les marches pour faire place.

— Les statues à côté de la déesse…, commença Cashel en regardant par-dessus son épaule, depuis le palier.

Il laissa ses mots mourir sur ses lèvres, espérant que ses hôtes répondraient à la question qu'il craignait de formuler de peur d'employer des mots inappropriés. Les Sérians étaient des gens honnêtes, il ne souhaitait pas les froisser – ce qu'il avait de toute évidence déjà fait en les traitant d'adorateurs de démons.

— Les démons gardiens, oui, répondit Frasa.

Il atteignit le sommet de l'escalier. Un serviteur portant une robe à la bordure noire s'inclina et ouvrit la porte d'un bureau qui donnait sur le port.

— Voyez-vous, maître Cashel, dit Jen, la déesse est parfaitement bienveillante, et ne fait que le bien. Mais des êtres d'une innocence si pure ont besoin de la protection des autres pour existier dans ce monde perdu. Ainsi la déesse est-elle toujours protégée par des démons… et nous-mêmes engageons dans les équipages de nos navires des Hauts-Terriens.

— … Et souhaitons également votre compagnie, ajouta Frasa en invitant d'un geste Cashel à s'asseoir sur l'une des chaises basses qui, dans le bureau, étaient disposées autour d'une table plus basse encore.

Un serviteur hésita sur le pas de la porte, portant des tasses sur un plateau, chacune recouverte d'un petit capuchon en papier de riz.

Jen et Frasa s'assirent tandis que Cashel s'abaissa avec précaution au-dessus d'une des chaises. Elle était plus solide que son apparence le laissait supposer, mais Cashel était plus habitué aux tabourets qu'aux chaises, et plus habitué à s'accroupir qu'à s'asseoir sur un siège, quel qu'il soit.

Mellie sauta de son épaule et se mit à gambader çà et là pour explorer les environs toute seule. Voir la pixie à la chevelure flamboyante surgir derrière un panneau laqué, puis bondir sur la persienne d'une fenêtre effrayait le jeune homme. Il devait se répéter que Mellie savait ce qu'elle faisait bien mieux que lui.

Ses hôtes prirent chacun une tasse et en ôtèrent le capuchon.

— Un mélange de jus de fruits, expliqua Jen. Nous pouvons vous servir de l'alcool si vous le souhaitez.

— Non, ça ira très bien, répondit Cashel en se demandant quoi faire avec ses jambes.

Il les étendit finalement devant lui, de chaque côté de la table. Les Sérians croisaient les leurs sous leurs sièges, mais il n'avait pas l'habitude de tordre ainsi ses articulations.

Le mur opposé était occupé par des fenêtres équipées de volets, donnant sur l'extension sans étage derrière la fabrique. Cashel aperçut encore davantage de Sérians et de Hauts-Terriens qui se détendaient dans la cour fermée, ainsi que le quai auquel était amarré un navire à la proue carrée que personne à Barca n'aurait pu imaginer.

Cashel sirota son jus de fruits. La boisson était fraîche et acide, mais il percevait un léger goût suggérant à son palais peu habitué que l'on avait fait pourrir l'un des fruits avant de le presser. Il continua à boire.

— Notre famille fait des affaires à Carcosa depuis cinq générations, dit Frasa. Les gens partageant nos croyances ont toujours rencontré l'hostilité…

— Ceux de notre race aussi, intervint Jen. Voilà peut-être le problème.

Cashel ne le dit pas à haute voix, mais il n'avait jamais remarqué que les gens avaient besoin d'une vraie raison pour jeter des pierres sur quelqu'un s'ils en avaient envie. Avoir des cheveux roux, être gaucher, venir du bourg voisin : qui veut tuer son chien l'accuse de la rage.

Frasa arqua les sourcils, l'équivalent pour lui d'un haussement d'épaules.

— De toute façon, poursuivit-il, nous avons très peu de contacts quand nous sommes à Carcosa. Nous louons une fabrique, nous y entreposons nos marchandises, puis passons un contrat avec un courtier de Carcosa afin qu'il trouve des acheteurs pour nos marchandises et un navire qui nous ramène chez nous. Mais la difficulté cette fois-ci, c'est que le climat est nettement plus tendu que nous le pensions.

Mellie courut sur le toit plat qui surmontait le prolongement du bâtiment avant de disparaître dans une canalisation en briques vernies. Et ces Hauts-Terriens dans la cour, juste au-dessous…

— Connaissez-vous la situation politique de Carcosa, maître Cashel ? demanda poliment Jen.

Cashel ne pouvait que sourire. Il secoua la tête : il n'était pas sûr de savoir ce qu'était la politique, encore moins la version qui en était pratiquée à Carcosa.

— Le comte Lascarg est arrivé au pouvoir lors des émeutes, il y a une génération, poursuivit Jen. Il disposait de l'appui du peuple, et la majorité des classes aisées s'opposait à lui. Il est cependant parvenu à concilier les deux partis, au lieu de régner par la force brute.

— Essentiellement parce qu'il ne dispose pas de cette force, poursuivit Frasa. Lascarg a délibérément réduit la garde pour éviter que son successeur le remplace de la même façon que lui a remplacé les anciens comte et comtesse d'Haft. Comme il n'a pas de réel support politique, il tente désespérément d'empêcher une lutte des classes ouverte.

— Quelle que puisse en être l'issue, Lascarg est sûr de perdre. Il a ainsi tenté d'unifier la population en attisant son hostilité envers les étrangers. Tout particulièrement les Sérians.

Cashel hocha la tête.

— Oui, dit-il, soulagé de voir Mellie grimper sur le plateau de boissons. Eh bien, vous êtes plus différents que la plupart des gens.

Mellie s'écroula sur le dos, se tenant les côtes de rire. Frasa et Jen se raidirent, puis sourirent.

Cashel cligna des yeux en s'entendant parler ainsi. Soit il y avait *quelque chose* dans ce jus de fruits, pas nécessairement de l'alcool, mais quelque chose..., soit la semaine passée avait été si irréelle que son esprit ne voyait plus de raison de taire ce que d'ordinaire il gardait pour lui.

— Je suppose que nous le sommes, en effet, dit Frasa. Cependant, la malchance qui nous a plongés dans ce climat fomenté grâce à de lâches tromperies fut atténuée lorsque nous rencontrâmes un homme exceptionnellement honnête et loyal, vous, maître Cashel.

— Si nous avions eu conscience de l'importance de ces troubles, jamais nous ne serions venus ici sur le *Dragon-Doré*, ajouta Jen.

Il ne désigna pas le navire du doigt, mais ses yeux firent un très léger mouvement de côté. S'il l'avait poursuivi, il aurait ainsi montré la fenêtre, et tout ce qui se trouvait derrière.

— La nuit dernière, des pierres ont été jetées contre la fabrique après que nous avions accosté, mais ce genre de chose s'était déjà produit auparavant. Aujourd'hui, mon frère et moi-même sommes sortis pour contacter un courtier. Sans votre aide, monsieur, nous ne serions pas revenus.

Les deux Sérians se levèrent gracieusement, puis s'agenouillèrent comme ils l'avaient fait devant la déesse. Cashel rougit ; il aurait voulu entrer dans le sol tant il était gêné.

— Écoutez, dit-il en ramenant les jambes sous lui, je suis heureux d'avoir pu vous aider. Ce qui arrivait, ce n'était pas bien. Mais maintenant vous êtes sains et saufs, et je vais reprendre ma route.

Il tira sa bourse. Mellie revint vers lui en effectuant des sauts de mains, sa chevelure d'un rouge surnaturel flamboyant chaque fois que sa tête plongeait vers le sol.

— Je vous en prie, maître Cashel, dit Jen. (Les deux Sérians bondirent sur leurs pieds sous le coup d'une inquiétude manifeste.) Nous ne voulions pas vous offenser.

— Ce n'était pas bien non plus d'accepter de l'argent pour vous avoir aidé, ajouta Cashel. (Il fouilla dans sa bourse à la recherche des pièces que Frasa lui avait données près de la fontaine.) Je vous souhaite de faire de bonnes affaires.

Le contact de Mellie sur sa jambe puis le long de sa tunique fut aussi léger que celui d'une abeille qui se poserait pour boire un peu de sueur. Perchée sur son épaule, elle dit :

— Tu n'as jamais traité avec des Sérians, Cashel. Rappelle-toi qu'ils n'ont jamais rencontré d'hommes de la campagne – ni d'hommes honnêtes à Carcosa, à moins que les choses aient changé depuis ma dernière visite.

Cashel s'arrêta et fronça les sourcils, confus.

— Nous voguons vers Haft par la route du sud, dit Frasa. Il y a de nombreux pirates dans ces mers, c'est pourquoi nous avons des Hauts-Terriens dans notre équipage. Ils ne savent pas naviguer, et ne risquent donc pas de voler le navire ; ils n'ont de plus aucun scrupule à tuer des pirates. (Il sourit très légèrement.) Ou à les manger.

Cashel acquiesça. Il ne voyait pas où le Sérian voulait en venir, mais il pouvait attendre. Il se sentait idiot, sa bourse dans la main gauche. Il la ferma et la remit dans sa tunique.

Jen prit la relève de son frère :

— À Carcosa nous n'avons pas de protection en dehors de la fabrique. Nous espérons mener rapidement nos affaires avec le courtier que nous avons engagé et ne plus avoir à sortir, mais nous n'en sommes pas sûrs. Maître Cashel, même si nous n'avons plus besoin de votre force, la présence d'un homme honorable allégera notre tâche. Je vous en prie, restez avec nous, et permettez-nous de vous payer, au nom de *notre* honneur.

Le regard de Cashel passa alternativement de Jen à Frasa. Les deux frères se ressemblaient autant que les deux statues de démons au rez-de-chaussée. Pourtant, ici, c'était lui, le démon…

— J'aime bien cet endroit, dit Mellie. Oh ! pas pour y rester trop longtemps, bien sûr, mais ils essaient vraiment d'être gentils – et ils n'ont pas de chat.

Elle éclata de rire.

Cashel songea aux Hauts-Terriens. Soit, il pourrait être le démon gardien de Mellie à l'intérieur de ces murs, et celui de Jen et de Frasa à l'extérieur.

— Je ne sais pas ce qui m'a pris, murmura-t-il aux Sérians en baissant les yeux. J'ai dit que j'acceptais votre offre et voilà que je reviens sur ma parole. Désolé, messieurs. Je resterai jusqu'à ce que vous ayez écoulé vos marchandises.

Frasa et Jen s'inclinèrent en souriant et Mellie étreignit de nouveau le cou de Cashel.

21

Sharina se réveilla en sursaut. Elle sentit un mouvement à côté d'elle et en déduisit que Nonnus avait fait de même.

Nonnus n'était plus là et le mouvement était celui de la pirogue qui s'inclinait. Le vent avait changé de direction et soufflait désormais du nord.

L'ermite était debout de l'autre côté du mât et s'employait à libérer le garant. Asera et Meder étaient tous deux assis à la poupe. Ils n'avaient pas proposé leur aide ; Nonnus n'en aurait de toute façon pas voulu. Leurs regards étaient brillants, nerveux. Leur posture évoquait à Sharina deux marmottes ayant pris conscience qu'un aigle les survolait.

Sharina connaissait la raison de leur peur. Son cœur avait bondi en constatant le changement de direction du vent ; elle était cependant terriblement honteuse de ne pas avoir interdit à Meder de pratiquer la magie qui, elle le savait, avait provoqué ce changement.

Elle gravit les réserves empaquetées pour rejoindre Nonnus. Il pouvait très bien se passer de son aide, mais elle savait au moins comment se rendre utile. Le garant était enroulé autour de la tête du mât. Sharina prit l'espar à deux mains et aida à le soulever, ainsi que la voile humide, tandis que l'ermite tirait sur la corde. Dans le pire des cas, elle aurait diminué la pression exercée sur le mât.

La toile se gonfla dès qu'elle fut levée, faisant tomber sur Sharina une pluie de sel. L'espar décolla de ses mains tandis qu'elle faisait un pas en arrière. Le vent était léger, mais constant.

— Pas le temps que j'attendais, dit doucement Nonnus, dissimulé par la voile. (Il se pencha pour enrouler le garant autour de la bitte située au pied du mât.) Ce vent nous servira tant qu'il durera ; et s'il tombe, nous pourrons encore attendre le vrai vent du nord.

Sharina se glissa sous la voile. Le ciel était visiblement plus dégagé, mais le soleil ne s'était pas encore levé. L'horizon autour d'eux n'était que ténèbres indistinctes.

Asera tenait l'amintot. Meder était tout près d'elle, les mains jointes.

— Bonjour, maître Nonnus, dit Asera alors que l'ermite venait prendre l'amintot et le point d'écoute de la voile.

En temps normal les nobles auraient longé en silence l'autre côté de l'étroite coque. Ce matin-là, ils ne semblaient pas du tout disposés à aller à l'avant.

— Bonjour ma dame, monsieur, répondit prudemment Nonnus sans rien laisser paraître. Je dois être à la poupe pour manœuvrer la voile.

Meder déglutit puis se mit en position accroupie ; il déguerpit ensuite sans croiser le regard de l'ermite. Asera lâcha l'amintot – qui, solidement arrimé, ne pouvait pas beaucoup bouger de toute façon.

— Oui, bien sûr, dit-elle en se levant.

Même si elle marchait aussi majestueusement que le permettait l'étroite coque de la pirogue, Sharina percevait la tension de la procuratrice.

Le coffre contenant les ustensiles de Meder était glissé sous un filet, pas le même cependant qu'à minuit, lorsque Meder avait pris son tour de garde à la poupe. Sharina déglutit quand elle se rendit compte du changement. Le regard de l'ermite vint se poser sur le coffre, mais rien dans son expression figée et austère n'indiquait qu'il avait vu une différence.

Et peut-être que ce matin-là le soleil se lèverait à l'ouest…

Nonnus ajusta l'angle de l'espar puis détacha la barre franche et manœuvra directement la barre pour accélérer le changement de cap. Sharina et lui pesèrent de tout leur poids sur le balancier droit. Sharina attrapa les cordages attachés au bas de la voile, aplatissant progressivement son angle au fur et à mesure que la lourde embarcation effectuait sa manœuvre. Un changement de cap abrupt ne les renverserait pas – les balanciers empêchaient cela – mais pourrait briser ou déchausser le mât.

Alors que Nonnus ajustait l'espar, les yeux rivés sur l'eau s'écoulant depuis la toile, il dit :

— Meder, il y a une trace de sang sur la poupe.

— Je me suis éraflé la main ! s'écria le magicien d'une voix haut perchée, caché par la voile. Je me suis éraflé le dessus de la main sur une écharde, c'est tout !

Sharina tourna la tête vers le large pour dissimuler son expression. Son inaction au cours de la nuit précédente la rendait malade, encore plus maintenant qu'elle prétendait dissimuler ce que l'ermite savait déjà.

— Nonnus…, commença-t-elle.

Sharina aperçut une ligne blanche à tribord. Elle bondit sur la pièce de bois reliant le balancier à la coque et s'accrocha au bras de la grand-vergue. Ce n'était pas une illusion, pas plus qu'un groupe de mouettes blanches qui auraient attendu l'aube pour quitter les flots où elles auraient passé la nuit.

— Terre ! cria Sharina. Terre à tribord ! Regardez, Nonnus ! La terre !

Nonnus sauta sur le plat-bord et se pencha en avant. Il n'avait ni voile ni cordage auquel se raccrocher, mais il tendit son javelot derrière lui, dans sa main gauche, pour contrebalancer le poids de sa tête et de son torse. Il resta ainsi à vaciller, terrorisant Sharina.

L'ermite revint se placer à la poupe et accentua la position de la voile. Il ne dit rien.

Asera et Meder se mirent sous la toile pour éviter Sharina qui venait de regagner la coque du bateau. Le visage des deux nobles exprimait maintenant, en plus de la peur, un mélange d'espoir et de perplexité.

— Est-ce vraiment la terre ? laissa échapper Meder.

— On dirait, oui, répondit Nonnus. (Il tira sur l'un des points d'écoute de la voile avant que Sharina s'accroupisse pour saisir les cordages.) Il ne devrait pas y avoir d'isle dans cette partie de la mer, ajouta l'ermite.

La procuratrice lança d'un air renfrogné :

— Et qui pourrait dire où nous sommes réellement ? Le temps est resté couvert depuis que nous avons quitté Tegma !

— Oui, Tegma, dit Nonnus avec un sourire sans joie. (Il tendit les cordages à Sharina.) Je vous assure, procuratrice, que je sais où nous sommes. Et je sais que Tegma n'aurait pas surgi des mers sans l'aide de la magie.

— Je n'ai pas fait remonter cette isle ! protesta Meder. Je n'ai rien à voir avec tout cela !

— Je crois que ça n'a plus d'importance désormais, non ? dit l'ermite sans la moindre émotion.

Il ajusta l'espar, retenant l'amintot contre son flanc avec le bras gauche.

— Ce n'est pas moi, murmura Meder, mais les regards qu'il échangea avec la procuratrice étaient emplis de doute.

22

L'air à l'intérieur du tombeau était chaud et sec. La lueur de la chandelle noire vacilla lentement quand Tenoctris bougea, sa branchette de buis toujours tendue devant elle. La lumière délivrée par la bougie était claire et sans fumée, mais la pierre terne et sombre l'absorbait sans qu'elle s'y reflète.

Tenoctris croisa les jambes puis s'assit. Elle regarda avec dégoût le cadavre de Benlo. Il avait été ouvert du pelvis jusqu'à la gorge, et son visage était figé en un rictus de terreur. La mort avait immédiatement raidi son corps. Garric avait déjà vu cela se produire quand un bœuf fuyant la piqûre d'un taon avait encorné Zaki or-Mesli, avec un résultat tout aussi effroyable.

Les bras de Benlo étaient écartés, et sa main droite tenait encore son athamé.

— Pouvons-nous faire quelque chose ? demanda Garric.

Il était resté sans bouger sur la dernière marche tandis que la vieille femme inspectait le caveau.

— Peut-être, dit Tenoctris en se retournant vers lui. Mais tout ce que nous pourrions tenter serait très dangereux. C'est à toi de prendre cette décision.

— Alors nous agirons, répondit Garric sans bouger.

— Laisse-moi t'expliquer, dit Tenoctris avec vivacité. Tout cela s'est produit parce que Benlo a accidentellement ouvert la mauvaise porte. Un démon, invulnérable dans ce plan, a traversé le passage que Benlo avait créé puis l'a tué ; il est ensuite retourné dans son propre plan, emportant Liane avec lui.

Garric croisa le regard de la vieille femme sans parler. Il sentait qu'elle avait besoin de donner des explications, et il les écouterait. Il lui fallait peut-être comprendre ce qui se passait avant de se lancer, quoi que Tenoctris lui réserve. De toute façon, interrompre la magicienne ne ferait que retarder davantage ce moment.

Mais si la décision revenait à Garric, rien de ce que dirait Tenoctris ne le ferait changer d'avis.

— Je sais qui est ce démon, poursuivit-elle, je devrais donc être capable d'atteindre son plan. Benlo a employé la force brute pour ouvrir cette porte ; je n'ai pas la puissance nécessaire pour faire de même, mais je peux *rouvrir* un passage si j'agis promptement.

Elle agita sa branchette en direction de la flaque de sang qui continuait à s'étendre lentement. Les lettres « STRASEDON » s'étaient brouillées quelques secondes après leur arrivée dans le caveau, mais Garric savait à quoi elle faisait allusion. Il ne répéta pas le nom tout haut de peur d'invoquer celui qui le portait.

— Très bien, dit Garric en haussant les épaules. Vous avez dit qu'il était invulnérable ?

Il joignit les mains, car elles commençaient à trembler sous l'effet de l'excitation. Il aurait dû avoir peur, il le savait, mais il ne ressentait qu'une soif de mouvement, d'action, le désir d'en finir – même si cela signifiait en finir avec sa propre vie.

— Ici, il était invulnérable. Strasedon peut être tué dans son propre plan, expliqua Tenoctris, prouvant au passage qu'il était possible de prononcer le nom du démon. (Un coin de sa bouche se souleva, formant presque un sourire.) Mais un tigre peut aussi être tué dans sa jungle. C'est une entreprise difficile et périlleuse, Garric, et il y aura d'autres dangers en plus de Strasedon.

Garric secoua la tête.

— Peu importe. Pas parce qu'il s'agit de Liane. Je dirais la même chose pour Benlo lui-même. Je ne vais pas m'en aller et laisser un être humain à la merci de quelque chose capable de…

Il désigna le cadavre d'un mouvement du menton.

— … ça.

Tenoctris acquiesça.

— Bien. Mais je devais d'abord te le dire.

Elle prit l'athamé dans la main de Benlo. Il lui fallut tirer puis pousser à plusieurs reprises pour libérer l'arme de son étreinte.

— Sors-le du chemin, s'il te plaît, ordonna-t-elle sèchement. Si nous survivons, nous pourrons envisager de disposer de son corps comme il se doit.

Garric traîna le corps au fond du tombeau. Tenoctris trempa le manche de l'athamé dans le sang coagulé et traça des caractères sur le sol, recouvrant partiellement les mots de pouvoir du conducteur.

— C'est une bonne chose que tu puisses lire l'Écriture Ancienne, dit-elle tout en écrivant. Pour cette conjuration, deux voix sont nécessaires. Ça explique, je suppose, pourquoi Benlo avait amené Liane. Bien entendu, s'il avait vraiment su ce qu'il faisait…

Elle baissa la voix sans terminer sa phrase – non qu'elle ait besoin de le faire.

Garric se demanda si Tenoctris utilisait le sang pour ses propriétés spéciales, ou simplement parce que c'était la manière la plus pratique de marquer la pierre. La vieille femme faisait preuve d'un pragmatisme implacable qu'un jeune homme élevé dans un village pouvait pleinement apprécier.

Tenoctris préleva encore davantage de sang.

— Benlo a sûrement fait cet athamé lui-même, murmura-t-elle. Stupéfiant, bien que le fer soit le matériau idéal quand on est assez puissant pour le tordre comme il l'a fait. Mais il a lié entre elles un écheveau de forces diverses que même moi je ne peux démêler. Rien d'étonnant à ce qu'elles l'aient conduit au mauvais plan !

— Alors vous ne pouvez pas l'utiliser ? demanda Garric.

En observant les mots qu'elle traçait sur le basalte, Garric serrait les mâchoires pour ne pas involontairement les chuchoter et provoquer d'indescriptibles dégâts.

— Oh, j'utiliserai cette branchette, répondit Tenoctris, l'air absent. Un athamé neutre est bien plus sûr. Avec de telles forces affluant autour de ce nexus, seul un dément ou un ignare irresponsable utiliserait un outil conçu pour démultiplier leur action.

Elle se pencha en arrière après avoir tracé deux cercles concentriques d'inscriptions en Écriture Ancienne sur le sol entre elle et Garric. Elle agita l'athamé de Benlo dans leur direction et demanda :

— Peux-tu lire ces mots ?

Garric acquiesça.

— Oui, ma dame.

— Bien. (Elle se leva avec précaution pour ne pas brusquer ses articulations qui craquèrent pourtant.) Je lirai les mots du cercle extérieur. Quand j'arriverai au niveau du cercle intérieur, tu liras avec moi. Suis le rythme que je prendrai pendant la lecture du cercle extérieur. Tu as compris ?

— Oui, ma dame.

Garric se sentait calme, et il lui semblait être quelque peu à l'extérieur de lui-même, comme s'il s'apprêtait à plonger d'une haute falaise.

— Lorsque la porte s'ouvrira, nous la franchirons ensemble. Il nous faudra être rapides. Tu comprends ?

— Oui, ma dame.

Elle ne laissait rien au hasard. Il devait en être ainsi.

— Et alors, dit Tenoctris avec un pâle sourire, j'agirai.

Tout en trempant la branchette de buis dans chaque syllabe, elle lut :

— *Anoch ai akrammachamari…*

Sa voix était claire et aussi implacable qu'un scieur expert débitant du bois.

— *Lampsouer lameer lamhore…*

Les derniers mots du cercle extérieur. Se calant sur le mouvement de la branchette et des mots de pouvoir déjà prononcés, Garric et la vieille femme crièrent à l'unisson :

— *Iao barbathiaoth ablanathanalba !*

Une plaque de lumière flottait devant eux, rouge et terne, tel l'acier après le premier coup de marteau d'un forgeron. Tenoctris la traversa et prit dans sa main gauche celle de Garric.

— Garric…, gémit la voix de Liane.

Des mondes entiers les séparaient.

Main dans la main, Garric et la vieille femme marchèrent dans le feu.

23

Ilna aperçut la foule amassée dans la rue en face du *Bœuf Rouge*. Il y avait un problème, et Garric y était impliqué. Elle trébucha pour la première fois depuis qu'elle avait quitté *Le Repos du Capitaine* au pas de course.

Elle avait fini les corvées dont elle s'acquittait en échange d'une chambre et d'une pension : tous les poulets avaient été tués, plumés et nettoyés pour les repas du lendemain. Le cuisinier s'était émerveillé d'un travail si efficace ; pour sa part, elle considérait avec mépris la quantité de plumes parfaitement valables qu'elle avait gaspillée dans sa hâte.

Personne ne l'accusait d'avoir bâclé son travail, mais Ilna os-Kenset ne s'était jamais préoccupée de ce que pensaient les autres. *Elle* connaissait la vérité.

Si elle l'avait pu, Ilna serait retournée au *Bœuf Rouge* avec Garric. Tenoctris et lui étaient partis peu de temps avant qu'Ilna ait fini ses tâches ; ils ignoraient qu'elle souhaitait les accompagner, car sinon ils l'auraient attendue. Ilna n'était pas du genre à se reposer sur les autres : elle se précipita à leur suite, sans guide ni lanterne. Les rues sinueuses, véritable labyrinthe pour quiconque, n'étaient qu'un motif enfantin pour un esprit habitué à tisser à la perfection de complexes étoffes.

Ilna avait utilisé son propre couteau à poignée en os pour nettoyer et découper les poulets ; un bon acier affiné par des années d'usage. La dernière chose qu'elle avait faite avant de quitter la cuisine du *Repos du Capitaine* avait été d'aiguiser la lame sur la traverse en calcaire de la porte.

Elle se fraya un chemin dans la foule. Les badauds regardaient tous le cimetière de l'autre côté de la rue et conversaient avec excitation. Certains étaient même assis sur le mur, même s'ils se penchaient instinctivement vers la rue, tempérant leur bravade par une certaine prudence. Garric n'avait peut-être rien à voir avec tout ça...

Mais Ilna savait que si. Elle voyait le motif se former.

Les gardes de Benlo étaient rassemblés près du mur. Ils regardaient le cimetière et parlaient entre eux, l'air inquiet. Froide et déterminée, Ilna les rejoignit et demanda :

— Maître Rald ? Où est Garric ?

Rald, qui lui tournait le dos, porta vivement la main à sa ceinture, à la recherche d'une épée qui ne s'y trouvait plus, en tournant brusquement la tête. Ilna savait que c'était le ton qu'elle avait employé, plus que ses paroles, qui avait provoqué cette réaction chez le soldat, mais elle n'était pas d'humeur pour les délicatesses, ni maintenant ni jamais.

— Excusez-moi, mademoiselle, murmura le chef des gardes, gêné.

Au cours de leur voyage, les hommes avaient appris à connaître et à respecter Ilna à défaut de l'apprécier. Il désigna d'un mouvement de sa tête casquée les tombeaux éclairés par la lune.

— Il est là-bas avec la vieille femme. Et, je suppose, maître Benlo avec sa fille.

— Alors pourquoi êtes-vous ici ? Qu'est-il arrivé d'autre ?

Elle aurait voulu escalader immédiatement le mur, mais il fallait qu'elle en sache davantage avant d'agir. Ilna déterminait toujours son motif avant même d'accrocher la chaîne sur son métier. Qui tissait à main levée était un imbécile, et pis encore, un mauvais artisan.

— Il y a eu une grande lumière peu après que votre ami est passé par-dessus ce mur, expliqua Rald. Une lueur soudaine, pas un éclair : c'était rouge comme... rouge vif.

Rouge comme le sang.

La voix du garde ne laissait rien transparaître, mais son visage buriné affichait un certain malaise. Il n'avait sans doute pas besoin des froids reproches de la jeune fille pour savoir qu'un autre homme aurait ignoré les ordres et serait parti à la rescousse de son employeur. Mais lorsque vous saviez que cet employeur était un magicien, de telles choses demandaient un tout autre courage que celui d'un homme engagé pour faire face à des épées...

— Quelqu'un a poussé un hurlement, ajouta un garde sans regarder Ilna. Ça aurait pu être n'importe lequel d'entre eux. Et je crois qu'on a crié quelque chose.

— Et personne n'est allé voir ce qui se passait depuis que Garric est entré ? demanda Ilna.

Le deuxième garde se retourna et croisa le regard glacial de la jeune fille.

— Non, dit-il, personne n'est assez fou pour cela. Il est possible qu'une fois le jour levé un homme y aille, mais ce ne sera pas moi. Et personne n'est sorti non plus !

— Eh bien ! il est temps que quelqu'un ici agisse en homme, n'est-ce pas ? lâcha dédaigneusement Ilna.

Elle s'accrocha des deux mains au chaperon du mur et coinça les orteils de son pied droit entre les deuxième et troisième rangs de briques les plus proches du sol.

L'un des gardes, Rald probablement, tenta de soutenir son talon. Elle donna un coup de pied rageur, retrouva son appui, se hissa et franchit le mur sans aide. Des discussions animées reprirent dans son dos, ceux qui se trouvaient près du mur expliquant de façon fantaisiste la situation à leurs amis plus éloignés. Elle n'entendit cependant personne la suivre. À trente pas du mur, le tumulte des badauds n'était pas plus élevé que le bourdonnement des insectes ou le murmure des oiseaux de nuit.

Ilna suivait un fil invisible ; elle n'aurait su décrire ni expliquer cette sensation, mais elle s'y fiait pourtant. Ce fil ne lui balisait cependant pas le chemin : elle trébuchait encore et encore dans les cavités. La pierre n'avait jamais été une amie, mais ce n'était pas elle qui l'arrêterait.

Il lui sembla entendre quelque chose, mais elle n'était pas sûre que ses oreilles aient perçu ce son improbable. Une pulsation rythmée, telles des vagues s'engouffrant dans une caverne. *Ce ne sont pas des voix*, pensa-t-elle ; *en tout cas, sûrement pas des voix humaines.*

Lorsque Ilna passa sous un cèdre au large tronc, une nuée d'oiseaux s'éleva au-dessus d'elle. Elle se baissa par réflexe, et eut honte de sa faiblesse avant même d'avoir compris qu'il s'agissait de pigeons dérangés par sa présence.

Son couteau de cuisine était rangé dans un étui en fémur de mouton, glissé dans sa ceinture depuis qu'elle avait rejoint la foule, à l'extérieur du cimetière. Au lieu de tirer l'ustensile, Ilna défit la corde qu'elle portait autour de la taille : il s'agissait du licou qu'elle avait trouvé dans la grange de l'auberge près de la rivière Stroma. Il ne lui était pas d'une grande utilité à ce moment précis, mais le serrer dans ses mains la calmait.

Elle atteignit deux tombeaux de couleurs très différentes. Le plus clair était orné de couronnes, indiquant un décès récent. La porte du plus sombre était entrebâillée ; Ilna aperçut à l'intérieur la lueur d'une bougie et entendit des voix.

Elle se dirigea vers la porte. Une lumière qui palpitait comme le cœur d'un volcan emplit le tombeau. Elle entra et vit les silhouettes de Garric et de Tenoctris main dans la main.

Benlo gisait, mort, et elle ne voyait pas Liane.

Garric et Tenoctris traversèrent une porte de feu.

Elle était sûre qu'ils suivaient Liane. Que Garric suivait Liane.

—*Elle ne l'aura pas !* s'écria Ilna avant de sauter dans la lumière qui avait englouti ses compagnons.

24

Une vague se brisa sur le rivage de l'isle puis remonta haut le long de la pente, provoquant force éclaboussures et écume quand elle rencontrait l'une des rigoles creusées par l'érosion.

— La mer Extérieure est-elle toujours aussi calme ? demanda Sharina.

Soulevée par la houle, la pirogue remonta de quelques centimètres le long du rivage. Nonnus passa l'aussière une fois de plus autour des piquets qu'il avait plantés dans la pierre. À quatre, ils n'avaient pas la force nécessaire pour hisser la lourde pirogue hors de l'eau, et l'ermite avait pris d'autres dispositions afin d'éviter qu'elle parte à la dérive pendant la nuit.

Nonnus répondit en haletant légèrement :

— Jusqu'à ce jour, mon enfant, j'aurais dit qu'elle n'était jamais aussi calme. Ce voyage aura été plein d'enseignements pour moi.

Asera et Meder transportaient leurs effets personnels en haut de la pente, là où ils camperaient hors de portée des vagues. L'isle faisait moins de un kilomètre de diamètre, était entièrement recouverte de pierre, et son arête centrale ne dépassait pas les quinze mètres au-dessus du niveau de la mer. Ils n'avaient pas encore eu le temps d'explorer, mais Sharina ne s'attendait pas à trouver de l'eau douce. Des bernacles, ainsi qu'une dizaine d'espèces d'algues différentes, s'étaient fixées sur les rochers sur toute la hauteur de l'isle. Les vagues devaient régulièrement la recouvrir pour que ces créatures marines s'épanouissent.

En dehors des crabes qui se hâtaient le long des ravines au fond plat et dressaient leurs pinces d'un air de défi quand un humain venait à s'approcher, il n'y avait aucune trace de vie animale ou de végétation.

Sharina se moquait des crabes : ils semblaient perpétuellement en colère, lui rappelant sa mère. Ils permettraient de manger autre chose que du blé et du poisson.

— Avez-vous la moindre idée de l'endroit où nous nous trouvons ? demanda-t-elle à voix basse, même si les deux nobles étaient trop loin pour entendre autre chose qu'un cri.

Il soupira et secoua la tête.

— Je n'ai jamais rien vu de semblable. Que de la pierre, mais pas de la roche volcanique. De plus, dans une partie de l'océan où j'ai dit que l'on pouvait descendre à des milliers de mètres sans toucher le fond.

— Sommes-nous quelque part dans notre monde ? demanda Sharina.

Elle se rappelait Tegma, et le ciel d'un autre temps surplombant ce qu'avait découvert la trirème en franchissant les récifs.

— Oh oui ! dit Nonnus avant d'éclater de rire. Les courants sont normaux, l'eau a un goût normal ; le soleil s'est levé où il le devait, et ces mouettes sont les mêmes qui ont volé plus de mille fois mes restes quand je naviguais sur ces mers. Le seul problème, c'est qu'il y a une isle là où il n'y en avait pas auparavant.

La pierre était lisse et glissante comme ces galets balayés pendant des générations par un courant rapide. Seules les larges ravines en marquaient la surface. Elles formaient une mosaïque qui s'étendait sur toute l'isle, ou tout du moins de ce côté. Sharina n'avait pas vu le moindre caillou : l'isle tout entière pouvait aussi bien être une seule masse d'un brun rougeâtre.

— Elle est ancienne, dit-elle avec calme.

Cette impression de grand âge était presque accablante. Tegma était étrangère ; cette isle était seulement *vieille*.

— Oui, répondit Nonnus, mais ce n'est pas ici qu'elle a vieilli.

Une vague s'abattit de nouveau sur la plage, lui recouvrant les chevilles et projetant de l'écume aussi haut que ses genoux. La pirogue tressaillit, mais sa quille resta bien en place.

— Eh bien, nous ne vieillirons pas ici non plus, dit l'ermite. Avoir la terre sous les pieds ne me dérange pas, mais si ce vent continue à souffler nous appareillerons à l'aube.

Il observa la mer, puis s'abrita les yeux de la main pour regarder vers l'est, vers le sommet de l'isle. Asera et le magicien semblaient déterminés à l'atteindre. Ils glissaient régulièrement : la pierre et les algues humides rendaient difficile toute progression. Les ravines n'étaient profondes que de quelques centimètres et abritaient parfois des crevasses plus profondes dans lesquelles l'eau de mer se glissait et humidifiait les pierres adjacentes.

— Je vais chercher du bois flotté, dit Sharina. Ce serait agréable d'avoir du feu.

Nonnus hocha la tête.

— Oui…, dit-il comme quelqu'un qui n'attendait pas que cette entreprise réussisse, mais ne voyait pas de mal à ce qu'elle soit tentée. Je vais rassembler des algues. Nous pouvons manger ces espèces-là.

Il regarda de nouveau vers le sommet de l'isle avec le sourire sans joie qui était désormais familier à Sharina.

— Nos compagnons se plaindront de leur goût, mais elles pourraient bien empêcher leurs dents de tomber.

Il la regarda.

— Et je vais construire un petit autel pour la Dame, et ainsi la remercier de nous avoir sauvés jusqu'à présent.

— Nonnus ? Où allons-nous camper, vous et moi ?

— Juste au-dessus du niveau de l'eau, dit l'ermite en désignant d'un signe de tête le sol accidenté. Une quinzaine de mètres devraient suffire. J'ai planté ces piquets profondément mais ce sacré bateau pèse son poids et la mer a un certain sens de l'humour. Cette mer en particulier, à ce qu'il semblerait.

Il tapota la pierre de son gros orteil.

Sharina entreprit de longer le rivage dans le sens des aiguilles d'une montre. Elle n'avait pas vu la moindre trace de bois ou de quelque autre débris lors de l'accostage, mais elle pourrait trouver une grosse branche ou un tronc au fond d'une ravine. De plus, elle appréciait de pouvoir marcher pour la première fois depuis plusieurs jours.

— Mon enfant ! cria Nonnus.

Elle fit volte-face.

— Je t'en prie, sois prudente. Je pense que nous partirons à l'aube, et ce quel que soit le vent. Ce n'est pas un endroit pour nous.

Il lui fit un sourire que Sharina lui rendit ; cependant, la main de l'ermite était posée sur le manche de son couteau pewle, et la jeune fille touchait la hachette qu'elle portait à la ceinture.

25

Un soleil noir flottait au milieu du ciel écarlate. Garric n'avait pas connu une telle chaleur depuis l'été précédent, pendant la fenaison – sauf qu'ici, il n'y avait pas la moindre humidité. Pas la moindre.

Garric toucha la poignée de l'épée qui lui avait été confiée. Elle était en bois de noisetier, avec des rainures pour accueillir les doigts. C'était parfait, mais le pommeau de l'arme, en forme de noisette, et sa garde en bronze argenté chaufferaient bientôt assez sous cette lumière noire pour le brûler. Obéissant à un réflexe qui ne venait pas de lui, Garric tira un pan de tunique au-dessus de sa taille et en recouvrit la partie en métal de la poignée. Il pourrait, sinon, tressaillir en saisissant son arme à un moment où il ne serait plus temps de faire des erreurs.

La présence dans les tréfonds de son esprit connaissait les épées. Elle les connaissait très bien.

— Est-ce partout ainsi, ma dame ? demanda Garric.

Il observa autour de lui la désolation totale teintée uniquement de rouge et de noir. Pas le moindre souffle de vent, et sa voix était le seul son dans ce monde.

— Les démons vivent ici ?

— Strasedon vit ici, répondit Tenoctris. En ce qui concerne les plans habités par d'autres démons… Garric, personne avant nous n'a vécu une telle chose, ou en tout cas personne n'est revenu pour en parler.

— Oh ! Eh bien, j'imagine que ça n'a pas d'importance.

Tenoctris s'assit en tailleur et entreprit de tracer des symboles avec sa branchette de buis. Le sol avait la texture du terreau.

Lorsque la chaleur traversa la corne de ses pieds, Garric se posta par réflexe sur une étendue plus sombre qui, selon son expérience, était une zone ombragée.

Ce fut comme marcher sur des charbons ardents. Il regagna d'un bond le sol rouge éclatant.

Ici, un réflexe pouvait lui faire du mal. Un réflexe pouvait le tuer.

Tenoctris avait dessiné la forme d'un homme et écrit d'étranges symboles entre ses membres et sa tête. Elle encerclait maintenant le dessin avec des inscriptions en Écriture Ancienne.

Garric reprit son examen du paysage. L'endroit était certes peu attrayant, mais pas si étrange si l'on passait outre l'inversion de la lumière et des ténèbres. C'était un assemblage de terres usées et de talus disposés en escaliers érodés, qui s'élevait sur des centaines de mètres. Cônes et plateaux se découpaient sur le ciel écarlate.

Il n'y avait pas la moindre végétation. Chaque fois qu'il tournait la tête, Garric percevait de petits mouvements aux limites de son champ de vision. Ses doigts restaient posés à travers le tissu sur le pommeau de son épée.

Tenoctris finit d'écrire sur le sol et leva la tête avec ce qui ressemblait à un sourire.

— Je dois attendre quelques minutes avant de lire ce sort, dit-elle. Midi sera le meilleur moment, et nous y sommes presque.

Garric décolla sa tunique trempée de sueur de sa poitrine et tenta d'imiter le sourire de la vieille femme. *Si seulement j'avais pris de quoi me couvrir la tête, avec ce soleil…* Il avait sûrement ce genre de chose en tête pour éviter de penser aux vrais problèmes.

— Ce sort nous conduira à Strasedon ? demanda-t-il, en se demandant à quel point mourir comme Benlo était douloureux.

Le paysage abrupt ne leur permettrait pas de voir arriver le démon. Des dizaines de rigoles dans chaque direction débouchaient sur cette vallée. Un démon ou un loup de mer pouvait se tapir au fond de chacune d'entre elles. Des ravines ciselaient le sol, des étendues d'ombres d'un rouge vif de plusieurs mètres de largeur, cachettes parfaites pour des monstres.

Benlo avait hurlé, mais pas très longtemps.

Tenoctris secoua la tête.

— Strasedon est ce plan tout entier. (Elle ramassa un peu de terre graveleuse, puis la laissa retomber.) Je trouverai Liane car elle est la seule variation dans cette parfaite uniformité.

Elle regarda tout autour d'elle.

— C'est… (Elle sourit d'un air contrit à sa propre sottise.) Je trouve que c'est une expérience merveilleuse, une chose que je n'aurais jamais rêvé voir. Tant de pouvoir réside ici qu'il en est *solide*.

Elle agita la main en l'air comme pour tapoter un mur invisible.

— Ce pouvoir est pur, pas comme l'alliage de forces que l'on trouve dans notre propre plan, ce que tu appelles le monde réel. C'est cette intensité qui pourrait nous sauver : la puissance de Strasedon limite sa capacité à agir *à travers* lui-même.

La gorge de Garric était sèche à force de respirer par la bouche, et ses lèvres commençaient déjà à se craqueler.

— Vous voulez dire qu'il n'y a pas ici de démon comme celui qui a affronté Benlo ? demanda-t-il. (*Qui a tué Benlo.*) Nous n'avons qu'à trouver Liane et la ramener avec nous ?

— Il y a un démon. Et tant qu'il vivra, il ne libérera pas Liane.

Elle leva sa main libre pour mettre fin à la conversation.

— Il est temps, dit-elle.

Ignorant Garric, la vieille femme toucha les inscriptions de sa branchette et commença à murmurer son sort.

Garric hocha la tête, toucha la poignée de son épée, et se mit à penser.

Le cercle rudimentaire tracé par Tenoctris commença à s'animer, accompagné d'un bruit semblable aux nœuds du bois crépitant dans le feu. Une ligne de lumière blanche s'étendit, lentement tout d'abord, puis de plus en plus vite, telle une pierre tombant d'une falaise à pic pour se précipiter vers la mer. La ligne ondula sur le sol avant de gravir le flanc d'un tertre et de disparaître. Le souvenir de cette lumière si pure apaisa les nerfs de Garric, et lui fit prendre conscience de sa nervosité un instant auparavant.

— Par ici, donc, dit-il à haute voix.

Il tendit à Tenoctris sa main gauche pour l'aider à se lever. Les flancs du tertre étaient raides, mais ravines et crevasses dessinaient des chemins sur le sol friable.

Une pensée frappa l'esprit de Garric. Il regarda tout autour de lui avant de dire :

— Ma dame ? La porte par laquelle nous sommes venus n'apparaît pas de ce côté. Comment rentrerons-nous ?

— Nous aurons bien assez de temps pour nous en préoccuper une fois que nous aurons tué Strasedon, Garric. Dans l'éventualité contraire, cela n'aura vraiment pas d'importance.

26

La foule amassée en face de la fabrique des Sérians grossissait à chaque instant depuis la tombée de la nuit, comme certaines fleurs parmi les plus voyantes ne s'ouvrent que dans l'obscurité. Quelques hommes avaient jeté des pierres, mais la majorité d'entre eux observaient le bâtiment avec la malveillance souriante du chat qui attend, pattes écartées, qu'un campagnol se décide à bouger.

— Votre courtier aurait mieux fait de venir en plein jour, dit nerveusement Cashel.

Les prédateurs rôdaient autour de son troupeau, et il ne pouvait rien y faire.

Frasa tendit les deux petits doigts, l'équivalent d'un haussement d'épaules.

— C'est la décision de Themo, dit-il. Il vit ici depuis vingt ans, espérons qu'il évalue mieux ce genre de situation que nous.

— Il était à Carcosa lors des troubles, il y a dix-sept ans, renchérit Frasa. Espérons.

Mellie rôdait sur le toit, explorant des canalisations et réapparaissant parfois sur le chaperon du mur, à plusieurs dizaines de centimètres de là où Cashel l'avait aperçue pour la dernière fois. La pixie était tout aussi visible dans la lumière que dans l'obscurité, comme si elle était éclairée par un ciel différent de celui sous lequel elle évoluait. Cashel sut qu'il ne s'habituerait jamais à l'allègre nonchalance avec laquelle Mellie prenait des risques ; mais comme bien souvent, il n'exprimerait pas son inquiétude.

— L'homme avec qui vous traitez n'est pas un Carcosien ? demanda tout haut Cashel.

Il trouvait très étrange de se retrouver sur un toit plat et d'observer ainsi le monde. À Barca, les toits étaient pointus et pour la plupart recouverts de chaume. Même les tuiles anciennes du moulin étaient en pente raide, et alimentaient ainsi en eau de pluie une citerne tout aussi ancienne qu'Ilna conservait pour laver les tissus délicats.

— Par le passé, nous avons fait appel aux services de deux courtiers ici, expliqua Frasa. L'autre, Sidras or-Morr, est un natif de la ville.

— Il nous a toujours semblé honnête et nous a donné satisfaction, dit Jen. Cependant, dans les circonstances actuelles, nous avons pensé que Themo or-Casmon était le meilleur choix. Sa famille réside à Ornifal, il sera donc moins influencé par les passions locales.

— Ils ne détestent pas les adorateurs de démons, à Ornifal ?

Une fois de plus Jen se raidit, avant d'adresser à Cashel le plus large sourire que celui-ci ait jamais vu sur le visage du Sérian. Frasa se contenta de répondre :

— Maître Cashel, dans les circonstances présentes, je ne me fierais pas à un Sérian appartenant à ma propre famille pour traiter avec lui ; mais nous avons décidé de choisir un courtier n'ayant pas voué allégeance au comte Lascarg.

Pour Cashel, personne ne semblait avoir réellement voué allégeance au comte Lascarg, et le comte lui-même avait surtout l'air de se soucier de sa propre carcasse. Tenoctris avait dit que des forces extérieures détruisaient la société, mais la pression subie par une société ne rend pas un homme mauvais ou faible : elle permet juste à ces aspects de se manifester s'ils étaient présents chez lui à l'origine.

Les hommes qui se trouvaient en contrebas, des briques à la main et une haine vide dans le cœur, prenaient leurs propres décisions ; la magie n'était pas responsable. Cashel avait déjà montré, avec l'aide de son bâton, ce qu'il pensait de ceux qui agressaient les étrangers. Vu la tournure des événements, il aurait l'occasion de répéter sa leçon.

La rue du Port était un immense vestige de l'Ancien Royaume. Les immeubles de l'autre côté de la rue surplombaient les fabriques. Avec le ciel nocturne en toile de fond, la foule ne pouvait distinguer Cashel et les deux négociants sérians ; ils étaient en revanche bien visibles pour ceux qui se trouvaient sur le toit de ces immeubles, se détachant sur les briques blanches.

— Saletés ! saletés ! saletés ! hurla une fille qui n'avait pas l'âge de Cashel.

Elle lança une tuile. Le projectile retomba sans avoir parcouru la moitié de la distance le séparant de sa cible et s'écrasa au milieu de la foule.

— Des flèches ! glapit un homme alors que la foule s'éloignait des fragments de tuile acérés. Ces saletés tirent des flèches !

— Nous ferions peut-être mieux de rester en arrière, suggéra Cashel tout en se demandant où était passée Mellie.

Le toit était très largement à portée de qui voulait lancer des pierres depuis la rue. Si la foule se rendait compte qu'elle était observée d'en haut, Cashel et ses compagnons recevraient une grêle de projectiles qui pourrait blesser quelqu'un avant qu'ils aient le temps de se mettre à couvert.

— Le voilà, dit Frasa. C'est Themo.

Une demi-douzaine d'hommes portant des casques d'acier et des armures en cuir capitonnées remontèrent la rue depuis le côté sud. Cinq d'entre eux étaient équipés de lances et de petits boucliers ronds accrochés à leur avant-bras gauche. Le sixième avait un plus grand bouclier et pas de lance.

La foule aperçut l'escorte du courtier à peu près en même temps que Frasa. Une rumeur gronda, débutant aux extrémités pour peu à peu gagner le cœur de la foule. Les gardes de Themo levèrent leurs lances au-dessus de l'épaule, la pointe en avant, prêts à frapper ou à lancer.

Les émeutiers les plus proches de ces armes reculèrent ou s'écartèrent ; ceux plus en arrière commencèrent à jeter des pierres. Cette pluie de projectiles lancés à l'aveuglette mit en déroute les premiers rangs des émeutiers plus sûrement que les lances des gardes l'auraient fait. Themo et ses hommes se mirent à courir vers la porte de la fabrique.

Frasa et Jen s'engagèrent dans l'escalier pour redescendre dans le bâtiment. Cashel les suivit, prêt à bloquer un projectile lancé en cadeau d'adieu, cherchant désespérément Mellie du regard.

— Ce n'est pas encore trop sérieux, dit la pixie perchée sur son épaule. (Cashel balança son bâton en un demi-cercle paniqué, guettant d'invisibles menaces de chaque côté.) Tu sais quand une foule a envie d'en découdre.

— Ne me fais plus une peur pareille ! siffla Cashel.

Il ne l'avait pas sentie escalader sa jambe. Avait-elle sauté sur son épaule depuis le mur ?

Mellie rit mais enlaça la gorge de Cashel pour s'excuser.

Cris et malédictions résonnèrent brièvement dans l'entrée, puis moururent lorsque les serviteurs sérians fermèrent les portes derrière Themo et ses hommes. Le courtier laissa tomber son énorme bouclier et lança son casque par terre. C'était un homme au visage fin, dont les cheveux blonds grisonnaient. En lançant un regard furieux à Jen et à Frasa qui descendaient l'escalier, il s'écria :

— Vous ne m'aviez pas dit ce qui se passait ici ! Vous essayez de me tuer ?

— Veuillez nous excuser, maître Themo, dit Jen en s'inclinant profondément. (Si lui et son frère ne s'étaient pas trouvés en haut des marches, Cashel était persuadé qu'ils se seraient jetés à genoux en signe de complète soumission.) Nous ne voulions pas faire sortir les Hauts-Terriens pour vous attendre, et ainsi donner aux autorités une bonne excuse pour nous envoyer leurs propres hommes.

Même si ce n'étaient pas ses affaires, la situation perturbait Cashel. Les Sérians n'avaient pas à s'excuser : ce n'était ni leur ville, ni leurs hommes, ni leur décision de retarder autant les choses. De plus, il n'y avait même pas une centaine de personnes dans la rue. Cashel, Garric et quatre autres gaillards de Barca armés de bâtons auraient pu renvoyer un groupe aussi clairsemé chez lui, et avec moins d'efforts que lorsqu'ils battaient les blés après chaque moisson.

— Il ne veut pas qu'on l'aperçoive en plein jour, dit Mellie (elle était allongée sur le dos et parvenait tout de même à toucher ses orteils du bout des doigts), pas quand il fraie avec des adorateurs de démons. (Elle laissa échapper des trilles de rire et ajouta :) Qui voudrait de toute façon adorer un démon ? La plupart d'entre eux sont même trop stupides pour être de bonne compagnie.

Themo gravit avec bruit l'escalier, accompagné de deux de ses gardes, un homme roux et un autre que son nez aplati et ses pommettes balafrées désignaient comme un habitué du combat à mains nues. Tous deux avaient déposé leur lance mais ils portaient toujours leur casque, ainsi qu'une épée glissée dans le baudrier attaché par-dessus leur armure.

Les gardes lancèrent à Cashel le même regard méprisant dont ils avaient gratifié tous les occupants de la fabrique, y compris les deux frères et les quatre Hauts-Terriens qui se tenaient près de l'entrée, hilares. Considérer ces petits tueurs avec mépris était pour Cashel aussi stupide que de dédaigner un serpent venimeux à cause de sa taille.

— Je n'aime pas cet homme, dit Mellie en suivant Themo du regard.

Cashel ne dit rien et suivit les Sérians et leurs visiteurs dans le bureau, mais il était d'accord avec elle.

— Qui est-ce ? demanda Themo, s'adressant aux deux frères en désignant Cashel du pouce.

Un serviteur ferma la porte derrière le jeune homme.

— Il s'agit de notre aide, maître Cashel or-Kenset, dit Frasa avec calme. Il est natif de cette isle.

Themo jaugea Cashel du regard, fronça les sourcils avec perplexité, puis ne lui prêta plus attention. Cashel savait que son aspect correspondait exactement à ce qu'il était : un grand berger qui n'avait rien à faire dans une telle discussion.

Il gardait la main fermement posée sur son bâton qu'il tenait tout droit à côté de lui ; il évitait ainsi que Themo cherche à lui serrer la main par politesse. De toute façon, Themo ne semblait pas être un homme très poli.

Le courtier s'assit sans qu'une chaise lui ait été offerte et tira du sac qu'il portait à la ceinture plusieurs feuilles de papier de riz.

— Alors, dit-il, j'ai lu votre manifeste, et il me semble correct dans l'ensemble. Je n'ai pas réussi à faire approcher le prix de la poterie à figures de celui du céladon. Pourquoi vous obstiner à vouloir changer les goûts des gens quand ils savent ce qu'ils aiment ?

Jen inclina la tête en signe d'excuse.

— Les poteries à figures sont très populaires à Valles, dit-il. Nous espérions que, quand Haft prendrait connaissance des goûts de la Cour, la demande augmenterait.

— Ici, c'est invendable, grogna Themo. Je pensais vous dire de les garder à bord pour lester votre navire, mais puisque nous traitons ensemble depuis des années je vous rendrai le service de vous en débarrasser.

Les frères ne dirent rien. Themo fouilla de nouveau dans ses documents et sortit une autre liste, écrite celle-ci sur une paire de fines tablettes.

— Voilà ce que je vous propose en échange, dit-il, jetant les tablettes sur la table au lieu de les faire passer. Comprenez-moi bien, il va être très difficile pour moi d'écouler *quoi que ce soit* de sérian pendant encore longtemps. Je risque d'avoir à jeter tout à la mer pour éviter qu'on m'accuse d'adorer les démons. Et on ne verra plus de vos bateaux avant longtemps, j'en suis sûr.

Toujours sans dire le moindre mot, les frères prirent chacun une tablette et les parcoururent avant de se les échanger. Ils se regardèrent, impassibles. Frasa tendit la tablette qu'il avait à la main à son frère et dit :

— Cela me semble satisfaisant, maître Themo. Même s'il n'est pas dans mon intérêt de le dire, c'est une offre généreuse au vu des circonstances. Nous allons faire préparer un contrat.

Jen confia la liste à un serviteur vêtu d'une longue robe qui s'assit à un pupitre incliné appuyé contre le mur, près de Cashel.

— Je l'ai déjà fait, dit le courtier en tirant un troisième document de son sac.

Il s'agissait cette fois d'un mince rouleau de parchemin déchiqueté aux extrémités, mais entouré d'un ruban rouge pour faire bon effet.

Il le lança à Frasa qui le déroula sans rien laisser paraître. Jen joignit les mains ; il semblait consentir avec calme.

Cashel aurait aimé demander à Mellie ce qu'elle pensait de cette situation, mais elle l'avait laissé pour escalader les trois visiteurs. Cashel fut horrifié de voir la pixie disparaître dans le sac du courtier, puis resurgir juste avant qu'il le referme.

— J'ai six chariots qui attendent à la cour de la Fontaine, dit Themo. Un de mes hommes posté sur l'arche de Verrucca peut relayer un signal envoyé de votre toit vers les chariots. En revanche, ils arriveront vides. Je vous ferai parvenir les marchandises en échange demain.

Frasa posa le parchemin.

— Traditionnellement, l'échange de marchandises se fait à l'intérieur de la fabrique, avant qu'elles soient chargées à bord de notre bateau ou emportées à l'extérieur, dit Jen.

— Une foule qui attend devant votre porte pour rosser ceux qui traitent avec vous, ça n'a rien de traditionnel ! Et que la Sœur vous emporte si ça vous échappe. Je ne prendrai pas le risque de décharger mes chariots pendant que cette bande-là (il désigna la rue derrière lui – son pouce arborait une cicatrice, l'ongle réduit à l'état de griffe) rassemble tous ses amis, ses frères, et peut-être même quelques gardes du comte, et attend que nous ressortions. Je veux que mes chariots entrent et sortent en vitesse. Demain, quand les choses se seront calmées, je vous apporterai votre marchandise.

Il montra le parchemin.

— Tout est là. Déjà signé.

Tout ce que Cashel connaissait des contrats se résumait à deux hommes crachant dans leurs mains avant de les serrer. Il imaginait cependant ce qui arriverait à des Sérians tentant de conduire quelqu'un devant les juges du comte Lascarg. Ils auraient autant de chances d'en sortir vivants qu'une brebis malade de survivre aux jours de famine de la fin de l'hiver, avant qu'une nouvelle herbe ait poussé.

Frasa croisa le regard du courtier pendant un long moment.

— Je peux comprendre, finit-il par dire.

Jen tendit la main. Le secrétaire lui apporta une plume de bronze et un encrier d'albâtre ; l'homme se déplaçait à pas si réduits que sa longue robe semblait glisser toute seule sur le sol.

— Bien, très bien, dit Themo.

Il s'était manifestement détendu, de même que ses gardes.

— Je savais que vous entendriez raison. Pour donner le signal, il faut placer trois lanternes sur le toit. Vous avez ça ?

— Oui.

Cashel avait connu des pierres plus prolixes. Les Sérians savaient quel risque ils couraient, mais ils espéraient envers et contre tout que leur confiance ne serait pas trahie.

— Maître Cashel attestera de ma signature, dit Jen.

Il fit pivoter le document puis posa la plume sur l'encrier, à portée de Cashel.

— Tu le peux, dit Mellie.

Elle sauta de l'épaule de Cashel et gagna le sol en trois bonds qui auraient terrifié le jeune homme si les propos de Jen ne lui avaient pas déjà glacé les sangs. Garric lui avait appris à écrire son nom, mais il ne se voyait pas le faire sous les regards de tant de gens éduqués.

— Je ne peux…, commença-t-il avant de comprendre les paroles de la pixie.

Mellie était assise en tailleur sur le contrat et souriait à Cashel tout en indiquant du doigt un espace juste au-dessus de l'écriture experte d'un scribe.

Cashel toussa comme pour s'éclaircir la voix. Il tendit son bâton au secrétaire – le Sérian l'accepta solennellement –, s'agenouilla devant la table basse et prit la plume. Il avait déjà vu des gens écrire sans effort – mais nombreux étaient ceux qui l'avaient vu faire tournoyer son bâton et ils étaient incapables de l'imiter pour autant.

— C'est facile, dit Mellie. Plonge la pointe dans l'encre et commence là où je pose le doigt. Je vais te guider.

Le contrat était composé d'un court préambule puis d'une liste suivie d'une conclusion. Au-dessous, du côté droit du document, se trouvait une signature que Cashel supposa être celle du courtier – l'encre était sèche – sous une mention écrite par le scribe, ainsi que la signature que Jen venait d'apposer sous une mention identique. L'écriture de Jen était peut-être plus précise que celle du scribe lui-même.

Il y avait déjà une signature sous celle de Themo. Mellie indiquait l'espace correspondant sous le nom de Jen. Les mentions étaient semblables : Cashel reconnaissait la forme des caractères, même s'ils ne lui évoquaient ni son ni signification. Avec le soin laborieux d'un homme habitué à accomplir des tâches au cours desquelles une infime partie de sa force pouvait faire voler en éclats ses outils, Cashel se mit à écrire son nom en suivant le doigt de Mellie.

Il sentit soudain le parchemin se réchauffer sous sa main. Mellie lui lança un regard, haussant les sourcils d'un air interrogateur. Des flammes bleues semblaient s'agiter au bord du document – mais ce devait être le fruit de son imagination, car ceux qui l'observaient seraient sûrement intervenus, sinon.

Cashel se concentra en silence sur sa tâche. Il se passait quelque chose, mais il ignorait quoi ; cela pourrait bien attendre qu'il ait fini sans qu'il se couvre de honte devant amis et ennemis réunis.

La pixie lui adressa un sourire malicieux. Elle dessina une fioriture que Cashel suivit, en déconnectant son esprit du mouvement de sa main. Il n'y avait plus d'encre dans la plume au moment où il acheva de tracer son dernier trait, ne laissant que quelques empreintes sur l'épais parchemin. Mellie croisa les bras, satisfaite du travail accompli, puis bondit d'un saut de mains sur le poignet de Cashel.

Il se redressa et fit un pas en arrière. Frasa tendit la main vers le contrat mais s'interrompit avant d'avoir pu le toucher. Il regarda Cashel avec étonnement.

Themo observa fixement le document.

— C'est une plaisanterie ? rugit-il.

Il se leva d'un bond, envoyant sa chaise voler derrière lui d'un coup de pied.

Cashel cligna des yeux. Les signatures du courtier et de son témoin n'étaient plus les mêmes que lorsque Cashel les avait recouvertes de sa main pour écrire son nom. Pourtant il était sûr de ne pas avoir frotté le parchemin de sa paume.

Themo regardait Cashel avec une rage que le jeune homme n'avait jamais vue sur un visage humain.

— Je ferai une jarretière de tes tripes ! hurla-t-il. Les gars, occupez-vous de lui !

Le lutteur tenta de saisir le bras de Cashel ; le garde aux cheveux roux entreprit de tirer son épée. Un domestique laissa tomber un plateau de boissons et sortit de la pièce en hurlant ; Jen appela les hommes dans la cour depuis une des fenêtres.

La table se renversa, bien que Cashel n'ait pas vu qui ou quoi l'avait heurtée.

Cashel saisit les gardes à la gorge. Comme il se montrait d'ordinaire lent et méthodique, les gens ne s'attendaient pas à le voir bouger si vite en cas de nécessité. Le boxeur le frappa sur le côté de la tête : ce coup oblique suffit pour que le jeune homme voie momentanément en noir et blanc.

Il cogna les deux hommes massifs l'un contre l'autre. Leurs casques d'acier résonnèrent telles deux enclumes se percutant. Leurs couvre-chefs s'envolèrent quand leurs deux têtes se séparèrent. L'homme roux ne bougeait plus ; le boxeur louchait, mais il agitait sauvagement le bras.

Cashel entrechoqua de nouveau leurs têtes et les envoya tous deux voler contre le mur. Ils percutèrent la pierre avec force et s'effondrèrent, comme désossés. Themo recula, les mains levées et le visage déformé. Il poussait des hurlements incompréhensibles.

Perchée sur l'épaule de Cashel, Mellie jubilait. Le secrétaire n'avait pas bougé, une expression hébétée sur le visage. Cashel lui arracha son bâton – davantage pour l'avoir en main que pour s'en servir d'arme, même dans une pièce aussi grande que celle-ci.

La porte s'ouvrit de nouveau, et des Hauts-Terriens firent leur entrée, armés d'arcs et de haches en pierre dressées au-dessus de leurs têtes. Aucun d'eux ne portait d'arme métallique ; Cashel se demanda si c'était à cause de leur religion. Si les Sérians vénéraient les démons, à quoi ressemblait le dieu de ces hommes-là ? Un autre groupe de ces petits hommes entra dans le bureau par les fenêtres en poussant de légers cris.

Jen lança un ordre. Dans sa bouche, le langage des Hautes-Terres ressemblait au chant d'un oiseau. L'un des petits hommes baissa à regret la hache qui aurait pu décapiter le courtier en un clin d'œil. Il implora Jen, qui se contenta de joindre les mains et de regarder dans le vide, la mine sombre.

— Veuillez accompagner maître Themo et ses compagnons vers la sortie, ordonna Frasa au secrétaire. Vous aurez, je pense, besoin d'aide pour assister ces deux messieurs qui ont malencontreusement chuté.

Cashel s'apprêtait à proposer de porter les deux gardes à l'extérieur, puis il décida qu'il ferait mieux de ne plus les toucher. Il n'aurait pas dû les jeter ainsi contre le mur. Il savait qu'il ne devait pas se mettre en colère, et détestait quand cela se produisait. Cependant, la rage froide dans laquelle l'avait plongé le coup du boxeur ne s'était pas encore dissipée. Mieux valait laisser à quelqu'un d'autre le soin de déplacer ces deux-là.

Cashel se pencha et ramassa le contrat qui avait volé dans un coin de la pièce quand la table s'était renversée. Les caractères ne signifiaient toujours rien pour lui. Cependant, les signatures du courtier et de son témoin étaient non seulement différentes, mais écrites en lettres capitales – rien de semblable au reste du parchemin.

— À la place de la signature de Themo, il est écrit « MENTEUR », dit Mellie assise au creux de son coude. Quant à celle de son contremaître, elle indique maintenant « LE TÉMOIN DU MENTEUR ». Dis-moi, c'est vilain ça, Cashel !

Elle partit dans un grand éclat de ce rire que Cashel connaissait bien.

— Je n'ai pas fait ça ! s'écria Cashel, stupéfait. (D'accord, c'est ce qu'il pensait du courtier, mais…) Je ne pourrais pas faire pareille chose !

— Bien sûr que tu l'as fait, bêta ! répliqua la pixie. Et tu avais raison, c'est un homme *mauvais*.

Un groupe de domestiques – des membres de l'équipage du navire sérian, à en juger par leurs mains calleuses – sortirent les deux gardes de la pièce. Ces derniers étaient portés par quatre hommes chacun. Il y avait des traces de sang sur le mur à l'endroit où les deux gardes l'avaient percuté ; Cashel fit une grimace et détourna le regard.

Frasa et Jen se tenaient devant lui. Quand il les regarda, ils s'inclinèrent.

— Maître Cashel, nous ne savions pas qui vous étiez, dit Frasa. Nous vous remercions du fond du cœur.

— Vous a-t-on envoyé à nous, monsieur ? demanda Jen.

Cashel ne sut que dire, ni que faire. Faute de mieux, il tendit le contrat à Frasa.

— Je n'aurais pas dû cogner ces hommes, murmura-t-il. Contre le mur.

— Si vous consentez encore à travailler pour nous, dit Frasa, notre seul espoir serait de prendre contact avec notre autre courtier, Sidras or-Morr. Nous ne pouvons nous y rendre nous-mêmes, et Sidras pensera vraisemblablement qu'il est dangereux de venir ici négocier avec nous.

La porte extérieure s'ouvrit. La foule se mit à rugir, et le fracas métallique d'une pierre percutant le casque de l'un des gardes de Themo résonna dans toute la fabrique. Personne dans la rue n'était désormais un pire ennemi pour les Sérians que le courtier furibond, mais avec un peu de chance les deux groupes seraient couverts de sang avant que la foule réalise qu'ils étaient du même bord.

— Il vit dans une maison place du Gouvernement, dit Jen. Cependant, nous n'avons pas pris contact avec lui depuis notre arrivée.

— Je connais, dit Cashel.

Il avait traversé cette place en compagnie de Benlo. Il pensait pouvoir la retrouver. Si jamais il se perdait, Mellie était là pour l'aider.

— Mais je pense que je ne devrais pas faire ce genre de chose.

— Nous vous faisons totalement confiance, maître Cashel, dit Jen. Bien sûr les risques sont immenses. Nous ferions peut-être mieux d'affréter notre bateau et de repartir à perte.

Cashel haussa les épaules.

— Ça ne m'a pas l'air tellement risqué, si j'attends bien sûr que la situation se calme un petit peu dehors.

Il ramassa l'un des casques qui traînaient par terre. C'était celui du boxeur : il avait une grosse tête.

Jen le lui prit des mains.

— Nous ferons aplanir cette bosse, maître Cashel. Désireriez-vous autre chose ?

J'aimerais savoir ce qui se passe, pensa Cashel.

— Non, je pense que ça ira.

— Bien sûr que ça ira ! lança Mellie en s'étirant comme un chat satisfait. Nous allons bien nous amuser !

27

Ilna était seule.

Elle avait pensé apercevoir Garric et Tenoctris devant elle en plongeant à travers la porte, mais il n'y avait rien : pas de silhouettes, rien devant ; même la porte avait disparu.

Elle se tenait debout au milieu d'une plaine grise, bien que la notion même de « debout » soit une distorsion de la réalité, étant donné qu'elle ne sentait même pas le sol sous ses pieds. Elle ne se sentait pas tomber. À vrai dire, elle ne sentait rien.

— Garric ! appela-t-elle.

Elle entendait le son de sa voix, mais ni harmoniques ni échos. Pas d'autres sons non plus.

L'horizon était complètement plat, dans toutes les directions. Le ciel était très légèrement plus clair que le sol, mais même cette infime différence était peut-être une illusion qu'elle avait elle-même créée, une petite hallucination que son esprit avait conçue pour ne pas voler en éclats.

Ilna tendit le bras derrière elle et agita la main dans le vide. Elle ne pouvait se trouver à plus de quelques centimètres de la porte de lumière qu'elle avait empruntée pour arriver dans ce néant, mais plus le moindre signe de son existence. Elle contourna la porte imaginaire, espérant en vain que son autre côté serait visible.

Elle se mit à marcher. Toutes les directions se valaient. Elle ne laissait pas d'empreintes derrière elle, et aucun point de repère n'aurait pu lui indiquer qu'elle tournait en rond.

L'horizon changeait au fur et à mesure qu'elle se dirigeait vers lui. Parfois, ce trait gris sur gris était plus haut, comme si elle regardait le haut d'une colline, et parfois plus bas, comme si elle se trouvait à son sommet. Chaque pas lui demandait le même effort que le précédent, et la ligne d'horizon restait plate.

Ils t'ont abandonnée ici, Ilna.

Elle marchait à une allure régulière, d'un bon pas qu'elle pourrait tenir toute une journée et la moitié de la nuit suivante. Elle ne courait pas. Il n'y avait nulle part vers où courir.

Ils t'ont bien eue en te faisant venir ici. Ils rient en ce moment en pensant à la façon dont ils se sont débarrassés de toi.

Tout en avançant, ses mains nouaient son licou. Quand elle eut fini, la corde n'était plus qu'une masse solide grosse comme une tête humaine. Elle entreprit de défaire les nœuds.

Tu n'étais pas assez bien pour Garric et ses nouveaux amis. Tu les embarrassais.

Un point de lumière flottait dans le ciel, droit devant elle. Il était trop petit pour être le soleil, mais brillait violemment sur le gris du ciel. Elle continua à avancer.

Sous ses pieds, la surface indistincte se mua en un gravier grossier, même s'il lui fallut progresser encore quelques minutes avant de voir autre chose que ce gris uniforme. Depuis qu'elle s'était mise à marcher, elle n'avait pas changé d'allure. Ses mains nouaient de nouveau la corde, mais d'une façon complètement différente – pourtant le résultat aurait semblé le même pour n'importe qui d'autre.

Le sol était semblable à la plage de graviers de Barca. *Ilna, là-bas aussi ils se riaient de toi.*

Quand elle aperçut l'arbre, il lui sembla avoir toujours eu conscience de sa présence. Sa silhouette noire se découpait sur le ciel gris et le soleil se trouvait juste derrière. Elle continua à avancer.

Tu aurais tout sacrifié pour eux, Ilna, mais ils t'ont rejetée.

Le tronc et les racines de l'arbre semblaient normaux, mais Ilna se demanda à quelle distance il était réellement. Ses pas ne semblaient pas l'en rapprocher.

Ses branches nues et tordues s'entrelaçaient, dessinant la forme simplifiée d'un arbre de vie. Elles se mirent à bouger.

Tu as de la chance de m'avoir trouvé, Ilna. Il y a dans cet endroit des choses effroyables.

— Qui êtes-vous ? s'écria Ilna.

Sa voix mourut sans le moindre écho. Il n'y avait rien nulle part, à part l'arbre.

Je suis ton ami. Je te donnerai tout ce que tu désires.

Des larmes coulèrent le long de ses joues.

— Je veux rentrer !

Elle ne supplierait pas.

— S'il vous plaît, laissez-moi repartir !

Bien sûr, je te reconduirai, Ilna. Je suis ton ami. Je sais que tu n'es pas à ta place ici, alors je te ramènerai là où tu dois être. Mais tu es une tisserande. Ne voudrais-tu pas d'abord que je t'enseigne comment tisser réellement ?

— Je ne comprends pas.

Elle ignorait à quel moment elle avait cessé de marcher, mais elle était désormais immobile au milieu de la plaine de graviers. La corde pendait dans ses mains.

Je peux t'apprendre à tisser des motifs qui feront de toi une reine, Ilna. Mieux, une déesse.

— Comment pouvez-vous… quoi ?

Ils ne se moqueront plus de toi, Ilna. Garric t'a laissée pour courir après cette petite bêcheuse dépravée, mais il ne te quittera plus jamais. Tous te remarqueront.

— Je veux repartir…, chuchota Ilna.

Mais dois-je d'abord t'apprendre à tisser, Ilna ?

— Oui. (Elle laissa tomber le licou en paille de seigle et cria :) *Oui !*

Alors je t'apprendrai, car je suis ton ami.

Les branches se mirent à bouger plus rapidement. Le soleil, pas plus gros qu'une tête d'épingle, se fit soudain plus chaud, plus étincelant. Ilna dut tourner la tête.

Ton seul ami.

Les branches continuèrent à tisser des motifs dans son esprit, de plus en plus profondément. Pour la première fois de sa vie, Ilna n'était pas seule.

28

Nonnus avait allumé un feu d'algues séchées. La marmite posée par-dessus bouillonnait joyeusement – Sharina n'était cependant pas sûre que les crabes qui cuisaient à l'intérieur en soient très heureux.

Avant Tegma, elle n'aurait jamais pensé à ce que ressentait un crabe. Elle se demanda si les Archaïs mangeaient des hommes.

Les flammes étaient claires et colorées d'une dizaine de nuances pastel par le sel des algues. De temps à autre un nodule explosait avec un nuage de vapeur. Nonnus devait constamment alimenter le feu. Sharina pensa un instant qu'il n'y aurait pas assez d'algues pour finir de cuire leur repas, mais elle se rendit compte que c'était là douter du jugement de l'ermite.

Nonnus était humain, il pouvait se tromper. Mais elle ne l'avait vu faire aucune erreur ayant la moindre conséquence depuis qu'ils étaient montés sur la trirème.

À part, bien sûr, de l'avoir accompagnée sur la trirème alors qu'il aurait pu rester à méditer et à prier dans les environs du hameau.

— Dois-je…, commença Sharina.

L'ermite bondit comme si on l'avait poignardé.

— Oh ! je suis…, bafouilla-t-elle ; puis elle se tut, gênée.

— Mon enfant, dit l'ermite, tout aussi embarrassé. J'ai passé une si grande partie de ma vie seul, j'en oublie que des gens m'entourent aujourd'hui.

Il sourit lentement.

— Alimenter ce feu, sentir la fumée salée et les crabes en train de cuire… C'est comme si j'avais de nouveau ton âge, avant que d'autres choses se soient produites.

Son sourire fondit comme neige au soleil.

— Avant que j'aie fait ces autres choses, ajouta-t-il.

— Je pensais appeler Asera et Meder, dit Sharina. (Elle parla en regardant le sommet de l'isle pour éviter de croiser le regard de Nonnus pour l'instant.) Je ne crois pas qu'ils aient emporté de la nourriture là-haut.

L'isle n'était qu'une bosse uniforme, on pouvait la distinguer du ciel uniquement parce que sa forme masquait les étoiles. Un scintillement aurait pu indiquer que Meder ou la procuratrice marchait le long de la ligne d'horizon ; la voûte céleste n'était cependant pas assez claire pour permettre de distinguer une forme humaine à un demi-kilomètre.

— Ce feu ne chauffe pas beaucoup. Donne-leur à peu près une demi-heure.

Sharina avait fait le tour de l'isle sans trouver de bois séché, ni d'autre type de terrain. En revenant vers la pirogue, elle doutait d'y découvrir des algues en train de sécher afin de faire un feu – et c'est pourtant ce qui l'y attendait, comme l'ermite l'avait prédit.

De temps à autre, Sharina avait aperçu en marchant Asera et Meder au sommet de la colline. Les nobles n'avaient pas réussi à dresser un abri pendant la journée. S'ils souhaitaient redescendre vers le rivage, il y avait de la place pour eux derrière le pare-vent. Nonnus avait dressé une toile goudronnée entre deux piquets identiques à ceux qui maintenaient le bateau en place.

— Et puis je trouve la nuit plus paisible ainsi, dit l'ermite. (Il sourit avant d'ajouter :) La charité est l'une des choses pour lesquelles je prie, mais la liste est longue.

— Il y a beaucoup de nourriture sur cette isle, dit Sharina. Des bernacles, des crabes, et nous pouvons faire un feu.

Ce n'est qu'à la moitié de son exploration de l'isle qu'elle avait compris à quel point elle était heureuse d'être sur la terre ferme. Bien entendu, elle souhaitait parvenir sur l'une des isles principales. Elle souhaitait encore davantage se retrouver chez elle et se pelotonner dans son propre lit ; oublier l'idée qu'elle était la fille du comte Niard, ainsi que tout ce qui s'était produit depuis que la trirème avait accosté à Barca. Mais pour l'instant, Sharina aurait souhaité passer quelques jours de plus en un lieu où elle avait plus d'espace que la coque d'une pirogue, où son univers n'était pas en mouvement permanent, imprimé par le rythme des vagues.

— Il vaut mieux que nous partions, mon enfant, dit Nonnus tout en entretenant le feu. Cette terre ne nous déteste pas comme Tegma, mais ce n'est pas non plus un endroit pour nous. Il y aura des routes à parcourir sur Sandrakkan, et des maisons dans lesquelles vivre.

Sharina regarda le haut de la colline, et se demanda à quelle distance s'approcher du campement des nobles pour que ceux-ci entendent son invitation à dîner. Escalader cette roche striée en pleine nuit ne serait pas aisé. Si Asera et Meder souhaitaient manger, ils verraient bien le feu, non ?

Il y eut une lumière derrière le sommet de la colline.

Pendant un instant, Sharina crut avoir des éclairs devant les yeux – cela lui arrivait parfois au milieu de la nuit, quand elle avait les paupières fermées. Elle ouvrit la bouche pour parler, mais se retint.

Une lueur rose dansa de nouveau dans le ciel nocturne.

Sharina se leva et courut vers la pirogue.

— Mon enfant ? lui lança l'ermite dans son dos.

Sharina savait où le coffret contenant les ustensiles du magicien était rangé, à la poupe du bateau. Elle se hissa dans l'embarcation en s'agrippant aux filets. Le ventre du bateau était plongé dans les ténèbres, mais rien d'autre ne ressemblait, ni à la forme ni au toucher, à la boîte cerclée de métal.

Elle n'était pas là où elle aurait dû être. Meder ne l'avait pas prise, Sharina l'avait surveillé pour s'en assurer. Asera avait sûrement porté le coffret pour lui, caché dans les replis de sa robe.

— Mon enfant ? répéta Nonnus.

Sharina désigna le haut de la colline.

— Il fait de la magie ! s'écria-t-elle.

À ce moment précis, un éclat de lumière rouge embrasa la crête.

— Tiens donc, dit l'ermite, plus froid qu'un glacier.

Il brandit son javelot dans la main droite et entama l'ascension de la colline. Sharina sauta à terre pour le suivre.

Un grand tremblement ébranla l'isle.

29

Garric utilisait une ruse de berger qui consiste à garder la tête levée en gravissant une pente, quand on est par réflexe tenté de regarder ses pieds. Il scruta le sommet qui se dressait devant eux, puis les environs désertiques.

Le sol était plus proche du sable que du gravier, prêt à s'effriter sous leurs pieds dès qu'ils pesaient dessus. Les pentes étaient abruptes, le soleil terriblement chaud, et la texture ne correspondait pas – l'inversion de l'ombre et de la lumière trompait les yeux de Garric ; il s'attendait ainsi à marcher sur un sol légèrement différent de celui sur lequel il posait les pieds. Et malgré tout, il glissa rarement, ne mit la main à terre qu'une seule fois pour se retenir, et il ne tomba pas.

Tenoctris se déplaçait en sautillant maladroitement, telle une pomme de pin qui rebondit encore et encore.

— Voulez-vous que…, proposa Garric pour la troisième ou quatrième fois.

— Ta tâche, c'est de faire en sorte que nous soyons toujours vivants quand Strasedon apparaîtra, répondit Tenoctris d'un ton cassant. Nous faire tous les deux tuer alors que tu essaies de me porter n'arrangera pas la situation.

— Oui, ma dame, répondit Garric, obéissant.

Il aurait avancé beaucoup plus vite s'il n'avait pas dû adapter son allure à celle de Tenoctris, mais il ne pouvait la laisser en arrière. Ils savaient où Liane s'était trouvée, pas nécessairement où elle était à présent, et certainement pas où se trouvait le démon. Garric ne pourrait localiser Strasedon si le démon ne l'attendait pas de l'autre côté de la pente.

Si les griffes de Strasedon ne s'en chargeaient pas, le soleil les tuerait bientôt.

—Je n'aurais jamais cru faire quelque chose de semblable ! dit Tenoctris, haletante mais étonnamment joviale. Je n'avais rien contre l'idée de visiter d'autres plans, mais je savais ne pas avoir assez de pouvoir pour faire une chose pareille. Je souhaitais également voler.

Elle laissa échapper un petit rire.

—Quand Yole a coulé, le toit de la tour a décollé dans les airs, et moi avec. J'ai vraiment volé. Et me voilà dans le plan d'un démon. Tenoctris l'érudite. Tenoctris qui ne connaissait que grâce à la lecture les voyages extraordinaires et les recherches des autres, ceux qui avaient le pouvoir de diviser l'espace et le temps.

Le plateau vers lequel la ligne de lumière les conduisait était découpé en trois marches. Les pentes pour y accéder montaient de un mètre pour quatre parcourus, peut-être même plus. Vue d'en dessous, chaque marche semblait chaque fois être le sommet du plateau lui-même. Cette fois-ci, Garric pensait que l'arête au-dessus d'eux était vraiment le sommet.

Il marchait en crabe, son côté gauche dirigé vers le sommet. Sa main gauche était posée sur le pli de sa tunique, prête à dégager la poignée de son épée pour qu'il puisse la saisir de la bonne main.

—Tous ces livres étaient ma vie, dit Tenoctris, songeuse, et ils sont au fond des mers depuis mille ans. Et me voilà, en train de…

Strasedon surgit au sommet de la pente, six mètres au-dessus de Garric.

Le démon marchait comme un homme, mais ses jambes étaient courtes, tordues, et ses bras si longs que ses griffes touchaient presque le sol. Ses gros orteils étaient surmontés de griffes recourbées et particulièrement longues : la jambe droite de Strasedon était encore recouverte du sang noirci et séché de Benlo.

Strasedon serrait Liane par la taille dans sa main gauche. La jeune fille était vivante. Elle s'agrippait à l'avant-bras du démon pour soulager son abdomen d'un peu de son poids et ses jambes pendaient dans le vide.

Lorsque Liane aperçut Garric, son visage se figea. Elle ne cria pas.

La peau de Strasedon était du rouge sombre et translucide des plus beaux grenats. Le visage de la créature était plat, dépourvu de nez ; sa mâchoire n'était pas articulée comme celle d'un homme, mais semblait tout entière se lever puis s'abaisser. Ses dents glissaient les unes contre les autres telles des lames de ciseaux. Ses crocs irréguliers cliquetaient doucement alors que le démon approchait.

Garric tira son épée et sentit le roi Carus remplir son corps comme un homme enfilant sa tunique. Il monta de quelques pas pour être à la hauteur de Strasedon. Si ce dernier s'en prenait à Tenoctris, tant mieux : Garric pourrait attaquer d'un bond le dos du démon, alors exposé.

La part de l'esprit du jeune homme qui était encore Garric était horrifiée par ce froid calcul dans lequel les risques encourus par la vieille femme représentaient pour lui une possibilité. Et pourtant, Garric avait déjà eu à abattre certains moutons pour l'hiver. Un fermier qui gardait plus de bêtes qu'il pouvait en nourrir jusqu'au printemps les perdait toutes, pas seulement celles qu'il aurait dû tuer. Si Tenoctris attirait l'attention du démon assez longtemps pour que l'épée de Garric atteigne sa cible, il pourrait les sauver tous les deux, et Liane avec.

Strasedon jeta Liane sur le côté et se rapprocha de Garric en traînant les pieds.

Tout en avançant, la créature poussa de grands hurlements. Garric poussa un cri tout aussi démoniaque, leva la pointe de son épée, prêt à frapper, puis chargea. En courant, ses pieds faisaient voler de la poussière.

Il frappa. La lame de son épée scintilla d'un éclat noir. Strasedon tenta de s'emparer de l'arme, et la lame trancha l'un des trois doigts de sa main. Il dévia ainsi le coup, qui fut alors porté sur le côté de son crâne chauve au lieu de s'y enfoncer profondément.

L'épée de Rald était faite dans un bon acier. Elle résonnait dans la main de Garric tel un immense diapason.

Garric fit un saut de côté – vers le haut de la colline – pour être hors de portée de Strasedon et le sol céda sous ses pieds. Il gratifia le démon d'un coup d'épée latéral. Garric était sur le point de tomber, et il ne put frapper à pleine puissance.

Le sang du démon, couleur de feu, ruisselait le long de l'épée de Garric.

De sa main blessée, Strasedon agrippa l'avant-bras droit du jeune homme et tenta d'atteindre sa gorge avec l'autre. Garric saisit le poignet du démon : autant retenir un bœuf d'une seule main. Ses muscles se gonflèrent. Les doigts griffus de Strasedon s'ouvraient et se refermaient, mais ne parvenaient pas à atteindre le cou du jeune homme.

Le démon se pencha vers Garric, ouvrant suffisamment les mâchoires pour arracher son visage. Garric enfonça en tournant la pointe de son épée dans la gueule grande ouverte du démon.

Les dents de la créature se refermèrent sur l'arme, emprisonnant les dix centimètres d'acier dans sa gueule tel un étau. Garric tenta d'enfoncer la lame des quelques centimètres nécessaires pour qu'elle se plante au fond de la gorge de Strasedon, mais les mâchoires du démon tenaient bon, comme si l'épée avait été prise dans la pierre.

Les combattants mettaient toutes leurs forces dans la partie supérieure de leur corps ; tous deux perdirent l'équilibre et roulèrent le long de la pente en un tourbillon de sable et de pierres. Le démon était lourd, même pour sa grande taille, mais chaque fois qu'il se trouvait sur le dessus, Garric parvenait toujours à le faire basculer, et tous deux se remettaient à rouler.

Garric arqua le dos et passa ses jambes autour de la taille du démon. Le moment était bien choisi : la créature projeta sa jambe vers le haut, tentant de reproduire le coup qui, dans le tombeau, avait définitivement vidé Benlo de ses intestins. Ses griffes ratissèrent le dos de Garric, mettant sa tunique en lambeaux et lui déchirant la peau, sans atteindre le thorax du jeune homme.

Ils atterrirent sur le sol de la vallée. Garric était si tendu que le choc ne lui coupa pas le souffle, mais Strasedon était néanmoins sur lui. Garric tenta de repousser le démon sur le côté en faisant levier avec son épaule droite. Il aurait tout aussi bien pu tenter de déplacer le moulin de Barca.

Le démon fut agité d'un tremblement, puis se mit debout si soudainement qu'il en arracha l'épée des mains de Garric. Le jeune homme s'écroula ; il sentait le contact froid de son propre sang séchant peu à peu le long de son dos, de ses hanches.

Le démon cracha l'épée. Ses dents avaient laissé de profondes marques sur l'acier. Garric tenta de se relever : ses muscles, liquéfiés par l'épuisement, refusaient de lui obéir.

Strasedon leva le visage vers le ciel écarlate et poussa un cri plus terrible que tous les vents de l'hiver réunis. Le manche de l'athamé ayant appartenu à Benlo dépassait à la base de son crâne.

Tenoctris était à genoux à côté de Strasedon : elle était tombée à terre lorsque le démon s'était relevé. Liane était de l'autre côté, portant une pierre qu'elle n'avait pas la force de soulever suffisamment pour frapper le démon, maintenant qu'il était debout.

Strasedon se retourna lentement. Le soleil noir se faisait plus pâle, et il sembla à Garric que le paysage tout entier s'effritait. Il s'agissait vraisemblablement d'une hallucination créée par son cerveau, pour le dissocier de l'intense douleur.

Tout n'était plus que lumière blanche et il tombait. Le roi Carus éclata d'un rire triomphant, et Garric aperçut quelque part l'Homme au Manteau qui serrait les poings de rage.

30

Une grande vague s'éloigna du rivage avant de balayer les flots, ignorant le rythme du ressac. La pirogue avait rué et tangué lorsque la terre s'était mise à trembler ; elle se contentait désormais de murmurer sous les assauts des vaguelettes contre sa coque.

Sharina était debout à côté de l'embarcation après être tombée à terre lors de la secousse. La vague avait gravi la pente sur une trentaine de mètres, éteignant le feu au passage, mais Nonnus avait saisi la poignée de la marmite en bronze avant qu'elle disparaisse dans les flots. Les crabes fumaient encore, seuls vestiges de ce feu.

Se déplaçant avec une facilité due à l'expérience, Nonnus déposa la marmite et son javelot dans une cavité à la proue de la pirogue, puis se dirigea vers les piquets métalliques maintenant le bateau. Il saisit l'une des tiges à deux mains et en frappa la base du talon.

— Nonnus ! cria Sharina. Les autres !

L'isle s'ébranla de nouveau, encore plus violemment. Sharina bondit sur le balancier gauche et passa les deux bras autour du hauban. La pirogue se souleva, tira sur les cordes, puis s'abattit contre la pierre avec force, un choc qui aurait pu endommager une coque faite de plusieurs planches.

— Si nous sommes à flot, cria Nonnus au-dessus du rugissement de la mer, nous aurons une chance de les repêcher. Si nous restons sur le rivage et que la prochaine vague renverse le bateau, nous ne pourrons pas le remettre droit !

L'écume engloutit la taille de Sharina et lui éclaboussa le visage. Le sel lui fit cligner des yeux, mais elle ne les ferma pas. Nonnus se dressait comme un rocher, immobile au milieu de ce déluge de mousse blanche.

La mer se calma de nouveau, semblant patienter nerveusement. La surface de l'eau était huileuse : de minuscules formes de vie tourbillonnaient dans les remous, prédateurs et proies réunis dans la tourmente. Bien que l'eau ne cesse de s'agiter, Sharina n'entendait aucun grondement de volcan. Quelle chose pouvait bien secouer l'isle ainsi ?

Nonnus frappa de nouveau le piquet, tentant de le dégager de la faille dans laquelle il l'avait enfoncé. La tige de métal se libéra. Il la retira du sol et la jeta dans la pirogue avant de se diriger vers l'autre piquet.

Sharina aperçut les deux nobles qui descendaient la pente avec difficulté, portant le coffret entre eux. Lorsque l'un glissait, ils tombaient tous les deux. Se relever leur demandait chaque fois davantage de temps.

—Je monte, dit Sharina avant de bondir hors du bateau.

—Non ! cria Nonnus. Mon enfant, non !

Sharina courut avec une agilité que sa raison aurait qualifiée d'impossible, sautant d'un rocher mouillé à l'autre sans glisser. Les crevasses étaient remplies d'une écume luisante qui les rendait aussi visibles qu'en plein jour. Elle parvint même à rester debout pendant la troisième secousse. Elle était hors de portée des vagues, mais une couronne d'écume venue de l'autre côté de l'isle en franchit le sommet.

Les nobles n'avaient même pas vu venir la jeune fille qu'elle était déjà sur eux.

—Au secours ! s'écria Meder.

Sharina lui arracha le lourd coffret et le balança sur son épaule gauche. Le magicien était sûrement plus fort qu'elle dans l'absolu, mais il ne savait pas porter un poids. Les deux nobles s'étaient rendu la tâche plus difficile en partageant leur fardeau : si l'un tombait, l'autre aussi. Asera se tenait le genou en sortant de la crevasse dans laquelle elle avait chuté.

— Dépêchez-vous, ou il vous faudra nager ! cria Sharina en repartant ; elle courut comme jamais auparavant.

Le poids du coffre donnait à ses bonds une pesanteur majestueuse qui se révélerait désastreuse en cas de faux pas.

Ce qui ne se produisit pas. Ce soir, c'était impossible. Alors que les deux nobles titubaient à sa suite, libérés l'un de l'autre et de leur lourd bagage, Sharina courut vers le flanc de la pirogue au moment où la quatrième secousse envoya la mer à sa rencontre.

Sharina passa le bras autour de l'entretoise qui maintenait le balancier gauche. La vague s'abattit. Nonnus était toujours au niveau du piquet restant, les jambes passées autour de l'aussière pour avoir les mains libres. Il saisit Meder et Asera par les poignets. Ils avaient perdu pied et dérivaient dans le courant déchaîné.

Les flots bouillonnants dissolvaient tous les autres sons, mais Sharina vit Asera ouvrir la bouche pour hurler de douleur. Celle-ci tenta avec sa main libre de desserrer la poigne de fer de l'ermite. Autant essayer de faire redescendre une lune montante : Nonnus ne la laisserait pas se noyer pour lui épargner un bleu sur le poignet.

La vague commença à se retirer. Nonnus laissa Meder puis la procuratrice suivre l'aussière puis se hisser par-dessus la poupe de la pirogue. Il lança un regard à Sharina.

La jeune fille lâcha l'entretoise et se mit debout, le coffret du magicien dans les bras. Elle fit deux pas sur le balancier et lança de toutes ses forces les ustensiles vers le large.

Elle entendit Meder pousser un cri de rapace surpris. Le coffre fit surface à deux reprises au milieu des vagues en train de se retirer, puis disparut à jamais au fin fond de la mer Extérieure. Elle se retourna pour faire face au magicien. Il était très pâle, la bouche ouverte et le regard fixe.

Sharina grimpa à bord de la pirogue et prit la barre. Le sourire de Nonnus brillait encore plus que la lune. Il libéra le piquet d'un coup de pied, se hissa par-dessus la poupe du bateau, puis longea le plat-bord pour rejoindre Sharina.

Le navire pencha vers l'arrière quand le sol s'inclina, puis se remit droit lorsque les vagues s'abattirent sur lui en un déluge assourdissant d'écume.

— Nous coulons ! hurla Meder. Nous coulons !

Le bateau ne coulait pas, bien que la violence avec laquelle les flots le balayaient menace de le faire chavirer en dépit des balanciers. L'isle coulait.

Elle avait sombré, purement et simplement, ne laissant en disparaissant qu'une nappe de sel.

Une énorme bosse se dressa à l'ouest, au-dessus des flots, ruisselante. Pendant un long moment le clair de lune se refléta dans l'œil d'une créature dont la carapace faisait plus de un kilomètre de diamètre. Une créature de la taille d'une isle, écumant les mers.

Ses nageoires avant reprirent leur mouvement. Avec la gravité des êtres incroyablement anciens, la tortue plongea et quitta le monde des hommes.

31

Garric était traversé à chaque battement de son cœur par une douleur d'une blancheur aveuglante, puis rouge sang. Les bâtiments entourant la place se brouillaient puis redevenaient nets en suivant le même rythme. Il était couché sur des pavés, ce qui aurait pu être douloureux si son cerveau avait encore eu de la place pour ces problèmes sans importance.

Tenoctris était agenouillée à son côté et récitait un sort d'une voix monotone. La lune était à son zénith, et les nuages qui occupaient le ciel plus tôt dans la soirée avaient disparu.

Garric avait l'impression que son dos avait été haché pour en faire de la chair à saucisse. Des badauds l'observaient, des ouvriers pour la plupart. Un noble les contemplait bouche bée du haut de sa chaise à porteurs tandis que les domestiques et les flatteurs qui composaient son cortège chuchotaient entre eux en les montrant du doigt. Liane, tremblante mais debout, fouillait dans les plis de sa ceinture de soie. Elle appela le grand personnage à l'aide.

La vue de Garric se stabilisa. Il se rendit compte qu'il était affalé devant l'escalier en demi-cercle menant au palais du comte. Les pierres avaient été prélevées sur des bâtiments de l'Ancien Royaume, mais la construction était régulière et décorée à la mode d'aujourd'hui.

Les fenêtres du rez-de-chaussée étaient de petite taille, protégées par de lourdes grilles en fer. Celles du premier étage alternaient frontons triangulaires et cintrés, tandis que les fenêtres du deuxième étage étaient entourées par des pilastres soutenant des chambranles proéminents. Le bâtiment était surmonté d'une fausse façade singeant un temple ancien, elle-même coiffée d'une statue dorée, étincelante sous les rayons de la lune.

Certaines des fenêtres les plus basses étaient éclairées ; les bureaucrates du comte vivaient et travaillaient dans le palais. En ces temps troublés, ils travaillaient tard.

— Comment sommes-nous arrivés ici ? marmonna Garric.

Il n'était même pas sûr d'avoir parlé. Tenoctris continua à chanter, touchant de sa baguette de buis des points invisibles tout autour de Garric. Une lourde torpeur remplaça peu à peu la douleur de ses plaies et il se demanda s'il était en état de choc.

Tenoctris et Garric étaient entrés dans le plan du démon à un kilomètre de là, sur la place du Gouvernement, dans la partie moderne de Carcosa. La distance qu'ils avaient parcourue pour trouver Strasedon était équivalente ; la lune était également plus haute dans le ciel, et la distance qu'elle avait parcourue correspondait au temps qu'ils avaient passé à rechercher le démon dans l'autre dimension.

Garric n'aurait su dire quelle direction ils avaient pris dans le plan au soleil noir. Peut-être que cela aussi correspondait.

Il était épuisé mais ne parvenait pas à se reposer. Son dos était une masse de charbons ardents, et la brûlure le tenait éveillé. Les griffes du démon recélaient un poison semblable à celui de certaines chenilles ; il ne dormirait plus jamais, il flamberait sans relâche jusqu'à sa mort…

Deux porteurs transportant un bard les contemplaient, horrifiés. Garric et ses compagnons étaient sûrement apparus directement en face de ces hommes quand le plan de Strasedon s'était dissous. Renonçant à convaincre le noble, Liane invectiva les porteurs.

— Vous deux ! Prenez cet homme sur votre paillasse !

L'homme qui portait l'avant du bard fuit le regard de la jeune fille, mais son compagnon resta stupéfait. Le bard bougea, mais les deux hommes ne reprirent pas leur route comme l'aurait souhaité le porteur qui ouvrait la marche. Ils transportaient un rouleau de cuir qui dégageait la puanteur caractéristique d'une tannerie.

— Regardez ! s'écria Liane en sortant les mains de sa ceinture.

Elle fit tomber en cascade des pièces d'une main à l'autre. Même si les porteurs ne reconnaissaient pas le tintement de l'or – où auraient-ils pu en voir ? –, une telle quantité en pièces de cuivre était suffisante pour les retenir.

— Portez cet homme jusqu'à l'auberge du *Repos du Capitaine*, ordonna Liane. Vous savez où elle se trouve, n'est-ce pas ? Conduisez-le là-bas vivant, et chacun d'entre vous recevra un écu d'or de Sandrakkan !

— Mais, mademoiselle, dit l'homme à l'avant du bard (les deux porteurs étaient si choqués qu'ils n'avaient pas pensé à poser leur fardeau sur les pavés et ils restaient bouche bée), nous devons apporter ça à Chilsen le cordonnier, rue de la Botte.

— Imbéciles ! leur cria le grand personnage du haut de son siège. Avec un écu d'or vous achèteriez le magasin de Chilsen tout entier et sa fille en prime !

Le porteur à l'arrière du bard leva la poignée droite et baissa la gauche, laissant tomber le rouleau de cuir avant que son compagnon comprenne complètement la situation. Les deux hommes échangèrent un regard, puis posèrent le bard à côté de Garric. Ils le soulevèrent avec une surprenante délicatesse. C'étaient des travailleurs, habitués aux blessures.

Tenoctris continua à chanter tandis que les hommes soulevaient le bard où ils avaient déposé Garric. La douleur s'estompa doucement tandis que des ténèbres cireuses gagnaient son esprit.

Livre IV

I

Ilna os-Kenset sortit des Limbes gris pour déboucher dans l'obscurité d'une ruelle si étroite que même un âne n'aurait pu y circuler. Des balcons en bois dépassaient au-dessus de sa tête, le long des murs. Des cordes pendaient de certains d'entre eux, grâce auxquelles un habitant agile pouvait aller et venir.

La ruelle se terminait à l'une de ses extrémités par un mur aveugle. De l'autre côté, le boyau débouchait sur une lumière brumeuse. Un angle du bâtiment situé à droite avançait sur le mur opposé, rétrécissant tellement le passage qu'Ilna dut marcher de biais pour le contourner.

Elle avança le long de la rue suivante. Elle estima être en plein après-midi, mais la portion de ciel visible ne lui permettait pas d'en être sûre. La rue était assez fréquentée, piétons et voitures mélangés. Une récente averse avait rendu la chaussée glissante et laissé des flaques là où les briques manquaient ou s'étaient enfoncées ; il ne pleuvait pas en ce moment.

Ilna n'avait jamais vu cette rue auparavant. Elle ne se trouvait probablement pas à Carcosa – le style des bâtiments, la chaussée en brique, l'accoutrement des habitants, tout suggérait une ville étrangère. Elle croisa le regard d'une femme qui portait un panier d'osier rempli de légumes et d'un morceau de viande salée.

— Excusez-moi, ma dame, dit Ilna.

La femme tourna la tête et continua à marcher, l'air sombre.

Le visage d'Ilna se durcit également. C'était une ville et pas un hameau où les gens faisaient preuve de politesse car tous se connaissaient et savaient qu'ils verraient les mêmes visages jusqu'à la fin de leurs jours.

Elle fit un tour d'horizon de la rue et poursuivit son chemin. Un magasin de poterie. Une taverne devant laquelle la chaussée était noircie par la lie de la bière que les enfants y vidaient avant de remplir leurs seaux pour le lendemain. Une crémerie avec une baratte en guise d'enseigne. Une brebis bêla dans l'arrière-cour du magasin, rappelant à Ilna qu'elle n'était pas chez elle dans ce monde.

Les bâtiments avaient un ou deux étages, certains même davantage. De petits panneaux étaient accrochés à certaines fenêtres. À en juger par la similitude des inscriptions qu'ils arboraient, Ilna supposa qu'il s'agissait d'annonces pour des chambres.

Elle s'était toujours demandé ce que ça faisait de savoir lire. Elle n'aurait plus besoin de ça désormais. On ferait tout ce qu'elle ordonnerait.

Ilna s'arrêta devant une épicerie. Une charrette remplie de navets et de panais, installée d'un côté de la porte, bloquait le trottoir surélevé. De l'autre, un plateau d'oranges était recouvert d'une grosse toile pour protéger les fruits du soleil. L'épicier était assis juste à l'entrée de sa boutique, gardant ainsi un œil sur son étal.

Ilna souleva la toile et se mit à prélever des fils à l'extrémité du tissu. Elle ne reconnaissait pas cette matière, mais ses doigts lui transmirent l'image d'un sol sec et de feuilles tranchantes comme des lames.

Le marchand comptait maintenant des œufs dans le panier d'une ménagère. Il prit les pièces de cuivre de la femme sans vérifier leur poids et la suivit hors du magasin.

— Hé, toi ! gronda-t-il en s'adressant à Ilna.

Elle l'ignora. Elle avait défait une dizaine de fils ; elle commença à les tresser.

Le marchand enfonça le doigt dans l'épaule de la jeune fille. Les passants regardèrent du coin de l'œil ce qu'ils pensaient être une dispute ; personne ne s'arrêta pour intervenir.

— Toi ! cria le marchand. Tu es idiote ou quoi ? Va-t'en ou je…

Ilna acheva son motif. Elle leva le tissu pour que le marchand le voie. L'homme se figea, bouche bée, mais ses menaces restèrent bloquées au fond de sa gorge.

Une femme bougea au fond du magasin.

— Arrek ? appela-t-elle.

— Quelle est cette ville ? demanda Ilna.

Sa voix était froide comme la peau d'un serpent. Elle gardait le motif tendu entre ses mains.

— Erdin, sur l'isle de Sandrakkan, dit le marchand.

Ses mots n'étaient que des sons, complètement dépourvus de substance.

Ilna hocha sèchement la tête par réflexe, mais le propriétaire ne le vit même pas.

— Où se trouve le marchand de tissus le plus proche ?

La femme du marchand déboucha du couloir de l'épicerie, s'essuyant les mains sur son tablier.

— Beltar or-Holman a son magasin dans le pâté de maisons voisin, répondit l'homme d'une voix éteinte. Au croisement de cette rue et d'un boyau.

— Arrek ? dit sa femme. (Elle lui agrippa l'épaule.) Arrek !

— Montre-moi le chemin, ordonna Ilna, ignorant la femme autant que l'homme dont elle avait pris le contrôle.

Il tendit le bras droit.

Elle jeta son tissage et partit à grands pas. Elle ne savait pas vraiment ce qu'était un boyau, mais le magasin serait facile à repérer. Dans son dos, la femme couinait à l'intention du marchand avec une agitation grandissante. Il haletait comme un morse et tituba vers la charrette de légumes.

Les magasins d'Erdin n'étaient pas regroupés comme ceux de Carcosa. Elle passa devant un cordonnier, un marchand de sel, une boutique qui vendait du ragoût de poisson – la chaussée devant l'entrée scintillait, constellée d'écailles irisées.

L'air était imprégné par les odeurs mêlées d'eau saumâtre et d'une pluie récente. C'était un jour chaud, et les caniveaux dégageaient une odeur nauséabonde.

Le marchand de tissus se trouvait de l'autre côté de la rue ; elle n'avait pas posé la question. Le marchand n'aurait pas eu la volonté de donner cette information, même s'il l'avait souhaité. Le boyau en question se révéla être un cul-de-sac semblable à celui par lequel elle était arrivée à Erdin.

Ilna traversa la rue malgré la circulation, sans jamais toucher les piétons et les chariots qui avançaient à grand bruit sur les briques ni être menacée par eux. Elle avait toujours été douée pour apprécier les motifs ; elle savait désormais que chaque objet en déplacement agissait avec les autres.

Elle entra dans le magasin surmonté d'une pièce d'étoffe torsadée qui lui tenait lieu d'enseigne. Les teintes marron et bleu du tissu étaient du grand teint, mais la crasse de la ville l'avait tant noirci qu'il fallait presque connaître le motif pour le distinguer.

Le magasin se spécialisait dans les tissages sophistiqués, fines rayures et carreaux. Ilna avait remarqué que les habitants les mieux habillés portaient de telles étoffes, quoique ces motifs soient trop chargés à son goût. Cela importait peu.

L'employée du magasin, une jeune fille au visage fin et à la chevelure couleur de paille, montrait à une matrone un rouleau de drap disposé sur le présentoir, à l'autre bout de la salle d'exposition. Ilna parcourut du regard les rouleaux de tissu empilés sur toute la longueur du comptoir, laissant seulement un mètre libre pour effectuer les transactions. Les extrémités des fils de chaîne pendaient de chaque rouleau.

Ilna trouva celui qu'elle cherchait, un tissu rouge placé en bas d'une pile, où il était difficile de comparer sa largeur avec celle des autres étoffes. Elle en tira quelques centimètres.

L'employée lui lança un regard soupçonneux mais continua à s'occuper de sa cliente.

Une paire de ciseaux ornés d'un liseré de lis en laiton était posée sur le comptoir. Ilna les ignora et tira son couteau.

— Mademoiselle ? lui dit l'employée. Mademoiselle, je suis à vous dans…

Ilna coupa la lisière à l'extrémité du rouleau, tendant les fils pour les sectionner.

— Maître Beltar ! cria l'employée. (La matrone l'observait avec des yeux écarquillés en reculant contre un présentoir de tissus.) Maître Beltar !

Un homme entre deux âges au visage large et à la barbe rousse sortit de l'arrière-boutique. Il tenait une plume à la main et ses doigts étaient tachés d'encre.

— Oui, mademoiselle ? demanda-t-il sèchement en suivant le regard que son employée gardait braqué sur Ilna.

Cette dernière prit la poignée de fils sur le comptoir et commença à les tisser ensemble. Les fenêtres des deux murs extérieurs procuraient un bon éclairage, même à cette heure de la journée, mais elle aurait tout aussi bien pu œuvrer dans l'obscurité. La matrone profita de la situation pour passer à côté d'Ilna et se précipiter dans la rue.

— Mademoiselle ! s'écria Beltar lorsqu'il vit le rouleau qui avait été tiré et découpé. Que faites-vous ? Sarhad, allez chercher la patrouille !

— N'y va pas, jeune fille, dit Ilna. (Elle lança un regard à Beltar et poursuivit :) Ce rouleau de tissu était moins large que les autres. Vous pourriez perdre toute votre réserve si vous ne marquez pas les tissus plus courts en coupant leur lisière.

La jeune employée avait déjà atteint la sortie.

— Sarhad, reviens, ordonna brusquement Beltar. Je m'en occupe. Tiens, va balayer l'arrière-boutique et l'escalier.

Tout en lançant des regards stupéfaits à son employeur et à l'étrange jeune femme, l'employée disparut derrière le rideau, vers l'arrière de la boutique. Ilna reprit son ouvrage.

La teinture rouge était terne : ce tissu de mauvaise qualité n'avait pas sa place chez un commerçant qui, comme Beltar, avait certaines prétentions.

— Appartenez-vous au bureau du chancelier ? demanda-t-il à Ilna comme celle-ci gardait le silence. Je vous assure que, si un tissu d'une largeur inférieure à la normale s'est retrouvé dans mon magasin par accident, je suis plus que disposé à rectifier cette erreur dans les limites du raisonnable...

Ilna sourit froidement. L'homme essayait de la soudoyer. Elle avait, pour l'inquiéter, fait référence aux lois sur les tissus en vigueur à Valles, car c'était de là que venaient ses clients et donc son expérience des affaires, mais apparemment le règlement d'Erdin était tout aussi sévère.

— Je n'appartiens pas au bureau du chancelier. Je suis là pour te rendre plus riche que tu l'as jamais rêvé. Pour l'instant, tu vas m'installer dans une chambre au-dessus de ton magasin. J'ai besoin d'un métier à tisser et de fil.

— Mademoiselle, protesta Beltar, sincèrement interloqué, j'achète des tissus, je n'engage pas de tisserands. Si vous avez des étoffes à me vendre je serai peut-être intéressé, mais il vous faudra trouver vous-même un logement et du matériel.

— Non, répondit Ilna en lui faisant de nouveau face, je n'en ferai rien. Regarde ça.

Elle posa le tissu sur le comptoir. Beltar se pencha pour mieux le voir. Il plissa les yeux, puis recula brusquement quand il parvint à en distinguer le motif. Il balaya l'air des deux mains devant son visage, tentant de comprendre ce qu'il avait vu, ou croyait avoir vu.

— Voici ton vrai futur, dit Ilna sans la moindre émotion. Cela et bien plus encore.

Le marchand la regardait fixement, de plus en plus stupéfait.

— Qui êtes-vous ? chuchota-t-il.

Deux femmes passèrent la porte d'entrée.

— Allez-vous-en ! lança Ilna sans se retourner.

— Oui, nous sommes fermés, dit Beltar. Vous ne pouvez pas entrer !

Elles battirent en retraite en maugréant. Ilna attendit qu'ils soient de nouveau seuls et répéta :

— Je suis celle qui fera de toi un homme riche. C'est tout ce que tu dois savoir.

Le mercier toucha de nouveau l'air devant son visage qui retrouvait peu à peu sa teinte rougeaude, mais de la sueur perlait sur ses sourcils blond-roux.

— Très bien, dit-il. Mme Nirari a une chambre libre, de l'autre côté de la rue. Je la louerai pour vous. Vous ne serez pas dans ma maison, mais vous disposerez de votre espace.

Les doigts d'Ilna défirent les fils rouges en deux tas distincts, détruisant le motif comme s'il n'avait jamais existé.

— Bien. Allons-y. J'ai beaucoup à faire.

Elle sourit. Beltar, quant à lui, semblait avoir perdu la capacité de sourire ; son visage était pourtant plus chaleureux que celui de la jeune fille.

2

— Il y a dans ce port des anguilles grosses comme une jambe, dit Sidras or-Morr avec une sinistre conviction. Oh ! elles ne s'en prendraient pas à un homme vivant, mais laissez un cadavre tomber dans l'eau et « pfiou ! », disparu. On le reverra plus jamais.

— Pas aussi grosses que ta jambe, Cashel ! dit Mellie avec bonne humeur. De toute manière, il n'y aurait pas autant de charognards si les gens ne jetaient pas leurs déchets dans l'eau.

Cashel ramena les rames vers l'avant en les gardant aussi près que possible de la surface afin que l'eau s'écoulant des pales ne fasse pas trop de bruit. Il ramait avec une grâce délicate. Il y avait assez de brume sur le bassin du port pour dissimuler un petit bateau, mais le son portait.

— Vous avez été vous-même batelier, cela ne devrait pas m'étonner, dit le courtier. C'est bien la seule chance que nous ayons dans cette affaire. Écoutez-les donc !

Le grondement de la foule dans la rue du Port emplissait la nuit comme l'aurait fait une tempête. Près de l'eau, les notes les plus basses résonnaient davantage, mais de temps à autre un cri de rage bestial survolait les appontements et les embarcadères enveloppés de brume.

— Maintenant, c'est sérieux. Je pense que ça ne sera plus très long, dit Mellie, puis elle ajouta : je l'aime bien.

— Je suis un berger, monsieur, dit Cashel en ramenant les rames et en les tirant avec aisance. Bien sûr, j'ai aidé des pêcheurs et, si vous avez déjà ramé à bord d'une barque de pêche en pleine mer lorsqu'une tempête est en train de se lever, alors conduire une yole dans un port, ce n'est pas grand-chose.

— Voilà le *Dragon-Doré*, ou son frère jumeau, murmura Sidras. Rien sur les mers ne ressemble à un navire sérian, mais si étranges soient-ils, ils flottent comme des canards.

— Appelle-les d'ici, Cashel, l'avisa Mellie, sinon les Hauts-Terriens postés au sommet du mât vont tirer. Ce ne sont pas de très bons tireurs, peu importe la distance, mais (elle rit) tu es une grosse cible.

Cashel regarda par-dessus son épaule et cria :

— Jen ! Frasa ? C'est Cashel, je reviens avec un bateau ! Ne tirez pas !

Des voix s'interpellèrent dans la brume. Les mots étaient déformés ou il s'agissait d'un langage inconnu. Quelque part, des rames frappaient l'eau de manière chaotique, mais Cashel ne pouvait estimer à quelle distance dans cette étendue d'eau fermée. Cette nuit, personne dehors n'était leur ami et nombreux étaient leurs ennemis.

Sidras se leva à la poupe sans faire tanguer le navire. Le courtier était d'âge moyen et plutôt petit ; à en juger par la façon dont il bougeait, Cashel estima que l'homme avait plus de muscles que de graisse – mais un peu de graisse tout de même. Il appela d'une voix puissante, s'exprimant tout d'abord en ce que Cashel supposa être du sérian, puis dans un mélange de claquements et de sons gutturaux qui étaient vraisemblablement le langage des Hauts-Terriens.

Le bâton de Cashel était posé le long du navire, sur les bancs de nage. Le jeune homme n'était pas sûr que ce soit une arme très adaptée pour une bataille entre deux embarcations légères, mais il aurait son utilité. Il l'avait toujours eue par le passé.

Une voix se mit à pépier à toute allure et avec enthousiasme sur la masse sombre du *Dragon-Doré*. Sidras se rassit.

— Conduis-nous au dock, mon garçon. Je m'assure toujours d'avoir un miroir et des perles de verre pour chacun de ces cannibales des Hautes-Terres quand je viens à la fabrique. Ils me donneraient une bouchée du foie de leur grand-mère, ils m'aiment tellement.

Cashel fit parcourir à la yole les derniers mètres qui la séparaient de l'échelle du dock, près de la poupe du vaisseau. Le quai était parallèle au rivage et avançait suffisamment dans le port pour qu'un vaisseau de bonne taille ne s'échoue pas. Le *Dragon-Doré* était amarré le long du quai, sa proue carrée dirigée vers l'embouchure du port, où des feux signalaient le passage entre les digues.

Il pensa à demander à Mellie si les Hauts-Terriens mangeaient réellement leurs propres grands-mères. Il décida finalement que ce n'était pas une question qu'il avait le besoin ou l'envie d'approfondir.

Des serviteurs qui portaient de grandes lanternes de papier jaune sortaient de la fabrique par la porte de la cour et trottinaient sur le quai. L'un des deux frères était avec eux – Cashel n'aurait su dire lequel, occupé qu'il était à attacher à l'échelle la corde fixée à la proue de la yole. Il entendit les hommes des Hautes-Terres, mais n'en vit aucun parler.

— Maître Cashel, nous étions en train de prier pour que vous ne tentiez pas de revenir cette nuit ! s'exclama Frasa. (Cashel trouvait les voix des Sérians plus distinctes que leurs traits.) Nous craignions une attaque par les eaux. La situation est-elle sûre ?

— Elle ne l'est pas, maître Frasa, dit Sidras en se hissant sur le quai à la suite de Cashel. Ne songez même pas à décharger votre navire avec des allèges. Il semblerait que mon collègue Themo ait monté les bateliers contre vous. Il y a laissé une certaine somme au passage.

— Mon frère est dans notre bureau, dit Frasa. Peut-être nous y rejoindrez-vous ?

—Je ne suis pas venu admirer la vue sur le port, grogna Sidras en marchant vers la fabrique avec la nonchalance d'un hôte régulier. Et si vous vous demandez comment nous avons réussi à louer un bateau, sachez que votre émissaire, maître Cashel, a des manières très persuasives.

—Ils n'auraient pas dû me cracher dessus, marmonna Cashel avec embarras. Je ne suis pas un chien sur lequel on crache ou qu'on rosse à coups de pied.

—Trois mariniers ont pris un bain qu'ils n'avaient pas prévu dans le port, dit Sidras avec satisfaction en les guidant entre les marchandises entassées dans la cour. Et ils ne nous ont pas pourchassés non plus, car il a fait sauter des planches des coques des bateaux qui restaient avec le bélier qui lui sert de canne. Un garçon très impressionnant.

Les marchandises à bord du *Dragon-Doré* étaient entassées dans des coffres en bois dur, et non dans les barriques ou les panières d'osier auxquelles Cashel était habitué. Peu de maisons à Barca étaient aussi solides que les coffres sérians.

Cashel dit à voix haute :

—J'y retournerai une fois le jour levé et je les rembourserai pour les dégâts. Quand un de ces hommes a craché, j'ai perdu mon calme, et je n'avais plus vraiment le choix.

Les porteurs de lanternes n'entrèrent pas dans le bâtiment. À l'intérieur, des lampes à huile étaient suspendues à des crochets sur les murs, et procuraient une illumination artificielle telle que Cashel n'en avait jamais vu auparavant.

—Oh ! je les dédommagerai, jeune homme, dit le courtier en gravissant l'escalier à pas lourds.

Il se déplaçait pesamment, encombré par la ceinture remplie de pièces que Cashel l'avait vu glisser autour de sa taille, sous sa tunique.

—Je les connais tous les trois et ils passent plus de jours de l'année à travailler pour moi que pour les autres. Ce qui ne les aurait pas empêchés de cogner sur ma propre tête, pleins qu'ils étaient du vin de Themo et d'absurdités sur des adorateurs de démons.

Jen attendait au sommet de l'escalier et il invita Sidras à entrer dans le bureau en s'inclinant. Le courtier se courba à son tour. Il resta debout, attendant que Frasa glisse une chaise derrière lui et la désigne d'un signe de tête. Cashel vint se mettre dos au mur et sourit au secrétaire qui se tenait très raide à côté de lui.

La clameur de la foule amassée dans la rue du Port faisait vibrer les murs de l'usine. Cashel avait bien compris qu'il serait impossible de regagner la fabrique par la terre cette nuit-là, et même louer un bateau comme l'avait suggéré le courtier s'était révélé risqué.

—Les garçons, vous nous avez mis Themo sérieusement en colère, dit pensivement Sidras.

—Maître Sidras, répondit Frasa, mon frère et moi-même avons souhaité engager Themo pour qu'il se charge de notre présente cargaison. Il s'est mis en rage lorsque sa malhonnêteté a été dévoilée. Je vous prie d'accepter nos plus plates excuses.

Sidras haussa les épaules.

—Personnellement, j'ai toujours pensé que Themo sortait du fond de la baie, mais ce n'est pas la question. Seule la situation actuelle compte et, ça, c'est un problème.

Les frères s'assirent en croisant les doigts. Le bruit des pierres lancées contre l'épais mur extérieur évoquait la grêle sur le toit en ardoise du moulin de Barca.

Le courtier souleva le bas de sa tunique sans le moindre souci des convenances et commença à défaire la triple boucle de la ceinture aux multiples poches qu'il portait à même la peau. Comme les paysans, il était vêtu d'un pagne, mais en lin plutôt qu'en laine. Ses cuisses étaient étonnamment blanches sous de fins poils blonds.

—J'ai regardé votre inventaire, dit-il. Ce sont de bonnes marchandises et j'aimerais les vendre ici, mais je ne le peux pas. Pas avec ce qui se passe à Carcosa. Ils brûleraient mon entrepôt, Themo s'en assurerait, et encore faudrait-il que je puisse transporter les marchandises sur des chariots – ce qui est impossible.

Il désigna de nouveau de sa courte barbe auburn la rue du Port.

— Nous devons aller à Erdin, poursuivit Sidras. Sandrakkan a ses propres problèmes mais on n'y lynche pas les Sérians, pas encore en tout cas.

— Nous n'avons de courtier à Erdin, répliqua Jen avec une très légère nuance de colère.

— Ah ! mais moi si, dit Sidras. Un Sérian, d'ailleurs : maître Latias. Ses bâtiments sont tout près du siège de la Confrérie, en remontant le port.

— Donc vous proposez d'écrire une lettre pour maître Latias ? demanda Frasa du même ton distant que son frère avait employé. Ce gentilhomme est peut-être de notre peuple, mais nous ne le connaissons pas personnellement, monsieur.

Sidras posa sa ceinture sur la table en un tintement qui évoquait un son de cloches étouffé.

— Je propose de vous donner de l'or, ici et maintenant. Cet or. Je vous le dis franchement, il ne s'agit que de soixante pour cent de ce que j'offrirais en temps normal pour ces marchandises, mais les temps ne sont pas normaux. Je peux vous apporter de l'or. Je ne peux pas transporter des marchandises dans la rue, que ce soit pour vous en fournir ou pour prendre les vôtres.

— Vous acceptez le risque d'acheminer nos marchandises à Erdin, dit Jen en touchant la ceinture avec deux doigts, sans essayer de l'ouvrir.

C'était un constat, pas une question.

— Ouais, mais c'est vous qui faites le travail, dit Sidras. (Puis il grimaça et ajouta :) J'ai pensé qu'après Themo vous auriez des difficultés à faire confiance à un courtier de Carcosa. (Il frappa du plat de la main la table, faisant de nouveau tinter les pièces.) Vous pouvez faire confiance à l'or.

— Nous pouvons vous faire confiance, dit Frasa en se levant.

Il donna un ordre rapide au secrétaire dans sa langue. L'homme sortit de la pièce, le répétant d'une voix perçante.

— Nous faisons recharger le *Dragon-Doré*, expliqua Jen en se levant lui aussi. À l'extérieur, la situation s'aggrave.

— C'est aussi à cause de Themo, dit Sidras en se levant et en tirant sa tunique sur ses cuisses. Je ne sais pas s'il compte piller cet endroit ou seulement vous faire brûler par rancune. J'ai toujours pensé que c'était un sale bonhomme, mais j'imagine qu'il en satisfait certains.

Il désigna d'un signe de tête la ceinture remplie de pièces d'or.

— Les pièces sont mélangées, la plupart sont d'Haft, mais j'ai pris ce que j'avais sous la main pour arriver au bon poids. Il y a un décompte dans la première poche si vous voulez vérifier.

— Je ne crois pas que cela sera nécessaire, dit Frasa. Si la Déesse nous permet de survivre, maître Sidras, vous ne serez pas perdant en nous ayant accordé votre confiance.

Le secrétaire revint dans le bureau. Chaque fois que la porte s'ouvrait, la clameur de la foule était de plus en plus agressive. Jen prit la ceinture par la boucle et la tendit au serviteur en donnant des ordres à voix basse.

— Alors je vais rentrer chez moi, dit le courtier.

Il se dirigea vers la porte.

— Dois-je… ? demanda Cashel, adressant la question aussi bien à Sidras qu'aux Sérians.

Le courtier lui fit un grand sourire.

— J'ai grandi sur l'eau, mon garçon. J'apprécie qu'un jeune homme fasse tout le travail lorsque j'en ai un à disposition, mais je ne crois pas avoir oublié comment ramer.

Il pointa du doigt le navire. Des marins en file jacassaient avec excitation tout en prenant des coffres et en les traînant vers les deux passerelles.

— On a besoin de toi ici pour charger mes marchandises, et pour d'autres choses également, à en juger par l'humeur de ces types dans la rue. Rappelle-toi seulement ce que je t'ai dit à propos des anguilles.

Sidras quitta le bureau. Cashel le suivit, un pas en arrière pour mieux incliner son bâton et éviter que celui-ci se prenne dans la porte. Frasa et Jen restèrent pour discuter, leurs têtes pratiquement collées l'une à l'autre.

— Monsieur ? demanda Cashel avec calme en suivant le courtier le long de l'escalier.

L'entrée du bâtiment était déserte à l'exception des quatre Hauts-Terriens qui buvaient un liquide épais dans des gobelets en bois, et ignoraient le fracas des projectiles qui martelaient la porte extérieure.

— Mon garçon ? répondit Sidras par-dessus son épaule.

— Monsieur, pourquoi faites-vous cela ? Vous et moi étions convenus d'arrhes et d'une lettre pour Latias, et non de la totalité de la somme en or.

— Oui, c'est vrai…, approuva Sidras en marchant vers la bâche à l'arrière du bâtiment.

Tissus et épices étaient recouverts, même si les coffres semblaient à Cashel à l'épreuve des pires tempêtes qu'il ait connues.

— … D'ailleurs Jen et Frasa auraient accepté le marché ; ils étaient acculés, et pas qu'un peu, et étaient forcés de faire appel à moi après avoir refusé que Themo les vole comme il l'avait prévu. Mais tu sais… (il agita le bras en direction de la Déesse de Miséricorde et de ses démons gardiens)… ce n'est pas que j'approuve le culte des démons, mais je traite avec ces deux-là et leur père depuis vingt ans. Pendant toutes ces années, ils n'ont jamais triché sur le poids et je n'ai jamais trouvé de marchandise de qualité inférieure sous une couche de produits de qualité. Pour moi, si la Sœur les entraîne dans les Enfers quand ils mourront, c'est leur affaire. La mienne, c'est de traiter un homme comme il m'a traité.

Les deux citoyens d'Haft marchèrent côte à côte au beau milieu de la cour en pleine effervescence, éclairée par les lanternes.

— En plus, ajouta Sidras, si je peux me payer la tête de cette vermine de Themo et faire un profit au passage... L'une ou l'autre de ces choses vaudrait déjà à elle seule la peine que je prenne ce risque, alors...

Le courtier et la pixie perchée sur l'épaule de Cashel éclatèrent de rire exactement en même temps.

3

Nonnus ajusta la voile avec le même soin minutieux qu'il prenait pour nettoyer une plaie avant de la recoudre. Le vent était agité et changeant et s'accordait parfaitement au ciel gris.

L'ermite lâcha les haubans et retrouva sa position accroupie à côté de la barre. Sharina lui sourit sans, l'espéra-t-elle, avoir l'air trop désemparé.

— Il est possible, dit Nonnus avec un calme trompeur, que ce vent nous emmène dans la direction que j'aurais souhaité prendre, si on me l'avait demandé. Mais je ne parierais pas ma vie là-dessus.

Son visage s'assombrit.

— Je ne parierais pas mon âme. J'ai bien peur d'avoir déjà parié nos vies à tous.

— Vous ne nous avez pas mis le couteau sous la gorge pour que nous montions à bord, répliqua Sharina. (Elle n'essayait même pas de remonter le moral à un ami : c'était la pure vérité.) Et il nous fallait quitter Tegma.

— Cela, nous l'avons fait, approuva Nonnus en scrutant le ciel couvert.

Sharina savait que les vents qui poussaient ces hauts nuages n'étaient pas les mêmes que ceux qui, à la surface, gonflaient la voile du bateau, mais ils avaient peut-être un rapport.

Bien sûr, beaucoup croyaient à un lien entre les étoiles et les vies humaines. Ce qui était tout à fait probable : toutes appartenaient au cosmos. Mais c'était pour Sharina un cosmos très complexe. Et comprendre ses interactions était largement hors de portée d'un esprit humain.

Asera et Meder se serraient à la proue du navire, aussi trempés et furieux que deux chats piégés par une grosse averse. Une fois le calme revenu après le plongeon de la gigantesque tortue, Meder avait tenté d'expliquer à Sharina pourquoi elle avait eu tort de se débarrasser de son coffret.

Le souvenir de cette dernière conversation amena Sharina à adresser de nouveau un regard furieux au magicien. Elle n'avait pas eu besoin, elle, de baisser la voix pour éviter que Nonnus entende ses paroles.

Personne n'aime se faire traiter d'imbécile, de fourbe et de menteur quand tout le monde à la ronde écoute. Meder ne lui avait plus parlé depuis.

— Il y a des rochers loin au nord des isles sur lesquelles les phoques viennent se reproduire, dit Nonnus en reportant son attention sur l'horizon désert. Si nous accostons sur l'une d'entre elles, nous avons une chance de trouver des chasseurs de Pewle. Bien entendu, ce n'est pas la saison.

— Nous avons du poisson et, même s'il ne pleut pas, notre eau..., commença Sharina.

Nonnus se leva d'un bond et se précipita vers le mât en trois enjambées le long du plat-bord bâbord. Il libéra le palan de la bitte à laquelle il était attaché ; pendant un instant Sharina crut qu'il allait couper la corde plutôt que de prendre les quelques secondes nécessaires pour la dénouer.

Au lieu de défaire le garant pour lâcher l'espar, Nonnus le détendit et l'enroula de nouveau autour des cornes de la bitte.

— Trop tard, dit-il en se redressant. Ils nous auront vus.

— Terre ! cria la procuratrice.

Elle se dressait avec la gaucherie fatiguée d'une vieille femme, désignant quelque chose à bâbord de la proue.

— Regardez ! Regardez ! Terre à l'horizon !

— Ce n'est pas la terre, dit Nonnus alors que Meder se redressait lui aussi en vacillant.

Sharina se demanda si l'un ou l'autre des deux nobles savait suffisamment bien nager pour être sauvé si jamais ils passaient par-dessus bord.

— C'est une colonie de Flottants, déclara l'ermite.

Sharina aperçut une masse brunâtre qui lui sembla être une terre ; c'était certainement trop gros pour un bateau. Des mouchetures s'en détachèrent et se mirent à tanguer vers la pirogue.

Nonnus soupira.

— Des bateaux ramasseurs. Eh bien, ils nous ont donc vus.

Il retourna vers la barre, plein d'une froide tension très différente de la brusque agitation qui l'avait habité un instant auparavant.

— C'est peut-être aussi bien. Nous sommes plus avancés dans la mer Extérieure que je l'aurais voulu.

Les deux nobles se dirigèrent vers la poupe avec des précautions que leur maladresse justifiait pleinement.

— S'agit-il de votre peuple, mon brave ? s'enquit Asera. Ou des amis à vous ?

Nonnus secoua doucement la tête.

— Les gens de Pewle et les Flottants se connaissent. Nous sommes les seuls, car il n'y a rien dans ces mers qui attire les sédentaires. Mais des amis, non. Les Flottants n'ont pas d'amis, à part leurs semblables. (Un coin de sa bouche se souleva en un demi-sourire.) Et même leurs semblables ne sont pas réellement leurs amis.

Il tira sur les écoutes, serrant la voile au lieu de l'enrouler dans l'espar comme il avait commencé à le faire.

— Ils ne doivent pas croire que nous essayons de les fuir, expliqua-t-il, puisque c'est impossible. Pas avec ce vent.

Les deux bateaux qui s'approchaient de la pirogue n'avaient ni mât ni voile, chacun d'entre eux avançait grâce à une dizaine de pagayeurs. La ligne de flottaison de ces embarcations était plus haute que sur toutes celles que Sharina ait jamais vues, et leur coque glissait sur les vagues comme des serpents d'eau.

— Lorsqu'ils arriveront à notre hauteur…, commença l'ermite.

Ses yeux restaient fixés sur les bateaux ; ses trois compagnons l'observaient avec malaise. Sharina espérait le dissimuler mieux que les deux nobles.

— … laissez-moi parler, si vous le voulez bien.

— Oui, répondit la procuratrice. Oui, bien entendu.

— Si j'avais mon…, murmura Meder.

Il s'arrêta net quand son regard se porta par réflexe vers Sharina. Il comprit que la jeune fille était presque assez tendue et furieuse pour le jeter à la mer.

— Ils ne vont jamais à terre, expliqua Nonnus d'une voix douce. Oh ! ils dressent des camps sur les caps de Glace pour chasser et ils ratissent les rochers qui se trouvent autour des isles pour ramasser du bois flotté, mais à cela près ils passent leur vie entière sur leurs bateaux.

— Des bateaux comme celui-ci ? demanda Meder en regardant les deux navires qui approchaient en louvoyant.

Leur coque était en peau : Sharina apercevait à travers les parois l'ossature de la coque et des hommes agenouillés là où la lumière du soleil parvenait à se faufiler.

— Ce sont des bateaux ramasseurs, répondit Nonnus en observant ces hommes avec l'apparence du calme le plus parfait. Ils s'en servent pour chasser. Les bateaux-maisons sont bien plus gros, et ils les arriment ensemble.

Il marqua une pause et sourit presque.

— Quoique je doute que vous les trouviez confortables.

Les bateaux en peau étaient assez proches pour que Sharina constate que certains des pagayeurs étaient des femmes ; tous les Flottants étaient nus jusqu'à la taille. Ils avaient les cheveux roux, et leur peau très blanche luisait de graisse. Lanières, bijoux en os et tatouages ou peintures ornaient leur corps.

De toute évidence, se vêtir par pudeur ne faisait pas partie de leur culture.

— Chaque tribu compte entre cinquante et cent bateaux-maisons, dit Nonnus.

Son javelot reposait devant lui, en travers des plats-bords. Il gardait les doigts de la main droite posés dessus comme s'il voulait seulement l'empêcher de rouler.

— C'est ce que nous voyons à l'horizon. En ces latitudes, les communautés de Flottants suivent les courants et les vents, et décrivent des cercles entre les Isles et les caps de Glace sans jamais toucher terre – à moins qu'une tempête fasse échouer un bateau ramasseur.

— Vous avez dit « chasser »..., demanda Sharina.

Elle essayait d'imiter la voix et l'attitude placide de l'ermite tout en regardant les Flottants approcher. Chaque pagayeur avait à côté de lui un harpon à la pointe d'ivoire sauvagement barbelée.

— ... mais que chassent-ils ?

— Des baleines, principalement, répondit Nonnus. Ils construisent leurs bateaux avec la peau et les côtes des baleines. D'autres animaux marins. Du bois flotté. Des marins naufragés s'ils pensent que le moment est approprié.

Le visage d'Asera devint froid ; les yeux de Meder passaient à tour de rôle de Nonnus aux bateaux ramasseurs, perdus dans de folles conjectures. L'ermite ne regarda pas directement les nobles, mais Sharina vit l'ombre d'un sourire se dessiner sur ses lèvres.

— Nous ne devrions pas avoir de problèmes. Ils savent qu'il ne faut pas s'amuser avec un Pewle. Mais laissez-moi parler.

Les bateaux arrivèrent à la hauteur de la pirogue, un de chaque côté. Ils étaient incroyablement maniables, mais Sharina remarqua qu'ils dérivaient aussi facilement que l'écume laissée par leurs pagaies. Avec leurs hauts bords et leur faible tirant d'eau, ces bateaux devaient être pratiquement impossibles à manœuvrer par grand vent. Les pagayeurs saisirent les balanciers de la pirogue pour maintenir les trois bateaux ensemble.

Les bateaux en peau et leurs équipages dégageaient une puanteur de charnier. Meder eut un haut-le-cœur et la procuratrice se couvrit le nez avec un pan de sa cape. Cette odeur donnait même le vertige à Sharina, bien que ses critères d'hygiène aient considérablement baissé depuis qu'elle avait embarqué sur la trirème.

Les Flottants enduisaient leur corps avec du blanc de baleine qui devenait rapidement rance. Au moment où ils avaient été choisis pour former l'ossature des bateaux ramasseurs, les fanons venaient d'être prélevés ; désormais, la moelle pourrissante s'ajoutait aux effluves du blanc de baleine, et à ceux des peaux à moitié traitées.

— Hé, Grosdormeur ! Ce tronc est infesté de cloportes ! lança depuis un bateau l'un des membres de l'équipage à l'homme plus âgé, à la poupe du second.

Son accent était prononcé, mais intelligible.

— C'est facile à arranger ! dit le jeune homme qui ressemblait à un ver installé à la proue du bateau de Grosdormeur.

Il souleva son harpon ; les deux derniers doigts manquaient à sa main droite. Les pagayeurs étaient d'humeur à plaisanter, mais c'était la gaieté du chat qui sait que sa proie ne peut fuir nulle part.

Nonnus se leva. Il regarda Grosdormeur en face et posa délibérément son javelot sur l'épaule, la pointe en l'air, dans son dos.

— Je demande le droit de rejoindre ta communauté, Grosdormeur ! dit-il, pour moi, mes femmes et mon fils !

— C'est un Pewle ! siffla une femme. Qu'est-ce qu'une saleté de Pewle fabrique sur un morceau de bois ?

Sharina gardait les yeux fixés sur l'autre bateau plutôt que de regarder Nonnus et le chef des Flottants. Elle savait l'ermite, malgré son apparente nonchalance, capable d'embrocher quiconque le menacerait de face ; mais même lui n'avait pas des yeux derrière la tête.

Une femme dont les seins pendaient jusqu'à la taille – et pourtant à peine plus âgée que Sharina – déplaça furtivement son harpon. Sharina toucha légèrement sa hachette pour que la lumière du soleil renvoyée par sa lame soit directement dirigée dans les yeux de la femme. La félonne potentielle poussa un grondement guttural, mais elle lâcha le harpon.

— Je demande le droit de rejoindre ta communauté ! répéta Nonnus. Je t'apporte du bois valant six hommes, nous ne sommes que quatre. Conduis-moi à ton roi, Grosdormeur – ou combats-moi, comme le veut la Loi, si tu refuses mon présent.

Sharina risqua un regard derrière elle. L'ermite avait à peine bougé, il avait seulement changé légèrement la façon dont ses genoux étaient fléchis. Il s'était cependant ramassé suffisamment pour sauter à la poupe du bateau en peau.

Grosdormeur eut un mouvement de recul visible.

— Rah ! cracha-t-il. Troisdoigts, Mangemouette, attachez des cordes à cette bûche.

— On va se casser le dos en le ramenant à la Maison, murmura Troisdoigts.

Grosdormeur l'ignora.

— Très bien, Pewle, ajouta-t-il d'une voix pleine de venin. La Loi dit que tu peux rejoindre la tribu, c'est vrai. Mais tu ne repartiras plus !

4

Le roi Carus était appuyé à la balustrade du balcon, les doigts croisés et le visage d'une gravité inhabituelle alors qu'il observait les événements depuis le point d'observation qu'il partageait avec Garric dans le rêve du jeune homme. Six femmes en robes blanches plissées, portant des coiffures blanches de tailles diverses et plus ou moins complexes faisaient face à un Carus plus jeune, assis sur son trône. Au beau milieu de l'éclat et du faste de la Cour, ces femmes si droites semblaient être des dagues de glace.

— Les abbesses des Filles Désavouées de la Dame, dit Carus en désignant la femme âgée qui menait la délégation. (Deux femmes plus jeunes avaient soutenu l'abbesse lorsqu'elle s'était avancée ; elles se tenaient maintenant prêtes à la rattraper si elle venait à trébucher.)

» Les terres sur lesquelles les temples se trouvaient n'étaient pas taxées. Mes conseillers m'avaient annoncé qu'il me faudrait changer cette coutume – ce n'était pas une loi. Cela me semblait plutôt simple.

L'abbesse se mit à parler. Il était stupéfiant qu'un corps si frêle abrite une voix et une volonté dures comme l'acier. Garric aurait préféré recevoir des coups de fouet que d'être la cible de ce froid mépris. Il observa son compagnon.

Carus eut un sourire contrit et secoua la tête.

— Bien des choses paraissent simples avant que tu y réfléchisses vraiment, mon garçon. Si les temples étaient taxés, est-ce que l'État allait s'occuper des malades, comme le faisaient les Filles Désavouées ?

Il croisa le regard de Garric. Pour le jeune homme, c'était comme voir son reflet dans une flaque en forêt, à travers les feuilles – une version de lui, distordue certes, mais de lui cependant.

— Combattre m'était naturel. J'étais doué, et les hommes me suivaient. Diriger, c'était un autre problème.

L'homme sur le trône s'agitait. De chaque côté, des hommes aux robes bordées de fourrure lui chuchotaient des mots à l'oreille. L'un d'eux tenait un parchemin comme pour protéger les yeux du jeune homme des requérantes. L'abbesse continua à parler, ses paroles résonnant comme une scie raclant la pierre.

— J'ai décidé de m'occuper du duc de Yole en employant la manière que je connaissais le mieux, dit doucement l'homme accoudé au balcon. L'écraser comme un insecte.

— Il n'y avait peut-être pas d'autre choix ? dit Garric.

Son compagnon hocha la tête.

— Peut-être pas, approuva-t-il. Mais je n'ai même pas réfléchi aux autres possibilités. J'ai choisi la voie la plus facile, et elle m'a conduit tout droit au fond des mers.

L'homme sur le trône se tenait immobile, son visage était l'expression même de la frustration. L'abbesse leva son bras osseux ; l'un des conseillers sollicita le roi en tirant doucement sur la manche bouffante de son pourpoint de Cour. Le roi poussa un hurlement de rage et se dirigea vers une porte située derrière le trône en tapant du pied.

— Je crois que cette fois nous ferons un meilleur travail en régnant sur les Isles, mon garçon. Et *j'écraserai* le duc de Yole comme un insecte.

Il éclata de son rire tonitruant habituel alors que la salle du trône se dissolvait, que le balcon se dissolvait, et que le Garric du rêve se fondait avec le jeune homme endolori qui s'éveillait sur un lit, au milieu d'une chambre éclairée par une fenêtre donnant sur l'ouest et le port sud de Carcosa.

Une pâle fumée à l'odeur âcre flottait dans l'air ensoleillé. Des charbons brûlaient dans un brasero posé à côté du lit sur un trépied de cuivre dont les pieds représentaient des paires de serpents entremêlés. Tenoctris laissait tomber des pincées d'herbes sur le feu tout en agitant sa baguette de buis dans la fumée, y dessinant des formes complexes. Elle remarqua que Garric ouvrait les yeux et lui adressa un signe de tête mais continua à chanter et à caresser l'air.

Garric était allongé sur le ventre. Il tenta de se soulever sur le coude droit.

— Ne bouge pas ! lui dit sèchement Liane.

Garric tourna brusquement la tête. On l'avait déshabillé ; Liane enduisait les entailles sur son dos et ses cuisses d'un onguent. La substance le picotait et le brûlait tout à la fois, mais elle apaisait la douleur plus perçante des plaies tel un contre-feu bloquant un dangereux incendie.

De toute manière, Strasedon n'avait pas laissé grand-chose de sa tunique. Découper ce qu'il en restait ne faisait aucune différence. Garric tourna tout de même résolument la tête vers la fenêtre et s'efforça de ne pas rougir.

On frappa vivement à la porte.

— Dame Liane ? appela une voix. Il y a là un commis de Nuzi l'apothicaire avec les remèdes que vous avez demandés.

— Oui, faites-le entrer, dit Liane tandis que ses doigts fermes continuaient à soigner Garric. Je ne peux sortir des pièces tout de suite, payez-le et mettez la somme sur mon compte. Je la réglerai en même temps que ma note.

L'hôtesse du *Repos du Capitaine* entra avec un paquet enveloppé de papier huilé. Un jeune garçon boutonneux d'à peu près douze ans observa Garric depuis la porte avant d'être chassé par la femme en colère. Le lit habituel de Garric était dans la salle commune ; celui où il se trouvait était dans l'un des appartements privés du premier étage de l'auberge. À en juger par sa taille et sa situation, c'était probablement le meilleur de l'établissement.

— Ah…, dit Garric en croisant de nouveau le regard de Liane. (Il supposa que son père pourrait lui envoyer de l'argent si nécessaire…) Sais-tu combien cela va coûter ?

— Cela t'a presque coûté la vie ! répondit sauvagement la jeune fille. Maintenant ne bouge plus !

Garric cligna des yeux avant de comprendre que Liane était en colère contre elle-même et non contre lui. Il n'avait rien dit, mais ses muscles s'étaient crispés lorsqu'elle lui avait parlé de cette façon.

— Je suis désolée, murmura Liane.

Des larmes se mirent à couler le long de ses joues. Elle continua à prélever de l'onguent dans un pot de grès et s'échina à le faire pénétrer au lieu de seulement en enduire la peau de Garric.

— Oh ! Dame, aide-moi, je suis tellement désolée. Tout est ma faute. J'aurais dû l'arrêter…

Elle tomba à genoux à côté du lit comme si ses jambes ne pouvaient plus la porter. Elle joignit ses mains rendues luisantes par l'onguent.

— Mais c'était mon père ! Il a dit qu'il avait besoin de mon aide car il n'avait personne d'autre à qui faire confiance !

— N'importe qui aurait fait la même chose, murmura Garric en joignant lui aussi les mains et en regardant de nouveau par la fenêtre. Je l'aurais fait si mon père me l'avait demandé.

Mais Reise, contrairement au père de Liane, n'était pas orgueilleux. Benlo avait été encore pire que cela : il avait agi comme un homme qui n'hésitait pas à mettre sa fille en danger seulement parce qu'il l'avait à disposition.

Tenoctris acheva son chant. Elle posa un couvercle ouvragé sur le brasero avec un soupir et alla s'asseoir sur le rebord de la fenêtre. De la sueur perlait sur son front. Quoi qu'elle ait fait, cela impliquait davantage que de tracer des cercles avec une branchette, même si l'on ne voyait rien d'autre. L'esprit de Garric était alerte, mais il se sentait détaché de son corps : il avait conscience de la douleur, mais ne la *sentait* pas réellement.

Il sourit à Tenoctris.

— Je croyais vous avoir entendue dire qu'il était trop dangereux d'utiliser l'athamé de Benlo ?

Elle lui sourit en retour.

— Trop dangereux pour la magie, certainement. En tant que dague, il s'est révélé très utile.

Tenoctris toucha des doigts de sa main gauche la paume de son autre main, celle qui avait poignardé le démon.

— Je vis toutes sortes d'expériences dont je ne rêvais même pas à mon époque.

Liane remplit une tasse en étain avec le pichet d'eau posé sur la table de toilette et y ajouta une poudre prise dans les paquets de l'apothicaire. Elle posa le récipient sur le couvercle du brasero pour qu'il chauffe.

Lorsqu'elle remarqua que Garric l'observait, elle dit :

— C'est de l'extrait de laitue, une petite dose. Cela t'aidera à dormir. (Sans doute parce qu'il ne réagissait pas, elle ajouta, sur la défensive :) Je suis parfaitement compétente pour te soigner ! Les Filles nous ont enseigné tout à la fois la médecine et la chirurgie.

Garric sourit. Liane se rembrunit ; la jeune fille pensait qu'il se moquait de ses prétentions. Il dit rapidement :

— Les Filles Désavouées de la Dame, oui, tu me l'avais dit. Sais-tu si elles paient un impôt au comte de Sandrakkan ?

— Quoi ? demanda Liane. (Elle était aussi troublée que s'il lui avait demandé quels vêtements portaient les habitants de la Lune.) Je n'en ai vraiment aucune idée.

Elle joua avec le tissu sur lequel elle s'était essuyé les mains. C'était un morceau de la tunique de Garric. Il se demanda s'il pouvait mettre quelque chose, mais décida de ne rien dire pour ne pas attirer l'attention sur le fait qu'il était nu comme un ver.

— Mon père avait suffisamment d'argent, dit Liane en regardant le bout de tissu. Plus qu'assez pour mon dessein.

Elle regarda Garric. Son visage s'était durci et elle s'exprimait d'un ton sec.

— J'ai pris les dispositions nécessaires pour que mon père soit embaumé ici. Je le ramènerai à Erdin ; le tombeau nous y appartient encore, il me le répétait souvent. Il sera à côté de ma mère. C'est ce qu'il aurait voulu.

Garric acquiesça, évitant le regard de la jeune fille. Elle avait vu son père se faire tuer ; il était déjà suffisamment choquant de contempler après coup son corps étripé. Il ignorait s'il lui fallait parler. Il ignorait certainement quoi *dire*.

— Je ramènerai le troupeau, comme il s'y était engagé, dit Liane avant de poursuivre farouchement, avec froideur. Je découvrirai qui a envoyé mon père ici. Et j'apprendrai pourquoi mon père est mort !

Tenoctris observait la jeune fille. Si le visage de la vieille femme n'était jamais fermé, il était impossible de deviner ce que son léger sourire cachait.

— Les gardes de mon père m'ont abandonnée, dit Liane. Je ne les en blâme pas particulièrement et dans tous les cas c'est leur droit. J'aimerais vous engager pour m'accompagner, maître Garric. Vous pouvez fixer votre propre salaire.

Les larmes coulaient de nouveau le long de ses joues. Elle les ignora un moment, le visage plus rigide qu'une statue de marbre ; puis elle s'essuya le visage de son bras libre en un mouvement délibérément exagéré.

— Mademoiselle…, dit Garric.

— Je ne vous apprendrai pas à quel point il est dangereux de rester près de moi, dit Liane avec dureté.

Elle leva le bras pour s'essuyer de nouveau les yeux, avant de finalement se couvrir le visage des deux mains et de sangloter ouvertement.

— Ilna sait ce qui est arrivé ? demanda Garric à Tenoctris en baissant légèrement la voix.

Une part de lui souhaitait aider Liane, mais son village était déjà très loin, et songer à ce qu'Ilna dirait s'il s'éloignait encore le mettait mal à l'aise.

Les deux femmes échangèrent un regard que Garric ne parvint pas à déchiffrer.

— Ilna nous a suivis dans le tombeau, Garric, dit Tenoctris avec calme. On ne l'a pas vue depuis… la nuit dernière. J'ai fait une sorte de recherche, pas complète car je m'occupais de tes blessures, mais suffisante.

— Je suis vraiment désolée, Garric, dit Liane. (Elle se tordit les mains.) Ton amie est peut-être morte.

L'esprit de Garric tentait d'appréhender cette idée. Comme si on lui avait annoncé que l'auberge et toute sa famille avec avaient coulé sous les flots. Il ne dit rien.

Tenoctris tendit à Garric la tasse qu'elle venait de prendre sur le brasero. Il but machinalement le liquide amer puis posa le récipient vide sur le sol près de lui.

Tout était en train de changer.

— Je crois que j'aimerais être seul un moment, dit Garric sans regarder autour de lui.

Les deux femmes quittèrent la pièce en silence. Il les entendit chuchoter tandis que la porte se refermait sur elles.

Garric se mit à pleurer.

5

Jacassant et voûtés comme des crabes, les marins sérians montaient en titubant la passerelle qui menait à la proue du *Dragon-Doré*. Chacun d'entre eux portait sur le dos un coffre qui était, Cashel en était persuadé, une charge pour au moins deux hommes. Les marins ne semblaient pas aussi robustes ou bien nourris que Jen et Frasa – et même les deux nobles sérians étaient minces selon les critères de Barca.

— Ce sont des gars robustes, dit Cashel à la pixie en gravissant pesamment la passerelle qui ployait nettement sous le poids conjugué du jeune homme et des deux coffres qu'il portait, un sur chaque épaule. C'est dur de croire qu'ils soient si forts, on dirait qu'ils pourraient s'envoler, avec un bon coup de vent, ajouta-t-il.

Mellie rit au-dessus de lui. La pixie pesait très légèrement dans ses cheveux, comme si une de ses mèches était soulevée par le vent.

— Oh oui, très forts, dit-elle.

Mais il sembla à Cashel qu'elle se moquait de lui.

Le *Dragon-Doré* disposait de sept cales transversales, complètement séparées les unes des autres. Avec une telle construction, il était difficile de rééquilibrer le bateau une fois en mer, mais elle rendait également le vaisseau extrêmement solide et apte à naviguer. Un trou sous la ligne de flottaison ne remplirait qu'une cale, préservant une flottabilité plus que suffisante.

Le capitaine du bateau était, tout comme ses hommes, vêtu d'un pagne, mais il portait une ceinture de soie rouge pour indiquer son rang. Le marin qui précédait Cashel entreprit de déposer son fardeau dans une cale vide. Le capitaine lui adressa de furieuses imprécations en agitant l'aiguille d'une grande pastenague qu'il utilisait en guise de canne. Il poussa l'homme vers la dernière cale à la poupe du navire.

Le capitaine reporta son attention sur le porteur suivant : Cashel. Le ton du Sérian changea en plein milieu de sa phrase, même si Cashel n'en comprenait bien entendu pas un mot. En s'inclinant, le capitaine dirigea le jeune homme vers la cale la plus proche.

Une paire de marins tendait une bâche au-dessus de cette cale. Un troisième homme les suivait et arrimait les piquets avec des cordes tressées à partir de l'écorce de quelque plante fibreuse.

Cashel s'agenouilla. Les marins dans la cale s'emparèrent des deux coffres et les posèrent en travers des autres. Ils lui adressèrent de grands sourires, mais à cause du « rat-tat-tat » saccadé de leur langue il pensait – à tort il le savait – qu'ils lui étaient hostiles.

Des lanternes de papier se balançaient sur l'espar principal, jetant des ombres tordues tandis que Cashel se relevait en soufflant bruyamment. Deux coffres représentaient une lourde charge, même s'il ne l'aurait jamais admis. Il gravit les six étroites marches qui menaient au gaillard d'arrière, sur lequel une passerelle en corde reliait le navire au bras du quai qui touchait le rivage.

La coque du *Dragon-Doré* était entièrement dédiée aux marchandises. Les trois cabines exiguës étaient disposées en un U rectangulaire autour de la poupe : leurs toits constituaient le gaillard d'arrière sur lequel se tenaient Jen et Frasa qui observaient le chargement des marchandises sans le superviser. Une yole était suspendue à une plate-forme, à l'arrière du navire.

Les frères avaient embarqué la Déesse de Miséricorde et ses deux protecteurs en trois précautionneux voyages et les avaient installés dans la cabine centrale. Une fois cela accompli, les deux frères ne prirent plus part aux opérations. Ils adressèrent un signe de tête à Cashel quand il passa à côté d'eux. Il supposa que les marins dormaient sur le pont lorsque le *Dragon-Doré* était en mer ; que les officiers en fassent de même ne l'aurait pas surpris.

Les Hauts-Terriens étaient fascinés par l'agitation autour d'eux, mais n'y prenaient pas plus part que Frasa ou Jen. À poids égal, les petits hommes étaient probablement aussi forts que n'importe qui dans l'enceinte, Cashel y compris. Ils se donnèrent de petits coups de coude et se mirent à rire quand Cashel passa devant eux avec Mellie, revenue à sa place habituelle sur l'épaule du jeune homme.

— Ils ne pourraient pas aider ? lui chuchota-t-il.

Il savait que plusieurs Hauts-Terriens montaient la garde dans l'entrée du bâtiment, mais les autres membres du groupe étaient joyeusement oisifs alors que tous autour d'eux s'activaient.

— Pourquoi le feraient-ils ? demanda Mellie. Et pourquoi travailles-tu si dur ?

— Quoi ? (La question même le surprenait.) Eh bien ! les gens travaillent, Mellie.

— Je ne travaille pas, dit la pixie. Eux non plus.

Elle enfonça les pouces dans ses oreilles et agita les doigts en direction d'un Haut-Terrien dont la lèvre supérieure était traversée d'une pointe de bois de quinze centimètres. Une swastika était tatouée sur la peau blanche de sa joue droite, et un soleil sur la gauche. Le grotesque petit gnome rit si fort qu'il tomba en arrière en se tenant les côtes.

Cashel attendit que trois marins aient traversé la cour, ployant sous leur fardeau ; elle était presque vide. Il se dirigea vers l'entrepôt, mais le secrétaire l'arrêta à la porte en agitant les bras. Le Sérian ne parlait que sa propre langue — ou, en tout cas, pas celle d'Haft – mais ses gestes et un coup d'œil derrière lui convainquirent Cashel que le bâtiment avait déjà été vidé.

Le jeune homme fit demi-tour pour ramasser le dernier coffre de la cour. Aux yeux de Cashel, les Sérians s'activaient en tous sens avec un total manque de coordination. C'était peut-être le cas, mais le travail était fait. Avoir dans son champ pendant les moissons un groupe de ces hommes qui ne cessaient jamais de parler ou de s'agiter aurait rendu fou n'importe qui, mais Cashel supposait que le foin serait tout de même rentré.

— Cashel, dit Mellie de la voix monocorde qu'elle employait lorsqu'elle ne plaisantait pas. Il est temps de partir. Ils vont entrer.

— Hein ?

À l'autre bout du bâtiment, le bois céda. Le secrétaire se précipita en courant sur le quai en poussant des cris affolés. Un autre impact fit voler ce qui restait de la porte contre les murs intérieurs. La foule s'était vraisemblablement procuré un vrai bélier car il n'y avait eu ni coups de hache, ni délai : ils l'avaient pulvérisée en deux coups.

Cashel avait laissé son bâton contre le mur du fond de la cour, près de la porte. Il le repéra, puis ramassa le coffre restant, la main droite sur la poignée arrière et la gauche sous le bois dense, un peu en avant du centre. Il contenait probablement de la poterie, mais cela n'avait pas vraiment d'importance.

Les derniers marins quittèrent la cour à la suite du secrétaire. Des cris triomphants résonnèrent à l'intérieur du bâtiment, suivis par des claquements de cordes d'arcs et des cris haut perchés.

— Oh, Cashel ! dit la pixie.

Étrange, il l'entendait très clairement au milieu de ce chaos assourdissant.

Trois Hauts-Terriens sortirent du bâtiment en courant, les jambes arquées. Le quatrième traînait quelques pas derrière eux. Le sang coulait d'une plaie à sa cuisse et il avait à la main une oreille, elle aussi ruisselante de sang. Cashel prit appui sur son pied droit et prépara son lancer.

L'entrée se remplit d'hommes de Carcosa, des voyous semblables à ceux que Cashel avait affrontés lorsqu'il avait rencontré Jen et Frasa. Plusieurs des gardes de Themo les suivaient de près, ralentis par leurs armures encombrantes. Cashel lança le coffre en gardant les bras tendus, comme s'il lançait une pierre pour la fête des moissons.

Il ignorait combien pesait le projectile ; dans les cent kilos, estima-t-il, assez pour qu'en le lançant il pivote jusqu'à faire face à l'entrée.

Le coffre de bois percuta les hommes à la hauteur de la gorge. Des os se disloquèrent, mais pas le projectile : il était encore en un seul morceau quand il disparut derrière une forêt virevoltante de membres pour atteindre le cœur de la foule où tous se croyaient à l'abri. Ceux qui s'étaient trouvés sur son chemin n'étaient pas en aussi bon état.

Cashel courut vers la passerelle à la proue du navire, récupérant son bâton au passage. Il n'était pas rapide, mais se déplaçait suffisamment vite une fois lancé. Des lanternes se balançaient à des poteaux le long du quai. Tous les marins sérians étaient à bord du *Dragon-Doré*, mais plusieurs Hauts-Terriens attendaient encore.

Lorsque Cashel franchit le portail, les hommes tirèrent des flèches derrière lui, en direction de la cour. « Vlan ! », un projectile rencontra le bouclier d'un des gardes, mais les cris des voyous sans protection indiquaient que d'autres avaient atteint des cibles plus vulnérables.

— Baisse-toi ! s'écria Mellie.

Cashel se plia en deux tout en courant. Une flèche siffla, assez près pour ébouriffer ses cheveux courts. L'archer était un Haut-Terrien qui se tenait les jambes enroulées autour de l'espar principal, au sommet du mât. Mellie avait dit qu'ils n'étaient pas très bons tireurs…

En temps normal, un navire à voiles sortait du port avec l'aide de remorqueurs à rames, ce qui était hors de question ce soir. Des marins écartaient le *Dragon-Doré* du quai, poussant sur le côté gauche à l'aide de perches afin que le navire ait la place de reculer grâce à ses quatre grands avirons de queue. La passerelle reliant l'embarcadère à la proue du navire était encore en place. Les hommes des Hautes-Terres l'escaladèrent tels des singes en pleine course.

Cashel fit volte-face au pied de la passerelle.

— Mellie, ma chère, tu ferais mieux de te mettre à l'abri, dit-il sans s'attendre qu'elle l'écoute.

Les lanternes se balançaient au-dessus de sa tête, éclairant la scène d'une douce et irréelle lumière pastel.

Il y avait peut-être un millier d'émeutiers rue du Port, mais seul un petit nombre d'entre eux avait traversé le bâtiment et franchi la cour. Cashel entendit le tumulte du saccage à l'intérieur : les meubles et les fenêtres, supposa-t-il. Toute la marchandise avait été embarquée, à l'exception du coffre qui lui avait servi de projectile.

Les premiers hommes à passer sous la voûte du portail furent des gardes de Themo, et même eux avancèrent avec précaution. Leurs boucliers les protégeaient des petits arcs, mais ceux qui s'étaient retrouvés sur la trajectoire du coffre lancé par Cashel devraient soigner leurs côtes fêlées, voire pis encore.

— Par ici ! hurla l'un des hommes par-dessus son épaule. Voilà le butin ! Les adorateurs de démons se cachent ici !

Ils avancèrent de biais, cachés derrière leurs boucliers. Et un autre garde et une dizaine de civils – l'un d'eux ayant tout le côté gauche taché par un sang qui ne pouvait être le sien – coururent les rejoindre. De la lumière perça au premier étage, à travers les fenêtres. Les émeutiers étaient parvenus à mettre le feu au bureau.

Quelques flèches sifflèrent en direction des émeutiers, mais les hommes des Hautes-Terres étaient davantage des chasseurs que des soldats. Leurs carquois, de minces tubes de bambou, ne contenaient que trois ou quatre flèches.

Cashel attendait sans parler, se concentrant uniquement sur les mouvements. Les visages n'avaient plus d'importance. D'autres émeutiers sortirent à vive allure de la cour.

Les gardes brandissaient des épées.

— Attrapons-le ! cria l'un d'eux en désignant Cashel.

Un autre garde chargea, le bouclier levé pour protéger sa tête. Cashel balança son bâton et frappa les chevilles du garde, lui balayant les deux jambes.

L'homme heurta l'allée en hurlant de douleur, les articulations broyées. Son casque tomba et son bouclier rebondit sur le sol. Le troisième garde était arrivé quelques secondes plus tard. Il se prit dans les jambes de son camarade et tomba en avant. Cashel le frappa à l'arrière de la tête avec le bout de son bâton tout en changeant sa prise pour tenir l'arme par le milieu.

Il se mit à faire tournoyer le bâton, croisant les poignets à chaque rotation. Il observait la foule à travers ce tourbillon de bois, sans rien dire.

Un autre garde en armure avait rejoint le survivant du groupe qui s'était précipité vers la passerelle, mais il boitait et ne semblait pas vouloir se mesurer à l'homme qui avait lancé ce coffre. Plusieurs dizaines de civils, y compris des femmes, se trouvaient maintenant sur le quai ; d'autres arrivaient à chaque instant tandis que le feu se propageait dans le bâtiment derrière eux.

L'un d'eux jeta une pierre ; le bâton de Cashel la repoussa, elle ne l'aurait de toute façon pas touché. La plupart des civils étaient armés de massues ou de barres d'acier, même si certains avaient des épées. Les émeutiers n'avaient pas apporté de projectiles dans l'usine, et la cour, en terre battue, ne pouvait leur en fournir.

Cashel risqua un regard par-dessus son épaule. Le navire était lourdement chargé, et les marins éprouvaient des difficultés à l'éloigner du quai. Une lanterne fut lancée.

Le papier s'embrasa et l'huile se répandit sur le bois en une coulée de flammes.

Cashel faisait tourner son bâton. Tout le reste s'arrêta dans son esprit. Des flammes bleues dansaient autour des viroles, froides comme le givre qui enveloppe les branches en hiver.

Le bâton tournait plus vite. Les bras de Cashel ne pouvaient plus le suivre, et pourtant ils le faisaient... Un vent soufflait, sifflait, rugissait.

Le *Dragon-Doré* s'écarta brusquement du quai. La passerelle s'effondra sous les pieds de Cashel et tomba dans l'eau du port. Il était toujours debout et son bâton tournait. Les viroles traçaient un cercle bleu et incandescent au-delà duquel les émeutiers poussaient des cris horrifiés.

— Saute ! s'écria Mellie.

Cashel sauta en arrière par-dessus la proue du *Dragon-Doré*. Il vint s'écraser sur le pont. Le navire trembla sous lui tout en continuant à s'éloigner de la berge. Cashel était allongé sur le ventre. Il était si épuisé que les muscles de sa poitrine le lançaient quand il respirait.

Les marins sérians glissaient les longs avirons de queue dans les tolets fixés sur la batayole tandis que le capitaine hurlait et les frappait de son aiguille de pastenague. La foule sur le quai se rassembla de nouveau autour du portail de la fabrique, trop effrayée pour s'inquiéter d'un bâtiment entièrement envahi par les flammes, et qui projetterait vraisemblablement des débris enflammés en tous sens quand il s'écroulerait.

— Tu es si fort, Cashel ! gazouilla Mellie en lui cajolant l'oreille.

Des couinements retentirent, semblables à ceux d'un cochon qu'on égorge. Un des émeutiers était monté à bord du *Dragon-Doré*. Plusieurs Hauts-Terriens clouèrent en riant l'homme au sol tandis qu'un autre lui tranchait la gorge avec un couteau en os.

Cashel serra son bâton en prenant de grandes inspirations et il laissa l'oubli le recouvrir de ténèbres que des flammes bleues éclairaient par intermittence.

6

Tant que Sharina retenait sa respiration, la chose la plus stupéfiante dans le village des Flottants restait l'iceberg qui se dressait en son milieu. La glace étincelait au soleil tel un immense joyau serti dans un chaton de bateaux ; les bateaux-maisons des Flottants, pourtant impressionnants, semblaient petits comparés à cette montagne de glace.

Quand il lui fallait respirer, en revanche, c'était l'odeur qui lui faisait la plus forte impression.

— J'imagine que je m'y ferai, murmura-t-elle.

C'était l'idée la plus effrayante.

Les quatre insulaires se trouvaient au fond du bateau de Grosdormeur. Nonnus et Sharina étaient accroupis côte à côte et regardaient vers l'avant. Les nobles se tenaient juste en face d'eux, dos à la proue, si proches que les genoux d'Asera touchaient presque ceux de Sharina.

Dès que les bateaux ramasseurs avaient atteint le village, l'équipage de Grosdormeur avait amarré la pirogue à son propre bateau-maison, l'un des soixante ou quatre-vingts vaisseaux identiques attachés les uns aux autres par de longues cordes autour de l'iceberg. Puis les bateaux ramasseurs, avec à leur bord tous les adultes en bonne santé de la famille, se dirigèrent vers les deux bateaux-maisons attachés ensemble à la manière d'un catamaran, quatre cents mètres à l'intérieur du cercle.

— Où nous emmènent-ils maintenant ? demanda Meder.

Il n'ajoutait plus « mon brave » lorsqu'il adressait une question à Nonnus. Sharina ignorait si ce changement d'attitude était dû à une réévaluation des talents de l'ermite ou tout simplement à la peur.

— À la résidence royale, dit Nonnus en désignant le double vaisseau d'un signe de tête. Le roi y vit avec sa famille et sa garde. Il y a un pont entre les deux coques, sur lequel les citoyens se rassemblent pour tenir conseil.

— Des citoyens ? demanda Sharina.

— Si vous pouvez faire partie de l'équipage d'un bateau ramasseur, expliqua l'ermite, vous êtes un citoyen. Sinon, vous êtes la propriété de quiconque choisit de vous nourrir. Et si personne ne veut prendre cette responsabilité... eh bien ! la mer est vaste.

Les insulaires étaient montés à bord du bateau-maison de Grosdormeur tandis que les Flottants y arrimaient la pirogue. Sharina avait eu un aperçu du reste de la famille, une vingtaine d'enfants prépubères et six adultes âgés – dont cinq femmes – qui avaient observé les insulaires bouche bée avec un mélange d'émerveillement et de dégoût. Les enfants s'étaient cachés pour éviter le regard des étrangers.

Un petit garçon se balançait à l'extérieur de la coque. Il disparaissait derrière le bord du petit bâtiment chaque fois que Sharina regardait dans sa direction et sortait la tête par-dessus le plat-bord dès que le regard de la jeune fille était passé. Ses orteils trempaient sûrement dans l'eau, mais la mer ne semblait pas préoccuper les Flottants, quel que soit leur âge.

Troisdoigts se tenait à la proue du bateau de Grosdormeur, dont il était apparemment le fils, mais Sharina suspectait que la parenté devait représenter une question compliquée chez les Flottants.

À intervalles réguliers, à peu près tous les vingt coups de rames, Troisdoigts soufflait dans la coquille torsadée d'une ammonite ; déroulée, elle aurait mesuré plus de deux mètres de long. Les rayons du soleil se reflétaient sur la surface du coquillage en une douce irisation qui aurait dû être ravissante ; cela ébranlait pourtant Sharina de la même façon que la puanteur du village.

Nonnus lui aussi contemplait la corne.

— Il se dit que les Flottants vénèrent les grands dieux des profondeurs, confia l'ermite, sa voix n'étant guère plus qu'un chuchotement. Mais il se dit également beaucoup de choses sur les Pewles.

Il sourit, assailli de tristes souvenirs.

— J'ai appris que la vérité est généralement suffisamment difficile.

Meder écoutait les paroles de l'ermite tout en observant son nouvel environnement avec un vif intérêt. La procuratrice était au contraire assise dans un coin sans dire un mot, trop misérable pour que son visage ait la moindre expression. Sharina constata avec stupeur à quel point Asera avait maigri depuis son arrivée à Barca. Le changement n'avait pas été évident avant que Sharina la voie pour la première fois depuis longtemps au milieu d'autres personnes.

L'iceberg était une masse incongrue qui dominait le village flottant. Selon l'angle de la lumière, ses facettes luisaient d'un éclat bleu, blanc ou vert.

Nonnus suivit le regard de Sharina en direction de l'iceberg.

— La nourriture n'est pas un problème, en mer, expliqua-t-il. L'eau douce peut en être un. Tu ne peux pas compter sur l'eau de pluie et, de plus, elle est difficile à stocker.

Il désigna la glace.

— Chaque printemps, les glaciers des caps de Glace donnent naissance à des icebergs. Ils suivent les mêmes vents et les mêmes courants que les Flottants. Un village encercle un iceberg pendant un an ou plus, puis l'iceberg fond assez pour se briser. Alors ils en trouvent un autre.

— Les icebergs sont faits *d'eau douce* ? dit Sharina. Oh ! j'imagine que oui, s'ils viennent de la terre.

— Il est rare qu'une tribu ait à parcourir plus de un kilomètre, poursuivit Nonnus. Mais parfois on peut voir tout un village pagayer en pleine mer parce qu'ils ont attendu trop longtemps avant de changer. C'est un spectacle à voir.

Des cornes mugirent sur le catamaran royal. Des Flottants quittèrent les autres bateaux-maisons pour se diriger vers la résidence royale dans des bateaux ramasseurs et d'étranges petites embarcations. Il s'agissait de vessies en peau avec d'un côté un balancier en os de baleine. Le passager chevauchait la vessie comme un cheval et se propulsait avec des pagaies à deux bouts. La mer pullulait de vaisseaux dont personne sur Haft n'aurait rêvé.

— Ils vont tenir une palabre, dit Nonnus.

L'ermite parlait doucement, mais sa main gauche caressait légèrement la hampe de son javelot. Qui le connaissait suffisamment bien – Sharina en l'occurrence – savait y reconnaître un signe de tension.

— Il y aura une discussion à notre sujet, pas très longue. Ils débattront ensuite de la manière de diviser le tronc, ce qui, en revanche, peut prendre la nuit.

Le bateau en peau bougeait comme s'il était vivant, et de mauvaise humeur. La structure de l'embarcation était composée d'un assemblage de côtes de baleine fixées et attachées ensemble avec des tendons. Le revêtement de la coque était en peau de baleine, cousue à l'intérieur avec des joints debout ; jamais une aiguille ne traversait complètement la coque. Les coutures étaient cependant calfatées par de l'épaisse graisse, sans doute tirée d'une vessie de baleine.

Sharina trouvait étrange d'être à bord d'un bateau propulsé par des pagayeurs tournés vers l'avant, et non vers la poupe. Les hauts côtés lui donnaient le sentiment d'être piégée plutôt que protégée ; elle n'aimait pas la façon dont le bateau se pliait, et elle n'aimait *vraiment* pas du tout son odeur.

Mais elle concevait que ces embarcations puissent traverser des tempêtes qui auraient renversé n'importe quel bateau en bois : ils flottaient comme de l'huile. Il le fallait, pour survivre aux hivers sous ces latitudes.

Le bateau de Grosdormeur vint se glisser à côté de la résidence royale et s'arrêta en un rapide tourbillon de toutes ses pagaies. Sharina n'avait pas entendu un seul ordre pendant les quatre cents mètres du trajet : les signaux que Troisdoigts avait soufflés dans sa corne étaient adressés au village, pas à l'équipage de son propre bateau. Les pagayeurs ramaient en rythme sans ordre extérieur.

Sharina songea aux bancs de poissons, aux vols de pigeons, des centaines, voire des milliers, d'individus agissant comme un seul sans adresser de signaux visibles. Et la Dame savait que, pour autant que Sharina puisse en juger, ces hommes ressemblaient à des bêtes par d'autres aspects.

Des Flottants étaient alignés le long du plat-bord du catamaran. La famille de Grosdormeur sauta à son bord, harpons à la main ; ils se firent bousculer par l'entourage du roi, et les bousculèrent eux aussi. Une femme tomba à l'eau, remonta à la surface et se hissa sur le catamaran en un mouvement qui évoqua à Sharina le saut d'un marsouin.

— Hé ! tonna Grosdormeur. Toi ! Attache le bateau ! Que quelqu'un l'attache !

Ses proches l'ignorèrent. Grosdormeur, plus lourd que ses cadets, se hissa avec difficulté par-dessus le plat-bord du catamaran. Nonnus adressa un sourire plein d'ironie à Sharina. Il se dirigea vers la proue à grandes enjambées et enroula l'amarre autour de l'une des pointes saillantes de la coque du bateau-maison.

La corde était en réalité une seule pièce de cuir et non plusieurs brins tressés. Le cuir à moitié traité était suffisamment raide et épais pour faire saillir les muscles des avant-bras de l'ermite lorsqu'il noua la corde.

— Que feraient-ils si leur bateau partait à la dérive ? demanda Sharina.

— Ils nageraient pour le rattraper, dit Nonnus en haussant les épaules. Les Flottants peuvent à peu près tout faire, dans l'eau. Sur terre, j'imagine qu'à poids égal ils feraient un aussi bon fertilisant que des tripes de phoque.

Il grimaça en songeant à ce qu'il venait de dire.

— Excuse-moi, mon enfant, murmura-t-il. Je me retrouve sur les lieux de ma jeunesse, et je parle comme lorsque j'étais jeune et stupide.

Si la troupe de Grosdormeur laissa les insulaires derrière elle sans un regard – ils ne l'intriguaient plus –, une partie de l'entourage du roi s'amassa sur le côté du navire pour observer ces étrangers.

Les hommes s'intéressaient bruyamment à Sharina. Son visage se durcit. Elle avait tenu le bar pendant les foires aux moutons, alors que le hameau accueillait un grand nombre de visiteurs, mais Reise dirigeait un établissement respectable. Si un conducteur buvait trop pour s'en souvenir, Garric et quelques voisins étaient là pour s'en charger.

Ici, elle avait Nonnus.

L'ermite sauta d'un bond sur le bastingage du bateau-maison.

— Faites place pour mes femmes ! rugit-il en faisant tournoyer son javelot au-dessus de sa tête, entre le pouce et deux doigts de sa main gauche. Faites place pour mon fils !

Les Flottants répondirent par une réaction de colère pendant un bref instant. Nonnus frappa du pied droit, puis du gauche, puis de nouveau du droit. De dos, il semblait exécuter une danse complexe. D'une certaine manière, c'est ce qu'il faisait : chaque fois qu'il lançait le pied, son talon calleux frappait l'un des Flottants au front et le projetait loin du bastingage.

— Venez ! lança sèchement Sharina à Asera et à Meder. (Elle laissa sa hachette retomber dans la boucle de sa ceinture, puis aida et tira tout à la fois la procuratrice sur le bastingage du bateau ramasseur.) Nonnus, nous arrivons !

Le vent était léger, et le bateau ramasseur était protégé par la haute résidence flottante. Sharina poussa Asera vers le plat-bord du bateau-maison, tandis que la procuratrice maugréait. Nonnus se pencha et fit passer Asera par-dessus le bastingage, la déposant à ses pieds sur le grand navire. Sharina et lui n'auraient pas fait mieux en s'entraînant pour exécuter cette manœuvre.

Meder grimpa tout seul et roula par-dessus le bastingage. Il était maladroit, mais s'épargnait au moins l'affront d'être lancé comme un sac de grains.

Sharina savait qu'elle n'avait pas l'équilibre de l'ermite, mais elle était jeune, fière et galvanisée par les circonstances. Elle sauta sur le bastingage à côté de Nonnus, y resta un instant en équilibre et sauta au fond du bateau-maison sans un faux pas. Nonnus laissa échapper un petit rire du fond de sa gorge et descendit le long de la charpente comme s'il s'agissait de marches un peu raides, au lieu de s'élancer comme elle l'avait fait.

Une quarantaine de Flottants se pressèrent autour des insulaires. Assis ou à genoux dans leurs bateaux, les Flottants étaient bâtis comme des dieux : ils étaient larges de poitrine, et des muscles noueux saillaient le long de leurs bras et de leur gorge.

Debout, leurs membres inférieurs rachitiques donnaient aux Flottants une allure difforme, cauchemardesque. Ils marchaient en traînant les pieds tels des singes descendus des arbres. La longueur d'un bateau-maison était la distance la plus longue que leurs jambes aient jamais parcourue.

— Amenez-les ici ! cria un homme depuis la plate-forme reliant les deux coques. Ne faites pas les idiots avec eux ! C'est à moi de les juger !

— Vous avez entendu le roi, dit Nonnus aux Flottants avec un sourire sans joie.

Il balaya devant lui du bout de son javelot pour se frayer un chemin.

— Restez près de moi, chuchota-t-il à ses compagnons en se dirigeant à grands pas vers la plate-forme.

Les bateaux-maisons étaient des cuvettes aux bords arrondis, mesurant une trentaine de mètres de longueur sur douze de large. Proue et poupe étaient recouvertes d'une avancée de peau de baleine sur une structure en os, le même type de construction que le reste du navire. Les portions couvertes étaient des cavernes fétides, répugnantes, même selon les critères des Flottants.

Le puits à ciel ouvert — au milieu du navire – n'était guère mieux. Le fond du navire n'était pas couvert, et aucun moyen d'en aspirer l'eau n'avait été prévu. La vermine grouillait dans la boue. Les quatre insulaires traversèrent sur les montants saillants de la structure, mais les Flottants pataugèrent sans tenir compte de ce qu'ils avaient sous leurs pieds.

— Tout cela n'est que pure folie ! marmonna Asera.

— C'est ce à quoi la magie nous a conduits ! répliqua Sharina.

Nonnus ne dit rien et continua à avancer, le torse bombé et le javelot brandi devant lui en guise de butoir, mais ses lèvres s'étirèrent en un mince sourire.

La structure du bateau était composée d'une masse de triangles sans barres dans le sens de la longueur. Elle se déformait même avec cette mer relativement calme, mais ne se briserait pas dans la plus violente des tempêtes. La coque en peau était robuste, et les tendons faisant office de joints pouvaient se tordre quand une coque en bois subirait fissures et fuites.

Un plancher carré de douze mètres de côté, dont la charpente en os était recouverte de deux couches de peau, reliait les plats-bords des deux bateaux. Le franc-bord des navires ne dépassait pas un mètre cinquante, donc, même par temps calme comme ce jour-là, les vagues battaient le fond de la plate-forme ou balayaient sa surface alors que les bateaux montaient et descendaient selon des cycles différents. Les nombreux Flottants qui attendaient déjà sur la plate-forme, debout ou à genoux, ignoraient les vagues.

Nonnus aida ses protégés à monter sur cette surface mouvante puis les suivit d'un mouvement à mi-chemin entre un saut et un balancement agile du bas du corps. Sharina savait que l'ermite était presque aussi âgé que la procuratrice, mais nul ne l'aurait deviné à sa façon de bouger.

L'homme assis sur un trône en ivoire de morse et en nacre était lourd sans être gros, et plus âgé que la plupart des Flottants sur la plate-forme. Six jeunes hommes en bonne condition flanquaient le trône. Ils portaient des calottes en peau de loup de mer et de grands boucliers étroits faits du même matériau. L'un d'entre eux possédait un coutelas en acier en plus du harpon à pointe d'ivoire qui semblait être le signe distinctif des Flottants.

— Ils appellent ces gardes les fils du roi, chuchota Nonnus à l'oreille de Sharina. Ceux-là sont vraiment ses enfants, mais ce n'est pas obligatoire.

La vieille femme agenouillée près du trône observa les insulaires avec le plus vif intérêt. Elle semblait de prime abord être vêtue d'un habit bleu, mais lorsqu'elle se leva Sharina vit que son corps entier était recouvert de tatouages entrelacés. Elle s'éloigna d'un pas traînant vers le bord de la plate-forme en s'appuyant sur une canne façonnée dans la défense d'un narval.

Grosdormeur se tenait devant le roi, si près qu'un garde baissa son harpon et le piqua avec sa pointe tandis que l'homme vociférait :

— Roi Longsorteils, ces insulaires flottaient au milieu de la mer sur le bois que j'ai trouvé. Je demande ce bois, et ces étrangers comme esclaves.

Sharina posa la main sur sa hachette. Nonnus plaça le bout de son javelot entre les chevilles de Grosdormeur et le fit basculer sur le ventre, la tête la première. Un garde fit rouler Grosdormeur en arrière en le poussant du pied. Les spectateurs éclatèrent de rire et tambourinèrent du plat de la main contre la plate-forme.

— Roi Longsorteils, dit l'ermite. Je suis Nonnus, fils de Bran, fils de Pewle. Je vous apporte ce bois en paiement, afin que ma famille rejoigne votre tribu. Cinq poteaux de ce diamètre…

Il écarta les doigts de sa main gauche en un demi-cercle du diamètre des rames constituant l'espar et les quatre haubans ; il traça de la pointe de son javelot un cercle complet sur le sol en peau.

— … et de cette longueur…

Nonnus s'éloigna de six mètres du trône. Les spectateurs s'écartaient car il tenait son javelot devant lui.

— … Trois pièces de ce diamètre…

Les balanciers et le mât, originellement les espars de la trirème. Il fit encore un mètre.

— … et de cette longueur. Et enfin un tronc de ce diamètre…

Nonnus fit un large croissant de ses deux bras.

— … et de cette longueur, mais vidé d'un tiers de son volume. Sur mon honneur de Pewle !

Les Flottants poussèrent des cris de stupeur. L'os subvenait à la plupart de leurs besoins, mais le bois était rare et donc précieux. Des rondins de la taille de la pirogue ne devaient pas fréquemment croiser la route des Flottants.

— Et ça vaut quoi, l'honneur d'un Pewle ? lança l'un des proches de Grosdormeur.

— S'il y a moins de bois que ce que je viens d'annoncer, ça vaudra tes dents que je porterai en collier et ton cœur que je mangerai, répondit Nonnus. Veux-tu faire ce marché, Troisdoigts ?

Troisdoigts se retrancha derrière le corps plus massif de son père. Nonnus se rapprocha du roi d'un pas décidé, son javelot sur l'épaule.

— C'est normalement le prix pour six citoyens ! dit-il à Longsorteils. Pour moi, mes deux femmes et le fils à ma charge. Il est chétif et ne peut pas chasser, mais j'en fais le serment à mes dieux, je m'occuperai tout de même de lui.

— Ainsi-i-i, homme de Pewle, dit Longsorteils. (C'était la première fois que Sharina entendait le roi parler depuis qu'il avait demandé qu'on les conduise à lui. Sa voix était criarde, pénétrante.) Si tu rejoins la tribu, quelle sera ta famille ? Celle de Grosdormeur ?

La foule ne cessait de grossir alors que les Flottants des bateaux les plus éloignés atteignaient la résidence. La suggestion du roi provoqua un éclat de rire général. Elle impliquait de toute évidence une mort imminente – celle de Grosdormeur, sans le moindre doute, tout du moins pour Sharina.

— Je suis moi-même père de famille ! dit Nonnus. Roi, je vivrai ici, dans la résidence, jusqu'à ce que j'aie construit mon propre bateau-maison.

La femme tatouée avait disparu dans la foule. Elle réapparut soudainement à côté de Meder et parla à voix basse. Meder bondit ; Sharina brandit à moitié la hachette que sa main n'avait pas quittée depuis qu'ils avaient posé le pied sur la résidence royale.

— Non, homme de Pewle, je ne crois pas que nous ferons cela, annonça paresseusement Longsorteils. (Il tourna lentement la tête en passant en revue les spectateurs.) Serremaman, tu prendras l'homme de Pewle et ses esclaves sur ton bateau. Je ne crois pas que ce poids supplémentaire le fera couler, mais... (il sourit : il lui manquait ses deux dents de devant)... si les dieux sont si courroucés, je ne voudrais pas perdre un meilleur bateau, pas vrai ?

Tous se mirent à rire, à l'exception d'un homme chauve et massif, et de la dizaine de Flottants près de lui.

— Mon bateau n'est pas si mauvais que ça, murmura-t-il avec colère.

Meder et la femme tatouée conversaient avec animation, la tête penchée l'un vers l'autre. Asera elle-même observait avec attention. Sharina se détendit, même si ce développement ne la rassurait pas outre mesure.

— Bien, mon roi, dit Nonnus en s'inclinant. Je vous obéis au nom de la Loi.

Il recula. Les disputes reprirent lorsqu'une demi-douzaine d'hommes plus âgés que la moyenne parmi lesquels Grosdormeur et Serremaman réclamèrent immédiatement une part du bois.

— Par ici, chuchota Nonnus. Nous repartirons dans le bateau ramasseur de Serremaman et je veux être prêt quand lui le sera. Je n'ai jamais été un grand nageur.

— Je reste ici, mon brave, annonça contre toute attente Meder. Mènétoiles et moi souhaitons parler davantage. Elle dit que je vous retrouverai avant la nuit.

— Tiens donc ? dit Nonnus sans la moindre expression. Comme vous le voudrez, maître Meder. Prenez le chemin qu'il vous plaira.

Il se tourna brusquement et dit à Sharina et à Asera :

— Venez !

Sharina ignorait ce que ferait la procuratrice, mais cette dernière suivit Nonnus avec bonne volonté. Elle s'était considérablement redressée depuis que Meder et la vieille femme avaient commencé à converser.

Sharina n'arrivait pas à imaginer comment l'ermite avait réussi à reconnaître le bateau de Serremaman parmi la myriade d'embarcations qui avaient convergé vers la résidence, mais il ne lui vint pas à l'idée de remettre Nonnus en question. Le bateau amarré à l'autre coque du catamaran appartenait de toute évidence à la famille de Serremaman.

— Est-ce que ce bateau-maison risque vraiment de couler ? demanda doucement Sharina.

Nonnus haussa les épaules.

— Les choses tombent en morceaux dès qu'elles sont construites, mais les bateaux-maisons des Flottants sont mieux construits que bien des choses sur la terre ferme. S'il faut fixer et raccommoder, très bien. Cela nous donnera quelque chose à faire pendant que nous chercherons un moyen de partir d'ici.

Un groupe de jeunes hommes quitta le conseil et encercla les insulaires à distance de harpon. Ils n'étaient pas hostiles à proprement parler, mais savaient que leur présence ne serait pas la bienvenue.

Troisdoigts était l'un d'entre eux.

— Écoute, le Pewle. Tu es vieux. Tu n'apporteras rien de bon à une jeune femme. On pense que tu devrais nous la donner tout de suite, puisque tu sais qu'elle viendra nous retrouver de toute façon.

Sharina tira sa hachette.

L'ermite éclata d'un rire de défi tout droit sorti d'un cauchemar. Il recula le long de l'armature en os sans jamais quitter les jeunes hommes des yeux.

— Qui me prendra mes femmes ? demanda-t-il d'une voix aiguë et sèche en dansant sur le plat-bord.

Il bondit et passa son javelot d'une main à l'autre sous ses pieds avant de retomber.

— Qui ? Troisdoigts, veux-tu me défier ?

Le jeune homme recula d'un pas. D'autres Flottants, pour la plupart des enfants de la famille royale, observaient avec intérêt.

— Oh, on ne peut pas se battre contre toi, tu as une lance en acier, marmonna un pagayeur de Grosdormeur.

Nonnus bondit du plat-bord trop soudainement pour que Sharina elle-même, qui savait pourtant à quoi s'attendre, puisse le suivre des yeux. Il passa son javelot de la main droite à la gauche en plein vol et arracha son harpon à Troisdoigts.

— Oh ! cria Troisdoigts en reculant, heurtant plusieurs de ses camarades.

Nonnus lança le harpon, bois en avant en pleine poitrine du jeune homme qui avait parlé. Ses côtes craquèrent, et sa respiration se fit sifflante alors qu'il tombait sur le dos.

— C'est mon acier que vous craignez, petits hommes ? harangua Nonnus en retournant à reculons se percher sur le plat-bord. C'est *moi* que vous devez craindre !

La stupeur des jeunes fit place à une bonne humeur tapageuse – à l'exception de Troisdoigts et du jeune homme qui respirait bruyamment alors que sa poitrine refusait de laisser entrer l'air dont ses poumons avaient désespérément besoin. L'un de ses anciens camarades lui décocha un coup de pied quand l'infortuné vint se tordre près de lui.

Le groupe se dispersa et chacun partit de son côté en riant encore. Le blessé parvint à rouler sur lui-même et à ramper, la tête baissée, en poussant de petits vagissements.

Nonnus revint au côté de Sharina.

— Nous serons tranquilles désormais, mais il ne faudra pas que nous nous séparions.

Sharina acquiesça.

Meder et la femme tatouée étaient accroupis l'un en face de l'autre à un coin de la plate-forme. Meder tenait ce qui ressemblait à une dent de morse sculptée. Il faisait des gestes en parlant. Un léger tourbillon de lumière rouge s'éleva devant lui.

7

Ilna ne bougea pas de la fenêtre quand elle entendit frapper à sa porte : des coups légers, désolés.

— Entrez ! dit-elle un instant avant que les coups soient répétés.

Elle continua à observer la rue à travers la vitre inclinée. Le tumulte de la quincaillerie au rez-de-chaussée se fit entendre, puis fut de nouveau atténué quand Beltar ferma la porte derrière lui.

— Je viens chercher d'autres rubans, si vous en avez, dit-il timidement. Certains clients sont très excités. Ils ont… euh… leurs habitudes.

— La fine fleur d'Erdin, dit Ilna d'une voix atone, avant d'ajouter du même ton : des fils pour mon ouvrage.

Trois voitures et une chaise à porteurs aux rideaux de velours rouge bloquaient la voie. Leurs propriétaires étaient dans le magasin de Beltar. C'était aussi bien que le marchand ait insisté pour donner à Ilna un logement plus loin, de l'autre côté de la rue et pas dans ses propres locaux. Leur tapage aurait pu la gêner. L'ouvrage se tissait même quand elle n'en avait pas conscience.

— Je me demandais…, dit Beltar. Devrions-nous limiter la longueur de ruban que nous vendons à chaque client ? Qu'en pensez-vous, mademoiselle ?

Ilna savait que le marchand préférait s'adresser à son dos plutôt que de lui faire face. Elle se moquait qu'il se sente à l'aise ou non. Il avait une place, et l'occupait de manière convenable.

— Cela ne me concerne pas. Je te l'ai déjà dit : c'est à toi de traiter tout ce qui est commerce. (Elle fit demi-tour.) Ne m'importune plus jamais avec de telles choses.

Beltar se balança d'un pied sur l'autre, puis joignit inconsciemment les talons.

— Oui, mademoiselle, dit-il en croisant son regard. (Seul le léger tic qui soulevait un coin de sa bouche laissait paraître sa nervosité.) Le seul problème, c'est qu'il y a cette croyance… (Il marqua un temps pour réfléchir au terme qu'il avait choisi, l'accepta, et poursuivit :) Cette croyance qui dit que non seulement vos rubans ont les effets qu'on prétend, mais qu'une plus grande longueur en augmente ces effets.

Ilna sourit faiblement.

— Oui, c'est exact. L'étoffe que je tisse attire réellement l'attention des hommes sur les femmes qui la portent ; et plus elles en portent, plus l'intérêt qu'elles éveillent est important.

La pièce était une simple galerie s'étendant en travers du deuxième étage du bâtiment. Les trois fenêtres procuraient un éclairage excellent du milieu de matinée jusqu'au crépuscule, quoique ce ne soit plus un problème pour Ilna. Elle pouvait travailler dans les ténèbres les plus complètes et ne jamais tisser un fil de travers.

Beltar avait loué l'endroit vide de tout meuble, et il l'était encore, à l'exception d'un lit de paille, de six métiers à tisser de tailles diverses et de paniers remplis du fil d'excellente qualité avec lequel elle travaillait. Nul prisonnier ni ermite ne vivait une existence plus ascétique que celle d'Ilna os-Kenset, et elle était pourtant en voie de devenir la personne la plus puissante de Sandrakkan.

Le visage de Beltar était très pâle. Ilna lui sourit.

— Pauvre imbécile, dit-elle avec un mépris amusé. Tu croyais que c'était là quelque tour d'un charlatan, n'est-ce pas ? Que j'allais lancer une rumeur annonçant que mes rubans étaient des filtres d'amour et que des idiotes le croiraient ?

Eh bien ! ce sont peut-être des idiotes, mais elles achètent exactement ce qu'elles pensent acheter, Beltar.

Il ferma les yeux.

— Je ne peux laisser personne d'autre manipuler les rubans, dit-il à voix basse. Je ne peux même pas faire confiance à ma femme. Des femmes parmi les plus riches d'Erdin m'ont offert dix fois mon prix si je pouvais trouver davantage de votre tissu.

Ilna toucha le ruban qu'elle avait commencé à tisser quelques minutes avant que Beltar monte. Il n'était pas plus large qu'un doigt. Le motif était complet après sept centimètres et elle arrêtait normalement son ouvrage après trois répétitions, mais il n'y avait pas de règle.

Pour ces rubans, elle n'utilisait que deux couleurs : du fil blanchi ou naturel, pas de teintures. Elle préférait pour cela le lin au fil d'origine animale comme la laine ou la soie, mais elle aurait pu utiliser n'importe quelle fibre. Un tissu n'est pas un labyrinthe avec un seul chemin : les centaines de fils se nouent et s'enchevêtrent dans une danse aussi complexe que celle de la vie elle-même. Suivez n'importe lequel et il vous conduira jusqu'au bout du motif.

— Augmente tes prix, Beltar, découpe les rubans en petits bouts ou accumule mon travail pendant un mois et vends-le en échange de l'isle de Sandrakkan tout entière – c'est ton affaire.

Sa voix changea subtilement.

— Mais il va falloir que d'une façon ou d'une autre tu gagnes davantage, car il te faut louer pour moi une maison place du Palais pour remplacer cet endroit.

Elle lui adressa un sourire en coin.

— Je gravis l'échelle sociale, vois-tu.

— Mais mademoiselle..., balbutia Beltar. Seuls les nobles peuvent se permettre de vivre là-bas. Les loyers place du Palais sont cent fois plus importants que le bail de mes locaux !

— Alors augmente tes prix, dit froidement Ilna. Je te l'ai dit, les détails sont ton affaire. Je ne m'intéresse qu'aux résultats.

Elle se retourna vers la fenêtre. Il y avait maintenant une quatrième voiture dans la rue. Des serviteurs en livrée se disputaient bruyamment et agitaient leurs fouets ; des femmes voilées les observaient. Il y aurait une émeute sous peu.

Ilna sourit encore. Toute cette furie était vaine : Beltar n'avait plus de rubans dans son magasin. Les serviteurs pourraient crier ou se fendre le crâne les uns les autres, rien ne changerait cette réalité.

— Elles paieront, tu sais, dit-elle à voix haute. Des femmes qui dépensent des fortunes pour des herbes qui sont censées atténuer les rides mais ne font rien – que ne paieraient-elles pas pour ce que je propose ? Tous les beaux atours, tous les bijoux, tous les cosmétiques, ce ne sont que des routes détournées vers ce que mes rubans font directement : attirer les hommes !

— Je vois, dit Beltar. (À en juger par le ton malheureux de sa voix, le marchand commençait réellement à comprendre.) Je me renseignerai sur les maisons de la place du Palais, comme vous me l'avez demandé, mademoiselle.

Il laissa échapper une sorte de rire.

— Je ne sais même pas où trouver un agent pour ce genre de choses, mais ils sont sûrement disponibles. Et je réfléchirai à nos tarifs. Vous avez sans nul doute également raison concernant cette question.

Trois des porteurs grimpèrent sur le siège d'une voiture tandis que le cocher les frappait avec le manche au bout plombé de son fouet. Une femme portant une mantille en dentelle posée de travers sur une robe bleu horizon hurlait des encouragements à l'une ou l'autre des parties. Elle brandissait une épingle à cheveux qui ressemblait à une dague en or.

— Oui, répondit Ilna avec un petit sourire. J'ai complètement raison.

Les premiers rubans avaient été vendus aux prostituées et aux servantes à des prix modestes – moins que ce que ces femmes auraient payé pour un philtre d'amour sans aucune valeur. Le bouche-à-oreille avait remonté rapidement les strates de la société ; même *très* rapidement.

— La fine fleur d'Erdin, répéta Ilna en murmurant.

Elle ne les détestait pas. Il n'y avait rien à détester. Tout comme les fils de lin, ils étaient le matériau qu'elle tissait.

Beltar toussa pour s'éclaircir la voix.

— Avec une telle demande, mademoiselle, dit-il prudemment, avez-vous songé à prendre des apprentis pour… euh… alléger votre charge de travail ?

Elle le regarda fixement. Il eut un mouvement de recul et tordit entre ses mains son béret violet à la dernière mode en attendant l'explosion de colère escomptée.

— Je ne pourrais pas enseigner ce que je sais, Beltar, répondit Ilna avec une étrange douceur que le marchand n'avait encore jamais entendue. Et si je le pouvais, ce n'est pas là quelque chose que je choisirais de faire à une pauvre fille qui ne m'a jamais rien fait de mal.

— Ah, concéda Beltar en opinant du chef pour donner la fausse impression qu'il comprenait. C'est seulement qu'avec une telle demande je me disais…

Il ne termina pas sa phrase. Regardant vers la fenêtre – il ne pouvait voir la rue sous un tel angle – pour éviter les yeux d'Ilna, il poursuivit :

— Bien, si vous avez fini de tisser quelques rubans, je les apporterai au magasin et… ?

— Il n'y aura rien de plus pour un jour ou deux, dit Ilna, impassible. J'ai un projet personnel sur lequel je vais travailler. Tu ferais tout aussi bien de fermer ton magasin et de trouver le logement que je te demande. Lorsque tu rouvriras, ils te supplieront de prendre leur argent.

Elle se dirigea vers le métier à tisser double qui occupait la moitié de la pièce. Elle y tissait de la soie. Jusqu'à présent, il n'y avait qu'un tissu de la largeur d'une main sur le cadre. Il était si fin que Beltar le prit pour un effet de lumière.

Ilna caressa la navette. Le marchand tenta de distinguer le très léger motif. Il n'y avait rien à voir ; il lui semblait qu'Ilna tissait un pan aussi clair que de l'eau de source, une étoffe sans substance visible.

Presque. Il ressentit la montée d'une soif trop primale pour être appelée désir : elle ressemblait davantage aux forces qui font germer une graine au printemps, projetant une pousse vers la lumière du soleil. Il haleta et détourna violemment le regard, plié involontairement en deux comme s'il avait reçu un coup à l'aine.

— Comme vous le voudrez, mademoiselle, souffla Beltar, tourné vers la porte. (Il tendit la main vers le loquet.) Je reviendrai une fois que je me serai renseigné sur les logements place du Palais.

Le marchand ferma précipitamment la porte derrière lui. Il resta un instant dans le couloir, la tête appuyée contre le mur, tentant de reprendre son souffle. Il commençait déjà à oublier ce qu'il avait vraiment ressenti lorsqu'il avait regardé l'ouvrage qu'Ilna avait entrepris de tisser – comme il avait auparavant réussi à oublier la réalité de la vision que la jeune fille lui avait montrée dans son magasin, le jour de leur rencontre.

Mais une question ne cessait de hanter son esprit : si la taille déterminait la puissance du sort jeté par ces tissus – comme la rumeur et Ilna le prétendaient –, quel serait l'effet de l'ouvrage de deux mètres de large que cette sorcière avait entamé ?

8

Des moutons paissaient sur la colline, au beau milieu des jarres funéraires. Il s'agissait de bêtes des terres plates aux courtes pattes et à la laine blanche, mais Garric éprouva quand même le mal du pays.

— Ô Berger, sois bon avec tes enfants, déclama le prêtre. (C'était un homme jeune, mais il perdait déjà ses cheveux ; le soleil de l'après-midi faisait perler des gouttes de sueur sur son haut front.) Ne laisse pas ton fils Benlo rejoindre les Enfers.

Le corps de Benlo reposait dans la chapelle extérieure. Il était recouvert d'un suaire de soie écarlate aux bordures dorées, loué pour la cérémonie ; son visage, auquel les maquilleurs de la chapelle avaient donné une expression de grandeur sévère, faisait directement face au ciel. Durant la courte période où Garric l'avait connu, le conducteur s'était généralement abrité derrière un masque de fausse bonne humeur ; si la vie de Benlo avait pris d'autres chemins, le visage sur le catafalque était peut-être réellement le sien.

— Ne laisse pas les brillants joyaux de ses yeux être recouverts par la poussière des Enfers, poursuivit le prêtre.

Sa robe de laine blanchie était trop chaude pour la saison. Ce vêtement était une relique du passé : l'habit formel de l'Ancien Royaume. Des souvenirs du roi Carus jugeant des litiges chuchotaient dans l'esprit de Garric ; les membres de la cour de justice portaient des vêtements colorés, mais la masse des plaideurs, des avocats et des jurés brillait dans ses habits de laine blanche.

La chapelle funéraire perchée au sommet de la colline qui dominait Carcosa était un bâtiment bas et rectangulaire avec, à l'intérieur, des salles de travail et des réserves. L'un des murs accueillait la porte d'entrée, tandis que chacun des autres était orné d'une petite niche avec en son sein une divinité différente. Les services funèbres étaient célébrés en plein air : chaque statue avait devant elle un catafalque en pierre et une surface dallée. Garric supposait que la chapelle pouvait accueillir trois services funéraires à la fois, mais il doutait que ce soit là une pratique courante.

Liane pleurait doucement. Ce corps à l'allure si noble était sans doute le père de ses souvenirs d'enfance, l'homme qui chantait pour sa femme et sa fille.

— Ne laisse pas l'albâtre de ses dents être brûlé dans le four du faiseur de chaux, dit le prêtre.

Il semblait être un homme bien. Les condoléances qu'il avait adressées à Liane avant la cérémonie avaient l'air sincères ; rien à voir avec les phrases creuses de quelque bureaucrate ne pensant qu'à la plus grosse somme qu'il pourrait amasser la semaine suivante ou plus tard encore. Malgré tout, il avait célébré ce service trop souvent pour que ses paroles soient plus que de simples mots.

Tenoctris, Garric et Liane représentaient tout le cortège funèbre. La vieille femme observait des choses que Garric ne voyait pas, ne pouvait pas voir. Ses mains étaient serrées et son visage aurait été austère s'il avait arboré la moindre expression.

Garric se demanda quelle divinité gouvernait le plus de funérailles à Carcosa. Au bourg, nul ne doutait que la Dame était reine du paradis, mais son compagnon le Berger était plus proche de la vie des gens. Ils donnaient de toute façon le plus souvent une goutte de lait ou un morceau de pain à Duzi, ou à une petite statue taillée dans le mur du fond de leur hutte. Les grands dieux régissaient les cieux ailleurs, dans des palais, mais un paysan vivait dans la crotte de mouton et les douleurs de l'accouchement.

— Ne laisse pas le bois brillant de sa chair être brisé puis enflammé, continua le prêtre tout en s'essuyant inconsciemment le front avec un pan de sa robe.

Garric se demanda comment ils procédaient en cas de pluie.

Quatre travailleurs des environs attendaient pour transporter le corps. Des hommes solides, entre deux âges. Ils s'ennuyaient manifestement, mais conservaient le silence poli qui faisait partie intégrante de leur tâche.

Est-ce qu'un plus grand nombre de personnes serait venu rendre hommage à Benlo s'il était mort sur Sandrakkan ? Probablement pas : quoi qu'il ait fait, cela avait provoqué ruine et disgrâce. Il aurait fallu un meilleur homme que celui qu'il était devenu pour conserver ses amis après un aussi complet désastre.

— Berger aimant, ne laisse pas ton fils Benlo reposer dans les Enfers !

Personne à Barca ne priait la Sœur. Son nom était seulement une imprécation, et rarement employée : les gens avaient enraciné en eux la suspicion qu'en nommant une chose ils l'attiraient à eux. Ici, le troisième mur de la chapelle abritait une statue de la Sœur dans toute sa majesté de reine des Enfers : sceptre à tête de serpent, jupe en fémurs et collier de crânes humains.

Le catafalque et les dalles en face de la Sœur semblaient tout aussi usés que ceux du Berger et de la Dame. Garric supposa que demander la grâce de la reine des Enfers lors de funérailles était relativement sensé, mais l'idée le mettait tout de même mal à l'aise. Rien de mauvais dans la mort : vous éliminiez une partie du troupeau pour l'hiver, et la nature éliminait pour les mêmes raisons une partie du sien, humains compris. Il y avait cependant quelque chose de pervers à prier la mort.

— Benlo bor-Benlimar, dit le prêtre en butant légèrement sur le nom de famille – il n'y avait sans doute pas eu beaucoup de nobles parmi les centaines de funérailles pour lesquelles il avait officié. Accepte l'eau-de-vie, que tu puisses surgir hors des Enfers.

La journée était chaude : les aromates avec lesquels le personnel de la chapelle avait embaumé Benlo masquaient sans vraiment l'éliminer l'odeur de décomposition. Il s'agissait normalement d'enlever les organes du défunt pour que sa cage thoracique soit remplie d'épices.

Strasedon avait simplifié la tâche des embaumeurs.

Le prêtre trempa un goupillon doré dans le bol rempli d'eau posé sur une tablette, à côté du catafalque, et il répandit à petits coups quelques gouttes sur le visage du cadavre. Le prêtre échangea le goupillon contre une pincée de farine d'orge qu'il prit dans un plateau doré posé à côté du bol.

— Benlo bor-Benlimar, accepte le pain de la vie, que tu puisses t'élever revigoré des Enfers !

Les ustensiles en or allaient de pair avec le tissu de soie pour les funérailles les plus luxueuses. Les hommes et les femmes des classes moyennes avaient droit à de l'argent et à une couverture de lin. Pour les plus pauvres, les prêtres utilisaient des bols de terre et s'occupaient de plusieurs défunts à la fois ; si jamais l'un d'eux avait un drap mortuaire, c'était que sa famille elle-même l'avait fourni.

Si le défunt était fortuné, son entourage était censé le pleurer et suivre son cercueil. Un chœur de six pleureuses professionnelles était compris avec tous les enterrements de première classe. On pouvait également en engager d'autres. Liane avait même refusé les six premières, à la grande surprise du prêtre de la chapelle.

Ce dernier essuya la farine d'orge sur le visage de Benlo. La pulpe de son pouce et de son index était moite : la poudre blanche y resta en grande partie collée avant qu'il l'essuie subrepticement sur la manche de sa robe. Le geste n'était que symbolique, de toute façon.

Le prêtre tira le drap sur le visage de Benlo et s'inclina trois fois devant la représentation du Berger : un jeune homme svelte, sa houlette posée sur l'épaule droite. Le prêtre se retourna vers Liane et dit :

— Mademoiselle, le service est fini. Dois-je… ?

— Faites, je vous en prie, répondit sèchement la jeune fille.

Elle s'essuya les yeux avec un mouchoir puis le replia soigneusement et le remit dans sa manche gauche.

Le prêtre adressa un signe de tête aux travailleurs, qui avancèrent avec calme, apparemment rompus à cet exercice : chaque homme se dirigea vers son coin du catafalque sans hésiter sur sa position. Ils soulevèrent l'armature contenant le corps et le transportèrent dans la chapelle.

Seul restait le catafalque. Ses côtés étaient ornés de représentations de l'arbre de vie. Garric songea aux cercueils décorés de la même manière, dans l'ancien cimetière à côté du *Bœuf Rouge*. Dans le bourg, les familles enterraient leurs morts en toute simplicité, rendant à la terre les corps de ceux qui l'avaient travaillée de leur vivant.

Garric ignorait quelle façon de faire était la bonne. Ce qui comptait vraiment était probablement que les gens suivent leurs propres traditions, quelles qu'elles soient. Au fin fond de son esprit, le roi Carus approuva d'un petit rire.

— Euh, je vais les rejoindre et surveiller ce qu'ils font, dit le prêtre à Liane. Si cela ne vous dérange pas, toutefois.

— Bien entendu, répondit Liane.

Elle se maîtrisait parfaitement, désormais. Elle portait la même robe bleue que lors de son arrivée à Barca. Son unique concession à cette occasion était un bonnet complètement blanc, couleur de grand deuil.

Avec un autre signe de tête, le prêtre suivit les travailleurs dans le bâtiment. Plus bas sur la colline une vieille femme était agenouillée auprès d'une jarre funéraire dont les intempéries avaient fané la peinture, lui donnant le rouge pâle de la terre cuite décolorée par le soleil. Garric l'observa qui mettait un bouquet de fleurs dans le vase.

Liane se retourna et toucha les mains de Garric et de Tenoctris. Elle sourit avec tristesse.

— Vous deux êtes tout ce qui me reste, maintenant que j'ai perdu mon père. Viendrez-vous avec moi à Erdin pour découvrir ce qui lui est arrivé ?

Tenoctris lança un regard à Garric, puis à la jeune femme.

— En cherchant des réponses, nous irons peut-être bien plus loin que Sandrakkan, Liane, dit Tenoctris. Ce sera certainement dangereux. Plus dangereux encore que tu le crois. J'ai peur qu'il y ait bien pis que la mort.

— Je ne peux pas vivre sans essayer de savoir, dit simplement Liane. J'ai perdu mon père il y a des années, mais j'ai regardé ailleurs. J'ai fait comme si ce que je voyais ne se produisait pas réellement. Cela n'arrivera plus.

Tenoctris hocha la tête.

— Tant que tu le comprends. (La magicienne se tourna et poursuivit :) Alors c'est à toi de décider, Garric. Mon chemin est lié au tien.

Elle fit un grand sourire ; elle sembla alors une tout autre femme, bien plus jeune et plus féminine.

— Enfin, je le crois en tout cas. Si je ne suis qu'un caillou dévalant une colline, alors j'imagine que tous les rebonds se valent.

Le prêtre précéda les quatre travailleurs dans le bâtiment. Ils portaient des pieux qui seraient passés à travers les poignées de la jarre dans laquelle le corps de Benlo avait été replié. La seule décoration sur la jarre était une étoile peinte en blanc. Le goudron chaud qui scellait le couvercle sur le corps avait une odeur résineuse proche de celle du pin.

Les deux femmes observaient Garric.

— Oui, dit-il. Liane, je viens avec toi.

Carus éclata de son rire capable de remplir des mondes entiers.

9

Hali n'avait pas coutume de conduire ses clients aussi loin dans le cimetière, mais ce garçon était un commis boucher fiancé à la fille de son employeur. Être surpris avec une prostituée lui coûterait aussi bien son emploi qu'un mariage profitable.

Ce soir, au *Bœuf Rouge*, les bouviers étaient lents à conclure leurs affaires. Hali ne voulait pas perdre un client potentiel parce qu'il était nerveux.

— Viens mon gars, dit-elle pour l'amadouer. Ici, c'est un endroit très mignon, tu crois pas ?

Elle tapota le mur de pierre blanche du tombeau derrière elle. Le cimetière était ombragé et frais même à la lumière du jour ; les fleurs qui pendaient à la porte et recouvraient les dalles devant le tombeau étaient encore assez fraîches pour parfumer l'air.

— Maintenant, t'as plus qu'à me donner mon argent et on va passer un *bon* moment.

Le garçon hésita. C'était un grand jeune homme avec des yeux trop petits et trop rapprochés l'un de l'autre pour qu'ils soient attirants au milieu de son visage rond, mais il avait dans sa bourse le salaire d'Hali, trois pièces de cuivre. C'était le début de la soirée, et le soleil venait de se coucher. Hali n'avait pas bu un verre depuis midi, et il lui en fallait *vraiment* un. Elle comptait gagner ses trois pièces et se rendre directement au *Bœuf Rouge*.

Elle remonta légèrement sa tunique pour donner un petit quelque chose à voir à ce garçon. Un liseré de feuilles de vigne entourait l'ourlet, un peu usé, mais un beau travail. Hali l'avait brodé elle-même il n'y avait pas tant d'années, quand elle était une honnête femme gagnant honnêtement sa vie. À l'époque où boire était un plaisir, pas un besoin. Il y avait quelques années, une vie entière.

Le garçon portait son tablier de boucher en cuir. Il en défit les liens pour attraper la bourse qui se trouvait dessous, puis s'interrompit de nouveau.

— Dites, hésita-t-il en regardant autour de lui, empli d'un étonnement bovin. C'est pas ici qu'il y a eu des problèmes l'autre jour ?

Sœur, prends-moi pour une idiote, mais il a raison ! pensa Hali. *Et que la Sœur emporte ce nigaud et sa tête toute ronde pour avoir voulu qu'on aille aussi loin alors qu'en s'appuyant contre le mur intérieur, on aurait eu bien assez d'intimité !*

Le garçon d'écurie du *Bœuf Rouge* avait accompagné le groupe de fossoyeurs et de gardiens de la cité qui avait récupéré le corps deux jours plus tôt. Il avait décrit l'endroit : deux tombeaux qui se faisaient face de chaque côté d'une terrasse en pierre. Le tombeau blanc était occupé par les bor-Rusaman, une famille qui faisait du commerce maritime ; le meurtre avait eu lieu dans le tombeau noir, resté vide malgré son bon état, à cause de sa réputation.

— Non, non, mentit Hali. C'était tout à fait de l'autre côté du cimetière, chéri. Je suis allée voir l'endroit, c'est pas du tout de ce côté.

Elle tapota de nouveau le mur.

— Bon, mon mignon, donne-moi cet argent et occupons-nous de nos affaires, d'accord ?

Maintenant que le garçon avait soulevé la question, Hali commençait à s'inquiéter. Elle n'était pas facilement intimidée, mais le garçon d'écurie avait été trop remué par ce qu'il avait vu dans le tombeau pour embellir son histoire comme il en avait probablement eu l'intention au départ. Sa description d'un cadavre éviscéré avec sur le visage une expression de complète épouvante était des plus effrayantes, accentuée par la terreur manifeste du jeune homme.

Le garçon la regarda fixement. Ce jeune imbécile n'avait pas plus de bon sens que les moutons qu'il abattait. *Comment fait-il pour éviter de recevoir un grand coup de marteau et être égorgé ?*

Elle poussa un soupir, se rapprocha du jeune homme et fit pivoter son tablier afin qu'il ne se mette pas en travers de leurs affaires – et de la bourse suspendue à sa ceinture. Il faisait nettement plus sombre.

Le jeune homme ferma sa bourse des deux mains.

— Allons, ne sois pas idiot, le cajola Hali. Tu es trop mignon pour te faire du mauvais sang pour rien, pas vrai ?

Il y eut un grand bruit derrière eux, dans le tombeau. Le garçon s'écarta en sursaut d'Hali. Elle se retourna. C'était le genre de bruit qu'aurait pu faire une jarre funéraire volant en éclats.

— Voyons, tu vas pas t'inquiéter pour quelques tuiles qui tombent d'un vieux toit ? dit Hali, sa voix de plus en plus désespérée maintenant qu'elle voyait sa ration de vin du soir détaler avec son client terrorisé. C'est rien du…

Une lumière bleue se mit soudain à luire à l'intérieur du tombeau, s'échappant par les aérations sous les pignons du toit. Le verrou de la porte se détacha avec un craquement sec.

Le garçon se mit à beugler comme un cochon pris au piège et détala dans des ténèbres de plus en plus denses. Hali l'entendit trébucher sur un cercueil de pierre. Elle espéra avec amertume pendant un instant que cet imbécile avait réussi à se briser le cou – mais il se releva quelques secondes plus tard et reprit sa course en hurlant.

Hali recula contre le mur du tombeau. Il lui fallait quelque chose à boire ; et soudain, rien de ce qu'elle fuyait ne lui paraissait pis que la vie qu'elle s'apprêtait à sauver.

La porte en fer s'ouvrit en crissant ; un homme sortit du tombeau. Il traversa le cimetière lentement, d'un pas lourd et sans regarder autour de lui, avant de disparaître derrière un bosquet de cyprès centenaires pour se diriger vers le portail. Les jambes de l'homme laissaient dans leur sillage une légère lueur, une traînée de lumière bleue.

Hali reconnut l'homme en dépit de la faible lumière : Arame bor-Rusaman. Elle l'avait déjà vu plusieurs fois arpenter les rues de Carcosa dans une voiture portant ses armoiries. Bien sûr, il était de trop bonne famille pour faire partie de sa clientèle, mais jauger les hommes était une part importante du métier d'Hali.

Elle avait vu Arame pour la dernière fois lors de la procession funèbre qui était passée devant *Le Bœuf Rouge*. Le visage de l'homme était peint en grand sur le bord de sa jarre funéraire.

10

Sharina redressa le tonneau d'eau, un de ceux qu'elle avait pris sur la trirème, tandis que Nonnus remettait le cercle en place en donnant de petits coups avec un maillet fait avec une vertèbre et de l'épine dorsale d'un grand poisson.

— Les joints tiennent bon, dit l'ermite, mais je vais jeter un coup d'œil sur les tonneaux que les Flottants fabriquent en creusant des os de baleine. Je ne suis pas sûr que les douelles de celui-ci ne se ratatinent pas si elles restent au soleil trop longtemps.

— Je ne vois pas quelle différence cela peut faire, dit amèrement Asera. (Elle gardait les bras serrés autour du corps comme si elle avait froid, malgré la chaleur du soleil.) Personne ne viendra jamais nous sauver. Vous avez dit vous-même qu'il n'y avait pas la moindre chance que des hommes civilisés se rendent aussi loin au nord.

Pendant la semaine qu'ils avaient passée avec les Flottants, la procuratrice avait surmonté sa peur d'une mort imminente. Elle restait cependant tout aussi pessimiste, et avait de plus recouvré l'énergie nécessaire pour être très irritée par cette situation.

Des membres de la famille étendue profitaient du temps agréable pour se détendre. La plupart étaient dans l'eau, assis sur leurs flotteurs ou tout simplement en train de nager. Serremaman, quant à lui, était assis à l'embelle de son bateau en compagnie de trois de ses femmes. Ces dernières écrasaient des algues avec des pilons en os tandis que le chef de famille buvait le contenu d'un gobelet de bronze, butin trouvé sur quelque épave.

Les algues une fois préparées fermentaient jusqu'à devenir la boisson légèrement alcoolisée que Serremaman était en train de boire. Ce breuvage était réservé aux chefs et à leurs favoris ; Sharina n'aurait de toute façon pas voulu y goûter même si on le lui avait permis. Les femmes entamèrent le processus de fermentation en crachant sur les algues écrasées. Le breuvage était vert, fibreux, et son odeur rappelait à Sharina celle de la substance brunâtre qui s'écoulait des meules de foin humides.

— C'est vrai, je ne m'attends pas que d'autres personnes viennent nous secourir, dit tranquillement Nonnus.

Il ajustait le cercle, tapotant d'un côté puis de l'autre. Il ne frappait jamais vraiment tout à fait au même endroit ; Sharina maintenait du pouce le côté opposé du cercle en bois de saule.

— Mais je n'ai jamais compté là-dessus, ma dame. Nous n'avons pas fait tout ce chemin pour passer le reste de notre vie à tourner sous les caps de Glace. Quand l'occasion de partir se présentera, nos provisions seront prêtes.

Un certain nombre des membres de la famille employait leur temps libre à observer les insulaires. Nonnus s'était approprié une partie du pont avant pour son entourage et lui. Leurs possessions étaient arrimées aux ossements de baleine constituant la membrure du bâtiment : les bateaux-maisons n'avaient pas de rambardes, même sur les endroits disposant d'un pont.

Les insulaires dormaient au même endroit, en partie pour éviter les vols. Les tonneaux en bois étaient précieux, et leurs quelques pièces de métal encore davantage. La plus grande partie des outils en fer que Sharina avait vu employer par la famille de Serremaman étaient façonnés à partir des clous récupérés sur les épaves à la dérive dont les planches étaient clouées plutôt que chevillées.

Elle ignorait ce qu'ils feraient si le temps venait à changer – pour sa part elle préférait passer par-dessus bord plutôt que d'aller se réfugier sous le pont, dans ces immondes cavernes –, mais elle faisait confiance à l'ermite pour répondre à n'importe quel besoin. Il avait annoncé qu'il parviendrait à troquer des peaux pour construire un rouf s'ils étaient encore chez les Flottants pour les tempêtes d'automne.

Nonnus se redressa et testa le couvercle du tonneau en appuyant avec le pouce. Il resta bien en place. La veille, Sharina et l'ermite avaient rempli le tonneau de blocs de glace qu'ils avaient détachés de l'iceberg. Elle ne pensait pas être un jour capable de manier un flotteur comme celui qu'elle avait emprunté, mais elle avait au moins réussi à ne pas le faire chavirer. Si le passager portait son poids du mauvais côté, l'unique flotteur ne pouvait plus le supporter.

— Nonnus, souffla-t-elle à voix basse. Grosdormeur a dit que nous n'aurions pas le droit de quitter le village. Est-ce vrai ?

— C'est la Loi, acquiesça calmement Nonnus. (Il examina le séchoir à poisson qu'il avait fabriqué avec des fanons de baleine, et lança dans l'eau un morceau de morue.) J'ai découpé un morceau trop gros, il commençait à moisir.

Les insulaires n'avaient pas de biens superflus à échanger, Nonnus vendait donc ses services – et en une occasion ceux de Sharina, pour recoudre des filets – en échange des quelques matériaux qu'il désirait. Son habileté et la lame en acier du couteau de Pewle accomplissaient davantage en une heure qu'un membre de la famille de Serremaman en une journée de labeur décousu.

De plus, les Flottants appréciaient de voir des étrangers travailler. Les insulaires faisaient, selon la Loi, partie de la tribu, mais un village de Flottants était une société encore plus isolée que le plus reculé des hameaux d'Haft. La Loi était prévue pour des Flottants ayant fui une autre tribu à la suite d'une querelle, même si Nonnus parla d'autres cas d'hommes hors la loi sur les Isles qui avaient trouvé une sorte d'abri dans les villages flottants.

Un petit requin se tourna sur le dos pour avaler le morceau de poisson dans un tourbillon de bulles. Les poissons grouillaient autour des bateaux-maisons et s'engraissaient grâce aux déchets jetés par-dessus bord. Les enfants s'égaillaient dans les mêmes eaux, inconscients des dangers potentiels. Sharina n'avait, cela dit, vu ni loups de mer ni grands requins. Dans ces régions, les Flottants étaient les premiers prédateurs.

— Si l'on te prend alors que tu tentes de quitter un village, dit Nonnus à Sharina en lui adressant un léger sourire par-dessus le séchoir à poisson, tu es un traître et toute la tribu te mange. Non, je ne voudrais pas être pris. Il vaut mieux attendre un vent du no…

Il posa les yeux sur Meder.

— Je me rappelle avoir dit ces mots il y a quelque temps, conclut sombrement Nonnus, le regard dur.

Le magicien était assis un peu à l'écart de ses trois compagnons. Depuis leur arrivée, il avait passé une partie de ses journées à la résidence royale en compagnie de Mènétoiles ; l'un des bateaux ramasseurs de Longsorteils l'y conduisait puis le ramenait. Asera lui parlait parfois en privé, mais Sharina remarqua que Meder ne montrait plus le moindre signe d'obéissance à la procuratrice depuis qu'il avait rencontré la femme tatouée.

— Que peut-il bien donner à cette vieille femme en échange de ce qu'elle lui offre ? murmura Sharina à Nonnus en observant le magicien du coin de l'œil.

Asera était assez près pour entendre cette conversation, mais elle ne protesta pas.

Après chaque visite au catamaran, Meder revenait avec un nouvel objet pour remplacer le matériel que Sharina avait jeté à la mer. Il possédait maintenant un athamé en ivoire de morse ; la lame en était affûtée. Le manche était chantourné pour représenter grossièrement deux démons qui s'entre-dévoraient le ventre.

Mènétoiles avait également donné à Meder un brasero en vertèbre de baleine et une ceinture de poches faites avec les vessies natatoires de grands poissons. Ces dernières contenaient diverses poudres dont on devinait les couleurs à travers la matière translucide. De temps à autre – maintenant, en l'occurrence – Meder brûlait du blanc de baleine et y jetait une pincée de poudre ; il ne chantait jamais à voix haute.

— Tenoctris a dit que c'était un puissant magicien, répondit Nonnus en vérifiant la bonde du deuxième tonneau. Je ne suis pas étonné que Mènétoiles soit contente de le rencontrer. Elle est probablement aussi seule que je l'étais au bourg.

Il marqua un temps et fit un grand sourire à Sharina.

— Mais c'était mon choix.

Une fumée bleue s'éleva du brasero lorsque Meder versa quelque chose dans la flamme. La poudre était rouge auparavant.

— On ne peut choisir la direction que prendra Meder à sa place, dit doucement Nonnus sans quitter le sorcier des yeux.

La majorité des Flottants gardaient leurs distances. À une exception près : un garçon de trois ou quatre ans, les cheveux roux et les bras comme les épaules couverts de taches de rousseur à l'instar de tous les Flottants. Meder le fascinait. Il restait allongé des heures, le menton dans les mains, observant le jeune magicien par-dessus son brasero.

Meder avait crié après le petit garçon lors de sa première apparition. L'une des femmes qui écrasaient des algues s'était alors dirigée vers eux et avait frappé Meder avec son pilon taillé dans une mâchoire de baleine. Nonnus avait épongé le sang et recousu le cuir chevelu du jeune magicien pendant qu'il était inconscient. Depuis, Meder affectait d'ignorer l'enfant.

— Il prétend qu'il nous fera sortir d'ici, murmura Asera. Mais il a déjà dit la même chose, et nous nous retrouvons chaque fois dans un endroit pire que le précédent.

— Vous l'avez remarqué, vous aussi ? dit Sharina, sarcastique. Je devrais lui prendre tout ça et le jeter à l'eau comme je l'ai fait avec son coffret !

Meder ajouta un ingrédient dans les flammes. Une fumée blanche s'éleva de manière étrangement paresseuse, comme si elle ne souhaitait pas quitter le brasero. Enfant et magicien observèrent fixement la fumée se tordre et prendre une forme aussi vaguement humanoïde qu'une racine de mandragore puis disparaître aussi soudainement que des flocons de neige dans l'eau.

— Non, répondit Nonnus. Nous devons choisir notre propre chemin et laisser les autres choisir le leur. (Sans changer de ton, il ajouta :) Le bateau ramasseur de Grosdormeur a quitté la résidence royale et vient par ici.

Asera comprit le danger qu'impliquaient les propos de Nonnus, même s'il n'y avait rien d'alarmant dans sa voix.

— Que voulez-vous dire ? demanda-t-elle en s'appuyant maladroitement pour voir par-dessus la proue.

Sharina leva une main pour l'empêcher de perdre l'équilibre. Elle n'aimait pas Asera : les jours passés dans la pirogue avaient rapidement eu raison de l'apparente majesté de la procuratrice royale. Elle se sentirait pourtant obligée de sauter à la suite d'Asera si elle tombait à l'eau, il était donc plus facile de prévenir cette situation.

— Nous pouvons nous arranger avec Grosdormeur, dit tranquillement Nonnus. (Il saisit une fois de plus son javelot.) Je n'ai jamais dit qu'il fallait laisser les autres choisir notre chemin pour nous.

Les membres de la famille de Serremaman observèrent l'arrivée du bateau de leur voisin sans rien laisser paraître, que ce soit dans un sens ou dans l'autre. L'une des femmes de Serremaman se dandina et montra ses fesses au bateau ramasseur. Les enfants dans l'eau nagèrent en dessous ; l'un d'entre eux attrapa une pagaie par la pale et tenta sans succès de l'arracher à son propriétaire. Sharina n'aurait su dire dans quelle mesure les enfants chahutaient ou montraient une réelle hostilité entre les deux familles.

Comme précédemment, Grosdormeur se tenait à la poupe de son navire et Troisdoigts à la proue. Troisdoigts ne les avait pas annoncés avec la corne en coquille d'ammonite, bien qu'elle soit posée sur les couples du bateau juste à côté de lui. Le coquillage devait peser un poids considérable, même vidé de ses parois intérieures pour devenir un instrument de musique.

Grosdormeur dirigea son bateau vers la proue du navire, à trois mètres des insulaires. Troisdoigts lança une aussière autour de la haute proue et l'attacha pour amarrer le ramasseur. Sharina se demanda pourquoi l'équipage semblait plus préoccupé qu'à la résidence royale.

— Que fais-tu là, Grosdormeur ? demanda Serremaman.

Il se tenait au bord de l'embelle et observait l'autre chef et la dizaine de membres de son équipage qui se hissaient sur le pont. Serremaman ne se donna pas la peine de monter pour voir Grosdormeur en face.

— Tu me dois toujours cinq fanons, poursuivit-il. Tu es là pour me payer ?

— C'est pas toi que je viens voir, Serremaman, dit Grosdormeur avec désinvolture. De toute façon, Dentsnoires était censé te payer et compléter comme ça la dot pour ma sœur. Va lui parler.

Les visiteurs avançaient de front. Grosdormeur s'arrêta à deux mètres devant Nonnus et posa les mains sur ses hanches.

— Alors, homme de Pewle. Je pars demain chasser la baleine. La Loi me donne le droit de choisir un membre d'une autre famille pour compléter l'équipage de mon bateau. Je te choisis comme harponneur.

— Tu ne peux pas refuser ! dit Troisdoigts à l'autre bout du rang. C'est la Loi !

Presque tous sur le bateau-maison observaient la confrontation : certains sortaient de sous le pont, et une grande partie de ceux qui étaient dans l'eau remonta à bord. Asera se déplaça pour mettre le séchoir entre elle et les hommes de Grosdormeur qui tentaient tous d'avoir l'air menaçant pour intimider Nonnus.

Sharina s'avança vers l'ermite et sortit sa hachette. Nonnus leva la tête et se mit à ricaner. Ce rire semblait authentique aux oreilles de la jeune fille.

Grosdormeur affichait une mine stupéfaite. Il regardait la pointe du javelot qui étincelait sur l'épaule de l'ermite. Sharina savait que c'était une erreur : l'arme irait où Nonnus l'enverrait. Grosdormeur aurait dû regarder les yeux de Nonnus.

— Harponneur, c'est un poste dangereux ! siffla Troisdoigts avec colère. Debout à la proue, où l'on peut se faire pousser par-dessus bord par accident !

Il agita son harpon tout en prenant bien soin de ne pas le diriger vers Nonnus ; ce dernier pourrait sinon réclamer un duel en prétextant que le Flottant l'avait menacé.

Sharina entendit derrière elle Meder qui chantait à voix basse, mais elle n'osa pas se retourner à ce moment précis. Elle comprenait que Grosdormeur et son fils négociaient en fait avec Nonnus : s'ils effrayaient l'ermite, celui-ci accepterait de leur donner un objet de valeur.

Il accepterait de leur donner Sharina.

Ils ne connaissaient pas Nonnus. Quand ils comprirent que leur menace ne fonctionnerait pas, tout devint possible. Les règles qui interdisaient à un Flottant d'en poignarder un autre ne seraient sûrement pas respectées si l'ermite était assez inconscient pour leur tourner le dos à cet instant.

— Je suis honoré que tu m'aies choisi pour rejoindre ton fier équipage, répondit poliment Nonnus, sa voix portant encore l'empreinte de son rire. Mais j'ai bien peur de ne pouvoir accepter. Vois-tu…

— Tu ne peux pas refuser ! cracha Troisdoigts en piétinant. La Loi dit que l'on peut t'emmener avec nous !

— Malheureusement, dit Nonnus du ton d'un adulte amusé s'adressant à un enfant, j'étais sur le point de me rendre à la résidence royale et de défier Longsorteils pour devenir le roi de cette tribu. Demain, soit, les choses seront différentes, vois-tu, puisque le roi détermine les équipages des bateaux qui partent en chasse.

Le feu dans le brasero de Meder siffla rageusement autour de ce qu'il venait de jeter dans les flammes, quoi que ce soit. Sharina sentit une odeur âcre, mais son regard continuait à passer de l'un à l'autre des hommes de Grosdormeur.

Grosdormeur se détendit, sans doute inconsciemment.

— Il te faudra vaincre tous les fils du roi avant de le défier ! dit-il, débordant de confiance.

— Je ne trouve pas que les fils du roi aient l'air bien terrible, non ? dit nonchalamment Nonnus.

Il fit tournoyer son javelot entre son pouce et deux doigts, puis le fit passer dans sa main gauche derrière son dos, tout en ne cessant de le faire virevolter.

— Bien sûr…, poursuivit-il.

La femme à côté de Grosdormeur se tourna et l'étoile à vingt bras tatouée sur son épaule fit face à l'ermite. Sharina se rappela ce que Nonnus avait dit : les Flottants vénéraient les monstres des profondeurs.

— … il se pourrait que Longsorteils décide de faire de toi le harponneur d'un bateau que *je* commanderai demain, dit Nonnus avec un grand sourire tout en ramenant son javelot, toujours tournoyant, dans sa main droite. Si Longsorteils faisait cela, eh bien je n'aurais plus besoin de le défier.

Grosdormeur en resta bouche bée. Il aurait eu la même expression si l'ermite l'avait suspendu au-dessus des mâchoires d'un loup de mer – ce qui était assez proche de la réalité.

Les membres de son équipage reculaient visiblement ; même Troisdoigts regardait son père comme s'il le voyait pour la première fois.

— *Barbathiathiao brimaiao chermari !* cria Meder, achevant ainsi son incantation.

Le feu siffla, puis *craqua*, un son aussi brusque qu'un coup sur l'oreille.

Tout l'équipage de Grosdormeur battit en retraite. Sharina risqua un regard derrière elle.

Un nuage de fumée blanche agitée de pulsations s'éleva du brasero. Il était de forme et de taille humaines, mais continuait à grandir. Le petit garçon se leva d'un bond pour contempler cette vision, les yeux écarquillés. Meder l'attrapa par ses longs cheveux.

Nonnus fit un pas de côté pour pouvoir garder un œil sur le magicien sans tourner le dos à Grosdormeur, même si le chef et ses compagnons ne représentaient plus la même menace qu'un instant auparavant.

— Meder ! dit l'ermite. Posez cet enfant ! Je contrôle la situation.

Le garçon hurla et donna des coups de pied. Meder le frappa du manche de son athamé, puis en posa la lame sous la gorge de l'enfant.

Les yeux de Meder étaient grands ouverts sous l'effet de la peur et de la tension.

— Donnez-nous votre bateau et laissez-nous partir ! cria-t-il à Grosdormeur.

La silhouette de fumée tournoyait comme si elle dansait sur le feu. Elle mesurait plus de deux mètres ; massive, sans visage, les bras et le torse bien plus grands que les jambes.

Troisdoigts et Grosdormeur échangèrent un regard. Le plus jeune des deux hommes éclata de rire et s'avança en prenant bien soin de contourner l'ermite.

— Ou sinon quoi, l'insulaire ? lança Troisdoigts. Si tu crois que tes tours…

Meder s'empourpra. D'un coup de la lame en ivoire, il trancha la gorge de l'enfant en un jet de sang. Les cris du garçon se muèrent en gargouillis, mais Sharina hurla à sa place.

Le sang gicla de l'artère sectionnée et éclaboussa le feu. Le brasero projeta de grandes flammes rouges comme si le sang avait attisé les flammes au lieu de les étouffer. Des étincelles liquides jaillirent en tous sens, brûlant la peau de baleine du pont ou passant par-dessus bord pour tomber dans l'eau en grésillant.

Meder se tenait au milieu des flammes, indemne et immobile, tandis que les cheveux du garçon mort commençaient à brûler. La forme de fumée blanche se dissipa.

La mer rugissait. Une silhouette humanoïde se forma à partir d'une eau rouge comme les flammes. Elle agrippa le plat-bord d'une main et se hissa sur le pont. Ses membres sans os ondulaient lentement.

Grosdormeur poussa un cri et frappa la créature à la poitrine. Le harpon resta comme planté dans de la poix chaude. La créature rugit. Saisissant Grosdormeur par les cheveux et l'épaule, elle lui arracha la tête.

Meder ricanait comme un démon. Il rejeta le corps de l'enfant. Le feu avait disparu. Il ne restait du brasero détruit par les forces qu'il avait appelées que des éclats d'os noircis.

Troisdoigts lança son harpon dans le dos de l'humanoïde et plongea de l'autre côté du bateau avec la grâce d'une sterne. L'équipage de Grosdormeur se précipita vers la proue, certains sautant dans l'eau tandis que d'autres tentaient d'atteindre leur bateau. La créature attrapa deux de ces derniers et les broya ensemble dans ses bras.

Après avoir lâché leurs cadavres, le monstre s'empara de l'aussière et souleva la proue du bateau ramasseur hors de l'eau. Les trois hommes qui se trouvaient là basculèrent par-dessus bord. Ils préférèrent nager vers un bateau-maison à plusieurs centaines de mètres de là plutôt que de monter sur celui de

Serremaman. Les membres de la famille de celui-ci étaient également dans l'eau ou sur le point d'y plonger.

La créature lâcha la corde en peau de baleine et se tourna vers Nonnus. L'ermite se tint prêt à lancer son javelot. Sharina s'interposa entre lui et elle.

Meder hurla un mot perdu dans le vacarme. La chimère fondit comme un morceau de cire dans un feu. Sa couleur s'estompa, puis la créature se changea en eau, une eau charbonneuse qui coula le long du pont et franchit le bord du navire.

Sharina lâcha sa hachette. Elle se retourna, éclata en sanglots et entoura Nonnus de ses bras. Elle ne voyait rien d'autre que le visage de l'enfant, ses cris étouffés par son propre sang.

— Ce qui est fait est fait, mon enfant, murmura l'ermite. (Sous sa tunique noire et rêche, ses côtes dures et saillantes rappelaient l'écorce d'un chêne.) Pour cet enfant, pour toi et pour moi. Ce qui est fait est fait.

Il bougea légèrement en tournant la tête, mais Sharina était toujours aveuglée par les larmes et les souvenirs.

— Et en ce qui concerne Meder, eh bien ! nous avons tous nos fantômes. Mais je prierai pour son âme comme pour la mienne.

— Je devais le faire ! s'écria Meder d'une voix haut perchée. Procuratrice, vous avez bien vu qu'il n'y avait pas d'autre choix. Vous l'avez vu !

— Mon enfant, aide-moi à charger nos provisions sur le bateau, dit doucement Nonnus à l'oreille de Sharina. Je ne pense pas qu'ils nous poursuivront. (Il poussa un soupir.) Les bateaux en peau ne naviguent pas mieux contre le vent qu'une pirogue, mais nous nous en arrangerons. Avec l'aide de la Dame, nous nous en arrangerons.

II

Ilna entendit les voix dans l'entrée. Elle s'écarta du métier à tisser avant que l'on frappe faiblement, craintivement.

— Ma dame ? demanda la servante. (Une tête de sanglier était gravée sur la porte, les armoiries d'un précédent propriétaire.) Il y a ici un homme qui dit vouloir vous parler.

Cette pièce était à l'origine un salon d'hiver. La lumière entrait par les grandes baies vitrées. Ilna s'en servait d'atelier : les métiers à tisser étaient disposés de telle sorte que le soleil soit toujours au-dessus de son épaule lorsqu'elle travaillait.

Ilna avait négligé le jardin depuis que Beltar louait la maison pour elle, mais il restait inondé de couleurs éclatantes. Des roses trémières roses et jaunes escaladaient les jardinières tandis que des roses rouges et blanches recouvraient les murs de brique donnant sur les propriétés voisines, ou le canal central d'Erdin pour le mur du fond.

La beauté de ces fleurs n'émouvait pas Ilna. Elle ne levait jamais la tête lorsqu'elle travaillait, ne remarquait jamais les jeux de lumière sur les pétales tout au long de la journée ou le paisible bourdonnement des insectes qu'ils attiraient. Ils ne faisaient pas partie de son ouvrage.

La servante qui ouvrit la porte avait la peau mate, était petite, jeune et terrifiée. On lui avait dit qu'il ne fallait jamais interrompre Ilna lorsqu'elle travaillait. Pour avoir enfreint cette consigne, elle s'attendait dans le meilleur des cas à perdre cet emploi bien payé qui était tout pour elle. Les rumeurs à propos de son employeuse laissaient présager de bien plus terrifiantes possibilités.

Ilna hocha la tête.

— Faites-le entrer, dit-elle.

La jeune fille n'avait pas besoin de se tourmenter : elle n'avait désobéi à Ilna que parce qu'on l'y avait forcée. Ilna comprenait très bien la contrainte. Elle n'avait aucune compassion pour ceux qui agissaient contre leur gré, comme elle était dépourvue de compassion pour toute chose, mais elle ne punissait pas pour autant sans raison.

La servante fit une révérence.

— Voder or-Tettigan, ma dame, dit-elle avec un sanglot de soulagement. Du bureau du chancelier.

L'homme qu'elle avait présenté avant de fermer la porte était trapu, plutôt bien habillé et approchait de la quarantaine. Il avait un peu de ventre et un grade suffisant pour que la matraque en noyer blanc qu'il portait ne serve qu'à indiquer son appartenance à la patrouille de la cité d'Erdin.

Il n'avait pas toujours eu ce grade. Le gourdin avait visiblement donné sa part de coups appuyés, et l'homme qui le portait reçu la sienne.

— Mademoiselle, dit-il en s'inclinant légèrement plus que la politesse le voulait ; il l'avait jaugée du regard, comme elle-même l'avait fait.

— Je fais une donation régulière au capitaine du quartier, dit froidement Ilna. Si vous avez un problème avec son partage des recettes, je vous suggère d'en discuter avec lui. Bonne journée, monsieur !

Voder secoua la tête.

— Je suis envoyé par le bureau central, mademoiselle. Je ne suis pas là pour vous soutirer de l'argent, mais pour mettre un terme à vos affaires.

L'homme parlait lentement, doucement et grasseyait légèrement. Sa stature et ses manières lui rappelaient Cashel. Voder n'était pas aussi grand que son frère, mais ils avaient en commun la solidité d'un roc et une détermination aussi implacable que celle d'Ilna.

— Existe-t-il une loi interdisant à une femme de bien de tisser dans sa propre maison ? demanda Ilna.

Si elle avait parlé au genre d'homme avec qui elle traitait d'ordinaire, il y aurait eu du mépris dans sa voix, mais il n'y avait rien de méprisable chez celui-là.

— Je ne fais pas d'affaires dans ce quartier. Je ne fais pas d'affaires du tout, maître Voder. Si le chancelier a des doutes sur la qualité de mon travail, qu'il aille les exposer à Beltar or-Holman dans sa boutique, rue du Verre.

Voder secoua de nouveau la tête.

— Je suis navré, mademoiselle, dit-il, l'air vraiment sincère. Vos rubans ont déjà provoqué une dizaine de meurtres. Des maris ont tué leur femme, des femmes ont tué les maîtresses de leur mari… Certains se sont noyés parce qu'on les a quittés, et un pauvre diable s'est même pendu la nuit dernière parce qu'il avait mal traité sa femme. Il l'aimait vraiment, je crois. Il y a des gens comme ça.

Il avait passé la pièce en revue tout en parlant : les métiers à tisser, la table de travail, le coffre cerclé de fer arrimé au sol ; et également l'absence de tout confort. Il regarda de nouveau Ilna dans les yeux, lui adressa un sourire de travers et dit :

— Il faut que cela cesse, mademoiselle. Il le faut.

Ilna renifla en traversant la pièce en direction du coffre-fort.

— Très bien, dit-elle dédaigneusement, même si elle savait que, non, tout n'était pas très bien ; pas cette fois-ci. Combien voulez-vous ?

— Mademoiselle, j'aimerais vraiment que ce soit aussi simple, dit Voder. (Elle perçut là encore la sincérité dans sa voix.) Je ne vous mentirai pas : j'ai une famille et, bien sûr, j'ai fait ce qu'il fallait pour être sûr qu'ils ne manquent jamais de nourriture. Mais ce n'est pas pour cela que je suis ici cette fois-ci. Ce que vous faites est mal, mademoiselle. Vous le savez, je le sais. Si vous ne faisiez qu'enfreindre la loi, je pourrais peut-être passer outre, mais cela doit cesser.

Elle se retourna et le regarda en face.

— Vous avez dit ce pour quoi vous étiez venu, dit-elle, glaciale. Maintenant, partez.

— Mademoiselle, je ne suis pas arrivé où j'en suis en prenant le chemin le plus facile. Je pense que c'est la même chose pour vous, alors vous comprendrez ce que je dis : soit vous arrêtez tout, soit c'est moi qui y mettrai fin. J'en suis profondément navré, mais j'en pense chaque mot.

Leurs regards se croisèrent : les yeux d'Ilna étaient marron, et ceux de Voder gris, et durs comme des pierres à aiguiser.

— Mademoiselle, je vis ici. J'ai vécu toute ma vie à Erdin. (Il secoua la tête comme pour se dénigrer.) J'imagine que j'aime cet endroit, même si je passe pour un fou en l'admettant. Je ne laisserai pas cela continuer.

— Bonne journée, maître Voder, répondit platement Ilna.

Voder hocha la tête.

— Je suis navré, dit-il.

Il ouvrit la porte puis la referma derrière lui d'un geste ferme mais calme.

Ilna se dirigea vers le métier sur lequel elle tissait un portrait. Elle regarda un moment l'image tissée sur l'étoffe chatoyante, puis retourna à la porte et l'ouvrit. La servante attendait dans l'entrée, raide comme si elle était sur le point d'être condamnée à mort.

Ilna sourit avec dédain.

— Envoie un messager à la boutique de Beltar or-Holman. J'ai besoin de lui au plus vite.

— Maître Beltar est dans la salle de réception, il attend que vous ayez fini votre ouvrage, ma dame. Dois-je…

Ilna chassa la jeune fille d'un geste de la main. Être traitée comme une sorte de monstre capricieux la mettait en colère. Elle n'avait jamais fait de mal sans raison… et le cosmos lui avait donné une raison de faire bien plus de mal que ce qu'elle avait choisi.

Beltar traversa l'entrée et se contraignit à sourire lorsqu'il aperçut Ilna. Elle le fit entrer dans son atelier. Le marchand s'habillait désormais de vêtements coûteux malgré des couleurs toujours sobres : ses tuniques étaient finement rayées de brun et de vert olive, et le bout de ses mules en cuir noir était surmonté d'un gland en crin de cheval.

Il avait perdu du poids, et son visage avait la teinte grisâtre d'un reflet dans un miroir en zinc.

— Il y a un problème, dit Ilna en fermant la porte.

Elle marcha entre deux de ses métiers. Le plus grand, le métier à tisser double, était recouvert d'un voile de mousseline pour dissimuler l'ouvrage qu'il abritait.

— Viens ici. Tu connais cette femme, Leah os-Wenzel ? La maîtresse du chancelier ?

— Je la connais, dit prudemment Beltar. (Il n'avait jamais été invité à voir le devant des métiers d'où l'on pouvait contempler les tissus en pleine confection.) Maintenant, elle se fait appeler Leah bos-Zelliman. C'était une cliente.

Plusieurs des métiers étaient consacrés aux rubans. Les motifs des travaux en cours affichaient de subtiles différences les uns par rapport aux autres ; Beltar ne parvenait pas à les voir, mais il percevait ces variations à cause des différents effets que les pièces de tissu avaient sur lui.

— Comme si un nom avait de l'importance, dit Ilna en reniflant. (Elle eut une moue de dédain.) Comme si être né noble signifiait quoi que ce soit !

Le marchand ne l'avait jamais vue afficher autant d'émotion ; il cligna des yeux. Son propre manque de maîtrise fit grimacer Ilna qui se dirigea vers le métier sur lequel elle avait tissé un ouvrage – peut-être un châle – de un mètre de long sur vingt centimètres de large. L'étoffe était un mélange de laine et de poil de chèvre, tous deux de couleur noire – le motif apparaissait dans la texture davantage que dans la couleur de l'étoffe.

Beltar observa le pan de tissu, suffoqua puis détourna le regard. Ilna sourit froidement en détachant cette pièce du cadre.

— Je veux que tu livres ceci à dame Leah, dit-elle en apportant le tissu vers sa table de travail. Dis-lui que c'est un présent de ma part. Un cadeau.

Ilna étendit le tissu à plat sur la table, le lissa et prit son couteau qu'elle gardait hors de son étui ; un autre tisserand aurait utilisé des ciseaux. Elle maintint le coin supérieur gauche du tissu sur la table avec le pouce et l'index de sa main libre.

— Dis à dame Leah, continua-t-elle (elle passa la lame en diagonale sur l'étoffe, la découpant en deux triangles parfaits), qu'elle aura l'autre moitié de cet ouvrage lorsqu'un officiel du bureau central, un certain Voder or-Tettigan, sera arrêté.

Elle scruta Beltar, qui grimaça en réponse.

— Une inculpation pour corruption devrait suffire, dit-elle. Je n'arrive pas à imaginer un membre de la patrouille d'Erdin contre qui cette accusation ne pourrait être portée avec quelque vérité.

Elle sourit. Le cœur d'un glacier recélait plus de chaleur.

— Je ne demande pas que cette accusation soit vraie, bien sûr.

Ilna disposa l'un des triangles sur une bande de la feutrine qu'elle utilisait pour faire ses paquets. Elle l'enroula pour que le tissu grossier dissimule complètement sa propre création.

Beltar s'éclaircit la voix.

— Euh… y a-t-il quelque chose que je devrais savoir, mademoiselle ? demanda-t-il.

— Tu devrais savoir qu'il ne faut pas se mettre en travers de mon chemin ! répliqua-t-elle brusquement.

Elle grimaça de nouveau, autant par mépris pour le marchand qu'en réaction à son propre manque de sang-froid.

— Mais tu le sais déjà, n'est-ce pas ? ajouta-t-elle doucement. Tu n'oserais pas me contrarier.

La gorge de Beltar se contracta tandis qu'il déglutissait, mais il ne dit rien. Ilna le regardait avec sévérité quand une autre pensée lui vint.

— Pourquoi m'attendais-tu ? demanda-t-elle. Tu es venu me dire que tu ne travaillerais plus pour moi, n'est-ce pas ?

Le marchand vacilla comme si elle lui avait transpercé le cœur ; son visage était couvert de sueur et marbré par la peur. Ilna rit, amusée comme un adulte devant les efforts calamiteux d'un enfant.

— Je n'ai…, murmura Beltar d'une voix rauque. Je n'ai jamais dit…

— Non, soit, cela n'a pas d'importance, trancha Ilna avec un mépris enjoué. Tu ne vas pas arrêter, car tu as encore une utilité pour moi.

Elle lui tendit le tissu enroulé.

— Apporte immédiatement ceci à cette dame, ordonna-t-elle. Elle sera très satisfaite du résultat : le chancelier ne lui rend plus visite aussi souvent qu'il le faisait. S'il quitte dame Leah, elle se retrouvera de nouveau à vendre des oranges aux spectateurs pendant les pièces de théâtre, n'est-ce pas ?

Beltar prit le paquet. L'autre triangle restait posé sur la table de travail. L'observer était comme entendre le souffle d'une bête dans la plus complète obscurité : on ne voyait rien d'effrayant, mais une chose terriblement puissante se tenait tapie à la limite du champ de vision.

— Ce sera sans doute le cas, mademoiselle, dit Beltar d'une voix éteinte.

Elle avait écrasé son élan de rébellion avant qu'il ait eu le courage de l'exprimer. Il savait – comme il l'avait su depuis le début – qu'il était l'outil d'Ilna et qu'elle l'utiliserait jusqu'à ce qu'il casse.

— Voder or-Tettigan sera arrêté immédiatement pour corruption.

Le regard de Beltar tomba sur le tissu disposé sur l'autre métier à tisser simple. C'était une représentation en pied de la Dame, tissée avec de la soie et des fils de précieux métaux.

C'était la plus belle chose qu'il ait jamais vue.

— Mademoiselle ! s'exclama-t-il stupéfait et admiratif.

Il tomba à genoux. Les trois quarts de l'image avaient déjà été tissés. Un bélier et une brebis se dressaient sur leurs pattes arrière pour embrasser les mains de la Dame ; les brumes du paradis entouraient sa tête en signe de gloire divine.

— Mademoiselle ! C'est si beau !

Ilna contempla son ouvrage d'un œil critique.

— Oui, n'est-ce pas ?

Elle saisit le haut du tissu, distendant les fils de chaîne, puis tira. L'étoffe était fine, mais la soie est un matériau solide ; l'expression d'Ilna était dure et terrible tandis qu'elle déchirait tout de même l'image.

Beltar poussa un cri. Il se jeta à ses pieds et leva une main pour l'arrêter, mais il était déjà trop tard. Ilna rejeta les lambeaux du tissu ; ils pendaient du métier à tisser comme des cocons de papillons pris au piège dans une toile d'araignée.

— Va t'occuper de mes affaires, Beltar, dit-elle d'une voix rauque. Et estime-toi heureux de ne pas avoir assez de cran pour t'opposer à moi.

Ilna prit le marchand par la main et le conduisit, sanglotant et aveuglé par les larmes, vers la porte qu'elle referma derrière lui. Elle retourna aux métiers à tisser.

Dame Leah se chargerait de ce problème, Ilna n'en doutait pas. Si le chancelier hésitait à satisfaire le souhait de Leah, elle donnerait des ordres à ses subordonnés au nom du chancelier. Personne ne remettrait les ordres en question avant qu'ils soient exécutés et ensuite... eh bien, ce serait alors trop compliqué à réparer. Elle s'était chargée de Voder avant qu'il puisse endommager l'ouvrage qu'elle tissait.

Ilna reprit le travail sur l'un des rubans qu'elle avait commencés avant l'arrivée de Voder. Une tâche simple, à peine une heure de travail pour des doigts qui ne faisaient jamais d'erreur. Après un instant elle s'interrompit et plia la partie du châle coupé en deux toujours posée sur sa table de travail.

Ilna reposa le triangle de tissu, à moitié plié. Elle tendit les mains vers la pièce qu'elle venait d'arracher du cadre, caressant les enchevêtrements de fils étincelants du bout des doigts. Elle l'avait tissé pour se prouver que son talent n'était que ceci : un talent et pas une manifestation du mal.

Ilna s'agenouilla devant le métier. Elle rassembla le tissu déchiré dans ses mains et se mit à pleurer.

12

Le *Dragon-Doré* gravissait lentement la plage, chacun des trois avirons tiré par une paire de Sérians tandis que Cashel s'occupait du quatrième. Le soleil couchant allongeait l'ombre du vaisseau le long du rivage et des buissons de tamaris.

— Hourra ! s'écria Mellie perchée sur l'épaule de Cashel. (Elle sauta sur ses mains avant de revenir en position normale.) Oh, c'est si bon d'être de retour sur terre, pas vrai ?

Cashel fit un grand sourire en tirant sur l'aviron, veillant à ne pas frapper les marins qui faisaient de même de l'autre côté du vibord. En réalité, Mellie était perchée sur son épaule, et lui-même se tenait encore sur le pont du *Dragon-Doré*. Que le fond plat du navire glisse sur des eaux peu profondes ou qu'il soit posé comme maintenant sur le sable ne changeait pas grand-chose pour lui.

— C'est vrai, je ne suis pas une pixie des mers ! dit Mellie avec aigreur, comme si elle lisait dans les pensées de Cashel. Oh, viens, Cashel !

Elle plongea de son épaule vers sa taille, se rattrapa d'une main à la ceinture du jeune homme et descendit comme un souffle de vent le long de sa jambe droite couverte de poils pour finalement atteindre le sol.

— Hé, attends-moi ! cria Cashel.

Il oubliait parfois que les autres ne pouvaient pas voir la pixie, mais cela n'avait sans doute pas beaucoup d'importance. Les Sérians le traitaient de toute façon comme s'il appartenait à une autre espèce. Qu'il parle à lui-même ou au vide ne le rendait pas plus étrange à leurs yeux.

Les Hauts-Terriens pouvaient voir Mellie, et ils se comportaient de plus comme si Cashel était une version beaucoup plus grande d'eux-mêmes. Quand Cashel y songeait, c'était encore plus dérangeant.

Tous les Hauts-Terriens avaient détalé du bateau, alors que la proue carrée glissait encore sur l'eau. Les petits hommes cabriolaient et poussaient des gloussements de joie ; Mellie n'était pas la seule à bord du *Dragon-Doré* à se réjouir de retrouver la terre ferme. L'un des petits hommes lança un cri flûté et désigna quelque chose ; la dizaine d'hommes quitta la crique érodée pour disparaître dans les broussailles.

Le *Dragon-Doré* avait accosté, à cause des Hauts-Terriens, sur l'une des centaines d'îlots déserts qui parsemaient la mer Intérieure. Le vaisseau sérian avait dû quitter le port avant d'être complètement affrété ; ainsi manquaient à bord les légumes frais et la viande qui était la seule nourriture concevable pour les Hauts-Terriens. L'équipage sérian se contentait des trois quarts d'une ration normale (composée d'une galette d'avoine et d'oignons) et y ajoutait à l'occasion du poisson, ce qui suffirait jusqu'à ce que le *Dragon-Doré* accoste dans un vrai port. Les hommes des Hautes-Terres, en revanche, mourraient de faim si rien n'était fait rapidement.

La nourriture était toujours un problème lors d'un long voyage, même quand il ne s'agissait pas d'une question de vie ou de mort. Un navire marchand à voile pouvait se retrouver encalminé pendant plus d'un mois, obligé d'avancer avec lenteur grâce au labeur éreintant d'un équipage ramant avec des avirons prévus uniquement pour manœuvrer dans les ports. Au cours des siècles, de prudents capitaines avaient déposé des chèvres sur la plupart des îlots dotés d'un minimum de végétation et de mares pour récupérer l'eau de pluie. Les robustes petites créatures faisaient occasionnellement le repas des loups de mer, et procuraient de la viande fraîche aux marins disposés à les chasser.

« Disposés » n'était pas le bon mot pour décrire les hommes des Hautes-Terres. Cashel ne pensait pas qu'ils se donneraient la peine de cuisiner les deux premières chèvres qu'ils prendraient.

Les avirons se logeaient dans des emplacements encastrés le long du bastingage. Cashel rangea le sien et recula, laissant les marins qui avaient manœuvré le deuxième aviron à tribord attacher les deux rames de la manière qu'ils jugeaient adéquate. Les nœuds étaient aussi spécifiques à une culture que les coupes de cheveux ; Cashel savait que les Sérians auraient tranquillement refait son travail dès qu'il aurait eu le dos tourné.

Il se pencha et ramassa Mellie sur son cou-de-pied pour la reposer sur son épaule malgré les braillements de colère de la pixie.

— Messieurs ? demanda-t-il à Jen et à Frasa postés sur le gaillard d'arrière. Puis-je descendre à terre, maintenant ?

L'un des deux frères – Cashel n'arrivait toujours pas à les différencier, à quelque distance que ce soit – interrompit sa discussion avec le capitaine et s'inclina profondément.

— Bien sûr, maître Cashel, répondit-il.

— C'est toi qui as passé les mille dernières années à apprendre comment rester en vie dans ce plan ? grogna Mellie tandis que Cashel ramassait son bâton et marchait à grands pas vers la proue.

— Il y a probablement des rats ici, répliqua-t-il, sourd aux protestations de la pixie. Et nous savons qu'il y a les Hauts-Terriens. Je ne laisserai pas quelque chose t'arriver alors que tu es sous ma responsabilité.

Les marins sautaient par-dessus bord et roulaient sur le rivage en s'éclaboussant. Ils se construiraient des abris avec des broussailles pour passer la nuit et réchauffer leurs galettes d'avoine, mais, contrairement à Mellie ou aux Hauts-Terriens, ils se souciaient peu d'être à terre ou pas. Les Sérians – ce qui était aussi vrai pour Jen et Frasa que pour les modestes marins – vivaient en petits groupes autarciques. Cela ne faisait pour eux pas grande différence d'être confinés dans la coque d'un bateau ou dans l'enceinte d'un complexe marchand.

Quatre marins gravissaient la plage en titubant sous le poids de la grande ancre en acier tandis que les autres soutenaient le filin. Ils la plantèrent une dizaine de mètres plus haut afin que le *Dragon-Doré* ne dérive pas pendant la nuit. D'autres encore baissaient l'ancre de bossoir à la poupe du navire pour éviter qu'un vent anormalement fort ou des vagues poussent trop le bateau sur la plage, et que ce dernier soit libéré par la marée matinale.

Jen et Frasa étaient convaincus que cette escale était sans risque, mais Cashel se souvenait sans cesse de la tempête qui avait balayé Barca et leur avait amené la trirème. Cependant, on ne lui avait pas demandé son avis ; et il était vrai que les hommes des Hautes-Terres avaient besoin de viande.

Mellie renifla et s'assit les jambes croisées, tournant le dos à Cashel.

— Il n'y a pas de rats, dit-elle. Je les aurais sentis. Et les hommes des Hautes-Terres me laisseront tranquille parce qu'ils croient que je suis ton animal de compagnie.

Elle tourna la tête et lui tira la langue.

— Je suis sûre que c'est ce que tu penses, toi aussi, ajouta-t-elle.

Cashel planta l'une des extrémités de son bâton dans le sable ; la couche supérieure battue par les vagues céda, mais pas le substrat de chaux compacte qui se trouvait dessous. Au lieu de sauter comme l'avaient fait les hommes des Hautes-Terres et les marins, Cashel se laissa doucement descendre en s'appuyant sur son bâton et le garde-fou. Un homme du poids et de la taille de Cashel apprenait très tôt à ne pas se précipiter ; et de toute façon, il n'était pas quelqu'un de pressé.

Vivre sur un bateau n'avait pas dérangé le jeune homme, mais il trouva étonnamment agréable de se retrouver au milieu de la verdure, même s'il s'agissait principalement de feuilles de tamaris, minuscules et au goût amer. Il se demanda comment les chèvres pouvaient survivre sans un meilleur fourrage, et si c'était le cas quel goût avait leur viande. Il ne pensait pas que les hommes des Hautes-Terres étaient trop difficiles.

Mellie sauta dès que Cashel eut dépassé le bord de l'eau. Elle se précipita vers un buisson et cueillit une minuscule fleur rose pour la glisser derrière son oreille ; sur la pixie, elle ressemblait à une fleur de poinsettia.

— Oh ! s'écria-t-elle en regagnant le sol d'un bond. C'est si bon !

La ravine qui descendait vers le rivage était moins un cours d'eau qu'une faille que le vent avait creusée. Elle devait cependant évacuer le trop-plein d'eau quand les tempêtes balayaient la petite isle. Des arbrisseaux se dressaient sur des plates-formes de sable corallien, leurs racines entremêlées, mais entre ces plateaux miniatures le vent avait creusé des passages sinueux.

Cashel s'arrêta à l'embouchure de la ravine. Inspectant le sol nu, il essayait de discerner les empreintes de sabots de chèvres – ou, ce qui serait plus préoccupant, de rats. Mellie avait beau dire qu'elle sentait la présence des rats, c'était lui qui…

Il leva la tête juste à temps pour voir la pixie disparaître le long de la ravine en faisant des roues à intervalles réguliers. Son rire retentit dans le virage le plus proche, puis s'évanouit lui aussi.

— Mellie ! cria Cashel.

Il leva son bâton à la verticale pour éviter qu'il se prenne dans les branches et partit au pas de course. Il espérait que, lorsqu'il passerait ce virage serré, il trouverait la pixie qui l'attendrait en lui tirant la langue.

Il le franchit. Mellie n'était pas là. Au grand étonnement de Cashel, une hutte faite d'énormes os fossilisés trônait au milieu d'une large cuvette, dans la ravine. Un vieil homme seulement vêtu d'un pagne était accroupi devant un feu de tiges de tamaris à l'entrée de sa hutte ; il faisait chauffer un liquide sombre dans un bol de terre cuite ébréché.

— Oh ! s'écria Cashel en dérapant pour s'arrêter.

Il ne s'attendait pas à rencontrer ne serait-ce qu'un bouc. Trouver une habitation, même rudimentaire, et son occupant était plus qu'une surprise.

— Bonjour monsieur ! dit le vieil homme. (Il se leva avec entrain.) Je suis *très* heureux de vous rencontrer ! Très ! Prendrez-vous un thé avec moi ?

— Je… (Cashel baissa son bâton, gêné d'avoir eu l'air prêt à abattre son arme.) Euh, non. Je suis à la recherche de…

Il s'interrompit en réalisant que le vieil homme avait peut-être vu les Hauts-Terriens, mais que Mellie lui était invisible.

— D'une amie, ajouta-t-il sans conviction.

Il se rapprocha de l'endroit où la hutte s'appuyait contre la paroi de la ravine : un passage étroit pour un humain, mais une véritable avenue pour la pixie.

— La jeune fille aux cheveux rouges ? demanda le vieil homme. (Il écarta pouce et index de la main droite, indiquant presque exactement la taille de Mellie.) Oui, elle est passée par ici. J'aurais aimé qu'elle reste un moment et que nous discutions, mais elle s'est précipitée dans ces buissons, là-bas.

Il désigna d'un grand geste la paroi recouverte de radicelles de la ravine. Elle était haute de plus de un mètre ; les tamaris montaient à deux mètres cinquante. Cashel observa en fronçant les sourcils cet enchevêtrement de broussailles.

— Je suis sûr qu'elle reviendra, cher monsieur, dit poliment le vieil homme. Pourquoi ne pas attendre avec moi ? Nous boirons du thé tout en discutant.

Cashel eut un autre froncement de sourcils en contemplant le fourré, aussi uniforme que la mer elle-même. Il pourrait se frayer un chemin au milieu des tamaris s'il le souhaitait, mais il était sûr de ne pas trouver la pixie si elle avait l'intention de se cacher. Était-elle si vexée parce qu'il avait tenté de la garder près de lui ?

— Mellie ! appela-t-il. Mellie, je suis désolé. Reviens et ne me fais plus une peur pareille !

Pas de réponse.

Cashel se retourna ; il avait l'impression que le ciel vide de tout nuage l'écrasait. Il ne savait que faire.

— Pauvre garçon, dit le vieil homme. Mais elle va bientôt revenir, j'en suis sûr. Venez vous asseoir avec moi, je vous en prie. (Avec un sourire triste et désespéré il ajouta :) Cela fait bien longtemps que je n'ai pas parlé à quelqu'un. Je suis venu ici pour être seul, mais j'ai bien peur d'avoir trop bien réussi.

— Je…, commença Cashel.

Il songea à ce que devait être la vie sur cet îlot monotone, des années sans autre compagnie que, de temps à autre, un groupe de marins en pleine partie de chasse. Ce vieux bonhomme semblait être un homme cultivé.

— Bien, j'imagine que je peux m'asseoir avec vous un moment, dit-il, mais je ne prendrai rien, merci. Tant que mon amie ne sera pas revenue, en tout cas.

— Plus tard, peut-être, dit le vieil homme, ôtant le bol du feu en le tenant par son bord le plus épais. (Il semblait tendu et pourtant aussi amical qu'un jeune chiot. En agitant sa main libre en direction de sa hutte, il ajouta :) Voudriez-vous visiter ma demeure ?

La hutte était différente de tout ce que Cashel avait vu jusque-là. Les murs étaient constitués de fémurs fossilisés dont chacun faisait le diamètre d'un tronc d'arbre fruitier. Des côtes tout aussi gigantesques formaient le toit. Les ouvertures étaient colmatées par des algues, mais Cashel ne parvenait pas à imaginer cet endroit sec ou confortable en cas de mauvais temps. Il avait déjà dormi dans des bergeries en pierre sèche, mais il avait au moins eu les moutons pour lui tenir chaud.

— Voyez-vous, je suis un ermite, même si j'ai conscience de paraître bien prétentieux en le disant ainsi, pépia le vieil homme.

Lorsque Cashel hésita, son hôte entra lui-même comme pour lui prouver qu'il n'y avait rien de sinistre dans son habitation.

— J'ai décidé de trouver une isle déserte comme celle-ci pour étudier, méditer et me purifier dans un total isolement.

Il secoua la tête et eut un petit rire.

— Juste ciel ! J'ai fort bien réussi ! En total isolement ! Oh oui !

Cashel s'accroupit pour regarder dans la hutte sans faire obstruction à la lumière. Il n'était pas tranquille ; c'était sans doute seulement à cause de son inquiétude pour Mellie, car il pouvait *sentir* la sincérité de l'amical ermite. C'était certes un vieil homme étrange, mais Cashel le soupçonnait de ne pas être très différent de Tenoctris.

De plus l'ermite était complètement inoffensif. Cashel aurait pu le briser en deux d'une seule main, sans qu'il parvienne à imaginer les circonstances qui lui auraient donné envie d'agir ainsi.

L'ermite avait dressé un lit d'algues et de branches de tamaris contre un mur. Une marmite en fer plus grosse que le pot de terre qui se trouvait sur le feu était appuyée à l'envers contre l'autre mur. À côté se trouvait un coffre assemblé en queue-d'aronde pouvant contenir un demi-boisseau, son couvercle de travers. Cashel aperçut à l'intérieur une série de casiers verticaux contenant chacun un parchemin tant et tant lu que le vernis aux extrémités des rouleaux était parti. Bien qu'usés, ces textes étaient de toute évidence conservés avec amour.

Il n'y avait pas d'objets manufacturés dans la hutte, à l'exception des deux pots et du coffre à parchemins : pas de couteau, pas de lampe, pas même un morceau de tissu. Le pagne de l'ermite était maladroitement tissé à partir de l'écorce fibreuse de tamaris, vraisemblablement par le vieil homme lui-même.

Cashel posa son bâton contre la façade de la hutte. Il scruta la porte puis s'agenouilla et pivota le torse pour pouvoir passer. L'ouverture était suffisamment haute ou presque, mais très étroite.

Il regarda une fois de plus autour de lui, persuadé qu'il ne voyait pas tout.

— Donc, vous vous nourrissez de chèvres ? demanda-t-il.

Il n'apercevait cependant ni os ni signe que l'on avait tué un animal ; pas la moindre odeur non plus, ce qui était impossible à dissimuler.

— Je suis végétarien, dit le vieil homme. Je… je n'ai pas l'intention de prêcher, cher monsieur, ne croyez pas que je désapprouve votre philosophie, quelle qu'elle soit. Pour moi cependant, il ne serait pas juste de prolonger ma vie en prenant celle d'une autre créature.

Il eut un sourire gêné.

— Cela faisait partie de la purification, voyez-vous. Je vis grâce à la générosité de la mer : les courants déposent bien des variétés de plantes sur la plage, aussi régulièrement que le soleil se lève. J'aime à penser que la Nature elle-même aide ceux qui vivent en harmonie avec elle.

— Ah ! dit doucement Cashel, perplexe.

Il passa de nouveau la hutte en revue et se demanda comment le vieil homme avait réussi à déplacer des choses aussi lourdes que ces os fossilisés.

— Je ne peux pas…, hésita le jeune homme. C'est que… je ne mange pas vraiment dans des assiettes en or. Mais cela…

L'ermite sourit avec timidité.

— Cela ne me manque pas. La nourriture, le… eh bien ! les commodités de la vie, comme on les appelle. J'ai mes études.

Il désigna d'un signe de tête le coffre de parchemins à côté duquel Cashel était accroupi.

— J'ai rempli tous les objectifs que je m'étais fixés en venant ici. J'admets cependant que je me suis parfois senti seul. Très seul, j'en ai bien peur.

Cashel percevait le désespoir dans la voix du vieil homme.

— Depuis combien de temps êtes-vous ici, monsieur ? demanda-t-il.

Ils n'avaient pas échangé leurs noms. Cashel ignorait ce qu'il répondrait si le vieil homme lui demandait le sien. Peut-être parce qu'il l'avait compris, lui-même ne l'avait pas fait. Appeler quelque chose ou quelqu'un par son vrai nom était une forme de pouvoir.

Cashel aurait voulu que Mellie soit avec lui. Elle lui manquait, plus encore qu'il l'aurait cru. Mais surtout, il regrettait les conseils qu'elle lui aurait donnés dans cette situation. Mellie aurait compris ce qui, Cashel le sentait, l'entourait en ce moment.

— Longtemps, dit l'ermite. (Sa douce voix tremblait ; il se força à sourire.) Trop longtemps pour que je m'en souvienne précisément. Au départ, le temps ne m'intéressait pas, et après quelque temps... J'ai bien peur de ne pouvoir l'évaluer.

Cashel avait vu une veuve sangloter sur la tombe de son seul enfant. Les paroles du vieil homme étaient encore plus tristes, encore plus solitaires.

— Vous savez..., dit Cashel (avait-il l'air méfiant ?), l'amie que je cherche, la plupart des gens ne peuvent pas la voir.

L'ermite sourit en comprenant la question sous-entendue.

— Vous êtes surpris que j'en sois capable ? En réalité, cher monsieur, que vous la voyiez est à peine plus surprenant que si, moi, je ne le pouvais pas. J'ai consacré ma longue vie à étudier de telles questions, et vous-même...

Il n'acheva pas sa phrase, par délicatesse.

Cashel réussit à rire.

— J'ai étudié les moutons, admit-il. Et la coupe du bois, et quelques autres choses. Mais non, je ne sais même pas lire – même si j'ai un ami qui, lui, sait.

Il rougit, conscient en parlant que se vanter devant cet homme des talents de Garric était sans doute la chose la plus stupide à être jamais sortie de sa bouche.

— Je ne sais pas pourquoi je vois Mellie, dit-il. Je la vois, c'est tout.

Il regarda le vieil homme dans les yeux.

— Je connais une dame, une magicienne. Je devine que vous en êtes un vous aussi, monsieur ?

Le vieil homme sourit.

— Je dirais plutôt un philosophe. Mais j'admets que toutes les connaissances finissent par se rejoindre.

Cashel sentit la pression augmenter. Les murs de pierre semblaient étrangement dénués de toute substance, mais le monde au-delà de la porte – le sable, les tamaris bruissant sous le vent – se resserrait autour de lui. L'air lui-même se fit plus épais, affectant la lumière.

— Il faut que je retrouve Mellie, dit-il d'une voix rauque.

Il avait l'impression d'être enterré dans du sable humide. Il pouvait bouger, mais cela l'épuisait.

— Prenez du thé, je vous en prie, et je suis sûr que vous reverrez votre amie, dit l'ermite en se penchant vers Cashel, un bol à la main.

Le liquide était probablement concocté avec quelque algue ; ce n'était assurément pas du thé, mais l'odeur était épicée et plaisante.

— Je vous en prie, cher monsieur. Je suis seul depuis si longtemps. Buvez avec moi.

Le vieil homme porta le bol à ses lèvres, prit une petite gorgée du liquide et déglutit. Il ne quittait pas Cashel des yeux. Le jeune homme entreprit de se redresser, luttant contre un poids aussi lourd que l'univers lui-même.

— Je vous en prie..., supplia le vieil homme.

Une lumière bleue. Une petite silhouette de lumière bleue se découpant à l'intérieur même de la marmite retournée.

Mellie !

Cashel saisit la marmite et l'envoya tinter contre les côtes en pierre du toit. Mellie bondit dans sa main et dansa le long de son bras en chantant de joie.

Le bol de terre cuite reposait par terre, à l'envers ; l'ermite recula.

Cashel se redressa, pressant contre le toit et la paroi.

— *Je vous en prie…*

Cashel rugit et leva les bras. Il était nimbé d'une aveuglante lumière bleue. Les pierres étaient aussi légères que le duvet d'un chardon, qu'une toile d'araignée. Il écarta les bras, abattant les murs du monde qui le retenait. Les rayons du soleil, le vent et les feuilles cireuses des tamaris s'accordèrent avec son triomphe tonitruant.

Des mots flottèrent dans les limbes alors que la lumière bleue s'estompait dans la paisible obscurité de l'inconscience… *si seul…*

Le sol sur lequel il était allongé était plongé dans les ténèbres, et seules quelques étoiles brillaient dans le ciel pourpre. Cashel entendit les bavardages joyeux des Hauts-Terriens tandis qu'ils descendaient la ravine dans sa direction. Il leva la tête.

— Je leur demande de t'aider ? proposa Mellie. Tu dois être très fatigué, Cashel. Même toi.

Trois Hauts-Terriens débouchèrent d'un virage en marchant d'un pas leste ; chacun d'entre eux portait pourtant sur ses épaules une chèvre qui pesait au moins la moitié de son poids.

Ils s'arrêtèrent avec surprise quand ils aperçurent Cashel allongé par terre. L'intensité de leurs pépiements augmenta, comme ceux des oisillons dans un nid à l'apparition de leur mère.

— Non, je peux…, dit Cashel en se retournant pour poser ses mains à plat contre le sol.

La réalité se plissa comme un tissu en plein vent. Il ne s'était jamais senti aussi faible. Que lui était-il arrivé ?

— Cashel, non, dit la pixie.

— Je le *peux,* grogna-t-il.

Tout se réduisit au contact de ses mains contre le sol graveleux. Il ne souhaitait pas vivre s'il ne pouvait se lever. Il ne resterait pas allongé ici comme un cheval fourbu.

— Je le peux !

Alors il souleva son torse, se mit à genoux, se redressa et se leva en un seul mouvement. Il tituba, dominant les Hauts-Terriens ébahis.

Le monde avait retrouvé sa solidité, et les pieds de Cashel y étaient solidement arrimés. Soulagé, il se mit à rire. Les trois hommes gazouillaient autour de lui comme un vol d'oiseaux ; Mellie roucoulait joyeusement et lui caressait l'oreille.

— Oh, tu es si fort, Cashel ! dit-elle. Cette marmite était en fer !

Il n'y avait plus le moindre signe de la hutte. Cashel se calma. Il se retourna, pensant que la cabane serait derrière lui.

Elle n'était plus là. En se penchant, Cashel distingua ses propres empreintes à peine visibles malgré le crépuscule, mais les os gigantesques et le sol noirci par le feu… ne pouvaient pas avoir disparu.

Ils avaient disparu.

— Ai-je rêvé ? demanda Cashel, autant pour lui que pour la pixie sur son épaule. Il y avait un vieil homme, un philosophe…

Les Hauts-Terriens l'entourèrent, le touchant amicalement et le tirant vers le navire. Les chèvres aux longs poils qu'ils transportaient étaient encore chaudes.

Cashel tendit les bras. Ses muscles lui faisaient mal mais ils bougeaient normalement. Il marcha avec les petits hommes, heureux de leur compagnie et de celle de Mellie.

— J'ai rêvé que je mettais cette hutte en pièces…, murmura Cashel.

Des feux scintillaient sur la plage ; à l'ouest, l'horizon était un voile de flammes rouges qui conférait au *Dragon-Doré* une silhouette disgracieuse.

— … et je n'aurais pas dû faire ça.

— Si tu avais mangé ou bu quelque chose, lui dit Mellie, il nous aurait été impossible de partir.

Les Hauts-Terriens trottinèrent vers un groupe de leurs camarades qui avaient déjà commencé à cuire leurs proies sans en ôter la peau. Les poils brûlaient avec une puanteur que les cuisiniers ne semblaient pas remarquer. Frasa et Jen – installés près d'un feu situé contre le vent par rapport à celui des Hauts-Terriens – se levèrent pour saluer Cashel.

— Ce n'était qu'un vieil homme très seul, dit celui-ci.

Il lança un regard à Mellie. La pixie fit de même, intriguée.

13

— Nous paierons notre taxe au port d'Erdin ! beugla Aran, le capitaine du navire marchand à deux mâts.

Sa voix était plus forte que ce à quoi Garric aurait pu s'attendre venant d'un homme sans porte-voix.

— Allez jouer à la marine avec quelqu'un qui a du temps à perdre ! ajouta-t-il.

— Ils ont un magicien à bord, dit Tenoctris à Garric et à Liane qui se tenaient avec elle près du bastingage du bateau. (Elle sourit très légèrement avant d'ajouter :) Il se proclame sans doute magicien, en tout cas.

L'officier à la proue du navire de guerre à un rang de rameurs employait, lui, un porte-voix.

— Mettez-vous en panne ! rugit-il, ou nous vous coulerons, et vous pourrez toujours essayer de faire les malins avec les poissons !

— C'est un navire royal d'Ornifal, dit calmement Liane. (Ses mains étaient délicatement posées sur le bastingage, les doigts écartés.) Vous voyez l'aigle sur la flamme ? S'il venait de Sandrakkan, il y aurait une tête de cheval à la place.

— Pfff ! siffla Aran. C'est la première fois cette année que le vent veut bien nous faire remonter l'Erd sans qu'on ait à louvoyer, et voilà qu'un sagouin à la botte d'un noble décide de nous retenir. Jusqu'à ce que le vent tourne, je parie.

Il lança un regard à son équipage qui l'attendait et ajouta :

— Oui, baissez les voiles ! L'abruti avec une marmite sur la tête insiste !

Garric observa le vaisseau de guerre qui avançait parallèlement au navire marchand, à cinquante mètres. Les vingt-cinq rames bougeaient avec régularité, telles les pattes de quelque gigantesque insecte. Les coups de rame semblaient lents à Garric, habitué à l'équipement plus petit et plus léger des doris de pêche ; il ne doutait pourtant pas une seconde que ce navire serait capable d'enfoncer son rostre de bronze dans la coque du navire marchand sans la moindre difficulté.

— Mais que fait ici un navire royal ? demanda Garric. Le comte de Sandrakkan n'est-il pas un ennemi du roi ?

— Ce n'est pas une guerre ouverte, expliqua Liane, mais le comte de Sandrakkan est le pire des ennemis du roi. À moins que ce soit la reine.

Garric la regarda fixement, tentant de deviner si elle plaisantait. Le visage de la jeune fille ne renvoyait qu'un intérêt poli, quoique les muscles qu'il dissimulait soient durs comme le marbre.

L'espar tomba avec fracas. Les marins agrippèrent la voile et ferlèrent en maudissant le vent. Il était bon pour les conduire à Erdin, leur destination, et si fort que, lorsqu'elle se gonflait, la voile touchait l'étai avant. Les marins de Sandrakkan pensaient qu'une voile bien gonflée retenait le vent comme un seau de l'eau, alors que les pêcheurs d'Haft que Garric avait connus ne juraient que par des voilures bien plates.

— Puisqu'il y a un magicien à bord, dit Tenoctris avec son détachement habituel, nous pouvons supposer qu'ils sont à notre recherche. Ou en tout cas à celle de ton père, Liane.

Deux marins abaissaient la voile de misaine et son espar. Ils ne pouvaient laisser la gravité s'en charger car le mât était incliné à la manière d'un beaupré pour que la vergue soit attachée très en avant de la coque. Il s'agissait d'un aménagement nécessaire, bien qu'étrange, prévu pour s'adapter à une grand-voile se gonflant autant. Garric admettait cependant que la posture de la voile de misaine permettait à ce bateau rondelet de virer de bord à une vitesse remarquable.

— Le *roi* est à notre recherche ? demanda Liane.

— Si c'est, comme vous le dites, un navire royal, répondit Tenoctris, alors oui, je le pense.

Liane avait l'air d'avoir avalé quelque chose d'amer.

— Je me demande si mon père travaillait pour la reine, dit-elle.

Tenoctris haussa les épaules.

— Il y a plus que deux partis impliqués, dit-elle. Cela dit, si vous remontiez à la source de chacun d'entre eux, vous retrouveriez pour tous la même chose.

— L'Homme au Manteau ? demanda Garric, les yeux braqués sur le navire de guerre de plus en plus proche.

Seuls quelques rameurs respectivement à la proue et à la poupe du navire le faisaient avancer.

— Non, dit Tenoctris, même s'il aimerait dire le contraire. Je parle de Malkar.

Les rameurs étaient assis sur des bancs séparés divisés par un passage central si étroit que les marins devaient marcher en biais pour s'y croiser. Au milieu de la quille se trouvait une emplanture pour un mât, mais le navire n'était alors équipé ni de mât ni d'espar : ils avaient sans doute été laissés à terre pour ne pas gêner le bateau pendant qu'il patrouillait à la force des rames. Une petite voile était roulée sur le bout-dehors qui s'avançait sur la proue. Un seul timonier posté sur l'étroite poupe s'occupait des deux gouvernails. Deux officiers arborant des ceintures, l'un à la proue et l'autre assis près du timonier avec un tambour entre les jambes, constituaient tout l'équipage de pont. Les rameurs devaient vraisemblablement quitter leurs bancs quand il était nécessaire d'ajuster la voile.

Le navire marchand perdit de la vitesse et commença à se balancer. Comme la coque du bateau était courte et sa poupe plus haute que sa proue, il se mit à tourner lentement dans le sens inverse des aiguilles d'une montre. Cela compliqua la tâche du capitaine du navire de guerre pour venir se poster à côté.

— Lancez-nous une corde ! cria-t-il. (Comme le capitaine Aran l'ignorait, il ajouta :) Lancez-moi une corde ! Ou que la Sœur m'emporte si je n'arrache pas votre bastingage avec un grappin !

— Encore en train de jouer à la marine ! ricana Aran.

Il s'approcha néanmoins du bastingage, à côté de Garric, et souleva une glène de corde de trois centimètres d'épaisseur. Il la lança d'un mouvement latéral qui la déroula en plein vol. Le capitaine du navire de guerre attrapa le bout de la corde avec tout autant d'habileté et l'enroula autour de l'une des bittes, arrimant les deux bateaux ensemble tandis que les rameurs s'employaient à terminer de les rapprocher.

Les moutons embarqués sur le navire marchand se mirent à bêler. Au cours de ce voyage, ils avaient été dociles la plupart du temps, mais les secousses que subissait alors le bateau auraient donné la nausée à un marin aguerri. Garric pensa à descendre, mais il n'y avait pas grand-chose qu'il puisse faire pour les réconforter. Même avec l'écoutille ouverte, la cale était très faiblement éclairée et les bêtes y étaient plus serrées encore que les rameurs de l'autre bateau. Il n'avait aucune raison valable de s'infliger ça.

En plus des rameurs, le navire de guerre transportait trois hommes. L'officier qui avait hélé le bateau marchand portait un casque en cuivre et une cuirasse du même métal imitant la musculature d'un demi-dieu. Son camarade – ou plus probablement son serviteur – devait sans doute astiquer le métal tous les matins pour qu'il reste aussi brillant dans l'air salé.

Le deuxième soldat portait un casque en fer et une cotte de mailles. Il avait l'air sombre, et toutes les raisons pour cela. L'armure devait être terriblement inconfortable sous ce soleil. De plus, comme Garric, l'homme savait probablement que le poids du métal le ferait couler à pic s'il venait à tomber à l'eau.

Tous deux portaient des épées, et le simple soldat possédait une lance en plus. Ces armes n'étaient guère plus que des ornements : les huit hommes composant l'équipage d'Aran auraient très facilement pu jeter les deux soldats par-dessus bord et continuer leurs affaires comme s'ils avaient été la seule menace. C'était son rostre qui conférait au navire de guerre sa véritable autorité.

Les proues des deux navires se touchèrent, le côté tribord du bateau marchand contre le bâbord du navire de guerre. Même à la proue, le navire marchand mesurait un mètre de plus que l'autre. L'officier grimaça de dégoût, mais son subalterne et lui parvinrent à se hisser sans demander l'aide de marins peu disposés à se porter volontaires. Il devait en avoir eu souvent l'expérience ces derniers temps.

Garric garda les yeux rivés sur le troisième homme à monter à bord : un vieillard maigre vêtu avec une ostensible extravagance. En lieu et place d'une tunique, il portait, fermée autour de son cou, une cape faite avec les peaux de dizaines d'oiseaux sauvages et d'animaux différents. Il avait à la main un bâton arborant de complexes motifs, taillé dans un bois très sombre, presque noir.

À peine eut-il enjambé le bastingage du navire marchand que l'homme se mit à sauter sur un pied tout en grondant et en gesticulant en direction du ciel. L'une des extrémités de son bâton se terminait par un pommeau et l'autre par une pointe.

— Quelle comédie, murmura Tenoctris avec dédain. Les temps étant ce qu'ils sont, il a plus de pouvoir qu'il l'a jamais rêvé. Malheureusement, il reste un sorcier de pacotille qui ne comprend pas plus la magie que lorsqu'il recherchait des broches égarées et mélangeait des philtres d'amour dans son village perdu.

Garric avait sorti ses armes lorsque le navire les avait abordés, mais il n'avait pas tendu la corde de son arc, et son épée était encore dans le paquet en toile cirée dans laquelle il l'avait emballée pour ce voyage en mer. Il était nerveux. Il savait qu'il pouvait laisser le roi Carus résoudre ses problèmes en agrippant tout simplement la poignée de son épée, mais ce serait ici la mauvaise réponse. Et puis Garric or-Reise ne pourrait pas complètement perdre pied avec des moutons qui bêlaient non loin.

— Nasdir ! lança sèchement l'officier au magicien. Arrêtez de sauter dans tous les sens et mettez-vous au travail.

Le magicien leva le menton en une tentative pour avoir l'air impérieux. Sa moustache tombante était blanche, quoique les rares cheveux encore sur sa tête soient noirs.

— Vous ne comprenez pas mon art, dit-il.

— Je comprends que, plus vite nous aurons trouvé ce Benlo, plus vite nous quitterons cette maudite isle qui cuit sous le soleil, quand c'est pas la pluie qui l'arrose. Au travail !

— Et arrêtez de vous demander si la prochaine chose qui arrivera à l'horizon sera une tempête ou plusieurs centaines de soldats sandrakkans prêts à nous trancher la gorge ! ajouta le soldat.

Il regarda Nasdir, ayant l'air d'essayer de choisir à quel endroit il planterait sa lance si le magicien lui en donnait la plus petite raison. La base sur les rives des terres du duc n'était peut-être pas aussi terrible que les soldats le laissaient penser, mais suffisamment dure à vivre pour que les esprits aient commencé à s'échauffer pendant la durée de cette opération de recherche.

— Vous n'êtes pas des inspecteurs des douanes sous les ordres du duc ? demanda le capitaine Aran.

Il taillait ses cheveux noirs très court, mais arborait une épaisse barbe qui se hérissait alors qu'il considérait la situation.

— Dans ce cas, qui êtes-vous, à part des rats qui idolâtrent la Dame ?

— Nous sommes les représentants de ton roi, dit froidement l'officier. Nous sommes à la recherche d'un homme,

Benlo bor-Benlimar. Je vous préviens tout de suite : s'il est à bord de votre vaisseau, vous vous épargnerez de gros ennuis en nous le livrant immédiatement.

Liane se raidit légèrement, ses lèvres formant une moue dédaigneuse. Garric n'imaginait pas qu'on puisse regarder la jeune fille sans deviner aussitôt qu'elle était de haute lignée. La plupart des gens ne regardaient pas, cela dit. Ils voyaient et entendaient ce à quoi ils s'attendaient, et personne ne se serait attendu à rencontrer une jeune noble voyageant de Carcosa à Erdin sur un bateau rempli de moutons.

Aran grogna.

— Toutes les personnes à bord sont devant vous, dit-il, et autant que je sache aucun de nous ne s'appelle Benlo. Si vous le voyez, allez-y, débarquez-le de mon bateau. Et débarquez-vous en même temps, qu'un honnête homme puisse continuer ses affaires !

— Jetons un œil à la paume de vos mains, dit l'officier en tapant le dos de la main droite d'Aran de ses index et majeur réunis.

» Et la même chose pour vous deux, ajouta-t-il en désignant d'un geste les deux hommes entre deux âges qui avaient abaissé la voile de misaine.

Ni eux ni leur capitaine ne ressemblaient ne serait-ce qu'un peu à Benlo, mais ils avaient à peu près son âge. Les autres étaient trop jeunes, à l'exception du timonier à la peau brune, aux cheveux hérissés et dépourvu de langue.

L'officier observa les paumes des trois hommes. Les cordages et les rames donnaient aux marins des cals semblables à nul autre ; un noble comme Benlo n'aurait jamais pu passer pour un marin si ses mains avaient été examinées.

— Bon, vous voulez aussi que je vous montre mes fesses, ou est-ce que je peux lever ma voile et prier pour attraper ce courant ?

— Pas encore, répondit sèchement l'officier.

Il regarda autour de lui à la recherche du magicien : Nasdir était accroupi de l'autre côté du grand mât où plusieurs marins l'observaient, absorbés. Il avait dessiné une étoile à six branches sur le pont avec la pointe de son bâton de bois dur.

Le capitaine du navire de guerre relâcha un peu le cordage pour que les deux navires cessent de s'entrechoquer dans les remous. Quatre hommes ramaient lentement afin que les navires restent au même niveau.

L'officier scruta Garric en plissant les yeux.

— Et qu'as-tu là, gamin ? demanda-t-il en désignant le paquet en toile cirée. On dirait une épée.

— C'est une épée, dit Garric en adoptant délibérément l'accent du plus campagnard de ses voisins du bourg. Et j'ai un arc aussi, si vous êtes aussi aveugle que bête et que vous pouvez pas le voir vous-même. Et là-dessous j'ai cinquante moutons, le chargement que j'amène à Sandrakkan pour maître Hakar or-Mulin.

Il se tourna et cracha par-dessus bord. Avec ce vent favorable, son crachat atterrit non loin des rames du navire de guerre. Un irrespect menaçant était la réaction naturelle d'un paysan importuné par l'autorité, et servait également à dissimuler la peur de Garric.

— Je crois pas qu'un de mes moutons s'appelle Benlo, continua-t-il, mais vous feriez mieux de leur demander.

Le capitaine Aran s'esclaffa et envoya une grande tape dans le dos de Garric.

— Ouais, faites ça, petit soldat ! dit-il. Vous trouverez certainement des recrues dans la cale ! Bêê ! Bêê !

L'officier s'empourpra, mais il n'était pas assez idiot pour déclencher une rixe qu'il était sûr de perdre, même si l'équipage du navire marchand n'en sortirait pas indemne. Le soldat eut un large sourire, mais son visage se raidit lorsque son supérieur regarda dans sa direction.

Le magicien se releva ; il se mit à danser en traînant les pieds autour de son hexagramme. Garric fit quelques pas en arrière pour mieux observer son rituel. Tout le monde à bord regardait Nasdir.

— *Salbathbal authgerotabal basuthateo !* cria celui-ci.

À chacune de ses paroles il donnait un coup de son bâton sur le pont. Garric remarqua que le magicien n'avait pas écrit les mots autour de l'hexagramme, mais seulement tracé une légère marque sur le bois entre chaque point. Il se demanda si Nasdir savait lire l'Écriture Ancienne. Savait-il seulement lire ?

— *Aleo sambethor amuekarptir !* lança Nasdir.

Sa cape bigarrée voletait au rythme de ses cabrioles. Il était nu en dessous.

Tenoctris regardait le sommet du mât du navire marchand avec l'intensité d'un juge sur le point de prononcer sa sentence. Son visage était fermé. Désapprouvait-elle la technique de Nasdir ? Sa concentration signifiait-elle autre chose ?

— Benlo bor-Benlimar *erchonsoi razaabua* ! s'exclama Nasdir en plantant son bâton au centre de l'hexagramme.

Les deux marins les plus proches de lui sursautèrent et bondirent en arrière, enfouissant les pouces dans leurs poings, un geste pour repousser le mal.

Une apparition qui ressemblait à des poussières voletant dans un rayon de soleil se mit à tourner en scintillant depuis l'hexagramme. Sa couleur passait du rouge au bleu tel l'éclat d'un œil de chat.

L'apparition était une pâle représentation de Benlo. Elle leva lentement le bras gauche et désigna le rouf qui accueillait les deux cabines des passagers.

— Nous le tenons ! s'écria l'officier. (Il leva son épée.) Par la Dame, nous le tenons enfin !

L'équipage du bateau de guerre entendit ces cris, mais les hommes se trouvaient trop bas par rapport à l'autre navire pour voir ce qui s'y passait. Le tambour monta sur le bastingage de son navire pour tenter d'observer les événements. L'étroite embarcation se mit à tanguer dangereusement ; son capitaine se tourna vers lui et vociféra furieusement.

Liane était calme comme un lever de soleil en hiver. Tenoctris tournait le dos à l'apparition mais ses lèvres bougeaient en silence. Garric crut y apercevoir l'ombre d'un sourire.

Les deux portes du rouf faisaient face à la proue. L'apparition désignait la porte droite, celle de la cabine dans laquelle dormait Garric. Le soldat s'en approcha avec précaution. Il tenait sa lance à hauteur de taille, les doigts posés autour du point d'équilibre ; il était prêt à la lancer si quelqu'un surgissait de la cabine.

Il ouvrit la porte d'un grand coup. Des étincelles rouges et bleues tourbillonnaient à l'intérieur de la petite cabine. À cette combinaison de couleurs, Garric sut que Nasdir ne savait pas distinguer les forces qu'il mettait en mouvement.

— Benlo bor-Benlimar ! répéta le magicien. *Erchonsoi razaabua !*

Il y eut un grand craquement. Le couvercle de la jarre funéraire qui se trouvait dans la cabine de Garric se souleva, emportant avec lui un morceau de la jarre.

Le corps nu de Benlo se leva lentement. Sa cage thoracique déchiquetée avait été recousue avec de la grosse ficelle. Le parfum des épices aromatiques se mélangeait à la puanteur de la chair en décomposition, mais ne parvenait pas à la dissimuler.

Le soldat beugla, fit demi-tour et courut droit sur le grand mât. Il le percuta avec fracas. Sa lance cogna contre le côté du mât, son casque s'envola et retomba derrière lui. Il se releva et chancela latéralement, toujours aveuglé par la peur.

Nasdir poussa le cri aigu d'un porc qu'on châtre et croisa les bras devant son visage, son lourd et noir bâton toujours à la main. L'officier recula sur lui ; les deux hommes s'effondrèrent en un enchevêtrement de membres.

Le soldat entreprit de passer par-dessus bord. Liane attrapa de ses deux mains celle de l'homme et le tira sur le côté pour que son coude se plie sur le cordage reliant les deux vaisseaux ensemble. Le capitaine du navire de guerre hurlait des questions, et les marins, encore au repos un instant auparavant, reprenaient leur poste sur les bancs pour se saisir de leurs rames.

Des étincelles de lumière bleue et rouge s'écoulaient par la porte ouverte comme les dernières lueurs d'un feu à l'agonie avant de disparaître au soleil. Le corps de Benlo regagna sa jarre funéraire ; l'un de ses bras pendait encore par-dessus le rebord brisé.

Nasdir et l'officier rampèrent à quatre pattes vers le bastingage. Se tremper dans l'eau avait permis au soldat d'être de nouveau en partie opérationnel : il s'était laissé glisser le long de la corde et remontait maintenant une main après l'autre pour regagner le navire de guerre.

L'officier attrapa la corde, poussant le magicien sur le côté, et réalisa qu'il avait encore son épée à la main. Il laissa tomber l'arme dans l'eau pour éviter qu'elle l'embarrasse. La poignée d'ivoire et les incrustations en or sur le ricasso brillèrent quelque temps tandis que l'arme coulait dans l'eau claire.

Nasdir se releva en hurlant et fendit l'air de son bâton. Liane esquiva un coup qui aurait pu lui briser les os.

Garric ressentit le même sentiment de répulsion que lorsqu'il avait trouvé, une nuit, un rat qui léchait le sang d'un pigeon dont la gorge avait été dévorée. Il s'avança.

— Attention !..., s'écria Liane.

Garric leva sa main gauche grande ouverte. Le bâton s'y abattit avec un grand claquement. Le duramen semblait graisseux dans la main de Garric. Sa paume lui faisait mal, mais il avait gagné ses cals en travaillant dur : la douleur n'avait rien de nouveau pour lui. Il jeta le bâton par-dessus le bastingage, à bâbord, tout en refermant la main droite sur le cou du magicien.

Nasdir bêla un moment. Garric le souleva, attrapa l'une des jambes qu'il agitait frénétiquement – de toutes petites choses malingres avec moins de muscle que le bras d'un honnête homme – et lança le magicien si loin qu'il atterrit au milieu des rames sorties du navire de guerre.

Le vieil homme parvint à s'accrocher assez longtemps à une rame pour qu'un marin le hisse à bord. Garric en fut content, mais cela ne l'avait pas beaucoup préoccupé quand il avait jeté Nasdir par-dessus bord. Il se plia en deux et s'appuya contre le bastingage, respirant profondément.

La plus grande partie de l'équipage du navire marchand avait battu en retraite vers la proue, mais le timonier contemplait ses camarades avec une stupéfaction silencieuse. Depuis sa position sur le toit du rouf, il n'avait vu que l'apparition invoquée par Nasdir. La terreur générale qui s'était ensuivie l'intriguait au plus haut point.

Le capitaine du navire de guerre et l'officier dégoulinant échangeaient des hurlements. Tenoctris, qui n'avait pas bougé depuis que les hommes étaient montés à bord, tendit alors une main vers le navire de guerre. Une flamme bleue aussi dense et pure que le cœur d'un saphir se mit à frémir au-dessus de son index.

L'officier plongea dans l'étroite allée centrale. Le capitaine lança un ordre d'une voix rauque. Les hommes se mirent à ramer confusément avant que le tambour marque le temps et leur fasse prendre le rythme.

Le petit navire s'éloigna quasiment à la vitesse d'un homme en pleine course. Tenoctris baissa le bras ; elle semblait épuisée mais souriait toujours.

— Que la Sœur vous emporte tous ! lui dit le capitaine Aran d'une voix d'ours blessé. (Il désigna la cabine.) *Cette chose* passe tout de suite par-dessus bord ! ajouta-t-il. Et estimez-vous heureux que je ne décide pas de faire de même avec vous tous.

— Non ! s'écria Liane. C'est mon père !

Aran se dirigea vers le rouf. Quatre de ses hommes le suivaient.

— Non, dit Garric.

Il savait ce qui se produirait s'il prenait son épée dans son paquet en toile cirée. Il préféra ramasser la lance que le soldat avait lâchée en heurtant le mât.

— Non, vous allez nous débarquer, nous et nos biens, à Erdin comme vous vous y êtes engagés. Dans quelques heures, nous n'aurons plus à nous revoir de toute notre vie.

Aran fit un geste aux hommes qui l'entouraient. Il tira un cabillot de bois de sa cavité, sur le bastingage bâbord.

Garric leva sa lance et la fit tournoyer avec les doigts. La lance était robuste mais tout de même plus fine qu'un bâton. Le jeune homme n'était pas aussi habile que Cashel, mais il pouvait faire danser cette arme plus légère.

— Hissez vos voiles, capitaine ! tonna Garric. À moins qu'il me faille faire sortir mon ami de sa cabine pour qu'il vienne m'aider ?

Tenoctris fit un geste discret. Garric ne savait pas vraiment ce qui se passait dans son dos, mais Aran laissa tomber le cabillot comme s'il s'y était brûlé les doigts. Les marins reculèrent d'un pas mal assuré.

— Hissez vos voiles, répéta Garric, dans un appel qui ne se voulait plus un défi.

Il fit tournoyer la lance au-dessus de sa tête : il se devait de faire forte impression avec cette arme, même s'il ne se voyait pas un instant arrêter tout l'équipage si ces hommes le chargeaient.

Aran tint bon. Il désigna quelque chose derrière Garric.

— Vous fermez cette porte, et alors nous reprendrons nos affaires. Et par le Berger, vous ne reposerez plus jamais le pied sur ce pont une fois que vous l'aurez quitté.

— Oui, dit Liane en se dirigeant vers la cabine où le corps de son père reposait. C'est ce que nous ferons.

Elle claqua la porte derrière elle. Les marins bondirent sur le palan, levant l'espar avant qu'Aran ait pu en donner l'ordre. Ils avaient compris que le seul moyen d'être libérés de Benlo était de le déposer à terre.

Garric s'appuya de tout son poids sur le manche de sa lance, complètement épuisé. Sous le pont, une brebis poussa un bêlement plaintif.

Garric ressentait exactement la même chose.

14

Il y eut un grand éclair suivi par trois monstrueux coups de tonnerre alors que Sharina relâchait le garant principal. La voile en peau détrempée tomba malgré l'emprise du vent. Sharina avait mal au bras droit et elle avait de la fièvre depuis les trois derniers jours de tempête – depuis qu'elle avait touché les tentacules d'une méduse qu'une vague avait apportée à bord. En dépit de ses vertiges, ni elle ni Nonnus ne s'imaginaient confier quelque tâche sur l'embarcation à Asera ou à Meder.

Les flots rugissaient tout autour d'eux, dessinant des crocs avec l'écume à la lueur bleu et blanc des éclairs. Quand la tempête menaça de renverser le bateau en peau, Nonnus enfonça dans l'eau la rame lui tenant lieu de gouvernail. Même si le navire dansait, il atteignit la côte nord de Sandrakkan sur sa double quille et intact. Sans l'habileté de l'ermite, ils auraient chaviré et se seraient très probablement noyés sous des tonnes d'os de baleine et de cuir.

La vague se retira. Le bateau bascula lentement sur le côté droit. Comme les Flottants ne venaient jamais à terre, ils ne dotaient pas leurs navires de virure pour amortir les chocs ; le sable de cette plage ne constituait cependant pas une menace directe pour la coque de l'embarcation.

Sharina laissa le balancement du bateau la rejeter sur le sol. Elle se mit à quatre pattes, enfonçant les doigts dans le sable. Elle aurait voulu prier pour ne plus jamais quitter la terre ferme, mais même après les épreuves de ces dernières semaines elle ne souhaitait pas passer le reste de sa vie à Sandrakkan…

Et la compagnie de Nonnus la retenait de faire appel aux dieux avec légèreté.

L'ermite avait sauté du bateau ramasseur alors que l'écume laissée par la vague bouillonnait encore. Il saisit la corde de la proue – un cordage de lin pris sur la trirème et non les lanières de cuir raides que les Flottants utilisaient avant que les insulaires s'approprient l'embarcation – et se dirigea au petit trot vers la ligne de pilotis au sommet de la plage. Plusieurs doris de pêche en bois étaient déjà tirés sur le rivage, tous retournés afin que la pluie battante ne les remplisse pas.

Des éclairs zébrèrent le ciel pendant une vingtaine de secondes sous les nuages, illuminant à la fois la mer et la terre. Sharina se releva. Elle voulait aider Nonnus mais elle était tout juste capable de tenir debout.

— Mais c'est Gonalia ! s'exclama Meder avec enthousiasme. La baie de Gonalia ! Je reconnais le château, là-haut sur le promontoire !

Il s'interrompit tandis que le tonnerre grondait, faisant vibrer le sol sous leurs pieds. D'une voix très différente, il ajouta :

— Il y a de la lumière dans le château. Qui pourrait bien s'y trouver ? Ce n'est pas un lieu à visiter la nuit.

— Que voulez-vous dire ? demanda Asera.

Elle était redevenue une procuratrice à part entière, et sa voix était tout aussi impérieuse que son maintien. Elle secoua sa robe ; elle aurait tout aussi bien fait de l'essorer. L'étoffe était si détrempée que Sharina la vit ruisseler quand la pluie se calma.

Nonnus revenait. Meder le regarda et baissa la voix en expliquant :

— Un magicien a construit ce château il y a mille ans de cela. Il n'a laissé aucun compte-rendu de ses activités, mais d'autres l'ont fait, et leurs histoires n'étaient pas du genre à attirer d'autres personnes ici. Après sa mort, la région tout entière a été désertée pendant des siècles.

— Les magiciens ! dit Asera.

Elle prononça ce mot comme une imprécation, et le son de sa voix rappela à Sharina les éclairs qui éclataient dans le ciel quelques instants auparavant.

L'ermite les rejoignit. Il posa trois doigts sur le front de Sharina. Ils étaient froids : elle savait qu'elle avait de la fièvre, mais n'avait pas réalisé que c'était aussi sérieux.

— Tu ne peux pas rester dehors, dit l'ermite. Tu peux marcher ?

— Personne ne peut rester, dit la procuratrice d'un ton cinglant.

Même la pluie qui tombait de nouveau avec vigueur n'affectait en rien son autorité retrouvée.

— S'il s'agit de Gonalia…, poursuivit-elle.

— Oui, dit Nonnus.

Asera réagit à cette interruption en fronçant les sourcils.

— Alors nous trouverons une voiture faisant route vers le sud, vers Erdin. Là, nous paierons notre traversée.

Elle parcourut le groupe du regard avant de s'arrêter sur Nonnus. Un éclair au loin transforma ses pupilles en deux billes de verre bleu.

— Et tenez vos langues ! ordonna-t-elle. Je serai une noble d'Ornifal qui a fait naufrage et vous serez mes serviteurs. J'ai assez d'argent pour nos besoins immédiats et je pourrai nous procurer des fonds à Erdin. Si l'on apprend que je suis une émissaire du roi, nous le paierons de nos vies. Comprenez-vous ?

Sharina avait envie de la gifler. Repenser à la manière dont tous, à Barca, s'étaient sentis honorés par la présence de la procuratrice lui retournait l'estomac.

Nonnus sourit faiblement.

— Oui, ma dame, dit-il. Je comprends la vie et la mort.

Il désigna du bout de son javelot les maisons en bois sur la corniche qui dominait la plage ; de la lumière passait au travers des volets entrebâillés, mais personne n'était dehors avec un temps pareil.

— Allez à l'auberge. Je vous rejoindrai très vite.

La procuratrice fronça les sourcils, renifla puis prit dans le bateau le petit sac qui contenait ses biens. Sharina crut qu'elle allait demander à l'ermite de porter ses bagages, mais elle n'était pas si stupide.

Meder avait déjà saisi son sac. Il portait son athamé d'ivoire glissé à sa ceinture, comme une arme. Sharina le regarda, puis dit à Nonnus :

— Je reste avec vous.

— Non, mon enfant, dit-il en lui touchant la joue du bout des doigts. Tu es trop malade. Mais je remercierai la Dame en ton nom dans mes prières.

Asera marcha péniblement vers l'escalier en bois qui menait à la corniche. Meder regarda Sharina, s'apprêta à parler, puis ferma la bouche sans rien dire et suivit la procuratrice.

Sharina pressa la main de Nonnus et les suivit. La pluie se remit à tomber. Les trombes d'eau glaçaient son âme sans pour autant rafraîchir son corps enfiévré.

Une fois au sommet des marches, Meder murmura quelque chose à la procuratrice ; ils attendirent Sharina. Les éclairs miroitaient sur le bois mouillé et les visages trempés de pluie des deux nobles.

— Le Pewle nous a bien servis, je le reconnais, dit Asera à Sharina alors que cette dernière gravissait l'ultime marche. Mais il ferait mieux de se rappeler sa position, maintenant que nous avons retrouvé la civilisation. Si vous êtes son amie, assurez-vous qu'il tienne compte de mon avertissement.

— Il n'a rien fait pour *vous*, ma dame, dit Sharina.

L'auberge était de l'autre côté de la rue. Elle continua à marcher tout en parlant car elle n'était pas sûre de pouvoir faire un pas de plus si jamais elle s'arrêtait au sommet de l'escalier.

— Et puisque nous en sommes aux avertissements, si jamais quoi que ce soit arrive à Nonnus, vous apprendrez à quel point je suis son amie.

Sans la fièvre, elle n'aurait jamais parlé de la sorte. Fort bien. C'était la vérité et il fallait qu'ils l'entendent.

La route était recouverte de pavés glissants, froids et durs sous les pieds de Sharina qui n'y était pas habituée. Ses cals n'y faisaient rien. Les nobles ne montraient cependant aucun signe d'inconfort ; si Meder portait des bottes, les mules à fine semelle de la procuratrice ne devaient pas beaucoup la protéger.

La vie dans le palais serait tout le temps ainsi. Sharina avait beau être la fille du comte Niard et être de sang royal – elle ne s'était pas encore vraiment donné le temps d'y réfléchir –, elle ne savait rien sur la vie qu'elle était supposée mener à Valles. Cette nouvelle existence la meurtrirait, comme ces pavés si civilisés meurtrissaient ses pieds…

Asera se débattit un instant avec la porte d'entrée de l'auberge ; elle souleva le loquet assez facilement, mais le poids du bois cerclé de fer la surprit. Des serviteurs ouvraient sans doute les portes pour elle.

Meder s'inclina pour laisser entrer Sharina dans la salle commune. Il aurait pris le paquet contenant les effets de la jeune fille si elle l'avait laissé faire. Les nobles avaient tous deux changé en retrouvant la civilisation. Tandis qu'Asera était brusquement redevenue autoritaire, le magicien n'était plus un jeune homme maussade, mais un gentilhomme raffiné au service d'une dame.

Sharina se dit qu'elle préférait le jeune homme maussade. Meder se tenait alors aussi loin d'elle que possible.

La salle commune était froide et humide. L'aubergiste assis près de la cheminée se leva ; sur le siège du côté opposé, le seul autre client tourna la tête et jeta un regard morose aux nouveaux venus. Un petit feu brûlait, rendu encore plus minuscule par l'immense âtre de calcaire.

— Êtes-vous le tenancier ? demanda Asera. Eh bien ! commencez donc à vous comporter comme tel ! Je veux un dîner et un bain chaud. Avez-vous un chauffe-vin ?

L'aubergiste semblait abasourdi. La porte d'entrée s'ouvrit violemment : Meder ne l'avait pas correctement fermée derrière lui. Sharina vérifia que Nonnus ne les avait pas suivis malgré tout, puis claqua elle-même la porte.

— Eh bien, je…, dit l'aubergiste.

L'arrivée de trois clients en pleine tempête était aussi surprenante qu'un coup de tonnerre.

— Je dois pouvoir vous préparer cela.

Il jeta un regard vers le sommet de l'escalier.

— Enzi ! Descends un peu ! Pao ! Pao ! Où es-tu, mon garçon ?

L'aubergiste enfonça un tisonnier dans le feu, vit l'expression d'Asera, et ajouta trois bûches en toute hâte.

Sharina s'effondra sur l'un des bancs creusés dans les murs de la salle commune. Tout autour d'elle lui semblait comme recouvert d'un halo blanchâtre. Son bras droit ne la faisait plus souffrir, mais elle crut l'entendre bourdonner. Elle ferma puis ouvrit la main : elle bougeait normalement.

Une femme qui portait ses cheveux en deux tresses enroulées sur le sommet de son crâne regarda par-dessus la rampe, aperçut les traits tout aristocratiques des clients et descendit avec hâte les marches en ravalant la repartie qu'elle comptait adresser à son mari. Un garçon dégingandé déboucha d'un couloir au fond de la pièce et entra dans la salle en courant.

Asera s'assit près de l'âtre sur le banc que l'aubergiste venait de quitter. Elle se pencha en avant et se réchauffa les mains au-dessus du feu.

Meder contempla l'homme sur l'autre banc comme s'il avait dans l'idée de lui ordonner de se lever. Sharina pensa que la seule vraie question était de savoir si l'homme refuserait tout simplement de bouger ou s'il abattrait sur la tête du magicien le gros bâton qu'il tenait entre ses genoux. Meder en arriva apparemment à la même conclusion ; il préféra s'asseoir à côté de Sharina. L'aubergiste conduisit le garçon vers l'autre porte en lui parlant avec un grand sérieux d'une voix trop basse pour être entendu. Le garçon écarquilla les yeux. L'aubergiste le fit sortir et ferma la porte derrière lui.

— Va chercher du vin, femme, dit-il à son épouse. Nos invités veulent du vin chaud pour se réchauffer !

Elle se hâta vers le bar et disposa un seau de cuivre sous un petit tonneau, accroché le long du mur. Avec une expression mielleuse l'aubergiste joignit les doigts et se tourna vers Asera.

— Ma dame ? Puis-je vous demander combien de temps vous comptez rester ?

— Nous partirons avec la première voiture pour Erdin, répondit Asera. Quand passera-t-elle ?

— Ah ! dit l'aubergiste ; au lieu de répondre il prit le seau des mains de sa femme et le porta vers l'âtre. Comment ma dame est-elle arrivée ici, si je puis me permettre ?

— Vous pourriez être fouetté à en avoir la peau du dos décollée si vous ne vous occupez pas de vos affaires ! dit Asera. Vous êtes inquiet pour votre règlement ? Ce n'est pas la peine !

Elle prit une pièce dans sa bourse et la tapota sur le dessus de la cheminée ; l'or produisit un harmonieux tintement.

— En addition de sièges dans cette voiture, j'ai besoin de remplacer une partie de ma garde-robe perdue pendant le naufrage. Maintenant, *quand* passera la prochaine voiture ?

— Le garçon devrait être de retour sous peu avec cette information, dit l'aubergiste. Je vais m'occuper de votre vin.

Il prit le tisonnier dans le feu, secoua le métal incandescent pour en faire tomber les cendres puis le plongea dans le seau. L'odeur de vin chaud et d'épices remplit la salle commune, rappelant à Sharina les soirées d'hiver chez elle.

Elle pensa au passé. Pour la première fois, elle réalisa pleinement qu'elle ne pourrait plus jamais rentrer chez elle, en tout cas pas celui qu'elle avait connu. Elle était un pion à la merci d'étrangers qui ne la laisseraient jamais tranquille, qui la harcèleraient si elle tentait de partir.

Sharina ferma les yeux. Elle sentait les larmes couler le long de ses joues mais elle s'en moquait. Des voix tourbillonnaient autour d'elle ; l'aubergiste parlait du climat, de faire les lits. On lui proposa du vin ; elle prit la chope en terre et la tint à deux mains. Elle ne voulait pas boire, mais le contact de l'argile chaud lui faisait du bien.

Sharina entendit des pas de chevaux. Les sabots ferrés battant les pavés produisaient un son désagréable, inhabituel. Il s'agissait de cavaliers, pas d'une voiture : le bruit des sabots n'était pas accompagné de celui des roues cerclées de fer.

La porte fut de nouveau ouverte avec violence. Sharina ouvrit les yeux. Six soldats en armure firent irruption dans la pièce, épée à la main. Ils portaient par-dessus leur cotte de mailles un tabard de lin blanc orné d'une tête de cheval noire à droite sur la poitrine. Ils emplirent la pièce de leurs cris et de leurs exclamations.

Meder bondit sur ses pieds : un soldat le repoussa sur le banc. Un autre posa la lame de son épée sur la gorge du magicien et gronda :

— Ne bouge pas, ou on verra si tu es rempli de sciure !

Asera poussa un cri de colère inarticulé. Sharina ne pouvait la voir, au milieu de tous ces hommes armés.

La jeune fille porta la chope à ses lèvres et but son vin à petites gorgées. Un soldat la regardait fixement ; il fronça les sourcils mais ne dit rien. La femme de l'aubergiste avait mis trop de noix de muscade et pas assez de cannelle, mais c'était un bon cru. Sharina ne buvait pas souvent du vin, mais Reise s'était assuré qu'elle comme Garric aient une bonne connaissance du sujet.

Images et sons étaient aussi clairs que l'air un matin d'hiver. La fièvre avait brûlé toutes les impuretés qui obstruaient son esprit, et il était maintenant plus affûté que jamais.

Un officier fit son entrée ; il portait une cuirasse imitant une puissante musculature et un casque de bronze surmonté d'un panache en crin de cheval qui contrastait avec les cottes de mailles et les marmites de fer des simples soldats. Il ne portait pas de tabard mais une simple manche de lin fixée par des crochets à son plastron ; une tête de cheval noire était dessinée sur l'épaule.

Deux des soldats se raidirent sans pour autant lâcher Asera qu'ils maintenaient entre eux. Un troisième levait à moitié son épée pour menacer l'homme assis près de la cheminée, tandis que ce dernier brandissait un gourdin. Aucun des deux hommes ne bougeait.

— Callin ! lança Asera à l'officier. Pourquoi portez-vous les couleurs de Sandrakkan ? La reine a-t-elle décidé que vous étiez si visqueux que même elle ne pouvait le supporter ?

Callin rit avec humeur. Il ôta son casque et s'inclina devant la procuratrice.

— Dame Asera, dit-il, je ne saurais vous dire à quel point je suis heureux que le roi vous ait choisie comme agent, et que ce soit moi qui vous accueille. Voyez-vous, je n'ai pas oublié votre ingérence dans l'affaire impliquant la femme du chef intendant.

Callin était un homme de haute taille avec un beau visage. Ses cheveux, aussi blonds que ceux de Sharina, lui descendaient jusqu'aux épaules. L'éclat de ses yeux bleus rappelait à la jeune fille le regard d'un serpent. Il ordonna à ses hommes de passer la pièce en revue avant de revenir à l'homme devant la cheminée.

— Pas lui, monsieur, dit précipitamment l'aubergiste. Maître Eskal inspecte les propriétés du comte dans ce district et plus à l'ouest. Je le connais bien.

Callin hocha la tête et fit signe au soldat qui faisait face à Eskal de le laisser tranquille. Il regarda Sharina et Meder. L'agent de la reine semblait détendu ; s'il avait chevauché sous la pluie pour atteindre l'auberge, son apparence était pourtant impeccable.

Sharina continua à boire son vin chaud. Elle pensa à la hachette à sa ceinture, à Nonnus toujours dehors, et attendit.

— Le comte sait-il que vous menez vos affaires dans son domaine ? demanda Asera à Callin qui lui tournait le dos. Que croyez-vous qu'il fera à cette auberge et à tous les habitants de Gonalia quand il apprendra qu'ils vous ont aidé ?

Callin se mit à rire doucement. Il toucha du doigt la tête de cheval sur sa manche.

— Oh ! le comte et ma maîtresse sont très bons amis, Asera, dit-il. Dans cette affaire, je travaille pour eux deux, et ces hommes…

Il tapota le protège-joues de l'un des soldats qui se tenait à côté de lui ; l'homme eut l'air d'avoir avalé quelque chose de particulièrement désagréable.

— … sont ceux du comte, exactement. Pas vrai, les garçons ?

Les soldats grognèrent. Sharina avait déjà vu des serpents venimeux qu'elle avait appréciés plus que ce Callin. Mais tout comme ces serpents, l'agent de la reine était d'une beauté étincelante.

Il regarda Meder et toute trace d'humour déserta ses traits.

— Oui, je vous connais aussi, n'est-ce pas, Meder bor-Mederman ?

Il prit l'athamé d'ivoire à la ceinture du magicien, l'observa avec dégoût et le lança avec précision dans le feu. Il sourit de nouveau.

— Maître Meder, les ordres de la reine précisent que je dois tous vous ramener, si possible en vie. Vous êtes supposés détenir de précieuses informations. Cependant, si vous émettez le moindre son que je pourrais interpréter comme un charme ou un sortilège, je vous ferai arracher la langue.(Son sourire s'élargit.) Non, je me suis mal exprimé. Je vous arracherai la langue moi-même.

Le soldat maintenait toujours Meder contre le mur. Callin caressa Meder sous le menton avec deux doigts.

— Les magiciens sont très bien quand ils restent à leur place, dit-il plaisamment à la ronde. C'est à cause de la magie que l'on m'a envoyée dans ce trou perdu pour attendre les agents du roi. Mais si un petit crapaud de magicien tente de se mettre sur mon chemin, eh bien ! il n'aimera pas beaucoup le sort que je lui réserve.

Callin se posta en face de Sharina, les mains sur les hanches.

— Et qui avons-nous là, mademoiselle ? dit-il.

La chope était vide. Sharina la posa sur le banc à côté d'elle.

— Je suis Sharina os-Reise de Barca, sur l'isle d'Haft, répondit-elle en regardant cet homme grand et souriant. Dame Asera m'a engagée comme servante.

— Oh, je pense que vous êtes un peu plus que cela, ma chère, dit Callin. Plus même que la plus jolie jeune fille que j'aie jamais vue sur Sandrakkan, d'après moi.

Il tira la hachette de la bandoulière de Sharina et l'inspecta d'un œil critique. Il y avait de la rouille sur la lame car elle avait négligé d'en essuyer la pluie et l'écume, mais l'acier était affûté pour rendre l'outil fonctionnel, sans encoches ni surface émoussée.

— Nous avons fait naufrage, dit simplement Sharina.

Le sourire de Callin se fit réellement appréciateur.

— Eh bien, nous veillerons à ce que ça ne vous arrive plus, dit-il.

Il regarda autour de lui puis lança la hachette dans la moulure qui surplombait le bar. La lame s'enfonça de la largeur d'un doigt dans le bois. La femme de l'aubergiste bêla de terreur puis, saisissant son tablier des deux mains, elle se l'enfonça dans la bouche.

— Allons-y, dit Callin à ses hommes d'une voix dure. Je m'occupe de dame Sharina. Que deux d'entre vous attachent les mains des autres à la queue de vos chevaux.

Il adressa un large sourire à la procuratrice.

— Si je me sens d'humeur clémente, ma chère Asera, je vous ramènerai au château. Mais je vous préviens, ma monture adopte très facilement le trot.

Callin entreprit d'offrir son bras à Sharina. La porte d'entrée s'ouvrit. Les soldats se mirent tous en position défensive. Callin tira son épée si prestement que la lame chanta en frottant contre les bords en bronze du fourreau. Les multiples couches d'acier scintillaient en un motif évoquant les remous d'un ruisseau.

Nonnus fit son entrée dans la salle commune. Il portait son javelot appuyé sur l'épaule gauche, la pointe en avant, et son baluchon pendu derrière lui.

Un soldat tenta de l'attraper à la gorge. Nonnus lui donna un coup de pied à l'aine et le projeta, suffoquant, sur le côté. Personne ne bougea pendant un instant.

— Et qui êtes-vous, mon brave ? demanda Callin.

Sharina ramassa la chope. Elle était assez lourde pour se révéler utile...

— Je suis Nonnus, fils de Bran, fils de Pewle, dit l'ermite d'une voix gutturale. Et qui êtes-vous, mon gars, à part l'homme qui va bientôt contempler ses tripes répandues s'il ne pointe pas son épée ailleurs ?

— Non ! lança Callin à l'un de ses soldats.

Sharina n'avait pas vu l'homme qui s'apprêtait à bouger, mais Nonnus adressa un signe de tête à l'officier avec un sourire de loup.

— Que faites-vous dans les environs, maître Nonnus ? demanda Callin.

Il ne bougea pas son épée, la situation ne menaçait de toute façon plus de dégénérer en bain de sang.

— Je cherche Waley le marchand, dit Nonnus. (Il balaya la salle commune d'un regard froid et furieux sans jamais changer d'expression.) Est-ce que l'un d'entre vous sait où il vit ?

Callin leva un sourcil à l'attention de l'aubergiste.

— Waley est mort il y a dix ans, dit nerveusement l'aubergiste. C'est son beau-fils Arduk qui s'occupe maintenant du commerce des peaux de phoque dans le coin. C'est le palefrenier, il habite trois portes plus loin de ce côté de la rue.

— Très bien, dit Nonnus en hochant la tête. Je vais tous vous laisser à votre petite fête.

Il lança un regard à Callin. Celui-ci se détendit imperceptiblement et gratifia Nonnus d'un bref signe de tête.

L'ermite claqua la porte derrière lui. Callin rengaina son épée et Sharina posa sa chope.

— Allons-y, répéta Callin, son expression trahissant encore la tension de ces derniers instants.

Quoi que le jeune courtisan ait pu faire d'autre dans sa vie, il avait déjà rencontré des Pewles.

— Mademoiselle (il tendit le bras à Sharina), vous monterez devant moi, sur ma selle. Je regrette de n'avoir pas pensé à vous amener un cheval supplémentaire.

Sharina ignora son bras alors qu'elle se levait et se dirigeait vers la porte. Chaque vision, chaque son était cristallin, et elle se déplaçait comme si des couteaux de cristal l'entouraient.

15

Le capitaine s'éventait avec son bonnet, le plus grand vent que la yole marchande à pont ouvert ait connu depuis le début de la journée. Il cracha par-dessus la poupe, une coutume bien connue pour invoquer le vent. Ses lèvres comme celles des quatre membres de son équipage étaient engourdies à force de cracher, et tout cela pour rien.

— Si nous n'avons pas une brise d'ici à demain, dit le capitaine, on sort les rames. Rien d'autre à faire.

— Il fait sacrément chaud, dit son second, complètement déshydraté, en regardant vers l'horizon nord. Erdin était là, à une bonne journée de route à la voile. À une éternité si le vent ne se levait pas.

La yole était chargée d'oranges en provenance de l'isle de Shengy, dans l'arc sud. Les agrumes se vendaient un bon prix à Erdin. Le capitaine avait décidé de courir le risque d'être encalminé au milieu de la mer Intérieure plutôt que de choisir la route sûre mais lente le long de la périphérie ouest – Shengy, Cordin, Haft puis finalement Sandrakkan en traversant le long passage. Ils avaient profité d'un vent du sud constant pendant tout le voyage – jusqu'à maintenant –, et ils auraient déjà pu approcher du port s'il n'était pas retombé.

Le capitaine tenta de cracher une deuxième fois. Sa bouche était trop sèche. Les trois matelots le regardaient, la mine sombre.

— Demain les rames, croassa-t-il. À moins d'un coup de vent.

Le second se releva puis se hissa tel le singe auquel il ressemblait jusqu'au sommet du mât court et penché vers l'avant. Il passa ses jambes autour du poteau et regarda vers le nord, abritant des deux mains ses yeux du soleil.

— À l'horizon ! s'exclama-t-il. Quelque chose bouge !

Le capitaine sauta sur le bastingage et le suivit afin que la voile en berne ne lui cache plus la vue. Quelque chose bougeait.

— C'est un homme sur un radeau ! dit le second. Que la Sœur m'avale mais on dirait bien un homme sur un radeau !

— Comment fait-il pour bouger, alors ? demanda le timonier, debout lui aussi.

La yole se balançait doucement tandis que l'équipage déplaçait son poids.

La chose, quelle qu'elle soit, disparut à l'horizon ou sous la surface de cette mer d'huile. La yole était de nouveau seule, à l'exception d'une paire de mouettes tournoyant autour du zénith.

— Non, dit le capitaine. (Il frissonnait en descendant du bastingage.) C'était une baleine qui lançait un jet d'eau. C'est ça qui ressemblait à un homme.

Le second le regarda, puis revint sur le pont en trois grands mouvements à la seule force des bras le long de l'étai. Il ne dit rien.

— Je sens le vent, lança le capitaine, autant une prière qu'une annonce à son équipage.

Il tourna légèrement la tête ; les longs poils qui poussaient au-dessus de son oreille se mirent à frissonner.

— Je sens le vent ! répéta-t-il, cette fois avec une joyeuse assurance. Tous sur la hanche tribord ! Virez, et nous serons à Erdin dès midi !

Il saisit lui-même l'un des cordages ; il se réjouissait, pas seulement à cause du vent, mais parce que cela lui permettait d'oublier ce qu'il croyait avoir vu. Il avait de meilleurs yeux que toutes les personnes qu'il connaissait, mais la distance était trop grande pour en juger avec certitude.

Cela ressemblait beaucoup à un homme grassouillet enveloppé d'un linceul, assis sur un simple radeau avec rien d'autre à bord. Une brume bleue entourait cette chose, et elle bougeait. Il était incontestable qu'elle bougeait.

Il était tout aussi incontestable que le capitaine espérait ne plus jamais revoir cette chose.

16

Garric n'avait jamais vu d'endroit aussi plat qu'Erdin. La mer par temps calme était plus vallonnée que cette ville dans laquelle le niveau du sol variait de moins de un mètre entre chaque quartier.

Les bâtiments eux-mêmes étaient limités à un ou deux étages – un réel contraste avec Carcosa où les immeubles comptaient cinq ou six étages branlants au-dessus du sol. Garric supposa que le sol d'Erdin n'était pas assez ferme pour supporter le poids de hauts bâtiments.

Tenoctris regarda autour d'elle avec intérêt tandis qu'elle suivait en compagnie de Garric et de Liane la double charrette à bras le long de la large rue recouverte de briques. Erdin était une ville en expansion, et non une cité figée. Carcosa avait plus de passé que de présent, et peu d'espoir pour un futur.

— De mon temps…, commença Tenoctris.

Elle sourit en pensant au millénaire qu'elle évoquait et aux décennies que la plupart des vieilles femmes recouvraient d'habitude par ces mots.

— De mon temps, le comte de Sandrakkan ne régnait guère plus loin qu'à portée de flèche de son château, sur la pointe est de l'isle. Davantage un chef de bandits qu'un souverain majeur. Et je n'ai jamais entendu parler d'Erdin.

— Stancon le Quatrième a fondé cette ville à la place du vieux port de Zabir, quinze kilomètres plus haut sur la côte, dit Liane d'un ton guindé.

En un sens, tous les nobles des Isles appartenaient à la même classe et ce quel que soit le lieu de leur naissance, mais une jeune fille de Sandrakkan avait dû entendre plus que sa part d'affronts dirigés contre sa terre natale dans une école d'Ornifal.

— C'était il y a au moins trois cents ans, précisa-t-elle.

Garric – ou plutôt l'esprit qui l'habitait – se rappela les terres marécageuses qui s'étendaient de chaque côté du fleuve Erd rendues marron par des sédiments ayant traversé la moitié de l'isle. Une seule similarité entre ce paysage et la ville d'Erdin compacte et pleine de vie : tous deux étaient plats.

— Est-ce que… euh… Stancon a décidé de cet emplacement parce qu'il était plus facile de défendre un marécage ? demanda Garric.

Il lança un regard à Liane sans savoir si cette question lui serait venue à l'esprit sans Carus, l'hôte qui s'était invité dans ses rêves.

Liane releva le menton, puis éclata d'un rire gêné.

— Oui, c'est pour cela. Les pirates d'Ornifal faisaient des incursions sur la côte sud tous les printemps. Il a construit une nouvelle cité non loin, sans endroit pour accoster à l'exception du fleuve qu'il pouvait fermer avec une chaîne. Je sais, je ne devrais pas être sur la défensive.

— Tout ce que je peux dire sur le comte de mon époque, intervint Tenoctris, c'est qu'il n'avait pas une bibliothèque assez intéressante pour que son château m'attire. Yole *avait* une excellente bibliothèque qui est sous les flots depuis mille ans. De toute évidence, le choix du comte de Sandrakkan était le plus sage.

Les deux charretiers poursuivaient leur chemin, poussant la charrette qui transportait le corps de Benlo. Garric avait de nouveau scellé le couvercle de la jarre funéraire avec de la poix brûlante. La fissure se trouvait au-dessus des anses, qui pouvaient ainsi encore être utilisées pour porter le récipient. La circulation était dense, même depuis qu'ils avaient quitté le quartier commercial, autour du port. Les appartements avaient cédé la place à des maisons pour des familles seules. Elles étaient construites en rangées, mais chacune disposait d'un bassin entouré d'un mur ou d'un jardin entre la maison proprement dite et la rue.

Garric était stupéfait de voir de lourds chariots tirés par seulement une paire de mules ou de chevaux. Erdin était plate, et le dur pavage permettait aux roues de ne pas s'enfoncer dans la route. Deux chevaux pouvaient tirer des charges qui auraient demandé six ou huit bœufs chez lui.

Ils avaient traversé trois canaux depuis qu'ils avaient quitté le port pour aller vers l'est. Des barges à fond plat étaient tirées par des mariniers en ligne qui entonnaient de sombres chansons pour synchroniser leur allure. Ces barges étaient plus grosses que tous les bateaux ayant accosté à Barca – avant l'arrivée de la trirème.

— Mon père n'a jamais prêté attention à ce que les gens pensaient d'Erdin ou de Sandrakkan, expliqua Liane, s'excusant presque. Je ne sais pas pourquoi je m'en soucie.

— Benlo se considérait comme citoyen de toutes les Isles ? demanda Garric.

C'était sa question et non celle du roi Carus, mais elle ne lui serait pas venue à l'esprit si le dernier souverain des Isles unies ne visitait pas ses rêves. Rien de mal à venir de Barca, d'Haft, de n'importe où, et d'être fier de son pays natal ; pourtant, quand cela vous amenait à rosser le premier venu sous prétexte qu'il habitait dans le bourg ou le hameau voisin…

C'était bien le problème. C'était la raison pour laquelle bien des souverains régnaient l'épée à la main, et l'utilisaient tant et tant qu'elle devenait leur réponse à tous les problèmes.

Liane observa Garric, légèrement surprise. Il se rendit compte que certaines de ses questions n'étaient pas celles d'un paysan d'Haft, même très instruit. Garric or-Reise n'était plus simplement un paysan d'Haft, même s'il l'était aussi. Il le serait toujours.

— Non, dit-elle, ce n'était pas cela. Mon père ne se considérait pas comme une part de quoi que ce soit. Il avait voyagé partout dans les Isles, et je crois même au-delà, mais cela ne lui importait pas plus que la mer importe à un poisson. Il était *dans* le monde, il n'en venait pas.

Elle regarda la jarre funéraire devant elle. La terre cuite était cirée à l'extérieur pour la rendre imperméable et pour éviter qu'elle se brise aux premiers frimas – un ouvrage grossier avant même que Garric la répare avec un peu de goudron.

Liane ne voyait ni la jarre ni l'homme qui était mort. Ses yeux étaient rivés sur le père qui lui chantait les lointaines contrées lorsqu'elle était enfant. Une larme roula sur sa joue ; elle l'essuya sans gêne.

— Je ne crois pas que quoi que ce soit le touchait, à l'exception de ma mère. Il a toujours été bon pour moi, Garric, mais je crois que c'est parce qu'il voyait ma mère à travers moi.

Garric s'éclaircit la voix. Il ne savait que dire.

La rue s'élargit encore davantage ; les voies droite et gauche étaient délimitées par une ligne de cyprès nains séparés à intervalles réguliers par des bassins d'ornement circulaires. Garric tenta d'imaginer le prix qu'exigeaient la construction et l'entretien de telles installations. Pour la première fois il appréhendait le monde de richesses et de pouvoir dans lequel Liane avait été élevée.

— Même les rues publiques sont somptueuses, dit-il à haute voix.

Tenoctris le regarda.

— Il a fallu trois siècles pour que cette cité s'élève des marais, dit-elle. Si les ténèbres reviennent, les marais reprendront leurs droits en trois ans.

Garric serra le médaillon à travers sa tunique. Il acquiesça.

Une chaise à porteurs passa à vive allure. Les hommes portaient des sandales de cuir aux épaisses semelles et grognaient « Ho ! » chaque fois que leur pied droit battait la chaussée. La femme qui se tenait très droite sous un voile de velours violet était aussi parfaite qu'une statue en ivoire de la Dame, mais la sculpture aurait semblé plus chaleureuse.

Les maisons dans ce quartier étaient très belles. Chacune se trouvait au milieu de son propre terrain entouré d'un mur ou d'une clôture en fer forgé. Liane revint au présent avec un air surpris et cria :

— Messieurs ? Tournez là, dans cette ruelle.

L'homme poussant l'arrière de la charrette regarda par-dessus son épaule. Son compagnon et lui ralentirent mais continuèrent à marcher le long du boulevard, dépassant l'intersection entre l'avenue et une ruelle de seulement trois mètres cinquante de large – pourtant plus vaste que la plupart des rues que Garric avait vues dans la Carcosa moderne.

— Non, mademoiselle, répondit l'homme. L'entrée des fournisseurs est de l'autre côté. Nous avons déjà fait des livraisons ici.

— Ce n'est pas une livraison, dit Liane. (Ses hautes pommettes s'empourprèrent.) Tournez ici si vous comptez être payés.

Les deux hommes s'arrêtèrent avec un haussement d'épaules signifiant qu'on abusait de leur patience, puis changèrent de position et firent tourner la charrette à bras dans la rue qu'ils venaient d'ignorer. Apparemment, l'un menait toujours et l'autre suivait.

— Elle verra bien, dit l'homme à l'avant sans regarder autour de lui.

L'expression de Liane aurait pu fendre la pierre.

Une haute clôture surmontée de pointes encerclait le terrain, mais à travers les barreaux Garric put distinguer la maison dont les murs de brique s'étaient érodés jusqu'à devenir brun-roux. Les fenêtres à guillotine étaient étroites et les vitres divisées en petits croisillons, un signe supplémentaire indiquant que la maison avait été construite à une époque où les verriers n'avaient pas encore appris à rouler de plus grandes plaques.

Il jeta un regard à Liane.

— Était-ce… ? demanda-t-il en désignant la maison d'un signe de tête pour achever sa question.

— Oui, dit-elle d'une voix dépourvue d'inflexions. C'est là que je suis née et que j'ai vécu jusqu'à la mort de ma mère.

Elle se retourna et interpella les deux charretiers.

— Arrêtez-vous ici.

— Ce n'est pas…, commença l'un des hommes. Dites, c'est un tombeau ! Qu'est-ce qu'il y a là-dedans ?

Avant que l'homme parle, de plus en plus en colère, Garric n'avait pas réalisé que les deux charretiers ignoraient qu'ils transportaient un corps. Les jarres funéraires de Carcosa étaient aussi peu familières aux citoyens d'Erdin qu'à Garric avant eux.

— C'est la charge pour laquelle je vous ai engagés, dit Liane en tirant une clé en bronze d'aspect complexe d'un pli de sa ceinture. Et puisque vous l'avez transportée sans faire preuve de superstition, je doublerai votre salaire dès que vous l'aurez placée à l'intérieur.

Les deux charretiers échangèrent un regard. Celui qui se trouvait à l'avant haussa les épaules.

— Vos désirs sont des ordres, mademoiselle, dit-il respectueusement.

Garric croyait jusque-là que tous les citadins avaient les mêmes coutumes. C'était aussi idiot que de croire que tous les habitants d'Haft élevaient des moutons. Au moins, il ne s'était pas rendu ridicule en disant quelque chose.

Quelque part par-delà le temps le roi Carus riait. Il y avait pire supposition, et pire conséquence que le ridicule.

Le tombeau était une construction basse en brique au fond de la propriété, entourée de sa propre clôture. Garric supposa qu'on ne pouvait pas enterrer des corps dans un sol où la nappe phréatique était aussi haute qu'à Erdin. Le lierre qui grimpait sur les clôtures et les bâtiments n'avait pas été taillé depuis trop longtemps. Des radicelles avaient creusé le mortier et descellé certaines briques. Il n'y avait qu'une seule fenêtre – petite et ronde – à l'arrière du bâtiment, et aucune sur la façade.

Liane déverrouilla le portail de la clôture extérieure. Une cour pavée s'étendait devant le tombeau, et un banc de pierre était installé à côté de la porte. Les gonds rouillés lui résistèrent ; Garric vint l'aider et poussa, forçant la porte qui s'ouvrit en grinçant.

Tenoctris observait la maison par un trou dans le lierre. La clôture envahie par la végétation cachait presque totalement la tombe pour quiconque se trouvait dans le bâtiment principal. C'était sans doute délibéré de la part des nouveaux propriétaires. Que savaient-ils de l'homme qui avait vécu là avant eux ?

Garric se préparait à prêter sa force pour ouvrir la porte du tombeau quand Liane introduisit la même clé dans la serrure, mais les gonds étaient en cuivre et abrités par le pignon en surplomb. La porte s'ouvrit vers l'extérieur avec facilité. Liane fit un pas sur le côté et dit aux charretiers :

— Placez la jarre aussi près que vous le pourrez du catafalque contre le mur du fond, je vous prie.

Elle toucha les cordons de sa bourse en guise de rappel pour les deux hommes. Ils prirent la jarre funéraire dans la charrette et la transportèrent à l'intérieur sans se plaindre.

Le blason gravé sur le marbre de la pierre de voûte surmontant la porte représentait une grappe de raisin au-dessus d'une ligne oblique – *une bande*, lui murmura une mémoire autre que la sienne –, et au-dessous, un crâne humain. Liane suivit le regard de Garric et dit :

— Nos terres à l'ouest de l'isle étaient célèbres pour leurs vins. Je ne sais pourquoi mon ancêtre a choisi le crâne.

Elle éclata d'un rire teinté d'amertume.

— Je suppose que ces terres sont toujours célèbres pour leurs vins. Simplement, elles ne nous appartiennent plus. Rien ne nous appartient plus, sauf cette tombe.

Les charretiers avaient placé la jarre funéraire comme on le leur avait demandé. Ils quittèrent rapidement la tombe en éternuant à cause de la poussière. Liane prit une pièce dans sa bourse – en argent, comme elle l'avait promis. Les deux hommes ne bloquaient plus l'étroite allée et Garric put, pour la première fois, voir à l'intérieur de l'édifice.

De chaque côté du tombeau s'étendaient deux catafalques en brique. Chacun pouvait accueillir quatre cercueils en bois de forme oblongue. La plupart des emplacements étaient occupés ; des débris sur le sol faiblement éclairé indiquaient que d'autres cercueils et leur contenu avaient pourri au fil des ans. Garric pensa à la poussière et retint son souffle.

Il y avait une estrade isolée, plus grande, contre le mur du fond. Des candélabres à cinq branches étaient placés à la tête et aux pieds du cercueil de bronze qui y était posé. Les chandelles avaient brûlé pour devenir des stalactites de cire il y avait si longtemps que même l'odeur de fumée avait disparu ; les bougeoirs, bien que ternis, étaient très certainement en argent.

— Ma mère, dit simplement Liane.

Les roues de la charrette grincèrent tandis que les deux hommes regagnaient leur lieu de travail, près du port.

— Il aurait voulu être près d'elle. Je voudrais… (Ses paroles moururent sur ses lèvres. D'une voix dure, elle reprit :) Je voudrais que Mère ne soit pas morte. Je voudrais que mon père soit mort avec elle. Et parfois, Garric, j'aimerais ne jamais être née.

Il passa le bras autour des épaules de la jeune fille et la serra, le regard tourné avec rigueur vers le mur du fond tandis qu'elle sanglotait. Au bout d'un moment elle se redressa et se moucha. Garric la lâcha mais continua à observer l'intérieur de l'édifice.

— Il n'y a pas de fenêtre, ici, dit-il. Une autre pièce se trouve derrière celle-ci.

— L'abri du gardien est construit de l'autre côté du tombeau, expliqua Liane d'une voix plus ou moins normale. C'est bien séparé. (Elle s'éclaircit la voix et ajouta :) Merci, Garric. Je pense maintenant que nous pouvons fermer cet endroit et partir. Je ne crois pas que je reviendrai.

Garric la regarda. Elle désigna les cercueils.

— Ce ne sont plus ma mère et mon père. Ce qui est triste, c'est que mon père ne l'ait jamais accepté. Il serait peut-être encore avec moi s'il avait compris que toute cette poussière n'a plus rien à voir avec un être humain.

Garric recula pour que Liane puisse fermer la porte du tombeau.

— Votre père a dû pratiquer ici pendant de nombreuses années. Il a imprégné les briques et même le sol de son pouvoir. Je n'ai jamais rien vu de semblable, si ce n'est sur les sites d'anciens temples, dit Tenoctris.

Liane ferma la porte avec force et la verrouilla. Elle marcha jusqu'à la rue et attendit tandis que Garric tirait le portail de fer.

— Nous allons trouver Polew le banquier, le contact de mon père, dit-elle. Par son intermédiaire, nous découvrirons qui l'a réellement engagé. Et alors…

Et alors quoi ? pensa Garric. Cette question n'avait pas de réponse, même dans l'esprit de Liane.

Ils repartirent vers le port et les locaux de Polew. Le soir approchait.

— Liane, votre père était un magicien très puissant, dit Tenoctris d'un air songeur. Je me demande ce qu'il aurait accompli si la mort de votre mère ne l'avait pas perverti. Et s'il ne s'était pas fait tuer, bien sûr.

17

Un rat effrayé par la lueur de la torche courut sur le pied de Sharina. Elle entendait la mer Extérieure rugir et soupirer à travers les évacuations creusées sous les cachots ; elle avait pourtant cru qu'ils se trouvaient déjà sous le niveau de la mer.

— Pas les logements les plus luxueux pour nos invités, n'est-ce pas, les garçons ? lança joyeusement Callin en fermant la marche. Mais ce sont des gens intelligents, je suis donc certain qu'ils s'adapteront.

Ils étaient peut-être sous la mer. Tout comme le moulin de Barca, le château était un ouvrage de l'Ancien Royaume : de grandes pierres empilées sans mortier. Mais ce château était aussi l'œuvre d'un magicien, et il était possible qu'un magicien soit en mesure de trouver le moyen de faire s'écouler l'eau vers le haut.

— Si je ne parviens pas à m'occuper de vous moi-même, Callin, dit la procuratrice, j'aurai au moins la satisfaction de savoir que la reine s'en chargera pour moi. C'est la seule personne que je décrirais comme encore plus perfide que vous !

La voix d'Asera avait retrouvé son ancienne autorité. L'immensité de la mer et la tempête avaient brisé son esprit, mais aucun adversaire humain ne pouvait l'intimider.

Meder frissonnait si violemment que deux soldats le traînaient et le portaient tout à la fois dans l'escalier en colimaçon et le long du couloir de pierre noire. Callin pensait que Meder jouait la comédie ; Sharina était persuadée que ce n'était pas le cas. Le jeune magicien était certes épuisé quand les gardes l'avaient libéré du cheval auquel il était attaché, mais ce n'est qu'une fois à l'intérieur du menaçant château qu'il avait commencé à trembler et à trébucher.

Sharina n'aimait pas Meder, mais elle avait trop de preuves pour douter qu'il soit vraiment un puissant magicien. L'âme de l'homme qui avait construit ce château un millier d'années plus tôt imprégnait encore ces pierres. Pour l'esprit réceptif de Meder, cela devait être aussi éreintant que d'être enfermé dans un tambour frappé par un géant.

— Je comprends ! cria Meder. (Il se mit à rire.) Je comprends vraiment !

Le soldat qui tenait son bras gauche gronda de dégoût et de colère. Il frappa Meder sur le côté de la tête, un coup maladroit mais néanmoins appuyé.

Tout le corps de Meder se relâcha pendant un moment. Le soldat à la droite du magicien dit à son camarade :

— Pourquoi as-tu fait ça ? Tu veux le porter tout seul ?

Meder se remit à marcher, mais ses yeux restaient fermés et ses genoux se seraient dérobés sous lui si les soldats l'avaient lâché. Il ricanait de temps en temps.

Le plafond bas suintait et de la condensation perlait sur les piliers torsadés au milieu du couloir. Les deux soldats en tête de la procession tenaient leur torche à hauteur de taille, et pourtant les flammes sifflaient en léchant le plafond humide.

Un autre porte-torche marchait à côté de Callin. Les quartiers dans les étages du château étaient éclairés par des bougies et des lanternes ; à en juger par l'aperçu que Sharina en avait eu alors que les soldats la faisaient descendre, elle comprit que Callin était venu à Gonalia avec l'ameublement nécessaire pour créer ce qu'il pensait être un environnement civilisé dans cette région barbare. Ses hommes utilisaient des torches parce qu'il savait que leurs lueurs vacillantes donneraient aux cachots un aspect encore plus sauvage et terrifiant.

Ils l'étaient bien assez sans cela. Sharina se demanda ce que les rats mangeaient d'ordinaire ; ils trouvaient certainement de quoi rester en bonne santé. Le plus gros des rongeurs devait peser plusieurs kilos.

— Ces cachots sont plutôt vastes, n'est-ce pas ? dit Callin. Le propriétaire originel devait être un homme très intéressant.

Il éclata de rire. Tout comme les torches, les badineries de Callin visaient à briser le moral de ses prisonniers. Cela ne marcherait pas avec Meder car l'aura du château l'avait rendu fou. Cela ne marcherait pas avec Asera car l'orgueil de la procuratrice et sa haine pour Callin étaient trop forts.

Sharina était déterminée à ne pas céder elle non plus, mais se retrouver entourée de ces pierres noires et suintantes lui donnait l'impression d'être enterrée vive. Quand les soldats partiraient, ils emporteraient toute lumière avec eux…

Le porte-torche qui ouvrait la marche s'arrêta. Ils avaient atteint le bout du couloir. Des cellules s'ouvraient de chaque côté du cul-de-sac.

— Mettez le gamin ici, dit Callin en cognant du pied les barreaux de la cellule qui se trouvait sur la droite.

Comme tout ce que faisait Callin, le mot « gamin » était choisi pour démoraliser son prisonnier ; il recélait cependant une part de vérité. Même si Callin avait à peine une trentaine d'années, il possédait une sophistication affirmée que Meder n'égalerait jamais.

La porte munie de barreaux était fermée. L'un des porte-torche la déverrouilla avec une clé de fer et l'ouvrit dans un grincement. Il tendit sa torche à l'intérieur pour que les trois prisonniers aient un bon aperçu de leur environnement.

Le sol de la cellule et le mur du fond étaient nus : ils faisaient partie du soubassement rocheux sur lequel reposait le château. Les murs latéraux étaient construits en pierres de quarante-cinq centimètres d'épaisseur, taillées dans le même basalte que le reste du château. Les longs os d'un avant-bras humain pendaient d'une menotte accrochée à l'un des murs ; quelques dents humaines parsemaient les détritus visqueux juste en dessous, mais le reste du squelette avait disparu. Sharina imagina les rats en train de ronger des os. Elle se demanda si les rongeurs attendaient que les prisonniers meurent avant de commencer à les dévorer.

Meder regarda Asera avec un sourire torve.

— J'aurais dû venir ici bien plus tôt, dit-il. (Il ricana de nouveau.) C'est pourtant si simple quand…

L'un des soldats qui tenaient Meder jura de dégoût. Ils le jetèrent dans la cellule et fermèrent violemment la porte.

— Mettez dame Asera de l'autre côté du couloir, dit Callin d'une voix traînante, délibérément nonchalante. Comme ça, elle et son magicien pourront se regarder. (Il rit avant de poursuivre :) Attendez ! J'oubliais qu'ils n'auraient pas de lumière pour se voir ! Quel dommage.

Sharina surprit la grimace que deux des soldats échangèrent alors qu'un troisième ouvrait la cellule indiquée avec la même clé. Ces hommes n'aimaient pas le chef qu'on leur avait envoyé de Valles, même si cela ne les empêchait pas d'exécuter ses ordres avec efficacité.

Asera entra dans la cellule la tête haute et en arborant un air de froid dédain. De l'eau stagnait dans le trou que les pieds d'un homme avaient creusé pendant les décennies passées à arpenter sa cellule. Des yeux brillèrent dans cette mare peu profonde avant de disparaître dans des remous.

Les gardes fermèrent et verrouillèrent la porte derrière eux. Les charnières semblaient solides. Si les pierres dataient de l'Ancien Royaume – ce qui était certainement le cas –, le fer aurait rouillé depuis longtemps dans cet environnement froid et humide. Les os se décomposaient encore plus vite. Ce château avait été utilisé plus récemment que le croyait Meder, quoique vraisemblablement pas au cours du siècle dernier.

Le garde déverrouilla la cellule qui faisait face au long couloir. Elle ne faisait qu'un demi-mètre carré ; le sol et les murs étaient recouverts d'une vase gélatineuse qui luisait d'un éclat jaune pâle à la lumière des torches.

Callin posa une main sur l'épaule de Sharina.

— J'ai bien peur que la troisième soit pour vous, ma chère, à moins que…

Il lui sourit comme une belette à une jeune poule prise au piège dans un poulailler.

— Vous savez, poursuivit-il, je suis sûr qu'une meilleure issue est possible pour une douce jeune fille comme vous. Pourquoi ne monteriez-vous pas avec moi afin que nous discutions de choses et d'autres en mangeant une collation ?

Callin partit d'un pas vif dans le couloir, tenant toujours Sharina. Les soldats, manifestement prévenus, lui emboîtèrent immédiatement le pas ; le porte-torche qui se trouvait auparavant à l'arrière avec Callin menait maintenant la procession.

— Passez une agréable nuit, Asera, lança Callin par-dessus son épaule. Peut-être vous ferai-je envoyer quelque nourriture demain.

Sharina garda le dos bien droit et le visage impassible, ignorant le contact de la pierre humide sous ses pieds. Les cachots sentaient le sel et la putréfaction, comme le cadavre d'un marin.

Les colonnes qui soutenaient le toit des cachots semblaient avoir été taillées dans le roc. À la lumière des torches, elles avaient l'air de se tordre de douleur.

Sharina ne pleurerait pas. Elle ne supplierait pas. Nonnus la sauverait.

Ils gravirent trois tours complets d'escalier pour atteindre la grande salle qui elle-même conduisait aux appartements que Callin s'était réservés au rez-de-chaussée. Les murs étaient eux aussi faits de ce basalte omniprésent, mais on les avait recouverts de tapisseries, et des roseaux fraîchement coupés jonchaient le sol.

Les soldats allumèrent des lampes à huile et jetèrent leurs torches dans l'imposant foyer, enflammant le bois qui y était déjà posé. Le vent gémissait, mais le ciel visible à travers les meurtrières sur un des murs était illuminé par le clair de lune ; la tempête s'était calmée.

— Ici, ma chère, dit Callin en approchant du feu un banc rembourré. Ces hommes vont nous apporter un repas. De la viande froide, je le crains, mais je tâcherai de faire mieux à l'avenir. Voyez-vous, je ne savais pas exactement quand vous arriveriez.

Deux soldats firent leur entrée en apportant une table déjà dressée sur laquelle se trouvaient du fromage, du jambon et du pain. Un troisième homme portait deux bouteilles de vin d'une main et une paire de verres de l'autre. Ils semblaient tous les deux aptes et disposés à agir comme les serviteurs de Callin, un surprenant contraste pour qui les avait vus faire violemment irruption dans l'auberge.

Sharina s'assit précautionneusement face au feu. Le siège était incliné : il était conçu pour que l'on s'y allonge, dans le style de la Cour royale ou des aristocrates qui singeaient la Cour. Lora s'était assurée que sa fille connaisse les manières de la Cour, mais Sharina n'avait aucunement l'intention d'essayer de manger allongée. Notamment parce qu'elle savait que cela ferait plaisir à Callin.

Les soldats posèrent la table près du siège. Callin en tira un second du côté opposé et s'allongea sur son coude gauche, observant Sharina avec son habituel sourire moqueur. Il enfonça délicatement la fourchette à servir dans un jambon et lui en tendit une tranche.

— Goûtez ceci, ma chère. Je pense que vous l'aimerez. C'est un jambon poivré dans mon propre domaine.

— Merci, répondit Sharina.

Elle prit cependant un morceau de fromage avec les doigts et le grignota. Elle avait terriblement faim : il lui fallait toute sa volonté pour ne pas engouffrer le morceau entier dans sa bouche et en prendre davantage.

— Depuis combien de temps attendez-vous ici, monsieur ?

Callin rit et se servit une tranche de jambon.

— Ce qui nous a amenés à nous rencontrer, ma chère, est du passé, et qui plus est sans aucune importance. Ce que vous et moi devons considérer est votre futur. Vous êtes une personne de grande valeur – pour les autres. Il est important que vous ne négligiez pas ce que votre valeur représente pour vous.

— Je suis une servante, dit Sharina.

Elle finit son fromage et attrapa un des pains ronds.

Callin tendit la main pour l'aider mais s'interrompit quand les doigts robustes de la jeune fille rompirent sans difficulté l'épaisse croûte. Il leva un sourcil et dit :

— Je pense que nous pouvons cesser cette comédie, ma chère. Que j'aie été là à vous attendre devrait vous convaincre que je connais parfaitement la situation. Mieux que vous, j'en suis sûr. Vous êtes la descendante du dernier grand roi des Isles, digne d'être reine vous-même. Et capable de faire de l'homme convenable un roi.

Le soldat portant le vin remplit les deux verres puis les posa sur la table près de chaque dîneur.

— J'espère que vous ne refuserez pas aussi ce vin, dit malicieusement Callin. C'est un millésime que j'apprécie particulièrement, même si je dois dire que ce n'est pas le plus adapté pour un voyage en mer.

— Merci, répéta Sharina.

Elle leva son verre et but. Le vin était suave et très fort. Elle se moquait du goût, mais le pain était sec et sa bouche l'était bien davantage.

— Voyez-vous, dit Callin, à l'heure actuelle vous êtes tout au plus un pion – que vous soyez à la merci de la reine, ma maîtresse, ou qu'Asera parvienne à vous conduire au roi. L'un comme l'autre n'auront aucun scrupule à vous utiliser ou même à se débarrasser de vous si cela les arrange.

Il y avait une légère nuance d'agacement dans la voix de Callin. Sharina prit une tranche de jambon. Sa froideur avait l'effet escompté : elle déstabilisait le courtisan alors qu'il contrôlait parfaitement la situation.

— Vous devez devenir vous-même une joueuse, dit Callin tandis que Sharina mâchait posément. Puisque vous n'avez pas de pouvoir personnel, il vous faut épouser la puissance d'un aristocrate de très bonne famille dont la lignée est presque aussi ancienne que la vôtre. Je me propose, bien entendu.

Il tendit la main pour prendre celle de Sharina, qui arrachait un autre morceau de pain ; elle tourna légèrement la boule pour le bloquer.

Un accès de colère déforma le visage de Callin : son expression, très antipathique, révélait fugacement et pour la première fois sa véritable nature. Il retrouva bientôt une neutralité de rigueur.

— Vous n'avez pas à craindre que cet arrangement gêne votre vie personnelle, dit-il d'une voix dont le tranchant affleurait sous la surface. Vous pourrez avoir autant d'aventures qu'il vous plaira, et avec qui vous voudrez, ce que moi-même je ferai, je peux vous l'assurer.

Sharina regarda directement le courtisan pour la première fois depuis qu'ils étaient revenus des cachots.

— Moi qui vous imaginais faisant l'amour à un miroir… Difficile de penser que vous puissiez aimer quelqu'un d'autre que vous-même. Ou qu'on puisse vous aimer, d'ailleurs.

Le visage de Callin devint aussi blanc que le ventre d'un requin. Il lui prit la main gauche : son poignet, sa main avaient la puissance d'un épéiste. Il l'attira à lui. Elle lui jeta le vin à la figure et tenta de lui enfoncer son verre dans la gorge.

Le soldat le plus proche laissa tomber sa bouteille et attrapa le bras de Sharina. Callin la lâcha et se leva d'un bond de son siège, essuyant son visage de la manche en velours de son habit. Le banc de Sharina se renversa quand un autre soldat l'attrapa. Callin la gifla. Sa tête percuta l'épaule de l'homme à sa droite. Les soldats avaient ôté leur armure une fois dans le château, mais les impacts de la main puis de l'os l'étourdirent et lui brouillèrent la vue.

— Très bien, gente demoiselle ! hurla Callin. Je vous souhaite tout le confort que vous méritez dans vos nouveaux appartements !

Saisissant une chandelle sur un bougeoir fixé au mur, Callin se dirigea à grands pas vers l'escalier menant aux rats, à la vase et aux ténèbres. Les soldats le suivirent, empoignant Sharina. Les pieds de la jeune fille traînèrent sur les joncs qui recouvraient le sol.

18

La lune s'était couchée et il restait encore une heure avant l'aube. L'habituelle brume matinale enveloppait Erdin. Le marchand de légumes arrêta sa charrette devant la grille du portier.

— Reava a fait des tartes aux cerises, ce matin, dit-il.

Il souleva la large feuille de molène qui entourait la pâtisserie que la cuisinière lui avait donnée alors qu'il livrait les produits pour la journée à la cuisine, derrière la maison.

— Je lui tournerais autour même s'il n'y avait rien d'autre que sa cuisine pour me tenir chaud, dit le portier tandis que les deux hommes découpaient la tarte comme ils en avaient l'habitude.

Le marchand de légumes marmonna son approbation tout en mâchant sa bouchée.

La cuisinière et le portier avaient un arrangement pendant les longues périodes durant lesquelles le mari de la cuisinière était en mer. Le marin était chez lui, à Erdin, en ce moment ; le portier évitait discrètement la cuisinière et celle-ci ne venait jamais à la grille. Cependant, elle glissait invariablement une friandise prise sur la table familiale au marchand de légumes pour qu'il la transmette à son amant.

— C'est tranquille, non ? dit le marchand de légumes.

Les hommes se connaissaient depuis une dizaine d'années ; la famille bor-Mulliman avait conservé le même personnel et les mêmes moyens d'approvisionnement quand ils avaient déménagé de la périphérie d'Erdin pour cet hôtel particulier dans un quartier aisé. Chacun était sans doute le meilleur ami de l'autre, bien qu'ils aient peu de contacts à l'exception des salutations et autres petits bavardages matinaux.

— Comme une tombe, approuva le portier de l'autre côté de la grille en fer forgé. Note que je ne me plains pas. Il vaut mieux ce calme-là plutôt que de surveiller une foule qui remonte la rue pour violer et piller les riches.

Le marchand de légumes éclata de rire.

— Je suis sûr que tu donnerais ta vie pour protéger le maître et la maîtresse, hein, Esil ? dit-il.

Le portier renifla.

— Ils me paient pas assez pour me convaincre que je suis riche, Toze, dit-il. (Il lécha un reste de garniture sur ses doigts.) Remarque, je ferais tout ce que je peux pour mettre Reava à l'abri. Elle sait cuisiner, pour sûr.

— Que le Berger me repousse si c'est pas vrai, approuva le marchand tout en mâchant.

Le mouvement de ses mâchoires ralentit et il fronça les sourcils en regardant le bout de la rue embrumée.

— Un type qui vient d'entrer dans la ruelle, dit-il.

— Pas de loi contre ça, répondit le portier en plissant tout de même les yeux pour voir quelque chose. Sans doute juste un ivrogne qui est allé arroser le lierre. Il va revenir dans une minute.

— Il a fait un sacré bout de chemin pour se soulager, murmura le marchand.

Il continua à guetter un mouvement à l'intersection de l'allée et du boulevard. À moins d'ouvrir le portail et de sortir, le portier ne pouvait voir que la portion de rue en face de son guichet.

— Il avait rien de spécial, dit le marchand en passant la langue sur ses dents pour les nettoyer. Un gros type en tunique blanche. Par contre, il y avait une espèce de lumière…

Il aurait voulu décrire la lueur bleue qu'il pensait avoir vue, mais il ne savait pas trop comment.

Un tintement d'acier résonna à l'arrière de la propriété.

— Que la Sœur l'emporte ! murmura le portier.

Il se leva de son tabouret et saisit la hallebarde à la lame semblable à une hache qui était appuyée contre son guichet.

— On dirait que je vais mériter mon salaire.

Il jeta un regard au marchand de légumes.

— Tu veux venir ? demanda-t-il.

Le marchand grimaça.

— Ouais, bien sûr.

Il se retourna et prit dans la charrette son gourdin de près de un mètre tandis que son ami ouvrait le portail.

Les terrains à l'intérieur des clôtures recouvertes de vigne étaient bien entretenus. Des arbustes que les propriétaires précédents avaient négligés pendant des années avaient été élagués ou arrachés et replantés là où ils pourraient pousser sans être entretenus.

Les deux hommes ne parlaient pas tandis qu'ils se dirigeaient là où ils avaient entendu le son. Afin de masquer le tombeau derrière la propriété, les bor-Mulliman avaient fait construire une serre après avoir emménagé. Alors que les deux hommes se trouvaient de l'autre côté d'une profusion de lobélies écarlates, un éclair de lumière bleue illumina la nuit. Quand il mourut, les ténèbres étaient encore plus sombres qu'auparavant. Il y eut un grand claquement métallique.

Le portier jura à voix basse et changea légèrement sa prise sur le manche de sa hallebarde. Il s'avança. Le marchand le retint par la manche.

Une porte s'ouvrit, puis se referma avec fracas. Le nuage de lumière bleue qui luisait à travers le feuillage était aussi léger que l'odeur de la viande avariée.

Les hommes échangèrent un regard. Le marchand éloigna son ami en le tirant par la manche. Ils marchèrent tous deux vers l'entrée de la propriété en lançant des regards par-dessus leur épaule.

— C'est pas ton travail, pas vrai ? dit le marchand. Ces terres ne font pas partie de la propriété, tu me l'as déjà dit.

— Oui, murmura le portier. C'est pas mon travail.

Il ouvrit le portail pour le marchand et passa la main de haut en bas sur les barreaux. Le contact du fer froid l'aida un peu à se calmer.

— Tu pourras en parler demain matin, quand tu auras fini ta garde, dit lentement le marchand. Bien sûr, si c'est ce que tu fais, ils se demanderont pourquoi t'as attendu.

— D'accord, dit le portier en regardant les ténèbres et en souhaitant que le soleil se lève un peu plus tôt. Il n'y avait rien là-bas, tu sais. Je ne suis même plus si sûr qu'il y ait eu une lumière. (Puis il ajouta :) Tu sais quoi, Toze ? Si cette foule arrivait dans la rue maintenant, je ne m'en plaindrais pas.

19

Les deux soldats qui tenaient chacun Sharina par un bras furent obligés de lui faire descendre de biais les marches étroites. Un troisième soldat, celui qui détenait les clés des cellules, se tenait en tête de file, une lanterne à la main.

Callin fermait la marche. La flamme de sa simple bougie vacillait et se réduisait fréquemment à l'état d'une faible lueur bleue autour de la mèche, mais il réussit à la garder allumée.

Sharina aperçut une lumière rosée pulser dans le couloir alors qu'elle était encore dans l'escalier. Elle lança des regards paniqués dans toutes les directions. Callin et ses hommes ne semblaient pas remarquer ce qui, pour elle, était évident. La lumière frémissante évoquait à la jeune fille le mouvement de la mer entre deux marées, lorsqu'elle n'est ni en train de monter, ni en train de descendre.

Ils atteignirent le bas de l'escalier. Meder chantait d'une voix forte et haut perchée, mais l'écho ne permettait pas de distinguer ses paroles. Le soldat ouvrant la marche s'arrêta et leva sa lanterne. La lueur provenant de la cellule de Meder était assez vive pour projeter l'ombre des barreaux sur le sol du couloir.

Callin la vit finalement.

— Je lui ai dit à quoi s'attendre, dit-il d'une voix espiègle en tirant son épée. Que la Sœur m'emporte si je ne l'ai pas prévenu. (Puis il ajouta d'une voix complètement différente :) Venez.

Il parcourut le couloir à grandes enjambées, libérant sa main gauche en jetant la chandelle à terre. La flamme vacilla mais continua à brûler. Les hommes qui tenaient Sharina se mirent à courir derrière lui ; Sharina allongea le pas pour éviter d'être traînée.

Asera attendait près de la porte de sa cellule, les mains sur les barreaux. Son visage était tendu et indéchiffrable, mais Sharina lui trouva l'air effrayé.

La jeune fille, elle aussi, avait peur.

Meder était assis par terre, les jambes croisées, et chantait :

— *Sesegen io barpharnices...*

Sharina sentit l'odeur du sang frais ; le cadavre d'un rat reposait au fond de la cellule, la gorge déchiquetée. Le visage du magicien était couvert de sang : il avait sûrement ouvert la gorge de l'animal avec les dents.

— Ouvrez la porte ! cria Callin au porteur de la clé.

Le soldat eut toutes les peines du monde à la saisir, rendu maladroit par la nervosité ou souhaitant en toute conscience retarder les choses.

— Ouvre-la !

Le magicien avait dessiné une étoile à six pointes sur la pierre avec le sang du rat. Il avait brisé l'un des os qui pendaient de la menotte pour s'en servir d'athamé. Il l'agitait tout en chantant :

— *Nebouthosaoualeth aktiophi ereschigal...*

Le soldat glissa la clé dans la serrure et la tourna en produisant un grincement. L'un des hommes lâcha Sharina pour tirer son épée. L'autre raffermit son étreinte sans s'en rendre compte, les lèvres retroussées en une moue hargneuse.

— *Io berbita io thobagra baui !*

Le sol de pierre se mit à gronder. Sharina et les trois soldats lancèrent des regards autour d'eux, mais Callin ne tint pas compte de ce bruit et tira sur la porte récalcitrante. Le porteur de la lanterne poussa un hurlement.

Le pilier le plus proche s'effritait. De son cœur se déploya la forme d'un démon aussi noir que la pierre elle-même. Si ses jambes étaient courtes, ses bras avaient la longueur grotesque des pinces d'une araignée de mer. La créature avait de petites mains dotées chacune de quatre griffes semblables à des dagues, évasées comme des pétales.

Callin se retourna et frappa, rapide comme un chat. L'acier trempé de sa lame lança des étincelles quand elle atteignit la tête du démon puis rebondit, chantant comme une aussière sur le point de rompre. Callin hurla de rage et de douleur, portant la main gauche à son épée pour en amortir les vibrations. Le démon attrapa sa tête et l'arracha, projetant un jet de sang.

Des fragments de pierre se détachèrent des piliers situés plus loin dans le couloir, cliquetant et sautillant comme au début d'une avalanche tandis qu'ils rebondissaient sur le sol. L'homme qui portait la lanterne la jeta contre le visage du démon et tenta de se faufiler. La bête l'attrapa des deux mains et entreprit de l'écarteler. Les silhouettes du monstre meurtrier et de sa victime se découpaient contre la lumière de la bougie posée à l'autre bout du couloir.

Les soldats encore vivants dépassèrent la créature pendant qu'elle s'occupait de leur camarade. L'homme qui avait tiré son épée la lâcha. Le démon se dandina aussitôt à leur poursuite, jetant de chaque côté les moitiés du soldat qu'il avait tué. Plus loin dans le couloir, cinq autres créatures se libérèrent de leur prison de pierre et étendirent leurs bras.

La cellule de Meder était ouverte. Sharina tira la clé de la serrure et se retourna pour libérer Asera. L'expression de son visage était plus figée que celle d'un crâne. Sharina saisit la femme par le poignet et cria :

— Venez !

Le seul moyen de sortir des cachots était de passer devant les démons. Il leur fallait essayer. Des fissures s'étendaient le long du plafond du couloir, maintenant que les piliers ne soutenaient plus le poids du bâtiment. Un fragment de pierre gros comme une tête humaine vint s'écraser juste à côté de Sharina.

Le dernier soldat poussa des hurlements effroyables quand quatre démons lui arrachèrent les membres un par un.

— Meder ! s'écria Sharina. Vous pouvez contrôler ces choses ?

Meder sortit de sa cellule, arborant une expression d'un calme surnaturel.

— Oh, ils vont s'en aller, répondit-il. Je n'ai plus besoin d'eux, voyez-vous.

Il posa une main protectrice sur l'avant-bras de Sharina. Elle se dégagea.

— Il y avait tant de choses que je ne comprenais pas avant de venir ici, dit Meder d'une voix satisfaite. C'est si clair maintenant.

Le plafond tombait en morceaux, laissant choir des débris allant des simples graviers aux pierres de plusieurs mètres. Les démons, eux aussi, s'effritaient. Le plus proche perdit un bras ; puis une de ses jambes s'effondra et son torse se brisa comme un œuf quand il heurta le sol. Tout en tirant la procuratrice – elle faisait confiance à Meder pour suivre de lui-même –, Sharina courut vers cet escalier si lointain.

Que Meder suive ou pas, cela lui était égal. Ses pieds nus glissèrent sur des entrailles humaines laissées là où un démon les avait répandues.

Laisse Meder aller là où est sa place, dans cet enfer.

Un mur qui séparait deux cellules s'écroula et le plafond avec lui. Le vacarme surpassait la terreur de Sharina. La bougie avait disparu – consumée, enterrée, étouffée par une poussière trop épaisse pour être respirée.

La pierre se changeait en sable sous les pieds de la jeune fille : il s'agissait du bras de l'un des démons qui se désintégrait en même temps que la bâtisse dont il avait été un pilier. Aveuglée, suffocante, la jeune fille se dirigea vers l'escalier en se fiant à sa mémoire.

Une lumière apparut dans un halo de poussière si dense qu'elle n'illuminait que la main qui portait la torche.

Nonnus portait la torche.

— Montez ! cria l'ermite. J'assure vos arrières !

Il tenait son couteau pewle de la main droite. Son javelot aurait été inutile, dans un escalier en colimaçon.

—Ils sont tous morts! dit Sharina.

Un autre gros bloc de pierre tomba et une vague de poussière de roche se précipita sur Sharina comme l'eau dans le canal d'amenée d'un moulin. Elle s'étouffa.

—Nous seuls...

Elle se glissa à côté de Nonnus et continua sa course, sachant qu'il ne la précéderait pas. Ils n'avaient pas assez de temps pour discuter, peut-être pas de temps du tout. Elle tenait toujours le poignet d'Asera, mais la procuratrice se déplaçait de nouveau normalement. L'air se fit plus pur au fur et à mesure qu'ils gravissaient les marches, même si chaque explosion dans les cachots expédiait chaque fois davantage de poussière dans l'escalier.

Sharina atteignit le couloir de l'étage. Un soldat y était allongé, l'air surpris, un grand sourire allant d'une oreille à l'autre taillé dans sa gorge. Une fissure courait le long du sol à la base du mur latéral, mais les caves voûtées au-dessus des cachots ne s'étaient pas encore effondrées.

Sharina se pencha et s'empara de la dague de l'homme plutôt que de perdre du temps à défaire sa ceinture et son fourreau; l'épée aurait été trop lourde et trop encombrante pour lui être d'une quelconque utilité. Le poids familier de la hachette lui manquait et il lui fallait une arme, n'importe laquelle.

Asera, désormais complètement autonome, déboucha de l'escalier devant Nonnus, qui lui-même traînait Meder par l'encolure de sa tunique. La fissure au sol s'élargit; le mur se mit à trembler très nettement.

—Dehors! cria l'ermite. Il y a une voiture et un attelage dans les écuries. Sortez vite, tout est en train de s'écrouler!

Un autre soldat gisait sur le sol de la pièce dans laquelle Sharina avait dîné. Le feu brûlait encore dans l'âtre. De la suie sortait de la cheminée à chaque secousse du château, recouvrant le cadavre d'un voile gris.

Sharina pesa de tout son poids contre la porte donnant sur l'extérieur et l'ouvrit quand les autres vinrent l'aider. Elle s'arrêta dans la cour hexagonale pavée de basalte car elle ne savait pas où se trouvaient les écuries. Callin était descendu de cheval devant la porte, laissant ses subalternes s'occuper des bêtes.

— Par ici ! dit Nonnus en ouvrant la marche le long du flanc noir du château.

Il avait récupéré son javelot.

Le ciel était clair et étoilé, quoique sans lune. Meder avait perdu son athamé en os. Son visage, ses vêtements étaient presque entièrement recouverts de poudre de roche, mais il souriait toujours.

Les murs des écuries étaient encore debout, mais au cours des années la plus grande partie du toit s'était effondrée. Complet, le bâtiment devait pouvoir accueillir quarante chevaux dans des stalles de pierre individuelles. Une partie du toit d'ardoises originel subsistait du côté le plus proche d'eux ; les hommes de Callin avaient dégagé d'autres stalles et les avaient recouvertes avec de la toile à voile.

Les chevaux hennissaient, rendus nerveux par le tremblement de la pierre sous leurs jambes. Un chaperon se détacha d'un haut mur et rebondit plusieurs fois avant de s'écraser définitivement.

— Je vous ai sauvée, Sharina, dit le magicien avec condescendance. Vous voyez ce que je peux faire pour vous. Vous serez toujours en sécurité, avec moi.

— Menteur ! s'écria Sharina. Nonnus nous aurait sauvés ! Vous n'avez rien fait ! Rien !

L'ermite lui toucha la main et tourna la jeune fille vers les écuries.

— Tu dois harnacher les chevaux, mon enfant, dit-il. Ce n'est pas une chose que j'ai eu l'occasion d'apprendre. (Puis il ajouta d'une voix emplie de désespoir :) Ce qui est fait est fait. Ce qu'il a fait, et ce que j'ai fait. Fait.

Sharina tira l'ermite pour qu'il l'accompagne à l'intérieur des écuries afin de trouver la sellerie. Elle ne voulait pas qu'il reste seul.

Livre V

I

De l'extérieur, le bâtiment avait l'air d'un entrepôt en brique semblable à la vingtaine d'autres bâtiments qui s'alignaient le long de l'Erd. Un haquet tiré par des mules et transportant des tonneaux d'essence de térébenthine passa la double porte au moment où Garric, Liane et Tenoctris arrivaient. Le haquet dégageait une forte odeur de pin, un changement bienvenu après les effluves marécageux du port.

Garric lança un regard à Liane et se demanda si elle s'était trompée d'adresse. Elle marcha vivement vers la porte piétonne et donna plusieurs coups rapides avec le marteau en fer forgé qui y était accroché, un accessoire insolite dans ce cadre.

Une petite trappe triangulaire placée à hauteur des yeux s'ouvrit.

— Dame Liane os-Benlo et ses compagnons souhaitent parler à maître Polew, dit Liane. Mon père est indisposé et il est urgent que je parle au banquier.

— Un moment, répondit une voix.

Liane se retourna vers ses compagnons et dit :

— Polew est sérian. Ces hommes se soucient peu d'afficher leurs richesses.

La porte s'ouvrit. Le portier était un homme grand et svelte qui portait une veste et un pantalon de soie brune.

— Je veillerai sur votre épée, monsieur, dit-il à Garric. Ou vous pouvez attendre dehors si vous le préférez.

Garric défit la boucle de sa ceinture et l'enroula autour du fourreau avant de confier le tout au portier. Il n'aimait pas cette arme. Son poids le déséquilibrait, et la chape qui protégeait le bout du fourreau lui cognait régulièrement le mollet quand il marchait. Les épées étaient moins communes à Erdin qu'à Carcosa, mais pas assez rares pour que Garric se fasse remarquer en portant la sienne. S'il devait protéger Liane dans les circonstances actuelles, il se devait d'être armé le plus souvent possible.

Et puis attraper une épée était un bon moyen de confier ses problèmes au roi Carus pour qu'il les règle d'une façon aussi rapide que définitive.

Dans les profondeurs de l'esprit de Garric, Carus eut un petit rire. Il y avait des moments où un homme devait agir sans réfléchir. Le problème était de savoir quand.

Le portier se tenait dans une alcôve près de l'escalier qui menait à l'étage. La brique qui les séparait du reste du bâtiment était si épaisse que, lorsque la porte se ferma derrière lui, Garric n'entendit plus les cris et le remue-ménage de l'entrepôt.

Liane trottinait en tête, pinçant sa robe des deux mains pour éviter de marcher dessus. Une fenêtre à tabatière vitrée illuminait la cage d'escalier, quelque chose que Garric n'avait jamais vu auparavant ; un porte-lampe à cinq branches pendait à une chaîne afin d'être utilisé plus tard dans la soirée.

Une jeune femme à la peau sombre et aux cheveux noirs écarta le rideau en haut de l'escalier et s'inclina devant Liane. Liane s'inclina à son tour, puis conduisit ses compagnons dans la salle qui se trouvait derrière le rideau.

Un homme âgé, grand et très maigre, était assis derrière un secrétaire aux pieds fins. Garric suspecta que l'homme était chauve sous son bonnet fait, comme sa robe, de soie blanche. Les murs étaient recouverts de panneaux de chêne blanchi. Le long des joints couraient des frises dorées représentant vignes et fruits de la passion.

— Maître Polew, dit Liane en s'inclinant.

— Dame Liane, répondit Polew en lui rendant la politesse. C'est avec regret que j'apprends l'indisposition de votre père. Je vous en prie, asseyez-vous.

Il y avait une chaise derrière le bureau et trois autres devant. Elles étaient constituées d'une dentelle de dorures et d'émail blanc, si fine que Garric craignait qu'elles cèdent sous son poids ; il pressa subrepticement la main sur le dossier de la sienne et se rendit compte qu'elle ne ployait pas. Il s'assit quelques secondes après les autres.

Près de l'un des murs latéraux se dressait la statue d'une svelte déesse flanquée, dans des niches séparées, de deux démons. De l'autre côté de la pièce, un coffre-fort était fixé au sol et au mur par des bandes de fer. La pièce n'avait pas d'autre ameublement.

Un Sérian de taille moyenne vêtu d'une fine robe de coton se tenait debout derrière la chaise de Polew. Sa tête était penchée sur le côté, ses bras pendaient. Sans qu'il regarde quoi que ce soit en particulier, Garric sentait que rien ne lui échappait.

Il s'attendait qu'un banquier ait des gardes du corps armés jusqu'aux dents. Cet homme *était* une arme.

— Maître Polew, dit Liane sans préambule, mon père a été tué au cours de la mission que lui avait confiée un mandant. Il est impératif que je sois immédiatement mise en contact avec ce dernier.

Le banquier joignit les mains. Son regard était circonspect.

— Mademoiselle, je suis extrêmement désolé pour votre père, dit-il. Je planterai un arbre à sa mémoire. Et je suis également extrêmement désolé de ne pouvoir répondre à votre requête.

Liane se pencha en avant pour parler. Polew tourna une main, paume vers l'extérieur, pour la devancer.

— Mademoiselle, ma famille s'est occupée des affaires de la vôtre pendant trois générations. Malheureusement, le compte en question n'a pas été ouvert par la famille bor-Benlimar mais par un autre client de notre établissement. Vous comprendrez qu'un homme honorable et un homme d'affaires prudent ne peut discuter les affaires de ses clients avec des tierces personnes.

— Maître Benlo a été tué par un démon, dit Garric – il sentit que sa voix tremblait légèrement. (Il posa les mains à plat sur ses cuisses et les regarda fixement.) Le démon l'a éventré puis a emmené dame Liane aux Enfers, monsieur, aux Enfers, et seule une grande magicienne a été capable de la sauver.

Il leva les yeux pour croiser ceux du banquier.

— Maître Polew, elle a le droit de savoir qui est responsable de tout cela.

Polew baissa la main. Son visage était complètement inexpressif. Il ouvrit la bouche pour parler.

— Maître Polew, dit rapidement Liane avant que le banquier exprime son refus à voix haute, le rendant ainsi définitif. Je respecte la réticence que vous éprouvez à me dire qui est votre client. Vous pouvez en revanche nous donner le nom du banquier dont la lettre de change a permis d'ouvrir ce compte, n'est-ce pas ? Cela n'entacherait pas votre honneur.

Le banquier eut un mince sourire.

— Non, mademoiselle, c'est vrai. Je crains cependant d'être dans l'impossibilité de vous donner cette information. Voyez-vous, ce compte n'a pas été ouvert avec une lettre de change. Ce client a fourni une grande quantité d'encaisse-or de haute qualité. Des pièces de l'Ancien Royaume, pour être précis. (Il pinça les lèvres puis ajouta :) Dame Liane… réflexion faite, je ne crois pas que ce soit un problème de vous dire que ce client m'est également inconnu. La personne qui a ouvert ce compte était dissimulée des pieds à la tête. Je ne pourrais le reconnaître, et je suis persuadé qu'il ne s'agissait pas du mandant. D'autres instructions nous ont été communiquées par des enfants. Ils disaient tous qu'une silhouette voilée les avait arrêtés dans la rue et leur avait dit que je les paierais pour qu'ils me livrent un paquet. C'est tout ce que je sais.

— Avez-vous encore quelques-unes des pièces originales ? demanda Tenoctris.

Polew la regarda, appréciant pour la première fois cette femme qui jusqu'à présent était restée aussi silencieuse que les meubles.

— Oui, je les ai toutes gardées, en l'occurrence. Ce sont les plus parfaites qu'il m'ait été donné de voir.

Il marcha vers le coffre-fort, puis s'agenouilla devant. Sa robe dissimulait ses mains, mais il n'insérait certainement pas de clé. Le garde du corps vint se placer entre Polew et les visiteurs et les gratifia d'un sourire vide. À moins de se concentrer sur ses yeux ou de remarquer les muscles noueux juste sous sa peau, on pouvait imaginer que l'homme était un commis simple d'esprit qui se retrouvait par erreur dans la mauvaise pièce.

Polew se releva et tendit à Liane une fine pièce grande comme l'ongle du pouce de Garric. Le roi Carus y apparaissait d'une malicieuse majesté, ses traits aussi nets que l'étampe qui avait frappé la pièce.

— Non, vous n'avez pas à me payer, mademoiselle, dit le banquier alors que Liane cherchait des pièces dans sa bourse. Considérez ceci comme un cadeau à la mémoire de votre père. En d'autres temps…

Polew parcourut la pièce du regard, un léger sourire aux lèvres. Les seules fenêtres étaient des lucarnes en verre martelé qui distordaient les images en taches colorées.

— Voyez-vous, je ne quitte que rarement mon domicile, poursuivit-il. Votre père avait coutume de me rapporter des histoires venues des terres lointaines, des histoires si merveilleuses que j'avais l'impression de voyager. Pourtant, vous savez, ces histoires n'auraient pas été merveilleuses si je les avais vécues, j'en avais conscience.

— C'était avant que ma mère meure.

Polew acquiesça.

—Avant la perte tragique de dame Mazzona, oui. Acceptez cette pièce, mademoiselle, et acceptez également mes excuses d'être incapable de vous aider davantage.

Liane et le banquier échangèrent des révérences. Elle fit volte-face et la domestique tira le rideau pour les trois visiteurs.

Ils ne parlèrent pas avant d'avoir regagné la rue et entendu que le portier verrouillait derrière eux. Liane donna la pièce à la magicienne.

—Que comptez-vous faire, Tenoctris ? demanda-t-elle.

—Demain…, répondit la magicienne. Pas ce soir, car le coucher du soleil est déjà trop proche, mais demain, en plein jour, j'aimerais retourner à votre caveau de famille. J'y aurai la tranquillité nécessaire pour accomplir un rituel sourcier qui nous dira, je le pense, d'où provient cet or. J'ai peur qu'à l'auberge quelqu'un vienne s'en mêler.

Le visage de Liane se tendit.

—Il n'est pas nécessaire qu'elle vienne, n'est-ce pas ? dit Garric.

—Je viendrai, lança Liane. C'est mon père, Garric. Je n'ai pas peur de faire tout ce qu'il faudra pour comprendre pourquoi il a dû mourir ainsi.

—Moi, j'ai peur, dit Tenoctris avec un sourire qui ne niait en rien la véracité de sa phrase. Cependant, le rituel en lui-même ne devrait pas représenter le moindre danger. La suite en revanche sera plus risquée…

2

Sharina ramena le dernier cheval d'attelage du ruisseau où elle les avait fait boire. Meder était assis et contemplait le feu de camp ; Asera disposait une couverture sous la voiture pour s'en faire un lit. Les privations n'avaient pas changé la procuratrice, mais elle avait appris à s'adapter quand il le fallait.

— Où est Nonnus ? demanda Sharina.

Ils étaient à cinq kilomètres au sud de Gonalia. La route était de bonne qualité selon les critères d'une fille de Barca – un lit ferme et des ornières pas assez profondes pour que le sol touche l'axe des roues –, mais il n'y avait pas de raison pour risquer de voyager dans l'obscurité maintenant qu'ils avaient quitté le voisinage immédiat du château.

Meder se retourna et la regarda. Le feu derrière lui estompait ses traits ; il ne parla pas.

— Il est parti dans le bois, dit Asera. (Elle montra du doigt une vague direction de l'autre côté de la route par rapport à la voiture.) Il n'y a pas longtemps. Pas très longtemps.

Sharina entrava le cheval. Lui et ses semblables échangèrent des hennissements. Ils étaient habitués aux stalles dans les relais. Ils avaient passé la plus grande partie de leur vie enfermés ou harnachés et n'étaient pas sûrs d'apprécier ces nouvelles pratiques.

La récente pluie avait fait sortir grenouilles et crapauds. Ils étaient d'espèces différentes de celles que Sharina connaissait sur Haft. Leurs cris, et tout particulièrement la plainte discordante de l'une des grenouilles, lui portaient sur les nerfs.

Elle entra dans le bois le fouet de cocher à la main, utilisant sa longue poignée pour éviter de se cogner dans l'obscurité.

Sharina n'avait pas à en vouloir à Asera et à Meder parce qu'ils étaient ce qu'ils étaient. Elle était effrayée et loin de chez elle, mais ils étaient tout aussi dépassés qu'elle.

Elle contourna un fourré de jeunes cèdres trop épais pour qu'elle s'y fraie un chemin.

— Par ici, mon enfant, énonça la voix toute proche de Nonnus.

Il était assis contre le tronc d'un conifère d'au moins trois mètres de diamètre.

— Je voulais juste vérifier…, commença Sharina. Je voulais juste vérifier que vous alliez bien.

Il rit.

— Oh, oui. Je priais.

Un autre arbre géant était tombé au cours de l'année, ouvrant une brèche de soixante mètres dans la forêt. Les jeunes arbres surgis de terre pour remplir cet espace n'avaient pas encore bouché la vue. Le clair de lune illuminait les traits de l'ermite et les détails de la clairière.

Nonnus avait taillé l'écorce à la base du conifère pour y dessiner une image de la Dame. Il n'avait pas donné plus de six rapides coups de couteau, mais même un étranger aurait immédiatement reconnu la forme. Nonnus était un artiste avec sa lame.

Sa ceinture et le couteau pewle pendaient à la branche d'un mélèze à trois mètres de l'endroit où il s'était agenouillé devant l'image. Son javelot était appuyé contre le même arbre, sa lame cannelée luisant à la lumière des étoiles.

— Il fallait que je m'éloigne d'eux, admit Sharina à voix basse. J'avais envie de…

Ses traits se durcirent lorsqu'elle se laissa aller à exprimer ce qu'elle ressentait vraiment.

— Nonnus, il ne devrait pas être en vie. Sa magie du sang me rend malade. Je préférerais mourir plutôt qu'elle me touche ! Vous n'avez pas vu ce qui est arrivé à Callin et aux gardes.

L'ermite sourit faiblement.

— Non, je n'ai pas vu cela.

Il la regarda. Son visage affichait le même calme impassible qu'à l'accoutumée. Les seules fois où Sharina lui avait vu une autre expression, il avait son couteau à la main, la lame souillée de sang.

— La mort est la mort, mon enfant, dit doucement Nonnus. La façon dont un homme en a tué un autre n'a pas d'importance pour celui qui est mort, pas plus que pour la Dame. Je ne suis pas de ceux qui discutent la façon dont un autre fait le travail.

— Nonnus, il n'est plus humain ! s'exclama-t-elle. (Elle avait envie de pleurer.) Je ne suis pas sûre qu'il l'ait jamais été.

— Ne dis pas ça ! ordonna l'ermite, avant de poursuivre d'une voix plus douce : mon enfant, interdis-toi de penser que quelqu'un n'est plus humain parce que tu n'aimes pas ce qu'il fait, ce qu'il porte ou la façon dont il prie. Jamais, car sinon tu te retrouveras à faire des choses que tu ne pourras jamais te pardonner. Ou oublier.

Sharina s'agenouilla car ses jambes tremblaient. Elle mit la tête dans ses mains et se mit à pleurer. Nonnus s'accroupit à côté d'elle et posa deux doigts sur son épaule.

— Pourquoi quelqu'un est-il mort alors que toi tu as survécu n'est pas une question pour toi, mon enfant. C'est l'affaire de la Dame. Nous devons y croire.

— Je hais ce qu'il a fait, dit Sharina. (Ses sanglots laissèrent peu à peu place à une boule dans sa gorge ; elle contrôlait de nouveau sa voix.) Nonnus, il dit qu'il a fait ça pour moi et je le crois !

— Oui, je le crois aussi, dit Nonnus.

Il posa les doigts sous son menton et releva doucement sa tête pour que les yeux de la jeune fille croisent les siens.

— J'ai tué les hommes à l'étage. Je n'ai pas pris de risques : il fallait qu'ils meurent pour que tu sois en sécurité, alors je les ai tués.

Sharina observa le visage de l'ermite et se demanda ce que lui voyait quand il la regardait.

— Si vous les avez tués pour moi, dit-elle, alors leur sang n'est pas sur vos mains.

Nonnus ne dit rien.

Sharina tira la dague de sa ceinture en tissu et marcha vers le tronc de l'arbre tombé à terre. Elle planta la lame assez profondément pour que l'épaisse écorce la soutienne ; elle n'avait ni ceinture ni étui pour suspendre l'arme à l'écart.

Elle se retourna, s'agenouilla devant la représentation de la Dame et se mit à prier pour les âmes des ennemis qui étaient morts pour qu'elle puisse vivre. Au bout d'un moment Nonnus vint s'agenouiller à son côté.

3

— « Un dieu prudemment dérobe à tous les yeux,
Sous un voile épais, l'avenir et ses chances… »,
lut Liane dans les *Odes* de Celondre.

Un sifflement métallique s'échappa du tombeau derrière eux dans lequel Tenoctris œuvrait seule. Le son était très faible. Liane s'interrompit en cours de phrase, puis reprit :

— « Il se rit du mortel dépassé par ses transes. Songe à régler au mieux l'utile présent. »

Le mince volume était le seul objet de moindre importance que Garric avait emporté avec lui. Il lui avait fallu laisser la plus grande partie de son passé derrière lui. Celondre était là pour le relier à ces temps plus simples où il n'avait à se soucier que de ce que faisaient les moutons et des colères de son père parce qu'il était trop lent pour entamer ses corvées aux écuries.

Les *Odes* de Celondre étaient restées inchangées pendant mille ans, et le seraient toujours pour les milliers d'années à venir : elles survivraient au bronze, comme Celondre lui-même l'avait très justement dit. Ce point de vue mettait tous les problèmes actuels en perspective, même les questions de vie ou de mort.

Si Tenoctris avait raison, le danger qui menaçait le cosmos balaierait cette fois même les *Odes*. Garric croyait la vieille femme, mais à un niveau émotionnel les subtiles vérités de Celondre semblaient éternelles.

À l'intérieur du tombeau un carillon résonna, le son se faisant demi-ton par demi-ton de plus en plus aigu. Liane écouta, dans un état de tension perceptible malgré un visage parfaitement dominé. Garric et elle avaient passé toute la journée à attendre sur le banc installé devant le tombeau. La clôture recouverte de lierre qui les entourait formait une sorte de charmille qui aurait pu être agréable en d'autres circonstances.

La dernière note s'évanouit. Liane posa le livre et gratifia Garric d'un sourire tremblant.

— J'ai peur, dit-elle simplement. Je ne veux pas que quelqu'un d'autre ait à souffrir par ma faute. Tenoctris et toi êtes mes seuls amis désormais. (Son sourire s'évanouit.) Et je ne cesse de penser à ce qui est arrivé à mon père, dit-elle.

— Tenoctris n'est pas comme ton père, répondit Garric. Elle fait chaque chose en son temps. Et elle a dit que ce ne serait pas dangereux.

Il n'arrivait pas à imaginer Liane effrayée. Elle était toujours allée de l'avant en faisant ce qu'il fallait : calme, rapide et décidée, et ce après avoir vu un démon apparaître de nulle part et éviscérer son père.

— J'avais l'habitude de jouer ici quand j'étais petite fille, dit-elle avec un sourire. C'était déjà un endroit isolé du reste de la propriété, même si le portail n'était pas verrouillé à l'époque. Je ne savais pas que c'était un tombeau, bien sûr, mais cela n'aurait pas eu d'importance. Je ne pensais pas du tout à la mort, avant le décès de ma mère.

La peur ne la changeait pas le moins du monde. Si un autre démon sortait du tombeau à la place de Tenoctris, Liane le frapperait en visant ses yeux avec son style, faute de meilleure arme.

Il hocha la tête. La circulation sur le boulevard à quelques dizaines de mètres produisait un bruit constant qui n'était pas envahissant. Ce n'était que très rarement que l'on passait à côté d'eux en descendant la rue : un groupe de servantes d'un autre hôtel ; un cocher conduisant son véhicule vide aux écuries ; un garçon de course qui, tout en sifflotant, faisait racler un bâton contre les barreaux de la clôture. Le garçon avait crié de peur quand il avait aperçu Garric et Liane qui l'observaient à travers le lierre.

—Je ne pensais pas que ça prendrait si longtemps, dit Garric.

Ils avaient mangé dans l'auberge près du port avant de partir au matin, mais il avait l'appétit d'un jeune homme et le repas de midi était d'ordinaire le plus important. Le soir approchait et Tenoctris n'était pas encore sortie du tombeau pour faire son compte-rendu.

La porte grinça. Garric se leva d'un bond. Il tendit d'abord la main vers la poignée de la porte, puis vers son épée, avant de n'en toucher aucune de peur de prendre la mauvaise décision.

Tenoctris sortit à la lumière du jour; Garric ne l'avait jamais vue aussi fatiguée. De la fumée s'échappa de la porte, accompagnée d'une odeur huileuse: elle avait sans doute brûlé une bonne quantité des bougies de cire qu'elle avait emportées avec elle dans le tombeau sans fenêtre.

Elle sourit à ses jeunes compagnons. Ni l'un ni l'autre ne se risquèrent à lui demander ce qui s'était passé à l'intérieur du tombeau.

—J'ai découvert d'où provient l'or, dit-elle.

Les deux jeunes gens l'aidèrent à s'asseoir sur le dallage. Elle s'agenouilla tout d'abord avant de croiser les jambes sous elle.

—Ce n'était pas difficile, pas précisément, mais il y avait plus d'étapes que je le pensais.

Tenoctris avait utilisé une vrille de lierre comme athamé. Elle l'avait encore à la main, même si l'extrémité recourbée commençait à pendre plusieurs heures après avoir été cueillie.

—J'aurais dû le savoir, dit-elle. (Elle regarda Liane puis Garric tandis que tous deux hésitaient à parler, chacun d'un côté de la magicienne.) Cela m'a pris longtemps car il s'agissait d'un plan différent du nôtre. J'aurais dû me douter que ce serait le cas. L'Homme au Manteau ne pouvait avoir survécu à notre époque, *mon* époque, s'il était resté alors que la mer se précipitait sur nous.

— Que faisons-nous maintenant ? demanda Liane avec calme.

Une chandelle brûlait encore sur le sol du tombeau, sa lumière jaunâtre contrastait avec celle du soleil déclinant.

— Je pense que quelqu'un devrait se rendre dans ce plan et voir ce qui s'y trouve, dit Tenoctris. J'aimerais y aller moi-même, mais il faut que je maintienne la porte ouverte.

— J'irai, dit Liane.

— Non, dit Garric.

Il se leva. Le jeune homme n'avait pas été aussi à l'aise depuis qu'il avait tenu tête au capitaine Aran et à son équipage. Il avait quelque chose à faire.

— J'irai. Est-ce que ça ressemblera à cet autre endroit, le monde de Strasedon ?

— Je ne sais pas, dit Tenoctris. J'ai besoin que tu me décrives le lieu. Ensuite je pourrai préparer la prochaine étape. (Elle eut un demi-sourire.) Pour cela il faudra que tu reviennes, Garric. Rien de ce que tu feras ne sera aussi important que de rentrer. En cas de danger, fais demi-tour et cours. La porte t'attendra.

— Non ! s'écria Liane en se levant elle aussi. Il n'est pas juste que Garric y aille ! Benlo était *mon* père, c'est moi qui dois courir ce risque.

— S'il ne s'agissait que de votre père je ne ferais pas tout cela, dit Tenoctris toujours assise. Je suis désolée, Liane, mais ce problème concerne le cosmos tout entier. Garric est le meilleur choix. J'aurai besoin que vous me donniez la réplique.

Elle regarda Garric avec affection et quelque chose d'autre, une sorte de triste respect.

— Garric est peut-être le meilleur choix possible parmi tous les êtres humains, et cela aussi ébranle ma foi en une nature du cosmos complètement aléatoire. C'est une chose terrible que de voir ses croyances mises en pièces à mon âge avancé.

Garric rit de concert avec l'ombre hilare du roi Carus. Ils seraient ensemble, Carus et lui, quel que soit l'endroit où ils se rendraient.

Il se pencha et releva Tenoctris.

— Maintenant ? demanda-t-il. Ou avez-vous besoin de repos, ma dame ?

— Maintenant serait le mieux, dit-elle. Vois-tu, la moitié du travail a déjà été accomplie.

Elle posa la main sur l'avant-bras de Liane. La jeune fille tremblait de colère et de frustration.

— Les risques sont énormes, Liane, dit Tenoctris. Pour vous, et pour le cosmos également.

4

— Jular bor-Raydiman ! annonça la domestique en s'inclinant lorsque le chef de la patrouille de la cité d'Erdin passa devant elle.

Ce dernier entra dans le salon où Ilna l'attendait, assise sur un divan, sous les fenêtres faisant face au sud.

Jular s'inclina quand Ilna se leva pour l'accueillir.

— Dame Ilna, quel plaisir de vous rencontrer enfin.

Le noble n'avait pas l'habitude d'être hors de son lit aussi tôt le matin – il n'était pas souvent *levé* aussi tôt, même s'il lui arrivait parfois de veiller jusqu'à cette heure. Une convocation de la mystérieuse dame Ilna n'était cependant pas une chose qu'il pouvait se permettre de refuser.

Les fenêtres montaient jusqu'au plafond. Jular s'était attendu à trouver des tapisseries ; après tout, cette femme était censée être une tisserande. Il n'y avait rien de la sorte, seulement un châle de laine grise sur le divan. L'ameublement se limitait à un trumeau, un coffre à vêtements en ronce de noyer de bonne facture mais très simple, et le divan. Jular regarda instinctivement vers le divan.

— Non, dit Ilna en se dirigeant vers le coffre. Ce n'est pas pour cela que vous êtes ici, maître Jular.

C'était une séduisante petite chose. Têtue, mais il aimait bien ce genre-là. Quand elles finissaient par céder, il ne leur restait plus ni réserve ni bravade.

Ilna se retourna et lui sourit. Jular haïssait les araignées, il les craignait plus que la mort elle-même, et pendant un bref instant…

Tout était redevenu normal. Jular ramena la main qu'il avait instinctivement portée à son cœur.

— Je vous l'ai dit, lança la jeune femme, ce n'est pas pour cela que vous êtes ici.

Elle ouvrit le couvercle du coffre.

Jular était un homme grassouillet mais encore assez jeune pour paraître beau sous un mauvais éclairage ; le salon orienté plein sud était très bien éclairé. Il respirait avec force sous le coup du choc, de cette *illusion* et, s'il avait eu une chaise à disposition, il se serait assis sans demander la permission.

Il n'y avait que la couche. Il aurait préféré mourir plutôt que de s'y asseoir.

— Venez par ici, ordonna Ilna alors qu'elle fermait le coffre et posait les trois paquets qu'elle avait pris sur le couvercle.

Une part de Jular lui disait qu'il aurait dû être furieux de recevoir les ordres d'une roturière – une femme, qui plus est. Ce ne fut cependant pas pour cela qu'il hésita.

Ilna lui adressa un grand sourire presque moqueur.

— Venez, je ne vais pas vous mordre. J'ai besoin de vous, de votre position en tout cas.

Jular obéit car il craignait ce qui pouvait se produire s'il ne le faisait pas. Il n'avait pas parlé depuis qu'il avait salué Ilna, dans une autre vie lui semblait-il.

— Je veux que l'on arrête deux personnes et qu'on me les amène, dit Ilna en déroulant l'un des tissus. Il ne doit leur être fait aucun mal…

Elle lui adressa un regard furieux qu'il n'avait assurément pas mérité. *Il n'avait rien fait !*

— Sous aucun prétexte il ne leur sera fait du mal, dit-elle. Comprenez-vous ? Répondez-moi.

— Je comprends, dit Jular après avoir dégluti. Euh, mademoiselle ? Je crois que vous vous méprenez sur mon implication vis-à-vis des… euh… des arrestations et ce genre de choses. En fait…

— Oui, je sais, le coupa Ilna. Vous êtes un imbécile bedonnant qui ne sait sans doute pas où se trouve la prison de la ville. Vous n'avez ce titre que parce que d'autres nobles pensent que l'un de leurs *semblables* doit être, sur le papier, responsable des ministères importants. Mais ils suivront vos ordres, si vous en donnez, n'est-ce pas ?

On avait donné bien d'ignobles noms à Jular. L'intonation de la voix de cette femme sur le mot « semblables » en faisait de très loin la pire insulte qu'il ait jamais entendue.

Il s'éclaircit la voix.

— Eh bien…, oui, je suppose qu'ils le feraient. J'ai rendu des services par le passé, bien sûr…

À d'autres de mes « semblables ».

Ilna hocha la tête en étalant deux des rouleaux de tissu sur le coffre.

— C'est ce que je supposais, dit-elle. Un navire affrété par Benlo bor-Benlimar est arrivé au port avant-hier. Ces deux personnes sont probablement à son bord. Ce sont elles que vous devez m'amener. Si elles ont quitté Erdin, je veux savoir où elles sont parties.

Jular regarda les deux portraits sur les tissus, d'un réalisme incroyable. Ils représentaient un jeune homme à la peau mate et une jeune femme aux cheveux noirs, d'une immense beauté.

— Ils voyagent peut-être sous les noms de Garric or-Reise et Liane os-Benlo. Vous pouvez faire reproduire ceci par des artistes afin que chaque membre de la police ait une copie de chaque portrait.

— Oui…, dit Jular, qui aurait pu admettre qu'il était le fils d'un conducteur de mules, dans les circonstances présentes. Je pense qu'ils ont des hommes qui peuvent s'en charger.

Ilna roula les portraits, chacun dans sa propre couverture de feutre.

— Je suppose que vous vous demandez ce qu'il y a pour vous là-dedans ? dit-elle en désignant le troisième paquet.

Jular ne pensait qu'au moyen de quitter cette maison pour se retrouver loin de cette femme. Il ignorait ce qui se produirait s'il courait. Il y avait dans l'hôtel un certain nombre de serviteurs bien bâtis, mais ce n'étaient pas eux que Jular craignait.

Elle lui tendit les portraits et soupesa le troisième rouleau.

— Ce sera pour vous quand vous aurez accompli votre tâche. C'est exactement ce dont vous aurez besoin pour vos activités extra-professionnelles.

Son bref sourire était insultant mais Jular était maintenant au-delà des insultes.

— Vous avez sans aucun doute entendu parler de mon travail, ajouta-t-elle.

— Oui, dit Jular, intéressé en dépit des émotions négatives qui bouillonnaient en lui. Oui, ma dame. Cette étoffe…

Il agita la main mais ne tenta pas de toucher le rouleau.

— … a le même effet sur les femmes que vos autres tissus ont, à ce que l'on raconte, sur les hommes ?

— Non, répondit sèchement Ilna. Pour cela il vous faudra trouver un autre tisserand, un homme je suppose – encore faudrait-il qu'il existe. Mais ceci peut être utilisé pour parvenir aux mêmes fins.

Elle déroula quelques centimètres de tissu et le posa sur le dessus de son avant-bras gauche, comme si elle était une marchande et Jular un client. Il s'agissait objectivement d'une dentelle noire délicate comme du fil d'araignée, sans aucun doute de grande valeur pour qui s'intéressait à ce genre de choses.

Subjectivement, le tissu déclencha en Jular un désir qu'il se serait cru incapable d'éprouver. Il *voulait* cette femme, voulait s'abaisser devant elle, se rendre complètement…

Et il savait pendant tout ce temps que ses crochets empoisonnés le videraient et ne laisseraient de lui qu'une enveloppe sous sa toile. Cela n'avait pas d'importance. Rien n'en avait, excepté qu'il la lui fallait.

Ilna recouvrit le tissu. Jular prit appui sur le coffre à vêtements, les paumes posées à plat. Il regarda par la fenêtre le temps de reprendre son souffle.

— Il est d'une bien meilleure qualité que les rubans que tous les autres ont achetés, dit Ilna derrière lui ; sa voix trahissait un sourire félin. En tant que monnaie d'échange, je pense que vous le trouverez plus que satisfaisant. Des femmes vertueuses que l'or n'aurait jamais pu conduire dans votre lit seront prêtes à payer le prix que vous choisirez pour avoir la chance d'être irrésistibles aux yeux de l'homme qu'elles désirent.

Jular se contrôlait. Il se raidit.

— Je suppose qu'elles se pinceront le nez quand elles se trouveront en votre présence, poursuivit Ilna, mais ce n'est pas un problème pour vous, n'est-ce pas, Jular ? Ce qui vous intéresse, c'est de les ajouter à votre petite liste.

Jular la regarda. Il n'avait plus peur : il ne ressentait plus la peur, car il avait désormais complètement capitulé. Il ferait absolument tout pour cette femme afin d'en être libéré. Elle le savait, et lui offrait tout de même une récompense pour laquelle il aurait donné la moitié de sa considérable fortune personnelle.

Jular soupesa les deux portraits enroulés, imitant inconsciemment le geste d'Ilna un instant auparavant.

— Oui, je m'en occupe immédiatement, dit-il. Pourquoi vous intéressez-vous… (Il se reprit.) Non, cela ne me regarde pas, bien sûr.

Il contempla de nouveau les rouleaux et haussa les épaules.

— La fille est une jolie petite, non ? Cela ne me regarde pas non plus, je sais. Je suis persuadé que la dentelle me suffira pendant un bon moment.

— Nous nous comprenons, dit Ilna. (Elle fit tinter une petite cloche.) Bonne journée, maître Jular.

Jular se vit dans le miroir. Son sourire était aussi immonde que le rictus d'un cadavre mort depuis longtemps. Il s'en moquait ; il savait ce qu'il était et il s'en moquait.

— Bonne journée, mademoiselle, dit-il.

La domestique lui ouvrit la porte. Jular ne fut que vaguement conscient qu'il s'agissait d'une femme. Tout ce qui lui importait, c'était de quitter les lieux.

Et cette simple perspective : s'il arrêtait deux personnes insignifiantes, il n'aurait plus jamais à affronter le sourire d'Ilna.

5

Le portail était bleu azur, la couleur de l'horizon à l'est de Barca lors d'une soirée de printemps. Elle flottait dans les airs devant Garric, un objet de lumière qui n'illuminait pas le sol ou les antiques cercueils qui l'entouraient.

Liane et Tenoctris étaient assises à l'extérieur du cercle que la magicienne avait tracé autour de Garric avec de la cire. La jeune pousse de vigne qu'elle utilisait comme athamé s'agitait au rythme des mots que les deux femmes prononçaient en alternance.

— … *Sterxerx!* cria Tenoctris, concluant ainsi le sort.

Épée à la main, Garric entra dans la lumière et déboucha sur un sentier de forêt. Il eut un sursaut de surprise et de soulagement : il s'était attendu à…

Il l'ignorait. Quelque chose de terrible, une liche prête à l'empoigner, un trou rempli de lave qui l'aurait avalé s'il avait bougé d'un centimètre.

Ce n'était pas chez lui, pas exactement, car il n'y avait pas de pins. En revanche, les bouleaux, les noyers blancs, les cornouillers, les chênes, tous lui étaient familiers. Même les tiges recouvertes de poils et épaisses comme le poignet des sumacs vénéneux grimpant le long du tronc d'un chêne étaient des amies, car elles étaient des éléments banals de son passé.

Le sumac vénéneux vivait sa vie et vous laissait faire de même tant que vous le laissiez tranquille. Il ne venait pas vous chercher armé de crocs ou d'un sabre d'abordage rouillé. Garric rengaina son épée et sentit le roi Carus se retirer dans les profondeurs de son esprit.

Dans ce plan, l'automne venait de débuter. Les arbres n'avaient pas encore commencé à perdre leurs feuilles, mais des traits de couleur marquaient les précoces cornouillers et érables. L'air avait la plaisante fraîcheur des bois bien irrigués jusqu'au plus fort de l'été.

Garric s'agenouilla pour examiner le sol de plus près. Il n'y avait ni traces sur le lit de feuilles, ni signe de ce qui avait tracé ce chemin au milieu des broussailles. Il était assez large pour un homme à pied, ou un cavalier qui ne se soucierait pas des jeunes arbres frottant ses genoux avec leurs branches.

Il regarda derrière lui. Le portail était suspendu dans les airs ; à travers sa surface chatoyante, Garric voyait encore la forêt, mais il savait que s'il marchait dans la lumière il serait à nouveau dans la tombe des bor-Benlimar. Tenoctris le lui avait dit. Il avait confiance en elle.

Assez pour lui confier sa vie.

Garric se mit à marcher le long du chemin en résistant à une envie de siffloter. Il se serait senti beaucoup mieux, mais il savait qu'il ne devait pas attirer l'attention. Les oiseaux conversaient en chantant et des grenouilles d'arbre poussaient des cris perçants du haut des plus hautes branches.

—À l'aide ! cria une femme d'une voix de plus en plus aiguë. Aidez-moi, s'il vous plaît !

Garric tira son épée – qui était encore *son* épée dans *sa* main même si la présence hilare du roi Carus était aussi près de lui que le brouillard l'est de la vitre d'une fenêtre. Avec l'expérience, Garric apprenait à rester maître de lui-même quand la volonté du monarque déferlait, à l'approche du danger.

Mais tous deux savaient que Garric n'était pas un épéiste. Si cela devenait nécessaire, Carus réagirait mieux que n'importe qui.

La forêt était relativement clairsemée : les fougères et les jeunes arbres ne constituaient pas une barrière, pour un homme pressé. Garric les écarta comme des rideaux.

La femme poussa un cri. Elle était plus à gauche qu'il le pensait, et encore à une vingtaine de mètres. Impossible de voir très loin dans un tel lieu. Les feuilles des jeunes arbres étaient plus grandes que celles de leurs aînés et elles frémissaient à hauteur de ses yeux comme autant de banderoles. Elles dissimulaient tout ce qui se trouvait à plus de trois mètres.

Garric s'arrêta et resta immobile à l'exception de sa tête et des regards qu'il jetait tout autour de lui. Il n'y avait plus le moindre son, même les grenouilles s'étaient tues.

Une femme éclata de rire au loin ; elle rit un instant, harmonieusement, puis même ce son s'évanouit.

Garric se retourna, prenant de grandes inspirations par la bouche tandis qu'il rebroussait chemin. Le vert pâle de la forêt n'était pas moins accueillant. Il regarda dans toutes les directions, par-dessus son épaule, puis scruta la canopée à l'affût de dangers qui y seraient tapis.

Rien d'anormal avant que Garric atteigne ce qui aurait dû être le chemin et trouve à la place une route pavée.

Les oiseaux voltigeaient entre les branches ; un éclat bleu se révéla être un bruant qui picorait des graines entre les pavés. Le ciel était plus sombre maintenant ; rien que de très naturel, le soir approchant.

Tout semblait normal, à l'exception de cette route qui n'aurait pas dû se trouver là. Le sens de l'orientation de Garric était aussi sûr que le coucher et le lever du soleil : il ne s'était pas trompé de chemin, mais les ornières creusées dans la pierre indiquaient que cette route se trouvait là depuis des siècles.

Garric remit l'épée dans son fourreau. Il songea à retourner voir si le portail l'attendait encore, mais il avait peur de ce qu'il trouverait.

S'il ne revenait pas sur ses pas, alors autant avancer. Garric se remit à marcher, sifflotant un air de flûte qu'il avait souvent joué aux moutons quand il les surveillait. Après quelques pas sur les pavés durs et arrondis, il quitta la route et se mit à marcher le long du fossé recouvert d'herbe à gauche des pavés.

La route ne cessait de faire des tours et des détours, tout comme le chemin qu'il avait suivi un instant auparavant. Le sol penchait vers une direction ou vers une autre, à moins que la route contourne un affleurement rocheux plus facile à éviter qu'à creuser. Tout cela était parfaitement innocent, un paysage naturel à peine façonné par la main de l'homme.

Quatre cents mètres plus loin dans la forêt, Garric aperçut un mur de pierre. C'était une construction de l'Ancien Royaume, ou en tout cas la maçonnerie s'en inspirait : des couches de grandes pierres carrées, serrées les unes contre les autres sans mortier. Le mur faisait bien six mètres de haut ; s'il l'avait fallu, Garric aurait cependant pu facilement l'escalader malgré le poids inhabituel de l'épée qui se balançait à son côté.

Il n'aurait pas besoin de grimper car la route passait sous une voûte en pointe ouverte dans le mur. Il n'y avait pas de porte. Garric pensa tout d'abord que les planches et les pièces de fer s'étaient, en pourrissant, détachées de la roche, mais les bords de l'arche ne portaient aucune marque indiquant que des cavités y auraient été creusées pour accueillir des charnières ou tout autre support.

La route au-delà du mur était identique à la surface pavée sur laquelle se tenait Garric. La forêt devant lui était si semblable à celle qu'il venait de traverser qu'elle aurait pu être son reflet – à l'exception de ce grand jeune homme qui se demandait quoi faire.

Garric éclata de rire et s'avança. Il ressentit une impression de fraîcheur ; les pierres noires et lisses se trouvaient au-dessus de lui, de chaque côté. Il fit un autre pas…

Et le monde ne ressembla en rien à ce qu'il avait vu en avant de l'arche.

Il était dans un jardin d'eau. De petits ruisseaux chantonnaient en courant le long de rigoles tapissées de mousse ou passaient au milieu de rochers disposés de façon soigneusement « naturelle ». Le son de l'eau et des abeilles s'activant au milieu des fleurs était relaxant et bien plus fort qu'il semblait l'être de prime abord : il aurait été impossible de comprendre un homme parlant normalement à plus de un mètre.

Des statues de femmes au visage souriant et bienveillant étaient disposées dans des niches le long des murs. On trouvait des fleurs à profusion : elles jaillissaient des bassins, poussaient en bordure des rigoles, grimpaient le long des murs en gerbes roses, bleues ou violettes. Garric ne reconnaissait aucune de ces plantes.

De ce côté il pouvait voir le sommet des murs. Il tapota la pierre. Elle était froide au toucher, assombrie par une longue exposition à l'air, et aussi solide que le flanc de la montagne dont on l'avait extraite une éternité auparavant.

Il n'y avait ni arche ni porte d'aucune sorte. Il n'y en avait jamais eu de ce côté du mur.

— Oh ! Garric, nous t'attendons depuis si longtemps ! s'écrièrent des jeunes filles – deux voix, peut-être trois.

Garric fit volte-face. Il n'y avait personne, mais les chapelets de fleurs blanches qui tombaient en cascade d'un treillis tremblèrent comme si quelqu'un venait de s'y cacher. Garric se dirigea vers le rideau de fleurs et l'écarta doucement de la main gauche. Le contact des pétales sur sa peau nue était humide ; des abeilles bourdonnaient avec agitation, et l'air était chargé d'une odeur évoquant les nuits d'été.

Sa main droite hésita au-dessus de la poignée de son épée, mais il ne la toucha pas. Il n'y avait personne de l'autre côté du treillis.

— Nous voilà, Garric ! lança une jeune fille.

Il se retourna de nouveau et elles étaient là, l'entourant comme formées à partir de l'air. Six jeunes filles nues aux cheveux pastel, riant et tirant sur sa tunique de leurs longs doigts fins.

— Nous sommes heureuses de te voir, Garric ! dit la jeune fille à la chevelure bleue qui dansait comme un torrent de montagne.

Elle prit le poignet droit de Garric dans ses mains. Ses doigts étaient délicats et frais.

Deux autres filles saisirent son bras gauche, leurs cheveux roses et verts volant sur sa peau comme un nuage de gouttelettes.

— Viens avec nous, Garric, dirent-elles à l'unisson. Nous sommes si heureuses que tu sois enfin arrivé !

— S'il vous plaît, je…, dit Garric.

Il ne sentit pas de contact, mais la disparition d'un poids – son épée avait disparu, sa ceinture défaite par une fille aux cheveux couleur de paille blanchie.

Garric se tourna et essaya de la saisir, sans succès. La jeune fille s'éloigna d'un bond en riant et cacha l'épée dans son dos.

Garric l'entoura de ses bras et chercha son épée à tâtons. La jeune fille l'embrassa subitement et échappa à son étreinte. Elle avait les mains vides, et l'épée ne se trouvait pas dans le lit de superbes fleurs magenta devant lequel elle se tenait.

Toutes les jeunes filles éclatèrent d'un rire joyeux.

Garric crut voir du coin de l'œil l'éclat d'écailles et de nageoires.

— Rendez-moi mon épée ! dit-il.

Il se sentait complètement idiot. Que ferait-il d'une arme même si elles la lui rendaient ?

La fille aux cheveux d'un rose cendré lui toucha les mains.

— Alors viens avec nous. Nous te donnerons une bien meilleure épée.

— Viens avec nous, Garric ! s'écrièrent toutes les jeunes filles.

Leurs cheveux tourbillonnaient comme des flaques d'huiles colorées quand elles bougeaient.

Garric jeta un regard au mur recouvert de vigne derrière lui. Aucune trace de l'arche par laquelle il était entré dans ce jardin. Le contact des jeunes filles était aussi léger qu'une pluie d'été. Il n'avait pas vraiment le choix.

— Très bien, dit Garric. Je viens avec vous.

6

Liane était appuyée contre le mur et toussait pour s'éclaircir la voix. Elle était déjà enrouée et l'odeur écœurante des bougies lui retournait l'estomac. De l'autre côté du cercle, Tenoctris reprit la litanie d'une voix profonde :

— *Phanoibikux petriade kratarnade…*

Le plan bleuté du portail était suspendu dans les airs entre les deux femmes. Elles avaient prononcé le sort trois fois, chacune parlant à son tour pour laisser à l'autre la possibilité de retrouver sa voix et de se mordiller la langue pour stimuler l'afflux de salive. Tenoctris entamait sa quatrième déclamation ; ce serait ensuite de nouveau au tour de Liane.

— *Arthu lailam semisilam…*

Ils auraient dû apporter de la nourriture ou au moins quelque chose à boire dans le tombeau avant d'ouvrir ce portail…, mais Tenoctris avait dit qu'il était important de se hâter, Garric était prêt à se lancer. Liane avait été la plus impatiente des trois, pressée qu'elle était d'en finir et de voir Garric de retour sain et sauf.

S'il arrivait quelque chose au jeune homme, ce serait la faute de Liane, qui l'avait entraîné dans cette situation.

— *Bachuch bachaxichuch menebaichuch…*

Il faisait très sombre à l'extérieur. Elles avaient laissé la porte du tombeau légèrement entrouverte, mais la lumière n'entrait plus pour ajouter à celle de la chandelle qui brûlait à côté du cercueil de la mère de Liane. Le portail était fait de lumière, mais n'en dispensait pas.

Liane et Tenoctris resteraient à répéter le sort jusqu'au retour de Garric ou jusqu'à ce qu'elles perdent connaissance. Si la litanie était interrompue pendant plus d'une minute ou deux, le portail se fermerait et Garric serait piégé à tout jamais dans cet autre plan – plan dans lequel il s'était rendu à cause de Liane et de son père…

— *Raracharara anaxarnaxa achara…*

La porte du tombeau s'ouvrit brusquement.

Liane leva les yeux, s'attendant à voir un gardien ou l'un des propriétaires de la maison. Elle était dans sa propre propriété et avait de l'or dans sa ceinture pour faciliter les discussions si les patrouilles de la cité venaient s'en mêler. Ce sort devait à tout prix être chanté !

— *Belias belioas…*

L'homme qui venait d'entrer dans le tombeau avait le regard vide. Liane cria et attrapa le style de bronze qu'elle gardait dans les charnières de sa tablette d'écriture.

L'intrus lui saisit le poignet.

Le temps s'arrêta. Les actions ne se succédaient plus, il ne restait qu'un plan dans lequel toutes les choses existaient à la fois.

Liane s'effondra sur l'épaule de l'intrus. C'était un homme massif, pas à proprement parler vêtu d'un drap : il s'y était tout juste enroulé. Il frappa Tenoctris qui fut projetée contre des catafalques chargés de cercueils. Celui le plus près du sol, le plus ancien, s'effrita sous le choc.

Tenoctris resta à l'endroit où elle était tombée.

Le cercueil en bronze de Mazzona pesait au moins deux cents kilos, peut-être le double. L'intrus le souleva d'un bras et fit demi-tour. Les extrémités du coffre en métal broyèrent les cercueils de bois qu'il touchait.

L'intrus sortit dans la nuit, portant à la fois Liane et le cercueil de sa mère. Un halo d'une vive lumière bleue l'enveloppa tandis que dans le tombeau le portail disparaissait à jamais.

7

— Qui êtes-vous ? demanda Garric alors que les jeunes filles le guidaient le long d'un bassin qui saillait du mur.

Le chaperon du plan d'eau était en douce roche volcanique, lissée et noircie par l'âge. Des fleurs de lotus flottaient sur l'eau immobile.

— Nous sommes tes amies, Garric ! dit la fille aux cheveux violets.

— Nous vivons ici ! renchérit une autre fille.

Il n'était pas sûr de savoir qui avait parlé ; peut-être Cheveux-Roses. Les six jeunes filles n'étaient que très rarement toutes visibles en même temps, quoiqu'il n'ait jamais vu l'une d'elles apparaître ou disparaître.

La surface du bassin à côté de lui renvoyait l'image de poissons de couleur vive.

— Vous êtes des nymphes, n'est-ce pas ? demanda Garric.

Les jeunes filles laissèrent échapper de petits rires.

— Viens Garric, ce n'est plus très loin ! dit Cheveux-Verts en gambadant à côté de lui.

Ils avaient quitté le jardin d'eau pour une oliveraie parsemée de rochers. Garric n'aurait su dire précisément où et comment ce changement avait eu lieu. Les arbres étaient âgés : leurs troncs noueux étaient aussi épais que le torse de Garric. Des fruits noirs pendaient de leurs branches. Les racines devaient sûrement s'enfoncer profondément dans ce sol inhospitalier pour y trouver eau et nourriture.

Garric avait faim. Il songea à cueillir quelques-unes des olives bien mûres en se penchant sous une branche, puis décida après avoir reconsidéré la question un instant qu'il n'avait pas assez faim pour *cela*.

— Où allons-nous ? demanda Garric.

Il ne pensait pas que les nymphes lui voulaient du mal, mais il avait conscience qu'elles n'étaient pas non plus ses amies. Elles se moquaient de ce que lui voulait.

— Nous y sommes déjà ! roucoula Cheveux-Bleus.

Garric était entouré par deux nymphes qui lui tenaient les poignets tandis que Cheveux-Bleus ouvrait la marche. Il franchit une porte flanquée de colonnes. Ces piliers étaient en pierre stuquée, curieusement plus larges au sommet qu'à la base. Ils étaient peints de couleurs primaires et criardes, avec une prédominance de rouge et de bleu, tandis que les murs étaient en grande partie d'un blanc crémeux.

— Où sommes-nous ? demanda Garric.

Il était pour l'instant plus frustré qu'effrayé, mais sa peur grandissait peu à peu.

Les nymphes sautillaient en l'accompagnant le long d'un couloir. Des piliers couraient le long de l'un des murs tandis que l'autre arborait diverses fresques. Les peintures représentaient des hommes combattant des monstres dont les pattes se tordaient tels des serpents. En toile de fond, un paysage sombre parsemé d'éclairs qui allaient de nuage en nuage ou de volcan en volcan.

— Tu ne le sais pas ? dit Cheveux-Roses.

Garric ne savait pas vraiment si elle le taquinait ou si elle s'attendait réellement qu'il reconnaisse cet endroit.

— C'est le palais, bêta. Le palais de Malkar !

Garric s'arrêta tout net. La cour de l'autre côté de la colonnade était à ciel ouvert, mais ce ciel était obscurci par la nuit ou de gros nuages noirs. Il n'aurait su dire d'où provenait la douce lumière grise du couloir.

— Pourquoi me conduisez-vous à Malkar ? demanda calmement Garric.

Il savait à présent que, s'il faisait demi-tour et revenait en courant sur ses pas, ce qu'il trouverait ne serait en rien semblable à l'endroit d'où il venait. Tout ce que lui apporterait la fuite serait de perdre sa dignité. Il lui en restait déjà suffisamment peu, avec ces six jeunes filles hilares qui l'amenaient à sa mort, ou pis encore.

— Oh ! Nous ne te conduisons pas à Malkar ! s'écria Cheveux-Safran avec horreur.

Pendant un instant toutes ses sœurs disparurent. Cependant, avant qu'il ait eu le temps de cligner des yeux, elles le regardaient de nouveau, avec effroi.

— Garric, nous ne ferions pas cela ! dit-elle.

— Nous te conduisons à l'épée, dit Cheveux-Verts. Tu voulais cette épée, Garric.

— Nous n'avons rien à faire avec Malkar, dit Cheveux-Roses. Ce serait horrible !

— Viens, allons chercher l'épée, lança Cheveux-Bleus.

D'un ton de reproche, Cheveux-Violets ajouta :

— Tu nous as fait peur en étant si bête, Garric !

Garric courut avec les nymphes le long du couloir. Si quoi que ce soit devait lui arriver, il était sûr qu'elles le regretteraient, comme un enfant regrettait la mort de son chaton pendant un jour ou deux. Il se demanda si le temps existait en ce lieu.

Il s'était trompé quant aux fresques : elles représentaient en réalité des monstres qui affrontaient des humains et non l'inverse. Des créatures aux pattes reptiliennes exultaient sur les ruines de cités humaines en brandissant triomphalement des torches et des armes. Garric essayait de ne pas regarder les images lorsqu'il passait à côté.

Les nymphes le conduisirent dans une pièce au plafond haut. Des frises de motifs géométriques se déroulaient le long des murs. De grands boucliers d'aspect inhabituel étaient suspendus à des crochets : ils étaient en forme de huit et recouverts de cuir de bœuf pie, les poils vers l'extérieur. De longues lances à la pointe de bronze étaient accrochées à côté de chaque bouclier.

— C'est le corps de garde, dit Cheveux-Roses d'une voix qui parut très forte à Garric.

Cheveux-Bleus montra la porte à caissons en bois à l'autre bout de la pièce. C'était la première fois que Garric voyait une porte fermée dans le palais.

— Là-bas, c'est la salle du trône, dit-elle, mais nous n'y entrerons pas.

— Oh non ! s'écrièrent en chœur plusieurs des nymphes.

— Mais voici l'épée, Garric, dit Cheveux-Verts en désignant l'arme suspendue au montant droit de la porte. Comme nous te l'avions promis.

— Tu ne la reconnais pas ? demanda Cheveux-Roses en portant les mains à sa merveilleuse crinière et en la peignant avec les doigts. C'est l'épée du roi Carus.

L'épée du roi Carus !

— Eh bien ! prends-la, bêta ! dit Cheveux-Safran.

Garric approcha et souleva l'épée et la ceinture. Il saisit la poignée gainée de cuir et tira la lame sur quelques centimètres. Une vie entière d'images déferla dans son esprit – celle de Carus, et non la sienne. C'était comme de quitter une pièce plongée dans l'obscurité pour déboucher en plein soleil. Tout ce que Garric or-Reise avait fait semblait bien pâle en comparaison.

— Touche le métal, Garric, dit Cheveux-Violets. Tu ne peux pas être ensorcelé si tu touches ce fer.

La lame droite était plus longue que celle de l'épée fournie par Benlo, quoique parfaitement équilibrée et pas trop lourde. Poignée et quillons étaient forgés dans la même billette d'acier ; Garric observa attentivement la poignée pour s'en assurer, mais il n'y avait pas la moindre ligne indiquant que les pièces avaient été façonnées séparément puis soudées ensemble.

Un anneau pour l'index était agencé dans l'un des quillons, ainsi le possesseur de l'arme était-il toujours en contact avec le métal. Garric passa le doigt dans l'anneau. La poignée était parfaitement adaptée à sa main.

Des poissons aux nageoires de diverses teintes pastel flottaient dans les airs autour de lui. Il sortit son doigt de l'anneau.

— Sortons, maintenant, Garric, dit Cheveux-Verts. Nous ne voulons pas rester ici trop longtemps.

Ils franchirent la porte par laquelle ils étaient entrés ; les nymphes l'entouraient comme les remous autour de la pale d'une rame. Ils débouchèrent sur une cour pavée où coulait une fontaine. Une jeune fille en bronze tenait deux oies ; de leurs becs ouverts jaillissait l'eau qui s'écoulait dans le bassin au-dessous.

La cour avait six côtés, chacun d'entre eux accueillant une vingtaine de portes en arche. L'architecture n'avait rien de commun avec le palais dans lequel Garric était entré quelques minutes auparavant.

La ceinture enroulée autour de l'épée était en cuir épais et suffisamment large pour que la boucle ait deux pointes. Garric se demanda s'il devait la porter.

— Mesdemoiselles ? demanda-t-il, mal à l'aise. Merci pour l'épée, mais je dois rentrer maintenant. Des personnes m'attendent… euh… là d'où je viens. Pourriez-vous me montrer comment sortir d'ici ?

Les nymphes se mirent à rire gaiement. Cheveux-Bleus le toucha, comme elle l'avait fait à sa première apparition.

— Quel bêta ! dit-elle. Garric, nous t'avons donné ce que tu voulais et tu dois maintenant nous donner ce que nous voulons !

— Et nous te voulons toi ! roucoulèrent en chœur les autres nymphes.

8

Cashel se pencha par-dessus le bastingage à la proue du *Dragon-Doré* et observa l'écume phosphorescente qui défilait en contrebas. Un marin debout près du mât jouait d'un luth dont le manche était coudé à angle droit ; plusieurs de ses camarades étaient assis à ses pieds et se balançaient au rythme de la musique.

— J'aime vos étoiles, dit Mellie, allongée sur le bastingage juste à côté de Cashel, les mains jointes derrière la tête en guise d'oreiller. Elles sont comme vous, les humains – elles bougent, puis reviennent exactement à leur point de départ.

Elle leva la jambe droite et tendit le pied comme pour viser la lune montante.

— Vous faites toujours les mêmes choses, tu sais, dit-elle à Cashel avec un large sourire. Vous construisez des villes, puis vous les détruisez et tuez tout le monde. Tu crois que c'est parce que vous utilisez le fer ?

Cashel lança un regard à la pixie et essaya de ne pas froncer les sourcils. Il ne savait jamais vraiment quand elle plaisantait. Il n'était même pas sûr qu'elle plaisante comme tout le monde.

Le vent était léger et la visibilité bonne, mais le bateau avançait avec seulement deux cargues de la grand-voile pendant de la vergue car, d'après le capitaine, Erdin était juste de l'autre côté de l'horizon. La navigation en haute mer était davantage un art qu'une science. Une erreur de plus d'une centaine de kilomètres était possible, tout particulièrement au cours d'une traversée que l'équipage effectuait pour la première fois. Une erreur bien moindre pourrait échouer le *Dragon-Doré* sur les côtes de Sandrakkan si le capitaine naviguait toutes voiles dehors dans les ténèbres.

— Le fer est bon pour beaucoup de choses, dit Cashel en regardant de nouveau les flots. J'aime toucher du bois poli à la main, bien sûr, mais pour une charrette ou le soc d'une charrue, rien de tel que le fer.

Un Haut-Terrien jouait d'une flûte de bambou dans la galerie à la poupe du navire, à l'endroit où la yole se balançait, suspendue à des daviers. Il ne jouait pas le même air que le luthiste – ou, pour Cashel, quelque air que ce soit –, mais les instruments parvenaient malgré cela à créer à eux deux une mélodie qui s'accordait parfaitement à la mer.

Le soupir des vagues se succédant le long de la coque se tut alors que Cashel les observait. L'eau semblait avoir disparu, et le navire flotter dans les airs. Un poisson luisant de sa propre lueur rosée nagea sous eux. Il faisait dix mètres de long et avait une queue simple, contrairement aux queues évasées des poissons auxquels Cashel était habitué.

— Qu'est-ce que c'est ? demanda-t-il, surpris.

— Mmm ? lança Mellie en roulant sur le ventre ; elle passa la tête par-dessus bord pour regarder en bas.

Le poisson disparut dans l'immensité d'une mer devenue invisible elle aussi. Des hommes dansaient autour d'un autel sur le flanc d'une colline, exécutant des pas complexes. Ces silhouettes étaient minuscules et pourtant Cashel distinguait le moindre détail de leurs traits et de leurs habits. Ils avaient les traits tirés, comme s'ils dansaient plus par peur que par joie.

— Oh, ils s'inquiètent pour leur moisson, dit Mellie.

Elle regarda Cashel et il la vit froncer les sourcils pour la toute première fois.

— Tu devrais rester loin d'eux, Cashel, ajouta-t-elle. Ils ne sont les amis de personne, même s'ils prétendent l'être.

Cashel regarda vers le bas. Voyait-il le fond ? La vigie au sommet du mât ne semblait pas remarquer quoi que ce soit d'anormal dans la mer.

— Qui sont-ils ? demanda Cashel.

Le flanc de la colline avait disparu sous la coque, avec ses danseurs et tout le reste. Il ne pouvait comprendre ce qu'il voyait.

— Oh, regarde ! s'écria Mellie en pointant du doigt. (Elle battit des jambes de haut en bas sous le coup de l'agitation.) C'est ton ami Garric ! Oh, les nymphes l'ont piégé !

Elle lança un petit rire à Cashel.

— Il aurait dû être plus prudent, dit-elle. Il est plutôt gentil, pour un humain, mais il n'est pas fort comme toi.

— Garric ? s'exclama Cashel, passant le torse par-dessus le bastingage. Qu'est-ce qu'il…

C'était bien Garric, le même que lorsque Cashel l'avait vu pour la dernière fois à Carcosa. Le jeune homme se tenait au centre d'une vaste cour, entouré de jeunes filles hilares. Il tournait la tête d'un côté puis de l'autre, l'air anxieux.

— Qu'est-ce qu'il fabrique sous la mer ? demanda Cashel, terminant sa question au bout d'un instant.

— Les nymphes l'ont attrapé, répéta patiemment Mellie. Pourquoi penses-tu qu'il soit allé les trouver ? Elles ne le laisseront jamais repartir.

La proue en teck du *Dragon-Doré* continua à glisser. Cashel devait se pencher encore davantage à l'extérieur pour distinguer la cour.

— Ne pouvons-nous pas l'aider ? demanda-t-il, désespéré.

— Bien sûr que tu peux, dit Mellie. (Elle bondit du bastingage et gravit le bras puissant de Garric comme un singe.) Tu n'as qu'à sauter par-dessus bord.

Elle tendit le bras.

Sans plus d'hésitation que si un loup de mer avait surgi pour attaquer son troupeau, Cashel posa le pied droit sur le bastingage et bondit par-dessus bord en un plongeon bien net. Il ne sentit pas le contact de l'eau alors que le *Dragon-Doré* disparaissait dans le ciel au-dessus de lui.

9

— Oh ! s'écria Cheveux-Bleus, surprise.

Les nymphes regardaient quelque chose derrière Garric. Il se retourna et vit Cashel franchir l'une des nombreuses portes et s'avancer dans la cour. Une minuscule jeune fille était perchée sur son épaule, parfaitement proportionnée et plutôt normale, à l'exception de sa taille et de sa chevelure d'un rouge inhumain.

— Cashel, dit-il, que fais-tu là ? Et qu'as-tu sur l'épaule ?

Les nymphes se rapprochèrent de Garric. Cheveux-Bleus se campa entre lui et les nouveaux venus. Ses sœurs et elle semblaient inquiètes, mais déterminées.

Cashel jeta un regard vers son épaule.

— Oh, c'est Mellie. Je ne pensais pas que tu pouvais la voir. J'imagine que je suis en train de rêver.

— Tu dois le laisser partir, Cyane, dit Mellie à la nymphe aux cheveux bleus.

— Garric est à nous ! insista Cheveux-Bleus. Tu en as déjà un, Mellie ! Pourquoi viens-tu ici ?

Cashel semblait ne pas faire attention à la querelle des jeunes femmes.

— Mellie dit que l'on peut t'aider à partir, dit-il à Garric. Mais si c'est un rêve, je ne sais pas. Est-ce que tu vas bien ?

— Plutôt, oui. C'est assez confus. (Il rit puis ajouta :) C'était déjà confus avant tout cela. Je crois que je rêve moi aussi, mais j'aimerais me réveiller.

C'était bon de revoir Cashel. Il émanait de lui une impression de solidité que rien dans cet endroit – et peut-être même dans le monde réel – ne pouvait égaler. En cas de problème, vous pouviez compter sur Cashel pour ne pas faire d'erreurs – même si, du coup, il négligeait bien des solutions potentielles.

— Cashel veut que vous relâchiez son ami, dit la fille minuscule posée sur l'épaule du jeune homme. Il est encore plus fort que ce que vous pensez. Cyane, tu dois faire ce qu'il dit, sinon…

Elle agita ses petites mains en un geste qui se révéla aussi menaçant que les vagues soulevées par une tempête s'approchant du rivage.

— J'ai rêvé que je plongeais du navire, dit Cashel. (Il fronça les sourcils, tentant de mettre de l'ordre dans ses souvenirs.) Mais il n'y avait pas d'eau. J'ai seulement traversé cette porte.

— Je suivais un chemin mais je m'en suis écarté et me suis perdu, dit Garric. J'ai trouvé ceci…

Il regarda l'épée et se demanda de nouveau s'il devait l'attacher autour de sa taille.

— … mais je ne la cherchais pas. Enfin, je ne crois pas.

Il fronça lui aussi les sourcils.

— Ce n'est pas juste ! s'écrièrent les nymphes en chœur.

Cheveux-Verts semblait au bord des larmes, frustrée de voir ses désirs ainsi contrecarrés.

— Montrez à Garric le chemin de la sortie, lança Mellie avec une cruelle nonchalance, ou Cashel lui fera lui-même un chemin. Vous savez qu'il le fera.

— J'ai rencontré Mellie en venant à Carcosa, expliqua vaguement Cashel. Je n'ai rien dit sur le moment parce que je pensais que tu ne pouvais pas la voir. J'imagine que tu ne l'aperçois qu'en rêve ?

Garric haussa les épaules. Il boucla le ceinturon, qui avait cinq trous. Il le serra d'un cran de plus que le précédent propriétaire et se sentit plus à l'aise.

— Pas juste, pleurnicha Cheveux-Verts en prenant Garric par la main et en le tirant doucement.

Il hésita, regardant tour à tour la nymphe et Cashel.

— Suis Prasina, dit Mellie.

Garric entendit sa voix aussi clairement que si elle avait été de la taille d'une femme normale.

— Et tu devrais faire plus attention à ne pas mettre les pieds n'importe où. Mon Cashel ne sera peut-être pas là pour t'aider, la prochaine fois !

Elle posa les mains sur les hanches, se pencha en avant et tira la langue à Garric.

— Mellie ! s'écria Cashel gêné.

La jeune fille éclata de rire et tapota le lobe de l'oreille du jeune homme d'une main en agitant l'autre à l'intention de Garric.

Prasina lui tira de nouveau le bras. Ses sœurs étaient parties quand Garric ne regardait pas. Il suivit la nymphe aux cheveux verts qui se dirigeait vers l'un des passages voûtés.

— Au revoir, Cashel ! lança-t-il par-dessus son épaule. C'était bon de te revoir, même dans ces circonstances.

Quelles qu'elles aient été...

Prasina s'arrêta devant la voûte.

— Ce passage te ramènera, Garric. Le chemin par lequel tu es venu est bloqué, mais celui-ci est plus court de toute façon.

Il adressa un sourire gêné à la nymphe. Cashel et sa minuscule amie n'étaient plus dans la cour. Garric avait peur de dire quoi que ce soit qui compromettrait finalement sa liberté, il se glissa donc dans le couloir.

— Au revoir, Garric ! résonna la voix d'une nymphe derrière lui. Ne quitte pas le chemin !

Le couloir était recouvert de panneaux de pin cembro mouchetés de nombreux nœuds. Il faisait plus sombre à chaque pas, mais les amas de champignons qui constellaient le bois émettaient une lueur blafarde à laquelle ses yeux finirent par s'accoutumer. Il avait jusque-là laissé glisser sa main contre le mur.

Il se mit à avancer au petit trot, le fourreau dans la main gauche pour éviter qu'il lui batte les jambes. Ce geste lui sembla naturel, presque instinctif ; il supposa cependant que Carus avait dû prendre cette habitude un millier d'années auparavant.

À une centaine de mètres de l'entrée, un autre couloir croisait celui que suivait Garric. Des lumières brillaient sur la droite ; il entendit aussi une musique joyeuse.

Pas le moindre risque cette fois que Garric quitte le chemin sur lequel il se trouvait. S'il assistait au meurtre de sa sœur dans un autre couloir, il considérerait cela comme une illusion et ne se laisserait pas détourner.

Et il prierait le Berger de ne pas s'être trompé.

Il arriva à un endroit dans lequel une partie du plafond s'était écroulée ; il gravit les débris. Un casque de bronze et la poignée en or d'une épée gisaient au milieu des pierres, mais la lame et les os de l'homme qui l'avait portée avaient pourri bien longtemps auparavant.

Une couche de champignons luisants recouvrait maintenant les murs de pierre. Garric sauta par-dessus une crevasse large de plus de un mètre ; l'air qui s'en échappait était chaud et sulfureux. Le couloir était devenu un tunnel creusé dans le roc. Garric trouva un tuyau de métal qui courait d'un mur à l'autre. Il était froid et se mit à bourdonner quand le jeune homme le toucha.

Il aperçut de la lumière devant lui. Il se mordit les lèvres et continua du même pas au lieu de se lancer dans une course effrénée. Le sol crissait et craquait sous ses pieds calleux ; il marchait sur ce qui ressemblait à des ossements.

Le tunnel déboucha sur une pièce circulaire d'une centaine de mètres de diamètre. Du plafond émanait un torrent de lumière blanche. Garric n'aurait su évaluer sa hauteur, mais il avait l'impression que cette lueur l'écrasait.

Il s'arrêta et lâcha son fourreau. Sa paume était douloureuse : il ne s'était pas rendu compte qu'il avait serré l'arme avec tant de force.

Une machinerie dont Garric ne parvenait pas à déterminer le but était rivetée au sol. Elle s'était en grande partie changée en un tas de rouille duquel dépassaient des tubes d'une matière cristalline, certains d'entre eux brisés.

La sortie se situait à un quart de cercle de Garric. Le jeune homme laissa échapper un profond soupir. Avant d'apercevoir l'ouverture rectangulaire, il avait craint que ce cauchemar n'ait finalement pas de fin. Il marcha à grandes enjambées vers l'ouverture, laissant son épée se balancer, et il se sentit presque enjoué.

Le passage s'élargissait près de l'ouverture mais il était presque bloqué par le squelette d'un géant qui avait rampé aussi loin que possible avant d'être pris au piège. Sa main droite était tendue : les os de ses doigts atteignaient presque la salle circulaire.

Garric se glissa à côté de son crâne qui mesurait plus de un mètre d'une tempe à l'autre. À la place de l'arête du nez se trouvait une unique orbite. Garric ignorait s'il s'agissait là d'une difformité, ou si tous ses semblables naissaient ainsi. Les os du géant étaient proportionnellement plus gros que ceux d'un humain.

Sa cage thoracique était encore intacte. Des araignées grandes comme la paume de Garric pendaient de toiles aux motifs de soie en forme de Z. Les créatures détalèrent pour se cacher au milieu des protubérances pointues, le long de l'épine dorsale de la créature.

Les corps recouverts de poils des araignées étaient d'un jaune sale ; leurs quatre paires d'yeux luisaient dans la pénombre. Il se fraya un chemin au milieu de leurs toiles en se disant qu'il s'agissait d'un fin tissu, qu'il n'avait pas peur de ces gros corps jaunes et poilus qui lui tombaient sur la nuque dans l'obscurité.

C'était la porte de sortie de son cauchemar. Il allait retrouver ses amis. Il allait rentrer chez lui et la peur ne l'arrêterait pas.

Le tunnel bifurqua. L'obscurité était totale. En tâtonnant, Garric toucha ce qu'il supposa être le bassin d'un animal gigantesque. Il descendit, posa la main sur un énorme fémur, et le sol se déroba sous ses pieds.

Garric cria. Il agrippa l'os mais ses doigts glissèrent sur la surface lisse. Il tomba dans les ténèbres, les jambes pliées par réflexe. Il n'aurait alors pas su dire ce qui le troubla le plus : toucher un sol de pierre, ou se retrouver trois mètres plus bas que ce qu'il aurait cru. Il atterrit néanmoins sur ses pieds.

Il était au milieu du cercle que Tenoctris avait tracé sur le sol du tombeau. La chandelle sur le catafalque vide était tombée mais elle brûlait toujours dans sa flaque de cire. La porte était ouverte, et il faisait nuit noire.

Tenoctris était allongée, inconsciente. Aucune trace de Liane.

10

Cashel s'éveilla. L'aube était passée et l'équipage sérian abaissait les voiles avec force bavardages enthousiastes. Cashel leva la tête et vit que le *Dragon-Doré* remontait sans doute depuis un long moment un large fleuve ; ils flottaient sur une eau brune, et des marécages s'étendaient de chaque côté.

Il se leva d'un bond.

— Mellie ? appela-t-il, craignant que la pixie ait elle aussi fait partie d'un rêve.

Mellie se balança à une mèche de cheveux de Cashel, passant délibérément devant ses yeux avant de la lâcher. Elle fit un saut périlleux, atterrit sur l'épaule du jeune homme et se mit sur les mains.

— Tu as bien dormi, Cashel ? lui demanda-t-elle, la tête à l'envers.

Cashel poussa un très long soupir puis se mit à frissonner. Le dessous de sa tunique était sec, et le vêtement n'était que légèrement mouillé au niveau des épaules, à l'endroit où les embruns s'étaient déposés pendant qu'il dormait – ce qui aurait été impossible s'il avait vraiment sauté à l'eau.

— Je ne sais pas comment j'ai pu dormir, avec tout ce remue-ménage, dit-il en regardant l'équipage s'affairer sur le pont surpeuplé.

Les hommes l'avaient sûrement presque piétiné pour étendre la voile quand la lumière l'avait permis, et maintenant pour l'abaisser, la circulation sur le fleuve exigeant une allure plus prudente. Deux marins tout sourires commencèrent à tourner le cabestan horizontal pour ajuster la vergue, ce qui leur avait été impossible tant que Cashel dormait dessus.

— Ils auraient dû me réveiller, dit-il.

Les Sérians avaient été soit trop polis, soit trop effrayés par Cashel pour lui donner le coup de pied dans les côtes qu'il méritait. Il avait honte de lui.

Jen et Frasa se tenaient sur le gaillard d'arrière. Quand ils virent que Cashel regardait vers la poupe, ils joignirent les mains et s'inclinèrent. Il rougit et leur répondit par un signe de tête.

Il serait bientôt temps de sortir les rames. Il pourrait alors se montrer utile.

— Je n'ai jamais vu Erdin, dit Mellie, mais j'imagine que c'est seulement une ville. Je ne suis pas allée sur Sandrakkan depuis mille ans. Il y pleut beaucoup et on y trouve des chats tachetés bien plus rapides que les renards.

Elle eut un petit rire et s'assit normalement en regardant Cashel.

— Bien sûr, peut-être que vous autres humains les avez tous attrapés pour en faire des vêtements. Vous êtes toujours en train de faire une chose ou une autre.

— Mellie, j'ai fait un rêve la nuit dernière, dit lentement Cashel.

— Non, non, Cashel, répondit Mellie d'une voix rieuse. Tu n'as pas rêvé. Tu ne t'en souviens pas ? Tu étais trop occupé à aider ton ami Garric pour ça.

II

La procuratrice se balançait sur la chaise à porteurs qu'elle avait louée ; les quatre porteurs posèrent les perches de bois sur leurs épaules et se mirent à trotter vers l'hôtel des bor-Dahliman, au cœur d'Erdin. Le règlement de la ville interdisait les véhicules à roues pendant la journée et il restait trois heures avant le coucher du soleil. Asera n'était pas disposée à attendre et avait donc loué cette chaise, postée devant l'auberge, à la périphérie nord de la ville.

Sharina joignit les mains et se demanda si elle devait être soulagée qu'ils aient atteint la ville. Bor-Dahliman était un noble de Sandrakkan qui soutenait le roi – ou plus vraisemblablement un noble qui s'opposait au comte de Sandrakkan. Leur haine du comte était tout ce que la procuratrice et son contact avaient en commun, mais cela devrait suffire.

Asera veillerait à ce qu'ils soient tous les quatre nourris, vêtus et logés le temps nécessaire pour qu'elle trouve un bateau qui fasse le trajet jusqu'à Valles. La rivalité politique entre Sandrakkan et Ornifal n'interdisait ni les échanges normaux par les navires des deux isles, ni ceux des marchands étrangers transportant des marchandises d'une isle à l'autre.

Au cours de son ancienne vie à Barca, Sharina n'avait jamais su que Sandrakkan était dirigée par un comte. Au temps de l'Ancien Royaume, l'isle était un lieu barbare évoqué par les poètes épiques comme une suite de rivages rocailleux ou comme le refuge de sauvages menaçant les héros.

Elle se tourna vers Nonnus.

— Je pensais aux épopées, Nonnus, dit-elle. Nous avons vu les rivages rocailleux de Sandrakkan. Je me demande quand nous rencontrerons les sauvages que les chants évoquent toujours.

L'ermite sourit, même s'il aurait été difficile de dire si le terme qui décrivait le mieux son expression était « lasse » ou « sombre ».

— Tu peux faire confiance à un homme raffiné pour considérer Sandrakkan soit comme un rivage inhospitalier, soit comme un pays de sauvages, dit-il. Tes poètes auraient dû venir à Pewle pour vraiment voir ce dont ils parlaient.

L'auberge était un relais du gouvernement, comme toutes celles dans lesquelles ils s'étaient arrêtés au cours des quatre dernières nuits alors qu'ils descendaient vers le sud. Même s'ils avaient voulu faire autrement, ils n'auraient pas eu le choix : la voiture de Callin arborait les armoiries du comte de Sandrakkan, et s'arrêter ailleurs aurait semblé encore plus suspect que leurs apparences disparates.

La voiture était arrêtée dans la cour de l'auberge avec deux autres, l'une d'elles appartenant à un riche propriétaire. Son postillon, un jeune malotru qui ressemblait à un rouge-gorge avec sa tunique brun-roux, lavait les panneaux laqués du véhicule tandis que le cocher – un serviteur d'un tout autre rang – buvait dans la salle commune.

Le postillon voyageait à l'arrière de la voiture, endurant les pires cahots et toute la poussière que les roues soulevaient. Il était là pour ajouter à la grandeur du passage de son maître, comme les toupets sur le front des chevaux. À part ça, il ouvrait les portes pour les passagers de la voiture et nettoyait celle-ci pendant les haltes.

Ce n'était pas le genre de tâches permettant à un homme de se donner des airs, mais le postillon avait une plus haute opinion de lui-même que Sharina. En fait, il semblait avoir une plus haute opinion de lui que Sharina en avait du roi lui-même. Elle aurait dû laver leur voiture, mais elle savait qu'elle rencontrerait alors le postillon près du bac à eau.

Nonnus observa la situation.

— Pourquoi ne vas-tu pas à l'intérieur, mon enfant ? dit-il. Je vais rendre grâce à la Dame, je te rejoins vite.

Sharina hésita. Elle aurait voulu proposer à l'ermite de l'accompagner, mais elle savait qu'il préférait être seul pour prier. Il lui avait suggéré d'entrer pour ne pas être importunée. Le personnel des écuries, deux palefreniers et un garçon, étaient fait du même bois que le postillon ; une jeune fille qui resterait près d'eux était certaine d'avoir des ennuis.

Mais Meder était entré dans l'auberge avec la procuratrice et y était resté après le départ de celle-ci. De plus, Sharina aimait être à l'air libre, après une journée passée dans les cahots de la voiture. La structure du véhicule était fixée par des lanières de cuir plutôt que directement montée sur les essieux. Les chocs d'avant en arrière devenaient ainsi des balancements, mais ce système ne permettait pas d'amortir les impacts du haut vers le bas, lorsque les roues heurtaient une haute pierre ou glissaient dans une ornière.

— Je vais entrer par la cuisine, dit Sharina en désignant de la tête l'arrière du bâtiment principal.

Alors qu'elle parlait, une jeune fille sortit à reculons par la porte de la cuisine et se retourna tout en portant un plateau de bois sur la tête et un autre dans les bras. Des voiles de mousseline y étaient posés pour protéger des mouches les pâtons de pain tout juste levés ; la jeune fille les emportait pour les cuire dans le four extérieur.

Nonnus hocha la tête pour signifier qu'il avait compris. Il y aurait assez de circulation entre la cuisine et le four pour que les hommes dans les écuries ne soient pas tentés d'accoster Sharina pendant qu'elle était seule.

— Je ne serai pas très loin, dit-il, ni très long.

L'ermite semblait toujours peu convaincu. Sharina lui tapota la main et se dirigea à pas vifs vers la porte de la cuisine avant qu'il change d'avis et décide de ne pas la laisser.

Nonnus s'arrêta encore un instant avant de se diriger vers le portail puis dans l'allée. Le garçon d'écurie l'avait laissé ouvert après avoir déposé une pleine brouette de crottin sur le tas de fumier. Les déchets des écuries amassés dans une auberge aussi fréquentée que celle-ci représentaient une denrée de valeur à vendre aux fermiers des environs.

Meder sortit par la porte latérale de l'auberge juste à temps pour voir Sharina passer derrière le bâtiment. Il lui emboîta immédiatement le pas.

Le magicien avait habilement conduit la voiture depuis Gonalia, chose dont aucun des autres voyageurs n'était capable. Pour un noble, il était normal d'apprendre à diriger quatre chevaux attelés, une tâche aussi compliquée que cuire du pain ou dépouiller un phoque. Sharina pouvait compter sur les doigts d'une main les occasions qu'elle avait eues de voir quatre chevaux en même temps à Barca et elle n'imaginait pas des chevaux sur l'isle de Pewle.

Sans les talents de Meder, les nobles auraient monté les chevaux des soldats et Nonnus comme Sharina auraient suivi à pied. Les deux roturiers n'auraient pu en aucun cas aller à cheval sur une route sans risquer de se rompre le cou ou pis encore.

Sharina n'éprouvait cependant pas plus de sympathie pour le magicien et elle l'évitait toujours autant. Il avait changé dans les cachots de Gonalia, mais pas d'une manière qu'elle trouvait séduisante. Elle lui adressa un regard froid et lui tourna délibérément le dos.

Il s'approcha pourtant d'elle.

— Dame Sharina, dit-il avec une jovialité feinte. Vous devez être heureuse que nous retrouvions bientôt un environnement civilisé. Les bor-Dahliman sont une vieille famille. Je suis sûr que leur hôtel particulier sera confortable.

Sharina se tourna vers lui. Meder ne définissait comme « civilisé » probablement aucun des endroits visités depuis qu'il avait quitté Valles. Les auberges au sud de Gonalia dans lesquelles ils avaient tous les quatre séjourné étaient confortables selon les critères de Sharina, même si aucune n'était tenue aussi soigneusement que celle de Reise.

La seule chose qu'elle pouvait en réalité reprocher aux auberges de Sandrakkan, c'était de ne pas être la sienne. À la pensée de ne plus jamais revoir Barca, Sharina se prenait à souhaiter que la mer l'ait avalée quand la tortue géante avait plongé.

Meder cligna des yeux face au silence de Sharina. Son visage semblait fait à partir de plusieurs pièces, comme une mosaïque ; il s'agitait par saccades, et les différentes parties donnaient l'impression de ne pas se rejoindre parfaitement.

— Il nous reste le voyage jusqu'à Valles, dit Meder.

Il tentait désespérément de la forcer à l'accepter comme un être humain.

— Mais je suis sûr qu'un bon navire marchand sera bien plus confortable que les vaisseaux de guerre sur lesquels Asera voulait absolument voyager, ajouta-t-il.

Si personne ne nous attaque en mer, songea Sharina, quoique les ennemis matériels ne soient pas les pires menaces qu'ils aient eu à affronter jusqu'à présent. Elle n'était pas en colère contre Meder, seulement dégoûtée et légèrement malade chaque fois qu'elle pensait à lui debout au milieu d'une flaque de sang.

— Maître Meder..., commença-t-elle.

Elle avait l'intention de dire sans ménagement au magicien qu'elle ne voulait pas de sa compagnie, ni maintenant ni jamais. Elle aperçut par-dessus l'épaule du magicien le garçon qui sortait des écuries, un grand sourire aux lèvres. *A-t-il espionné Nonnus par une fente entre les deux portes ?*

Les deux palefreniers étaient derrière lui ; l'un d'eux avait à la main une fourche à fumier. Ils se dirigeaient vers le portail de l'allée.

Sharina les suivit, frôlant Meder au passage comme s'il n'était qu'un poteau planté dans la cour. Elle savait que même en courant elle ne pourrait atteindre le portail avant les trois hommes.

Le javelot de l'ermite était dans la voiture ; Erdin était une ville dans laquelle les gens ordinaires ne portaient pas de lance en public. Il avait toujours son couteau pewle, bien sûr.

Il l'aura retiré pour prier.

— Nonnus ! cria Sharina à trois mètres du portail quand les palefreniers l'ouvrirent ensemble avec force.

Tous deux étaient robustes. L'un avait les cheveux noirs, une barbe, et il boitait. Celui qui portait la fourche était grand et dégingandé ; ses articulations semblaient démesurées par rapport à ses membres.

Le garçon d'écurie se retourna pour faire face à Sharina et chancela, bouche bée, quand il aperçut la dague qu'elle avait tirée de sa cape. Il lui manquait les deux dents de devant ; des plaques d'eczéma tachaient son crâne sous ses cheveux blonds et sales.

Le postillon attrapa les coudes de Sharina dans son dos. Elle tenta de lui décocher une ruade, mais ses pieds nus l'empêchaient d'être réellement efficace. Le postillon la poussa vers l'avant et lui cogna la main contre le mur de brique jusqu'à ce qu'elle lâche sa dague.

Il jeta la jeune fille dans l'allée ; le garçon d'écurie passa derrière eux et ferma le portail. Il brandit la dague en regardant Sharina d'un air malveillant.

Le couteau pewle était suspendu à l'un des montants du portail. Nonnus était appuyé contre les planches de la clôture, de l'autre côté de l'allée. Il avait affiché un vague sourire avant de voir Sharina aux mains du postillon. Son visage perdit alors toute expression.

La jeune fille comprit immédiatement son erreur. L'allée était ouverte dans les deux directions, même si l'énorme tas de paille et de fumier qui se dressait sur la droite en faisait une issue nauséabonde ; la clôture elle-même n'arrêterait pas un homme aussi athlétique que l'ermite. Si Sharina ne s'en était pas mêlée, le seul risque aurait été la perte de son couteau.

Nonnus ne se souciait pas des biens matériels, même s'il s'agissait d'un couteau qu'il portait probablement depuis qu'il était devenu un homme. Il se souciait seulement de la Dame et de la jeune fille qui venait de faire d'un incident déplaisant une véritable catastrophe.

Nonnus s'était agenouillé devant une représentation de la Dame qu'il avait gravée sur la clôture. Le grand palefrenier donna un petit coup de sa fourche en direction du visage de l'ermite ; Nonnus recula sans broncher.

— Vous devez être des ennemis du comte si vous priez la Dame, hein ? dit l'homme à la fourche. On est des gars loyaux, dans le coin.

— Vous croyez qu'on a pas entendu comment votre maîtresse parle ? dit l'autre. (Il tendit le bras et prit le couteau pewle ; il le tira de l'étui et jeta ce dernier et la ceinture sur le tas de fumier.) Elle est d'Ornifal. Les riches peuvent bien dire que ça a pas d'importance, mais j'ai perdu mon paternel à la Muraille de Pierre !

Le garçon d'écurie prit du fumier à deux mains et le frotta délibérément sur la représentation de la Dame. Il émit un sifflement par le trou entre ses dents.

— Je ne suis pas un ennemi de votre comte, dit Nonnus. Je n'avais pas l'intention d'offenser qui que ce soit. Je prierai volontiers le Berger avec vous, mes amis.

Le postillon éclata de rire.

— Qu'un de vous m'écarte les jambes de cette petite. Vous pourrez vous battre ensuite, dit-il.

Sharina donna un coup de pied dans le genou de l'homme. Il grogna et se mit à jurer. Les palefreniers et le garçon d'écurie observèrent la scène.

Nonnus s'empara de la fourche juste au-dessus des dents et enfonça le bout du manche dans le diaphragme de l'homme qui la tenait. Le palefrenier tomba à la renverse, incapable de crier ou de tenir l'outil.

Nonnus fit pivoter la fourche et l'enfonça dans le visage du garçon d'écurie. L'une des dents de bois entra dans une orbite ; le garçon s'effondra sans bruit.

Le second palefrenier recula d'un bond et percuta le mur qui entourait la cour de l'auberge. Il mit les mains devant son visage, oubliant apparemment qu'il tenait toujours le couteau pewle dans l'une d'elles.

— Tu salueras ton père ! dit Nonnus en frappant le palefrenier à la gorge.

Les deux dents extérieures rencontrèrent la pierre de chaque côté de son cou. La dent du centre transperça manifestement à la fois la trachée et une grosse artère car l'homme n'émit qu'un son rauque en tombant à genoux. Nonnus retira la fourche. Du sang jaillit du cou de l'homme et moussa sur sa tunique.

Nonnus regarda le postillon et éclata de rire. Ce dernier cria et souleva Sharina pour l'utiliser comme bouclier vivant. La jeune fille lui donna un coup de pied à l'entrejambe.

L'homme se plia en deux avec un hoquet horrifié. Elle se dégagea et roula à terre. Elle entendit derrière elle un grand « poc ! » : la fourche venait d'atteindre sa cible pour la dernière fois.

Sharina tomba à genoux. Le portail s'ouvrit. Meder se tenait dans l'ouverture, le visage sans expression.

Nonnus souleva le premier palefrenier par les cheveux et lui trancha la gorge avec son couteau pewle. Les jambes de la victime s'agitèrent violemment.

Comme un poulet, mais avec beaucoup plus de sang...

Sharina fit jouer la fourche pour la dégager du dos du postillon.

— Allez-vous-en ! cria-t-elle à Meder ; elle pleurait. Vous ne pourrez que nous gêner pendant que nous les enterrerons !

Elle se tourna vers le tas de fumier. Il ne serait pas ramassé avant une semaine au moins, et ce tout particulièrement avec la confusion qui régnerait dans l'auberge quand on apprendrait que le personnel des écuries s'était enfui après avoir volé les joyaux qu'Asera gardait dans sa voiture. On croirait à cette histoire tant que les corps ne seraient pas découverts.

Le portail se ferma derrière Sharina. Elle ne voyait pas grand-chose à travers ses larmes, mais elle avait seulement besoin d'une tranchée dans la surface molle du fumier. Les deux dents dont la fourche disposait encore et le moignon de la troisième conviendraient pour cette tâche.

— Nous autres, les Pewles, nous portons de la laine noire…, dit Nonnus entre deux halètements. C'est pour qu'on ne voie pas le sang qui la tache. Il y a toujours du sang quand on tue un animal. Tu vas quand même m'apporter un seau d'eau, mon enfant, car mes bras sont rouges jusqu'aux coudes. Comme autrefois…

Il se mit à rire entre ses sanglots.

12

Tenoctris but avidement, directement à la cruche, sans avoir l'air perturbée par le goût saumâtre de l'eau. Elle avait une ecchymose sur la tempe droite. En plein jour, d'ici quelques heures, la blessure aurait un aspect terrible.

— Oh ! s'écria-t-elle en posant le récipient par terre et en prenant une grande inspiration.

Garric l'avait déposée sur les pavés devant le tombeau quand il était parti chercher de l'eau.

Des moustiques bourdonnaient puis se posaient dans l'obscurité ; Garric passait de temps à autre la main sur ses bras nus ou sur son front, mais il ignorait en grande partie leurs piqûres. Les insectes n'entraient pas dans la liste de ses préoccupations actuelles.

Tenoctris le regarda. Elle sourit, une expression aussi ténue que le clair de lune qui éclairait son visage.

— Benlo est revenu chercher sa fille, dit-elle. Il occupait un autre corps, mais son aura est reconnaissable entre mille. (Son sourire se tordit. Elle ajouta :) Je pensais t'avoir perdu toi aussi, Garric.

— Je me suis perdu. Ce n'était pas votre faute. Cashel m'a ramené.

Tenoctris hocha la tête comme si les paroles de Garric n'avaient rien de surprenant.

— Cashel est un jeune homme de qualité. Ses instincts sont si bons que son manque de…

Elle fit une moue pour déprécier le mot qu'elle était sur le point d'employer.

— … d'éducation ne représente pas le même problème que pour un autre magicien aussi puissant. Il a des instincts tout à fait remarquables.

— Cashel est un magicien ? s'écria Garric. *Cashel est un magicien ?*

— Oui, dit Tenoctris.

Elle leva la cruche et but plusieurs petites gorgées. Quand elle abaissa le récipient, elle poursuivit :

— C'est effectivement un magicien, même si je pense qu'il serait aussi surpris que toi de l'apprendre. (Elle secoua la tête et ajouta :) Je suis moins intriguée par les choses que les gens ne voient pas que par celles qu'ils voient, mais qu'ils ignorent. Où as-tu trouvé cette eau ?

Garric avait toujours en tête l'image saugrenue de son ami chantant dans une langue disparue tout en dansant au-dessus de symboles divers. Il lui fallut un instant avant de s'apercevoir que Tenoctris lui avait posé une question ancrée dans le monde qu'il comprenait.

— Oh ! s'exclama-t-il. Eh bien, je suis entré par la porte à l'arrière de la maison et j'ai tenté d'acheter de l'eau dans la cuisine. Ils m'ont donné cette cruche et aussi du pain, mais ils n'ont pas voulu de mon argent. J'imagine que j'avais l'air…

Il rit en pensant à la réaction de sa mère si un homme avec une grande épée, des yeux fous et des toiles d'araignées dans les cheveux était apparu à la porte de sa cuisine.

— Eh bien, j'étais plutôt bouleversé.

Liane ayant disparu, il en allait de même de ses pièces d'or. Mais Garric avait encore son salaire, plus d'argent qu'il en avait jamais vu au même endroit avant de quitter Barca. Ce ne serait pas un problème dans un futur proche.

— Comment faire revenir Liane ? demanda-t-il sans ménagement.

Tenoctris hocha la tête.

— Tout d'abord, il nous faut la localiser, dit-elle. Nous ne sommes pas certains qu'elle soit toujours dans ce plan, même si je pense que c'est l'éventualité la plus probable. (Elle lança un regard à Garric puis ajouta :) Benlo a emporté la momie de son épouse en même temps que Liane. C'est… un problème qui me préoccupe énormément. Benlo a cessé d'être son père en mourant. L'âme qui subsiste est une entité très puissante, mais elle n'est pas totalement humaine.

En se levant, Garric sentit tout à coup chaque égratignure, chaque crampe due à son voyage dans… cet *endroit*, quel qu'il soit. Il resserra la ceinture une fois debout. Le poids de l'épée était mieux réparti quand la ceinture était bien serrée.

— Dans ce cas, doit-on agir maintenant ? demanda-t-il. C'est que… plus nous attendons et plus nous risquons…

Il n'était pas sûr d'avoir raison. Il ignorait ce que Tenoctris craignait qu'il arrive à Liane – et ne pensait pas vouloir l'apprendre.

— Oui, nous devons le faire maintenant, dit la vieille femme en se relevant avec l'aide de Garric et de la clôture derrière elle. Le *situs* – ce tombeau – est déjà préparé.

Elle entra dans les ténèbres ; la chandelle s'était éteinte voilà un long moment. Les relents de fumée depuis longtemps dissipée et de décomposition se mêlaient en une odeur qui retournait l'estomac de Garric.

Tenoctris retrouva le sac qui contenait quelques fines bougies supplémentaires. Garric sortit son silex et son briquet en fer. Le bois de l'un des cercueils s'était effrité, et serait parfait pour démarrer un feu.

— Ne te donne pas cette peine, dit Tenoctris.

Elle murmura quelques paroles inaudibles. Une étincelle bleue jaillit entre ses mains en coupe, allumant la mèche de la bougie.

Tenoctris posa la bougie sur la saillie qui accueillait peu de temps auparavant le cercueil de Mazzona et se mit à sourire.

— Ce tombeau ferait de n'importe qui un magicien, Garric. Il y a plus de pouvoir concentré ici qu'il en a fallu pour faire sombrer Yole. Heureusement, il est parfaitement équilibré.

Elle longea le cercle qu'elle avait tracé auparavant et commença à dessiner ses symboles sur une parcelle de sol nu. Il y avait très peu de place.

— Garric, ajouta-t-elle sans lever les yeux. S'il te plaît, sors le corps de Benlo de sa jarre et étends-le sur cette dalle. J'ai bien peur que ce soit nécessaire.

— Oui, d'accord, répondit Garric.

Il sortit son couteau et commença à enfoncer la lame dans le goudron qu'il avait utilisé pour sceller la jarre. Il détestait l'idée même de ce qu'il était en train de faire. Tout comme il avait détesté ramper au milieu des énormes araignées dans le passage qui l'avait ramené dans le monde réel. Mais il n'avait pas été élevé pour se soustraire à une tâche parce que celle-ci était déplaisante.

— Tenoctris ? dit-il tout en s'affairant. Ce que nous sommes sur le point de faire, est-ce dangereux ? Je ne m'en fais pas pour moi…

Tenoctris laissa échapper un petit rire. Elle continua à écrire pendant un moment, utilisant la cire translucide d'une chandelle intacte en guise de crayon. Puis elle se mit à rire si fort qu'il lui fallut s'arrêter. Elle leva la tête vers Garric.

— Mon cher ami, mon jeune ami. As-tu déjà descendu en courant une colline à la pente si raide que tu ne pouvais plus t'arrêter ? Il t'a fallu courir de plus en plus vite pour éviter de tomber, n'est-ce pas ? (Garric hocha la tête.) C'est ce que nous faisons tous les trois depuis le début, expliqua Tenoctris. Cela dit, je ne prévois pas de dangers exceptionnels dans un futur proche.

Garric rit lui aussi. C'était bon ; il était tendu depuis trop longtemps, tendu, perdu et seul.

— Je suppose que c'était une question vraiment stupide, admit-il.

Se trouver en compagnie d'une amie lui donnait l'impression d'être de retour chez lui ; bientôt, Liane aussi serait avec eux – ou ils mourraient en essayant de la ramener.

Il allongea le corps de tout son long sur le banc de pierre, et ignora ses mains poisseuses. Lorsqu'il travaillait à la ferme, il se retrouvait régulièrement plongé jusqu'aux genoux dans les immondices. Garric n'avait jamais déplacé de corps à moitié décomposé auparavant, mais il avait connu pis.

Tenoctris acheva de tracer ses symboles et se laissa aller en arrière avec un soupir. Les caractères en cire n'étaient guère plus qu'une texture sur le sol de pierre, un reflet. Garric supposa que ces mots devaient être écrits, mais qu'ils n'avaient pas besoin d'être visibles pour des yeux humains.

— D'ordinaire, c'est une très longue incantation, dit-elle autant pour elle-même que pour Garric. Avec les forces rassemblées ici ce soir, je ne pense pas avoir à répéter ce sort. Je n'aurai peut-être même pas besoin d'aller jusqu'au bout. (Elle regarda Garric.) C'est de la nécromancie, dit-elle comme pour le défier de réagir avec horreur. Je rappelle le corps à la vie pour qu'il réponde à nos questions.

Garric hocha la tête pour signifier qu'il n'émettait pas d'objection. Déranger le repos d'un mort était un faible prix à payer pour sauver la vie d'une jeune fille. Pourtant...

— Si Benlo occupe un autre corps, dit-il, alors comment allez-vous...

Il leva les paumes vers le ciel pour achever sa question.

— J'invoque l'esprit de l'homme dont Benlo occupe le corps. Il aura encore un lien avec son ancienne chair, et j'espère que cela nous aidera. (Elle secoua la tête, émerveillée.) J'ai du mal à croire que je fais de telles choses. Que *moi* je contrôle autant de pouvoir. (Elle sourit.) Le mot important, c'est « contrôle », bien sûr. Pas « pouvoir ».

Elle reporta son attention sur Garric et la tâche à accomplir.

— Je t'appellerai pour continuer l'incantation si elle requiert plus de répétitions que ma gorge peut en supporter, mais je serais très surprise que ce soit le cas.

Garric acquiesça.

— J'ai été assez souvent surpris ces derniers temps. Je ferai de mon mieux si vous avez besoin de moi.

Il ne pouvait lire les mots écrits à la cire. Cela ne devrait pas poser de problème car il serait capable de mémoriser les sons si Tenoctris devait se fatiguer à force de les répéter.

La magicienne tira à deux reprises sur la tige de lierre qu'elle tenait à la main comme pour la détendre puis commença :

— *Catama zauaththeie cerho...*

Garric posa un doigt sur le pommeau en fer de son épée et sentit Carus s'élever à l'intérieur de lui comme un homme s'étirant après une nuit de sommeil. Il avait le sentiment que cette arme, malgré son poids et sa taille, était parfaitement à sa place contre sa hanche.

— *Lalada kale chesi...*

Les poils sur les bras et la nuque de Garric se hérissèrent comme si un éclair était sur le point de frapper. Il tourna la tête pour regarder le corps. Un halo bleu l'entourait, voilant légèrement des traits que la décomposition avait déjà commencé à estomper.

— *Iaththa maradtha achilothethee chooo!* conclut Tenoctris.

Le corps s'assit lentement, les bras toujours croisés sur la poitrine. Sa tunique funéraire blanche était tachée par les fluides qui s'écoulaient des terribles blessures marquant sa poitrine et son abdomen.

— Par le pouvoir de Phaboeai, dis-moi ton nom ! ordonna Tenoctris d'un ton intraitable.

— Je suis Arame bor-Rusaman, dit le corps de Benlo. (Sa voix avait le timbre de deux billes de bois frottées l'une contre l'autre, un murmure sec.) Je suis mort.

— Arame, as-tu conscience de ton propre corps ? demanda Tenoctris.

Garric serrait avec force la poignée de son épée. Il se força à lâcher l'arme.

— Oui, dit le cadavre.

Sa poitrine bougeait comme un soufflet, se vidant puis se remplissant en de longs mouvements qui n'avaient rien de commun avec le rythme de la respiration humaine.

— J'ai conscience de mon corps. Il ne bouge pas.

— Arame, dit Tenoctris, pourquoi ton corps ne bouge-t-il pas ?

— Mon corps attend la pleine lune. (Les lèvres du cadavre s'ouvraient avec la même lenteur élastique que les mâchoires d'un serpent qui avale un œuf.) Mon corps attend la nuit prochaine.

Garric pensait que Tenoctris allait demander ce que le corps – Benlo – ferait à la pleine lune. Elle demanda plutôt :

— Arame, décris-moi ce que voit ton corps.

— Mon corps voit une porte, répondit le cadavre.

Un morceau de cuir chevelu pendait du côté droit de son crâne, dénudant l'os au-dessous. Les mouvements accéléraient la désagrégation de la dépouille ramenée à la vie plus rapidement que la seule décomposition.

— La porte est en fer. La porte est en fer froid.

La poitrine du cadavre se levait et s'abaissait plus rapidement désormais, mais l'air sifflait dans sa cavité thoracique et sa voix se faisait plus faible. Les sutures de la plaie que les embaumeurs de Carcosa avaient recousue commençaient à sauter.

— Il y a des armoiries sur la porte, poursuivit le cadavre en soufflant comme un coureur sur le point de défaillir. Une grappe de raisins sur un crâne. Sur un crâne. Sur un…

Le murmure devint un caquètement sec ; Garric aurait pensé à un rire s'il s'était agi d'un homme en bonne santé. Un râle pour un malade. La mâchoire inférieure du cadavre se démit. Elle continua à se balancer pendant un moment avant que les tendons cèdent complètement, puis elle tomba sur les genoux de la momie.

Le corps s'affaissa comme une statue de sable dissoute par une vague. Les os des doigts apparurent alors que la chair qui les entourait se liquéfiait. La puanteur était insoutenable.

— Benlo est dans cette demeure, dit Garric.

Il tentait d'empêcher son estomac de rendre le pain qu'il avait mangé pendant que Tenoctris était inconsciente.

— Il avait une pièce secrète dont les nouveaux propriétaires ignorent l'existence, ajouta-t-il.

— Nous pouvons partir, dit Tenoctris.

Elle se leva avec difficulté en respirant avec force.

— Le pauvre Arame ne peut pas nous en dire plus. Et je pense que, grâce à cet indice, je vais pouvoir découvrir le reste.

Ils sortirent d'un pas hésitant dans l'air pur de la nuit.

— Restez où vous êtes ! cria une voix.

Une lanterne projeta subitement leurs ombres sur la façade en pierre du tombeau.

13

Le *Dragon-Doré* frottait doucement contre les butoirs en vieille corde qui pendaient entre sa coque et le quai de pierre. Des chariots tirés par des mules et chargés de coffres, de caisses et de tonneaux avançaient lentement et à grand bruit le long de la rue qui donnait sur le port fluvial. Erdin était un port très actif, et les marchandises qui y circulaient étaient emballées de bien plus de façons que Cashel l'aurait imaginé.

— Ils parlent de toi, dit Mellie.

Elle se tenait près du lobe de Cashel et se penchait en avant, pointant du doigt Frasa et le Sérian qui était venu sur le quai accueillir le *Dragon-Doré.*

— Ils veulent que tu fasses quelque chose pour eux.

Cashel se tenait au bout de la file de marins sérians que Jen payait alors qu'ils descendaient un par un du navire sur le quai. Les Hauts-Terriens étaient rassemblés sur le pont avant, autour de l'inspecteur des douanes d'Erdin, apparemment fascinés par la tunique de l'homme; tout en bordures de dentelle dorée et étoffe violette. Cashel était sûr que les petits tueurs ne lui voulaient pas le moindre mal, mais le resplendissant inspecteur se dressait de toute sa hauteur comme s'il se retrouvait au milieu d'une fosse remplie de serpents venimeux.

Les vipères étaient sûrement préférables à des Hauts-Terriens d'humeur hostile.

— J'imagine qu'il s'agit de maître Latias, l'agent, dit-il.

Le Sérian était du même type que les deux frères. Sa robe était bleu foncé et non marron, mais elle avait le même lustre soyeux.

— Exactement, approuva Mellie. Que vas-tu leur dire ?

Cashel se demanda ce qu'Ilna faisait en ce moment. Elle aurait aimé toute cette soie.

La cale en contenait plusieurs balles, de très belles étoffes, quoique Cashel se savait incapable d'apprécier les tissus autant qu'Ilna.

Il renifla l'air.

— On ne pourrait pas faire brouter des moutons ici, dit-il en éludant délibérément la question de Mellie. Leurs pieds pourriraient.

La pixie eut un petit rire et étreignit son cou.

Le marin devant Cashel reçut son salaire et rejoignit le groupe de ses compagnons qui bavardaient avec l'escorte de Latias. Les serviteurs de l'agent n'étaient pas sérians, mais ils parlaient apparemment suffisamment bien cette langue pour communiquer le genre d'information qu'un marin à la bourse pleine voulait obtenir.

Frasa et Latias s'approchèrent de Jen et de Cashel.

— Je te l'avais dit ! dit en riant Mellie à l'oreille du jeune homme.

Pendant un instant, les deux frères s'entretinrent en chuchotant. Latias salua Cashel en s'inclinant poliment ; Cashel lui répondit d'un sourire gêné et d'un hochement de tête.

Latias n'avait probablement pas encore trente ans, quoique le calme maintien commun à tous les nobles sérians le fasse paraître plus âgé de prime abord. Il attendait, les mains croisées, que les frères aient fini leur conciliabule.

Frasa se tourna de nouveau vers Cashel et dit :

— Tout d'abord votre salaire, maître Cashel.

Il déposa une à une les pièces d'argent dans la paume du jeune homme – des pièces d'Haft, pas celles d'Erdin en bronze ou en argent qu'avait reçues l'équipage sérian. Sans bâton de comptage, Cashel fut perdu après la dixième pièce.

— Ils te donnent une prime, dit Mellie. Les Sérians sont gentils, pour des humains. (Elle ajouta, un rire dans la voix :) Mais ils veulent que tu fasses quelque chose qui va être très difficile.

— C'est trop, laissa échapper Cashel tandis que Frasa continuait à ajouter des pièces.

Jen et Latias échangèrent un regard. Si Cashel interprétait le peu d'émotions affichées par les Sérians, l'agent semblait surpris et Jen arborait un sourire satisfait.

— Latias nous a proposé un chargement de retour à des conditions très acceptables, dit Jen. Comme vous avez négocié la première transaction avec lui, nous ajoutons une commission de démarcheur à votre salaire.

» Cashel, reprit-il, j'ai parlé à Latias des talents dont vous avez fait preuve quand vous étiez à notre service. Je pense que vous pourriez l'aider pour un problème qui s'est jusqu'ici révélé insoluble.

L'agent fit une révérence très formelle à l'intention du jeune homme.

— Maître Cashel, dit-il, si vous acceptiez de venir avec nous dans mes bâtiments et d'écouter mes propositions, je doublerais la somme que vous venez de recevoir. Si vous acceptez, je vous paierai bien plus.

— Seulement si tu survis, bien sûr, ajouta Mellie du ton détaché qu'elle utilisait pour toute chose qu'elle jugeait sérieuse. Quoi qu'ils veuillent que tu fasses, ce sera très dur, Cashel. Le vois-tu à son visage ?

Cashel regarda l'argent dans sa main. Il ne pensait pas avoir déjà vu autant de pièces en un seul tas auparavant, encore moins *des pièces d'argent*.

— Eh bien, j'imagine..., dit Cashel. Ça ne peut pas faire de mal d'écouter.

Cashel accompagna les trois Sérians le long de l'une des rues donnant sur la contre-allée. Une partie de l'escorte de l'agent monta sur le *Dragon-Doré* pour garder la cargaison en attendant qu'elle soit déchargée ; ils libérèrent au passage l'inspecteur des douanes de son auditoire jacassant. Le reste de l'escorte précéda ou suivit les nobles, dégageant la voie.

Cashel passa lentement la main sur son bâton et essaya de ne pas penser à tous ces gens autour de lui. Cela aurait été différent s'il s'était agi de moutons…

Ils passèrent à côté d'un bâtiment à un étage dont le rez-de-chaussée était longé d'une arcade.

— L'*Hôtel de la Confrérie*, dit Latias en remarquant l'intérêt de Cashel. Beaucoup d'armateurs et de marchands faisant du commerce maritime ont leurs comptoirs ici. La cour fait office de bureau d'embauche pour les marins. L'office de ma famille est associé à notre domicile, nous avons donc nos propres locaux non loin d'ici.

Ses sourcils désignèrent le mur de brique nu de l'autre côté de la rue suivante. Un portail en voûte occupait l'angle de l'enceinte le plus proche d'eux. Des serviteurs sérians ouvrirent les portes. Les panneaux étaient laqués d'un bleu identique à celui de la robe de Latias ; les tuniques des serviteurs étaient également ornées d'une bande bleue.

Cashel aperçut trois bâtiments distincts, et peut-être le toit d'un quatrième à l'intérieur de l'enceinte ; il y en avait probablement davantage encore. Des passages voûtés soutenus par des piliers allaient de l'un à l'autre. Cashel se dit qu'ils n'offriraient pas une bien grande protection en cas de forte pluie.

Près des portiers sérians se tenaient deux hommes robustes, originaires d'Erdin, armés de gourdins cloutés. Ils observèrent Cashel avec une réserve toute professionnelle. Il estima que son bâton et lui pourraient venir à bout de ces deux hommes en même temps – et ils firent de même. De toute évidence, les Sérians ne rencontraient pas à Erdin une hostilité semblable à celle que Cashel avait constatée à Carcosa.

Les domestiques menèrent le cortège vers un bâtiment au toit de tuiles dont les fenêtres étaient faites de verre coloré. Les carreaux de verre étaient presque aussi petits que les tesselles d'une mosaïque, et le joint entre chaque morceau plus fin que tout ce que Cashel avait vu à Carcosa.

L'intérieur du bâtiment n'était qu'une seule grande pièce. Des paravents dissimulaient les portes des murs latéraux ; des serviteurs entrèrent en silence, portant des plateaux chargés de jus multicolores et de fruits découpés en petits morceaux.

Une table basse trônait au centre de la pièce, avec une chaise d'un côté et trois de l'autre. Des coffres-forts en métal et en bois cerclé d'acier étaient disposés contre les murs ; certains d'entre eux étaient décorés de moulures fantaisistes et de motifs peints.

Latias désigna d'un geste les trois chaises à ses invités et prit celle qui leur faisait face. Cashel posa avec précaution son bâton contre le mur et s'assit sur la chaise de droite.

— Ooh…, fit Mellie.

Elle montra du doigt un coffre aux couleurs particulièrement criardes posé au fond de la pièce, le long du mur.

Sur chacun des panneaux de fer, un démon à tête de chien en émail rouge les observait d'un air furieux.

— Regarde ce coffre, Cashel. Ils veulent que tu l'ouvres. Oh, ça va être dur !

Les serviteurs, tous des femmes au long visage ovale, s'agenouillèrent pour leur proposer des rafraîchissements. Cashel prit un verre rempli d'un jus vert pâle ; la boisson était acide et avait un goût qu'il n'aurait su décrire.

Latias joignit les doigts.

— Peut-être savez-vous déjà pourquoi je souhaite vous engager, maître Cashel ? demanda-t-il.

C'était un test, un jeu. Cashel sentit Frasa se raidir sur la chaise à côté de lui, désapprobateur. L'attitude de l'agent mettait en doute autant l'honnêteté des frères que celle du jeune homme.

Cashel, irrité principalement par l'affront fait à Jen et à Frasa qui l'avaient bien traité et payé au-delà de ses espérances, posa son verre et se leva.

— Si vous vouliez que j'ouvre cette boîte, grogna-t-il en désignant d'un signe de tête le coffre émaillé, vous auriez pu agir en homme et me le demander. Maintenant, je pense que je vais partir.

Latias eut un hoquet comme s'il avait été frappé en plein cœur. Il s'effondra sur la table et noua les doigts sur sa nuque en signe de totale soumission.

Frasa et Jen se levèrent d'un bond.

— Maître Cashel, dit Frasa, la jeunesse de mon compatriote n'excuse pas son comportement, mais le destin d'un clan tout entier dépend de la réussite d'une tâche qu'il lui faut accomplir.

— Je vous en prie, ajouta Jen, veuillez accepter les excuses de mon frère et de moi-même pour la grossièreté de Latias, et écoutez-le.

Mellie éclata de rire et battit des mains.

— Il n'aura plus envie de jouer avec mon Cashel ! gazouilla-t-elle. Oh, c'était exactement ce qu'il fallait dire !

— Monsieur, dit Latias en se pressant contre la table. Je vous donnerai tout ce que vous voudrez en réparation. J'ai vécu si longtemps au milieu de gens sans honneur que je me suis moi-même déshonoré !

— Oh..., dit Cashel en rougissant furieusement. Écoutez, dites-moi seulement ce que vous voulez que je fasse, d'accord ? Je ne sais d'ailleurs pas pourquoi je me suis emporté ainsi.

Il pensait cependant le savoir. Les habitants de Barca étaient tout aussi disposés à mentir et à se vanter que n'importe qui d'autre, mais personne dans le hameau n'aurait songé à remettre en cause l'honnêteté de Cashel. Ni celle d'Ilna, s'ils savaient ce qui était bon pour eux.

Il n'était pas à Barca. Il ne reverrait probablement plus jamais le hameau. Il fallait qu'il s'habitue à ce qu'on le traite de menteur, comme il s'était habitué à ne pas réfléchir très rapidement.

Latias se redressa, mais garda les yeux rivés au sol.

— Maître Cashel, mon père était le chef de notre famille à Seres. Quand il voyageait, comme récemment lorsqu'il a visité les terres que j'administre sur Sandrakkan, il apportait avec lui les images de notre clan afin d'accomplir les sacrifices nécessaires pour l'anniversaire du jour où nous sommes descendus des dieux. Ce sera demain.

Frasa et Jen semblaient très solennels. Cashel hocha la tête car on attendait qu'il fasse quelque chose. Il ne ressentait qu'une légère perplexité, comme lorsque Garric lisait le passage d'un livre qui l'exaltait alors que Cashel n'entendait que des mots.

— Je n'ai jamais vu de dieu, dit Mellie en peignant ses cheveux avec un broussin, assise les jambes croisées sur l'épaule de Cashel ; elle sourit. Tu crois que c'est ce que voient les humains à la place de mon peuple ?

— Mon père est mort subitement en mer, dit Latias. Il…

— Oh ! laissa échapper Cashel, plus gêné que jamais de la façon dont il s'en était pris au pauvre homme.

Il ne se rappelait pas la perte de son père, mais avait souvent pu constater comment cela frappait les fils et les filles du bourg.

— Je suis désolé d'avoir agi ainsi, dit-il. J'ignorais que vous étiez bouleversé.

Les trois Sérians le regardèrent avec une perplexité réservée. Après un moment, Latias dit :

— Les obsèques se sont déroulées normalement quand le bateau a accosté la semaine dernière. Cela n'a pas posé de difficultés.

— Oh ! dit Cashel en rougissant de nouveau.

Quelque chose que les autres considéraient comme évident lui échappait. Ce n'était pas nouveau, mais Mellie qui se tordait de rire sur son épaule n'arrangeait guère les choses.

— Mon frère est venu de Seres avec Père, continua l'agent. Il est devenu le chef du clan à sa mort. Trois jours plus tard, il a donc ouvert le coffre afin de préparer les images pour le sacrifice prévu demain. Le démon auquel mon père avait fait appel pour les garder a mis mon frère en pièces avant de refermer le coffre.

Mellie descendit le long du flanc de Cashel avec son habituelle et néanmoins étourdissante vitesse, puis elle trottina sur les tapis d'herbes tressées posés au sol. Cashel n'avait pas encore vu de chat près des Sérians, que ce soit ici ou à Carcosa, mais il s'inquiétait toujours quand la pixie vagabondait ainsi.

— Un démon a *tué* votre frère ? dit-il en tentant de comprendre ce que l'agent lui disait.

Il aurait voulu qu'ils soient encore assis ou, mieux, accroupis. Il avait l'impression de mieux réfléchir quand sa tête était près du sol.

— Oui, mais nous avons également célébré ses obsèques, dit Latias. Retrouver tous les morceaux pour le bûcher funéraire a posé quelques difficultés, mais l'incident s'est par chance produit dans une pièce fermée. Je suis par conséquent chef de clan, mais je ne peux sortir les images du coffre. (Il eut un léger sourire.) Pas si je veux être en état d'accomplir le sacrifice, en tout cas.

— Votre père et votre frère ont été tués, et tout ce qui vous préoccupe c'est un… un sacrifice ? demanda Cashel, stupéfait.

Il se demanda si le frère de Latias avait été mis en pièces dans cette même salle. Ces taches sur le plafond pouvaient être récentes, nettoyées mais pas complètement effacées…

Mellie revint de son inspection du coffre en fer. Elle exécuta un saut périlleux arrière, mais elle n'avait pas trop le cœur à faire des acrobaties.

— Le démon s'appelle Derg, dit-elle nonchalamment. Cashel, il est très fort.

— Mon père, mon frère et tous nos ancêtres sont assurés d'un séjour paisible dans l'au-delà, dit Latias avec la circonspection d'un homme qui n'a pas tout à fait compris la question à laquelle il répond. Du moins, tant que les rites annuels sont accomplis comme prévu. Voyez-vous, nous n'avons pas le temps de fabriquer et de consacrer un jeu d'images de remplacement.

— Latias, votre frère ne savait-il pas qu'un démon gardait ces images ? demanda Jen.

L'agent secoua la tête.

— Non, mais je ne peux pas dire que ce fut une surprise. Mon père était un homme secret et, je suis navré de le dire, très suspicieux. Il a travaillé avec des négociants étrangers toute sa vie avant de devenir chef du clan il y a cinq ans.

Latias contourna la table pour s'agenouiller devant Cashel en signe de complète obéissance. Il se redressa puis ajouta :

— J'ai de toute évidence hérité de certaines de ses dispositions, maître Cashel. Je n'aurais sinon pas douté des talents que Frasa et Jen m'ont assuré que vous possédiez.

— Écoutez, dit Cashel (sans vraiment y penser, il reprit son bâton), je sais que vous autres ne pouvez pas tuer ou ce genre de chose, mais vous ne pouvez pas engager un homme des environs pour… vous savez… attendre pendant que vous ouvrez cette boîte ?

— J'ai essayé, monsieur, admit Latias. L'acier, la pierre et le bronze n'entament pas la chair du démon. Une massue de bois a volé en éclats, et « ça » a rompu une corde en soie supposée l'étrangler. Tout en tuant tous les mercenaires, bien entendu.

— « Il », pas « ça », dit Mellie. (Elle était de retour sur son épaule et semblait pensive.) Derg est un mâle.

— Vous avez célébré leurs obsèques ? demanda Cashel en prononçant ce mot avec précaution tout en se demandant ce qu'il signifiait.

Cashel avait cru qu'ils voudraient qu'il se serve du bâton.

Les Sérians se regardèrent. Frasa dit :

— Les gardes n'avaient pas de famille...

— De famille *sériane*, s'empressa de préciser son frère.

— De famille sériane, répéta Frasa en hochant la tête, mais je suis sûr que les personnes à leur charge ont été dédommagées pour leur perte.

— Ah ? dit l'agent. Oui, j'ai... euh... dédommagé les personnes à la charge des victimes. Le démon continue cependant à monter la garde dans le coffre.

— Que voulez-vous que je fasse avec Derg ? demanda Cashel. Je ne comprends pas.

— Nous ne connaissions même pas le nom du démon, dit Latias. Venez-vous de le nommer ?

— Il s'appelle Derg, dit Cashel, gêné par la mine stupéfaite des Sérians. C'est un mâle. (Il déglutit.) Je crois.

— Oh oui, Cashel, c'est un mâle, dit nonchalamment la pixie. Comme toi.

— Notre père est mort trop subitement pour transmettre son pouvoir sur le démon à mon frère, dit Latias. Et encore moins à moi.

Il prit une grande inspiration. Cashel n'avait jamais vu le visage d'un noble sérian exprimer tant d'émotion, même quand les deux frères avaient bien failli être battus à mort dans les rues de Carcosa.

— Monsieur, dit-il, un magicien d'un pouvoir suffisant pourrait vaincre le démon. La seule alternative serait de faire exorciser le coffre par le prêtre, quel qu'il soit, qui l'a protégé à l'origine. Nous n'avons pas le temps de retourner à Seres pour cela. (Il s'agenouilla de nouveau.) Monsieur, poursuivit-il. Si vous pouvez libérer les images de leur gardien, je vous céderai de mon plein gré la moitié de ma fortune personnelle. Le repos paisible de mes ancêtres dépend de vous.

Cashel déglutit.

— Je ne vois toujours pas comment vous aider. Je connais une magicienne, mais elle est restée sur Haft. Et puis elle disait de toute façon ne pas être très puissante.

— Tu n'es pas un magicien comme ils le croient, dit Mellie.

Elle s'assit, les bras croisés sur ses genoux relevés, et lança des regards noirs en direction du coffre aux couleurs criardes.

— Ni dans le sens où tu le comprends, mais tu pourrais combattre Derg si tu le voulais.

Cashel se tordit le cou pour regarder la pixie dans les yeux. Il se moquait de ce que penseraient les Sérians en le voyant parler dans le vide.

— Mellie ? Dois-je le faire ? *Puis-je le faire ?*

L'agent s'apprêta à parler. Jen lui intima le silence d'un geste de la main. Les deux frères observèrent intensément Cashel.

Mellie tourna la tête vers lui.

— J'ignore ce que tu dois faire. Je pense que tu es très fort… plus fort que Derg. Mais Derg est très fort lui aussi.

Cashel ne comprenait rien à tout cela. Il fallait qu'on lui donne un troupeau de moutons à garder ; mais s'il souhaitait mener des moutons, il aurait dû rester dans le bourg. Il avait voulu quelque chose de différent, et c'était là ce qu'il avait.

Il ricana, même s'il ignorait pourquoi.

Latias s'était relevé, ce qui épargnait au moins à Cashel la gêne d'avoir un homme agenouillé devant lui comme s'il était lui-même une statue du Berger.

— Monsieur, dit-il, en addition de la récompense matérielle que je vous propose, cette chose… euh… *il* pourra exaucer un vœu de celui qui l'a vaincu, si celui-ci le demande.

— Non, non, il se trompe, dit Mellie. Ce que Derg exaucera…

Elle leva une jambe presque toute droite, en équilibre sur les orteils de l'autre. Cashel ne pouvait croire qu'il existe quelqu'un d'aussi souple que la pixie.

Les Sérians l'observaient fixement. Il les ignora.

— … c'est ce que tu souhaiterais si tu savais tout ce que Derg sait, poursuivit Mellie.

Elle changea de jambe avec un mouvement de ciseau aussi soudain que le battement d'ailes d'un colibri ; elle lui sourit.

— Et Derg en sait bien plus que toi.

— Tout le monde en sait plus que moi, dit Cashel en souriant lui aussi. Sauf en ce qui concerne les moutons.

— Bien entendu, il te faudra d'abord vaincre Derg.

— Maître Latias, dit Cashel, je n'ai pas besoin de votre argent. J'en possède désormais plus que je pensais le monde capable d'en contenir.

C'était seulement une légère exagération. Les pièces gonflaient la bourse autour de son cou comme la chair dans une saucisse. Il lui faudrait en trouver une plus grande ou changer quelques pièces d'argent en or. Cashel or-Kenset possédant de l'or bien à lui !

— J'imagine que c'est très important pour vous, vos ancêtres et tout le reste, poursuivit-il, que Jen et Frasa veulent que je le fasse et…

— Cashel, je vous en prie ! dit Frasa. Cette décision ne peut appartenir qu'à vous. Si vous préférez rester avec nous, mon frère et moi-même continuerons avec plaisir à vous employer pour le même salaire qu'auparavant.

— Bien sûr, je le sais, mais vous ne m'auriez pas amené ici si vous ne vouliez pas que j'apporte mon aide. Je le comprends. Vous vous êtes tous deux montrés bons avec moi et cela ne me dérange pas de vous rendre service.

— La mort d'un clan parce que ses rites ne sont pas accomplis est une chose terrible, Cashel, dit Jen, les mains croisées, cachées dans les manches de sa robe.

— Bon, vous avez été loyaux avec moi, et vous dites que maître Latias l'a été avec vous.

Cashel croisa le regard de l'agent, et se demanda soudain à quoi pensait Mellie. Il avait autant de difficultés à comprendre la pixie que les hommes en général – ou une fille comme Sharina.

— Je n'ai pas besoin de votre argent, maître Latias, répéta Cashel, mais là d'où je viens les gens se débrouillent en s'aidant les uns les autres. J'imagine que je vais vous aider puisque vous semblez en avoir besoin.

— Je pensais bien que c'était ce que tu ferais, Cashel, dit Mellie d'un ton qu'il ne parvenait pas à interpréter. Après tout, un troupeau n'a qu'un seul bélier…

14

Une part de l'esprit de Garric voulait tirer son épée et embrocher les hommes qui lui faisaient face, derrière la lanterne. Ce sentiment ne venait pas *seulement* de la part de son esprit dans laquelle le roi Carus traversait avec une terrible majesté une multitude de champs de bataille.

Mais ces hommes appartenaient à une escouade de la patrouille et ne faisaient qu'inspecter un tombeau des beaux quartiers d'Erdin d'où s'échappaient bruits et lumières. Ils avaient parfaitement le droit d'être là ; Garric et Tenoctris également.

— Bonsoir, officiers ! dit Garric. Nous sommes les serviteurs de dame Liane bos-Benlimar. Elle nous a envoyés inspecter le tombeau familial pour elle.

— Je veux que vous les arrêtiez ! s'écria un homme grassouillet caché derrière le rang des patrouilleurs. Ils complotent pour entrer dans ma maison !

Les patrouilleurs étaient six. Ils portaient des casques de cuivre et des tabards frappés de la tête de cheval de Sandrakkan, divisée en quatre par le symbole d'Erdin. Deux d'entre eux portaient de longues perches dont les extrémités fourchues se refermaient à l'aide d'un ressort et pouvaient enserrer le cou ou les membres d'un suspect à distance. Les autres tenaient à la main des gourdins, et tous portaient de courtes épées.

— Cette propriété appartient aux Benlimar, dit impérieusement Tenoctris.

Elle parlait comme une noble à des roturiers, ce qui était bien entendu le cas, quoique le domaine de sa famille ait sans doute disparu depuis un millier d'années.

— Mon maître l'a conservée quand il a vendu le reste de ses propriétés de Sandrakkan. Qui donc lui conteste ce titre ?

L'officier menant la patrouille portait sur le bord droit de son casque un panache de plumes blanches. Il regarda l'homme grassouillet derrière lui et lui dit :

— Est-ce vrai, monsieur ?

— Voici la clé de la clôture, dit Garric en plongeant la main dans la besace qu'il portait à la ceinture.

Il avait trouvé la clé par terre, sur le sol du tombeau ; Liane l'avait sans doute perdue quand le cadavre l'avait emportée.

— Eh bien, je…, commença l'homme.

Il était de toute évidence le propriétaire de la maison et des terres qui l'entouraient. Il était suffisamment riche pour faire jeter en prison des vagabonds, même s'ils n'étaient pas sur sa propriété. Demander l'arrestation des employés d'un autre noble alors qu'ils s'occupaient des affaires de leur maître – c'était un autre problème.

— Si vous vous donniez la peine de regarder à l'intérieur, officier, dit Tenoctris avec une indulgente supériorité, je crois que vous y trouveriez tout en ordre. Je peux vous assurer que ce n'est pas une cachette dans laquelle des cambrioleurs entreposent butin et outils.

— Nous sommes logés à l'auberge du *Bélier et de la Brebis*, près du fleuve, dit Garric. Vous pourrez nous y trouver – à moins bien sûr que dame Liane nous renvoie dans sa propriété avec d'autres consignes.

— Eh bien…, commença l'officier.

— Caporal ? dit l'un des patrouilleurs qui portait une perche. Je crois que c'est l'homme du portrait.

L'officier plongea la main dans son sac et en sortit une tablette faite de deux fines plaques de bois.

— Qu'on m'apporte de la lumière ! ordonna-t-il avec mauvaise humeur.

Deux patrouilleurs portaient des lanternes dont les lentilles de verre pouvaient être obturées pour masquer la lumière. Ils dirigèrent les faisceaux afin d'éclairer les visages peints sur les feuilles intérieures de la tablette.

Même de là où se trouvait Garric les visages étaient reconnaissables : il s'agissait du sien et de celui de Liane.

— Par le Berger ! s'écria le caporal. Tu as raison Challis, c'est bien lui.

— Surveillez-le ! s'écria un patrouilleur.

Garric tendit ses mains vides. Il aurait pu s'enfuir en courant, mais Tenoctris n'aurait pas pu s'échapper de cette façon. Il ne craignait pas de se battre, mais il s'agissait d'humains, pas de liches qu'il pouvait tuer sans scrupule.

Les six patrouilleurs et le propriétaire ; il lui faudrait tous les tuer. Il n'en avait aucune envie.

L'un des hommes lança sa perche en direction du cou de Garric. Il la repoussa.

— Je vais retirer mon épée, dit-il d'une voix sonore. Prenez-en soin, ou vous le regretterez !

Il ignorait si c'était lui, Garric, qui parlait ou le roi qui s'exprimait par sa bouche, tiré de son sommeil par cette délicate situation. Pourquoi la patrouille de la cité les recherchait-elle, Liane et lui ?

— Vous vous nommez Garric ? demanda le caporal.

— Oui. De quoi s'agit-il, enfin ?

— Eh bien ! Garric, nous devons agir avec courtoisie en vous arrêtant, et c'est ce que nous allons faire. Mais nous allons tout de même vous arrêter. Est-ce clair ?

Garric enroula la ceinture de l'épée autour de son fourreau et la tendit au caporal. Challis, un homme jeune à l'air vif, la prit à sa place.

— Je comprends, dit Garric.

— Et pour elle, caporal ? demanda l'un des patrouilleurs. Ce n'est pas la bonne, à quarante ans près.

— D'accord, dit le caporal en remettant la tablette dans son sac. Nous l'emmenons tout de même. Il est toujours plus facile d'expliquer pour quelle raison vous avez arrêté quelqu'un plutôt que d'expliquer pourquoi vous ne l'avez pas fait. (Il détailla Garric des pieds à la tête.) Vous allez nous suivre jusqu'à notre caserne et j'enverrai un messager trouver les personnes qui veulent vous arrêter. Après, cela n'est plus de mon ressort.

— Est-ce le comte de Sandrakkan qui a ordonné l'arrestation de maître Garric ? demanda Tenoctris.

Le caporal haussa les épaules.

— J'ignore qui l'a ordonnée. Tout ce que je sais, c'est que j'ai fait mon travail. Mais le messager… (il lança un regard à Tenoctris) … le messager se rend dans un hôtel particulier sur la place du Palais.

15

Tous avaient quitté la pièce, à l'exception de Cashel et de Mellie. Les portes étaient fermées et des hommes attendaient à l'extérieur avec des armes que Latias avait jugées inutiles contre le démon. Cashel posa à regret son bâton contre le mur. Il croyait Mellie quand elle disait que ce serait un combat à mains nues, mais il aurait apprécié à ce moment précis la surface lisse et familière du noyer blanc.

La pixie s'assit sur le coffre en bois à côté de celui en fer émaillé qui renfermait les images. Ses jambes pendaient dans le vide.

Le coffre en fer faisait soixante centimètres de longueur sur trente de largeur et de profondeur. Cashel ne voyait pas comment un démon dissimulé dans un si petit espace pouvait être dangereux. Derg était-il venimeux comme certains serpents ?

— Que dois-je faire ? demanda-t-il.

— Tu soulèves seulement le couvercle, répondit Mellie. Après, cela dépendra, pas vrai ?

Elle souleva son corps avec les mains et fit monter son torse en exécutant un appui renversé absolument stupéfiant sur le bord du coffre.

— Ou nous pourrions partir et découvrir le reste d'Erdin, à la place, ajouta-t-elle la tête à l'envers. Quoiqu'elle semble être ce que je pensais. Juste une ville de plus.

Le moraillon n'était pas cadenassé. Cashel l'ouvrit d'une pichenette.

Attendre n'avait aucun intérêt ; comme l'avait dit Mellie, la décision revenait à lui seul. Il fit basculer le lourd couvercle et se redressa, s'attendant qu'un démon s'élève vers lui comme la fumée sortant d'une cheminée.

Un voile de brocart vert était posé sur les images à l'intérieur du coffre ; des fils dorés, écarlates et bleus couraient dans le lourd tissu. Un démon rouge à tête de chien pas plus grand que Mellie se tenait au milieu du tissu et regardait Cashel.

Mellie balança son corps en un arc gracieux, évitant le bord en fer du coffre pour atterrir debout sur le tissu.

— Ici ou là, Derg ? demanda-t-elle.

Le démon ouvrit sa gueule. Le rugissement ne provenait cependant pas de sa gorge mais du cosmos tout entier. La pièce devint une masse indistincte blanche, grise, puis finalement d'un rouge de flamme.

Cashel tomba. La seule chose fixe dans ce tournoiement était le visage bestial de Derg qui grandissait sur cette toile de fond rougeoyante.

Les pieds de Cashel touchèrent le sol. C'était une fine couche de terre sur un lit d'argile dense. Des fougères et les feuilles de clairs arbustes ornaient la base d'arbres géants. L'air était chaud et immobile.

Mellie était une femme de taille normale. Elle se tenait les mains sur les hanches, le bassin en avant. Derg était aussi grand que Cashel et d'une couleur si vive qu'il semblait vibrer au milieu de ce décor vert, noir et brun. Il sauta à la gorge de Cashel.

Le jeune homme était massif mais pas lent. Il saisit le démon par l'avant-bras et le poignet et l'abattit contre le sol tel un fléau géant.

Derg rebondit lourdement, faisant jaillir de l'eau du sol détrempé. Cashel fit un pas en arrière. Il s'était attendu que le démon entame avec lui une lutte au sol. Selon la force de la créature, le combat aurait pu durer un certain temps, mais

Cashel n'avait pas vraiment envisagé qu'il puisse perdre. Il savait que Garric était plus intelligent que la moyenne ; il savait également que lui, Cashel or-Kenset, était plus fort que tous ceux qu'il rencontrait.

Derg roula sur lui-même et se remit debout. Les jambes du démon étaient relativement plus courtes que celles d'un homme ; son torse et ses bras étaient plus longs. Le trou dans le sol à l'endroit où il l'avait percuté se remplissait d'eau.

Derg éclata de rire. D'une voix basse, râpeuse, il dit :

— Très bien joué, humain. Dois-je t'envoyer au sol maintenant ?

— Tu peux essayer, dit Cashel.

Le démon et le jeune homme se jetèrent l'un sur l'autre, les bras tendus. Ils se percutèrent, poitrine contre poitrine, les mains serrées. C'était comme heurter un chêne, mais Cashel ne céda pas.

Derg laissa échapper un rire, presque un grognement, et se tordit pour serrer la gorge de Cashel dans ses longues mâchoires. Cashel donna un coup de tête dans son museau semblable à celui d'un chien. Les crocs entaillèrent son front mais le démon jappa et recula la tête. Cashel se retourna, usant de son corps comme d'un pivot, et balança Derg par-dessus son dos.

Le démon percuta le sol aussi lourdement que précédemment, lâchant les mains de Cashel. Le jeune homme se redressa, et prit de profondes inspirations, la bouche ouverte.

Cette fois, il ne fut pas surpris lorsque Derg roula sur lui-même et se remit lentement debout. Cet impact aurait brisé tous les os d'un corps humain.

— Tu es très fort, humain, dit Derg avec un respect manifeste. Ce sera désolant pour moi de t'arracher la tête et de dévorer tes entrailles.

Cashel était trop occupé à respirer pour parler, et il n'y avait, de toute manière, pas grand-chose à dire. Il n'avait jamais compris ceux qui parlaient de ce qu'ils allaient faire au lieu d'agir.

Un vol de perroquets vert et jaune pas plus grands que des rouges-gorges fit son entrée dans la clairière ; les oiseaux remarquèrent Cashel et le démon et s'enfuirent tous à la fois en piaillant.

Cashel s'élança de nouveau vers son adversaire.

— Cashel, dit Mellie depuis le côté de la clairière, il tire sa force de la terre. Ne le laisse pas toucher le sol.

Derg gronda et chargea le jeune homme. Ils se heurtèrent avec force. C'était comme percuter un chêne ou un rocher gros comme un bœuf...

Cashel aurait tout aussi bien pu lutter contre l'une des statues de marbre qui gardaient l'entrée de la propriété de Latias. Les muscles du démon ne cédaient pas. Mais Cashel avait déjà soulevé des rochers, et il avait arraché du sol un jeune noyer blanc pour ensuite le brandir au-dessus de sa tête en rugissant. Personne d'autre dans le bourg n'en aurait été capable ; il ferait cela aussi.

Il se pencha en arrière en ployant la taille et emporta Derg avec lui malgré la tentative du démon pour tirer dans la direction opposée. Les jambes de Derg étaient plus courtes que celles de Cashel. Lorsque le jeune homme pivota, les pieds du démon décollèrent du sol.

Mellie éclata de rire et effectua un saut périlleux. Les mâchoires de Derg claquèrent à un cheveu de la gorge de Cashel, mais il ne parvint pas à approcher davantage.

Cashel se mit à rire, un cri de triomphe rauque et haletant. Soulever Derg était la chose la plus difficile qu'il ait jamais faite, mais il sentait que le démon perdait des forces.

Cashel tordit inexorablement le bras gauche du monstre en arrière. Le jeune homme était lui aussi bloqué dans cette position, mais il savait désormais qu'il était significativement plus fort que le démon.

Quand sa prise le lui permit, Cashel saisit la cheville droite du démon. Il fit pivoter Derg et, tout en s'accroupissant, l'appuya contre son genou gauche. Il ignora la main droite du démon qui le labourait de ses griffes. Ces dernières étaient courtes comme celles d'un chien et pas aussi pointues que celles d'un chat – mais même cela n'aurait pu sauver Derg désormais.

Mellie s'approcha en cabriolant et regarda la gueule du démon tournée vers le sol.

— Il te tuera, Derg, dit-elle. Cashel n'est pas un des nôtres, tu sais. Il tue ce qui se dresse sur son chemin.

Le démon cracha un nuage de salive en signe de désespoir muet. Il tenta de rouler sur le côté, mais la puissance de Cashel l'en empêcha.

La sueur plaquait les cheveux du jeune homme sur son crâne et coulait le long de sa poitrine. Le haut de sa tunique était en lambeaux ; déchiqueté par les griffes de Derg ou déchiré par la torsion de son torse puissant – il en ignorait la raison et s'en moquait. Il continua à appuyer sur les épaules et les jambes du démon de chaque côté de son genou.

— Cela ne sera plus très long, Derg, dit Mellie avec bonne humeur. (Elle tapota la truffe de la créature.) Quand il a commencé, Cashel ne s'arrête pas, tu sais. Je me demande quel bruit cela fera quand ta colonne vertébrale…

— Je me rends ! croassa le démon.

Cashel l'entendit à peine à travers le tumulte du sang qui bourdonnait dans ses oreilles. Il repoussa Derg et entreprit de se relever.

Toute couleur déserta le cosmos en un vrombissement blanc. La clairière se désagrégea. Cashel sentit le sol l'accueillir, puis ne sentit plus rien.

16

Challis fut choisi comme coursier. Il était maintenant assis avec le cocher dans une voiture qui approchait de la cellule. Derrière lui étaient assis deux postillons à la peau sombre, dont les pupilles semblaient presque jaunes à la lumière des lampes accrochées à l'avant de la caisse. Les roues grondèrent quoique le véhicule ait ralenti pour s'arrêter.

Challis sauta à terre et dit :

— Garric va avec ces types, la vieille femme est libre. Elle ne fait pas partie du marché.

La cellule était une cage en plein air en face du baraquement de la patrouille. La courtoisie du capitaine était telle qu'il avait chassé la demi-douzaine d'ivrognes qui s'attendaient à passer la nuit dans la cage, au lieu d'enfermer Garric et Tenoctris en leur compagnie. L'odeur et les flaques de vomi étaient encore là, mais elles ne resteraient pas longtemps.

De plus, les conditions de détention n'étaient pas le vrai problème.

Le caporal ouvrit le loquet de la cellule. Tenoctris adressa un petit sourire d'encouragement à Garric lorsqu'il sortit de la cage sous le regard vigilant des patrouilleurs, mais elle ignorait elle aussi ce qui se passait.

Deux hommes massifs à la peau sombre, du même type que les postillons, descendirent de la voiture et se tinrent de chaque côté de la porte, suivis par un homme à la peau claire. Il observa Garric et dit :

— Oui, c’est lui. Montez, monsieur.

— Voici ce qu’il portait sur lui, dit le caporal.

L’homme à la peau claire accepta l’épée de Garric, sa bourse et son sac et les tendit au postillon le plus proche.

Garric s’était attendu que les patrouilleurs lui prennent son argent ; ce n’était pas arrivé. La situation les préoccupait suffisamment pour qu’ils soient scrupuleusement honnêtes dans leurs rapports avec les prisonniers.

— Je vous ai dit de monter, répéta l’homme.

Sa voix ressemblait au crépitement d’une étincelle : sèche mais sans vie.

Tenoctris avait disparu dans l’obscurité, partie avant que la patrouille ou les civils changent d’avis. Elle avait murmuré qu’elle avait un plan, mais ils n’avaient pas pu parler, avec les patrouilleurs constamment à portée de voix.

— Bon, d’accord, dit Garric avant de monter dans la voiture.

Deux autres gardes étaient assis à l’intérieur. Garric prit place sur le banc face à eux. Les deux premiers remontèrent à bord et s’assirent de chaque côté, serrant Garric de près pour éviter qu’il saute en marche.

La voiture se mit en route dès que l’homme à la peau claire se fut installé en face de Garric. La seule lumière à l’intérieur était la lueur des lanternes à l’avant du véhicule, filtrée par de fins panneaux de corne sur la carrosserie. Le visage de l’homme à la peau claire et les yeux jaunes des gardes semblaient flotter dans les airs.

— Où est Liane bos-Benlimar ? demanda l’homme par-dessus le tumulte des roues. Vous avez déclaré à la patrouille être à son service.

— Oui, c’est le cas, dit Garric. Je l’ai laissée à l’auberge du *Bélier et de la Brebis*. Je suppose qu’elle y est toujours.

C’était en grande partie un mensonge, mais il était crédible. La vérité – « Le défunt père de Liane l’a emportée ! » – ne serait crue de personne et ne ferait qu’empirer la situation.

Quelle qu'elle soit.

— Pourquoi m'avez-vous arrêté ? Pour qui travaillez-vous ? demanda-t-il.

L'ombre du roi Carus arpentait le fond de son esprit comme un chat en cage : agité sans être nerveux, il attendait le moment où Garric le relâcherait.

L'homme sourit.

— Il ne vous sera fait aucun mal. Vous aurez sans aucun doute très bientôt les réponses à toutes vos questions.

La voiture stoppa, les harnachements et les suspensions en cuir craquèrent. Ils n'avaient pas fait route pendant très longtemps, mais le vacarme des roues sur les briques avait donné l'impression d'avoir voyagé plus vite qu'en réalité, songea Garric.

Un postillon ouvrit la porte. Ils étaient devant un grand hôtel particulier ; les lumières brillaient derrière les fenêtres aux rideaux fermés. Deux des gardes descendirent de voiture et attendirent avec vigilance.

— Entrez, dit l'homme à la peau claire. On m'a dit que vous seriez bien traité.

Sa bouche se tordit, esquissant un sourire ou agitée par un tic nerveux.

— Elle ne ment pas. C'est peut-être le plus effrayant chez elle. Elle fait exactement ce qu'elle dit.

— Qui ? demanda Garric en sortant du véhicule. Pour qui travaillez-vous ?

— Entrez, maître Garric. La combattre n'apporte rien de bon. Car, voyez-vous, vous ne le pouvez pas.

Garric se retourna et gravit les trois marches qui menaient à la porte d'entrée. Deux des gardes le précédaient ; les deux autres et les postillons le suivaient de près. L'un d'entre eux portait son épée et ses autres biens.

La porte à caissons s'ouvrit avant que Garric l'atteigne. Il regarda par-dessus son épaule lorsqu'il entendit la voiture s'éloigner. Quatre hommes aux yeux jaunes le regardaient fixement ; l'homme à la peau claire était parti.

Le portier était lui aussi du même type que les gardes, aussi massif et silencieux que les autres.

Garric se demanda s'ils parlaient sa langue, s'ils parlaient tout court.

Une femme attendait dans l'entrée, à côté du portier.

— Une cuvette et des vêtements propres vous attendent, maître Garric, dit-elle.

Sa voix, tout comme celle de l'homme à la peau claire, était totalement dépourvue d'émotion.

Des chandeliers étincelants étaient suspendus aux murs, portant plus de bougies que Garric en avait jamais vu en un seul endroit. Les murs étaient recouverts de panneaux en tilleul aux bordures dorées.

Garric cligna des yeux. *Clair comme en plein jour*, pensa-t-il, mais il savait que c'était faux. Malgré son aspect étincelant et sa blancheur, ce bâtiment était autant un tombeau que celui dans lequel reposaient les ancêtres de Liane.

— Venez, dit la femme.

Garric la suivit car il savait qu'elle le conduirait à la maîtresse des lieux, et seule cette dernière pourrait répondre à ses questions.

Une pièce proche de l'entrée était entièrement plaquée de marbre. À l'intérieur se trouvaient une table de toilette en albâtre et une cuvette, ainsi qu'une grande baignoire en cuivre dans un coin. La pièce était plus grande que la moitié des huttes de Barca, quoiqu'elle semble petite comparée à la bâtisse dont elle faisait partie.

La femme s'était retirée ; un domestique attendait près de la porte ouverte. Bien que discrets, les serviteurs seraient sûrement apparus dans l'instant si Garric avait tenté de s'échapper.

La baignoire était à moitié pleine d'une eau fumante. Garric l'ignora et préféra remplir la cuvette avec le broc en cuivre posé à côté. Il frotta son visage et ses bras avec une éponge.

Un miroir de bronze argenté était suspendu au-dessus de la table de toilette. Garric enleva les toiles d'araignée de ses cheveux avec le peigne disposé au milieu d'autres accessoires de bain. Il pensa aux araignées dans le tunnel qui lui avait finalement permis de s'échapper de son rêve.

Les rêves ne laissent pas de toiles d'araignée au réveil ; ni d'épées.

Il n'avait pas l'intention de s'enfuir. La propriétaire de cette maison faisait partie de ceux qui tentaient de contrôler la vie de Garric. Il allait apprendre pour quelle raison.

Une tunique propre et une paire de sandales étaient suspendues à des patères. La tunique que portait Garric était encore propre dans la matinée, mais la journée avait été longue. Il ne se changea pourtant pas : ce vêtement était le sien, et c'était la seule chose qui lui restait, à l'exception de son âme.

— Vous pouvez maintenant me conduire à votre maîtresse, dit-il au domestique.

L'homme aux yeux jaunes s'écarta. La mince servante l'attendait dans l'entrée.

— Suivez-moi, s'il vous plaît, dit-elle, puis elle conduisit Garric le long d'un couloir qui s'enfonçait dans l'aile gauche de la bâtisse. Le corridor était brillamment éclairé, mais toutes les portes en bois poli disposées à intervalles réguliers étaient fermées.

La femme frappa à l'une d'elles au bout du couloir.

— Oui, répondit une voix à l'intérieur.

La servante ouvrit la porte puis la referma doucement derrière Garric.

La pièce était plus sombre que le reste de la maison, même si la paire de chandeliers à trois branches délivrait une vive lumière pour un habitant de Barca. Un divan était disposé de l'autre côté de la salle, en face de la porte, et un coffre à vêtements se trouvait entre les deux grandes fenêtres aux rideaux fermés, le long du mur droit.

Une femme se tenait le dos tourné. Elle examinait l'épée posée sur le coffre avec le reste des effets de Garric. Les chandelles accrochées au mur au-dessus d'elle laissaient son visage dans l'ombre.

— L'intéressant, avec cette épée, ce n'est pas qu'elle soit effilée ou solide, dit sur le ton de la conversation une voix familière. Quoique, de toute évidence, elle le soit au sens premier de ces termes. Sa véritable vertu, c'est que le simple fait de toucher son métal libère de tout enchantement. Celui qui l'a forgée devait être aussi habile que je le suis.

C'était ce que les nymphes avaient dit en lui remettant l'épée.

— Qui êtes-vous ? demanda Garric.

La femme se retourna en souriant.

— M'as-tu oubliée, Garric ? Moi, je ne t'ai pas oublié.

C'était Ilna.

— Ilna ! s'écria-t-il. (Il s'avança pour l'étreindre en guise de salut mais s'arrêta.) Tu as été toi aussi arrêtée ? Nous ne savions même pas que tu étais à Sandrakkan !

Elle continua à sourire. C'est cette expression qui avait arrêté le jeune homme.

— Pas du tout, Garric. Cette maison m'appartient. Les nobles de Sandrakkan paient bien pour l'amour. (Elle éclata d'un petit rire.) Pour la luxure en tout cas. Il s'agit selon moi plus ou moins de la même chose.

À entendre la voix d'Ilna, Garric s'inquiétait pour elle. Il avait l'impression de la regarder en train d'escalader une haute falaise. Il se rappela son rêve d'un pic de roche trois cents mètres au-dessus d'un tourbillon bouillonnant…

— Ilna ? Qu'est-ce qui ne va pas ? Puis-je t'aider ?

Elle prit un paquet de tissu sur le dessus du coffre. Il n'était pas plus large qu'un mouchoir plié, mais Ilna le déploya d'un coup pour révéler une cape d'une étoffe plus fine qu'une toile d'araignée. Garric distinguait la lueur des bougies à travers le tissu sans qu'elle en soit altérée, mais celui-ci distordait les objets solides d'une manière que le jeune homme n'aurait su décrire.

Ilna passa la cape sur ses épaules et ferma le collet avec un ruban. Garric eut l'impression qu'on lui appuyait sur la poitrine.

Elle s'approcha de lui.

— Tout va bien, Garric. Tu ne m'ignores plus, maintenant, n'est-ce pas ? Viens.

Un feu plus chaud qu'une forge balaya l'âme de Garric, brûlant toute personnalité, toute volonté. Il ne pouvait plus parler. Il fit un pas en avant, conscient de lui-même comme il serait conscient d'une statue dans une pièce éloignée.

Ilna éclata d'un rire semblable à la glace se craquelant au plus fort de l'hiver. Elle remonta la capuche de la cape sur sa tête ; le rebord lui couvrait le visage tel un voile transparent.

— Viens, répéta le cosmos d'une voix froide comme le clair de lune.

Garric vint dans ses bras. Il n'aurait pas davantage pu refuser que l'eau de couler vers le bas.

Des cris et le bruit d'armes entrechoquées retentirent dans le couloir. Les battements du cœur de Garric tonnaient dans ses oreilles. Il toucha les joues d'Ilna à travers le tissu si fin.

Les fenêtres volèrent en éclats à l'intérieur de la pièce. Les rideaux voltigèrent tandis que des formes grimpaient sur les rebords des fenêtres. La porte s'ouvrit violemment.

— Garric ! cria Ilna.

Elle recula. Garric la suivit, conscient de ce qui l'entourait, mais nullement concerné.

Deux liches se dressaient sur le seuil. L'une d'elles avait une lance à la main, l'autre un sabre d'abordage rougi par la rouille et le sang. D'autres créatures squelettiques entraient par les fenêtres. Il flottait dans l'air la puanteur des marais pourrissants.

Les liches s'avancèrent, armes brandies. Elles étaient déjà mortes. La magie d'Ilna n'avait aucun effet sur elles.

17

— Garric ! s'écria Ilna, craignant pour la vie du jeune homme plus que pour la sienne.

Les liches s'avancèrent, des sourires de squelette sous leurs chairs translucides.

Dans la panique, Ilna ne pensa pas au couteau affûté comme un rasoir qu'elle avait porté depuis Barca et qui restait dans son étui en os, sous sa ceinture. Le licou était son arme, celle avec laquelle elle mourrait.

Elle défit sa cape et enroula le fin tissu pour en faire une corde. Il était léger comme la soie d'araignée, mais tout aussi solide.

Garric, libéré de l'enchantement, bougea comme jamais Ilna n'avait vu un homme le faire.

Il tira son épée, la poignée de l'arme dans une main et la bouterolle de son simple et robuste fourreau dans l'autre. Dans le même mouvement, il arracha le crâne d'une liche qui entrait par la fenêtre sur sa droite.

Il tourna sur lui-même, parant un coup de hache avec le fourreau tandis que sa longue épée décapitait une deuxième liche, armée d'un sabre d'abordage. Il enchaîna rapidement avec un autre coup : l'épée s'enfonça dans l'orbite d'une créature qui brandissait une hache alors que les étincelles que l'arme avait fait jaillir en heurtant le sabre de la première scintillaient encore.

Ilna croisa les bras puis tira d'un coup, piégeant l'épée d'une liche dans cette boucle. La lame était trop corrodée pour trancher la soie qui la retenait. La créature se débattit pour libérer son arme avant que Garric fasse sauter le haut de son crâne comme la coquille d'un œuf à la coque. Le jeune homme s'avança pour coller sa poitrine contre celle d'une liche, trop près pour que le monstre puisse le frapper de sa lance.

Il lui donna un coup du pommeau de son épée, se retourna et en frappa deux autres à la poitrine d'un unique mouvement ample.

Le bras de Garric, rapide et puissant, faisait gicler des chairs gélatineuses sur les murs et le plafond. Les os de certaines des créatures tombaient en poussière comme du bois moisi lorsqu'ils étaient frappés ; d'autres étaient proprement tranchés, révélant une couleur jaune et des traces de moelle en leur centre.

Au moins deux douzaines de liches les avaient attaqués. Il n'en restait plus que deux. Elles s'approchèrent, aussi dénuées de peur que des rondins roulant sur eux-mêmes. Garric porta un coup bas sous le bouclier en forme de cerf-volant que tenait l'une des liches, puis coupa l'autre jusqu'au milieu de la poitrine en frappant de haut en bas.

Ilna ramassa la hache. Elle fracassa la tête de la liche dont les jambes étaient coupées au niveau des genoux. Elle fit ensuite de même avec une autre de ces créatures qui s'agitait frénétiquement, même si son bassin était désormais posé à côté de son buste.

Garric se retourna. Il était si épuisé qu'il chancelait et son teint était gris. Des amas de gélatine grise et nauséabonde s'assombrissaient, se liquéfiaient, s'écoulaient de ses membres et de son torse.

— Garric ! s'écria Ilna, elle aussi soudainement épuisée.

Sa cape gisait par terre, enroulée autour de l'épée d'une liche, déchirée et trempée par les immondices que les créatures répandaient en se dissolvant.

Quand il entendit le son familier de sa voix, Garric regarda Ilna. Le sourire qui commençait à se dessiner sur sa mâchoire large et puissante se figea d'horreur et de dégoût. Ilna se vit alors dans le regard de Garric.

Sa fine tunique était souillée par les débris des liches. Une pointe l'avait traversée de part en part à hauteur de sa taille, déchirant le tissu sans toucher sa peau ; elle n'avait même pas eu conscience du danger.

Derrière elle, l'enveloppant dans des branches dont les extrémités entraient dans ses oreilles et ses orbites, se dressait un arbre à l'écorce blanche et lépreuse. Les branches sans feuilles la caressaient comme des asticots rampant sur sa peau. Le tronc et les branches se balançaient, ondulaient en dessinant un motif encore plus répugnant que la chair qui s'écoulait sur les os pourris des liches.

Ilna cria. Elle empoigna les branches qui lui rentraient dans les yeux, mais elle aurait aussi bien pu essayer d'abattre les montants de la porte.

Garric s'avança, brandissant son épée des deux mains. Son visage était froid et il avait la force et la grâce d'un jeune homme qui a abattu de nombreux arbres sans jamais manquer son coup. La lourde lame de l'épée fendit le tronc juste au-dessous du nœud de branches mouvantes.

Le cosmos se déchira dans un cri d'agonie furieux. Un vide se déploya entre Ilna et Garric, entre elle et tout le reste, à l'exception d'un gouffre d'un gris de cendres. Elle glissa dans l'abîme.

Mais elle était libre. Ilna os-Kenset était libre pour la première fois depuis qu'elle avait passé cette porte à Carcosa, et son âme souriait.

18

Le lit était plus doux, plus moelleux que le meilleur duvet. Il s'abandonna un moment à sa caresse, même s'il savait qu'il lui fallait se lever.

Il ouvrit enfin les yeux. Le soleil était un vaste dôme de rubis à l'ouest, sur l'horizon. Les amoncellements de nuages parsemant le ciel d'été étaient striés de violet, de marron, et les plus hauts étaient mouchetés d'or. Les tours de cristal de la cité, qui s'élevaient au milieu de la forêt, renvoyaient toutes les couleurs de l'arc-en-ciel.

Cashel s'assit et s'étira. Toutes les parties du corps dont un homme pouvait souffrir lui faisaient mal : une bonne sensation, le signe d'un travail bien fait. Mellie s'avança sur le large balcon couvert sur lequel se trouvait le lit, elle portait une coupe si transparente que le liquide vert qu'elle contenait semblait flotter dans les airs.

— Combien de temps ai-je dormi ? demanda Cashel.

Il se leva avec précaution mais sans trembler. Ses muscles n'étaient pas endommagés, mais il fallait les amener doucement à reprendre leur labeur.

— Longtemps, répondit joyeusement la pixie.

Cashel n'était pas surpris qu'elle soit de taille normale – pas aussi grande que Sharina, mais avec des formes plus épanouies que la jeune fille en aurait jamais.

— Tiens, bois ça et tu te sentiras mieux.

— Je me sens bien, grommela Cashel, quoiqu'il ne soit pas sûr que ce soit vrai.

Il ne se sentait pas mal, pas vraiment, mais il se pensait incapable de faire davantage que traverser la pièce.

Il but le liquide à petites gorgées, gardant le verre posé contre ses lèvres pendant toute l'opération, sans se presser. Les bulles lui chatouillaient le nez. Le liquide en lui-même était frais dans sa bouche, dans sa gorge, mais il répandait une plaisante chaleur dans tout son corps.

Cashel regarda sa poitrine. Les déchirures que les griffes de Derg avaient creusées dans sa peau étaient déjà à moitié guéries. Seules restaient quelques croûtes.

— Combien de temps, répéta Cashel, stupéfait. Mellie, tu aurais dû me réveiller !

Des oiseaux tournoyaient haut dans le ciel en une danse complexe. Le soleil était presque entièrement passé derrière l'horizon mais de temps en temps une aile étincelait, reflétant un rayon de lumière.

Mellie se mit à rire et passa le bras autour de la taille de Cashel. Ses muscles étaient aussi durs et plats que ceux du jeune homme.

— Tu avais besoin de dormir, Cashel, expliqua-t-elle. Je te l'avais dit, Derg est très fort.

Il se rappelait le combat comme on le fait toujours ; il ne voyait pas un enchaînement d'actions précis, mais un assemblage de fragments, d'instants disséminés. Des crocs se refermant à un cheveu de sa gorge, la vision du massif corps rouge dégoulinant d'eau alors qu'il se relevait d'une terrible chute qui aurait dû lui être fatale…

— Il l'était, dit Cashel. J'espère ne jamais rencontrer quelqu'un de plus fort.

Il toucha son front. Les plaies laissées par les canines de Derg lorsque Cashel lui avait donné un coup de tête étaient encore sensibles, mais elles aussi s'étaient refermées.

— Allons voir les lunes se lever, dit Mellie.

Elle prit le verre des mains de Cashel et le posa sur une table aux pieds semblables à des fils de saphir. Ils marchèrent ensemble vers la passerelle de verre qui partait de leur balcon et formait une arche. Le bras du jeune homme était passé autour des épaules de Mellie.

L'air était chargé, vibrant, quoique les seules odeurs viennent de la forêt en contrebas : ici le parfum d'une fleur, là l'effluve des fruits mûrs ; partout le pouvoir de la vie. De rapides mouvements faisaient trembler la canopée. Certains étaient sûrement ceux des oiseaux qui se perchaient sur les branches, mais d'autres étaient dus aux animaux nocturnes qui sortaient avec les ombres et sautaient d'arbre en arbre à des centaines de mètres de hauteur.

La passerelle faisait deux mètres de large ; ses balustrades étaient si fines qu'elles n'étaient visibles que parce que la lumière s'y reflétait. L'inclinaison était à peine perceptible quand on y marchait, mais le sommet de la structure dissimulait complètement la tour, quatre cents mètres plus loin. Sa surface était d'une solidité agréable, souple, comme une prairie à l'herbe épaisse.

Cashel maîtrisait de nouveau ses muscles, à défaut d'avoir retrouvé toute sa force. Il leva les bras au-dessus de sa tête, les replia et éclata de rire, tout à la joie d'être vivant.

Mellie le serra dans ses bras.

— Oui, dit-elle, répondant une fois encore à des paroles qu'il n'avait pas prononcées. Maintenant, ils ne sont plus que deux à être aussi forts que toi !

Elle rit. Cashel passa la main droite derrière ses cuisses et la souleva, faisant une chaise de son bras et son épaule. Il continua à marcher, portant la pixie comme une touffe de duvet. Diverses créatures ululaient et sifflaient mélodieusement dans les arbres au-dessous d'eux.

Ils atteignirent le milieu de la travée. Des lumières féeriques brillaient au sein de tours, au-delà de la sombre forêt.

Les lunes se levaient, la petite d'abord puis, seulement séparée par quelques degrés, la plus grande. Elles étaient pleines et dardaient des rayons d'argent à travers une brume dorée.

Cashel attira Mellie à lui ; en l'étreignant, il se réveilla.

— Oh ! s'écria-t-il.

Il était allongé dans la clairière au milieu de la jungle dans laquelle il avait combattu Derg. Sa tête reposait sur un fagot de branches souples. Mellie était assise à côté de lui, l'air préoccupé ; le démon était accroupi en face d'elle. Tous deux avaient leur taille humaine. Cashel se contorsionna pour se redresser, conscient que Derg le tenait à sa merci.

Au lieu de l'attaquer, le démon s'agenouilla et appuya le front contre le sol.

— Maître, grogna-t-il.

— Tiens, Cashel, dit Mellie (elle lança à Derg une noix grosse comme le poing), bois ceci et tu te sentiras mieux.

Le démon mit la queue du fruit entre ses longues mâchoires et la trancha. Il en cracha l'extrémité puis tendit la noix ouverte à Cashel.

— Je vais bien, marmonna Cashel.

Il ne se rappelait pas avoir eu si mal à autant d'endroits en même temps. Il but le contenu de la noix ; il s'attendait à du lait de coco et découvrit à la place un liquide vert et effervescent. Cette boisson réchauffa et détendit ses muscles comme un bain de vapeur.

Cashel regarda le démon à tête de chien.

— Alors nous en avons fini, toi et moi ? lui demanda-t-il.

Dans le bourg, un combat était le plus souvent terminé quand l'un des deux adversaires abandonnait, mais parfois le perdant n'était pas disposé à laisser les choses en rester là.

Derg se prosterna de nouveau.

— Tu es mon maître tant que je n'ai pas exaucé ton vœu, humain, dit-il. (Il sourit, mais ses mâchoires rendaient l'expression féroce.) Après quoi je me mettrai en quête d'un adversaire qui ne sera pas aussi fort.

Cashel rit et serra la main du démon.

— Je crois que je ferai la même chose, dit Cashel.

Il se leva, laissant ses muscles se dénouer lentement. Il regarda sa poitrine. Mellie – ou Derg – avait enduit les griffures d'une sève brune à l'odeur âcre. Il plissa le front et sentit le tiraillement d'une autre couche de sève appliquée sur les marques de crocs.

— Mellie, j'ai fait le plus étrange des rêves, dit Cashel. J'étais quelqu'un d'autre.

Derg cueillit une fleur violette qui pendait d'une plante épiphyte accrochée sur une très haute branche. Quand le démon se tenait droit, son long torse le rendait aussi grand que Cashel.

— Respirer ces fleurs provoque des rêves, dit-il.

Il fallait un peu de temps pour s'habituer au grognement de sa voix, tout comme aux expressions de son faciès inhumain.

Pour Cashel, la fleur ne semblait pas avoir d'odeur particulière, mais il fit sans hésitation confiance à Derg. Lui-même pouvait identifier le bêlement d'une de ses brebis à une distance si grande que personne d'autre dans le bourg ne pouvait distinguer ce son des gémissements du vent. Un nez aussi long que celui du démon devait sentir des choses que Cashel ne percevait pas.

— Qu'as-tu pensé de ce rêve, Cashel ? demanda la pixie.

Si ce n'était pas Mellie qui avait parlé, le jeune homme aurait juré avoir décelé de la tension dans sa voix.

Il haussa les épaules.

— C'était bien, dit-il. Mais étrange, pourtant – rêver d'être quelqu'un que je ne suis pas.

— La personne dans ce rêve, demanda Mellie, cela n'aurait pas pu être toi ?

— Oh non ! dit Cashel. (Il rit, embarrassé et souhaitant n'avoir jamais abordé ce sujet.) Non, c'était quelqu'un de complètement différent.

La pixie exécuta un saut périlleux arrière, retomba sur les mains, puis bondit de nouveau sur ses pieds. C'étaient les premières acrobaties que Cashel la voyait exécuter depuis qu'ils étaient arrivés dans cette jungle verdoyante.

— Nous devons aller quelque part pour que Derg exauce ton vœu, dit-elle. Pouvons-nous partir tout de suite ?

— Hein ? s'exclama Cashel. Oui, bien sûr. Il me faut marcher tranquillement pour m'échauffer un peu, c'est tout.

— Dans ce cas, par ici ! s'exclama jovialement Mellie en marchant entre deux frondes de fougère aussi hautes que des hommes.

Cashel crut voir une larme scintiller sur la joue de Mellie. C'était sans doute un effet d'optique.

19

— Non, dit Nonnus au chef des quatre cavaliers qui escortaient la voiture qu'Asera avait envoyée pour ses compagnons. Je monterai sur le marchepied, pas à l'intérieur.

Le garde se renfrogna. La lumière des lanternes scintillait sur son casque et son plastron. Il portait une longue épée incurvée qui pendait sur sa cuisse gauche et cliquetait quand il bougeait.

— Vous feriez mieux de pas glisser, dans ce cas, dit-il. Et si vous tombez, souhaitez que ce soit votre tête et pas votre ventre qui passe sous les roues, c'est tout ce que je peux vous dire.

La voiture manœuvrait dans la cour de l'auberge. La caisse était constituée d'une armature en bois recouverte de lin imperméabilisé et n'avait besoin que de deux chevaux pour être tirée. Les serviteurs de l'auberge attendaient de transférer le peu de possessions du petit groupe du véhicule tout-terrain vers cette voiture de ville plus légère et maniable.

— Oui, dit l'ermite. Il faudra que je m'en souvienne.

— Sarko ! cria l'aubergiste à l'intention de l'un des valets d'écurie qui étaient supposés l'aider ; lui-même portait la couverture que Sharina utilisait en guise de tapis de couchage. Brann ! Où êtes-vous ?

Le cocher termina sa manœuvre. L'aubergiste et deux servantes tendirent les bagages au cocher qui les posa derrière une petite barrière, sur le toit du véhicule.

— Sarko ! appela de nouveau l'aubergiste.

Sharina tenta de se rappeler le visage des morts, mais il ne restait qu'une masse confuse et mouvante. Même des hommes mauvais méritaient mieux qu'un tel oubli.

— Alors allons-y, montez ! dit le garde.

Il fit volter son cheval et sortit de la cour en criant des ordres à ses hommes.

Nonnus lança un regard à Sharina, eut un mince sourire et l'aida à entrer dans le véhicule. Meder la suivit et s'assit sur le banc en face d'elle. La voiture se mit immédiatement en marche.

L'ermite passa son bras gauche par la fenêtre pour en agripper le cadre. La jeune fille ne distinguait qu'à peine ses traits figés en une dure expression. Le marchepied était de petite taille, conçu pour accueillir les pieds des passagers qui montaient ou descendaient de la caisse, mais Sharina ne craignait pas que Nonnus tombe.

Son effroi était indéfini. Les fantômes des palefreniers devaient peser sur ses épaules.

Les sièges étaient en peluche sombre. Elle supposa que la voiture appartenait à bor-Dahliman, mais elle n'arborait ni armoiries ni une quelconque marque de propriété. Les gardes ne portaient pas non plus de livrée.

Meder la regardait fixement, la lumière ne pénétrait pourtant qu'en de rares occasions à l'intérieur du véhicule et ne révélait de son visage qu'un vague contour.

— Vous ne réalisez pas à quel point vous avez besoin de moi, mademoiselle, dit-il ; le grondement des roues muait sa voix en un murmure métallique. Mais vous vous en rendrez compte. Un jour, je vous sauverai quand personne d'autre ne le pourra et, alors, vous m'apprécierez.

Sharina tourna la tête. Elle toucha du bout des doigts l'avant-bras de Nonnus. Il esquissa un sourire mais il ne regarda pas à l'intérieur de la voiture. Ses muscles semblaient sculptés dans l'os.

Sharina ignorait quelle distance ils devaient parcourir. La voiture ne ralentissait jamais, mais elle entendit à plusieurs reprises leur escorte hurler des menaces. En une occasion lui parvint le fracas de l'acier.

Le bruit et les vibrations des roues sur les briques la rendaient somnolente, mais chaque fois que ses yeux commençaient à se fermer elle repensait à la tuerie de l'allée. Pas aux visages des victimes, seulement à l'horreur dans leurs yeux tandis qu'ils mouraient. Elle se redressait en sursaut, le crâne bourdonnant. *Même des hommes mauvais…*

La voiture stoppa si brutalement que Sharina fut projetée en avant sur son siège ; le cocher avait sûrement actionné son frein tout en criant aux chevaux de s'arrêter. Nonnus descendit du marchepied et ouvrit la porte de sa main libre. Il tenait son javelot en équilibre dans l'autre.

Sharina sortit. Ils se trouvaient sous la porte cochère d'une demeure – un toit soutenu par des piliers qui protégeait les arrivants de la pluie. L'air était salé et humide ; ils étaient près du port, ou plus vraisemblablement d'un canal qui s'y écoulait. En effet, toutes les maisons qui entouraient la place étaient de splendides bâtisses et non des entrepôts ou des logements pour les marins.

Pas de lanternes, mais la lune montante était pleine. Une grande femme vêtue de gris se tenait sur le seuil ; des chandelles dans la pièce derrière elle projetaient de longues ombres sur sa joue.

— Entrez vite, dit-elle, avant que l'on vous voie.

Sharina suivit Meder dans l'entrée ; Nonnus leur emboîta le pas, présence silencieuse derrière eux. Le sol était décoré de motifs géométriques en mosaïque de marbre, les quatre sections du plafond à caissons étaient ornées de scènes mythologiques. L'unique chandelle n'était pas suffisante pour que Sharina en distingue les détails, mais sur l'une d'entre elles des hommes chevauchaient des dragons.

La femme ferma la porte et les conduisit dans la grande salle. La lumière brillante et glaciale du clair de lune se déversait par de hautes fenêtres. Asera les y attendait avec un autre serviteur, un homme, d'aspect cependant identique à la première domestique.

Les visages des deux serviteurs étaient pâles. Leurs cheveux n'avaient ni nuances ni substance ; ils semblaient posés sur leurs crânes comme de la soie cardée.

Sharina entendit la voiture et l'escorte qui s'éloignaient – non pas vers les écuries à l'arrière de la bâtisse, mais le long de la rue. Elle regarda autour d'elle. La pièce était recouverte de plaques de marbre colorées ; des statues les observaient depuis des niches disposées le long des murs. D'autres petites statues soutenaient également la balustrade de la mezzanine.

La plupart des galeries qui débouchaient sur la grande salle étaient fermées par de hautes portes de bois sombre, abondamment sculptées et montées sur des charnières de bronze doré. Des escaliers jumeaux faisaient face à l'entrée principale – ils étaient tous trois entrés par une antichambre, d'un côté de la pièce. Entre les deux escaliers se trouvait un passage surmonté d'un toit en pointe. Il menait à une grille en bronze semblable à la herse d'un château. Sharina vit un quai en marbre qui luisait sous le clair de lune. La bâtisse possédait un accès direct à l'un des canaux de la ville.

L'hôtel particulier des bor-Dahliman était une demeure somptueuse. Probablement aucun bâtiment de Carcosa n'aurait pu l'égaler. Il était vide ou presque.

Même à la lumière de la lune, Sharina distinguait la fine pellicule qui s'installe inexorablement dans une pièce inutilisée. L'humidité de l'air salé attire la poussière, et il n'y avait pas ici une armée de serviteurs pour l'essuyer. Elle se demanda si l'homme et la femme à la peau claire étaient les seuls à résider ici.

— Où est le propriétaire ? demanda-t-elle sèchement. Qui sommes-nous supposés rencontrer ici ?

Asera fronça le nez, agacée que son expertise soit remise en question.

— Regin bor-Dahliman n'est pas là. Ses serviteurs pourvoiront à nos besoins jusqu'à demain matin, et j'organiserai alors notre traversée.

Sharina entendit de légers mouvements au-dessus d'eux. Nonnus aussi. Il n'y eut pas de changement évident dans son comportement – depuis leur arrivée dans cette maison, il était aussi tendu qu'une mangouste dans une fosse remplie de serpents –, mais elle pouvait voir ses yeux inspecter les alentours.

La porte principale était renforcée par des barres et des rivets, et verrouillée. Elle aurait résisté à une foule armée d'un bélier et, même de l'intérieur, il fallait plusieurs minutes pour l'ouvrir. Les fenêtres situées à hauteur de la mezzanine étaient grillagées ; la moindre ouverture dans les murs des pièces derrière les portes noires devait être tout aussi bien protégée. Il fallait lever la herse qui donnait sur le canal avec une manivelle, une manœuvre longue même s'ils parvenaient à trouver le treuil qui l'actionnait.

La seule issue était la porte qu'ils avaient franchie pour entrer. S'il s'agissait bien, comme tout le suggérait, d'un piège, ceux qui l'avaient tendu en étaient conscients.

— Mademoiselle, venez avec moi dans l'aile ouest. Une chambre y a été préparée à votre intention.

— L'aile ouest ? demanda Asera avec perplexité. Vous m'avez dit que les seules pièces ouvertes étaient dans…

— Allons-y, dit doucement Nonnus, son couteau pewle dans la main gauche.

Sharina et lui se dirigèrent vers l'antichambre. Elle tira sa dague et posa sa main libre sur le loquet. La herse fermant l'entrée depuis le canal commença à se soulever en crissant.

— Où allez-vous ? demanda sèchement la procuratrice. Avez-vous perdu l'esprit ?

— Mademoiselle, dit l'un des serviteurs.

Leurs voix étaient impossibles à distinguer l'une de l'autre, pâles et vides comme leurs yeux gris. Sharina ouvrit brusquement la porte. L'entrée de la demeure était déjà ouverte. Des liches traînant des algues derrière elles emplirent l'antichambre. Elles s'avancèrent d'un pas traînant, levant leurs armes dégoulinantes.

Nonnus ferma la porte d'un coup de pied avant que Sharina ait pu bouger.

— Par ici ! cria-t-il en la poussant vers la porte du côté opposé de la grande salle.

Asera hurla de peur et de rage mêlées. Des liches s'alignaient le long de la mezzanine et commençaient à descendre les escaliers ; d'autres remontaient le couloir qui menait au canal.

La servante passa les bras autour de Sharina. Elle avait la force d'une pieuvre. La jeune fille donna un coup maladroit ; elle avait cru que les liches étaient ses seuls ennemis.

La pointe de la dague était aussi acérée que celle d'une aiguille, et le tranchant effilé. Elle crissa contre les côtes de la femme – si c'est ce qu'elle était réellement. Celle-ci continua à serrer Sharina. La jeune fille tentait désespérément d'enfoncer la large lame. Elles tombèrent ensemble et la tête de Sharina heurta la mosaïque.

La femme relâcha soudain sa prise. Sa tête roula sur le côté ; un fluide épais et brunâtre qui n'était pas du sang s'écoula de son cou tranché.

Nonnus releva Sharina en la tirant par le dos de sa tunique. La jeune fille ne parvenait pas à faire le point et, pendant un instant, elle vit double. Le serviteur était couché sur le côté, le javelot de l'ermite enfoncé si profondément dans le sternum que la moitié de la pointe dépassait de son dos.

Meder avait déjà ouvert la porte. Le clair de lune passait par les claires-voies de la pièce, illuminant un trône noir. Meder s'y précipita en laissant échapper un cri puis caressa ses accoudoirs ouvragés. Nonnus porta Sharina à l'intérieur, poussant la procuratrice devant eux.

Sharina tenta de retrouver ses repères. L'ichor brun commençait déjà à corroder la lame de sa dague.

La grande pièce ne contenait que le trône orné et une table en ébène appuyée contre le mur du fond, sur laquelle étaient posés deux bougeoirs en argent, oxydés au point d'être noirs comme le reste de l'ameublement. Les fenêtres étaient trop étroites pour qu'un homme puisse y passer et garnies de barreaux qui plus est.

L'unique porte donnait sur la grande salle qui se remplissait peu à peu de liches.

Nonnus observa le loquet, un mécanisme complexe qui enfonçait deux barres de bronze dans des fentes sur le montant de la porte. Les barres et la porte étaient robustes, mais une foule de monstres morts-vivants pourraient les mettre en pièces en quelques minutes.

— Verrouillez la porte, dit Nonnus et il retourna dans la grande salle en tirant la porte derrière lui.

— Nonnus ! s'écria Sharina qui se leva en chancelant. (Asera ferma le double verrou.) Nonnus, non !

L'acier rencontra l'acier. De l'autre côté de la porte, quelque chose cogna et rebondit.

— Prie pour ceux que je tue aujourd'hui, mon enfant ! cria Nonnus à travers la porte.

Parce qu'il ne serait plus en vie pour prier lui-même.

— Non ! répéta Sharina en agrippant le verrou pour l'ouvrir.

La procuratrice la frappa par-derrière avec un chandelier en argent.

Sharina perdit le contrôle de ses membres. Elle s'écroula, comme désossée, mais toujours capable de voir et d'entendre. Sa dague lui échappa et cliqueta contre la mosaïque.

Meder était agenouillé devant le grand trône noir. Il entama une incantation tandis que le combat faisait rage à l'extérieur. Le métal tintait sauvagement mais les combattants restaient muets.

Nonnus pouvait seulement gagner du temps pour la jeune fille qu'il avait promis de protéger, pas la sauver. Mais il le gagnait, avec son couteau pewle et sa vie.

20

— Une pierre de bonne taille rend l'affûtage plus facile, dit le roi Carus en passant la petite pierre à aiguiser sur la lame de son épée, près de la pointe.

Il travaillait l'envers de la lame, celle du côté opposé à l'anneau : quand il était dans le corps de Garric, il avait frappé un casque de fer. Le métal s'était fendu comme le blé sous une faux, mais il avait également laissé une brèche dans la lame.

— Celle-ci conviendra tout de même, ajouta-t-il.

Il adressa un grand sourire à Garric.

— Fais juste attention à ne pas te couper un doigt – et ce n'est pas une plaisanterie, mon garçon. Je l'ai vu de mes yeux.

Dans son rêve, Garric acquiesça.

— Quand on est fatigué, on fait des erreurs. J'en fais, en tout cas.

— Tout le monde en fait, dit Carus en retournant la lame pour se consacrer à l'autre côté.

Avec une plus grosse pierre, il fallait passer la lame dessus pour l'aiguiser – mais celle-ci, prise dans le petit sac attaché aux brandebourgs qui maintenaient le fourreau, était trop petite pour cela.

— Et tu ne seras jamais aussi fatigué qu'après une bataille, mais c'est alors qu'il te faudra prendre soin de ton épée.

Il s'esclaffa avec la joie d'un homme qui trouve de quoi rire dans bien des aspects de la vie, notamment ses propres erreurs.

— Il n'y a rien de plus pénible que de se réveiller pour apprendre que ton ennemi contre-attaque en pleine nuit et que ton épée n'a pas le tranchant que tu voudrais, parce que tu ne t'es pas donné la peine de polir la lame avant de t'endormir.

Carus tint l'épée à la lumière et regarda le long de la lame.

— Mais ne polis que les brèches et garde ta lame bien aiguisée, pas davantage. Ne pars pas au combat avec une épée si affûtée qu'elle se tordrait ou se fendrait en rencontrant quelque chose de dur.

— J'ai affûté des couteaux, dit Garric, et aussi des haches. L'os est peut-être plus dur que la racine d'un noyer blanc, mais pas beaucoup plus.

Carus rit de nouveau.

— Et ton arbre portait-il une armure, mon garçon ? Mais je comprends ce que tu veux dire. (Il soupira.) Il y a tant à savoir quand tu es roi. Certaines choses que je n'ai jamais apprises, que je n'aurais peut-être jamais pu apprendre. Tu feras mieux.

Ils étaient assis dans un jardin, face à face, sur un banc de marbre incurvé. Des roses grimpaient le long d'un haut treillis, de l'autre côté d'une dalle circulaire recouverte de pavés. Au-dessus d'eux, le ciel était morne : des nuages indistincts se découpaient sur un fond bleu pâle.

Carus utilisa un bout de tissu pour essuyer la poudre produite par l'affûtage, sourit à l'arme et lui fit regagner son fourreau.

— Une bonne épée. Elle ne m'a jamais fait défaut.

— Est-ce qu'un magicien l'a faite pour vous ? demanda Garric.

Il savait que, s'il se levait et regardait à travers la haie de roses, il n'y aurait rien à voir – un tourbillon gris, peut-être, la matière brute avec laquelle son esprit tissait ses rêves. Il n'avait pas besoin de le vérifier.

Le roi éclata de rire.

— C'est un magicien qui me l'a donnée, en tout cas. Cela dit, je ne pense pas qu'il l'ait forgée. Les magiciens savent bien des choses, mais cela ne les rend pas plus habiles de leurs mains. Le forgeron qui a créé cette épée (il remit la pierre à aiguiser dans son sac) devait ressembler à ton amie Ilna. Je n'ai jamais trop aimé les magiciens, mais je respecte un homme qui fabrique des choses.

Carus rendit l'épée à Garric qui se leva et reboucla la ceinture. Le roi resta assis, l'air songeur.

— Je détestais les magiciens, dit Carus. Parce que je ne comprenais pas ce qu'ils faisaient, je suppose. C'est une mauvaise chose. (Il leva les yeux.) Ne fais pas cette erreur, mon garçon, ni avec les magiciens ni avec personne d'autre.

Le visage de Carus s'élargit pour retrouver son sourire familier.

— Mais ne commets pas non plus l'erreur du duc de Yole : ne fais pas confiance à quelqu'un simplement parce qu'il sait des choses que tu ignores.

Le roi Carus se leva, les yeux exactement à la même hauteur que ceux de Garric. Un son flottait dans le lointain, une voix qui chantait des mots de pouvoir. Les couleurs de ce monde de rêve pulsaient au rythme de chaque syllabe.

— Tu dois partir, maintenant, dit Carus. (Il tapota la poignée de l'épée.) Prends bien soin d'elle, mon garçon. J'aurai de nouveau besoin de cette lame dans peu de temps.

Le jardin disparut en une lumière éclatante. Garric tendit les bras en tombant, mais il se retrouva allongé sur de fraîches dalles d'albâtre dans une pièce inondée par le clair de lune. Tenoctris sourit quand elle vit Garric ouvrir les yeux, mais elle continua à chanter jusqu'à ce qu'il parvienne à s'asseoir.

Ils se trouvaient dans les ruines du salon d'Ilna. Les cadavres des liches gisaient là où les coups d'épée de Garric les avaient abattues ; certains ossements étaient déjà nus et leurs chairs liquéfiées formaient des flaques sombres sur le sol.

Un sauvage coup de massue avait brisé le coffre à vêtements en noyer. La destruction de cette belle pièce d'ébénisterie perturbait plus profondément Garric que l'homme qui gisait sur le sol, lacéré par les coups – l'un des serviteurs aux yeux jaunes d'Ilna. Il se renfrogna, choqué par son propre sens des priorités.

Ilna était partie.

— Ilna était ici, dit Garric. L'avez-vous vue ?

Il se rappela la chose qui avait étreint la jeune fille ; le coup qui avait découpé le tronc serpentin venait de lui, pas du roi Carus usant de son corps. Mais cela aurait pu être un rêve, un cauchemar comme tant d'autres choses.

Tenoctris secoua la tête.

— Je n'ai trouvé que toi encore vivant dans cette maison, Garric. Peux-tu te lever ?

Elle lui tendit la main. Garric posa les siennes sur le sol, évitant les flaques en expansion. Il se leva avec prudence et sourit à l'idée qu'il puisse avoir besoin de l'aide de la vieille femme – son aide physique, en tout cas. Le fait qu'il soit capable de se lever devait autant aux forces qu'elle avait invoquées qu'à sa propre constitution, et il le savait.

— À en juger par les résidus qu'Ilna a laissés, dit Tenoctris en réponse à la question qu'elle avait éludée un moment auparavant, j'ai peur qu'elle se trouve dans un endroit où je préférerais qu'elle ne soit pas. Mais la même chose est vraie pour Liane et, à moins qu'on la secoure avant minuit (elle regarda la lune, déjà haute dans le ciel), il sera probablement trop tard.

Garric scruta instinctivement la pièce, et se demanda ce que Tenoctris entendait par « les résidus qu'Ilna a laissés ». Il ne voyait rien – ne reconnaissait rien en tout cas – et cela n'avait de toute manière pas d'importance. *Nous ne pouvons faire qu'une chose à la fois.*

— Trouvons Liane, dans ce cas, dit-il. Est-elle dans la vieille demeure familiale ?

— Elle se trouve dans l'abri du gardien qui fait partie du tombeau familial, dit Tenoctris. Je n'y suis pas allée toute seule. Pas contre Benlo.

— Vous n'êtes plus seule maintenant, dit Garric.

Il enjamba le corps du serviteur en prenant bien soin de ne pas le piétiner.

Une pensée le frappa. Il s'arrêta et dégaina la longue épée, puis plissa les yeux pour observer le tranchant de la lame à la lumière des bougies qui brûlaient encore dans le couloir.

Tenoctris avait très bien pu passer la ceinture de l'épée autour de la taille du jeune homme pendant qu'il était inconscient – mais ce n'était pas elle qui avait poli l'accroc sur le bord de la lame, un travail d'expert.

21

Même si son corps était étendu dans la salle du trône, l'esprit de Sharina observait la grande salle qui s'emplissait de liches. Nonnus recula contre la porte, apparemment acculé, puis se jeta sur ces formes de chair grise avant qu'elles puissent réagir devant ce changement.

Le couteau pewle scintilla au clair de lune.

Une liche tomba, la colonne vertébrale tranchée par la lame qui lui transperçait le ventre.

Une liche tomba, le crâne fracassé par le pommeau de l'arme qui lui frappait de plein fouet la tempe.

Une liche tomba, la nuque brisée. L'ermite avait enfoncé brutalement ses doigts dans les orbites de la créature pour y trouver une prise, puis il avait tiré comme pour achever un lapin pris dans un piège.

Nonnus recula. Les liches qui restaient ne ressentaient ni peur ni hésitation. Celles qui se trouvaient au centre marchèrent péniblement sur les dépouilles de leurs semblables ; celles sur les côtés avancèrent sans encombre, les armes brandies et leurs visages gris et froids figés.

Nonnus avait le souffle court. Il tenait maintenant, en plus du couteau pewle, le bout d'une pique d'abordage, la hampe brisée à quatre-vingts centimètres de la pointe recourbée. Il sourit en tournant la tête à droite, puis bondit sur la gauche, dans la masse grise.

L'acier contre l'acier fit jaillir une nuée d'étincelles.

Nonnus fit quelques pas en arrière, mais il rencontra la porte et n'eut plus d'espace pour manœuvrer. Les liches le submergèrent des deux côtés, puis des trois. La masse de visages impassibles et d'armes rouillées frappant sans relâche continua à progresser, trop vite pour que n'importe quel être humain puisse lui résister…

Mais alors que le mouvement cessait, l'esprit de Sharina regagna son corps sur le sol de la salle du trône telle une vague de néant.

— *Phasousouel eistochama nouchael!* cria Meder.

La procuratrice et lui se tenaient dans le cercle qu'il avait tracé sur le sol de pierre avec la dague de Sharina. Les éclats de marbre incrustés fumaient et bouillonnaient au contact de l'ichor brun qui souillait la lame.

Asera regardait en direction de la porte, le visage froid, sans prendre part à la cérémonie. Elle était probablement effrayée, mais était trop aristocrate pour laisser paraître sa peur.

— *Apraphes! Einath! Adones!*

La porte fut ébranlée par une série de chocs. La lame d'une hache d'abordage rouillée fendit le panneau près du sommet, puis fut retirée. La pointe d'une hallebarde dépassa du bois, un peu plus bas; les liches utilisaient le manche de l'arme comme levier pour arracher la porte.

Sharina se sentit de nouveau capable de bouger, quoiqu'elle ne soit pas sûre d'en avoir envie. Quand les monstres morts-vivants grouillant dans la salle la tueraient, ils mettraient un terme à ses responsabilités – et à son sentiment de culpabilité.

— *Dechochtha iathennaouian zaarabem!* lança Meder.

Sa voix était rythmée, et son visage éclairé par le clair de lune était illuminé d'une joie féroce.

Sharina ignorait ce que le magicien préparait. Si l'on se fiait aux récents événements, ce serait une chose ignoble, et n'importe quel être humain préférerait mourir plutôt que d'y être associé.

Une masse et la hache frappèrent de concert le centre du panneau. Des mains gélatineuses et translucides se tendirent pour dégager les morceaux de bois. Des éclats restaient collés à leur chair.

Nonnus n'aurait pas voulu qu'elle considère Meder comme un monstre. Nonnus n'aurait pas attendu de la jeune fille pour laquelle il était mort qu'elle reste allongée par terre pendant que le mal triomphait.

Le chandelier qui avait servi à la frapper gisait à côté d'elle. Sharina le ramassa et se leva, s'éloignant à reculons de la porte et des créatures grises et squelettiques qui achevaient sa destruction.

—*Namadon! Zamadon! Thestis!*

La porte se fendit de haut en bas. Le panneau dans lequel se trouvait le verrou s'affaissa et bascula dans la salle du trône. Deux liches poussèrent le reste de la porte encore sur ses gonds. Un amoncellement de leurs semblables démembrés s'élevait derrière la porte.

Sharina s'arc-bouta, brandissant le lourd chandelier. Les liches étaient déjà mortes, mais son propre sang pouvait donner à Meder le pouvoir nécessaire pour son incantation.

—Sharina! appela le magicien.

Elle se retourna par réflexe en entendant son nom.

Meder attrapa Asera par les cheveux. Il lui trancha la gorge avec la dague.

La procuratrice ouvrit grand la bouche, mais elle était trop abasourdie pour ne serait-ce que crier. Le sang coula sur sa robe beige puis disparut dans le flot de feu rouge qui remplissait le cercle de protection et s'étendait jusqu'au plafond au-dessus du trône noir.

Même les liches s'interrompirent. Le magicien et l'objet de son sacrifice se fondirent tous deux dans cette flamme rugissante. La dague tomba et rebondit, tordue et incandescente. Cette chaleur infernale n'atteignait pas Sharina qui ne se trouvait pourtant qu'à quelques centimètres du cercle de protection.

La flamme disparut, comme étouffée par un couvercle. Une créature à la peau rouge et aux yeux lépreux se tenait au centre du cercle. Elle mesurait plus de deux mètres et avait les épaules tellement voûtées que les griffes de ses longs doigts touchaient le sol.

— Je te sauverai, Sharina ! dit le démon en une parodie rauque de la voix de Meder.

Il s'avança d'un pas traînant, ses griffes rayant le sol.

Sharina s'écarta, le chandelier toujours à la main. Elle était trop choquée pour être effrayée.

La moitié du plafond recouvert de plâtre s'effondra avec fracas, recouvrant le trône et le sol de pierre brûlé. Un nuage de poussière blanche jaillit vers l'extérieur. Des flammes crépitèrent le long des poutres.

Quelle que soit la chose qui animait les liches, elle ne leur permettait pas la peur. Les deux créatures qui se tenaient dans l'encadrement de la porte se précipitèrent vers le monstre imposant en brandissant leurs armes.

La massue de la première liche produisit un son métallique en frappant le crâne rouge. Le coup d'épée de l'autre ne toucha pas sa cible : le démon s'empara de la lame et froissa l'acier comme un enfant jouant avec la tige d'une jonquille.

— Je te sauverai, Sharina, répéta le monstre qui avait été Meder en pressant les deux liches l'une contre l'autre.

Quand il les relâcha, les os de leurs épaules et de leur poitrine étaient réduits à l'état de poudre qui resta en suspension dans leurs chairs gélatineuses.

Le démon se dandina dans la grande salle sur ses courtes jambes. Elle était remplie de dizaines de liches. Les créatures l'attaquèrent avec la furie collective des abeilles fondant sur l'ours qui vient de voler leur miel – et avec aussi peu de résultats. Le démon disloquait ses adversaires quand il ne les broyait pas. Les armures qu'elles portaient et les coups qu'elles assenaient ne faisaient aucune différence.

Sharina se jeta à genoux dans la pile de liches démembrées, devant la porte de la salle du trône. Elle creusa à travers des chairs putrescentes et des os, certains si anciens qu'ils se brisaient quand elle tirait dessus.

Nonnus était dessous. Son couteau pewle dans la main droite. Son visage était serein – mais ne l'avait-il pas toujours été ?

— Puisse la Dame te protéger sous sa cape, mon ami. Puisse le Berger te guider vers son bercail.

Sharina enlaça le corps de l'ermite. Elle se mit à pleurer.

Le démon jeta les fragments de la dernière liche. Il se tourna en souriant. Son visage plat était dépourvu de lèvres.

— Je t'ai sauvée, Sharina, dit Meder. Maintenant, tu es à moi.

Il s'approcha d'elle.

22

Derg désigna de son long bras bleu le château en ruine.

— Ici, dit-il. Nous avons atteint le lieu dans lequel j'exaucerai ton vœu.

Cashel frotta les plaies qui cicatrisaient sur sa poitrine. Il avait tout d'abord pensé qu'ils approchaient d'une colline. Il pouvait maintenant entrevoir des pierres carrées au milieu des arbres. Ces derniers poussaient même sur des portions du mur que les racines n'avaient pas réduites à l'état de gravats.

— Très bien, dit-il. Que dois-je faire ?

Cashel ne voyait rien de très intéressant dans ces ruines, mais il faisait confiance à Derg. Et, bien entendu, Mellie lui dirait si quelque chose n'allait pas…

Il sourit à la pixie. Que Mellie fasse désormais une taille normale était vaguement déconcertant. Elle lui sourit, mais sans sa joie habituelle ; elle lui prit la main et la serra pour le rassurer.

— C'est à l'intérieur, dit le démon en ouvrant la voie le long du mur d'enceinte. L'une des tours a encore son toit, et ce que tu désires est là-bas.

Sur l'un des blocs de pierre, un chevreuil tacheté pas plus grand qu'une chèvre observait les trois compagnons. Des racines enveloppaient la pierre, semblables à de l'eau s'écoulant sur un rocher. Pendant un instant l'animal continua à mâcher, avalant le reste d'une large feuille dont la teinte vert clair indiquait qu'elle provenait d'une jeune plante – puis elle s'ébroua, secouant ses minuscules cornes en pointe, et s'éloigna en bondissant dans la forêt.

Cashel se demanda ce qu'il souhaitait. Certainement pas de l'argent. Le poids de sa bourse était déjà assez important pour que le cordon lui lacère la nuque. Il avait préféré l'attacher à sa ceinture, par-dessus sa tunique en lambeaux désormais transformée en pagne. Personne ne volerait ses pièces d'argent dans cette jungle ; et si cela se produisait, Cashel s'en moquerait.

Si Derg le menait à un coffre rempli d'or ou de joyaux… il supposa qu'il les prendrait, mais par courtoisie. Il ne serait pas poli de refuser un cadeau, même s'il n'en avait pas besoin.

La porte s'était écroulée, et pourtant les montants comme le linteau étaient parmi les plus grosses pierres de taille. Le mur était construit en un grès fin, à la teinte légèrement bleutée, une pierre dense très peu érodée malgré les années. La construction du château était sans défaut. Le temps avait simplement eu raison de lui, comme il en va de toute chose.

Ils escaladèrent les ruines de l'entrée. Mellie sautait avec légèreté d'un morceau de roche nue à l'autre. Elle posait parfois le pied sur l'angle d'une pierre, encore aigu malgré son âge. Elle rappelait à Cashel les merles bleus qui se perchaient sur le toit du moulin.

Qu'est-ce que je désire ? Mellie avait dit que Derg le savait mieux que Cashel lui-même. Ce n'était pas difficile. Cashel ne parvenait à penser à rien, à aucun objet en tout cas. Les gens parlaient de bonheur, mais il ne voyait pas de quoi il s'agissait, pas réellement. Et pour la plupart, eux non plus, pour autant que Cashel puisse en juger.

Mellie bougeait avec sa grâce habituelle mais elle ne sautait plus, ne jouait plus avec le monde qui l'entourait, depuis, voyons… depuis qu'ils étaient arrivés en ce lieu, à vrai dire. Comme si, en grandissant – à moins que ce soit Cashel qui ait rétréci, il n'était pas vraiment sûr –, elle s'était assagie, comme les gens ordinaires.

Si on lui avait posé la question avant qu'ils viennent en cet endroit, il aurait dit que la pixie était heureuse. Maintenant, il ne savait plus.

La cour du château était pavée de blocs de la même pierre dure utilisée pour les murs, mais ils gisaient en désordre entre les arbres. Les racines avaient trouvé des espaces entre les dalles puis les avaient soulevées en poussant.

Les gens pensaient que les pierres étaient éternelles. La vie et tous ses cycles changeants étaient éternels. La pierre était un très bon matériau, mais Cashel lui préférerait toujours une grosse branche de noyer blanc…

Il songea à l'épée que Garric portait quand ils s'étaient rencontrés, dans son rêve. Attachée à sa ceinture, elle semblait faire partie de lui.

— Derg ? demanda Cashel. Me conduis-tu à une épée ? Parce qu'à vrai dire, je ne voudrais pas…

Derg et même Mellie furent pris de fou rire, la première trace de joie que Cashel entendait dans la voix de la pixie depuis bien trop longtemps.

— Oh, bêta ! dit-elle. Que ferais-tu d'une épée ? Toi !

— C'est ici, dit Derg. À l'intérieur.

Les écuries à l'intérieur de la cour s'étaient effondrées ou avaient été ensevelies par la chute du mur extérieur. Le bâtiment de l'autre côté du portail était encore debout, ses murs en tout cas. À en juger par les trois trous béants qui avaient jadis accueilli des fenêtres, il avait eu deux étages autrefois. Les tuiles du toit étaient désormais réduites à une couche de débris roses qui jonchaient l'intérieur comme l'extérieur de la structure, et les sols n'avaient pas survécu longtemps à la toiture.

À l'extrémité gauche de la maison – du palais ? – se dressait une tour qui dépassait de deux étages le reste de la bâtisse. Son toit pointu tenait encore, quoiqu'un grand nombre de tuiles soit tombé. Des oiseaux forts différents des hirondelles que Cashel était habitué à trouver chez lui passaient par les fenêtres en un vol rapide ponctué de pépiements.

Derg les précédait, marchant autant à quatre pattes que sur ses jambes. Quand le démon posait ses mains à terre, il marchait sur ses articulations, les griffes pressées contre les paumes. Mellie sautillait comme un oiseau ; quant à Cashel, il marchait comme il le faisait toujours sur un mauvais terrain, en choisissant soigneusement ses appuis, car un rocher qui semblait solide pouvait se renverser sous son poids. Il aurait aimé avoir son bâton, mais il n'était pas trop fier pour poser une main à terre si nécessaire.

Il n'y avait pas grand-chose qu'il soit trop fier pour faire, s'il le fallait.

Derg leur fit escalader une pile de gravats pour arriver à une porte qui devait originellement donner sur l'étage du bâtiment principal : la base tout entière de la tour faisait partie des fondations.

Cashel éclata de rire. Derg et Mellie le regardèrent.

— J'étais en train de me dire que c'était une bonne chose que les débris fassent un tas pour que nous puissions atteindre la porte, expliqua-t-il. Et puis j'ai pensé : si le toit ne s'était pas écroulé ainsi, nous aurions pu monter normalement. Mais les choses finissent d'une façon ou d'une autre par s'arranger, n'est-ce pas ?

Derg semblait intrigué. La pixie sourit à Cashel.

— Oui Cashel, dit-elle, pour certaines personnes.

Les marches qui menaient au sommet de la tour étaient en réalité des pierres dépassant de l'intérieur du mur. Une passiflore courait le long de la montée et des fleurs violettes poussaient dans chaque meurtrière ainsi que dans le trou du toit. Une tapisserie était suspendue sur le mur incurvé de la tour, protégée par l'escalier et ce qu'il restait de la toiture. Elle semblait aussi incongrue ici qu'elle l'aurait été sur le mur du moulin dans lequel Cashel et sa sœur avaient grandi.

—Oh…, dit-il en touchant avec précaution le bord du tissu. Ilna aurait adoré voir ça.

La lumière dans ce coin n'était pas bonne, mais la scène tissée n'en semblait pas moins vivante. Au second plan, une cité où se dressaient des tours féeriques s'élevait au milieu de la forêt. Le ciel était un dôme pastel d'une grande beauté, sous lequel volaient d'imposants oiseaux.

—J'ai rêvé de ça! s'exclama Cashel. J'ai déjà vu cette tapisserie, j'étais dedans!

Derg leva un sourcil interrogateur, mais c'était Mellie qu'il regardait. La pixie serra Cashel dans ses bras et dit:

—Oui, c'est vrai. Mais souviens-toi, ce n'était qu'un rêve.

Au premier plan, en bas de la tapisserie, s'étendait une prairie séparée de la forêt par une large rivière. Un pont enjambait les eaux tourbillonnantes. De leur côté, les piles du pont étaient en pierre et la chaussée en bois, comme ceux que Cashel avait vus sur la route de Carcosa. Mais, en plein milieu, la travée se muait en verre étincelant et se dirigeait vers la cité sans aucun support.

Il n'aurait su dire de quel tissu la tapisserie était faite. Il ne pensait pas que ce soit de la soie, et même les fils scintillants argentés et dorés avaient un aspect translucide: il ne pouvait s'agir de métal.

—Dois-je l'apporter à ma sœur? demanda Cashel.

Un cadeau pour Ilna, voilà quelque chose qu'il voulait.

—Non, dit Derg. Passe la porte qui se trouve derrière. Elle te conduira où tu souhaites aller.

Cashel resta impassible. Il souleva légèrement la tenture et ne trouva dessous que des blocs de grès lisses et légèrement incurvés.

Il regarda ses compagnons.

Les longues mâchoires du démon esquissaient un sourire.

—La porte est là, dit-il. Quand tu passeras derrière la tenture, tu la trouveras.

— Il a raison, Cashel, dit Mellie ; son sourire n'avait rien de commun avec l'expression joyeuse à laquelle il s'était habitué. Elle te conduira à l'endroit où tu souhaites le plus au monde te rendre.

Cashel haussa les épaules et gratifia le démon d'une accolade.

— Je suppose que tu ne viens pas avec nous, dit le jeune homme. Je suis heureux de t'avoir rencontré, Derg. Je te préfère comme ami que comme ennemi.

Le démon serra fermement les biceps de Cashel ; sous sa peau, ses muscles jouaient comme des cordes épaisses.

— Comme ami ? demanda Derg. Soit, tu es humain. Tu comprends ce genre de choses mieux que moi. Puisses-tu remporter tous tes autres combats, Cashel.

Il recula d'un pas.

— Je ne viens pas non plus, Cashel, dit Mellie.

Le jeune homme fronça les sourcils. Il ne comprenait pas ce qu'elle venait de dire. Cela lui arrivait souvent, on lui parlait de choses qu'il ne saisissait pas, et personne ne se doutait que la conversation lui échappait…

— Tu m'as amenée en un lieu d'où je peux rentrer chez moi sans danger, dit Mellie. Je n'aurais jamais pu y arriver toute seule, Cashel. Tu es très fort.

— Je ne pensais pas que tu partirais, Mellie. Je…

Il ne savait pas comment le formuler. Il ne s'était pas *habitué* à la pixie, penser cela équivaudrait à l'assimiler à cette douleur qu'il ressentait dans son genou gauche dès que le temps changeait – le souvenir d'un arbre tombé du mauvais côté quand il avait douze ans…

— Tu me manqueras, dit-il.

Mellie s'approcha et l'embrassa. Elle était comme un lapin, à la fois tout en douceur, et tout en muscles.

— Puisses-tu gagner le cœur des autres comme tu as gagné le mien, dit-elle.

— Mellie…, dit Cashel alors qu'elle reculait.

— Va ! dit la pixie. Pars, maintenant ! C'est ce que tu souhaites vraiment !

Cashel se retourna vivement car les larmes de Mellie l'embarrassaient. Il souleva la tenture et avança comme s'il n'y avait pas un mur de pierre devant lui.

Pas de mur, seulement les ténèbres. Il fit un autre pas. Il avait commencé ce voyage, et il n'avait pas d'autre choix que d'aller jusqu'au bout.

Livre VI

I

Le portail qui donnait sur le tombeau des bor-Benlimar était fermé avec une chaîne et cadenassé : les nouveaux propriétaires avaient décidé d'interdire le passage aux intrus, même s'ils ne possédaient pas cette partie du terrain.

Garric sentit une indignation farouche le gagner.

— Ils n'avaient pas le droit ! souffla-t-il en portant la main à son épée.

Avec cette arme à sa ceinture, sa colère n'était plus contenue, tournée vers l'intérieur. Ceux qui lui feraient du tort apprendraient…

Tenoctris toucha la main qui serrait son arme.

Garric regarda la vieille femme avec gêne. Il laissa l'épée glisser dans son fourreau.

— J'allais seulement briser cette chaîne, murmura-t-il, honteux. C'est du fer doux. Cette lame peut…

— Je pense que nous pouvons y arriver en faisant moins de bruit, dit Tenoctris.

Ce furent les seules paroles qu'elle prononça mais elle semblait dubitative. Elle prit le cadenas entre ses mains.

Garric rougit ; il se demanda quelle était sa part dans cet accès de colère, et quelle était celle du roi qui riait si fort dans son esprit. Il ne s'était jamais considéré comme quelqu'un qui n'en faisait qu'à sa tête ; mais, jusqu'à présent, il n'avait jamais eu de telles décisions à prendre. Il n'était pas sûr de savoir ce qui avait changé, mais cette épée n'était pas l'unique agent.

Tenoctris murmura un sort tout en tenant le cadenas. Une froide lumière bleue luit à l'intérieur de l'objet. Le métal émit un tintement mélodieux ; le fermoir s'ouvrit.

— J'ai dit que je n'étais pas une magicienne très puissante, ajouta Tenoctris en retirant le cadenas, mais pas que je n'étais pas une magicienne du tout.

Garric défit la chaîne enroulée autour de la grille en fer et des montants du portail, attentif à ne pas faire tinter le métal. Maintenant qu'il utilisait sa raison au lieu de réagir à la provocation d'un propriétaire bedonnant qui se croyait au-dessus de la loi, il entendait un faible chant. L'air vibrait, comme agité par un lointain ressac. Garric crut voir du coin de l'œil une lumière bleue qui tremblotait. Il lança un regard à Tenoctris. Elle hocha la tête, une expression sombre sur le visage, puis franchit la première le portail. Garric pensa à dégainer l'épée, mais garda les bras le long du corps. Tout ce que faisait l'épée, c'était servir de béquille à son esprit.

Garric n'aurait pas voulu connaître un homme qui n'en était un que lorsqu'il avait une épée à la main.

La fenêtre de l'abri était ronde et mesurait une vingtaine de centimètres de diamètre. Des barreaux divisaient en quatre l'ouverture dépourvue de vitres et elle était également envahie par le lierre.

Garric écarta les feuilles afin que Tenoctris et lui puissent voir à l'intérieur. La faible clarté lunaire entrait par la fenêtre jumelle sur le mur opposé, mais la véritable illumination provenait des flammes bleues au milieu desquelles se tenait un homme grassouillet et dégarni qui chantait avec la voix de Benlo.

Le cercueil de bronze était appuyé, vide, contre le mur qui séparait l'abri du tombeau, dans l'autre partie du bâtiment. Son couvercle était ouvert, révélant l'intérieur en satin blanc.

Le magicien portait un linceul. Sur le sol à côté de lui se trouvait la momie d'une femme. Elle avait les joues creuses, et les tendons de ses mains croisées saillaient comme des cordes. Elle ne présentait pas le moindre signe de décomposition.

Dans le tombeau familial, les autres corps n'avaient pas semblé à Garric mieux préservés que celui de Benlo ; le jeune homme était resté suffisamment longtemps au milieu des cercueils qui tombaient en morceaux pour le savoir. Benlo avait sûrement appris au cours de ses voyages les techniques d'embaumement qu'il avait employées sur sa défunte épouse – dans les Isles, ou peut-être même dans d'autres plans où sa magie l'avait conduit.

Liane était allongée de l'autre côté du magicien. Elle était tout aussi immobile que sa mère.

Benlo leva les bras du corps grassouillet qu'il occupait. Il parla, mais Garric n'entendait plus son incantation. Le cosmos émettait des pulsations au rythme des paroles du magicien.

Un fil de lumière bleue aussi dense que la lame d'une épée relia le front de Mazzona à celui de sa fille silencieuse. Le fil se fit de plus en plus épais et brillant tandis que le magicien incantait.

— Peux-tu le distraire ? chuchota Tenoctris. Sinon je n'aurai pas assez de pouvoir pour…

Garric acquiesça. La porte de l'abri du gardien n'était pas en métal, mais en bois ; Garric put cependant voir par la fenêtre qu'elle était fermée par une barre aussi grosse que son bras. Il ne pourrait entrer en y donnant un coup de pied, et enfoncer la porte avec son épée lui prendrait trop de temps. De plus il y avait un autre portail verrouillé entre lui et cette entrée.

Il s'écarta de la fenêtre. C'était le genre de problème que Garric comprenait. La magie et les monstres ne faisaient pas partie de sa vie avant qu'il rencontre Tenoctris, mais il s'y entendait quand il s'agissait de faire des trous.

Garric examina le banc de pierre posé devant le tombeau. Il s'agenouilla et utilisa la force de ses jambes pour soulever la dalle de ses deux montants. Il ne savait pas combien elle pesait. Assez, supposa-t-il ; et s'il fallait plus d'un coup pour abattre le mur, eh bien ! Garric en donnerait le nombre nécessaire.

Tenoctris s'écarta pour laisser passer Garric qui marchait en canard avec son bélier. La vieille femme semblait impressionnée.

Le jeune homme fit un dernier pas et balança le banc en combinant la force de ses épaules et son élan. Ce marteau de pierre heurta de plein fouet le sommet de la fenêtre. Le chambranle comme le mur s'écroulèrent en une avalanche de briques et de vieux mortier.

Le poids silencieux de l'invocation de Benlo étouffa le fracas de cette bruyante destruction. Les lèvres du magicien continuèrent à bouger sans buter sur une seule syllabe.

Le banc était planté dans le mur à moitié détruit. Garric poussa le bout qui dépassait, déchaussant d'autres briques. Il écarta la dalle de pierre puis se glissa dans la pièce que le sort de Benlo illuminait d'un bleu azuré.

Le tonnerre silencieux du magicien s'interrompit, mais la pression de forces invisibles continuait à écraser Garric. Il ne pouvait imaginer comment Tenoctris les ressentait, elle qui devait les distinguer aussi clairement que Garric aurait vu une immense vague soulevée par la tempête.

Benlo tourna la tête. Toute force déserta Garric. Il s'effondra sur le tas de débris, étouffé par la poussière de mortier, mais incapable de refréner ses réflexes et de retenir sa respiration. Il toucha le bras de Liane. Sa chair était aussi dure que les briques du tombeau.

Benlo tendit la main vers la tête de Garric, le pouce et l'index écartés comme la pince d'un crabe. Une flamme bleue crépitait entre ses doigts.

Derrière le magicien, Mazzona se redressa en position assise. Sa poitrine se souleva et elle cria :

—À l'aide ! À l'aide !

Benlo se retourna.

— Mazzona ! s'exclama-t-il.

Toujours assise, la momie recula maladroitement vers le mur du fond. Le visage cadavérique de Mazzona avait une expression horrifiée.

— À l'aide ! s'écria-t-elle de nouveau. Ce monstre est en train de tuer ma fille ! À l'aide !

— Mazzona, mon amour, dit Benlo.

Il avança vers sa femme. Garric ne pouvait toujours pas bouger, mais il sentit que le tombeau se vidait de cette pression invisible.

— Monstre ! s'écria Mazzona.

Elle tenta de se lever en prenant appui le long du mur sur ses bras momifiés, mais elle n'avait pas assez de force.

— Horrible monstre !

— Mon amour…, dit Benlo d'une voix liquide qui se brouilla sur la dernière syllabe.

Le rayonnement bleu diminua rapidement, telle l'eau s'écoulant par un trou au fond d'un seau.

La femme momifiée se raidit puis s'écroula sur le côté. Sa main droite se brisa dans sa chute.

Le corps qu'occupait Benlo resta debout encore quelques instants. Des plaques de moisissure bleuâtre s'étendirent le long de ses joues comme un feu de brindilles ; une odeur de décomposition emplit l'étroite pièce. Des semaines d'une désagrégation jusque-là repoussée se déroulaient en quelques secondes.

Ses orbites dégoulinèrent. Ce corps que l'âme de Benlo n'animait plus tomba en avant. Sa chair émit un bruit de succion en heurtant le sol.

— Puisse le Berger le guider, murmura Garric.

Il se savait maintenant physiquement capable de se lever, mais mentalement il n'était pas prêt.

Benlo ne l'avait guère impressionné de son vivant. En tant qu'âme morte habitant le corps d'un autre homme, le magicien l'avait terrifié. Garric avait pu faire front simplement parce qu'il le fallait, pour sauver, en dépit de sa peur, Liane et probablement Tenoctris. Pour sauver ses amies.

Mais aucun être humain ne méritait vraiment le destin que Benlo avait lui-même provoqué.

Le bras de Liane frémit. Sa poitrine se souleva puis s'abaissa.

Elle était vivante.

Garric se dressa d'un bond. Il sentait des picotements dans ses muscles, comme lorsqu'il se relevait après être resté trop longtemps assis, mais ses sensations revenaient.

— Il allait transférer l'esprit de sa femme dans le corps de Liane, dit doucement Tenoctris. (Elle était encore à l'extérieur du tombeau.) C'est pour cela qu'il avait besoin d'elle. Le lien entre mère et fille était nécessaire, même pour un magicien aussi puissant que Benlo. Ou ce qui restait de lui.

Liane murmura, comme si elle faisait un mauvais rêve. Ses mains s'ouvrirent et se refermèrent.

Garric regarda la vieille femme.

— Ne le lui dites pas, répondit Garric. (La fermeté de sa voix le surprit.) Elle n'a pas besoin de le savoir.

— Non, dit Tenoctris. Elle n'en a pas besoin.

Garric retira la barre de la porte, l'ouvrit, puis souleva Liane. Il lui fallait quitter cette pièce. Fuir les effluves autant physiques que spirituels de ce qui s'était produit en ce lieu.

— Il était si puissant, dit Tenoctris. Je ne pouvais que dévier les forces qu'il avait soulevées. Les pousser très légèrement. C'était comme se tenir au milieu du canal d'un moulin…

Elle toucha la serrure du portillon, qui s'ouvrit dans un cliquetis. La porte de l'abri donnait directement sur la propriété principale. Garric porta Liane le long de l'allée bordée de lierre, laissant les deux portes ouvertes derrière lui. Un gardien de nuit tenant une hallebarde au niveau de sa taille les observait, posté près de la maison. Tenoctris lui adressa un salut et sortit à la suite de Garric.

Liane s'agita. Tenoctris posa la main sur le front de la jeune fille. Garric n'aurait su dire si ce geste avait quelque but magique ou s'il s'agissait d'une simple preuve de gentillesse.

Liane ouvrit les yeux et dit :

— Garric ? Suis-je vivante ?

Garric posa Liane sur ses pieds, la tenant par les épaules jusqu'à ce que tous deux soient sûrs que ses jambes la porteraient.

— J'en ai l'impression. Il y a un instant, je ne l'aurais pas parié.

— Cet homme qui nous a attaqués, qui était-ce ? demanda Liane.

Sa voix était quelque peu distante. La jeune fille ressentait encore les effets de sa captivité, à moins que cette attitude froide soit un moyen pour elle d'éviter de se mettre à hurler.

Garric regarda Tenoctris, attendant qu'elle réponde. La vieille femme regardait avec intensité le ciel en direction du sud.

— Oh ! s'exclama-t-elle avec gêne. Liane, cette créature qui vous a attaquée… était une sorte de goule qui hante les tombes. Elle est morte maintenant, partie à jamais. (Elle se secoua, puis soupira.) Quelque chose est en train d'arriver près du palais, dit-elle. Quelque chose de très sérieux.

Elle adressa à Liane un sourire affectueux mais fatigué. Garric se rendit compte que soulever le banc de pierre n'était rien, comparé aux efforts que cette frêle vieille femme avait déployés pour vaincre un magicien plus puissant.

— Liane, dit Tenoctris, la créature qui t'a attaquée agissait de son propre chef, à la fin tout du moins. Les activités de l'Homme au Manteau et de son rival sont d'une autre nature. L'un d'eux est à l'œuvre près d'ici, ou même les deux à la fois.

Liane eut un sourire forcé.

— C'est pour ça que nous sommes venus, dit-elle. (Elle remarqua le froncement de sourcils de Garric et ajouta :) Je vais bien ! C'est là-bas que nous apprendrons qui a envoyé mon père sur Haft, au-devant de sa propre mort, n'est-ce pas ?

— Nous le pourrions, en effet, répondit Tenoctris.

Elle passa le bras autour de Liane et se mit en marche vers le climax de forces que son esprit de magicienne voyait se refléter dans le ciel.

2

Cashel écarta la tapisserie et entra dans une salle envahie par la puanteur du feu et de morts anciennes. Sharina se tenait le dos contre le mur opposé, le lourd couteau de l'ermite à la main. Elle faisait face à un démon aux longs bras, à la peau rouge et marbrée.

Cashel s'avança, passa le bras autour de la gorge du démon et le fit basculer en arrière sur son genou. Celui-ci heurta si fort le sol que l'impact craquela la mosaïque.

Sharina fit un pas en avant, son grand couteau brandi.

— Lâche ce couteau, jeune fille ! dit Cashel. Tu vas finir par blesser l'un de nous !

Ses propres mots le surprirent sans doute même davantage que Sharina. Mais quand Cashel voyait un chemin qui menait au but, il le prenait toujours, et il n'avait pas de temps à consacrer à qui se mettait sur son passage. Il en savait peut-être moins sur la manière d'affronter un démon que sur les moutons, mais c'était quelque chose qu'il avait déjà fait.

Si jamais il avait douté que les règles s'appliquant à Derg soient les mêmes pour cette créature, le carnage dans cette pièce et dans la grande salle juste à côté l'auraient convaincu.

Des dizaines de liches et toutes leurs armes gisaient en morceaux sur toute la surface du sol. La peau écarlate du démon ne présentait pas la moindre égratignure.

Sharina recula dans l'angle que formaient le mur et le trône noir qui dominait la pièce. C'était une horrible chose qui semblait faite des corps entremêlés de serpents vivants.

Mais pour l'instant Cashel avait un autre problème.

Le démon se releva. Il était plus grand que Derg mais pas aussi solidement bâti. La longueur exceptionnelle de ses bras rappelait à Cashel un crabe ou une araignée de mer.

— Je vais te tuer, paysan, lança la créature avec la voix de Meder, le magicien de la procuratrice.

Cashel secoua la tête tel un taureau agitant ses cornes.

— De meilleurs hommes que toi ont essayé, répliqua-t-il. Et de meilleurs démons.

Ils se jetèrent l'un sur l'autre. Cashel empoigna les avant-bras de Meder car il n'avait pas les bras assez longs pour saisir les poignets du démon.

Il n'y avait pas de lumière dans la salle du trône, et seulement une ou deux bougies allumées éclairaient la grande salle, mais la clarté de la pleine lune entrait par les fenêtres, juste sous le plafond voûté. Les tentures murales – dont celle par laquelle Cashel était passé – frémirent sous la violence du combat. Chaque scène tissée, aussi réaliste que sur un masque mortuaire, représentait un monde lointain.

Cashel donna un coup de tête dans la poitrine de Meder. Le démon n'était pas plus lourd que Cashel, ou en tout cas pas tellement plus, mais il était incroyablement fort. Les orteils du démon labourèrent le sol pour prendre appui, creusant des sillons dans le marbre et le mortier noir.

Meder plia les bras, approchant ses mains, telles des pinces griffues, des tempes du jeune homme. Cashel n'avait pas la force de l'en empêcher. Au moment où il allait céder, laissant les griffes de la créature pénétrer dans son cerveau, il ploya le torse et projeta de nouveau le démon par-dessus son genou, sur le côté cette fois.

Meder s'écrasa avec fracas et dérapa sur la surface glissante. Cashel se pencha en avant et posa les mains à terre en prenant de grandes inspirations.

Le fait que Meder ne sache pas utiliser ses avantages était la seule chose qui avait sauvé Cashel jusqu'à maintenant – *il ne savait pas se battre.* Il n'était pas beaucoup plus fort que Cashel, mais il était plus endurant et résistait quand on le projetait à terre avec une force capable de briser la pierre.

Le démon était bâti comme un épouvantail et sa colonne vertébrale était souple. Cashel ne pouvait tordre suffisamment le dos de Meder sur son genou pour la briser.

Le démon se remit debout. Il éclata d'un rire strident et furieux et s'avança vers Cashel.

La seule option qu'envisageait le jeune homme lui serait fatale même s'il réussissait, car le démon aurait le temps de le découper en deux. La survie – même celle de Sharina – n'était pas la chose la plus importante en cet instant. Gagner ce combat l'était.

Gagner, il n'y avait plus que cela.

Cashel poussa un rugissement venu du plus profond de sa gorge et se jeta sur Meder, le prenant au dépourvu. Il glissa un avant-bras sous le menton du démon et l'autre autour de son dos pour faire pivot avant que les serres rouges se referment sur son dos nu.

Cashel leva le bras de toutes ses forces, ignorant les griffes qui lui labouraient la peau. Meder résista, tentant de baisser le menton. Il tourna la tête, essayant d'échapper à la prise du jeune homme.

Du sang coulait le long du dos de Cashel. Il ferait tout ce dont sa force d'humain était capable ; il presserait son bras contre la gorge de Meder aussi longtemps qu'il le pourrait. Puis il mourrait.

Un éclat de lumière rouge vif, une silhouette d'à peine quelques centimètres bondit hors de l'une des tapisseries. Elle se précipita vers les combattants à la vitesse d'un loup en pleine course et planta ses crocs au-dessus du talon de Meder, à l'emplacement du tendon.

Meder poussa un hurlement de douleur effaré, si puissant que les armes à terre se mirent à vibrer. Son cri se termina par un « crac ! » aussi sonore que le tonnerre quand Cashel brisa la nuque du démon.

Cashel jeta le corps loin de lui avec un cri de soulagement plus que de triomphe. La silhouette dégingandée de Meder se retrouva à moitié affalée sur le trône noir. Du sang coulait de ses avant-bras sur la mosaïque.

— Je ne te devais rien, humain ! C'était mon cadeau, pour un ami ! cria Derg.

Son corps à tête de chien était aussi petit que lorsque Cashel l'avait vu pour la première fois dans le coffre-fort.

Il bondit sur – *dans* – la tapisserie d'où il était sorti.

Sharina s'agenouilla à côté de Cashel. Elle entreprit de découper sa cape avec le couteau pewle pour en faire des bandages.

— Il y a une fontaine dans la grande salle, Cashel. Peux-tu marcher, ou veux-tu que je t'apporte un casque rempli d'eau ?

Il avait pensé ne plus jamais entendre la voix de Sharina. Les traits de son visage étaient plus affirmés que ceux de la jeune fille qu'il avait connue à Barca et elle était encore plus belle.

— Je peux marcher.

Il prit une grande inspiration, rassemblant ses forces pour se lever. Il l'avait dit, il ne restait plus qu'à le faire.

La tapisserie d'où Cashel avait débouché était une copie presque parfaite de celle suspendue dans la tour en ruine dans laquelle il avait laissé Derg et Mellie. On pouvait y voir un pont qui enjambait une large rivière et se dirigeait vers une forêt et une cité de verre féerique.

Deux minuscules silhouettes se tenaient sur la travée centrale. La première était un démon à tête de chien et la seconde une pixie à l'abondante chevelure rouge.

3

— C'est Cashel ! s'écria Garric, stupéfait.

Aussi invraisemblable que cela puisse paraître, c'était indéniablement la silhouette massive de son ami qui traversait la foule sur la place du Palais. Il portait un pagne, et un enchevêtrement de bandages lui barrait la poitrine.

L'une des bâtisses était en feu. Pas celle d'Ilna, comme le pensa tout d'abord Garric, le cœur serré, mais une maison un peu plus loin qui donnait elle aussi sur le canal principal.

Des flammes jaillissaient à un bout du premier étage. Des gardiens du feu s'activaient autour de l'incendie tandis que des centaines de patrouilleurs de la cité et des soldats venus des baraquements du palais tentaient vainement de maintenir l'ordre. La foule que l'excitation avait rassemblée n'était pas encore dangereuse, mais le feu était une excuse pour que les citoyens ordinaires mettent à sac la maison d'un homme riche – et c'était bien ce qu'ils comptaient faire.

Garric le comprenait, mais il était surpris de voir Cashel porter un rouleau de tissu. C'était la dernière personne qu'il aurait imaginée capable de piller. La dernière après Ilna, tout du moins.

— Cashel ! appela-t-il, avançant à grands pas devant Liane et Tenoctris.

Une femme marchait près de Cashel, une grande…

— Sharina ! cria Garric. Que le Berger me guide ! Tenoctris, c'est Sharina !

Cashel affichait un large sourire. Il se dirigea vers lui, mais ne se mit pas à courir comme le firent Sharina et

Garric, bousculant dans leur hâte ceux qui se trouvaient sur leur chemin.

Garric prit sa sœur dans ses bras, la soulevant de terre. Avant qu'elle parte, il n'avait jamais imaginé que Sharina lui manquerait ; même le vide qu'il avait ressenti au départ de la trirème ne lui avait pas donné la moindre idée du bonheur qu'il ressentirait en la revoyant.

— Que fais-tu ici ? demanda-t-il.

Ils éclatèrent tous deux d'un rire à moitié hystérique : Sharina venait de dire les mêmes mots, au même moment.

— Garric, dit Tenoctris, je ne crois pas que Liane ait déjà rencontré ta sœur.

Garric reposa Sharina. Cashel les avait rejoints. Garric serra la main de son ami – en chair et en os cette fois-ci, et non en rêve – et lança un regard aux deux femmes par-dessus son épaule. Le visage de Liane était fermé et aussi froid que les rayons de lune qui l'éclairaient.

— Ah ! dit Garric, Liane, voici Sharina, ma sœur. Liane est arrivée à Barca… euh… après ton départ.

Comment expliquer à Sharina ce qui lui était arrivé depuis son départ ? La complexité de tout cela – il y avait certaines choses qu'il ne comprenait pas, d'autres qui n'étaient pas encore résolues, d'autres qui ne s'étaient peut-être pas produites, comme ce rêve dans lequel il avait trouvé son épée – le réduisit au silence.

Sharina portait un grand couteau glissé dans sa ceinture. Garric le regarda en clignant des yeux. Bien d'autres choses chez sa sœur étaient différentes depuis la dernière fois qu'il l'avait vue, mais il y avait un changement bien spécifique.

Sharina suivit son regard. Elle toucha le manche du couteau et dit :

— Nonnus est mort, Garric. Il est mort parce que…

— Oh, je suis désolé, dit Garric. Je ne le connaissais pas très bien.

— Venez, dit Cashel avec une rude assurance qu'il n'avait autrefois que lorsqu'il guidait des moutons. Il y a, euh, cet homme qui m'a employé, un Sérian nommé Latias. Ses bâtiments ne sont pas loin d'ici, et je crois que j'ai besoin de m'allonger.

Ils formaient à eux cinq un groupe étrange et, en d'autres circonstances, la patrouille leur aurait certainement posé des questions. Garric réalisa que trop peu de temps s'était écoulé pour que le mandat d'arrêt contre Liane et lui ait été annulé. Le feu et la foule de plus en plus compacte offraient cependant une certaine protection contre les autorités, pour l'instant.

Cashel s'avança à grands pas en bordure de l'attroupement, les menant dans la direction vers laquelle Sharina et lui marchaient quand Garric les avait aperçus. Sur le dos de Cashel, les bandages étaient imprégnés de sang dont une partie suintait encore des blessures qu'ils recouvraient. Elles étaient sûrement extrêmement douloureuses, mais à part une certaine raideur Cashel semblait se comporter comme à son habitude.

Cette raideur était plutôt habituelle, elle aussi. Cashel était le genre d'homme à avancer d'un pas lourd, sans se hâter ni s'arrêter avant d'être arrivé à destination.

— Tu veux que je porte ça ? proposa Garric en tapotant le rouleau de tissu que son ami serrait sous son bras gauche.

Il semblait léger, mais quelqu'un d'aussi sérieusement blessé que Cashel n'avait pas besoin d'un fardeau supplémentaire.

Cashel regarda le rouleau avec un sourire que Garric fut incapable de déchiffrer. Un instant plus tôt, le tissu luisait à la lumière des flammes. Maintenant qu'ils avaient quitté la place et marchaient le long de l'un des boulevards qui en partaient, la lumière plus douce de la lune le faisait miroiter comme un ruisseau.

— Tout va bien, dit-il. La maison dans laquelle nous nous trouvions a pris feu, à cause du combat qui s'y est déroulé avant que j'arrive, j'imagine. Je me suis dit que j'allais prendre ça au cas où…

Cashel s'éclaircit la voix, hésitant pour la première fois depuis que Garric l'avait retrouvé.

— Au cas où ce serait important pour certains amis qu'elle ne brûle pas.

— Meder a provoqué l'incendie, dit Sharina avec un tremblement dans la voix qui ne devait rien à la peur. Avec sa magie. Son dernier sort.

— Si maître Latias pouvait nous accorder un peu d'intimité, cela nous aiderait grandement, dit Tenoctris. J'ai bien peur que ce que nous devons faire maintenant soit suffisamment difficile, inutile d'y impliquer des intrus.

Cashel lança un regard à la vieille femme par-dessus son épaule.

— Je pense qu'il nous accordera tout ce que je lui demanderai.

4

Sharina observait les trois guérisseurs sérians – une vieille femme, un homme entre deux âges et une petite fille de dix ans – qui s'affairaient sur le dos de Cashel en bavardant avec enthousiasme. Le jeune homme était assis, impassible, à l'intérieur d'un cercle tracé sur le sol, en compagnie de ses quatre amis. Le Sérian nettoyait et passait un onguent sur les longues coupures tandis que l'enfant les recousait sous la supervision de la vieille femme. Cashel ne semblait pas avoir conscience de leur présence ; ils auraient tout aussi bien pu être en train de creuser des fossés sur une autre isle.

— Il faut que j'aille chercher Ilna, dit Garric. Ce qui lui est arrivé est ma faute.

Il avait tourné la boucle de sa ceinture pour que sa longue épée se retrouve en travers de ses genoux au lieu de dépasser inconfortablement derrière lui.

Latias avait mis à leur disposition un bâtiment tout entier ; ses plafonds étaient hauts et ses murs à persiennes offraient une bonne aération tout en permettant l'intimité. Des plateaux chargés de jus et de fruits en tranches étaient posés sur de petits trépieds à côté de chaque invité.

Cashel avait présenté Latias comme son employeur. La conduite du Sérian vis-à-vis du jeune homme rappelait davantage à Sharina la déférence dont les Aigles de Sang faisaient preuve envers Asera.

— C'est ma sœur, dit Cashel. Et puis je suis allé…

Il grimaça, cherchant un mot, ou n'appréciant pas celui qui lui venait à l'esprit.

— … je suis allé en d'autres lieux. Je la ramènerai.

Sharina avait toujours su que Cashel était fort. Elle n'avait seulement jamais réalisé à quel point, avant de quitter Barca et de voir suffisamment d'autres hommes pour apprendre que le garçon avec qui elle avait grandi n'était pas seulement l'homme le plus fort du bourg.

Elle l'avait vu tuer la chose qu'était devenu Meder. Elle avait grandi avec un homme qui veillait sur les moutons et tuait des démons à mains nues.

— Ce n'est pas une question de responsabilité, dit Tenoctris regardant alternativement les deux jeunes hommes. Garric, tu as libéré Ilna d'un maître extrêmement maléfique. Elle est alors tombée dans les griffes d'un autre pouvoir qui avait besoin d'un serviteur, mais ce n'est pas ta faute.

Les Sérians gazouillaient comme des oiseaux tandis qu'ils refermaient les plaies de Cashel. Ils ne semblaient parler que leur langue et ne s'intéressaient certainement pas aux propos des hôtes de leur employeur.

— Un maître encore pire, dit Garric.

Tenoctris haussa les épaules.

— Je ne pense pas, dit-elle, quoiqu'il soit assez maléfique lui aussi. Celui-ci est humain, ou tout du moins il l'a été. C'est l'Homme au Manteau.

Tenoctris avait insisté pour lancer un sort de guérison sur Cashel, même si ce dernier avait objecté qu'elle ne devrait pas se fatiguer pour lui et qu'il irait très bien. Sharina se rappela Garric, allongé et blessé dans l'auberge de leur père tandis que Tenoctris et Nonnus conversaient au sujet des dieux et de la guérison.

Sharina aurait voulu pleurer. Elle ignorait pourquoi elle n'y parvenait pas. Elle aurait tout donné pour que Nonnus ne meure pas lors de ce combat – mais il était mort.

Garric toucha la poignée de son épée.

— Si l'Homme au Manteau la retient, alors je *dois* y aller.

Il ne semblait plus être son frère, et pourtant... Cashel était toujours Cashel, il était seulement plus que ce que Sharina voyait auparavant. Et la même chose pouvait être vraie de Garric, ce qu'il avait vécu pouvait avoir révélé des aspects de lui que personne dans le bourg n'avait eu l'occasion de voir.

Personne, y compris lui-même.

— Je peux te conduire avec moi à l'endroit où se trouve Ilna, expliqua la vieille femme, mais je ne peux emmener personne d'autre. Je n'ai pas le pouvoir suffisant pour cela.

Elle regarda Cashel.

— Garric a un lien avec le lieu – ou plutôt, je le crois, le *temps* – dans lequel se terre l'Homme au Manteau, et d'où il ne sort que pour mener ses actions et seulement par l'intermédiaire d'agents.

— Des hommes comme mon père, dit Liane.

C'était une belle femme, une dame de toute évidence, même si elle semblait pour l'instant tout juste repêchée d'un naufrage.

Peut-être était-ce le cas. Sharina, Cashel et Garric n'avaient pu se retenir de relater rapidement leurs aventures depuis Barca, mais Liane était restée silencieuse pendant la discussion.

— Je ne pense pas, dit Tenoctris en croisant le regard de Liane. Je crois que votre père était au service d'une autre puissance, une puissance concurrente. À la fin, il ne servait cependant plus que lui-même. Et Malkar, puisque tout ce qui est mauvais sert Malkar.

Liane acquiesça sèchement.

— Je vois, dit-elle. Soit, je voulais savoir.

— Est-ce que par « lien » vous entendez cette épée ? demanda Cashel, écoutant tout ce qui se disait et ne retenant que ce qui lui importait. Parce que je peux la porter, si c'est ça le problème.

Tenoctris eut un léger sourire.

— Non, je ne parle pas de l'épée mais de l'ascendance de Garric, dit-elle. Il est lié par le sang et l'âme au plan dans lequel se cache l'Homme au Manteau. C'est pour cela que je peux lui amener Garric.

Elle lança un regard à ses compagnons et poursuivit.

— Je suppose que vous en êtes tous conscients, mais je le dis tout de même : Garric et moi pouvons affronter l'Homme au Manteau, mais l'issue la plus probable est qu'il nous vainque tous les deux. (Le même petit sourire tordit de nouveau son visage.) Si nous avons plus de chance que je le pense, il nous tuera, ajouta-t-elle.

Garric haussa les épaules.

— Il peut toujours essayer, dit-il.

Il était plus que le frère avec qui Sharina avait grandi, mais toujours son frère, sans aucun doute.

— Garric, dit-elle. (Il la regarda avec surprise malgré son sourire.) Ne te fais pas tuer pour Ilna. Elle ne voudrait pas… (Sa gorge se serra ; elle poursuivit :) Ilna ne voudrait pas qu'un ami périsse pour la sauver. Elle préférerait mourir !

Pendant un instant, personne ne dit mot. Sharina s'essuya une première fois les yeux avec brusquerie, puis les essuya de nouveau.

— Sauver Ilna n'est pas le problème, dit Tenoctris, regardant Garric tout en s'adressant au groupe, quoique cela en fasse partie, bien sûr.

Elle leva un lambeau de l'étoffe qu'Ilna avait tissée et portait lorsque Garric et elle avaient combattu les liches.

— La présence d'Ilna me permet de localiser la retraite de l'Homme au Manteau. Si nous ne le controns que lorsqu'il agit, il se retire chaque fois qu'il est personnellement en danger. Il nous faut aller à lui pour le vaincre complètement.

— Il y avait un trône dans la salle où se trouvait Sharina, dit Cashel. Noir et horrible.

Le guérisseur disposait des bandages de lin propres autour de sa poitrine tandis que l'enfant en maintenait les extrémités.

Tenoctris hocha la tête.

—Je ne suis pas surprise, dit-elle. Je pense qu'il s'agit de magie sympathique. Les magiciens comme l'Homme au Manteau croient que, s'ils prétendent s'asseoir sur le trône de Malkar, cela les rapprochera de la réalité. (Elle haussa les épaules.) Peut-être a-t-il raison, ajouta-t-elle. C'est certainement un plus grand magicien que moi.

—Quand partons-nous ? demanda Garric.

La nonchalance voulue de sa question trahissait la tension du jeune homme.

—Je dois faire des préparations, dit Tenoctris. Diverses sortes de poudres. Cashel, penses-tu que maître Latias pourrait nous aider ?

—Oui, je pense qu'il pourra trouver tout ce dont vous aurez besoin, dit-il. C'est quelqu'un d'important à Erdin.

Cashel sourit lentement, largement, l'air satisfait. Les Sérians étaient sur le point de quitter la pièce. Ils s'arrêtèrent près de la sortie – il n'y avait pas de porte, seulement des panneaux de bois – et poussèrent des pépiements horrifiés quand leur patient s'étira, les doigts croisés.

Leurs bandages tinrent bon.

—Il m'a dit que sa cérémonie s'était vraiment bien passée, ajouta-t-il avec une calme fierté. Celle pour laquelle je l'ai aidé.

—Garric, dit Tenoctris. Tu n'as pas à venir avec moi – même si je l'espère. Je ne suis pas assez folle pour croire que je peux vaincre seule l'Homme au Manteau ; je ne pense pas non plus que nous y parviendrons à nous deux. (Elle secoua la tête en signe d'impuissance.) Sharina, poursuivit-elle, j'ai dit à ton ami Nonnus que le bien et le mal n'avaient d'importance que d'un point de vue humain. Je me rends compte que je suis moi aussi humaine. J'espère que l'ermite s'en amuse.

Sharina posa sa main sur celle de la vieille femme.

Garric se leva.

— Je dois venir avec vous, dit-il. (Il toucha du doigt la poignée de son épée, sourit comme un tout autre homme, puis ajouta :) Carus et moi devons venir avec vous.

Sharina regarda son frère et pensa à Nonnus. Elle put enfin pleurer.

5

— J'aurais aimé que tu dormes un peu, dit Cashel en serrant l'avant-bras de son ami sur le pas de la porte.

Ils avaient retiré les nattes pour que Tenoctris puisse tracer un cercle de trois mètres de diamètre sur les carreaux en terre cuite du sol. Le cercle comme les caractères en Écriture Ancienne qui l'entouraient, tracés eux aussi avec de la poudre, en occupaient la plus grande partie.

— J'aurais aimé le pouvoir, dit Garric. Cela dit, je ne crois pas que ma fatigue sera notre plus gros problème en arrivant là-bas.

Il se demanda si Cashel aurait pu dormir pendant les six heures qu'il avait fallu à Tenoctris pour préparer l'incantation. C'était possible. Garric connaissait trop bien Cashel pour douter que le jeune homme ait de l'imagination, mais, contrairement à la plupart des gens, il ne la laissait pas le tourmenter.

Cashel recula.

— Garric ? ajouta-t-il. Ne fais pas confiance à cette épée, fais-toi confiance à toi, d'accord ?

Garric hocha la tête même s'il ne comprenait pas exactement ce que voulait dire son ami. Sharina disait qu'il avait tué un démon de ses mains ; Cashel lui-même n'en avait rien dit. Garric soupçonnait que le message de son ami n'avait rien de simple.

Tenoctris se tenait à l'intérieur du cercle, vérifiant une dernière fois les symboles qu'elle avait tracés. Les poudres employées étaient différentes d'un caractère à l'autre, voire au sein d'un même dessin. Elles contenaient des pierres, ainsi que les poils, les cornes et les os de différents animaux et des produits végétaux tels que du bois et des feuilles séchées. Toutes étaient bien divisées et étalées avec le même soin que la vieille femme employait quand elle utilisait un pinceau ou un traceret.

Sharina serra Garric dans ses bras. Inconsciemment, la taille de sa sœur l'avait surpris, après les derniers jours passés avec Liane et Tenoctris. Non pas que Liane soit petite, ce n'est pas ce qu'il voulait dire…

— Prends soin de toi, mon frère, dit-elle. Nonnus m'avait dit qu'il n'était pas aussi charitable qu'il l'aurait dû. Je ne le suis pas du tout. Si tu trouves le responsable de sa mort, tue-le, Garric. Tue-le comme un cafard.

Garric n'était pas surpris par le ton de sa sœur. Il n'avait jamais douté qu'elle possède la même dureté intérieure que leur mère, dépourvue toutefois de l'amertume maussade de Lora.

Tenoctris avait vérifié son cercle de pouvoir. Elle ôta le papier qui entourait l'un des paquets de poudre et le roula en une fine mèche.

Liane offrit à Garric sa main au lieu de serrer son avant-bras comme le faisaient les hommes. Si son sourire était forcé, sa bonne foi était authentique.

— Ah, dit-il. Au revoir, Liane. C'est-à-dire…

Liane l'embrassa fermement sur la bouche. Ce n'était pas ce à quoi il s'attendait. Bien entendu, cela venait juste s'ajouter à la longue liste d'événements récents qu'il n'avait pas prévus.

Elle fit un pas en arrière. Son sourire était maintenant bien réel.

— Va faire ce que tu crois bon, Garric, dit-elle. C'est ce que tu fais depuis que je t'ai rencontré. Ensuite, reviens-moi.

Tenoctris se racla la gorge. Garric hocha la tête. Il ne savait pas réellement s'il répondait ainsi à Liane ou à Tenoctris. Peut-être aux deux à la fois. Il fit demi-tour et marcha à l'intérieur du cercle de poudre grise, veillant à ne pas le déranger.

Une étincelle bleue apparut dans les airs, allumant la mèche de papier dans la main de la vieille femme. Garric s'attendait que la magicienne commence à incanter. Elle ne le fit pas. Au lieu de ça, elle toucha de sa flamme la partie du cercle sur laquelle elle avait versé un petit tas de poudre.

La poudre crépita un moment. La flamme ne devint plus qu'un liseré bleu à l'extrémité du papier, ponctuée par le craquement d'une étincelle blanche.

La poudre s'enflamma dans un sifflement et une bouffée de fumée grise.

Tenoctris se redressa, vérifia que le processus était bien entamé, et lança la mèche enflammée à l'extérieur du cercle. Elle adressa un sombre sourire à Garric.

Des flammes parcoururent le cercle dans les deux directions, brûlant d'une aveuglante lueur blanche qui brillait au travers des voiles de fumée grise. Les caractères en Écriture Ancienne s'enflammèrent eux aussi en partant de la base qui touchait le cercle. Leurs flammes, plus petites, n'avaient pas la violence étincelante du cercle de protection. Des éclats de lumière multicolore illuminèrent la pièce, se reflétant sur ses murs blancs.

Garric vit ses amis au milieu de la fumée, leurs visages impassibles. Il entendit, au-dessus du sifflement furieux du feu, ce qui fut tout d'abord une pulsation semblable à un lointain coup de tonnerre. Elle se transforma en paroles chantées dans une immense pièce. Elles rebondissaient sur les murs, chaque syllabe emplie d'un grand pouvoir.

Tenoctris se tenait très droite et souriait avec la même fierté tranquille que Cashel lorsque celui-ci avait évoqué ce qu'il avait accompli pour Latias. Leur tâche n'était pas achevée, mais c'était déjà un travail bien fait.

Les amis de Garric avaient disparu et les murs de la pièce s'estompaient. Il vit au travers du voile de fumée grise que son environnement avait changé.

Pendant un instant, il se retrouva dans une forêt de pins, ou d'épicéas. De la neige s'amoncelait sur leurs troncs et tourbillonnait autour de leur rude écorce.

La fumée et les rafales de neige se mêlaient en une masse indistincte. Quand ce voile s'éclaircit, Garric vit des bêtes brouter dans une prairie. Il pensa tout d'abord à des cerfs, mais l'un des animaux leva la tête pour regarder dans sa direction, et Garric aperçut des cornes sur le front de la bête et au milieu de son museau.

La fumée balaya la scène et se retira. Une violente tempête s'abattit sur un bosquet de bambous, sans toucher ni les feux ni le cercle de protection. La foudre s'abattit non loin. Dans l'éclair de lumière, Garric vit une dizaine de créatures dont les corps de nains étaient surmontés d'une tête de chat. Elles dansaient autour d'un poteau auquel était attachée une jeune fille terrifiée.

L'un des nains fit des signes à Garric. La fumée, clémente, masqua la scène.

Le feu mourut, révélant un cercle de cendres grises, avec des cratères aux endroits où certains des ingrédients avaient explosé. Les caractères à l'extérieur brûlèrent puis s'éteignirent eux aussi. Quand les flammes colorées moururent, le pouvoir des mots anciens tracés par Tenoctris fit de même.

La fumée se dissipa, laissant un arrière-goût amer. Garric et Tenoctris se trouvaient sur une plage de sable. L'air était tiède et une légère brise agitait les feuilles des palmiers.

Il faisait nuit. La lune était pleine et deux fois plus grosse qu'elle aurait dû l'être. Sa lumière rougeâtre inondait le sable, le ressac.

Derrière Garric se trouvait un mur sur lequel était sculptée une scène en bas-relief. Des silhouettes grandeur nature s'assemblaient pour constituer une fresque qui narrait le naufrage de la flotte royale mille ans avant la naissance de Garric. Au centre de la scène, le roi Carus levait le poing vers le ciel alors que le pont de son navire amiral sombrait sous la mer.

Devant Garric et Tenoctris se trouvait une silhouette assise sur un trône noir près du rivage. Elle éclata d'un rire plus fort que l'océan, plus fort que tout.

— Approchez, humains, dit l'Homme au Manteau. Je vous attendais.

6

Garric sortit du cercle. Les cendres étaient douces et chaudes sous ses pieds nus. Il savait qu'il devait bouger immédiatement, avant que sa peur sans cesse croissante le fige.

Les cendres ne pouvaient plus le protéger. Il le savait, mais il savait également que si la peur le dominait il resterait de toute façon dans le cercle à trembler comme un idiot.

— Venez, répéta l'Homme au Manteau.

Il accompagna ses paroles d'un mouvement de la longue baguette qu'il tenait à la main. Une lueur violette luisait à son extrémité.

— Venez à Malkar, humains.

Tenoctris rit.

— Sur Yole, j'ai vu ton faux trône se briser, magicien, dit-elle. La même chose arrivera à celui-ci, comme tu le sais.

Elle sortit elle aussi du cercle de cendres. Elle tenait dans les mains une autre bande de papier qu'elle roula délibérément pour en faire un tube, une baguette de pouvoir. Sa simplicité rudimentaire laissait deviner tout le mépris que ressentait Tenoctris pour le magicien qui lui faisait face.

Le ressac gronda de colère. Ce lieu était maléfique, malgré toute sa calme beauté.

— Je suis surpris qu'une magicienne de pacotille comme toi possède le talent nécessaire pour m'amener le garçon, dit l'Homme au Manteau.

Il ne criait pas ; sa voix semblait venir indifféremment de la mer et du ciel.

— J'apprécie tes efforts, cela dit. Peut-être te tuerai-je rapidement en remerciement pour ton aide.

Garric fit un pas en avant, s'interposant entre Tenoctris et la silhouette assise sur le trône. Il tira l'épée de Carus. Le clair de lune rougeoyant baignait sa lame telle une rivière de sang.

— Nous sommes venus pour Ilna, dit Garric.

Tenir l'épée dans sa main était aussi naturel que de marcher sur ce sable. C'était lui qui parlait, le jeune homme qui avait grandi à Barca, et non le roi tapi en lui, un sourire de loup sur le visage.

Lorsque les doigts de Garric touchèrent l'acier, le trône et la silhouette perdirent toute solidité pour devenir aussi insubstantiels que le clair de lune lui-même. Il s'agissait donc d'une illusion : l'Homme au Manteau ne se trouvait pas réellement en ce lieu.

La silhouette fantomatique plongea la main dans sa manche et en sortit un mannequin qu'il tint dans sa paume.

— Voici ton Ilna, dit l'Homme au Manteau. Que me donneras-tu pour la récupérer, humain ? Me donneras-tu le trône de Malkar ?

Garric, confronté à de tels choix, se souciait avant tout de choses concrètes. La sauvegarde de ses amis passait avant tout, avant les grandes questions de bien, de mal, de vastes empires ou de chaos.

— Je te donnerai ta vie, humain, répondit Garric. Je ramènerai Ilna dans mon monde et ne te dérangerai pas tant que tu feras de même.

C'était la vérité – la vérité de Garric. Tenoctris n'approuverait pas, et le roi Carus non plus, probablement. Mais Garric avait répondu honnêtement.

Cela n'avait pas d'importance. L'Homme au Manteau n'accepterait jamais d'autres termes que les siens. Ce n'était pas un combat que Garric provoquait, mais il viendrait tout de même et, cette fois, le jeune homme ne le fuirait pas, même s'il le pouvait.

— Tu ne montres pas plus d'intelligence que j'en attendais de la part d'un barbare d'Haft, dit l'Homme au Manteau.

Aucun de ses adversaires ne se prosternait à ses pieds et cela le rendait visiblement furieux.

— Vieille femme, dis-lui qu'il ne peut me toucher ici.

Garric n'avait plus peur. Prétendre ne pas être effrayé l'aidait, car cette façade de courage devenait peu à peu bien réelle. Quant à Tenoctris, elle ne semblait pas se soucier assez du monde matériel pour craindre quoi que ce soit.

— Je sais qu'il ne peut t'être fait de mal en cet endroit, si ce n'est par quelqu'un venu de ta propre époque, magicien, dit Tenoctris. Nous ne t'avons pas encore atteint vraiment.

— Je ne vous ai pas permis d'atteindre le plan dans lequel j'existe physiquement ! tonna l'Homme au Manteau. (Il se leva et frappa de sa baguette la base du trône, à côté de lui.) Vous êtes ici grâce à moi, vos efforts n'y sont pour rien ! Comptes-tu m'attaquer, vieille femme ? Comptes-tu m'attaquer ?

— Je n'en ai pas la force physique, magicien, répondit Tenoctris.

Sa voix était calme et, semblait-il à Garric, presque espiègle. Elle savait quelque chose que lui-même ignorait – et l'Homme au Manteau aussi.

Ou bien elle bluffait.

L'Homme au Manteau dirigea sa baguette vers la mer. L'eau se mit à jaillir au niveau des brisants comme si elle frappait la pierre.

— Je crois que vous avez fait la connaissance des liches, dit l'Homme au Manteau. Les petits magiciens les créent à partir des âmes et des os de marins noyés. J'ai cependant quelque chose de spécial pour vous deux.

La mer bouillonna autour d'une chose qui émergeait à trente mètres du rivage. Une baleine qui remontait à la surface…

La chose se dressa lentement; elle mesurait dix mètres de haut et avait forme humaine. Ses jambes étaient de véritables piliers, d'une grosseur inhumaine afin de supporter le poids colossal de son torse. Le clair de lune sanglant luisait sur l'unique et immense œil au milieu du front de la créature.

Elle se mit à avancer dans les flots. Les vagues bondissaient et écumaient comme si ses jambes étaient des brise-lames en pierre.

Garric avait rampé dans la cage thoracique d'un géant semblable à celui-ci quand il s'était échappé du monde de son rêve. Il se retrouvait face à un autre, enveloppé d'une chair grise et gélatineuse. La créature avait une massue à la main, dont le manche était un jeune arbre auquel était fixée une tête de jade luisante aussi grosse que le crâne d'un cheval.

— Une race préhumaine, dit l'Homme au Manteau. (Il émit un rire proche du caquètement.) Mais j'ai choisi l'âme d'un grand guerrier pour animer cette créature selon mon bon vouloir. Te souviens-tu de lui, magicienne de pacotille ?

Tenoctris s'était agenouillée et incantait au-dessus des symboles qu'elle avait tracés sur le sable. Garric savait que la vieille femme n'avait pas le pouvoir nécessaire pour s'opposer directement à l'Homme au Manteau, mais il était heureux qu'elle n'ait pas abandonné. Il serra fermement la poignée de son épée et avança.

— C'est le duc de Yole ! s'écria triomphalement l'Homme au Manteau.

Un éclair frappa Garric. Couleurs et sons tourbillonnèrent autour de lui, mais il n'avait conscience de rien, à l'exception d'une assourdissante déflagration. Sa peau frissonnait sous ce choc aussi terrible que s'il avait plongé dans la mer en hiver.

Il était allongé sur le sable. Le roi Carus, barbu et portant le diadème étincelant des rêves de Garric, surgit du bas-relief. Ses puissantes mains aidèrent Garric à se relever. Carus défit la ceinture du jeune homme et l'attacha autour de sa taille légèrement plus épaisse, puis il prit l'épée des mains dociles de Garric.

L'Homme au Manteau était de nouveau une forme noire sur un trône de même couleur, quoique Garric soit trop conscient de cette illusion pour être effrayé par son apparente réalité.

Carus adressa un large sourire à Garric et dit :

— Tu m'as conduit là où je le souhaitais, mon garçon. Mieux vaut tard que jamais, pas vrai ? Occupe-toi de tes affaires et laisse-moi le duc Tedry. (Carus fit tournoyer l'épée au-dessus de sa tête.) Pour Haft ! Pour les Isles ! rugit-il.

Avec un éclat de rire sauvage, il chargea le géant qui sortait lourdement du ressac.

Qu'un homme attaque une créature aussi grande aurait dû sembler ridicule, mais il n'y avait rien de grotesque chez le roi Carus. Sa main gauche tenait son fourreau pour éviter qu'il batte contre sa cuisse, et ses bottes projetaient du sable derrière lui.

Carus attendait ce combat depuis mille ans. La taille du corps qu'habitait son ennemi n'en modifierait pas l'issue.

Garric rejeta la tête en arrière et éclata de rire. Le bien ne triompherait peut-être pas, mais un homme mauvais allait connaître la fin qu'il méritait, même après un millier d'années.

La forme sur le trône noir hurla et fendit l'air de son bâton. Le cosmos se disloqua.

Tout était gris. Garric entendit Tenoctris qui continuait à chanter. Il lui semblait être debout, les pieds vers le bas, mais tout fut de nouveau bouleversé – puis une troisième fois. Garric tendit les bras pour garder l'équilibre et toucha la tunique de la vieille femme, quoiqu'il soit incapable de la distinguer au beau milieu de cette masse grise.

Le monde changea une quatrième fois. Garric se trouvait dans une pièce éclairée par des torches, aux murs suintants de condensation. De l'eau se répandait en flaques sur le sol, et l'odeur de l'océan flottait dans l'air.

Ilna était allongée à côté du trône noir sur lequel était assise une silhouette vêtue d'un manteau, pas plus haute qu'un homme de grande taille. La baguette qu'il tenait brillait d'un éclat violent couleur d'améthyste.

— Il avait le choix d'affronter ton ancêtre là-bas ou de nous amener avec lui dans son repaire, dit Tenoctris par-dessus l'épaule de Garric. Voici l'Homme au Manteau. C'est vraiment lui.

Garric fit un pas en avant.

L'Homme au Manteau se leva et abattit une fois encore sa baguette. Le cosmos tout entier tourbillonna.

7

Garric se trouvait sur une pointe rocheuse au-dessus de la mer, face à la colossale silhouette de l'Homme au Manteau. La tête du magicien frôlait les nuages zébrés d'éclairs, mais Garric ne savait pas vraiment où étaient posés ses pieds.

Il regarda par-dessus son épaule. Trois cents mètres en contrebas bouillonnait le tourbillon de son cauchemar. Il s'étendait presque jusqu'à l'horizon et sur toute la largeur de la mer. Au milieu des épaves prises dans ses courants se trouvaient des créatures si énormes que Garric parvenait à les distinguer à cette distance. Les spirales d'eau étaient aussi lentes et inexorables que la marée elle-même, et il était impossible de leur échapper.

— Tenoctris ? appela Garric.

Il n'obtint pas d'autre réponse que le hurlement du vent et du tourbillon rugissant au-dessous de lui. L'Homme au Manteau et lui étaient seuls. Même si Garric savait que sa taille gigantesque était une illusion, il ressentit en levant la tête pour regarder son adversaire une terreur que son esprit ne parvint pas complètement à surmonter.

— Voudrais-tu être roi des Isles, Garric or-Reise ? demanda le magicien. (Sa voix était un rugissement, elle se mêlait au tonnerre, était plus forte que lui.) Salut à toi, roi Garric ! Aimes-tu comme cela sonne ? Je ferai de toi un bien plus grand roi que n'importe lequel de tes ancêtres, mon garçon. Plus grand que Carus, car je t'aiderai !

Des soldats en armure paradaient dans une ville qui faisait passer l'ancienne Carcosa pour une cité minuscule, en comparaison. Une immense foule bordait des avenues le long de vastes temples, de colonnades, et clamait de toutes ses forces : « Garric est grand ! Vive le roi des Isles ! Garric est grand ! »

Tous les bâtiments étaient bâtis en pierre noire, et le ciel était couleur de suie.

Garric prit une grande inspiration et fit un pas en avant.

— Je vais ramener mes amis chez nous. (Une bourrasque le gifla avec perfidie, mais il poursuivit :) Vous allez nous laisser tranquilles. C'est tout ce que je veux, et je l'aurai, ou alors je vous tuerai.

— Veux-tu cette Ilna ? cria avec colère l'Homme au Manteau. Tu peux l'avoir ! Tu peux avoir n'importe quelle femme, toutes les femmes, mon garçon ! Mène-moi au trône de Malkar et je te donnerai le reste du monde !

Ilna se tenait devant lui. Elle portait un long foulard qui l'enveloppait des épaules aux chevilles. Elle tenait une extrémité de ce tissu diaphane au-dessus de sa tête et tournoyait, se dénudant peu à peu.

Derrière Ilna se trouvaient des dizaines d'autres femmes, toutes jeunes, toutes belles, s'offrant à lui avec diverses coquetteries. Liane était l'une d'elles.

Garric grimaça et fit un autre pas en avant. L'air lui résistait ; il semblait étrangement épais, comme si Garric marchait dans du bouillon froid. Il s'était rapproché de l'Homme au Manteau, même s'il savait que les distances étaient trompeuses en ce lieu.

— Je suis ta reine, imbécile ! dit le magicien. Prosterne-toi devant ta reine, Garric or-Reise !

Garric n'avait pas perçu le changement, mais une femme à la froide beauté, vêtue de dentelles et de rubans de métal précieux, se tenait à la place du magicien. Elle avait un sceptre dans la main droite, dont la tête était ornée d'un étincelant saphir violet.

Garric s'arrêta. Il n'avait jamais vu la reine ni son portrait, mais cette femme ressemblait à l'image qu'il se faisait d'elle.

— Tu es un sujet loyal, Garric, dit la femme. Grâce à ton courage et à ta loyauté, je ferai de toi mon époux. Le prince Garric, roi des Isles en tout, si ce n'est de nom – et tu m'auras, moi !

— Non, répliqua Garric en avançant d'un autre pas. Vous n'êtes pas la reine, et cela n'aurait de toute façon pas d'importance.

Elle lui lança un regard mauvais et baissa son sceptre. Tout devint violet.

Une douce lumière dorée submergea Garric. Le sol était devenu un pré dont l'herbe montait jusqu'à ses chevilles, parsemée de fleurs. Un dôme d'air chaud formait une voûte dans le ciel, même si Garric apercevait des éclairs qui continuaient à traverser les nuages au plus haut du ciel. Le vent était doux et avait une odeur d'épices.

La Dame, dans sa robe de laine blanchie, se tenait devant Garric.

— Garric, mon enfant, dit-elle d'une voix aussi mélodieuse que celle d'un rossignol, je t'ai mis à l'épreuve pour savoir si tu étais digne de moi. Prosterne-toi. Quand tu te relèveras, je ferai de toi mon Berger – un dieu qui régnera sur le cosmos à mes côtés. Prosterne-toi, Garric !

Elle était belle et pure. Elle était le bien tout entier rassemblé en un seul être.

Garric ne savait pas ce qui était vrai. Ses voisins du bourg et lui adoraient les grands dieux de façon superficielle. Ils donnaient à contrecœur lors de la Procession de la Dîme, et les plus riches sacrifiaient un agneau le jour de leur anniversaire. Cependant, il ne pouvait douter de la réalité de cette apparition rayonnante juste en face de lui.

Il ne savait que croire. S'il se trompait, il subirait son châtiment en sachant qu'il était juste.

— Duzi, pardonne-moi si je m'égare, murmura Garric.

Il s'avança. Il prendrait la gorge de la Dame dans sa…

Un éclair frappa, accompagné de trois déflagrations, emplissant le monde d'une vive lumière. Tout n'était de nouveau que rochers, tempête et mer rugissante.

L'Homme au Manteau se tenait face à Garric ; il était de la taille d'un être humain normal. La silhouette rejeta son capuchon en arrière. Le visage qu'il dissimulait était dur, lisse et asexué. Ses yeux froids étaient de la couleur du joyau qui ornait sa baguette. Trois mètres le séparaient de Garric.

— Arrête ! ordonna-t-il.

La pierre entre les deux hommes bouillonna en un flot de lumière violette.

Des éclaboussures touchèrent les tibias de Garric, y laissant de petites cloques. Il s'arrêta.

— Je t'ai gardé en vie, dit le magicien, car je veux que tu trouves le trône de Malkar. Mais si tu m'y obliges, je te ferai sombrer dans l'oubli.

Si Garric s'avançait, l'Homme au Manteau le consumerait dans un déluge de feu violet. Garric savait qu'il ne pourrait atteindre le magicien avant que sa baguette le frappe.

Dans le bourg, on disait que Garric était un garçon intelligent, et que Cashel était lent. Cashel était moins simple que la majorité de ses voisins le pensaient, et Garric n'était pour sa part vraisemblablement pas si malin ; il avait cependant toujours pensé qu'il était aussi apte à trouver la solution d'un problème que tous ceux qu'il connaissait.

Cette fois, il n'y avait pas de solution. Il pouvait se soumettre au mal ou périr.

Garric rit, car il venait de comprendre ce que Cashel voulait dire par « Ne fais pas confiance à cette épée, fais-toi confiance à toi ». En fin de compte, il n'avait pas vraiment le choix.

— Je ne servirai pas le mal, dit Garric en faisant un pas en avant.

— Alors meurs comme un imbécile !

Un filet de lumière aussi fin qu'une toile d'araignée emprisonna soudain la main et le bras du magicien. Des fils rouges croisés de fils bleus, aussi fins que de la gaze, mais qui ne cédaient pas. La baguette de l'Homme au Manteau vomit un torrent de force violet, creusant la pierre sans affecter la résistance de cette toile.

— Je suis Malkar ! hurla le magicien.

— Tu es une marionnette, répondit Garric, et je vois tes fils !

Il bondit par-dessus la roche incandescente et saisit la baguette à deux mains. Elle était en métal, et si froide qu'elle le brûla. Il l'arracha des mains du magicien et la tordit avec la force combinée de la jeunesse et du désespoir.

La baguette vola en éclats en un nuage multicolore de poudre et de lumière. La pointe de roche se désagrégea comme du sable balayé par une vague. Garric entendit l'Homme au Manteau hurler encore.

Garric ne tombait pas. Il se tenait debout devant le trône vide, dans une pièce aux murs suintant d'eau de mer.

Le trône s'effritait pour peu à peu se changer en une montagne de poudre comme un tas de grain qui se serait tassé progressivement. Ilna était étendue à côté, respirant avec effort. Elle avait les doigts pris dans un enchevêtrement de fils qu'elle avait tirés de son châle.

Tenoctris toucha l'épaule de la jeune fille avec affection.

— Elle a un pouvoir si exceptionnel…, murmura la magicienne à Garric. Même pour une femme dont la mère était une pixie. Mais maintenant que nous avons réussi, nous devons sortir d'ici très vite avant de nous noyer.

Garric s'approcha d'Ilna et la souleva dans ses bras. Une eau verte s'écoulait en bouillonnant des murs poreux, et les pierres commençaient à se fissurer. Un seul couloir permettait de sortir de la pièce.

Garric voyait et entendait normalement, mais une partie de son esprit demeurait dans un autre lieu. L'Homme au Manteau agita bras et jambes tandis qu'il tombait vers le tourbillon.

Son hurlement résonna encore et encore.

8

Ilna était consciente, mais il lui fallut toute la force qui lui restait pour seulement sourire. Sa faiblesse dans ce désert gris avait permis aux autres de se servir d'elle.

Mais elle n'avait cependant pas été si faible qu'ils le pensaient. En fin de compte, l'Homme au Manteau aurait sans doute souhaité avoir laissé Ilna os-Kenset tranquille. Ilna aurait ri si elle en avait eu la force ; elle pouvait toujours sourire.

Garric la portait, le bras gauche sous ses cuisses et le droit soutenant son torse, la tête de la jeune fille appuyée contre son épaule. Il respirait avec force – davantage en raison de ses efforts précédents que du poids de la jeune fille.

De l'eau légèrement phosphorescente clapotait dans le couloir devant eux, la seule source de lumière depuis qu'ils avaient quitté la pièce et ses torches. Des bulles tourbillonnaient à la surface et de temps à autre une ombre les dépassait en nageant.

Tenoctris ouvrait la voie. L'eau était déjà au niveau de ses frêles mollets. La vieille femme devrait bientôt soulever l'ourlet de sa tunique.

— Encore un peu plus loin, dit Tenoctris. Quoique…

Ilna entendit un fracas assourdissant derrière eux. Des ondes de choc dansèrent à la surface de l'eau, formant des arcs qui passaient d'un côté de la galerie à l'autre.

— Ici ! dit Tenoctris en entrant sur la droite dans ce qui, un instant auparavant, semblait être un mur de pierre.

Une vague parcourut le couloir. Elle monta jusqu'à la taille de Garric et mouilla les orteils d'Ilna. Il passa outre la force du courant et gravit trois marches à la suite de la vieille femme. Deux d'entre elles étaient taillées dans la même pierre que le couloir et la plus haute était en calcaire jaunâtre.

— Tenoctris ? demanda Garric. Est-ce que l'Homme au Manteau et la reine sont réellement une seule et même personne ?

Ils se trouvaient dans une cave aux hautes voûtes. De l'air provenait d'un escalier à l'autre bout de la pièce, ainsi que suffisamment de lumière pour des yeux habitués à la quasi-obscurité du couloir.

— Je ne pense pas, Garric, dit la vieille femme en se dirigeant d'un pas lourd vers l'escalier. (Une secousse fit trembler le sol.) Je crois que la reine est une magicienne à part entière, une rivale de l'Homme au Manteau, et il aura pris son apparence seulement l'espace d'un instant. Je suppose qu'ils cherchent tous deux le trône de Malkar, même si je n'en suis pas certaine.

Du sable s'entassait autour des piliers et recouvrait en une fine couche la plus grande partie du sol. L'air sec était saturé de la poussière qui tourbillonna follement après une autre secousse. Pas la moindre trace de l'eau qui inondait le couloir en contrebas, si seulement « contrebas » était vraiment le terme adapté.

Tenoctris atteignit l'escalier. Elle vacilla quand la cave trembla violemment. Les piliers oscillèrent tels des arbres pris dans la tourmente, et des nuages de sable fin s'élevèrent.

Un bloc de pierre tomba de l'une des arches. Il s'écrasa avec fracas tandis que la voûte tout entière commençait à s'écrouler.

Garric tendit la main pour aider Tenoctris tout en continuant à soutenir le torse d'Ilna avec son avant-bras. La vieille femme gravit les marches à vive allure, poussant contre le mur pour prendre de l'élan. Il y eut une autre secousse, moins importante que les précédentes, mais l'air était lourd et semblait annoncer le pire.

Ilna agita le pied pour voir si elle pouvait bouger. Elle ne pensait pas pouvoir se tenir debout, et était assurément incapable de marcher toute seule.

Tenoctris disparut par la porte au sommet de l'escalier. La cave fut secouée si violemment que les blocs de pierre tombés des voûtes rebondissaient à près de un mètre de haut.

Garric se jeta en avant. Le linteau de la porte se détacha des montants et effleura son épaule en tombant. Des nuages de gravats s'élevèrent autour d'eux, mais ils étaient hors de danger. Ils se trouvaient au pied d'un promontoire et, derrière eux, un glacier se dressait comme une blanche muraille.

Tenoctris gravissait déjà le sentier qui remontait le promontoire en serpentant. La glace laissa échapper une plainte. Il faisait nuit, et l'unique clarté était celle des étoiles ; Ilna ne reconnut pas ces constellations.

— Ils voulaient Sharina car elle est la fille du comte et de la comtesse, mais pourquoi se soucient-ils de moi ? demanda Garric.

— Sharina est la fille du comte Niard, mais sa mère était la servante de la comtesse – Lora, répondit Tenoctris. Garric, tu es le fils de la comtesse Tera, et par elle tu descends du roi Carus. C'est la seule explication possible du lien qui vous unit, Carus et toi.

De surprise, Garric trébucha en suivant la vieille femme. Un éclat de roche chuta à toute vitesse à côté d'eux et s'écrasa violemment : la pression de la glace tordait et fracturait la falaise.

— Pose-moi, dit Ilna aussi fort qu'elle le put. Avance et je te suivrai.

— Non, répliqua Garric. Et ne remue pas ou tu nous feras tuer tous les deux.

Ils continuèrent à grimper.

— Tenoctris ? dit Garric. Ma mère a dit que Sharina était la fille de la comtesse. Elle en était sûre !

— Lora était à demi inconsciente à cause des douleurs de l'accouchement, dit Tenoctris, un état que je suis contente de ne pas avoir connu. Elle aurait cru tout ce que votre père aurait pu lui dire. (Elle ajouta au bout d'un moment :) Reise est un homme très intelligent, Garric. C'est aussi un homme d'honneur et il a élevé son fils comme tel.

Le chemin était trop étroit pour que Garric porte Ilna en travers. Il tourna le dos au flanc de la falaise et poursuivit son ascension de biais. Ilna était au-dessus du vide, et le sol était incroyablement éloigné. Le vent qui soufflait entre le promontoire et le glacier était froid et mordant, des cristaux de glace lui tenaient lieu de dents.

— Oh ! s'écria Tenoctris.

Un morceau de roche céda sous son talon gauche et tomba en tournoyant.

Garric attrapa la vieille femme alors qu'elle allait tomber ; il ne portait plus Ilna qu'avec son bras droit. Celle-ci grogna en tentant dans sa demi-conscience de se faire aussi petite que possible.

Tenoctris s'accrocha à une racine qui pendait par-dessus le surplomb de la falaise, puis se hissa, les pieds dans le vide. Garric agrippa la même racine et poussa Ilna devant lui. Au lieu d'être sur la terre ferme, elle se retrouva cramponnée à la racine d'un arbre qui se balançait au beau milieu d'une mer chaude et salée tandis qu'autour d'elle un ouragan faisait rage.

Tenoctris était couchée contre le tronc de l'arbre, se cramponnant avec doigts et orteils à l'écorce rugueuse telle une grenouille alors qu'une vague se brisait sur elle. Dès que l'eau se retira, elle se remit à ramper vers les branches sans feuilles, près de soixante mètres plus loin.

Elle lança un regard par-dessus son épaule et cria quelque chose à Ilna. Le vent emporta ses paroles, mais Ilna comprit. La jeune fille n'était pas sûre de pouvoir marcher, mais elle était capable de ramper. Elle regarda derrière elle pour s'assurer que Garric suivait, puis elle se mit en route.

Le ciel était une masse solide de nuages, parfois illuminée par un éclair magenta. Après un coup de tonnerre, Ilna crut apercevoir un œil gigantesque dans une vague, à quinze mètres d'eux. *Sûrement un effet de mon imagination, pas une créature chassant dans ce tumulte…*

La vague souleva le tronc d'arbre. Ilna retrouvait ses forces ; elle avait déjà rattrapé la magicienne. Elle dut prendre garde à ne pas poser la main sur le pied de la vieille femme. Elles étaient à mi-parcours.

Un lézard d'une quinzaine de centimètres les observait depuis une fissure dans l'écorce, dardant sa langue avec nervosité. Combien de temps auparavant cet arbre était-il tombé en emportant ses petits habitants dans cette mer impitoyable ?

Un éclair illumina la mer. Cette fois, Ilna ne vit pas seulement l'œil à la pupille fendue mais également la coquille nacrée et la douzaine de tentacules mouvants d'une ammonite. Le prédateur était maintenant à six mètres du tronc.

Ilna se mit à genoux, s'appuyant contre le vent. Elle tendit les mains de chaque côté de son corps.

— Qu'est-ce que tu fais ? hurla Garric pour se faire entendre.

Elle l'ignora, attendant le prochain éclair. Lorsqu'il survint, elle bougea les doigts suivant un motif qu'elle maîtrisait parfaitement, de la même manière qu'elle savait quels fils de chaîne lever quand elle lançait la navette de son métier à tisser.

La créature agita un tentacule en un geste brusque et désappointé puis replongea. Sa coquille mesurait au moins neuf mètres de diamètre, et son bec aurait pu couper un homme de bonne taille en deux.

Tenoctris avait atteint la branche la plus basse. Ilna la suivit, souriant avec une sombre satisfaction. Elle supposait qu'elle pouvait maintenant également parler aux araignées. Très bien, elle avait toujours respecté leur travail.

La branche la plus basse surplombait la surface agitée de la mer, d'une trentaine de centimètres à trois mètres, selon la hauteur des vagues. La vieille femme rampa à l'endroit où l'une des branches s'était brisée il y avait si longtemps que le chicot était recouvert d'un bourrelet d'écorce. Elle se laissa tomber les pieds en avant dans la mer et disparut avant d'avoir touché l'eau.

Ilna vérifia que Garric voyait ce qui se produisait, puis sauta à la suite de Tenoctris. À sa grande surprise, ses pieds entrèrent en contact avec un calcaire à la texture grossière.

Elle se trouvait sur une pyramide recouverte par la jungle qui s'élevait en plusieurs grandes marches vers un autel couvert. Tenoctris se hissait sur la plate-forme suivante ; elle arrivait au niveau de sa taille.

Des arbres, larges pour certains de plusieurs mètres, avaient planté leurs racines dans des fentes et écartaient maintenant les pierres. Ilna dénombra d'un rapide coup d'œil des dizaines de plantes différentes, parmi lesquelles ces grands arbres, des mousses aux feuilles duveteuses, des plantes grimpantes et d'autres aux feuilles pointues.

Garric se réceptionna. Il s'était laissé tomber d'une branche au-dessus de la plate-forme. L'arbre avait des feuilles composées et des fleurs semblables à celles d'un mimosa.

— Par ici ! dit-il.

Il fit basculer Ilna sur son épaule droite comme un sac de grain.

Ilna protesta bruyamment, ce qui ne fit, comme elle s'y attendait, aucune différence. Sans s'arrêter, Garric empoigna Tenoctris de son autre main et la jeta sur son épaule gauche. Il longea la plate-forme pour atteindre les marches de taille normale qui gravissaient la façade de la pyramide en son milieu. Ilna ne les avait pas remarquées, peut-être parce qu'elle était au bord de l'épuisement.

La végétation au pied de la pyramide devint jaune telle une tache s'étendant sur un tissu. Des insectes sortaient du cœur de la forêt. Ilna supposa qu'il s'agissait de fourmis, mais chacune des bêtes faisait la taille de son petit doigt.

Ils étaient plus nombreux que tout ce qu'Ilna avait jamais vu, que des épis de blé dans un champ, que des galets sur la plage de Barca... Ils avançaient avec une implacable détermination.

— Je peux marcher, dit Ilna, mais elle ne fit que murmurer ces mots.

Le claquement des mandibules de ces créatures bruissait plus fort que le vent dans un bosquet de trembles. Elles l'effrayaient plus qu'elle l'aurait jamais cru possible. *Comme de petits ciseaux découpant mille fois sa chair...*

Garric gravissait les marches sur la pointe des pieds, courant malgré le poids qu'il portait. Il haletait mais ne ralentit pas. Ilna ne savait pas vraiment s'il avait vu les fourmis lancées à leurs trousses ou s'il avait seulement conscience que quelque chose les poursuivait.

— Tenoctris ! cria Ilna. (Les deux femmes rebondissaient brutalement sur les épaules de Garric à chacune de ses foulées.) Cela prendra encore combien de temps ?

La vieille femme essaya de sourire. Les secousses devaient être encore plus violentes pour elle, mais il n'y avait pas d'autre choix.

— Du temps, souffla-t-elle d'une voix rauque.

Garric atteignit le sommet de la pyramide. Il titubait d'épuisement. Il se tordit la cheville en marchant sur une racine grosse comme le poignet, recouverte de turions velus, et il faillit tomber.

— À l'intérieur ! dit Tenoctris en essayant de voir de l'autre côté de la tête du jeune homme.

Les fourmis s'avançaient en une masse brun-jaune, un étage seulement au-dessous des humains. Elles recouvraient les quatre côtés de la pyramide.

Garric se jeta avec ses fardeaux sous le toit de pierre. L'autel disposait d'un bassin pour recueillir le sang et d'une rigole pour évacuer le trop-plein. Sur les parois étaient sculptées des scènes représentant divers rites sacrificiels. Le style en était grossier mais suffisamment clair pour qu'Ilna voie que les victimes étaient humaines et que les prêtres ne l'étaient pas.

Les fourmis avaient atteint la plus haute plate-forme. Tenoctris se hissa en se tortillant au sommet de l'autel et disparut. Main dans la main, Garric et Ilna la suivirent. Ils s'affalèrent dans un cratère en forme de cuvette. Du sol dépassaient des pointes à la teinte vitreuse, aux bords dentelés.

Ilna se mit à quatre pattes. Ils haletaient tous les trois. L'air était froid et la buée de leur souffle tournoyait autour d'eux. Le soleil avait une teinte verdâtre.

— Par ici, dit Tenoctris.

Elle montra du doigt une fissure dans une des parois de la cuvette, un chemin qui montait au milieu d'une surface trop lisse pour être escaladée.

— Garric, Ilna, pouvez-vous…

Ilna hocha la tête. Elle n'avait pas assez de souffle pour le gaspiller en parlant. Garric se dressa sur un genou et ils se levèrent en même temps.

Une créature surgit près du bord le plus éloigné de la cuvette, à quatre cents mètres d'eux. Elle ressemblait à un mille-pattes, mais les segments étincelants de son corps étaient en acier poli. Elle commença à descendre la paroi pour se diriger vers les humains.

Le corps sinueux de la bête mesurait plus de trente mètres de long, et chacune de ses mandibules avait la taille et l'éclat de la lame d'une épée.

— Maintenez votre allure, ne vous hâtez pas, dit Garric. (D'un geste, il indiqua aux deux femmes de s'engager avant lui dans la fissure.) Nous sommes fatigués, et en essayant d'en faire trop nous tomberions. Marcher à une allure constante nous sauvera.

Il avait raison. De toute façon, quelle que soit l'allure qu'elle pouvait tenir sur ce chemin irrégulier, Ilna n'était pas sûre que ce soit suffisant pour échapper au mille-pattes – et cela ne lui importait plus vraiment.

Tenoctris grimpait devant elle, laissant sur la paroi l'empreinte ensanglantée de ses mains. Le cratère n'était pas d'origine volcanique. Ses parois étaient striées de lignes de fracture entrelacées, cette fissure était seulement l'une des plus larges. Quelque chose avait frappé le sol avec tant de violence que la pierre avait fondu et jailli vers le ciel.

Le mille-pattes continuait à avancer, ses pattes cliquetant comme la grêle sur les tuiles du moulin de Barca. Ilna ne regarda pas derrière elle. Advienne que pourra. Elle se rappelait en détail ce qu'elle avait fait à Erdin. Son seul regret était que Garric allait mourir lui aussi. C'était entièrement la faute d'Ilna, mais ce motif ne faisait pas partie de son ouvrage.

Les talons de la vieille femme n'étaient plus au niveau des yeux d'Ilna. Quelques secondes plus tard, la jeune fille tomba en avant car la prise vers laquelle elle avait automatiquement tendu la main n'était pas là pour supporter son poids. Elle s'étala sur un plateau aussi lisse qu'une meule, vide, à l'exception d'un trône noir qui se dressait comme une isle au milieu d'un calme océan.

Garric s'écroula à côté d'elle. Ils avaient échappé au mille-pattes. Hormis leur souffle et les battements de leur cœur, il n'y avait plus le moindre son.

— Le trône de Malkar, murmura Garric.

— Oui, répondit Tenoctris.

Le silence était total.

Ilna replia bras et jambes sous elle et appuya son front contre le sol. Sa surface n'avait ni température ni texture ; sa teinte grise était parfaitement neutre, ni couleur ni absence de couleur. C'était la forme palpable du néant dans lequel elle avait perdu son âme.

Ils se trouvaient tous trois à l'intérieur d'un vaste cercle de lumière sans source visible. En son centre se dressait le trône noir.

Des murs de ténèbres se rapprochaient peu à peu.

— Viens, dit Garric.

Il se leva.

— Garric, non, souffla Ilna d'une voix rauque.

Elle pleurait de colère et de frustration – et de peur aussi, elle le reconnaissait.

— Il vaut mieux mourir, Garric, dit-elle. Je sais ce qui vit ici.

Tenoctris se levait.

— Viens, répéta Garric en touchant de la main la joue d'Ilna.

Elle se leva. Elle était aveuglée par les larmes, mais ne voulait pas résister à l'injonction de son ami.

Ils marchèrent vers le trône. Garric se tenait entre les deux femmes, une main posée sur chacune d'entre elles. Derrière eux, le mur de ténèbres se fit plus proche, et pourtant la distance les séparant du trône ne semblait pas diminuer.

Ilna se pencha en avant pour regarder la magicienne.

— Tenoctris ? demanda-t-elle.

— C'est le seul chemin, dit Tenoctris. J'ignore si c'est une sortie.

— Nous avons commencé cela, dit Garric. Nous allons le terminer.

Les ténèbres frôlaient leurs talons, les poussaient, menaçaient de les engloutir s'ils hésitaient. Ilna sentit les damnés gémir, au plus profond d'un désespoir complet et éternel. L'éternité qui les attendait s'ils laissaient les ténèbres les avaler ; la sienne, celle de Garric, celle de la vieille femme.

Ce qui valait pourtant mieux que de rejoindre ce trône, et ce qu'il représentait.

— Malkar n'est pas une personne, dit Tenoctris.

Sa voix était audible, mais étrangement atone. Il n'y avait pas d'écho en ce lieu, même le sol ne renvoyait pas les sons.

— Malkar *est*, tout simplement. Le trône n'est qu'un symbole.

Tenoctris s'adressait à eux ou à elle-même, organisant ses pensées si près de la fin. Tenoctris avait vécu pour son savoir, Ilna le savait.

Pour quoi Ilna os-Kenset avait-elle vécu ? Eh bien, elle avait aidé à vaincre l'Homme au Manteau. C'était au moins un accomplissement de son existence, sinon un but.

Elle eut un petit rire. Garric serra sa main par camaraderie. Est-ce qu'il comprenait, même maintenant ? Enfin, cela non plus n'avait pas d'importance.

— S'asseoir sur le trône de Malkar, c'est acquérir la moitié du pouvoir du cosmos tout entier. Un homme doté d'un tel pouvoir pourrait faire absolument tout.

— Mais il ne serait pas un homme, répondit Ilna.

— Non, dit Tenoctris. Il ne serait pas un homme.

Ilna pouvait maintenant distinguer les détails du trône, mais ils devenaient flous quand elle se concentrait sur un point en particulier. Les motifs étaient trop complexes pour que même elle puisse les comprendre totalement, mais elle les devinait bien assez.

Elle avait fait partie du motif il n'y avait pas si longtemps. L'arbre auquel elle s'était livrée dans le désert gris était une petite partie du vaste ouvrage de ce trône.

— S'asseoir sur le trône de Malkar, dit Ilna avec un sourire détaché, c'est devenir le mal tout entier.

— En termes humains, dit Tenoctris. En termes humains, oui.

Ils étaient très près. Le trône se dressait sur une plate-forme à trois niveaux. Ses larges accoudoirs et son haut dossier étaient faits du même matériau. Il était taillé pour un homme – un homme grand, comme Garric –, mais Ilna sentait en même temps son immensité s'étendre sur toutes les ténèbres de cette plaine, et sur l'univers au-delà.

Garric prit les deux femmes dans ses bras, une dans le creux de chaque coude. Il les souleva et s'avança.

Non, la bouche d'Ilna ne prononça pourtant pas le refus que son esprit avait formulé. S'il devait en être ainsi…

Garric gravit les trois marches de la plate-forme. Il bougeait avec la grâce décidée qui le caractérisait depuis son enfance. Le jeune homme ne tenait pas compte du poids des femmes qu'il portait. Un léger sourire flottait sur ses lèvres.

— Tout le pouvoir…, murmura Tenoctris.

Qu'il en soit ainsi !

Au lieu de s'y asseoir, Garric posa le pied sur le siège du trône. Il monta d'un bond avec ses fardeaux et posa le pied sur l'accoudoir gravé. Il bondit alors comme s'il n'était pas épuisé, comme s'il ne portait pas deux femmes qui, pour des raisons très différentes, n'auraient pas pu aller aussi loin sans sa force.

Le pied droit de Garric se posa sur le dossier du trône. Il se souleva encore à la force de cette seule jambe et les précipita tous trois dans les ténèbres.

Des bras les saisirent. La lumière des lanternes en papier était éblouissante, et la lueur diffuse qui nimbait les panneaux des portes semblait aussi éclatante que le soleil de midi.

Ils se trouvaient dans une pièce qu'Ilna ne semblait pas connaître, mais elle reconnut l'ameublement sérian. Garric était dans les bras de Cashel. Le visage sans expression de ce dernier trahissait la peur qu'il éprouvait devant l'épuisement de son ami. Sharina soutenait Tenoctris ; la jeune fille tendit la main pour saisir une coupe remplie de jus et l'offrir à la vieille femme.

— Voilà, laissez-moi vous allonger, dit Liane. Tout va bien, Ilna, vous êtes en sécurité maintenant.

9

Garric était étendu, les yeux fermés, et appréciait de n'avoir aucune responsabilité pour le moment. De petites mains enduisaient d'onguent ses égratignures et ses légères coupures ; comme auparavant, les guérisseurs sérians pépiaient comme des oiseaux. La seule blessure qui le faisait réellement souffrir était l'ecchymose sur ses côtes, et il n'était même pas sûr de savoir comment il s'était fait cela.

Mais il était fatigué. Il était tellement, tellement fatigué.

— Merci d'avoir ramené Ilna, dit Cashel. J'aurais aimé pouvoir t'aider, mais j'ai l'impression que tu n'as pas eu besoin de moi.

Garric essaya de rire. Il n'aurait pas dû : il eut l'impression qu'une poignée de couteaux se plantaient dans sa cage thoracique. Quand il cessa de haleter, il souffla :

— C'est en grande partie Ilna qui nous a ramenés. Nous n'y serions pas arrivés sans elle.

— Il a fallu qu'il me porte sur la plus grande partie du chemin, dit Ilna d'une toute petite voix, non loin sur la gauche de Garric.

Garric ne pensait pas la voir un jour craquer nerveusement, mais elle avait sûrement été si épuisée, si près de disparaître – comme un couteau trop aiguisé.

— Mais l'Homme au Manteau est mort, ajouta-t-elle.

Garric ouvrit les yeux et s'assit. La petite fille sériane le réprimanda avec des mots qu'il ne comprenait pas, et dont il n'aurait de toute façon pas tenu compte.

— C'est vrai, n'est-ce pas, Tenoctris ? demanda-t-il. L'Homme au Manteau est mort.

Une dizaine de lanternes étaient suspendues aux murs tout autour de la pièce, leurs ombres se découpant sur leurs abat-jour en papier. Un brasero réchauffait des remèdes dans des bols de porcelaine, sous l'œil attentif de la vieille femme sériane, tandis que le guérisseur badigeonnait la cuisse éraflée de Tenoctris avec une substance styptique.

Liane massait Ilna, dont les muscles semblaient aussi mous que de la cire tiède.

Près de disparaître…

Tenoctris s'assit. Elle parvint à sourire, mais les lignes autour de ses yeux se contractaient chaque fois que le pinceau du guérisseur la touchait.

— Vous vous rappellerez que j'ai pensé la même chose il y a mille ans, dit-elle. C'est peut-être vrai cette fois, mais j'ai peur que cela n'ait pas vraiment d'importance.

— Cela en a pour moi, dit Sharina.

Elle parlait avec calme, mais sa voix avait le tranchant d'une lame. Elle était assise près de Cashel, les mains croisées sur les genoux, posées sur le manche du couteau pewle.

— Oui, dit Tenoctris. (Elle hocha la tête, sa calme autorité retrouvée.) Pour nous tous. Et pour l'Homme au Manteau lui-même, si on considère le temps considérable qu'il lui a fallu pour tomber. Mais il n'était qu'une partie du problème.

Ilna leva les yeux vers Garric. Elle sourit, une expression étonnamment froide.

— L'arbre n'était pas le trône de Malkar, dit-elle, une référence que seule Tenoctris pouvait comprendre. Mais il était trop pour moi. J'étais faible.

— Non, dit Tenoctris. C'est ta force, et non ta faiblesse, qui t'a rendue vulnérable. Mais tu as raison sur un point : l'Homme au Manteau était l'agent humain d'une force impersonnelle. Cette force agira à travers d'autres comme elle a agi à travers lui, et ce que tu nommes l'arbre. Malkar croît et décroît. Malkar monte actuellement en puissance, comme il l'a fait il y a mille ans. S'il continue, il replongera les Isles dans la barbarie.

— Pas cette fois, dit Garric. (Il serra les bras autour de lui, tremblant sous le coup d'émotions et de souvenirs qui n'étaient qu'en partie les siens.) Pas cette fois ! répéta-t-il.

Garric eut l'impression d'entendre le roi rire au plus profond de son âme.

— Pas cette fois, mon garçon ! entendit-il comme dans un rêve. Pas cette fois, roi Garric !

IO

Elle observa fixement les pièces de tourmaline disposées sur le plateau de jeu en un motif qu'elle ne comprenait pas encore.

Son adversaire au visage dissimulé par son capuchon était mort, mais ce n'était pas elle qui l'avait vaincu, et elle ignorait qui l'avait fait. Il y avait d'autres joueurs, d'autres magiciens pour qui le cosmos n'était qu'un jeu et qui s'opposaient à elle. Elle en était certaine – comme elle l'avait été du contraire, seulement quelques mois auparavant, et qu'alors elle refusait obstinément de l'admettre.

Elle identifierait et battrait ses nouveaux adversaires. Elle s'assiérait sur le trône de Malkar et écraserait le cosmos dans sa main comme une pêche bien mûre si le cœur lui en chantait. Elle et elle seule !

Elle se dirigea à grands pas vers la porte et l'ouvrit. Le serviteur s'inclina devant elle, comme toujours impassible.

— Qu'on ne me dérange sous aucun prétexte, dit-elle sèchement.

— Un agent d'Erdin vient d'arriver, dit le serviteur. Il attend dans le salon de réception.

— Sous aucun prétexte ! dit-elle.

Elle leva une main comme si elle avait l'intention de lancer des éclairs.

— Oui, votre altesse, répondit le serviteur.

Il s'inclina. Son visage était toujours calme, mais de minuscules gouttelettes de sueur perlaient à son front.

La porte était trop lourde pour la claquer : elle la ferma d'un coup à la violence mesurée. Elle retourna ensuite au plateau de jeu.

Parfois… parfois quand elle se réveillait d'un sommeil dans lequel les cauchemars étaient ses plus proches compagnons, une pensée s'attardait dans son esprit, lui soufflant que les pièces jouaient occasionnellement toutes seules – et malheur au magicien qui tentait de les contrecarrer.

La reine des Isles se renfrogna puis s'assit devant le plateau en agate. Les éclats de tourmaline étaient des pions, rien de plus. Toute autre pensée n'était que folie.

Elle les plierait à son bon vouloir.

Découvrez la suite des aventures
de Garric, Sharina, Cashel et Ilna dans

La Reine des démons

Le Seigneur des Isles – 2

Prologue

Valence III, roi des Isles, frissonna dans la nuit étonnamment douce pour la saison, tandis que Silyon le magicien griffonnait les mots de son incantation sur la traverse d'une porte effritée par le temps. Deux jours après la nouvelle lune, l'astre ne serait que l'ombre de lui-même lorsqu'il serait pleinement levé. L'unique source de lumière était une lanterne dont la flamme brillait à travers des panneaux de mica si fins qu'ils en paraissaient transparents.

Non loin d'eux, la jeune femme destinée au sacrifice soupira dans le sommeil artificiel des drogues qu'on lui avait données. Un sac de soie dissimulait la silhouette de la femme pour un spectateur éloigné, mais Attaper et les autres Aigles de Sang de l'escorte savaient très certainement ce que le roi et son magicien emportaient avec eux lorsqu'ils se rendaient dans les anciennes ruines.

Les Aigles de Sang seraient aussi silencieux qu'ils étaient loyaux : jusqu'à la mort. Pourtant, Valence avait lu le dégoût dans les yeux d'Attaper tandis que le commandant des Aigles de Sang les regardait, lui et Silyon, transporter leur fardeau en parcourant seuls le reste du chemin.

Valence renifla avec colère en repensant à ce regard. Comment Attaper osait-il le juger ? Le devoir d'un soldat était simple : tuer ou être tué, sans jamais se poser de questions. Un roi était confronté à des situations plus compliquées, où le bien n'était guère différent du mal.

Malgré tout, Valence frémit de nouveau.

Silyon termina l'incantation, un cercle de mots tracés en Écriture Ancienne. Il avait le corps tatoué et portait des éclats d'os à travers les lobes d'oreilles. Il plaça le petit trépied au centre du cercle puis passa des gants brodés de fils d'argent. Il sourit à Valence.

Valence soupçonnait les symboles nettement dessinés sur les gants noirs de n'être que des ornements, malgré les insinuations du magicien qui leur associait des vérités obscures.

— Continuez, gronda-t-il.

Il ne supportait pas que ce petit homme originaire de Dalopo puisse le traiter comme un égal lors des actions qu'ils menaient ensemble.

— Comme il vous plaira, Sire, répondit Silyon avec un petit sourire suffisant.

D'un sac de cuir lavé, il tira le miroir, une larme d'obsidienne verte de la taille d'un poing. Il le suspendit précautionneusement au crochet d'argent qui dépassait d'un pivot du trépied. Valence ne pouvait pas comprendre comment un trou avait pu être percé dans la pointe délicate du verre volcanique sans le réduire en poussière, mais c'était la moindre des merveilles de cet objet. Silyon commença à psalmodier, touchant avec un athamé de bois noir qui venait de sa Dalopo natale chaque mot lorsqu'il le prononçait :

— *Hayad pikir tasimir…*

Un engoulevent lançait son trille au loin. Il se tut, mais un autre reprit le rythme un peu plus près.

— *Wakuiem gabiyeh worsiyeh*, lança le magicien, déformant ses lèvres autour de syllabes dénuées de sens pour les hommes.

Elles n'étaient pas destinées aux oreilles humaines mais aux forces régissant le cosmos. Des forces qui n'étaient ni dieux ni démons. Elles entretenaient les étoiles dans leurs cercles infinis, assuraient le passage des saisons sur Terre, participaient au mouvement de toutes choses, visibles ou invisibles.

Le Soleil, symbole de la lumière et de la vie, et Malkar, symbole des ténèbres et de la mort, contrôlaient tout. Mais comment un simple être humain pouvait-il déterminer qui était qui ?

— *Archedama phochense pseusa rerta*…

Le palais en ruine où Valence et le magicien se tenaient agenouillés était celui des tyrans de Valles, un père, son fils et son petit-fils portant le même nom, Eldradus. La magie avait assuré à ce trio la mainmise sur l'Isle d'Ornifal pendant soixante-dix ans après la chute de l'Ancien Royaume, avant que leur pouvoir s'effondre suite au soulèvement des nobles de l'Isle. Après la chute des tyrans, Ornifal s'était peu à peu sortie de la barbarie, faisant de ses ducs, au moins de nom, les rois des Isles.

Le premier Eldradus avait construit son palais à quelques kilomètres du port existant alors à Valles. Ceux qui le renversèrent ramenèrent le siège du pouvoir au cœur de la cité, et, pendant neuf cents ans, l'édifice élevé par le tyran était tombé en ruines sans jamais être restauré. Des racines avaient fendu les murs, les toits étaient tombés lorsque les poutres qui les soutenaient avaient pourri.

Neuf cents ans… Mais le caveau souterrain au centre du palais était infiniment plus ancien.

— *Threkisithphe amaracharara ephoiskere*…, psalmodia Silyon.

Des ombres s'animèrent sur la surface polie du verre volcanique, qui ne reflétait pas les piliers du trépied d'où il pendait.

Les tyrans de Valles avaient construit leur palais sur le site de ruines profondément enfouies dans la terre d'une antique forêt. Avant qu'Eldradus fasse abattre les arbres et aplanir le sol, personne – excepté le magicien lui-même – ne soupçonnait l'existence de colossales fondations de basalte.

Au centre du nouveau palais, les tyrans avaient élevé une arche monumentale à quatre côtés, au-dessus d'un ancien puits circulaire. C'était l'oculus, l'œil : une ouverture au sommet de la voûte d'une vaste salle souterraine.

Cette pièce aurait pu être un tombeau, un entrepôt, voire un élément d'un système d'égout d'un lointain passé. Ce n'était rien de tout cela ; ou peut-être, maintenant que Valence s'obligeait à y réfléchir, était-ce tout cela à la fois.

— *Thoumison kat plauton !* conclut Silyon en hurlant les dernières syllabes.

Le cosmos lui-même tentait d'étouffer la voix d'un magicien lorsqu'il lançait une incantation de cette ampleur, épaississant sa langue, asséchant sa gorge comme du sable brûlant. Le miroir d'obsidienne trembla sous le rire de la Bête.

— Bienvenue, humains, dit la voix profonde dans le crâne de Valence. Avez-vous apporté mon repas ?

La Bête rit de nouveau. Le sourire de Silyon se figea en rictus ; le roi n'était pas plus expressif qu'une planche de bois brut. Valence se détestait pour ce qu'il allait faire, mais la reine ne lui laissait pas le choix.

Les profondeurs verdoyantes du miroir étaient animées de brume étincelante mais ce soir, Valence n'y distinguait jusqu'alors aucune image précise. Peu de temps après que le Dalopien fut venu au roi avec son miroir et sa magie, Valence avait lancé une torche enflammée dans l'œil du dôme. La lumière étincelante n'avait révélé que des pierres mangées de lichen, comme on pouvait l'attendre dans une pièce restée close pendant la plus grande partie du millénaire.

Mais à mi-chemin du sol, quinze mètres sous la surface, la torche avait disparu aussi soudainement que si elle n'avait jamais existé. Valence supposait que les offrandes que Silyon et lui descendaient par l'oculus s'évanouissaient de la même manière, mais il n'avait jamais eu l'envie – ou le courage – de regarder.

— Les quatre que la reine poursuit lui ont échappé, déclara la Bête sans transition. Les deux humains et deux Halfelins originaires de Haft. Je les ferai venir à moi, ici.

Pour parler avec la créature que Silyon avait invoquée, Valence était à genoux, car il ne pouvait contrôler le tremblement de ses jambes s'il essayait de se tenir debout.

— Comment s'appellent-ils ? demanda-t-il.

— Que m'importe le nom des humains ? répliqua la Bête. (Le roi n'entendait rien à proprement parler, la voix terrifiante tonnait dans son esprit.) Ils ont tous la même saveur, quel que soit le nom qu'ils se donnent !

La brume de la pierre d'obsidienne se fendit. Une tête triangulaire comme celle d'un serpent jaillit. Valence tressaillit même s'il savait consciemment que la forme n'était qu'une image reflétée par la pierre. Parfois, il voyait cette tête reptilienne dans le miroir ; parfois une autre, tout aussi monstrueuse mais mammifère, un chien ou un ours, ou peut-être un singe à tête de chien.

Et parfois, Valence voyait une masse dont l'étendue n'était qu'une impression. Rien dans les visions du miroir ne permettait d'établir une échelle.

La Bête émit son rire grinçant ; la tête de serpent s'évanouit dans la brume. La peur de Valence avait diverti l'être.

— Ils se nomment Garric or-Reise et Sharina os-Reise, dit la Bête. (L'amusement se sentait encore dans la voix silencieuse.) Le mâle descend du roi Lorcan, qui cacha le trône de Malkar, celui par lequel la reine espère obtenir le pouvoir sur le cosmos. Les Halfelins sont Cashel or-Kenset et Ilna os-Kenset. Leur père était humain et leur mère une pixie. Je ferai venir ici ceux dont j'ai besoin, et ils me libéreront.

— Je m'assurerai qu'ils soient arrêtés dès qu'ils…, commença Valence. (Il s'interrompit.) Dès que possible.

Il avait failli ajouter « … pénétreront dans mon domaine », mais sur quoi Valence III régnait-il aujourd'hui ?

Certainement pas sur l'ensemble des Isles ; personne n'avait vraiment été roi des Isles depuis la chute de l'Ancien Royaume, mille ans auparavant. Vingt ans plus tôt, lorsque Valence succéda à son oncle sur le trône, il pouvait au moins affirmer régner sur Ornifal. À présent que les serviteurs de la reine utilisaient la magie pour prendre la place de ses officiers, poste après poste, on n'obéissait à la volonté de Valence sans contestation que dans l'enceinte de son palais. Bientôt, peut-être ne serait-il même plus en sécurité là-bas.

La reine ne lui laissait pas le choix. Pour sa propre sauvegarde et celle du royaume, il devait faire alliance avec la Bête.

— Comme vous voudrez, dit la voix en renvoyant un tel écho que la Bête semblait se tenir dans la salle voûtée, en-dessous. Le mâle peut davantage prétendre au trône que vous. Mais la seule chose que vous devez faire, c'est me nourrir ; je me charge du reste.

À travers le miroir suspendu, Valence vit le visage du magicien se contracter en une grimace involontaire. Regrettait-il aussi le prix de cette alliance ?

Une corde était fixée à un harnais autour de l'offrande. Les deux hommes firent descendre la jeune fille, faisant glisser la corde une main après l'autre, sentant le corps enveloppé balancer doucement au-dessous d'eux. Le rouleau de corde n'était qu'à moitié utilisé lorsque la pression du poids disparut ; la sacrifiée avait atteint le sol de la pièce souterraine.

Les deux hommes se regardèrent. Valence hocha la tête et recula. Silyon jeta le reste de la corde par l'oculus et rassembla rapidement son équipement.

Ils marchèrent le plus vite possible jusqu'au lieu où les gardes les attendaient avec les chevaux. La lanterne qui tanguait dans la main du roi envoyait des ombres tordues danser à travers les ruines ; la forêt avait depuis longtemps repris possession des lieux dégagés par les tyrans.

Les Aigles de Sang se mirent au garde-à-vous. Les visages étaient aussi froids et durs que le métal de leurs armures noires immaculées.

— Votre Majesté, dit Attaper en tournant la tête du cheval du roi pour que l'animal soit prêt à être monté.

Un cri horrible retentit dans les ruines derrière eux. Aucun des hommes ne bougea ni ne parla pendant que l'écho se prolongeait de longues secondes dans la nuit.

Lorsque le hurlement de la jeune femme s'éteignit totalement, le commandant des Aigles de Sang détourna ouvertement la tête et cracha. Puis il fit de nouveau face à son roi.

Le visage d'Attaper était dénué de toute expression.

Deuxième jour du quatrième mois (Héron)

Garric or-Reise s'appuyait sur la balustrade d'un balcon qui n'existait que dans son esprit et contemplait son corps physique pratiquer l'escrime dans le jardin en contrebas. Il ne dormait pas, mais son esprit conscient s'était détaché des gestes de son corps. Dans cette rêverie, il rencontrait et s'entretenait avec le fantôme de son ancêtre mort un millénaire auparavant.

Garric désigna d'un geste l'endroit où son être physique tailladait une cible avec une épée lestée de plomb.

— C'est aussi ennuyeux que de labourer un champ, dit-il. Et encore, avec le labour, on obtient au moins un sillon à la fin.

— Tu as l'étoffe d'un bretteur, mon garçon, déclara le roi Carus qui était lui aussi accoudé à la balustrade à côté de Garric. (Il lui fit un sourire engageant.) Du moins, c'est ce que l'on m'a toujours dit, et mes pires ennemis n'ont jamais réfuté mes talents une épée à la main. Mais pour devenir vraiment doué, il faut répéter les exercices, jusqu'à ce que chaque mouvement soit devenu un réflexe. (Il fit mine de regarder les nuages, silhouettes parfaites dans le ciel bleu.) Bien sûr, poursuivit-il, tu peux toujours t'épargner cet effort et me confier le contrôle de ton corps quand ce genre d'activité est nécessaire.

Des roses grimpaient le long d'un pilier, ses luxuriantes fleurs rouges envahissaient les pierres faussement réelles du balcon. Lorsque Garric était dans cet état, il lui semblait que rien n'existait au-delà de son champ de vision : s'il tournait la tête très vite, il ne verrait sans doute qu'une brume informe et non les murs du bâtiment où se trouvait le balcon.

Garric rendit son sourire au roi, feignant de n'avoir pas relevé derrière le badinage la note de mélancolie dans la voix d'un homme qui n'avait pas eu de forme physique depuis mille ans.

— Mon père ne m'a pas appris à me dérober face à mes obligations pour m'éviter l'effort, dit Garric. Et je ne veux pas être redevable pour un travail que je devrais être capable de faire moi-même.

Carus éclata de rire avec l'enthousiasme d'un homme facilement en proie aux émotions extrêmes : joie, amour, et une colère bouillonnante qui abattait tous les obstacles.

— Tu aurais pu avoir un père pire que Reise, dit-il. Et je ne suis pas sûr que tu aurais pu en avoir un meilleur.

Il s'intéressa à la silhouette en contrebas : le corps de Garric qui maniait l'épée d'entraînement à bout rond. Les hommes qui gardaient l'enceinte du domaine de maître Latias, le riche marchand qui hébergeait Garric et ses amis à Erdin, assistaient à l'entraînement avec approbation et un intérêt tout professionnel.

— Tu diriges avec ta jambe droite, dit Carus en désignant le corps de Garric. Un jour, un adversaire observateur remarquera que ton pied avance une fraction de seconde avant ton bras et ton épée. Alors il n'aura pas besoin de plus pour te toucher à la poitrine avant que tu puisses l'atteindre.

— Je suis fatigué, dit Garric. Je veux dire, mon corps est fatigué.

Carus sourit, un éclat d'acier brilla dans ses yeux gris.

— Tu crois être fatigué, mon garçon, dit-il doucement. Quand tu auras vécu cela en vrai, tu verras ce que c'est que la fatigue.

— Je suis désolé, murmura Garric. (À l'instant où il avait prononcé ces mots, il s'était senti gêné. Il avait réagi sur la défensive au lieu d'écouter ce qu'on lui disait. Il sourit.) Manier une faux sollicite presque les mêmes muscles, mais le blé n'a jamais essayé de me rendre mes coups. Je m'entraînerai jusqu'à le faire correctement.

L'expression du roi s'adoucit et il partit de nouveau d'un grand rire.

— Oui, tu y arriveras, dit-il. Avec la force que tu mets dans tes coups, tu es déjà prêt pour le plus gros du travail.

Les deux hommes sur le balcon rêvé étaient si semblables que s'ils avaient été visibles, personne n'aurait douté de leur parenté. Carus avait la quarantaine lorsque la magie avait fait sombrer son navire. Il était large d'épaules, les membres déliés, et bougeait avec une grâce que les mouettes glissant sur les vents lui auraient enviée.

Garric aurait dix-huit dans un mois. Il avait la taille et la force d'un homme, mais à côté du roi, un adulte dans la force de l'âge, il avait l'air efflanqué. Ils étaient tous les deux bronzés et aussi robustes qu'un homme pouvait l'être en menant une vie active. Garric était nu-pieds, vêtu de la tunique et du pantalon de laine des paysans d'Haft. Carus portait un pourpoint de velours bleu et des culottes de daim, ainsi que de hautes bottes de cuir d'un rouge éclatant.

Un cercle d'or couronnait le roi, le diadème des rois des Isles. Il avait sombré avec lui mille ans auparavant.

— Être roi des Isles ne signifie pas seulement savoir se servir d'une épée, dit Carus. (Les coudes sur la balustrade, il reposa le menton sur ses doigts pliés pendant un moment, une pose étrangement contemplative pour un homme habitué à l'action. Il se tourna vers Garric.) L'une des raisons pour lesquelles j'ai échoué et laissé le royaume s'effondrer, dit-il, est que mon épée a toujours été la première réponse que je choisissais pour résoudre un problème. Mais il te faudra une épée aussi, mon garçon, quand tu seras roi.

— Je ne suis pas un roi ! intervint Garric avec une grimace gênée. Je suis juste…

Qu'était-il vraiment ? Un jeune homme d'Haft, un coin perdu depuis la chute de l'Ancien Royaume. Un paysan qui avait appris à lire et à apprécier les anciens poètes grâce à son père, Reise, un homme éduqué qui avait servi au palais de Valles pendant un temps, puis avait été secrétaire de la comtesse d'Haft à Carcosa ; un paysan qui avait affronté et tué un magicien sur le point de rassembler toutes les forces du mal ; un jeune homme qui avait dans l'esprit le fantôme de son ancêtre, le dernier et le plus grand roi que les Isles aient connu.

— Enfin, je ne suis pas un roi, termina-t-il maladroitement.

— Mais tu le seras, déclara Carus d'un ton cordial mais aussi assuré que ses puissants coups d'épée. Pas parce que tu es de mon sang ; cela me permet simplement de discuter avec toi, mon garçon. Tu seras roi des Isles parce que tu en es capable. Si tu ne le fais pas, la crise qui a initié la chute de la civilisation lorsque j'ai échoué aura l'air d'une plaisanterie. Et cette fois, il ne restera que sang, peste et meurtre jusqu'à ce qu'il n'y ait plus de vie à prendre. (Carus sourit.) Mais tu ne le permettras pas, dit-il. Sur nos âmes, nous ne le permettrons pas, roi Garric ! N'est-ce pas ?

Deux des compagnons de Garric s'étaient joints aux spectateurs dans le jardin en contrebas. Cashel or-Kenset était presque aussi grand que Garric, mais bâti comme le tronc d'un vieux chêne. Sa sœur Ilna et lui venaient du même village que le jeune homme, le hameau de Barca, sur la côte orientale d'Haft. Les deux garçons et la blonde Sharina, sœur de Garric, étaient amis depuis aussi longtemps que remontaient leurs souvenirs.

Tenoctris, la vieille femme qui avait rejoint Cashel, était aussi différente de lui que possible. Une force qu'elle refusait d'appeler destin l'avait arrachée à son époque pour la transporter mille ans plus tard et la déposer sur la côte du hameau de Barca. Tenoctris était magicienne. C'était une magicienne dotée de pouvoirs très modestes, disait-elle ; mais elle comprenait là où les autres se contentaient d'agir… et amenaient par leurs actions la destruction sur eux et ceux qui les entouraient.

— Non, répondit Garric, nous ne le permettrons pas.

CPI
Achevé d'imprimer en avril 2010 par CPI Hérissey à Évreux (Eure)

N° d'impression : 113975 - Dépôt légal : avril 2010

Imprimé en France

81120307-1